乡村造梦记

XIANGCUN ZAO MENG JI

沉洲 著

作家出版社

目录

序 / 温铁军
开篇的话 ------------------------ 001

楔子：大地上的乡村梦

上部：梦起策源地

第一章
  一 改变县域的际会 ------------ 009
  二 命悬一线 ------------------ 017
  三 今夜，人生惆怅 ------------ 022
  四 苍天开眼 ------------------ 027
  五 祖母级的古村守护者 -------- 033

第二章
  一 撬动固化千年的铁板 -------- 040
  二 情怀加持的孩子 ------------ 047
  三 化解危机的那些人 ---------- 052
  四 千里搬伏兵 ---------------- 061

目录

第三章
 一 小手拉大手 —————— 067
 二 斜杠农妇 ———————— 074
 三 村妇画画学英语 ————— 079

第四章
 一 古村修复交响曲 ————— 086
 二 泥腿子里藏高人 ————— 090
 三 这是一种姿态 —————— 096
 四 坐看云起时 ——————— 101

中部：梦续桥头堡

第一章
 一 阳光照不到的地方 ———— 111
 二 侏儒小伙沈明辉 ————— 118
 三 脑瘫狂人杨发旺 ————— 124
 四 脑溢血患者薛美兰 ———— 131
 五 袖珍女孩杨夏妹 ————— 136
 六 听说障碍者林苑松 ———— 141

第二章
　一　涓涓细流汇成湖 ---------- 146
　二　学画者故事集萃 ---------- 148
　三　人文情怀无所不在 --------- 162

第三章
　一　台前台后那些事 ---------- 168
　二　"名记"的乡村生活 --------- 174
　三　乡村种子工程 ------------ 178
　四　星空大戏拉开序幕 --------- 183

下部：梦圆扬帆港

第一章
　一　星球文明遗址 ------------ 193
　二　万事起头难 -------------- 200
　三　一人唱众人帮 ------------ 208
　四　最后一抹斜阳 ------------ 213
　五　不能流汗再流泪 ---------- 219

目录

第二章
- 一　农民甘苦挂心间 ············ 226
- 二　"吃螃蟹"的山里人 ········· 233
- 三　乡村小子憧憬明天 ·········· 239
- 四　"伞兵"自有高地 ············ 246
- 五　泥腿子公仆 ················ 253

第三章
- 一　安详而忙碌的港湾 ·········· 266
- 二　随喜书店 —— 曾伟 ········· 270
- 三　静轩文化艺术空间 —— 胡文亮
  ···························· 277
- 四　悠然之家 —— 何素珍 ······· 281
- 五　燕窝空间 —— 张小燕 ······· 284
- 六　以画谈心工作室 —— 黄璟 ··· 288
- 七　豹舍书馆 —— 报大人 ······· 292
- 八　龙潭驿 —— 谢朋举 ········· 296
- 九　小梅桩 —— 梅宏 ··········· 300

第四章
　一　山沟沟赶"时髦"---------- 305
　二　为使命感而活的"傻子"----- 309
　三　海派导演变身"山药蛋"----- 316
　四　有47棵树的美术馆-------- 323
　五　乡村诞生微观新经济-------- 329

尾声：乡村造梦没有休止符-------- 338

后记------------------------ 344

序

温铁军
北京大学习近平新时代中国特色社会主义研究院乡村振兴中心主任
中国人民大学可持续发展高等研究院执行院长
屏南乡村振兴研究院院长

我第一次来宁德做农村调研是在二十八年前的1993年，宁德地区通过福建省政府向国务院申报国家级"农村改革试验区"，而我当时是"农村改革试验区办公室"分管立项工作的调研处处长。那次，我到过包括屏南在内的宁德地区的每一个县，领略了这里美丽的绿水青山和丰富的人文资源。后来多次来过宁德，特别是2013年我作为福建省百人计划引进人才到福建农林大学工作以后。

我和屏南的不解之缘起于2020年8月福建农林大学与宁德市农业农村局签的横向课题，我带队来屏南调研，到2020年11月成立屏南乡村振兴研究院，大家要我担任院长。那以后就多次来屏南，主要是去研究院所在的四坪村。每次来都是为了向以周芬芳（原屏南县政协主席）为代表的基层干部、新老村民等"乡村造梦者"学习。

现在我们在乡村振兴战略贯彻中面临以下共同的问题——怎么理解产业兴旺与审美、文创、展览的相关性？乡村历史文化的挖掘和乡土教育的重建有没有经济效益？怎么才能让这些为文创付出巨大努力的各级干部们在上级面前能够说得出让他们觉得被主流认可的、算是比较积极的话语？怎样才能形成我们跟主流的一个对话？否则如果光说一些"精神崇高"的话，对上级而言在主流评价体系中没加分，那当然也就没有获取资源的能力。当前，更重要的还是要让我们服务的乡土社会有复兴、发展的空间。

万物求诸"野"

我可以用党的十九大修改的党章中关于主要矛盾的归纳来支撑我对乡村振兴战略的政策解释。但，现在我要写的是这部书写屏南文创振兴乡村的长篇报告文学《乡村造梦记》的序言，那就不妨借鉴马斯洛的需求层次理论来看屏南经验。

人们都应该扪心自问，什么是最高层次的需求？答案是审美。为了达到审美的需求，人们可以付出巨大代价，甚至不惜牺牲自己的生命！而要达到审美这个最高层次的需求，人类就得超越一般意义的物质享受而去追求精神升华。而在当代的人类追求精神升华的多种方式中，回归自然、在与大自然直接结合过程中形成生态审美，则是审美所对应的精神世界中最具分享性的领域……

不妨再看屏南的审美实践。那里的艺术家们在屏南实践中要告诉我们什么呢？其实是人们可以不用工业化时代结构主义的美学方法，而是用后现代抽象派的超现实主义的美学方法来表达，意思是任何人都可以表达。因为后现代最激进的音乐和美术流派是野兽派，这也是艺术领域现代性批判中最为激进的表达，这是一种可以超越一般的绘画，强调从技法的写实主义阶段进入到后现代阶段，于是有了对林正碌在屏南开展"人人都是美术家""人人都是歌唱家"的新解读。

林正碌先生说，当年音乐老师说他五音不全，很多普通人应该有的音乐享受就是被儿时的这种定性毁弃了……但对林正碌这样的"奇人"来说，这完全无碍于他现在自己作的曲，自己写的词，再唱出自己的歌！诚然，尽管如果用工业化时代非常严格的音律要求，他也许仍然有五音不全的问题，但这在他这种后现代艺术家那里都不重要了。因为在后现代的阶段，像一间工厂那样按照音律来完整地精准地表达音律给定的格式化的歌曲已经不重要了，尤其是如摇滚这样的音乐出来的时候，这就与画家们一种野兽派的表达相似，它并不要求你必须精准达到那个音高，后现代音乐也早就不是规范乐谱的主线想要表达的半音都必须清晰的工业文明阶段的音乐。

这些超过现代制式教育、超过学院派规范的东西，其实是人的一种本性的激发，所表达出来的万物返野，"野"就是今天的大自然，就是今天的生态化。中国正在向生态文明新时代迈进，我们可以完全不再按照工业化时代必须标准的、非得结构化不可的制式教育和技术规范来做艺术领域的创造，因为结构主义体现的是工业化时代的需求，而万法求诸野体现的是生态化。可见，在生态化新时代，其实是人完全放弃了那些拘束，而追求所谓求诸于野的这种审美的时候，对于所有的这些被称为新村民的外来人，都有一种推进自主创业的影响，这恰是产业兴旺最为需要的！

在龙潭村的变化中，对地方政府看重的产业兴旺的这种影响其实是潜在的，也是潜移默化地、每日每时地发生着的。

乡村是实现生态化最广阔的地域，因为互联网时代到来，生态资源丰富的乡村和工业化的城市几乎站在同一条起跑线上，原来只能在城市里发展的文创产业，现在移到乡村也一样能够实现，使得万物求诸野有了实际可推行的路径。屏南的文创振兴乡村抓住了这个时代机遇。

当你进入到龙潭沿溪居住的这些人中间的时候，就像新村民曾伟所说：其他各地搬来村里居住的新村民们经常在他这儿举办社交活动，交往的频率远高于城市。由此，他就感觉到那种逃脱了城市钢筋水泥森林，从而回归于"野"的感觉。新村民们回归大自然才有的"万物求诸于野"的那个感受，当然是需要增加相互之间交流的。

而如果是在被资本用钢筋水泥把人都格式化了的地方——城市环境之中的人，那种表达作为人的需求是不一样的。

当然，在那种资本高于一切的城市社会环境下，人们也需要找到一个地方去交流、去发泄。所以早期进入资本主义文明的这些发达国家，当没有地方容纳人际交往的时候，就只能去酒吧。由此，西方很多文艺作品表现的就是酒吧交流。里边当然就有各种各样能让你感受到的"有人的感觉""有人的表达"。但是在中国好像大部分城市人群还不是去酒吧,于是乎大妈大爷们就跳广场舞,去茶馆摆龙门阵、打麻将,以及各种各样其他的那种需要聚会的"人的追求"。

作为人,就要交往,这是一种本性的追求,但在城市里边其实仍然是很受压抑的,因为白天晚上都是看不见天的,即使仰起头,看的也都是那些几十层上百层的高楼大厦,这些巨大建筑群代表了一种驾驭一切的资本的力量,压制着所有人的基本需求。

我在这里只是说,当人们的这些为人的需求表达都在山野之中得到释放的时候,所释放出来的被社会所需求的感觉,其实是有着无穷创造力的!

文创赋值促进城乡融合

大多数人知道"精神变物质",却只有很少人知道怎么变。这些知道怎么变的少数人,就是这部长篇报告文学所描写刻画的人才。

具体看,我们如何把这些精神、文化与社会演变而成的物质增量,即原来只按最基本的物质生产成本来算账的那些产品,变成一个人们可以自由表达精神文化内涵的文创产品,本身会带来巨大的经济增加值。如果从龙潭村、四坪村的发展经验看,我认为文创赋值产品甚至不止10倍的增加值,它对乡村振兴的开发潜力是巨大的。

我们应该学习这种创业方法,现在城市因疫情或因全球化挑战、因美国强制去中国化,而有一大批返乡者,有的是在外边创业、打工失败了回来的,很多是小老板们,兜里揣着几万块钱,如果无业可就,很可能是社会动乱的基础因素。乡村现代化治理怎么治理?这就是挑战。

人们看到的那些返乡创业者,有一部分是在城里打工失败,或者在城里经营失败的,没法在城里继续待下去了,城市每一天的开支都是巨大的,而回村里的开支低,过得下去。

乡村开支低在什么地方？比如一栋老房子的修复成本大约每平方米800—1000元，超过这个数成本就失控。熙岭乡用"工料法"，基本上维持一座老房子的物业修复成本平均每平方米800—1000元，意味着这些在城市失败的经营者回村能够以极低的成本进入，开业经营。先不论工料法的收益如何，总之它能使得乡村古宅的修复成本降低，也就是经营者们进入门槛低了，或者促进了新业态发生。比如原来在城里开饭馆、在城里办文创经营，失败了，于是带了点活钱回来，他们用什么样的方式进入乡村正在活跃起来的新业态？怎样形成可持续的条件？首先，就是门槛得低，进来了才相对有收益。如果进入门槛高了，比如乡村建筑的一切项目都按照第三方设计、评估，有资质的建筑公司来施工，那就极大地提高了休闲旅游和民宿的进入成本，也无法吸纳这些返乡的"城市失败者"。

中央五中全会提倡"城乡融合"。从城乡统筹到城乡融合，怎么融合是关键。

首先是这些人能回来并且能安顿下来。须知，龙潭村原来只剩下不到二百人，而且大部分是老弱病残。可现在林老师搞"画家村"带动文创产业发展起来，回村的老村民人口至少增加了三百多人，再加上各地来的新村民一百多人，那就变成六百多人了，短短三年便翻了三倍的村内人口，这其实就等于贯彻了中央要求的"六保六稳"，替国家承担了很大的危机代价。中央强调应对全球化挑战的压舱石是乡村振兴，屏南县的乡村振兴经验也是中国靠乡村振兴应对了全球化挑战的有益探索！但至今没有见到哪个宣传部门或哪个媒体从这个角度来提倡屏南经验。

当然，到现在为止，有很多人还不善于把发展这种文化当作乡村振兴的必由之路，也不重视发展审美的、激发人的创造力、激发乡村活力的这些价值发现。

不过，我们不必急于去争论，而是应当与大家共同讨论习近平总书记关于"三新"的讲话，要求各部门的干部们将这些维护旧阶段的旧理念当作深化改革对象，通过改革转化成对生态文明新发展战略的新生产力要素的开发。只有深化生态文明需要的改革，才能把生态要素的解放和人回归大自然的解放纳入新阶段，在打造新格局的过程中推动其有机地整合。

所谓新的生产力解放，就是习近平总书记所说的生态资源价值化实现形式。从屏南的经验看，其实我们山区有着相当大的空间生态资源还没有被开发和利用，当然，现在有些空间资源被艺术家们用于做艺术表达了，比如艺术家在村里面做的画展，比如搞竹文化的创意，等等，这是艺术家在他的视野中的一种抽象表现。但是也需要进一步拓展为多业态创新。例如，把轻钢结构的美术学院和大自然万物，及其与人生百态的绘画表达形成有机结合的三生合一。

既然万法求诸野，屏南的发展就在于用什么样的方式再进一步做好艺术深化，形成有包容性的"公益品牌"，就能带动人皆有之的审美层次的精神追求。

发挥人的作用

就像我们在工业化时代审美追求也在衍化之中一样，在那个旧阶段，最初大家被工业社会的大资本压抑到实在不行的时候，艺术界就把审美追求衍化成了野兽派，音乐家很多反抗性追求的摇滚、重金属，这些东西都是被工业产业资本压抑到极端的时候，人们不得不反抗而演变出来的艺术形式。

人类从工业化进一步发展到生态化阶段。当审美和生态结合的时候，它应该是温暖的、和谐的。当工业化阶段人性偏重自我的那种表达发展和衍化到了一定程度，继之而起的会是和大自然、生态多样性有了一种内在融合的艺术感觉。

这个新阶段到来的时候，人们的创意所形成的题材会是更为丰富的，而由此带动了原来传统的单一产业形成多业态演变。比如过去村里的柿子产业，现在开始做升级、上加工；但，怎么才能让它再进一步有创意、有题材，就是一个面对细分市场的非常丰富的文创发展空间，这种多业态才能提质增效的发展方式正在被艺术家们开发出来。

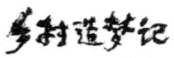

所以从这个角度来说，这些人力的、人才的作用，恐怕也不能只局限在有形的艺术表达上。屏南当前初步形成的所谓的艺术教育，包括学院的和民间的这种创新能力的结合，也是一个很大的、待开拓的领域。

所以说人才怎么用，怎么才能用好、用活，怎么让他们为现在屏南的那种生态化的新发展阶段发挥引领作用，这恐怕仍是当地领导干部、林正碌等这些描绘乡村振兴蓝图的人未完成的任务。

说到这，应该回到序言正题上。来屏南这几次调研和讲课交往了很多人，其中最让我感动的，还是本地一些领导干部的"爱故乡"情结——带有中国传统的乡贤对家乡的情感。是他们坚持不懈的努力，创造出很多屏南文创推动乡村振兴的经验。这次非常荣幸为作家沉洲的《乡村造梦记》一书写序——据说他用几个月时间沉浸驻点采访，又打磨了近一年时间，书中全面描写了屏南文创振兴乡村的来龙去脉、酸甜苦辣，塑造出乡村造梦策动者林正碌和被他"七天公益艺术"教出来的一批农民、残疾人、逆城市化者以及那些县、乡、村干部的感人形象。这个故事创造出的正能量符合当地的创业环境，也正是屏南吸引着一群又一群"主流""非主流"年轻人来此创造、见证、生活的原因。我们也融入了这群乡村造梦者，大家共同推进的故事还在继续着，期待更多城市群体，特别是趋向于绿色主义的中产阶层主动融入乡村振兴的历史进程中去。

开篇的话

发生在屏南大地上的乡村振兴故事，引起了温铁军教授团队的关注。温教授是我国"三农"概念首倡者、著名"三农"专家、北京大学习近平新时代中国特色社会主义思想研究院乡村振兴中心主任、中国人民大学可持续发展高等研究院执行院长。2020年夏季的三个月时间里，年近古稀的温教授率专家团队三次抵临屏南县调研考察，耳闻目睹屏南全域以文化创意产业复兴传统村落，已经如火如荼地开展了五年多时间，走出一条习近平总书记所期望的具有闽东特色的乡村振兴之路，并深为其中的人和事所感佩。

这些真真切切发生于屏南农村的现象，引起温教授高度关注，其团队旋即与屏南县人民政府签订协议，双方在当地共建一所乡村振兴研究院。

2020年11月19日，屏南乡村振兴研究院在屏南县熙岭乡的龙潭村揭牌成立，由温铁军教授担任院长及首席专家，重庆大学人文社会科学高等研究院文学与文化研究中心主任、博士生导师潘家恩担任执行院长。研究院依托中共中央党校、北京大学、清华大学、中国人民大学、中国农业大学等高等院校的专业人才队伍和广泛的社会资源，组建屏南乡村振兴研究院专家委员会，即时总结乡村振兴的屏南经验，讲好屏南的乡村故事，多渠道报送智库成果，为地方及国家的相关决策提供咨政参考。

同时，向全国推广屏南文创发展乡村振兴和古村活化的成功经验，进一步促进屏南经验的提升、转化与传播，扩大影响力。

楔子
·大地上的乡村梦·

从朋友那里获得准确信息：福建东部鹫峰山脉大山褶皱里的高山县屏南，有一个地理偏僻、山路崎岖、资源匮乏的龙潭村，原本户籍人口一千四百多人，自商品经济大潮席卷以来，现仅存一百多老弱病残和儿童留守。两年前，开展文化创意产业复兴古村，居然引来了一百多位世界各地的城里人常驻，村民也回流了三百多人。这个当代被愚公抛弃、工业也不稀罕的废墟之地，以它仅遗的自然生态华丽转身，成为网红村，让世人瞩目。

依过往经验，文化创意产业从来都与大城市形影不离。一个偏僻乡村竟然也能以此闻名？二者之间仿佛隔着一个重洋，这梦幻般的结果吊足了我胃口。

龙潭村的文化创意产业究竟是个什么东西？它凭什么让梦幻成真？

宅在书房，我花了一个月时间，昼夜颠倒看完"文创屏南"公众号这三年多发的所有文章和视频，原本离生活非常遥远的精准扶贫、乡村振兴，俨然近在咫尺，触手可及。屏南大地上那些凋零、衰败的空心村，不仅有了一时一季的油绿，还被注入强大的内生力，仿佛高原戈壁滩的红柳、荒漠里的芨芨草，于贫瘠的土地上绿意怒放。

我决定眼见为实。老朋友张少忠就职县政协，兼着屏南县传统村落文化创意产业项目指挥部办公室副主任。2020年新年伊始的一天中午，他陪我从县城驱车四十多公里山路去了龙潭村，开启了我的解惑之旅。

入村公路桥旁的凤凰台广场上，卧着一尊花岗岩，勒石"龙潭里"三个描红大字。南方冬天,草木依旧鲜活。西溪清流汩汩,两旁苍翠掩映里的一座座黄墙黛瓦民居,虾蛄形的风火墙,厝埕竹篱笆后探出的桃树枝丫,石道旁挺立的柿子树,溪边小径石缝间冒出的野花野草……层次丰富且浑然天成,散溢着传统乡村特有的气息。这与今天富裕起来的新农村大相径庭,触目皆唐诗宋词的意境。我一次次端起相机,说它是让人魂牵梦绕、安放乡愁的归宿地,一点也不为过。

以此为底色,龙潭村成了各路媒体记者获取新闻素材的货仓,从中央到地方,从纸媒、广播到电视以及新媒体,甚至俄罗斯电视台也进村采访过。央视《传奇中国节·中秋》特别直播节目选此地作为代表中国南方的连线点;北京天安门新年升国旗仪式,它又被选定为东南西北中同步升旗五极中的一极。更让人目不暇接的是,新老村民自主文化盛宴不断:四平戏培训班,"千年一遇"美术展,《印象龙潭》实景演出,一年一度的重声音乐节,自编自导自演的舞台剧《假面》《美哉龙潭》,国庆七十周年快闪活动和综合文艺晚会,还有汉服节、新春集市……

这简直就是一个梦幻里的乡村。

环村逛了一圈,我们途经民宿"画友之家"、龙潭公益艺术教育中心,走过近三百米的公共雨廊,再绕溪拐到龙潭美术馆、随喜咖啡厅、随喜书店、陈氏祠堂和戏院、龙潭酒博馆、四平戏博物馆,登上龙吟台广场后,进入下榻的47树美术馆……

此前看过的图片和视频,感觉如涟漪荡漾的水中之月,虽美妙却心里不踏实。眼前仿佛万籁俱寂,在清晨的一面镜潭上,倒映其上的景物全体清晰定格。

晚上,回乡青年陈忠业带我们去见识乡村夜生活,体验作为消费者的我们能享受到什么服务。

在去村溪尾路上,忠业解释说,传统民居隔音差,原村民多数早睡早起。村里有个不成文约定,卡拉OK一般在9点半打烊。我们先去唱几首歌,其祥居在村尾,那里有个三角地音乐吧,音响比较专业,也有各种饮品提供。

到了村边一座老厝,从窗玻璃望进去,亮堂的房屋一角,各种乐器或摆或靠在土墙上,话筒架和乐谱架孤独肃立。主人外出。

"我们去龙潭驿,那里也能嗨。"

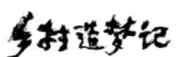

从下午走过的西溪对岸,沿不宽的石板路上行,眼睛不期然扫到老厝门边一块招牌。金属板镂空字被藏在后面的灯映得白亮,"贪生"两字设计得抓人眼球,形象地体现了忙得陀螺转的香港人偷闲一刻伸懒腰的模样。想起看过的开业视频,我改了主意,进去喝杯咖啡吧,学香港主人杰克那样松懈一刻。

过了一会儿,忠业手机响起,接听后说:"胡文亮从县城办事回来了。走,去酒博馆品酒。"

新村民胡文亮一副人见人熟的热情样。他端来酒盘,提起锡壶斟酒,"来,品尝一下这十年陈酿的闽派红曲黄酒。"

红曲黄酒,当地又称老酒,入口顺后劲足。当我们走出酒博馆时,小风吹来,脸热热的,腿有点飘。

回47树美术馆路上,忠业打趣道:"两位老师今天辛苦了,早点休息。龙潭新村民跨界人物多,每个人都有故事,每个人都有绝活。明天要是想玩深沉,可以去豹舍书馆读藏书,聊文学;也可以到随喜书店谈诗歌,碰得巧还有外地老师过来做分享;要是林老师在,就加入他的抖音直播,或者一伙人大脑风暴一场。等香港招导再住进来,节目就更多了……"

一个山村,与文化产业发达的大都市几无二致……这是怎样的一个奇葩小山村!

有那么多开放和半开放空间,有那么多诱人的生活方式,它的人文生态系统还生机盎然,甚至不用刷共享单车,散步间便能解决高品位的物质和精神需求,说它是自然生态里的城市精缩版也不为过,并且还不见什么商业味。或许,它也像一所没有围墙的大学校园。

清晨6点多,被窗外鸟鸣协奏唤醒。想拍一张龙潭初阳涂抹夯土墙的晨景照片,穿好衣服,拎起相机,奔向山麓边的雨廊。

水绿山青里,恍惚看到对面溪头大厝前黑石犬牙交错、菖蒲丛生的溪边,有一个清瘦身影正用茶杯舀溪水喝。

"这是龙潭古村。水环绕在家家户户门口,这里的水可以直饮,我现在就喝给大家看。请问,还有哪里的水可以这么直接喝?"当画外音响起时,我陡然缓回神来,这是昨晚临睡前刷林老师抖音视频留下的视觉后像。因为同属一个场景,感觉正在眼前梦幻般地推演开去。

此人便是屏南大地上乡村振兴的造梦策动者——林正碌。

上部

梦起策源地

第一章

一 改变县域的际会

2015年1月19日上午，福建宁德屏南县"天外天"宾馆大门口，走出一个身材清瘦的中年男人，那张脸盘上有着南方人常见的两块微隆颧骨和薄嘴唇，一副细黑边框眼镜锁不住其后目光的睿智。他全身裹在一件深灰色呢大衣里，脖子上挂有一条铁锈色长围巾。此刻，他握着手机的手一挥，招停一辆的士，坐上副驾位置。

听他说要去县委，师傅歪头看了他一会，才松开手刹。

天冷手冻，他反复几次才系好安全带，等坐正身体、正视前方之时，的士已经缓缓停靠在上坡道的路旁。

看他一脸狐疑，师傅问他要去哪个部门，知道是宣传部，又往上开过一道弯，二十多米的样子，再次泊车路旁。他还是有点不确定，问这里怎么没有保安？师傅手臂往他那个方向的窗口指去，告诉他，台阶上去，那栋三层青砖楼便是。

走进县委大院，第一次没被保安拦下看证件登记，也不见高墙围合和那两只必须有的石狮。他有点懵怔，一时接受不了眼前现实。

登上七八级石板台阶，上面是一块平地，大树参天，湛蓝天幕被树冠扯成碎片，斑驳阳光筛落下来，贴在青砖铺就的路径上。他转身环顾周遭，小山包上，俨然就是一处开放性的共享园林。大路下面也有一块平地，球场上几个年轻人投篮正酣。葱郁树木掩映着后面几栋青砖楼,边角有一条雨廊,婀娜竹丛后,可见休闲椅上靠着两个晒太阳聊天的老人。

青砖路径边,红紫色檵木被修剪得方方正正,围起一圈野草野花。两旁双手抱不过来的粗粝树干苔藓爬延,附生着左一撮右一丛的蕨类植物兔耳草。即便隆冬,南方的林木依然枝繁叶茂。树身有木牌、香樟、重阳木、罗木石楠、红豆杉、喜树、枫杨……路径往前十米,再九十度转向,面对的那栋三层楼大门旁挂有宣传部的牌子。楼房青砖勾勒白缝,20世纪六七十年代的典型建筑。

一股暖意从心隅传导出来,他脸上露出孩子似的笑意。心情莫名愉悦,这是个好兆头。

他上三楼找部长。曾经在江苏策划过国家文化创意产业示范园,他知道文创产业都是由宣传部主抓。部长外出,有人把他带到负责该项工作的副部长张峥嵘办公室。

"我叫林正碌,双木林,正确的正,忙碌的碌,上海鸿禧艺术教育研究中心所长。这回来屏南,主要是想在漈下村推行'人人都是艺术家'油画公益教学,免费培训农民画画。希望能得到你们配合。"这位叫林正碌的人,不亢不卑,带着一口莆仙腔介绍了自己。

张峥嵘让座。他这间屋子常有推销产品、拉广告业务的陌生人找进来,通常不是唯唯诺诺,便是点头哈腰,高度谦卑相。这人不一样,很淡定,一副经风雨见过世面的感觉。

林正碌在木沙发上坐妥,从挎包里拿出两页A4纸递给张峥嵘,"这是策划方案。"

张峥嵘接过来,是一份《关于发展"漈下古村"文化创意产业的可行性计划概要》文案。他低头看的时候,林正碌说你可以在电脑百度一下,那里有我个人情况介绍。张峥嵘心里想,你讲这句话就等于看过了,总不至于把你说得一塌糊涂吧。如果不讲,我倒是可能去搜一搜。

张峥嵘粗略浏览完,把那两页纸放在茶几上,着手烧水泡茶。

方案引起了他的兴趣,提供画材不收费,举办"人人都是艺术家"公益艺术教学,以先进教学理念和方法,培训农民画油画。如果农民的画卖掉,只从中扣除工本费。通过活动还可以保护古村。这思路很野,有味道。

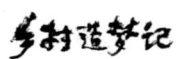

保护传统民居也是张峥嵘工作的一部分，涉及文物保护、"非遗"传承，多少还能从国家、省市各级部门争取到一些专项资金。古村落，那些破厝何以保护？眼前这个人提出的，与此息息相关。可是，就凭这两页纸？

烫盏斟酌后，他们喝起了茶。张峥嵘已经留意到对方的一口黄牙，地道一个老烟客，自己欲吸时，顺手递一支过去。等一口烟吐出来，张峥嵘满脑子疑惑排闼而来，等着找答案，"项目资金从哪里来？"

"我在江苏、上海做过五年公益艺术教育策划和推广，有一个很大的圈子，都是老板知性白领这样的人，他们都很愿意支持。"

"城市做得好好的，干吗来农村呢？"

"自媒体时代，乡村机会来了。花同样精力做一件事，让农民受益，效益最大化，影响面已经摆在那里了。"

"村民画的油画怎么卖出去？"

林正碌笑起来，指指手机，"这里有朋友圈。"

说话当口，他点开手机微信递给张峥嵘。

"人人都是艺术家，走进青岛平度市万家镇马二丘村，本次公益教学由上海鸿禧艺术教育中心副所长王亚飞全面主持。本次教学活动首期两个月，计划培养五十名优秀画家，然后这五十名骨干，在村里全面普及艺术教育，并教农民学会用自媒体营销自己的作品。"

张峥嵘点开九宫格放大一张张看，那些画虽然稚嫩点，但都还有模有样。这就是几天前的信息，真的让人不可思议。绘画零基础的北方农民放下锄头，画出的油画居然还能在互联网上卖掉。一幅一百五到两百块钱不等，甚至更高。

林正碌介绍道："这人叫王亚飞，是我学生。"

"你到漈下开展这个项目，需要我们怎么配合？"张峥嵘眼里闪起光，盯着林正碌继续问。

林正碌从挎包里又找出一张纸递给张峥嵘，那是一份《2015年漈下古村首期公益艺术教育策划概要》。

张峥嵘接过看起来，上面明确列有政府帮助提供的支持。有些肯定做不到，比如为了教学和宣传推广，安排一人负责摄像、一人负责剪辑现场教学视频。他分管的电视台都缺少这种人手。但这些都是小节，重要的是能把活动开展起来，其他方面后面可以去弥补去增加，甚至提供更多更大支持。

两人聊开来，渐入佳境，没有了之前的拘谨。

这时，林正碌摸出香烟，自顾自点上吸起来，然后开口道："十八大报告已经提出，要推动文化产业快速发展，到2020年，成为国民经济支柱性产业。去年9月，李克强总理在夏季达沃斯论坛上也提出大众创业，万众创新。从广义上讲，一切非物质的、创意的都属于文化创意产业范畴，文学、艺术、影视、动漫、软件等等，它整个是创新的新经济形态。我们目前看到的文创内容，通常局限于文化产品设计、生产跟消费。这里面有个误区，它掉入一个具体产品概念，各地的创意产业园都没有摆脱这种工业思维。终极的创意产业必须是创造一种新文化，是精神性的。中国人考察美国硅谷，总在想，要不我们也建一个，房子造得比他们还要好，却忽视了一个要命问题，最牛的是里面那些有创意头脑的人。"

这个从天而降的人腹中有货。在林正碌侃侃而谈时，张峥嵘的颅内飞快转动起来。他这条路子无中生有，很新颖，也契合国家政策，倒是可以一试。县里对乡村文化这一块，现在也没有明确的可行之路。免费教油画，把农民培养成画家，再把城市艺术家吸引到乡村来，复兴古村。这样的事，我们也想做呀！如果做得成，我赚了，即便后面古村无法像他讲的那样，也不会有什么损失。他这个东西没有破坏性，可以干。至于建成什么国际性文化创意硅谷，看不懂。但这不重要，你就是吹牛讲天书，只要在做我屏南的事情，与当下政策又没有抵触，爱怎么讲怎么讲。

看已经接近上午11点了，张峥嵘在心里下了个决断。"这样吧，我们现在就去漈下，看看能不能帮助你把这件事推动起来。"

说罢，他拨通了文化馆甘馆长手机。甘馆长是漈下人，在村里相当有威望，也专业。这些年，漈下历史文化名村的古建筑修复，都是他在现场做指导。

五分钟后，人高马大的甘馆长出现了。这让林正碌有点意外，看来地方小思路快动作也快。他去过不少地方，最快也是半天以后的事。

他们在街边店吃快餐时，张峥嵘已经让年轻的县电视台女台长李锐把车开过来。疾驰的路上，甘馆长对林正碌说："林老师，村里只要不涉及'国保'，看中哪里我们就叫村干部来帮助落实。"

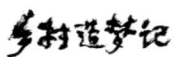

村口停车场，村支书已经在那等候他们一行到来。甘馆长将林正碌和村支书彼此介绍后，大家走上了龙漈甘溪溪尾的聚宝桥。站在廊桥上，甘馆长指点着溪水上游开始显露出来的村落，向大家讲述这些年来，乡村古建修复的思路与成效。

"你们看，溪两边的磅岸，当时我们严格按传统方法来施工，和原有一模一样，没用一点水泥，也不去改变磅岸原貌。不规则的石块相互咬在一起，现在石缝里长出了野花野草，和自然融为一体了。"

这话飘进林正碌耳道，让他浮想联翩。对呀，这种保留乡土气息的思路，跟自己是心有灵犀。几天前如果看到这里的河道护岸也像霍童镇那样，他二话不说就会转身离开，今生今世再也不可能踏入漈下村。现在，第二次置身这个古朴乡村，面对这些烂熟于心的青山绿水景致，林正碌的眼前迷离起来。

一周前，他平生第一次踏入漈下，赶巧迎来了一场初雪。鹅毛雪从灰蒙蒙的天幕飘飘扬扬晃下来，乡村阡陌、古厝黑瓦被覆上了一层浅白，古村肌理显出了另一种味道。接着又落起了雨夹雪，他一点都感觉不到天寒地冻，还有点盛夏落冰雹的奇异体验。天地间雨雪交织，就在这座桥头前面的草地上，他兴奋难当，雨伞也扔到一旁，用手机录起了视频。

这时，有人打趣道："林老师，你第一次到屏南就看中漈下，非常有眼光。这个村是我们县扛下的第一块国家级牌子，中国历史文化名村，后来还有全国重点文物保护单位和中国传统村落，三位一体。"

"不需要不需要。屏南我还去过其他几个村。乡镇所在地都没有大兴土木，自然植被里藏着清一色的古村，说明整个县域内非常原生态。都不用进去看，闭上眼睛就能知道村里头珍珠玛瑙撒了一地。"

林正碌从自己的情景里脱身出来，顶了一下眼镜，解释道："其实呢，是因为一首宋词，词中战乱过后的景象跟这里非常相似，八百多年，弹指一挥间，当年孕育出中华文明的乡村如今却如此破败，一想到这里就让人心痛。……自胡马窥江去后，废池乔木，犹厌言兵。渐黄昏，清角吹寒，都在空城。……二十四桥仍在，波心荡，冷月无声。念桥边红药，年年知为谁生。"

宋人姜夔这首词大家都不熟悉，加上林正碌诘屈聱牙的莆仙式普通话，更是难以连贯，但他抑扬顿挫的语音，那股悲怆神情，让人或多或少受到了感染，心里飘袅出一缕莫名的落寞和伤感。社会发展了，进步了，但孕育出中华文明的古老乡村如今却如此破败，着实让人心寒。

曾经，他一整天都在这个暮气沉沉的百年古村里踯躅流连，意识就像一支油画笔，"胡马窥江"后的满目疮痍与萧瑟，在他脑海里一遍遍被描画修补，陶渊明诗文中那种田园韵味慢慢地复苏。"暧暧远人村，依依墟里烟。"那是怎样一种久违的诗情画意：青山环抱，小桥流水，水车悠转，还有一条雨廊。走过千疮百孔的古厝之后，便看到西城门门楼前的那座廊桥。桥里有几个烤火笼的老人，神态呆滞，缄默无言。

他恍惚有一种穿越时空的错乱，这里曾经是多么温暖的怀抱，一个承载中华文化肌理和乡愁的所在。这样的乡村哪天一旦消失，华夏文化这部大书将被硬生生撕掉好几个精彩章节。他的心里冒出一个执念，生根发芽绽叶抽枝，很快华冠蔽日遮天，有一种归宿感在心头暖洋洋晕化开来：此生一定要在这里尽自己所能，好生打理它善待它，像布衣陶公那样，"相见无杂言，但道桑麻长"，让这些可以寄托中国人精神的古村延续下去。

他们沿溪走到村子中部，峙国亭一拐下来，清一色的夯土墙老厝开始濒溪列布。村支书得知林老师要找一座比较宽大的老厝做画室，领他们进了雨廊下第一座老厝，介绍这里两栋连通，人口少，都住后院。中意的话，可以动员他们把二楼厅堂也腾出来，合起来有三四百平方米。

前厅靠着天井，比较通透。厅堂里横七竖八摆挂着各种农产品和农具，没太多家具陈列，清理打扫一下，把那些残破墙板和楼板修复起来，也还算完整、宽大，一层两处地方可容纳三十多人。这里可以是一个不错的选项。

沿溪继续往前，走过"潆水安澜"古城门楼，便到了"语录房"前。一整面墙白灰斑驳陆离，重叠着20世纪六七十年代红色语录，仿佛一堵历史的涂鸦墙。

甘馆长顺口介绍起来，"这是民国初的建筑，最早是小学，后来改为区公所。解放后又变回小学、大队部。随时代变迁，叫法一直在改。一层层的白灰后面，藏有百年历史痕迹。你们看那里，青砖拱门上面白灰脱落的地方。仔细看，有龙潆区学校的字迹。"

林正碌接腔道："本来这里做公益画室最合适，宽敞明亮，但你讲文物保护单位不能动，那就没得说了。"

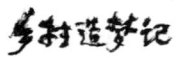

甘馆长指着旁边立着的牌子,全国重点文物保护单位漈下建筑群。"你看,都在上面了。这座虽不属于'文保',但也是有年代的。"

"其实呢,这样的建筑中国很多,屏南古民居年代远比它悠久,都是几百年的,比美国历史还长。如果今天一个火星人来到地球,一定会看到三种建筑,第一种是欧洲大理石建筑,第二种是中国土木榫卯建筑,第三种就是现代钢筋水泥。它代表地球文化。我们用四十年时间一座座拆掉,太自卑了,对民族文化缺乏自信和骄傲。古民居经历了沧桑岁月,贮存着众多的文化信息。当欧洲人读莎士比亚时,他们心中的诗意跟我们完全不同。我们的诗意是土木结构的唐诗宋词,现在连这个也快消失了。"

接触才几个小时,张峥嵘开始发现林正碌不仅有艺术家气质,还博识,触类旁通,不时冒出与常人不同的观点。这时,他岔开话头,"传统民居在屏南随处可见,除了我们搞摄影的人喜欢,农民恨不得都搬到水泥房子里去住。"

"它是这样,自然资源是上苍给的,这里没有被工业染指过。从原始人开始,栖身之地用的都是自然属性材料,就近取材,因地制宜,它一定比你工业的高级。从环保层面看,它可以复归自然,减少对地球破坏。为什么国外富豪爱住木头房子,其实是一种文明象征。现代钢筋水泥想有温度,门都没有。关键要把里面的空间修复成现代需求,它就是最人性化的诗意容器。"

林正碌瀑布式倾泻而下的观点,令张峥嵘觉得新鲜的同时,往往要经过一段时间琢磨,细嚼慢咽后才会体会到其中有妙处。

对住处,林正碌没什么特殊要求,能提供十个人住宿便成。倒是村支书考虑周全,领他们到溪头一个小山包。那里有单独一座房子,不受外界干扰。土埕前视野开阔,一侧竹木掩映处是漈下小学;一侧回望来路,有蜈蚣一样爬行过来的黑瓦雨廊。房屋不是古厝又算老宅,曾经修复过,正门这扇墙青石垒基、青砖砌就,三围夯土墙,就一个"人"字形瓦顶。

村支书说:"里面没有天井,土木结构。他们全家在福州,整座房子都可以租下来用。今天没钥匙,可以的话,我让他们从福州快递回来。"

看林正碌没什么异议,张峥嵘便拜托甘馆长和村支书,尽早清理出这两处地方,按能使用的标准修复起来,让林老师第一时间进驻。

这么快这么顺利就有了结果,林正碌脸上爬满笑意。没有更多选择,画室确定村口那户人家,外地来学画的人找进来也会省掉许多麻烦。从这个角度去想也很是称心如意。

林正碌非常纳闷,莆田到屏南不过三百公里。四十多年来,我怎么不知道身边还有这么一个天堂级别的所在。是自媒体让我知道的,这很有意思。

时间拨回到去年夏天,在宁德朋友介绍下,他去了宁德城区西北部霍童镇的一个村子。朋友是当地乡贤,让镇村两级干部把一些老厝门打开,他进去看后叫好不迭。当时因为和贵州朋友有约在先,已经联系到那边考察了,他让村主任等几个月,返回头就在这个村推行公益艺术教学。十天前再去时,那里已经进行了新农村改造,簇新的白墙黑瓦,原有的乡村肌理消失了。最让他无法接受的是,霍童溪两岸的防洪堤,用条石水泥砌得规规整整,生硬冰冷。看得他悔不该当初,心情沮丧极了。朋友好言相慰,手指西边,要是不嫌路远,往这条公路开上去,爬到海拔八百多米的地方,比这里更原生态的古村满地都是,你绝对喜欢。他当即调出手机朋友圈的图片,一幅幅翻过去,青山秀水,土墙黛瓦,阡陌田园。然后,林正碌便邂逅了漈下的那一场初雪。

冥冥中,他林正碌前世与屏南一定有缘。世界真美好,还配套了这么一群没有用怀疑眼神审视自己的新朋友。

回县城的车上,林正碌喜形于色。这一趟漈下之行,让他始料未及,居然成为他朝思暮想的破冰发端。感谢屏南,他梦想的乡村形态终于要落地了,心里面推演过无数遍的样貌跟着就将铺展开来。他掩饰不住兴奋,握着手机的手上下舞动起来,"我一定会把中国最牛的媒体都吸引过来。小李,明天开始,你派两个记者跟着我。开拍开拍再开拍。"

李锐笑笑,那神色就是你好大口气,我整个屏南县电视台,包括派遣工才五个人,还专门给你两个。

下午回来,林正碌在"天外天"宾馆房间里,列出画笔、颜料、画布等一干画材清单,发给远在青岛乡村的学生王亚飞,让她帮忙在淘宝网下单。

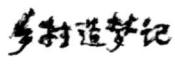

二　命悬一线

眼看年关逼近，宣传部会议不断，各种总结材料写不完，白天基本没空，晚上只要闲下来，张峥嵘便想约林正碌泡茶聊天。

他对这个不招自来的人产生了浓厚的八卦心理，一反之前想法，忙乱里还偷觑了"林正碌"的百度词条：

林正碌，1971年出生，福建莆田人；哲学家，经济学家，艺术家。1993—2007年经商；2005—2007年著《数性宇宙论》；2008年从事油画创作，无师自通；2009年至今，担任海安523文化产业主题公园策划总监。

这标签有点唬人，用当下流行语来定义就是斜杠青年，但他这把年纪，中年大叔了，应该算是斜杠青年前辈。等他俩混熟后，在一次与林正碌谈笑中知道，2013年在上海时，几位学者、"名记"一起海侃文化、经济、教育、哲学后，有位记者自行在百度里为他填了词条。林正碌某天不经意打开，自己也吓一跳。其实，在这个大师满天飞的年代里，也没什么了不起，脸皮厚了也就无所谓。哲学呢，写过一本书《数性宇宙论》；经济学呢，现在什么事不干，马上可以形成几十万字的微观新经济理论；艺术嘛，肯定自成一格，已被业界一些大佬认可。现在还可以加上心理学、教育学、文化创意等等，与这类专家坐在一起，各抒己见不会落下风。这样说吧，就比如我知道导弹是怎么做出来的，而不只是会背里面的某几个公式。我可以指导你。

搜索相关信息，匆忙里他还发现林正碌其人的一些蛛丝马迹。2009年，上海台商协会的一位副会长，在江苏南通市海安县开发了个楼盘，原本要搞批发市场，做到一半发现商机已变，想转型文化地产，到处寻觅高手，七弯八绕的不知怎么就让林正碌接上了手。后来以这个楼盘为核心，圈了很大一片地，升格成国家文化创意产业示范园，为此还成立了副处级建制的管委会。

如此看来，此公虽然不属于体制内的人物，却也历练不凡。现在是英雄不问出处的年代，能成就大事者都算人物。

他发现林正碌脑瓜里像是装满了一篇又一篇思辨性文章，拧开水龙头，你别打岔，他会水一般奔泻出来，逻辑清晰，文句基本不需回炉，只要在某些地方为他的莆仙腔标注一下音就好了。但是，听者必须精神专注，同时脑筋保持飞转，才能接收全他话语中传递出来的密集信息。两天前的晚上，在这间房子里,林正碌曾就接下来要在漈下开展的公益艺术教学,又有全新一说——

艺术、数学和语言等,构成人类的基础文明,这也恰恰是我们现在,尤其是最没文化的农民缺失的。人人都是艺术家,也可以是导演、作家、音乐家什么的,不只是因为我会画画,才提倡公益油画教学。当下世界以数字化、全媒体为主导,人类已经进入读图时代,图像文化对人的审美产生新的重要影响。一张画就是图像,没有国界、语言障碍,易于传播。要优化乡村的人文生态,让农民从个人属性、创意改变到自媒体运用一条龙完成,绘画是最佳选择。

绘画瞬间读完,是符号,是画面感。想要知道一个人有无修养,必须跟他交谈聊天,才会产生人格高尚、学识渊博的认识。但在街上看到一个美女,瞬间就回头了。视觉效果是读图,一眼完成。音乐、写作也可以成就人,但音乐、写作耗时间,我没空听你花三分钟一百八十秒,也没耐心等你把一首诗朗诵完。可能就差那么几秒,你的机会已经消失了。

从心理学角度来说,绘画对每个个体都是重要引爆点,它会唤醒自信跟自我认可,还有他心里藏着的人文情怀。它属于自证系统,无须别人配合协作。比如骑自行车,一群人看骑自行车教学视频,看一辈子都不会骑,必须给他车。在你说我行之前,我已经会了。确定一个人的独立,必须用自证方式,否则不敢相信自己。打乒乓球、下围棋则需要他证,他证是游戏范畴。如果这一辈子没有一群人输给你,你感觉不到自己厉害,也吹不起牛来。输一次立马不自信,而且心情沮丧。

他证你永远得找别人来确立自信心。既然是游戏,还得参与其中,按规则来验证。只能说你知道规则,不好说你有多厉害。

书法属于游戏范畴,从来没有内在的绝对的创造力。整个国家足球踢得再好,也就是精神娱乐,它属于游戏范畴。全民毛笔字写得跟王羲之一样,围棋都下成了宇宙流,与科技、文明推动没必然关系。但是,世界上任何科技、文明的推动都源于自证系统,无须外在游戏规则来界定。比如勾股定理、三角函数,都是可以自证的,稳定就是稳定。盖房子必须要用到这些。

文化创意产业的核心是创造力,它不属于游戏范畴。中国农民通常被认为低端人口,是无贡献率的群体,在他证系统里永远无法获得支持。这个世

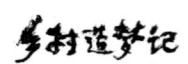

界上,任何人都具备创造力。我来这里推行公益艺术教学,就想让人们知道,任何人任何时候,只要你哪一天接触了艺术,通过自证系统激发自信,就能迸发出无与伦比的创造力跟人文情怀,同时,带来经济收益,从文化、经济创造力低下的弱者一跃变身为强者。

闻所未闻的自证和他证之说,鲜得让人张大了嘴,这把张峥嵘的脑筋搅得一时没理清头绪。当下暗忖,管你什么"证",只要农民画得出来,画会卖得出去,外来艺术家能进村,古村不再空心下去,就是这辈子积的大德、行的大好事。

如今,各种媒体上,互联网、自媒体、智能、5G满天飞,新经济方面的知识还要补课。一则全面了解林正碌的思路体系——张峥嵘认为他一定有个通盘框架,找时机向县领导汇报,争取更多更大支持。另外,自己对这类问题也兴趣十足,就当充电学习。每遇空当,张峥嵘就像吸烟那样有了瘾头,心隅会爬出一种强烈的交流欲望。

1月23日这天晚上,张峥嵘晚饭后散步到办公室,打电话问林正碌在哪,手头不忙的话过来泡茶。

县城小,无论窝在哪个角落,只要放得下手头事,林正碌很快就能出现在办公室。两人坐定,张峥嵘泡好了茶,啜了一口,问了问他那边的进展情况后,转而单刀直入,提出问题,"新经济时代,屏南乡村凭什么有机会?"

递给他一支香烟,点上。林正碌松开环在脖子上的围巾,放下手机,启动两片南方人灵巧的薄嘴皮开讲了——

这么说吧,当我们走到2015年的今天,人类文明已经进入了第三次转变,第一次猴子变成人,用上了火;第二次开始使用技术,进入农耕时代;当下是第三次,已经到了工业时代的下半部,也就是说智能时代来临了。此前,人类所有努力是想创造物理性产品,辛苦一辈子,吃饱穿暖。后工业文明到来,我们不再担心这些问题,衣食住行这一切交给机器人、大数据。互联网、自媒体、物流、人流、信息流、资金流,充分解放了每个人的时间。那些被解放出来的劳动力就失业了吗?不可能!他去满足人类欲望课题,就是精神需求。今天,我们已经进入以创造精神性产品为主导的时代,物理性商品走向文化创意产品是一个必然进程。那么,每个人都要把与众不同的、独家的创意展示出来，这是人类最精彩的层面，精神性创造更人文更高贵，互联网支持了这种追求，创造力一旦被认可，就变成了精神性财富，然后再转换为你的生活需要。文化创意是一个庞大产业，是人类新的文化增长点的引擎，是未来的核心。

互联网时代的特点，就是彻底打破物理空间制约。你看，我这个手机，里面的微信平台相当于好几家报纸，甚至报纸都没这个强大。换句话说，我今天藏在海南岛一个山洞里，我的个性创意、我的精彩发出去，分分钟后，可能在北冰洋某个潜艇上遇到欣赏的人，得到关注和认可，这是他人生价值社会化的开始，再通过掌上支付获得经济收入。人人都是艺术家，我教农民学画就是要发展这种个性化的文化创意产业……

滔滔不绝的话语戛然停住，断流了，林正碌意外地卡壳。张峥嵘抬眼看去，只见他用手摸了摸脑袋，屈起手指轻叩了几下，然后落下来的手半握成拳，顶了顶鼻头，接着延续下去——

这里，哦……要明白一点，虚拟经济不是对实体经济的否定，而是在实体经济基础上，拓宽财富定义的边界。今天靠的是信息，信息管道所到之处，人人平等，农村跟城市站在同一条起跑线上，大家拼的是个性，不会因为你有什么长三角、珠三角的区位就一定近水楼台。你有港口你牛，你有平原你牛，你有山你也牛。它是这样一个时代。

世界工业越发达的国家，乡村肯定越废墟化。基于这种情况，那些在工业时代体现不出价值的东西，比如说古村落吧，你说它有多好多好，就像你跟一个不吃羊肉的人大谈羊肉营养和好处，那是对牛弹琴。但是，在新经济的文创模式下它被重新定义，显现出了价值。古村复兴核心在人，古宅保护必须从保护主人开始。只要农民的文化、经济跟创造力提升了，就会水到渠成地激发出他们内心的情怀，他们才会去热爱自己家乡，成为保护这些古村的中坚力量。古村复兴不是水中之月，不是乌托邦，你等着看吧，我一定让漈下农民先牛起来。

……

一人侃侃而论，一人洗耳恭听。时间指针走到9点半，林正碌又抚了一下脑袋，说想上一趟卫生间，正好张峥嵘也有这个意思，便带他到一楼。走下最后一级楼梯，这时，林正碌改了主意，忽然说想回宾馆。

张峥嵘扭头睁大眼睛审视着他，心里非常诧异。什么情况？刚刚还聊得兴头高涨，只在转瞬间，林正碌全然没有了之前的中气，放轻嗓音解释："突然感觉头有点不舒服。"

张峥嵘表示理解，"那好，先回去好好休息。这几天你也忙累了，我们改天再聊。"

从卫生间出来才走到大门口，却见林正碌双肩遽然紧缩起来，伛偻着背，两手捂头，倚着门框慢慢蹲下去，语调绵软地问道："有没有车？"

在门厅灯光下，张峥嵘已经注意到，此时的林正碌脸色惨白，举动异常。心头暗忖，去酒店就一两百米的一道坡，这也要用车？张峥嵘心里一紧，爬出一种不祥预感：看来他的身体真是出大状况了。

知道他没开车来，林正碌一手护头，另一手抖抖索索拨通一个电话，把手机递给张峥嵘。又自顾自软软地嘟哝起来："从来没这样痛过。哎呀，这么痛！"

张峥嵘问清对方的车停在"天外天"，便让他出门左拐上坡，他会在路边等。同时拨通甘馆长手机，叫他立马赶过来。

林正碌的朋友将车停在大路边，张峥嵘准备和他一起把林正碌搀扶下石阶上车。却见林正碌背靠门框，已经一屁股坐到了地板上，声音蚊子样细弱，"走不动……开上来。"

张峥嵘心里咯噔一下，情知不妙。看他身体有点歪斜，把他扶正靠稳。急忙带他朋友往前七弯八绕了一圈，硬是把车停在了宣传部大门前。

快快下车看去，张峥嵘的一颗心提到了嗓子眼。林正碌整个人已经歪瘫于地，肩膀痉挛，手指抠着地板，双眼紧闭，眉弓痛苦扭曲着。

这时，甘馆长救兵似现身，在林正碌朋友把车掉头的当口，两个壮汉几乎是托起他搬进车里。林正碌浑身瘫软，上身歪仄在甘馆长肩上。他被疼痛折磨得有气无力，呻吟中吐出几个断续字眼，"止痛药……送宾馆……"

怎么可能去宾馆，这种情势就得直奔医院了。张峥嵘一边指挥方向，一边给县医院的外科主任打电话，描述了大致病况。主任嘱咐他先去急诊室做脑部CT，他马上到。

两人搀扶着林正碌刚进医院门诊大厅，林正碌被亮堂的灯光刺激清醒过来，顿感浑身不适，扑到墙边的垃圾桶喷吐起来……

做完CT，外科主任也匆匆赶到。坐在电脑前，他细看了一遍图像，对张峥嵘说："怀疑脑血管瘤破裂出血。如果是这种情况，必须连夜送福州。"

外科主任通知准备救护车的同时，又把图像传给福建医大附属第一医院的老师确认，结论和他的判断如出一辙。

很快，林正碌被担架抬上救护车，随车护士立刻给他输液消炎降颅压。

为了开展漈下公益艺术教学已经到屏南的两个玉树藏族孩子，一个叫多杰的陪他上了救护车，另一个叫美久的留下。一阵阵疼痛袭来，林正碌皱着一张脸，拜托张峥嵘拿些钱给美久吃饭，还留下妻子电话，让他帮助联系一下。莆田朋友不放心，开车尾随救护车一起去福州。

两个藏族孩子情况是这样的：2012年玉树地震后，各地慈善机构从不同方面支持，他们与林正碌在上海M50艺术中心开展的"公益艺术教学培训展"合作，先后推送了二十几个玉树灾区孩子跟他学画。两年下来，几个小有成果的，继续跟随林正碌，成为他公益艺术教学团队里的小助手。

三 今夜，人生惆怅

在医院大门口，目送救护车晃眼刺耳的闪灯鸣笛消失后，时间差不多到了11点半，甘馆长回家了。此前紧张、糟乱的头绪，犹如炸飞起来的尘土，纷纷扬扬又落回原地，一切渐渐平复下来。一股砭骨寒风迎面吹来，张峥嵘不禁打了个冷战，他双手插进口袋里，昂头呼出一口白雾似的热气。天上铅云弥顶，不见天幕和一颗星星。有一种难以言状的烦闷和压抑，在他整个胸腔盘根错节起来。

不知是天气冷洌还是心绪纷乱，张峥嵘控制不住身体内传导出来的一阵阵寒噤。他给林正碌妻子挂去电话，声音有点哆嗦，他讲述了事情发生始末，告诉她林正碌要去的医院和病区。

放下手机的张峥嵘，没有一点回家欲望。他有点无助，很想找个什么人说说话。在医院大门口盘桓了一阵子，他又踅回到外科主任的值班室。

他们泡茶喝茶，有一句没一句聊着。外科主任告诉他，在他的医疗生涯里，脑颅出血这种突发疾病高致残高致死。最后安慰道："你这朋友明天会怎

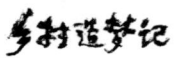

么样,不好说。刚才讲的是大概率,一切看他的造化了。"

东拉西扯,磨蹭到凌晨1点半,他才心事重重地回了家。

短短几天时间接触,林正碌那些理念虽然此前闻所未闻,但从逻辑建构上推敲没问题,这东西有戏。如果仅仅是他口头讲一讲,听罢也就放下了。偏偏这些天来,他把发生在青岛农村具体可感的情形,迫不及待一遍遍移植到了他熟悉的场景里、熟悉的人身上,感觉一切都如在目前。一件自己很想去做又无计可施的事,因为邂逅了一个不同寻常的人,万事俱备,眼看着就要撸起袖子痛快干一场,却戛然而止。他心犹未甘,浑身上下每一个细胞都为此无限惆怅。

今夜,注定是他人生的一个难眠之夜。

2013年,张峥嵘调到宣传部,还担任了摄影家协会主席。因为工作和个人兴趣,对古村落特别在意。双休日,他经常组织摄影爱好者去乡村采风拍摄。一堵残破的山墙,一条歪歪扭扭的石板路,农民插秧种菜收割……古村到处都是可拍摄之景。他对农民说,自己的好东西要懂得保护起来。农民反而讥笑他,你们城里人是吃饱没事干,还一次次老来。

有一年秋天,柿子红的时候,他们一帮人去拍厦地村的"事事如意"。一堵光怪陆离的封火墙前,老树黑枝龙腾蛇舞,悬吊着满树铃铛一样的橘红柿子。后来,看到照片的摄影界大腕抵临现场,为这个诗意化场景兴奋命名:中华第一墙。

张峥嵘很有成就感,一次次带艺术家去厦地观光采风,没有人不为之喝彩。有人开玩笑说,艺术家眼光敏锐,只要肯拿着相机一次次"咔嚓",一定是好东西。他头脑里开始有了个概念,传统村落到处都是宝贝。那一任村支书恰好是朋友,也能理解他们的好心好意。张峥嵘一再拜托他一堵破墙都不能拆,一棵树都不要乱砍。一旦没有了,以后再有钱也换不回来。

夜长梦多,他心里还是如履薄冰,唯恐哪天倏忽间就不见了。张峥嵘揽下写文本、填各种材料、拍摄的差事,甚至带上无人机航拍,没花公家一分钱。县住建部门再一级级往上申报中国传统村落,运气奇佳,牌子拿到手,厦地古村的命算是救下来了,他那颗紧悬的心放回到原处。厦地安上了个金字招牌,谁敢拆谁就有责任,谁就是千古罪人。在复垦成风的那一个时期里,厦地那些古民居还千疮百孔地挺立于蓝天之下，被艰难地保存下来。一直坚持到传统村落开展文创时，立马就是屏南古村一种让人叹为观止的气象。

屏南也曾经希望打造一个大旅游概念，后来发现此路不通。20世纪末，宁德属于全国十八个集中连片的贫困地区之一，条件十分艰苦。辖区内的高山县屏南，更是长期戴着贫困县帽子，坊间有"屏南屏南，又贫又难"的嗟叹。政府家底薄，财力拮据，努力争取来一块国家级、省级的牌子，国家和省市相关部门多少都会补助一笔项目资金，但这是杯水车薪，解决不了乡村基础设施投入的难题。搞摄影的人喜欢石板路、石拱桥，乡村游安全是第一位的，路径必须硬化，拱桥必须架设栏杆。这种情况下，投入资金的所谓美化，反而没有摄影家爱去了。屏南白水洋、鸳鸯溪属于国家5A级景区、世界地质公园，这条"闽东北亲水游线路"虽然名列中国"十佳旅游线路"之一，但也分淡旺季，有游客停留时间短的苦恼。乡村旅游缺乏自然景观资源，撑死了来个3A级。拿有近六百年历史的漈下村来说，三块国家级金字招牌，古建文物众多，古文化灿烂，历史传说故事神秘，因为交通闭塞，信息短缺，村民放弃收入不多的传统农耕，纷纷外出打工，原本一千七百多人的村庄，如今剩不到五百人。人口流失严重，古村日渐凋敝荒凉，省级贫困村的帽子一直脱不掉。你让它怎么兴旺起来？这些问题如何破解？不搞大旅游，我们手上的古村落还能用什么方式继续保护下去？

传统村落的文化遗产绝大部分进入不了"国保"，资金难以为继，保护举步维艰。这十几二十年里，屏南的古村落文化基础工作做得很努力，却看不到曙光。争取到资金了，印一本画册、拍一部电视片、出版一本书、举办一次展览、召开一场论坛，自家吆喝，声音小还零零落落，始终找不到一条古村落文化旅游目的地的入径。感觉像一个医生面对绝症患者，没有什么特别手段。古村落只能是一个苟延残喘的老人，在岁月余晖中，等着生命慢慢抽离。

按常理，教人学画就要付出，从来都是收费的，多少而已。林正碌不收一分钱学费，自筹资金培训农民画油画，这种方式很容易上手，等于农民白学了一门手艺，还能靠卖画赚钱。当下不乏做公益的大老板，但林正碌又不像很有钱的样子，也许他把公益作为一种个人热爱的事业，一种情怀和心灵寄托。这无需质疑！如果按他说的，再吸引外来艺术家进村，那么古村就有了人气，人气旺了肯定有消费，农民在家门口能赚到钱，古村落便不至于继续空心化下去……

　　一夜辗转反侧，心思浩茫，往事纷至沓来。一直折腾到精疲力竭，他才迷迷糊糊睡去。

　　次日，一整个上午，张峥嵘在办公室左摸摸右翻翻，坐立不安。林正碌家人从莆田赶到福州，肯定有很多要命的事急着处理，他不能在这个时辰添堵增乱。一分一秒挨到中午，张峥嵘才按捺不住给林正碌妻子挂电话，得知他的病情没有往坏处发展，现在还在输液。医生告诉家人要继续观察，然后制订后面的治疗方案。张峥嵘听罢，知道林正碌暂时脱离了生命危险，一直压在心坎的一块巨石卸掉了。他长长呼出一口闷气，一直揪紧的心终于稍微舒缓了一些。

　　越来越临近春节，案头纷乱的事务，仿佛遭遇一场强劲秋风，将满地落叶吹得不见了踪影。手头猛然间骤停下来，张峥嵘闲得有点发慌，百无聊赖中，他在电脑键盘上敲入各种与林正碌相关联的词组百度，打开互联网里面一个个陌生的抽屉翻搜起来。林正碌过往的人生行踪，通过一条条视频、一张张图片、一段段文字，从云端纷纷落回到了人间。

　　几篇试图叙写林正碌人生经历的文章，引起他注意。一篇篇浏览下来，林正碌其人的"前世今生"被一片片拼接了出来。

　　林正碌出生在莆田海边一个渔村，排行老幺，母亲是文盲农民，父亲做点小生意。母亲的溺爱和宽容，给了他最大的自由度，除了上学念书外，白天他热衷在退潮的沙滩堆筑各种各样的沙器，晚上喜欢躺在厝埕前的竹躺椅上，仰望星空。母亲好比一艘船，护佑他在大海遨游，威严的父亲则像一个指南针。寻常日子里，他们通过一些小事言传身教做事的道理、做人的道德底线。无拘无束成长起来的林正碌，打小就是一个老师眼里的另类学生，聪颖过人自不必说，寒暑假里总是自己翻完新学期课程，把课本上的作业一次性做完交给老师，空下来时间就去钻牛角尖，琢磨一些哲学、宇宙学方面的问题。

　　高考那一年，因为缺少一遍遍的应试题型训练，尽管平时"奥数"常得高分，但试卷里的数学题很多愣是心里没底。当年高考作文题目《近墨者黑》，他写的竟然是"近墨者未必黑"，离题十万八千里，完全是悖论，得了个鸭蛋。那一年，本科录取线是五百多分，他差了一半，一直想不通自己凭什么考了整个莆田市倒数几名。其后两年，对大学充满好奇心的他，去了自己仰慕的几所高等院校找同学蹭课旁听，却发现教授也不能解他心中之惑。

福建莆仙地区是遐迩闻名的行画之乡。后来，他做起行画、画框生意。那些年，凭借自身英语优势，他把行画贸易出口做得风生水起，成为中国这个领域有影响力的人物。曾经身家过千万，高峰时一年出口额一两个亿，甚至在迪拜等中东城市拥有库房。20世纪90年代，风云乍起的中国商界三角债普遍，铜臭味充盈。由于合作伙伴不靠谱，他吃过亏上过当，也受过骗。他发现自己能与老外建立良好的信用关系，但与国内合作伙伴总免不了磕磕碰碰。商界如同天文大潮的海面，他漂在上面起起落落，几度沉浮，多次破产重来。所谓行画，不过是劳动密集型产品，必须以量生利，他经常借高利贷周转资金。那段日子里，他像一只猎豹，一次次追击，一旦获取到羚羊，讨债的鬣狗便围上来，秃鹫也等在一旁。2007年，经历了第四次破产后，他厌倦了商海沉浮，开始反思人生。经商就是在浪尖行走的营生，冲来撞去的，悲喜交替，下一瞬间等着的，可能就是万劫不复的深渊。

这个世界究竟为什么存在？他觉得传统宗教、哲学、科学都没有提供令他满意的答案，他重新梳理宇宙、社会和人生的关系，从哲学角度来思考自己的迷惘，直面人类必须面对又一时无解的终极命题，进行存在、孤独、向死而生等等人文方向探索。他用了一年多时间，把思考写成一本书——《数性宇宙论》。通过理性梳理，他建立起自己的哲学思维系统，开启洞察世界之目，这些都成为他日后行事的理念支撑。

只要你持有某种特定价值立场，就不得不服从既定的丛林法则。在这种人文环境里讲契约精神，想拥有高贵的商业成功，门都没有。既然这里不对等，那另起炉灶，换一种活法不就结了。

他决定将自己的人生格式化后再重启。他突然领悟到，绘画是一种其他艺术很难替代的形式，它可以教人观察事物、独立思考、动手创造这些能力，也可以丰富人的内心世界，进而学会审美，懂得人文关怀。在艺术课堂上，可以很有契约精神、很高贵、很独立，形成一种优质的人文环境，它会影响小到每个生命个体的质量、大到整个社会的秩序。他萌生了借助艺术来构建人文生态的想法，让每个人对别人充满热情，对社会充满热爱，传递一种公共利益信念，并使这种信念成为每一个人的人生根基。

他开始写策划案，想用自己悟出来的道理教人画画。可是方案出来，一时又物色不到合适人选帮着去教，这条线也太麻烦了。尽管他曾经做过行画生意，阅画无数，但从来没有自己动笔画过。有一天，鬼使神差，他忽然想无师自通，自己来画一下。他以光学原理、科学归纳法和现代心理学为依据，对着实物写生，自我优化、自我验证。因为没受过专业绘画训练，画起来毫无束缚，怎么出感觉怎么来。然后，又对着镜子画，那是一幅名为《呐喊》的自画像。接连画完三张，他感觉像那么回事，顿悟个中三昧，得出一个规律性结论：人跟动物的分水岭就在于人具有读图能力，可以把这个鲜活世界归纳为二维图形和符号，只要给予积极的心理学引导和科学的观察方法，就能表达出内心情感，把艺术潜能张扬出来，人人都是艺术家。骤然间七窍通联，他兴奋不已。这证明艺术是文化创意的原动力，完全可以变不可能为可能。而且这种方法实施起来，不受客观条件囿限，适用于任何人。

序幕徐徐拉开，在艺术教学这个人生舞台上，林正碌准备登场了。

四　苍天开眼

五年后，有人翻出林正碌命若悬丝这件旧事，他一脸平淡，语气调侃，好像谈说很久以前某个事不关己的事件——

如果发生在上海，你别看它医疗条件有多牛，急诊程序走完，已经过去一个小时了。在屏南，第一时间挂瓶，把病情控制住，那个是最要命的，接下来才可能有戏。要是那天晚上在街上逛就完蛋了，人家看有个大叔突然横躺在地，都怕被讹上，一个个绕开走。那样的话，世上已无林正碌。

对生死我早已参悟透彻，人类如果没有死亡，就像一块花岗岩，也就不会有对生命的种种思考、追求和抗争。人类伟大之处在于抗争死亡，如果人生不朽了，也就没有了生命的原动力和创造力。那样活着的意义何在？

一命呜呼完了蛋真的没什么，最恐怖最悲催的是抢救过来变成植物人，身体无感，偏偏脑袋瓜里还有零星几个细胞在转悠。

当时那个痛啊，难以想象，就像有人掀开你的头盖，把烧开的滚水浇进去。一个人痛到那样的时候特别怕有人去烦他，一触动就想吐。

在开颅手术的人里面，我算少有的侥幸者，春节前就可以回家了。再来屏南时经常浑身乏力，老犯困，半年后还很容易疲劳。

我跟屏南是棒打不散的鸳鸯鸟，缘分很深。如果脑血管瘤一定要破裂，赶早几个月发生在西南考察时，你我可能到死都不认识对方。偏偏在选定漈下之后，这种偶然很有意思，而且呢，人还可以生命无忧。

身体大愈后，林正碌当那么一回事的样子，又去测了一下自己的智商。窃喜，没有因为脑壳开一个孔就泄漏了一点，数字依旧是超乎常人的一百四十八。

现在回到2015年1月末，在省城福建医大附属第一医院的病房里，挂了两天瓶，林正碌的头颅明显没有那么痛了。那天，他被推进手术室时，在门口瞟到妻子女儿异样的眼神，他很明白，生与死一纸之隔。当护士把他固定在手术台上，林正碌淤着血渍的大脑，怎么就猝然间跃出八十岁父亲弥留之际的场景——

一群子女已经守候两天了，凌晨三四点，有一瞬间大家都没听到父亲的呼吸声，有人便悄悄说，差不多了差不多了。岂料老人家把输氧管拔下再插进去，闭着眼说，还没死咧，你们说什么呢？本来守在旁边的女眷都准备要恸哭了，经他一调侃，大家又都笑出声来。

林正碌也想学父亲一把，在离开之前显得从容一点、幽默一下。他仰看护士口罩上面的两只大眼睛，开口想美她一下，"你真……"

话只讲出半句，大脑电波被麻醉药陡然拉闸，他的意识坠入无边深渊。犹如乌云锁紧的苍穹，纹丝不动的背后，宇宙深处照旧银河璀璨、彗星巡天、流星匆匆掠过……

江苏海安523文化产业园在上海M50当代艺术中心有一个艺术空间，大概四百平方米。2014年初，园区策划总监林正碌开始在那里做公益艺术教学展，同步开展零基础艺术教学，免费向社会各界提供。一经推出，马上吸引了各行各业数以百计的人前来，甚至老外也来参与体验。一年里边教学边展览，陆续做了三期，上千人的教学案例实践证明，创新的艺术教学方法让绘画零基础的人很快激发出艺术才情与潜能。后来邀请了一些业内专家前来指导，大家看后无不惊叹，给予充分肯定，甚至有业内人士直接收藏展览作品，一出手就是一百张。参加培训者多为白领金领，有身份有地位，更多的人学了一期之后，只是作为一种业余爱好和人生艺术体验，没有进一步去坚持，无法形成一个稳定的人文生态。这样的效果没能达到林正碌预期，而且，上海已经很发达，最优质资源都集中于此，做得再出彩，也仅是锦上添花。

2014年9月，上海市社会科学界第十二届学术年会举办"城市艺术创意与国家文化发展战略论坛"，作为邀请专家，林正碌在会上的发言振聋发聩："……我们可能会掉入一个传统的城市概念，城市是怎么产生的？就是为了社会高度分工跟文明。今天，实体城市将面临消解，在物流、信息流、资金流越来越便捷的情况下，我们几千万的人在上海干什么？这个时代已经提供了满足人的很多可能性，包括解放了人必须依托集约生产的可能，这就意味着大城市可能面临萎缩，也就像沃尔玛要面临关门。那么会引来乡镇式的小城市，以文化个性为特色的新兴城镇的发展。我们经常讲到的丽江，它是利用自然生态。可能还有另外一个地方，它会是阿里巴巴总部。大城市出现萎缩，像上海这样的大城市，很多实体店要关门。人们在购物时，随便点一下淘宝，什么都有了，我们把原有的很多时间解放出来，我们去干什么……"

发表这一番演说时，他已经去西南部农村实地考察过一圈。林正碌通过自己的宏观判断，选择了移师乡村。他觉得自己有好想法，要去寻找最适合施展的地方。乡村基本没被工业染指过，具备最好的自然生态资源，青山秀水，空气清新，森林覆盖率最高，同时，它也是中华传统文化道统保留最多的所在，承载着中华文明的记忆，承载着中华民族的历史。

乡村自然生态天成，用低成本打造好它的人文生态，就一定会是令人向往的乐土，再顺势把乡村经济撬动起来。这样的事从来没见人做过，必然引起社会关注。他可以在这个平台上做大流量，在当下的新经济时代，流量就代表财富。以利己的出发点，达到利他的实际效果，惠及更多更广的人群。

不管大上海是多么不以为意，林正碌已经像早春那只著名鸭子的脚蹼，敏锐捕捉到另一个季节来临前的微妙变化。世界"汽车之城"底特律，世界胶卷大王"柯达"，哪一个不是在看似温水煮青蛙的过程中，一夜归零的。

2014年初，越来越多的人用上了智能手机，中国大地上，已有几亿人使用微信，微信平台成为国内最大的流量平台之一，它转瞬颠覆了博客，无须在电脑前操作。而电脑，那时还属于有钱人和知识阶层家庭的专属。智能手机和微信平台彻底打破了这个疆界，使平民和精英拥有了同样的话语权。这是颠覆性改变，一个目不识丁的老婆婆，居然拨通了智能手机，要和远在大洋彼岸的儿子视频。

这个时代最好的武器已经握在手里，昨天还想怎么将关羽那把青龙偃月刀磨得锋利，现在有枪了，毫不犹豫地把刀扔掉。

朋友圈里有张黑白照片引起林正碌注意，那是黑黢黢的一层楼木瓦房，破损黑瓦上架着一个脸盆大的卫星信号接收器。窗户没有玻璃，在外面用木条钉成窗格。门空洞无物，一侧钉上一块新的杉木板，墨汁写着某某乡中心小学。他感到新鲜，同时也非常吃惊，上瘾似的在手机上搜索这类图片，穷乡僻壤的乡村景象潮水一般冲他铺天盖地汇聚而来。

工业以更先进的技术和文明，把农民从农耕的苦累里解脱出来，让更少的人用工业手段生产出更多粮食，被解放出来的劳动力去创造工业化产品，去拥抱工业社会的生活方式。那么，乡村注定人去楼空、衰败凋敝，让人的乡愁无处安放。西方发达国家在文明进程中都走过同样路径，这是中国的前车之鉴。

新经济时代到来，落后农村也有机会。原先只能在城市里做的事，如今放在乡村照样可以做。上海人一张画卖八百一千的，他都不稀罕卖，但是在乡村，两百块钱就能改变一个农民一个月的生活。到乡村去推行艺术教育，通过手机移动终端实现资金支付，同样一件事，影响、意义都不可同日而语。

如果有收益，农民还会比城里人更专一更持久，人文生态必然更稳定。再通过发展文创产业，让乡村复兴起来。农民没有受过程式化教育，干干净净，白纸一张，最容易上手。况且，弱者变强者，也有事半功倍的新闻轰动效应，必定斩获更多的社会支持。

他有了哥伦布发现新大陆的激动：越落后的地方越能证明新兴经济的伟大。自媒体把人的作为解放出来，在广袤大地精彩呈现。数以亿计没有受过高等教育的人，将成为这个时代了不起的人才。

在人类历史这个节点上，林正碌庆幸自己置身这么一个伟大时代，它意味着乡村与城市每个个体和曾经的精英，可以一道去追逐人类梦想。

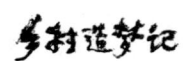

在去西南部农村的旅途中,林正碌把自己所见所思所感发到朋友圈,全国各地的粉丝争相为之推荐目的地,安排熟人接洽。

在西南部两省交界那一带的偏远县份,每当林正碌把自己的构想与县领导一谈,还要求选择的乡村越偏越穷越好,仿佛痴人说梦一般,他的一腔热情受到冷遇,总是碰钉子,不是硬便是软。

有的官员态度傲慢,一副拒人千里的眼神,没容他把话说完便下逐客令;有人怀疑他是江湖骗子、神经病、吹牛之徒,一个个避之不及。

有的说:"林老师,您的想法很好,但在我们这里不现实。"

看着那些疑惑不解,甚至是毫不信任的表情,林正碌一再辩解,我不需要政府给钱,我在这里教农民画画,只要你们帮我做一些疏通工作,让村里配合就好。情急之下又补上一句,就当我是个人来这里扶贫好了。

此前,林正碌做的是外贸生意,更多时候用英语和老外打交道,把当时的社会心理理想化了。不是说你愿意付出,有好办法让农民学画致富,人家就非得相信你。官场首先考虑安全,你这旁门左道谁知道是个什么来路。而且,你在穷乡僻壤教农民不着边际地画画,我不就多了一件悬乎之事。人家对他的公益行为疑窦丛生,打上无数个问号,这人到底图什么?即便无路可走,也不想被你林正碌一通话忽悠。

也有好心好意的,以过来人口吻劝道:"看你满腔激情的,这是一条不归路。林老师呀!我们这里穷山恶水,千万别把生命耗在这里。"

他还替你着想,那种交通不便、老百姓观念落后之地,你什么时候熬出个头来。那些地方从一开始就不关心他的具体做法,你即便自带干粮、真金白银做公益也不行。如果想在县城做个什么楼盘策划,把市场搞火起来,你挣你该挣的钱,他们举双手欢迎。可那又是林正碌竭力摈弃的,这样的事,在江苏在上海就可以做成了。

应一家大公司邀请,他也去了乡村旅游做得风生水起的东南沿海某地。

人家告诉他:"我们政府资金雄厚,都不用你愁钱。我们有一流团队、一流设计师,你这项目很好,能增加游客品质,让我们旅游区里多一个新颖体验内容。"

他们把文化当成肉包,锦上添花,哄来游客,再用其他项目生利,赚个盆满钵满。他林正碌正是从那种情状里"逃难"出来的。

大半年时间里，林正碌凭着一股执拗劲，前前后后去过二十多个地方，都不受待见，或不在一个思路上，最后铩羽而归。

中国乡村有很多自行车都不方便到达、人口流失严重、农民眼神呆滞的地方，在这个大前提下，林正碌选择怎么方便怎么来，不是说非你莫属，纠缠着你，想谈一场要死要活的恋爱。他的原则简单明了，哪个地方的县领导说，我这个地方可以试一下，他的理念即刻落地。

绕了一大圈，耗了大半年时间，"那人却在灯火阑珊处"。他转回到自己家乡省份。福建属于沿海开放省，依认知的惯性思维，他没把贫困乡村往这里的大山褶皱里去想。巧得很，屏南还是全国公认古村落密度最大的县域之一。同样都是偏僻破败的乡村，这里的古村落人文厚重，拥有数百年沧桑的自然、人文原生态，这恰恰是文化创意产业所倚重的。

在这样的乡村推行公益艺术教学，再用先进文化带动古村复兴，让凋敝的乡村成为人居天堂、创业热土。这不是痴人说梦！

寂寞的土地准备好了吗？屏山之南大地上的农民们准备好了吗？那么一批有情怀有创新意识的大小官员们准备好了吗？林正碌感觉自己像一枚金种子，浆汁饱胀，渴望随时萌芽。

林正碌超乎常人的生命欲望和求生本能，也许源自一辈子强化的契约，拼了命也想去兑现，也要守约。他不能食言，他已经信誓旦旦：要在漈下村免费教村民画油画。

他意识清醒过来的第一件事，便开始苦苦检索麻醉前那一句想对护士说的话，下面半句准确的字眼究竟是什么？此一时彼一时，换什么词汇好像都不到位。术后的头一两天查房，主管医生总是竖一根手指在他眼前晃动，"这是几个？"到了第三天，精神稍好时，他会强行俏皮一下，抢答，三加二等于五。然后闭眼休息，医生欣慰地笑了。出院时，还彼此加了微信，方便跟踪愈后身体情况。岂料，他手上曾经垂死的病人，却在乡村里生龙活虎般创造了一个奇迹，反倒是他经常给这个生命个案点赞。

张峥嵘每天都会与林正碌妻子联系，得知他住院后的第三天顺利做完开

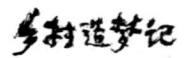

颅手术。大约一星期左右，林正碌一天天清醒，身体渐渐恢复了过来。

有一天，林正碌的妻子告诉张峥嵘，他能听电话了。张峥嵘听罢，欣喜、激动和紧张几种情绪交织着冲上头。他的手臂止不住微微颤抖，手指攥紧了手机，呼吸急促，心口怦怦直跳。忐忑不安中，他的手心沁出一把汗。耳机里传来的声音绵软乏力，仿佛快要断线的风筝，明显感觉得到对方的孱弱不堪。

从一百多公里外的省城，林正碌细若游丝的语音飘忽了过来，"我过两年……再到屏南来……"

"好，好好。一定保重……身体。"

林正碌绵软的一句话，听得他五味杂陈、百感交集，整颗心像被针扎了一般。嗓音有点哽咽，他没有勇气多讲下去，赶忙收线。

旋即，有什么东西从身体各处往脸上汇聚，鼻头跟着就是一阵酸楚，泪水盈眶了。办公室窗前泊满寄生蕨类植物的虬枝，仿佛长焦镜头没来得及调准焦距，面前一片模糊。

再来！过两年！！这样的重症能活过来能开口已经是谢天谢地了，老天特别眷顾，还怎么能恢复到从前？那个曾经纵横捭阖、大论恢弘的林正碌啊！

事情走到这步田地，尽管张峥嵘不敢抱丝毫幻想，他还是倾全身之力为林正碌一遍遍祈祷：苍天哪！这样的人，请一定把他好好留下来。

五 祖母级的古村守护者

春节过后，张峥嵘第一次接到林正碌拨过来的电话，他的话音依然虚弱，但开始显出了点常态。他轻声细语道："元宵过后，我会回到屏南。"

事态发展跌宕起伏。听了他的话，张峥嵘的胸腔又开始涨潮了，海涌荡漾，浪花澎湃。他那个急呀，天天度日如年，日日盼眼欲穿。实在熬不住，正月十五一过，张峥嵘便去电话慰问："林老师，这段身体恢复好些了吗？"

林正碌细声回道："我再休息几天。"

忘记了是哪位名人说过：有的人追求个人自由，有的人追求大众自由。说的都是自由，不管林正碌出发点是什么，客观上属于第二种。百感丛生之时，张峥嵘蓦地意识到，林正碌是为使命感而活的那样一类人，带着理念和满腔情怀费心思找来，就是想把自己认定的"点金术"落地，让农民受益，让古村复兴。他不由想起20世纪初，为共产主义信念抛头颅洒热血的那一帮中华精英，在他们胸怀里，新中国不也是一纸信念和蓝图吗！

屏南古村落一定要抓住这个千载难逢的契机。

2015年3月26日，在做过脑颅手术的第六十一天，林正碌再次现身屏南。这样的人，他张峥嵘这辈子没见过第二个。

大家都被林老师的精神感染。张峥嵘叫来电视台、文化馆几个人，用各自的私家车，把春节前已到的货——那些堆放在文化馆的画材，统统运往漈下。甘馆长指挥村干部继续之前清理了一半的住地、画室，翻一遍瓦片，修复霉烂的柱子、楼板和墙隔板。

林老师年前到屏南时，张峥嵘已经请示过县政协主席周芬芳，"有一位外地老师要来漈下免费教油画，灯要很亮，会不会影响到古建筑？"

"现在都是节能灯了，冷光源，问题不大。"

开始，周芬芳一直以为像邻县有个乡村那样，发动农民学画，打造一个绘画村，以此为产业创收致富，没太把它当回事儿。张峥嵘是有头脑会办事的人，他认定好的事情，她都会尽最大可能去支持。当时，县政协有个传统村落保护与发展工作领导小组，周芬芳身兼组长，宣传部的张峥嵘、审计局的陆坚都是领导小组骨干，他们经常聚到她办公室泡茶说事。后来，在与他们闲谈中，才知道不是画什么商品画，林老师通过教村民学画，在网络上销售，再吸引外来艺术家驻村，用文化创意活动来提升人气，复兴古村落。这种事情闻所未闻，也不见先例。她的夫家就在漈下，想到那些熟悉的脸孔，她就有点小兴奋。如果这样的事做得起来，肯定会影响到整个村落。这件事必须跟踪，随时掌握事态进展。

溪头小山包住处，除了修修补补、换瓦片，还要改造室内结构，添加洗手间和厨房。操持这类事，县里没有对应机构，房屋修缮经费也没有明确渠道划出。宣传部以古村文物保护的名义，支持村里一万元，作为公益画室修复的启动资金。周芬芳则以保护历史文化名村的方式，将事情主动承揽过来。事后，周芬芳委托村妇女主任去结算工钱，花了近五万元。林正碌知道后，对周芬芳讲，搞那么一点点东西，怎么要花这么多钱？听他这么说，周芬芳感觉这位老师很节俭、很实在。因为这些年，漈下古村保护，有些项目经费是经她手拨出的，花费明细她心里有底。她便给林正碌解释，村里污水处理还没做，下水管道要接到很远的地方去，还要新挖化粪池，这个费用比较大。

房屋修缮款里，有发票的就是瓷砖、卫生洁具，其他都是一些白条，购买某某人旧木料、瓦片多少，某某人出工多少，逐一罗列出来，全部整理清楚，做个封皮，上书：支持漈下历史文化名村修复（用于艺术家林正碌教学和住宿）。除了一系列当事人签名，漈下村支书、张峥嵘、陆坚作为经办人也签。张峥嵘义无反顾地讲，千盼万盼有个人才来，我们一定要试一下。如果出什么问题我认了，反正也不指望因此得到提拔。那时，陆坚还是县审计局局长，他也看好这件事。证明人这么多，钱又实实在在花在老厝修缮改造上，大家都不担心这笔资金会有什么问题。

脑颅手术后，林正碌也算是到阎王爷门前走过一遭的人，对人生无常这句话，他有了切肤之感。星移斗转，耗了一年时间，终于找到一个理想容器。他跃跃欲试，他迫不及待，在没与张峥嵘他们商量的情况下，他让村支书找来电工，在画室里面布线，先把灯拉起来。自己掏了七八千块钱。

到了4月初一切做妥帖，林老师对来看现场的张峥嵘他们几个人说："你们自己必须先体验一下，每人画一张。"

大家嬉笑着搬画架挤油画颜料，把绷着画布的画框往架上一摆，画室里、雨廊外纷纷试着涂抹起来。

林老师显得特别兴奋，各处走走看看，嘴里不停鼓励着："不用管别人怎么画，喜欢什么就画什么，凭自己感觉来。只要跨出一小步，以后就敢大步走。世界就是你的了。"

等大家画毕，林老师又让他们站在各自的画旁，用手机逐一拍下，要发到朋友圈求点赞。一行人说说笑笑走到村口停车场，就两里地的样子，大家的新鲜感还留在手里，林老师的电话就追了过来，声音带着笑意，"小卓画的那张古村风景，已经被上海一个搞建筑的老板买走。两百块钱。"

小卓喜不自禁，"哇，还有这等事！钱别给我，就算支持公益艺术教学。"

大家感慨起来。都是第一次拿起油画笔，亲历了这样一幕，真真切切感受到林老师的感召力和神奇。

周芬芳致力于文化基础工作，是一位传统文化的守护者，因为她和县里一帮人抢救、保护下来的屏南古村落，才有后来林正碌"废池乔木"的那一番感慨。身为县级官员，说她祖母级不纯粹因为年纪，更多的是她的慈悲心怀、和蔼亲民、权威明理，当然还必须附带一点唠叨。虽然某些观点与林正碌不完全一致，但她始终鼎力支持着屏南的文创事业。倘若没有她在其间殚精竭虑地上传下达、穿针引线、左支右撑，很难想象屏南的传统村落文创产业会是个什么样子。

三十年前，从县委宣传部到棠口乡当宣传委员开始，周芬芳就介入了文化教育这一块工作。调到县委报道组后，开始接触全县的文化教育情况。1996年到屏城当乡长时，辖地内的厦地村民不满足挤在破败老厝里，好多人要拆掉重建。当时考虑得最多的是安全问题，一栋歪斜、破败的老厝，这边地基挖下去，旁边的土墙万一倒塌下来呢？从火灾隐患等安全因素和村民生活便利角度出发，乡政府在村域内的马路边划出一块地，规划新村建设。如此一来，新村建设非但没有影响到老村格局，还无意中保留下一个弥足珍贵的古村落。那个年代，大家都没有古村保护概念，她只是朦胧感觉老祖宗的东西要留下一点。厦地老村窝在一条山涧两侧，窄小细长，不是陡坡地，便是顽石堆垒，根本无法当田来耕作，拆掉老厝价值不大，顶多开出几畦菜地。

后来当副县长时，她的学生——宣传部部长对她讲过一件事，让周芬芳印象深刻，暗自庆幸自己在厦地的所作所为。原来黛溪乡的一个村有一座木拱廊桥，依势象形叫虾蛄桥。那一年，他在该乡任书记修建公路时，虾蛄桥在他手上拆掉。现在想起来非常后悔，要在宣传部多做文化工作来弥补这个过失，甚至还想通过捐款，把这座廊桥再恢复起来。

2003年，等到周芬芳接任宣传部部长时，前任已经做了许多传统文化工作，古戏曲四平戏抢救挖掘、木拱廊桥普查研究等等，县委宣传部还成立了地方戏研究办公室。在这样的基础上，周芬芳进一步争取资金，把原有工作延续下来，维持其"香火不断"。当年，很多朋友不理解，纷纷劝说她，别揽这吃力不讨好的苦差事，四平戏、木拱廊桥又不能赚钱。也有人传出风凉话，整个县就没其他东西啦？花钱挖老祖宗骨头，想干什么呢？

屏南县陆续获得的各种牌匾可谓琳琅满目，中国民间文化艺术（戏曲）

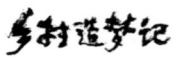

之乡、中国木拱廊桥文化之乡、中国民间武术文化之乡、中国红曲黄酒文化之乡、中国草本养生文化之乡、全国民间药膳示范县、中国传统村落文化创意产业示范县，还有一项联合国"非遗"、五项国家级"非遗"，以及三个中国历史文化名镇名村、二十二个中国传统村落和十二个省级传统村落。在这块地域内，为何拥有如此众多的中华传统文化？

  话得从一千七百年前的西晋说起。遥想当年，北方五胡乱华，中原板荡，皇亲国戚、衣冠士族为了躲避战火，纷纷向南逃亡迁徙。闽地偏居东南一隅，域内重峦叠嶂，山岭崎岖，自成一隅，隔绝外部觊觎，成了他们最后的避难所。打那以后，历史上每逢中原逐鹿的战乱与外族入侵无法生存时，士族都循着这条路径避祸八闽，躲进大山里安居乐业，耕读传家。这一住就是数百上千年，形成闽域山地丘陵中众多单姓村落。

  立地闽东北的屏南，窝在鹫峰山脉中段纵横交错的山岭褶皱里，平均海拔八百三十米，历来属于蛮荒之地。很早以前，这里曾经是茶盐古道的必经之地，西来东往的文化被兼收并蓄。随着古道没落，县域内交通阻塞，经济滞后，与外界鲜有勾连。中原汉民族文化在这里沉积，绵延不变。木拱廊桥、四平戏、平讲戏、杖头木偶戏、台阁、香火龙、硋器、古村落……每一项都成为历史文化活化石，或孑遗或珍稀鲜有，被业内人士视为中国最后的传统文化基因库。如今，这些古文化、古村落因为现代工业的开疆拓土，已经岌岌可危，濒临消失。

  在这块长期戴着省级扶贫开发县帽子的土地上，周芬芳与她领导下的一帮人，秉承"弱鸟先飞""滴水穿石"的工作作风和精神品格，咬定青山不放松，一步一个脚印，久久为功。当他们苦苦坚持到2005年，国家开始非物质文化遗产的"申遗"工作时，屏南县已经万事齐备只等东风了。他们下半年提交四平戏材料，次年马到成功，屏南孑遗戏曲剧种四平戏顺利进入国家"非遗"保护名录。

  到了2007年，宣传部的文化工作从戏曲领域扩展到木拱廊桥营造技艺、甘国宝文化、红色文化、药膳文化，还有古村落文化。2008年，她带领宣传部一帮人不辞辛苦五次进京，废寝忘食、昼夜颠倒地忘我工作，几起几落后，"中国木拱桥传统营造技艺"成功入选联合国教科文组织"非遗"名录。这之后，周芬芳考虑这些地方特色文化都依托在传统村落里，就动议一部分人去研究古民居。但屏南古民居没有多少特色，体量也不够大，转而把重点落在古村落研究上。2010年，县文联成立了两个协会，一个是木拱廊桥文化协会，一个是古村落文化协会。2011年6月，她到政协，有了更多时间去做这方面的工作。

事后，周芬芳打趣道："我的时间是这样分配的，政协工作三分之一，古村落文化工作三分之一，重点项目工作占三分之一强。重点突出，统筹兼顾。"

2013年，国家层面开始重视传统村落，各地申报中国传统村落的工作拉开序幕。那一年，中国民族建筑研究会专家委员会委员、厦门大学教授戴志坚邀请她参加在连城县举办的古村落文化遗产保护研讨会。周芬芳发现这是一个机遇，便竭力争取把次年的会拉到屏南来开。当年县里开政协会，她写了一个提案，建言献策，依托县政协成立屏南县传统村落保护与发展工作领导小组。通过这个机构，2014年，主办方中国民协拨款三十万，更名的中国传统村落文化遗产保护（屏南）高峰论坛在屏南如期举办。论坛期间，国家级专家、学者云集屏南，嘉宾们参观了县域内的一批古村落，一个个眼界大开、赞不绝口。这对全县的传统村落保护起到很好的宣传推动作用。

县传统村落保护与发展工作领导小组，周芬芳当组长，书记和县长各挂一个历史文化名村，体现了县委、县政府对这项工作的重视和支持。每年，宁德市都有一个"拉练"活动，各县巡回检查，漈下村成为一个拉练点。县里动用两百多万元资金，集中整治了漈下村的基础设施、卫生环境。那一年的拉练检查，让大家看到一个山清水秀的传统村落。漈下村由此名声大噪。

周芬芳更坚定了屏南的传统村落就是个宝贝，她没有沉醉在大家的一片溢美之词里，她一直在苦苦思索，如何争取更多的资金？如何靠山吃山唱山歌？如何盘活这些资源？还伺机派人走出去交流学习，获取他山之石，想方设法探索一条适合自己的路子。

出于公心和前瞻眼光，工作中发现问题，周芬芳敢做敢讲，用她自有的方式去反映去沟通，引起县里主官重视，从而解决了一些棘手难题。县委书记、县长重视人才，充分发挥个人智慧，对创新工作能够力排众议，愿意去接纳去尝试，这无形中让周芬芳获得了一把尚方宝剑。

　　林正碌的文创复兴古村，让她在传统文化工作愁米下锅的困窘中，洞见一条可以一试的全新路径。习近平总书记说过：人穷志不能短，扶贫必先扶志。如果村民有了文化自信，发现自己嫌弃的老厝还有价值，也是宝贝，不用政府发动就会去热爱它，如此一来，传统民居不就有了最可靠的保护主人?!

　　做这样的事，关键要靠人才靠智慧靠外脑。不是我们能做什么，而是人才能做什么。我们只要把握好大方向，拥有与人才沟通的素质，再为他们排忧解难，提供相应的配套服务系统，就可以把事情开展起来。

第二章

一 撬动固化千年的铁板

峙国亭旁的公益画室开张了。此前村委进行了全村动员,讲明这是政府对漈下村文化事业的支持,专门派林老师来免费教大家学画油画。只要有空闲,大人小孩、白天晚上都可以去学。

从溪头住处到公益画室,沿着龙漈甘溪边的鹅卵石路下来,几乎穿过大半个老村,林正碌每天往返几趟,逢人便笑嘻嘻打招呼,让他们来学油画。村民笑出了一脸暧昧,没人买他这个账。

有的说:我们拿锄头的粗手,这辈子就懂得种田。

有的说:我农民呐,你别笑话我。这辈子书都读不好,还敢画画。

如果第二次又叫到同一人,对方马上一本正经起来,脸上露出跟你急的表情。他认为这是对他的愚弄和冒犯。

几天了,公益画室门可罗雀,偶尔一两个村民进来看西洋景,还有零落游客咨询免费教学的具体事宜。林正碌很是郁闷无聊,正好玉树的美久、应群加几个藏族小助手到位了,林正碌便安排他们在画室里自己支起画架画,有情况随时打手机给他。

毕竟大手术后不久,身体还在恢复中,他常常哈欠连连,眼皮老想磕下来。没事干的时候,特别感到浑身疲惫乏力。

躺在住处床上,似睡非睡的迷糊里,他脑海里闪现出第一次进到漈下的情形。在一座老厝前,他问村民,我能不能进去参观一下。村民一脸难为情,回他一句,又暗又破,有什么好看。边上一个村民凑上来说,唉,前面那座是我以前的,我家新厝都买在城关了。说完满脸的荣耀。后来,在城门前廊桥上和闲坐的几个风烛残年的老者聊天,试探着问他们,改天我在村里租个房子住,来教你们画画怎么样?那些人烤着双腿上的火笼取暖,表情木然,不见任何反应,仿佛他在与别的什么人讲话。

去年在上海,刚开始很多人也似信非信。传统观念根深蒂固,阳春白雪的艺术,那是城里精英才配玩的高大上。农民是谁?没有经过现代商业污染、淳朴憨厚、心地善良;反过来说,他小农经济、保守循规、缺乏冒险精神。不见实际利益他干吗来白画。

在空心化乡村发现价值,受到的阻力最小,修缮成本也最低,同时,它的自然生态没受过工业肆掠,生活环境天人合一,这是上苍赋予的。如果在这里面植入高级的人文,两者叠加将呈现出最精彩的价值。但世代生活其间的农民习以为常,把破败老厝视为一种丢人现眼的落后现象,都不以为它有什么好,更不用说珍贵了。

林正碌一骨碌翻身坐起,他疏忽了一个问题,这里不是大上海,面对的群体发生了质的变化。虽说自己来自渔村,真刀实枪操练起来,还是对农村现状理解不透彻。他重新梳理了一下自己的文创路径,锚定没问题,这更坚定了他真理性的认知,燃眉之急是要使出什么办法,让漈下农民从学画里尝到甜头。

一个星期六上午,画室门口传来几声窃窃私语,然后探出三四个孩子犹犹豫豫的脑袋来。林正碌笑脸相迎,连声叫道:"快进来,进来。"

领头的小女孩,长相清秀,落落大方问:"我妈说,这里可以学画画?"

"来来来,你们先介绍一下自己。"

"我叫甘玉彤,这是我弟弟玉昊。""我是甘如梦,我们是三年级的同学。"孩子们麻雀似的此起彼伏说开了。

林正碌和美久几个帮助支起画架,再把画框摆上去,转身对孩子们说:"我们先定个规矩好不好。第一,我们不能临摹照片,也不画那种大家都一模一样的,比如书本上经常出现的那些闪金光的太阳、棉花一样的云朵,弯弯的月亮，点点的星星；第二，看到什么自己喜欢的就画什么，对身边实物写生；第三，每个人要自己去观察，独立完成。"

说罢，他和美久几个一起教孩子们怎么选颜料，怎么挤出来，在调色板调满意了就可以往画布上涂。

几个孩子都在寻找画的对象，有人想到外面雨廊去画。玉彤第一次画油画，感觉拿笔调颜色很是新奇，也大胆，最早落笔。她看中了天井石阶上的一盆花。

林正碌在孩子身后不时走动、观摩，嘴里的话脱口而出："嗯，一个个都很了不起。就这样把自己观察到的画下来。一定要认真，边边角角不留白，用颜色把画布全部填满。哎哟，太好了，第一次就这么精彩。"

孩子们在他的一遍遍鼓励下，都感觉没什么地方做得不对，落笔变得果敢大胆起来。

画好后，林正碌让他们在各自的画上面签上名字，告诉他们，"这样做，生命就有了仪式感。"

这一幅幅画，在固有的艺术评价体系里可能很幼稚，桌面画歪了，两边桌脚不对称，花盆的圆衔接也不流畅，色彩简单，近乎涂鸦。但在林正碌意识里，就像唱一首英文歌，其中一个单词发音错了，但表达声音的情绪很好，那就是成功。他为孩子们生命之初的纯粹感动。面前的画，稚嫩里透出一种单纯的朴拙，甚至还有一点现代感。

大家签好名后，林正碌让孩子们站在各自画架边，边用手机拍，嘴里边说："人人都是艺术家。这是伟大的一刻，看明天有多少人来为你们点赞喝彩。"

"做完作业，我们下午还来。"

绘画乐趣被调动起来，孩子们一个个意犹未尽的样子。

空下来的时间里，林正碌把孩子们的照片、画作剪裁好，再写上洋溢喜悦感的文字，连人带画推送到微信朋友圈，反响好得出奇。一些懂行人随后下手收藏，第一幅便是甘玉彤画的那盆花。

对林正碌来说，一切都在预设之中，但确确凿凿发生在乡村小学三年级孩子身上，这是头一遭。感觉就像自己的油画作品第一次被人看中，他的心情异常亢奋。已是傍晚时分，他要第一时间把这个喜悦分享给孩子。在画室

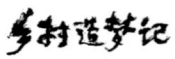

门口,他逮到一个小朋友,让他带路去甘玉彤家。路途中,小朋友知道了怎么一回事,刚走到巷口,老远便大喊大叫起来:"甘玉彤甘玉彤,你的画卖钱啦。"

玉彤和她父母闻讯出来,站在门边还愣愣的,他们不敢相信这是真的。林正碌把钱给了玉彤,随手打开手机里的微信朋友圈,让她逐条观看别人对她画作的评语。

玉彤小脸蛋上的桃红不断晕开,羞怯、喜悦和惊讶几种表情交替浮现出来。

几天来,一个九岁小学生第一天学画赚钱的离奇事,像长了众多脚的小动物,在村里窜来窜去,传得尽人皆知。随后,好事成串,周末到画室学画那几个孩子的画接二连三被卖出,村民眼睛瞪得电灯泡一样大,一个个感觉做梦似的。就像蒸汽机刚发明出来时,骑马的总是笑话火车头太慢一样。他们当然不可能知道,这就是新经济的伟大。自媒体的特点从来不受外在是非影响,你说不行就不行。我只要在无限可能的网络,找到一个认可的人就够了。认可就是价值的前提。

第二个周末,村民们被发生在鼻根底下的事情鼓舞了,纷纷把自家小孩送到公益画室学画。有的家长话说得讨巧,"哪怕是给林老师面子,也得送来学一学。"

村里开农家食杂店的黄余清,听大家传得神乎其神,学画什么钱都不用交,画还能卖钱。这么好的事情,也把幼儿园读中班的小女儿送来了。

女儿还小,胆小羞怯,她紧跟其后,想在边上多陪一会儿。林正碌一本正经说道:"你们大人要走开,不要影响她,让她独立去尝试。如果不放心,可以离她远一点。"

门口雨廊临水而建的条凳上,黄余清在和几个送孩子来、正打着毛线衣的母亲聊扯家常。林正碌凑上前去,"你们大人有时间也要来学呀。"

"以后会吧。现在农忙没时间,田里要种菜。"

林正碌趁机点上一支香烟,笑道:"再不学,以后小孩都是你们导师了。"

在山清水秀的乡村,林正碌点亮了孩子们的心灵,孩子也给他带来意想不到的快乐,他梦想中的理念在一群小学三年级孩子身上找到了落脚点。

晚上，林正碌整理手机上的教学视频，挑选、剪裁孩子们画作，重新审视，发现自信心被完全调动起来以后，他们用笔越来越大胆，观察对象也各有新颖角度。发到微信平台，肯定会获得更多人认可。做完这些事，他又在便携电脑上写了一篇艺评，然后浏览一下科技要闻，翻翻手机朋友圈，看看别人行踪和观点，点赞，回答问题，时间就到了凌晨两三点。迟睡晚起是他的生活习惯。

这天早上，趴在卧室门口的黑狗忽然呜呜低叫起来，林正碌翻个身看一下手机，9点，接着隐约听到楼下大门有拍门声，好像是玉彤她们。他睡眼蒙眬中喝停了小黑，喊隔壁间的美久去开门看什么情况。

小黑见林正碌起床，便走到他脚跟前，仰首盯着他直摇尾巴。

说起小黑这只憨态可掬的土狗，还有一段故事。小黑是村民家的，因为林正碌平常喜欢逗它玩，有时还会买两根火腿肠喂它，它就认定他是朋友。在路上只要一看见他，总是非常激动，大老远冲过来，前腿趴在地上，边摇尾边咿咿呜呜低叫，生怕把他裤子弄脏一样，走到哪跟到哪。这引起全村其他狗的嫉恨，林正碌经常全村走动，一旦离开小黑的地盘，别的狗就冲它龇牙咧嘴狂吠。后来，小黑甚至不回家了，天天晚上陪着林正碌。这事他有私心，住处这座楼的老主人几个月前过世。修缮房子时，他老伴边整理老头遗物边唠叨，这是我老头看的书，这是我老头用过的箱子，你们要替我看好。你们不觉得重要，在我心里很重要。描述中带着思念，搞得林正碌都被带入了那个规定场景。刚开始美久他们还没到，就他一个人，夜深人静时，有一个活物在身边大不一样。

小黑主人在村里也算是有脸面的人，后来，为此专门找过林正碌，说有件事帮个忙，狗天天跑你那边不回家，我这个做主人的面子不好看。林正碌笑了，农村人也是要面子的，答应晚上不放小黑进屋。

几个月以后，得悉那人母亲要把小黑杀了过冬至，林正碌连忙跑去跟她说，小黑我出钱买下，狗还是你的，但不能杀。不久后的一天，小黑突然失踪，极有可能是被流窜乡间的狗贩子做了。后来，听村民说，下午4点多在漈下往双溪路边，看到一只狗很像小黑。他立马追过去，寻找不见踪影。打那以后，每天这个时辰，只要手头事放得下，他一定会到那儿去张望一阵。

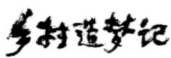

想着小黑的当口，几个孩子已经一窝蜂拥进来，甘玉彤双手背在后面，笑眯眯的，大家齐声叫林老师弯下腰来，还要闭上眼睛，原来玉彤要给他戴上一个花环。这是他们在来的路上采野花编织的。

玉彤故作老成地说道："林老师，我们是来家访的。"

这些孩子呀！林正碌好开心，一张脸笑得既天真又灿烂。

林正碌把孩子们领到楼上大厅，边走边说："玉彤，你的画作又卖了两幅。甘玉光你这个捣蛋鬼，这次很专注很棒，画也被人收藏了。"

让他们坐下来，林正碌进卧室拿了钱给他们，"你们自己算一下，对不对？"

玉彤马上接口道："我的每幅扣掉材料费二十块钱，共三百六。甘玉光是一百八。"

"哇，太厉害了。下午去画室，你们把自己的画找出来交给美久，让他帮你们寄出去。"说话间，林正碌摆弄好手机，把被收藏的画调出来给他俩看。

"我们现在来定一个契约，你们中谁最先卖画攒到一千块钱，我就带他到银行开户，自己存起来自己用。如果谁攒到两千块钱，可以用它买一部智能手机，自己拍画建立朋友圈，学会推广自己。周末作业做完还可以玩一小时游戏。"

说罢，林正碌伸出小手指来，弯腰让他们一起来拉钩。大家一齐喊，拉钩上吊，一百年不许变。喔呜——然后，大家双手举起，欢呼雀跃。

林正碌进卧室搬出便携电脑，放下手机。事先约定好，每个人在电脑上轮流玩二十分钟游戏。手机哩，看看别人对自己画作的点赞和评语。

电脑、手机就是这一代人的锄头，今天的孩子不接触手机，以后就是个原始人。不让孩子沉迷电子游戏，要靠家长与孩子建立现代文明契约，双方共同遵守，主要是人格培养。

他打了个哈欠，头脑昏昏沉沉的，神志有点迷糊，必须补眠一下。

醒过来时，他听到玉彤在嚷嚷，"甘玉光，你不讲究规定，还捏人手臂。现在都二十五分钟了。"

林正碌走出来洗脸，看甘玉光双颊红起来，已经把便携电脑让给玉彤了。

这样的时候，林正碌不想说什么，一向调皮捣蛋的甘玉光被提醒后，已经明白犯错，没遵守约定。看着孩子们一个个玩兴正酣，他不由想起自己的童年，想起父母给自己的自由时光，想起看星空望银河，想起对老师的刨根问底：星星也像地球一样吗？人站在圆球上，为什么不会掉下来？老师无法回答清楚他的问题，让他去看《十万个为什么》。没有这样的独立自主，高考落榜后怎么可能去大学蹭课，后来，怎么又会觉得没什么意思。

他蓦地冒出一个念头，对孩子们说："今天中午你们都不回家了，看林老师给你们煮什么好吃的。"

这对孩子们来说真是意外惊喜，一个个高兴得手舞足蹈。

昨天已经和美久几个玉树小助手有约在先，今天要露一手，亲自煮莆仙海鲜卤面，犒劳一下他们的胃。食材已经备好，现在不过多煮一些。

林正碌喜欢吃家乡的莆仙卤面，瘦肉、香菇、海鲜炒香后，和面条烩在一起，出锅前再拌上青菜，一碗下肚，什么都有了，简单且味美。莆仙卤面必须把汤与面的比例掌控到恰如其分，水多则面烂，反之则面芯夹生。最佳状态是熟时看似有汤，打起来却不见汤水流下。它与北方那些著名面条走的路线有别，不可能一根根牛筋那样Q弹和筋道，也咀嚼不出太多的麦香来，就是显得温吞软糯，山海之味被面条吸附进去，根根入味，条条出彩，焖卤出不同于北方面食的别样滋味。

这南北面食好比画画，不能千人一面，必须各有各的个性和精彩。

饭桌上，孩子们吃得津津有味。哇，好好吃。这是我吃到的最美味的面条。回家也叫我妈煮。

看着眼前这些孩子生动的表情，林正碌的脸上笑开了一朵花。

突飞猛进的工业化进程，加速扩大了城乡差别。农村与城市，无论自然生态还是人文心理，都横亘着一道鸿沟，难以逾越。但是今天，时代变了。下一个十年，农村人一定要比城市人更自豪更有优越感。我看够了蓝蓝的天，喝够了清清的山泉水，在自然生态环境里成长，身上没有化学添加剂，肺里也没有雾霾残留，和城市人一样有文化，身体更健康心里更自信。农村孩子与城市孩子这种标签，未来还将继续存在下去，只不过内涵翻了个个儿。

滚下的孩子们，让林正碌洞穿了历史隧道尽头的终极气象。传统农民从这一代开始转型，在新经济时代，乡村将是一处令人羡慕、神往的人间桃源。

二　情怀加持的孩子

玉彤和几个同学喜欢上了林老师，一挨到放学做完作业，就会相约到公益画室来，自行写生作画，遇到什么解决不了的问题才去请教美久和林老师他们。

空闲时，林正碌总是握着手机在龙漈甘溪一侧的老村里转悠，他在熟悉古村格局，了解老厝情状，心里酝酿着下一步计划。逢上周末，孩子们也会跟着他到处逛，有时还充当小向导。古村临溪雨廊的鹅卵石路上，林正碌前面走，几个孩子左右、后面快步地跟，一边走一边讲着各种有趣的事情。那个来去问答、顾盼回首，颇似老母鸡带着一群雏鸡，其乐陶陶。当年，这样的情景衍成漈下一道惹人眼目的风景线。

有一天，在公益画室说到学校，孩子们麻雀似的叽叽喳喳吵开了，这个说学校厕所又破又臭，那个讲我能憋到放学就不进去。林正碌立即说，我们现在就去学校看一下。

出了门，溪水对面内方顶圆的"国保"古建筑——龙漈仙宫探出的紫薇开花了，团团簇簇的粉嫩；磅岸石缝里冒出萋萋野草，暗红宫墙衬出几枝鹅黄色芦苇花，高高挑起，在微风中摇曳；溪面，一群红鲤彩霞似的飘忽过来。

林老师双臂撑在雨廊的靠栏上拍照，他让孩子们一起来欣赏。"这就是养育你们的家园。谁感兴趣的话，把它写生下来，留住古村美景。"

学校厕所就是一个小旱厕，黑瓦青砖，也算是传统茅厕了。学校是现代教育之地，如果这也强调传统，那就是历史倒退，好比重新搬回到祠堂里去办私塾，背《三字经》，摇头晃脑之乎者也。林正碌这样心里不甘地想着，进去现场体验。四个简陋蹲位，气味难闻，蚊蝇撞脸，无法目视。

他快快退出来，叼上一支香烟，手机放入衣袋时摸出个打火机，对玉彤几个说："我要抽烟，你们先去操场那边自己玩一会儿。"

林正碌在草地上踱步思考一个问题。在朋友圈号召一声，募捐几万善款，原地重建一座水厕，没什么难度。但现在，可以借机来培养一下孩子们的公益心。香烟吸完，主意已上心头。

他走到操场，对孩子们说："学校厕所是我们大家在使用，我们也可以通过自己的力量来改变它。前面的约定现在可以改变一下，我们先用卖画的钱来修厕所，好不好？"

　　大家听罢，击掌赞同。听林老师讲大概得两万块钱，一个个当场便算开了，要卖出多少幅钱才够呢？一百幅呀？他们被这个庞大数字惊得有点发蒙。

　　林正碌在一旁提醒，"我们不仅仅包括你们几个呀，还要发动更多的同学来学画。众人添柴火焰高。"

　　玉彤想了一下，犹豫着说："我有信心画大一点的，可以多卖钱。"

　　"玉彤这个想法很好。我们大家一起来努力。"

　　林正碌环顾简陋校园，教学楼老旧破败，操场没有硬化，围墙坍塌残缺。目前，这里只是甘棠乡中心小学的一个教学点，属于一所濒临撤点并校的村小，全校仅存四个班，幼儿班十二个学生，一年级十一个，二年级四个，三年级只剩三个。到了四年级，所有学生唯一的出路就是离村求学，去七公里外的乡中心小学做寄宿生，或者由父母带到城关租房念书。

　　看着想着，他有点揪心，不由喃喃自语起来，"我一定要复办完小，开设高年级的课程。"

　　玉彤先听明白了，高兴得雀跃起来，"喔——林老师，暑假以后我不要到外头读书啦，还能天天画画。"

　　一个月后，林正碌在微信平台发布了一条信息：我在福建屏南县甘棠乡漈下村开设公益画室，有十多位当地孩子在画室学画。最近，孩子们决定卖画集资，为他们的村小修厕所。截至5月25日，通过卖画，他们已经为漈下小学修建厕所筹集了三千八百元。

　　听到消息，一些到公益画室学画的外地人，把自己的画作收入悉数捐赠出来。还有一些游客，也通过收藏孩子们的画作，来支持他们的心愿。

　　5月底，《福建日报》记者在熙岭乡上梨洋村采访省里下派驻村干部，回程途中偶然听说漈下"公益画室"的事，临时起意，拐进来看一看新鲜。岂料，闻所未闻的古村"公益画室"让记者大开眼界，心灵还被深深震撼了：一个上海来教油画的老师，在短短一个月时间里，让古村孩子爱上了油画，画作居然被全国各地的人收藏。令记者尤其感动的是，这些孩子有一个愿望，希望出售自己的画作，为村小修建一座厕所。"六一"节即将来临，记者产生了助一把力的想法。

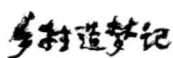

温铁军率团队入户考察

乡村里的研究院

龙漈甘溪双溪汇流　　　　　农家画室（图1、2、3）
漈下艺术教育中心　聚艺楼内景　　农家画室一家人　厨房里的墙画

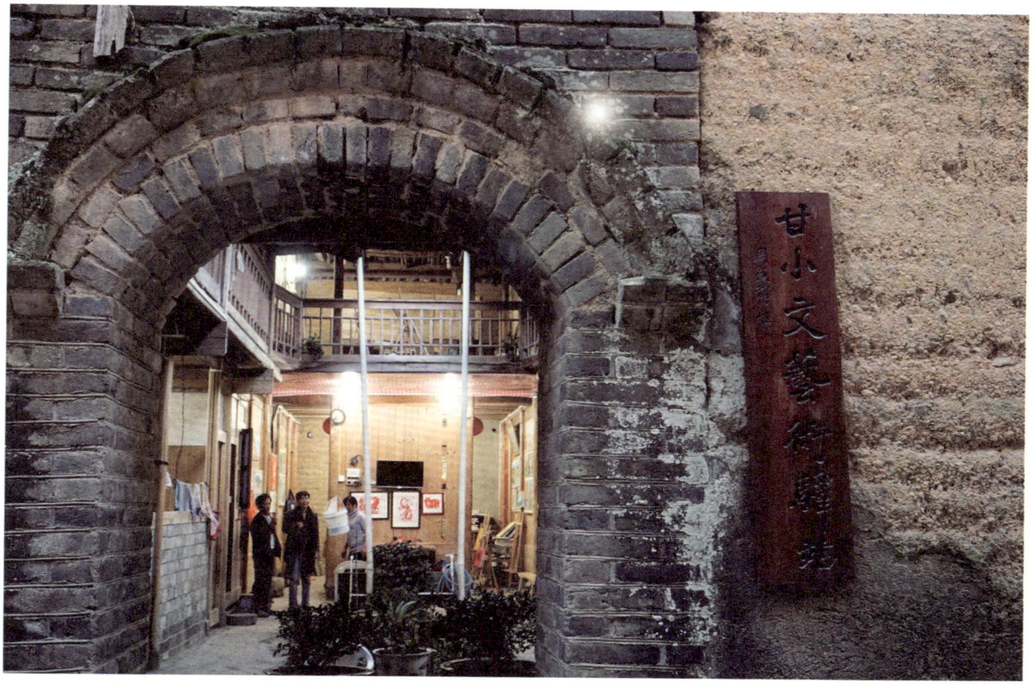

甘小文藝術驛站

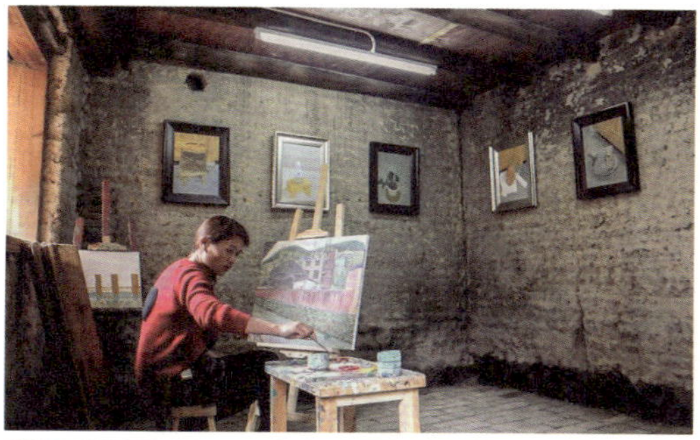

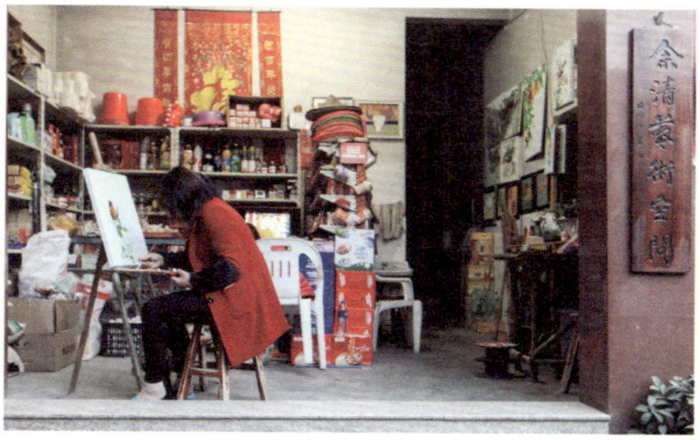

余清華藝術空間

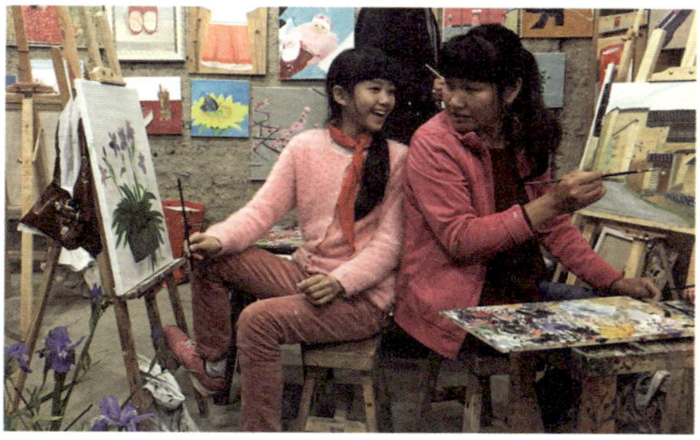

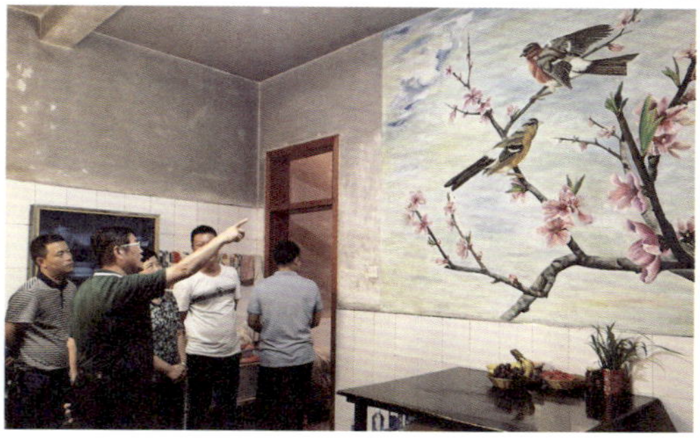

事事如意
城里人在农家画室
"自在花时"咖啡屋　　农民在雨廊写生

5月27日,《福建日报》助村栏目策划推出《买我们的画吧》,副题是:漈下学童卖画集资为村小修厕所。文章讲述了漈下村孩子很想有个干净厕所的故事,"买我们的画吧,村小修厕所还差点钱,我们为屏南县甘棠乡漈下小学三十多名学生求助"。

孩子们希望用画笔为村小做点事,心愿微小却也温馨。紧接着,《福建日报》"助村"微信公众号又全面展示了孩子们的画作,并写道:如果您愿意帮助漈下的孩子们,请以购买画作的方式为他们加油鼓劲。

报道一经推出,牵动了众多人心。当天,海峡教育报社主办的"福州教育手机报"客户端转发的报道,引起福州教育学院一附小关注,校方策划制作了漈下小学现状PPT,在全校各班级播放。乡村孩子的心愿,牵动了城市孩子的心。5月29日,一附小开展了"守望乡土,合力助村"活动,全校师生发起募捐,为漈下小学一口气捐款十一万多元。

当时,甘玉彤并不知道老师专门为她拍照片是要登省报的。她站在画架前,甜蜜蜜笑着的大幅照片,经过各种媒体传播,迅速感染了千万颗人心。一夜间,这个乡村小画家成了网红。

同样一件事情,县委机关里面一些对传统村落文创产业不怎么感兴趣的人却产生出另一种结论,议论说报道学校没水厕是批评政府对教育不重视。周芬芳的正义感上来了,当场责问:"我们是省定贫困县,如果农村小学里面所有设施完备齐全,那还有人相信吗?报道写了什么,解决了什么问题,你们要认真看一下再开口。"

周芬芳心细,她不想让这些蜚短流长有更多滋生温床。汇报工作时,便把这版《福建日报》拿给县委书记看,争取书记对文创产业重视。她顺便说起这件事,书记说看过这篇文章,这样的宣传报道很好。

教育事关国家花朵,从来不可等闲视之。屏南县政府对此高度重视,安排改善农村薄弱校项目资金三十万元,吴县长又追加安排了二十万元,用于修缮漈下小学教学楼、围墙的翻新维修、重建和添置教学设备,同时还制订出第二期修缮计划,硬化操场,美化校园,维修教师厨房。两期工程一共投入七十多万元。针对一所村小,政府如此大的投入,在屏南实属罕见,这是对屏南文创复兴古村的认可和支持。

获得信息的一些爱心企业也纷纷为学校捐赠了办公桌、音响等设备。

在政府和社会各界帮助下，漈下小学的硬件设施改善之后，软件升级迫在眉睫，这是一连串的反应。

这一天傍晚，林正碌让美久搬一张躺椅到住处土垱前。他半躺在上头，点燃一支香烟。脑颅手术以来，林正碌总是能坐着就不站着，能躺着就不坐着，随时随地养精蓄锐。

此刻，他的目光越过前面的婆娑竹梢。夕阳已经坠落到群山下，余晖从后面晕化上来，由橙黄渐变到淡蓝，山脊线上澄明透亮，其下朦胧依稀，周遭一派静谧祥和。几棵剪影似的塔状柳杉旁，依稀探出学校70年代特征的平顶屋檐，还有那些白的墙和黑的窗户。

林正碌摘下眼镜，手指揉着眼角。他陷入了沉思。

当初到乡村来，始发点就是想通过艺术来转变农民观念，从而达到复兴古村的终极目的。复办完小，是他预案里绕不开的一条路径。教育是古村兴衰晴雨表，要想让古村不再继续空心化，如果教育不健全，就是个伪命题。那样，年轻人都不可能留在村里，有孩子的青壮年也无法返乡创业，古村注定走向衰亡。只有让主人回流，古村才可能有活力。复办完小，一个都不能少。只要有学生，就必须开班授课。

林正碌想复办高年级，让孩子们留在村里完成小学义务教育，有了政府支持和助力，他就更有底气了。他通过自媒体传播出去，联系外部资源，很快得到社会回音。有人觉得这是天底下的大好事，愿意做慈善支持。这一切都基于林正碌的所作所为得到了公共层面的信赖。

体制内有体制内的麻烦，按城市小学标准，规定十九点五个学生配一位公派老师。村里仅剩三十个学生，幼儿园到六年级七个班，三两个老师怎么教？还有一个问题，国家规定教师持资格证上岗才能配套工资。面对这些无解问题，林正碌铁下一条心，一手全部包揽过来。"我来物色老师，一位老师一个月不就四千块钱工资吗？我来想办法发。万一募集的善款不够，找时间好好画几幅义卖，每个月再去筹措两三万块钱。"

复办完小的信息发出后，很快得到社会各界的响应。数以千计的人二十元、三十元到两万元、三万元不间断支持，保证了小学四年级、五年级、六年级一年年复办起来，让漈下的孩子们在家门口完成小学阶段的义务教育。

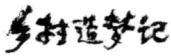

没多久，林正碌到福建屏南漈下村开展公益艺术教学的事，通过各种媒体传播，名声日隆，吸引了全国各地不少优秀的年轻人前来参与，再经过社会招募，他筛选了一些喜欢乡村、愿意在乡村支教的大学毕业生留下来当老师。针对漈下缺少音乐、体育、美术等专业师资现状，筛选了五名来自全国各地的支教老师，使得乡村孩子能够享受到英语、音乐、美术等比较丰富的教学课程。林正碌还充分挖掘在地文化资源，聘请村里一位拳师给孩子们上体育课，教授漈下传统武术——虎桩拳。

在未来的规划里，依照甘棠乡中心小学教学大纲，林正碌希望更多地融入素质化教学，借文创复兴古村的东风，把漈下小学办成一所国际知名的富于艺术特色的乡村小学。

通过这样的教学，漈下孩子的自信心完全被树立起来。两年后的那个暑假里，前洋村举办"梦里前洋——2017国际生态雕塑展"，前洋文创团队邀请来的九位印尼和美国的艺术家走访漈下。在雨廊上，甘玉彤、甘永光几个五年级孩子看到外国人，毫无陌生感拘束感，主动迎上前去，嗨、哈喽地打起招呼来。他们用刚学到的英语和艺术家们进行简单交谈，像老朋友一样，彼此拍照留影，还领着艺术家们到公益艺术教育中心看他们画的油画。那种精神那种状态，颠覆了很多人对乡村孩子的原有认知。

话说回来，在漈下，当玉彤这一拨孩子知道村小马上要新建水厕、维修教学楼，自己还能继续留在村里读书时，那个高兴劲别提了。这一天，他们又带着花冠，到林老师住处来玩约定的电脑游戏。

进屋后，孩子们问："林老师什么时候过生日呀？我们大家想用卖画的钱，买个世界上最大的蛋糕来庆祝。"

"林老师生日要明年了。这样吧，你们把各人生日都写在我手机备忘录里边。我们大家轮流过。"

经常在一起，孩子们跟林老师特亲热也特随意。看他要下楼去抽烟，便一起围住他，拉的拉扯的扯，把他的香烟和打火机藏起来。不知谁出的主意，还在大厅和房间贴上字条，上面写着幼稚的字眼：禁止烟火！再抽烟是小狗！

彼此之间已经培养出难得的亲情，在他们眼里，林老师就像是自家一个舅舅、叔叔这样的慈祥长辈。

功课之余，甘玉彤坚持画画，成为村里的高产小画家，再依托她的网红名气，画作受到各地艺术收藏者青睐，很快卖掉四十几幅，积攒起一万多块钱。林老师鼓励独立，要她把钱存起来，自己理财当学费。他还专门带玉彤和她妈去县城工商银行开户。当年，银行从来没为小孩子开过户，不肯受理。林老师找经理协调，好说歹说，总算把玉彤办成了全县第一个未成年人储户。银行员工看林老师忙前忙后，帮着填单点钞，都误以为他就是家长。

后来的一个寒假，玉彤在家里厅堂后壁上画墙画 —— 漈下人对壁画的一种叫法，她站在板凳上，一笔一笔画得专心投入。背景是桃花初开的大地，树下站着戴眼镜、身穿短大衣、脖子上挂一条土红色长条围巾的人，明眼人一看就是林老师。那年，林正碌已经离开漈下，到二十多公里外的龙潭村打造另一个文创村。

埋在心里的感激是彼此的，漈下古村复兴，林正碌取来了火种，没有这帮可爱的孩子们一次次助燃，火势能烧得这么快、这么旺吗？

对于漈下去乡里读初中孩子的安全，这些家庭也不用为此事再去犯愁，五个家庭一次性解决，林老师租用龙潭村民的车每周帮助接送。有人问："林老师，你这又是何苦呢？"

他弹出一支烟，接着把整包香烟抛到茶几上 —— 软包中华，慕名前来希望他"点石成金"的老板当咨询费送的。

"啪"地点上火，他轻描淡写道："不就一包烟嘛。"

三 化解危机的那些人

漈下文创刚起步时，林正碌基本上是周末有事情忙。那时，周芬芳、张峥嵘和陆坚他们几个，只要放得下手头工作就往漈下跑，白天晚上找林正碌聊文创，现场了解项目进展情况，协调乡村配合，商讨开展下一步工作思路。

在一起越来越熟络了，大家知道林正碌不仅仅是来义务植树的，教油画仅是破题儿，大幕刚刚拉开，他梦想营造一片森林，全县开花，复兴一百个古村落，实现人生理想。他企望对屏南古村有一个全面掌握，从更开阔的战略层面来琢磨屏南文创产业布局。

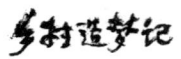

一旦得空，张峥嵘和陆坚会开上自己的车，带林正碌去县域内的古村转悠。这时的张峥嵘已经调任社科联，同在一辆车上，一位主席，一位局长，一位艺术家，三人都在做与直接工作不搭界的事，称得上是货真价实的义工了。大家对屏南古村怀揣相同情愫，在车里你来我去妙语连珠，笑声不歇。

这样的状况不可持续，后来一段时间，周芬芳通过县传统村落保护与发展工作领导小组为林正碌雇了一辆专车，他跑得更疯了，仿佛双脚安上了风火轮，得空便四处转悠，在县域内一天跑上两百公里属常态。

有人问他，这样不累吗？他不假思索地回道："这是我的生活呀。"

本质上，林正碌就是个不折不扣的工作狂，上车或听音乐假寐，或闷头补眠，下车精神亢奋，做起事情来不分昼夜，常常进入忘我状态，中饭拖到一两点属家常便饭。不明底细的人，压根儿无法把他与一个大病初愈之人联系起来。时间一久，司机跟不上节奏，吃不消，一连换了好几任。

在微信朋友圈，林正碌不断发布漈下消息，说我现在到这里做了，再贴上九张古村风光图片。上海尝到甜头那一拨人，本来就在私下里打探林老师行踪，他们首先闻风而动。随后媒体介入，信息广为传播，深圳、北京、重庆、厦门……微信圈的铁粉们立马将信息再度传扬开去，天南海北的知情者一批批追到漈下，整个事态发展神速，让人猝不及防。一拨人来几天画了看了走了，又换成新的一批。原本清寂空阔的古村，骤然间外人纷至沓来，漈下公益艺术教学犹如5月里的天气，一天天转热，火爆异常。

村里赋闲在家的老弱者开始加入学画潮流，县城也有人闻讯带孩子到漈下学画。这样的事，很多城里人第一回遇上，究竟是不是真的不要钱？都担心其中有诈。县城一位公务员的妻子，学画之前，还打电话问其先生，会不会是个陷阱？先生理性地告诉她，如果看到周主席也在场，一定不会有假。万一骗人也没关系，大不了多花点钱把画买回来自己欣赏。

公益画室已经饱和，容不下这么多人，很多游客领了画架画框，挤了颜料，拿支笔便靠在雨廊临溪一侧写生古村风景。美久几个小助教搬画架、递画框，忙得不亦乐乎。雨廊上，林老师侧身绕过一个个画架，鼓励他们大胆勇敢下笔，再去辨识各人优点，不断加以放大。

在一位学画者背后，有位来看热闹的村民嚷嚷起来："你画的是我家老厝。"

好奇怪,画出来中看多了。"

林正碌不由多瞥了他一眼,记起来了,这人就是他初次到漈下,说房子买在城关那一位。林正碌在心里偷着乐,自信也有从众心理。换一种观察角度,平日里熟视无睹的生活环境,立刻变得不一样起来。绘画就是这么神奇,可以增进人们对一方山水的人文情怀,使古村老厝的价值被重新发现和定义。

突如其来,犹如2月的田野沐浴了一场春雨,草绿了花艳了,一派盎然生机,让人看到古村的希望和未来前景。这给屏南发展旅游经济和文创产业带来了信心,也让屏南人开始认识到本土历史文化和传统村落的珍贵。

漈下虽说是历史文化名村,从2014年开始有步骤地进行修缮,开展古村文物保护工作,但基础设施还不完善,碰上一天百来号人进来,迅速饱和,窘状频出。古村连个公厕都没有,各家各户难以伸进脚去的粪寮,山蚊子小黑虫奇多,中午想吃碗拌面的地方也找不到。随着人流量越来越大,个别村民看到商机,闻风而动,开始把自家整理出来,开张简单的小吃店,但住宿问题可不是一时半会儿解决得了的。外来客人白天学完画,傍晚必须回县城住宿,班车一天只有一趟,很多人只能选择包车,这样无形中又增加了学画者成本。

漈下文创建构于林正碌的思维模型,只要有人来就会有消费,后面问题自然而然迎刃而解,整个配套跟上来,古村由此兴旺。但现实未必如此,理论与现实之间还存在滞后和偏差。

有一天,张峥嵘陪泉州摄影界客人到漈下,接近中午时,只得开车近十公里到乡政府所在地吃过中饭再折转回来。古村里各方面承载能力都有限,长此以往肯定不是上策。

张峥嵘向周芬芳反映了这些新情况,周芬芳马上找吴县长汇报。吴县长审时度势,力排众议,明确古村落文创产业项目先由传统村落保护与发展工作领导小组负责组织领导。要继续扩展文创影响力,漈下承载不下,可以另选容量更大、辐射面更广的平台发展。

这话说到林正碌心坎里去了。他来乡村的初衷,就不是单单想打一口深井,满足于在一个点上开花结果。按漈下进展情况,他预测,很快一年会有数千人进来。他明确表示,城关肯定不去,这在上海已经做得很成功,就是瞄准乡村才来到漈下。最好是选择一个乡镇所在地,有宽敞场地、足够的民宿和餐饮店,配套设施和交通能跟得上,方便世界各地的外来人抵达。

陆坚是双溪人,对家乡情况烂熟于心,新教学点选址,他力主推荐双溪古镇。双溪是县里的旅游重镇,大约位处县城到世界地质公园白水洋、5A级景区鸳鸯溪中间三分之二的地方。双溪古镇体量很大,交通、住宿诸多条件在全县乡镇里最为完善。

双溪镇属于全县数一数二的大镇,各方面工作都不甘落后于别人。书记、镇长听完林正碌的情况分析,每年可以迎接数千全国各地的人来学画,一致认为这是提升人气、振兴古镇的妙招,当即拍板定调,鼎力支持,全力配合。屏南"人人都是艺术家"公益艺术教学另一个教学点开始进入前期筹备。

大凡受过传统文化耳濡目染的人,都会觉得林正碌是个异端人物,外表狂狷不羁,言行惊世骇俗,客气点说,他就是个"愤青"。他认为传统文化只有经过历史淘洗,上升到文明,才构成我们民族的精华营养。他曾经说过,缺乏个性关怀的功利主义是阉割民族文化创造力的屠刀;他还曾经说过,一成不变的应试教育是囚禁人类想象力的牢笼……

林正碌是谁?他是工业机器上滑脱下来的螺丝,还私自进行过智能化改造,思维当然要剑走偏锋,话锋犀利逼人,出语石破天惊。他不可能因为怕刺激到固守传统之人,让自己观点圆滑中庸、无懈可击,那样的话,无法给这个世界带来一丁点儿改变。他又破又立,破的是传统文化糟粕,立在新经济潮头。他的一声声发力呐喊就是想加码加力,不惜矫枉过正,即便折扣掉各种漠视和阻碍以后,仍然能在那些集体无意识随大流的人群里振聋发聩,最终臻至实际效果。

整个屏南,对林正碌其人持有各种非议的人不少,对传统村落发展文创产业也杂音频出。有一回,县里开文创工作座谈会,有人锱铢必较,提出教农民画油画和古村复兴,国家文创目录里找不到。真正的文创是具体到每个产品,比如我们县的人造宝石、人造晶体、竹制工艺品等等。教农民画画就教农民画画吧,叫文创名不副实。

对传统村落开展文创产业持反对态度的有三种情况,一种是真的不了解,跟着人云亦云；一种是关心做具体工作的人，担心他们承担政治风险，影响仕途；还有一种是我不想做的，你就是不好。这种人一旦产生心理排斥，便永远不想去了解实情。与俗语里说的一模一样：装睡的人永远都唤不醒。

2015年7月的一天，省委书记要到潦下调研，此前，县里开了个常委会，大家对林正碌争议颇大，各执己见。有人心里没底，不知这个人到时会讲出什么出格话来。为了万无一失，也有人主张把林正碌支开。

周芬芳心里有底。与林正碌谈工作时，他曾经讲过，在海安时，江苏省委书记找他谈过一个小时文创产业。同样是省委书记级别，若一定要有什么不测，老早就闹成了，轮不到今天。为了消除顾虑，等大家都说完，她接嘴道："这没太大关系呀！明天我就说是志愿者，是上海来教农民画画的老师。"

最后，吴县长开口定性，相信芬芳主席，这件事她会处理好。

那一天，省委书记走进潦下公益画室，对发生在乡村的新鲜事饶有兴趣。看孩子们画油画时，还问林正碌，你为什么会看上这里？林正碌就谈自媒体，新经济时代乡村的机会，贫困村的精准扶贫，绘画让农民转型、增强自信，从而古村复兴等等。陪同的领导听了都觉得很新鲜，问这问那，调研时间远超预期。

7月中旬，省电视台《瑰宝》摄制组到潦下拍摄《艺术邂逅古村》专题片，编导说："除了古村，林老师也算一个宝。希望有县领导出来讲几句话，做个现场同期声。"

林正碌不假思索地回道："那非周芬芳主席莫属了。"

当时，为了讲好这段话，周芬芳思前想后。她回忆起20世纪80年代末习近平总书记在宁德任地委书记时，对"闽东之光"的分析：闽东的灿烂文化传统就是一种光彩，认识到自身的光彩，才有自信心、自尊心，才有蓬勃奋进的动力。通过文化建设，弘扬民族文化传统，不仅增强我们的自信心，而且提高外界对闽东的信心。我们可以从文化建设的角度，让人们好好认识一下闽东的闪光点。

她成竹在胸，面对摄像机镜头娓娓道来："公益艺术教学活动非常有意义，积极引导村民参与传统村落保护。它可以带动乡风文明，带动环境整治，带动生态保护。把一个破败古村变成高尚的艺术空间，这就是文化自信和自尊。政府要有责任有担当，把潦下村作为一个典型案例，为文创产业提供支撑，

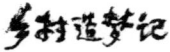

然后一个个村落逐步开展。"

节目播出后,邻县一干富有情怀、想创新工作的领导,知晓近在咫尺的隔壁县乡村里,竟然藏有这样一位奇人,便派人专程把林正碌请过去考察,希望他能出谋划策,指导一下当地的乡村发展工作。

两天后,在从邻县回来的路上,林正碌心潮翻涌,七上八下的。邻县领导盛情邀请他过去,满足他全部要求,无条件配合他开展乡村文创产业。他不由想起一件耿耿于怀之事,刚到漈下时,当时说是一位领导要来调研,乡领导到村里安排具体工作,村里请林老师也一起帮助出谋划策。当年的林正碌还没学会与官场打交道,一副书生气。听完他们的思路,插嘴道:"你们这样全不对,换一个思路来做,效果会更好。"

一位乡领导飞眼一瞪,话跟着就蹦出来:"你一个画画的,指手画脚什么!"

极端郁闷之事,在这种心境下被勾连起来,林正碌气血上头,顿生去意。

回到屏南时,上午快下班了,他径直到张峥嵘办公室。张峥嵘一边忙泡茶,一边询问他考察的情况。林正碌把对方县乡村三级领导陪同各处查看的经过、接待和感受说了一下,还提到与省委组织部派到村里的驻村第一书记谈得很对路。张峥嵘隐约感觉不祥端倪,连忙转移话题,"我们尽快来讨论一下,把双溪安泰艺术教学点拟一个方案,拿到县常委会过一下。"

这时,林正碌叼起一支香烟,开口了,"方案就不一定做了,我准备走。"

虽说心里有预感,张峥嵘的脑袋还是嗡的一下胀起来,仿佛晴天响起一声霹雳,他失声道:"干吗?!"

"我又不是体制内的人,一个所长还是自创品牌。在屏南一没有名分,说白了就是个志愿者;二来各种闲言碎语听多了,没什么意思;再说政府认可度也不够,推进速度没有达到预期效果。既然这样,那我走好了。"

面对突如其来的变故,张峥嵘又不便当场给芬芳主席打电话,情急中发出一条微信。赶巧陆坚来串门,知道情况,便一个劲地跟林正碌解释,现在一切情况都在慢慢变好,县里主官的支持力度也在加大。竭力说服他留下来。

那天下班前,噼里啪啦来了一场夏日骤雨,周芬芳赶回近郊的家收晒在阳台的衣物,刚进家门看到微信,立马电话拨过来,张峥嵘借机走到办公室外面,把突发变故告诉她。周芬芳果决道:"我立即找吴县长,马上见面。"

她在门口拦"黄包车"时,刻不容缓拨通吴县长电话,"县长呀,你赶紧到'天外天'来救急呀!"

几乎同样的话,说来说去到了12点半,张峥嵘他们三人走下办公楼前那条坡,到天外天酒店对面一家莆田卤面馆,面还没下锅,周芬芳来电急问:"你们在哪里?马上到'天外天'大堂。吴县长要见。"

坐在宾馆大堂的沙发上,吴县长把一杯大堂经理已经端上来的茶水推到林正碌面前,挽留他不要走,有什么需要,县里可以配合。说林老师做的事属于创新思维,我们一个山区县,有勇气试,也不排斥有人争议。我看好林老师!路一步步走,事情会一件件解决。

其实,吴县长嘴上所说的"试",只是一种权宜之策。屏南属于山区农业县,涉及"三农"之事,一定要去做。林老师的思路充满创新意识,在县财政薄弱现状下,完全可能事半功倍,走出一条适合屏南的路子。接下来,他要启动自己的智慧,花一些时间让班子统一认识,给予外来专家在传统村落建设中充分的话语权和策划权,确保这件事笃定无误在屏南推行开来。

县长公务忙,这是他们第一次面对面坐下来正儿八经说事。吴县长这么迅速出现,亲自表明态度,这已经让林正碌内心感动,起码说明县政府对自己所做的事是持肯定态度的。

"县政府已经在讨论聘请林老师出任屏南传统村落文创产业项目总策划事宜。林老师,就这么定了,留下来。芬芳主席,尽快把文件拿来上常委会。"

吴县长离开后,他们四人又回到莆田卤面馆吃面。周芬芳对林正碌说:"吴县长有战略眼界,水平不一般,有魄力有胆识。就是因为他的认可和支持,我们才可以放开胆子去做。还有——"她看了一眼张峥嵘和陆坚,"像我们这样想法、做事一致的团队真的很难得,几个县的木拱廊桥捆绑'申遗'时,大家都说自己的好,最后繁琐具体的工作还不是我们县去做。像吴县长一样,我们几个人也一致看好林老师你现在所做的事情。"

他们的责任心和执行力,都是林正碌这几个月来深刻感受到的。在乡村做事也会冒出这样那样意料不到的问题,潊下局面已经打开,放弃太可惜。别人画的蓝图虽好,中间环节谁又敢保证不会出意外呢?

8月23日,县委常委会议上,大家就试行传统村落文创工作进行讨论,充分发表看法和意见。有的说,对这个产业我也不敢说不好,但非体制内的人,他的政治倾向我们不明底细,这里面有个安全问题。有的讲,这个政治倾向怎么把握呢?如果和邻县乡村一样,只是教画画让农民脱贫致富,那肯定没问题。吴县长听了大家意见后,这时开口了,"我以为我们县目前做的传统村落文创产业,符合李克强总理提出的'双创'新战略,这是一项没有别人经验可资借鉴的创新工作。这样吧,我看可以先行先试。"

周芬芳灵机一动,等吴县长说完,立刻接口:"冯骥才主席介绍的人,应该没问题吧。"

如果敢说连冯骥才都不知道,那也别在官场混了。大名鼎鼎的作家加文化学者,曾任中国文联副主席、中国民间文艺家协会主席、全国政协常委、国务院参事。投身文化遗产抢救工作二十多年,影响深远。

好了,争论归争论,大家统一了认识,县委书记拍板定夺,在屏南县试行开展传统村落文创产业工作。

事后,为一时脑洞大开,周芬芳还专门给冯主席挂电话。他们在全国"非遗"保护会议上多次见面。

一接起电话,老先生便问好,"你是宁德小妹啊。"

周芬芳说:"冯主席好!我请来一个能人保护古村落,但大家有点不同意见。我说是冯主席您介绍的。"

冯先生爽快笑道:"没关系呀,只要古村落能保护下来。"

哇,周芬芳如释重负,旋即喜不自禁,一颗绷紧悬着的心落了下来。

紧接着,吴县长代表县委、县政府召开传统村落发展文化创意产业工作座谈会,全县近一百人参加,乡镇领导、各个重要单位的负责人、文史研究员等一切与文化相关的人员都来了。会上统一部署,吹响了屏南县开展传统村落文创产业的进军号角。

这里,还有一件事必须插播一下。林正碌在担任江苏海安523文化产业主题公园策划总监时,筹办过三年中国当代艺术思想论坛,邀请了一位叫程美信的老师主持学术,设计每一年学术探讨方向。他是一位曾旅居瑞典多年的文艺批评家,被业界称为"中国独立艺术批评第一人"。有一段时间,他们那帮朋友不见了林正碌踪影,后来从他微信里开始认识漈下。程美信便来到屏南,各处考察。他发现,学术上叫闽式徽派的民居建筑,就是徽派建筑前身，同样源于中原。历史上中原地区屡经兵燹战乱，这种建筑几乎损毁殆尽，侥幸留下的也在时代发展中流变了。遗留在屏南大山里的传统村落是非常珍贵的农耕遗产，在一个时期成为整个中国传统乡村典范。尽管落地东南一隅，但内核精髓仍然是中原文化。这里的古村落并不比其他地方逊色。身临其境，程美信如痴如醉，决定留下来参与屏南古厝的修复工作。

座谈会邀请林正碌、程美信两位专家到会介绍传统村落发展文创产业的可能性、可行性及远景，吴县长做了讲话，县政府聘请林正碌为屏南县传统村落文创产业项目总策划，程美信为顾问。接下来，程美信讲了六点，实实在在，大家明明白白。轮到林正碌却讲得荡气回肠、天马行空，大家都听得云里雾里的。他制定的屏南文创复兴古村开篇战略是：依托自然生态，以传统村落为平台，引进世界各地外来文创精英两万人，同时培养本地三万以上的人成为文创精英，带动五万原籍村民回流，整个产业链的从业人员十万人。用十年时间，把一百个古村落复兴起来，使它成为一个国际性的文化创意产业发生地，同时也是中华民族传统文化的弘扬地和寻根地，优质生活的策源地与输出地，从而构建出引领未来的全新生活方式。

项目没落地之前，林正碌那一套文创产业理念无懈可击，精确到可以用数字来呈现。多长时间培养出多少名具有原创能力的画家；当一百、五百或一千名村民蜕变为成熟、有稳定销售市场的画家时，下一步骤具体实施将按前述一、二、三条来操作……但是，很多人不知文创为何物，画画与古村复兴又有何关联？这好像一个虚无缥缈的水中之月，玄乎得很，八竿子挨不着。

面对中国农村千百年来的传统文化，任意一种不确定变化都足以让林正碌举步维艰。送货上门，农民也不买账，谁还会考虑到这中间有个农忙季节？面对现实，他重新思考，调整修正了自己的目标。好比输电线路必定有线损一样，何况还有电路材料问题、极端天气问题……理论总是灰色的，生命之树常青。生根发芽长出绿叶来，才是响当当的硬道理。想进入原子能时代，他就得像居里夫人那样，先提炼出零点几克的镭来；要剿灭入侵匈奴，他就得像霍去病那样，率八百精兵长途奔袭漠北单于老巢。唯其如此，才能获得从官方到民间的认可。

与第一次递给张峥嵘的策划案相比，这回，林正碌所言及的数字和规模都有了面对现实的收缩，即便如此，对亘古不变的古村来说，依然是一场久旱甘霖。在不可能的地方已经成活了一株幼苗，它鲜活的绿叶是两片还是四片，完全可以忽略不计了。张峥嵘他们从不去计较林正碌现在讲的与第一份策划案里的数字变化，发生在漈下的事情已属奇迹。古往今来，还有谁在屏南乡村成就过这样的事情？用当地一句俗语来讲，这叫没水游出十铺远。

四年后，当屏南传统村落文创成为网红，得到省市甚至国家部委肯定，结合国家的乡村振兴战略，回头再看屏南文创产业的发展轨迹，一些人开始有点明白是怎么一回事了。

再回到当年，会议结束时，在大家陆续走出会场时，吴县长像想起什么似的，这才把盖有县人民政府大印的聘书递到两位专家手里。毕竟这是没有前车可鉴的事业，他不想徒增阻力，为一件小事刺激那些思想观念还没来得及转换过来的人。

文创还不属于屏南的支柱产业，吴县长心思暂时不会全部放在这头。他果断决策，放下身段来力挽林正碌，从一个周密细小举动到前瞻眼界，已经说明他绝不仅仅只是胜任一个县长的角色。他完全信任周芬芳的判断能力，只要对屏南乡村发展有益，自己又没能找到行之有效的创新思路，就必须广纳人才，借脑引智，敢为人先。倘若初生的地球大气罩着层层防护网，一颗彗星也飞落不进来，那么，我们这颗蓝色星球还能缔造出生命奇迹吗？！

四　千里搬伏兵

坊间传说，林正碌行事就是凭着胆子大。这话不假，因为他的一招一式后面还有一套系统在做支撑，这已形成他的办事风格，处变不惊，有章有法，一次次把旁人看着匪夷所思的事情做成做实。双溪安泰楼单是一层就有两千平方米，铺展开可同时容纳大几百号人坐下来画画。林正碌孤家寡人开店，还要漈下、双溪两地分身有术，岂不沦为空谈？岂不辜负了各地慕名而来的学画者？他还真不愁，尽管现在自己单枪匹马，从前来学画的人里，他一定能筛选到称职的志愿者。现在，他还缺个总管。

谈定双溪安泰楼的6月间，他往青岛平度市万家镇马二丘村打了个电话，对在家乡开展公益艺术教学的王亚飞说，漈下已经开展起来了，双溪镇的教学很快也要拉开帷幕,到时将非常精彩,现在到了你出场的时候。

是骡子是马已经遛过。跟随林正碌学画和开展教学,五年下来的耳濡目染,王亚飞已经把他的教学理念嵌入身体的每一个细胞。离开上海的大半年时间里,按照林老师的心理教学方法,她在家乡马二丘村"烧了一把火",验证了自己的教学能力足以独当一面。

一个90后女生,王亚飞凭什么就是林正碌公益艺术教学团队里最得力的干将?她将如何面对林正碌嘴里那些形形色色的每年数千学画者?

事情得从头说起。2008年,王亚飞就读于南通大学美术系师范专业,学校附近就是海安523文化产业园,开业时学校组织同学们集体参观过。

十年后,王亚飞说起了那些改变她人生的经历——

2010年放暑假的时候,听人说文化产业园里有个空间教人学画,班里几个感兴趣的同学都去了。那一年,林老师刚起步,教的就是一些农民、园区扫地阿姨和残疾人,都是些没读过书没文化的,画得不咋地。听人说他们学了一个月,那些"不咋地"的画,参加江苏省美协新人美术作品展,就一两个被淘汰下来,其余全部入选。命中率这么高,我们都觉得这个展肯定不靠谱。我们去,是冲他免费材料去的。暑假一个月里,他说的那些理论与学校老师讲的完全不是一码事儿,我们也听得懵懵懂懂。

隔了一年,林老师又把学员作品送去参加第四届新人美术作品展(当时他已经开始教我了),大概十来张吧,又是百分之八十入选概率。我看了名单,整个江苏省南通市占了大半,而南通市基本都聚集在我们这一块儿,只有几个是南通市的中学老师。那个时候知道,如果连续两次入选就可以加入江苏省美协,这样的事,很多大学老师也觉得光彩。那个时候我才发现这个奖挺有含金量的。

大概是2012年,微信开始兴起。我们这些大学生,用微信比林老师要早,就是当手上的一个QQ在使用。林老师特别前卫,那个时候他换了智能手机,马上在朋友圈里卖画了。在我看来,他是最早做微商的那一批人。在这之前,他说谁画得好,我们不信。虽说入了省美协,让人觉得好像有点水平,但大家还是看不懂。后来,他说好的那些画,在微信朋友圈全卖掉了。这个我们就要好好想想了,花钱买画的人绝对不是傻子。这只说明一个问题:我们这批学生有问题。

2014年，去上海办教学展时，我的微信好友只有五十个。我比较宅，不爱加，不认识的还会删。林老师说这样不行，你要不断地加，只要一个买家买过你的画，觉得好就会推荐给别人，圈子会慢慢变大。这期间，他一直鼓励大家多加微信好友，画一定要发布出去。在上海时只要画出来，我们就用微信发，卖得很嗨。还有一些人成为长期藏家，我们每办一期，他都会来收藏几十张。

到毕业前的实习期，有天，林老师问我，你快毕业了，找到工作没？我说还没考虑好干啥。林老师说，要不然你到我这边来画画。我可以一个月给你几百块钱生活补助。艺术园区像双溪安泰艺术城一样，也免费给艺术家提供住处，水电、吃饭自己解决。

我是农村出来的，接触的社会面非常窄，毕业后就想找个地方打工。我们看到的生活方式只有一种：结婚、买房、生了小孩送学校，然后再循环这一套。但我对画画有兴趣，就过去画。他不太爱教我，别人讲几句明白了，我教不通。问题是我也看不上他们的，他们可能也看不上我的，这个过程很纠结。这样大概持续了两年，这之间我只卖过一幅画。那人买了画，还跟我说了一句，大概意思是看我可怜才买的。当时我根本不顾及这些，两百六十块钱。我兴奋呀，给我爸打电话，说我挣了两百六十块钱，开心死了。

两年后，当时要放弃了，不想画了。别人越来越优秀，我还是老样子。林老师依旧不怎么搭理我，虽然每个月给我生活费，感觉人家在等你走。其实他没这个意思，这些都是作为弱者时的心理波动。

好巧，那个时候林老师发现了一个新方法，专治我这一类学院出来的。当时有个画行画出身的人，画得非常匠气，他要回家一个月，林老师跟他打赌，等你回来，保证把你老婆教成画家。他老婆是个农民，原来就是专门给老公洗衣服、煮饭、挤颜料什么的。林老师成功教会这个女农民画超写实，她的作品前两年还入选过全国美展——金陵百家。一看林老师这么厉害，有个已经被一年几十万签约的画家，也来讨教。在林老师指教下，一个月后突飞猛进。我偶尔也会去他们那串门，这人拿以前的作品和现在的作比对，我们眼瞎也看得出来，这个突破特别大。

2014年年初，林老师有信心了，把我叫过去，说年前一个月给我学好它。他找了一些西方比较有特点的作品，让我去抄。我感觉抄得乱七八糟的，他看了说还可以。他把画放画架上,原作放在前面,他就坐在我身后说,你这里戳一下,那里戳一下,指导我去改。他说这里不对,要亮一点,那里不对,暗下来……一个小时下来,发现真的不一样哩。

其实很简单,就是一种光学原理,明暗交接处在亮的一侧微弱偏亮。他以前讲过,我们不理解。抄了三四张的时候,他又让我找一张照片。我开始凭自己拍的古村照片去画,那个时候画得有点感觉,林老师说这个可以卖钱了。我还挺鄙视,不可能的,谁要!结果他微信一发,卖了八百块钱。

当时非常兴奋,好像看到了人生希望。然后林老师又让我去写生,有天画一块砖头时,我突然间就开窍了。我说林老师,我明白了,这个东西太简单了。我卡准点,噌噌噌可以画得很快。以前我们画色彩时,老师讲法是这样的,比如说这里有一个陶钵,主体是什么颜色、暗部是什么颜色,按这个套路下来。但这个套路用不准确时,就糊成一团,只能用厚去掩盖,越盖越糊,画得超烂。等我画那块砖头时,一闪念之间眼前迷雾全部散开,这个角该怎么画,我感觉一笔过去就完了,你要再细致下去,那不是还有一个洞嘛,再两笔就出来了,感觉每一步自己都能看得清清楚楚、明明白白,理解了里面的逻辑,那个二乘二原来就是一加一加一再加一。

整个过程花了一星期,这时,林老师说你可以试着画个主题系列作品。林老师的做法,不像学校里,什么方向都给你,什么内容都给你,有标准答案。他只给我提了这么一个建议,让我去思考。正巧有天晚上看到香格里拉发生大火的新闻,系列作品就定名为《香格里拉之死》,连着画了三张。香格里拉是一种象征,是一种我们心中向往的乐园、故土。

接着,林老师在上海M50国际艺术区举办"林正碌公益艺术教学展",首先为我办了个展,把我的画推出去。同时在现场开展为期一个月的零基础公益艺术教学。

教学展就意味着我要走上前台现场教学,墙上是林老师短期教过的学生的作品。四百平方米空间做教学场地,林老师教过的学生七八个在现场做助手,一星期后只剩下两三个,能支持教学的,只有林老师和我。林老师要经常应对媒体采访和接待各界朋友,我必须从早扛到晚,几个藏族孩子负责一些打杂。规模太大了,类似车轮战。有的人早上有空,有的人中午有空,有的人晚上有空,好像是商量好错峰过来学。吃饭像打仗,两三分钟扒拉完,

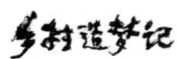

继续去上课。后来，吃饭住宿买画材这些琐事杂事都由我来负责，又兼做了财务。从我的画能卖八百块钱起，就没有生活资助了。好在之前的个人作品展，我的画卖了好几万。林老师经常说成就别人就等于成就自己，他要做的事情我义不容辞，我也想把这样的事做得轰轰烈烈。卖画的钱我自己用了一点，把大概七成都拿来支持上海公益艺术教学了。

在上海那一年，公益艺术教学展一共做了三期。第一期做到最后人已经有点儿崩溃，数着手指头熬日子。工作强度高，真的是太累了，从早上9点到第二天凌晨4点都有人在画。只要有机会，空间里随便什么沙发，躺下去就能睡着。第一期做完，大家回海安产业园休整一段时间，第二期再开始。

做了快一年，我们的公益艺术教学名声在外，被前卫艺术界认可，作品销路也很好，各方面都很成功。林老师从没说过要让我一直跟着他，最后能留下来，是因为我最负责。第三期上海公益艺术教学展结束后，我们在海安产业园休整，好长一段时间不见新动作。那会儿林老师经常外出，我也不清楚他今后还有什么打算。

到了2014年年底，仍然不见动静，我待着也是无所事事，心里琢磨了一下，在上海教学的这一年里，我看到很多人都学得很好，画还可以赚到钱，就动了回老家教乡亲的念头。那个时候我正巧卖出一张画，手里大概有两万块钱。一次林老师出差回来，我把想法告诉他，林老师有点惊讶，说我也有这个想法呀！趁着这个空当，你先去锻炼一下也好。他还支持了我五六千块钱。现在回头看，正是有了这种历练，后来我才能把事情做得更到位。因为你只做副手时，从来不用去独立考虑所有的问题。

我们几乎同时离开上海，我12月底回家，没多久他就到这边儿来了。

回家这件事，怕有阻力，还先给我爸电话，说我要回家教画，我这边教的人都赚钱，一两千块钱一个月没问题。他说可以。可能觉得我一直漂泊在外，能回家挺高兴。才隔一天，他打电话过来，不行！你不能回来做。我说这是为啥？他说你想想，你回来，人家得笑话我。画画是个什么鬼？画画能当饭吃吗？我当时也很犟，电话里冲他说，告诉你，这事儿我必须做，一定要做！材料我都买好了，已经在寄回去的路上。他说我不给你房子。我说没啥关系呀，不用你的，农村空房子多的是，租谁家的不行，跟你没有牵扯。我爸一听要去租，别人不是更得笑话他，百般无奈才同意了。

我们家是农村那种类似四合院的平房，有主屋，还有一排储存粮食、杂物的房子。到家后，我直接给我爸五千块钱。钱哪来的？我说老板支持的。干吗？帮我买煤。冬天冷，一定要暖和。然后，我说把你那些个麻袋什么的搬到外面去，我要用这地方。反正给了钱嘛，他也不多说什么。我爸就去买了两三千块钱的煤，炉子一生起来屋里就很暖和。我妈是第一个支持我的，晚上8点多从鞋厂回来，我说随便画。她就画了一张套在一起的两只水桶，我发到微信朋友圈，林老师再转发，第二天他那边就卖掉了。我妈原来也觉得画画不那么靠谱，现在老开心了。没几天，爷爷奶奶听说这事也来了。

在我们那里，农民画画这样的事从来没有过，况且还是油画。我把农闲在家的邻居叫来，从零开始推动。很快，培训效果出来了，加入的人越来越多。有些村民天没亮就来敲门，说要学画，天亮了再去干活，收工了又跑来继续画。我通过微信传播，一张画卖一百五十块到两百块，被收藏了不少哩。

冬天没啥事呀，我们这儿又暖和，房间里挤满了人，热闹，都进不去人了。我爷爷奶奶只画了一个月，快八十岁的人，眼睛看不清楚，当时卖画一千多，我到这边来以后又卖了三千多——是有人翻我的朋友圈翻到了。他两个人三年养老金才三千块，一个月赚的钱就超过了，老开心呢！

林老师叫我来的时候，刚开始考驾照，驾照到手了就过来。我在家做的是小范围，后面到了春天，农民开始农忙，学画的人就少了。林老师这里与政府合作，面向全国和世界，推动很快。我始终认为，与林老师的关系更像合作，我也把这当事业来做，毫不犹豫地选择继续留在团队里。自己卖画的钱都可以贴进去，有没有工资倒也不太在意。领到工资那是到双溪以后的事。

我的画一张起码可以卖到两三千，在上海时关注人多，一张画卖到几万不成问题，原先的梦想，什么车呀房呀，已经不难了。不会把这些当作梦想去看待，也不在意卖出几张，得了多少钱。和以前的想法完全不一样了，想做事情了。想努力把这个平台做大做实，获得更多的关注和流量。

第三章

一 小手拉大手

漈下经过半年试点,铁板一块的村民思维出现裂隙,随着媒体宣传、外来游客进入、小学启动修缮工程,他们从质疑观望到了提心介入。农民投资很谨慎,哪怕是时间和精力,没有看到利益绝对不会轻易下手。第一批学画的孩子们卖画捷报频传,在看得见摸得着的切身利益刺激下,一个个面朝黄土背朝天的农民不知不觉开始蜕变,慢慢接纳了发生在眼前的新事物。

孩子已经脱颖而出,现在山上果树的果实、田间地头的瓜菜也收得差不多了,最繁忙季节已经过去,接下来要让村民转型,实现梦想。林正碌之所以要推动艺术普及,因为它关乎每个生命个体的创造能力和人格完善。一旦农民完成这个过程,改变了自己命运,每个人都会充满活力和作为,成为古村复兴的伟大力量。林正碌对这样的美妙结果如醉如痴,并乐此不疲。

暑假期间,玉彤对林老师讲,她鼓动过父母也到画室学画,他们怕人家笑话,不敢来人多的场所。她爸还说:"要不,我们在自己家画,看林老师会不会下来教。"

接收到这样精准的信息,林正碌心里有数了。

传统村落文化创意产业发展座谈会后,周芬芳、张峥嵘、陆坚和林正碌他们隔三差五便会聚在一起,探讨下一步文创工作如何开展。

林正碌陈述了个人想法,"目前公益画室太小,只够应付外来者。学画要有空间，就得修缮老厝，这样也就把古村保护起来。看看政府在这方面能不能有什么政策支持。"

周芬芳、张峥嵘他们开始研究政策，参照林正碌提出的思路，再结合国务院"双创"文件，引申套用，传统村落村民修缮老厝，只要合适、肯拿出来做公共艺术空间，一户可以视情况补贴资金五千到三万元不等。而且，修好的老厝有多余空间，还帮助联系外来租户居住或做工作室，一个月可以增收一千多块钱。

周芬芳他们就此事专门进村开过会，阐明政府态度。但补贴归补贴，自己多少还得掏一点钱，村里仍然不见有人动作。林正碌耍了个鬼脑筋，放出风声："我准备招聘支教老师恢复村小高年级，你们再不学的话，我闲着也没事做，要走了，不在你们村了。"

那些有孩子在村小读书的家长马上紧张起来。在两溪交汇的半岛上，林正碌快刀斩乱麻，连哄带蒙让甘玉彤父母配合清空杂物，叫村里木匠师傅把她家厅堂破烂处修复完整，再拉上灯，形象马上改观，清清爽爽，亮亮堂堂。摆开画架，可以坐下近十人。

话说回来，玉彤爸爸甘瑞光不仅看到女儿卖画的钱，他还发现女儿一张画可以画上两三个星期，做事情更专心更有耐性了。他的心已经开始向往这种奇妙的变化，之所以还举棋不定，是担心出这个头。

9月16日，漈下第一家农民家庭画室开张，后来门口挂牌"瑞光画室"。

被林正碌言中，玉彤果然成了父母的带路人、启蒙老师。她跟父母讲学画体会：画画很有趣的，自己学调颜色，自己琢磨着画，没有外界干扰。画画先不要去管颜色啦造型啦这些，颜色会越调越多，五颜六色的，自己变得丰富起来。但是要很独立很认真去观察，喜欢什么就大胆画，最好能融入感情，等画完特别有成就感，是一种享受。那口吻，俨然一副小林老师的模样。

玉彤家五口人，爸爸、妈妈、姐姐、弟弟，大家干完农活、做完家务活、写完作业都会坐在画架前。林正碌在一旁当啦啦队，喝彩鼓劲，大家才画一次都上了瘾。一个普通农家只用了一个晚上，已然亮丽转身，变成各种媒体热衷报道的农民艺术之家。

事情起头，看玉彤家灯火通明，笑语喧阗，左邻右舍都进来看热闹。林正碌每天晚上也会从住处下来教学，每一次都会鼓动围在旁边的人，你们也来一起画吧。

围观者环顾左右,踌躇不前,有人开始接话了。

"以前读书,就是学不来,才种田了。我现在笔都不敢拿。"

"我们一辈子拿锄头,一把笔不知道要比锄头重多少咧!"

看玉彤一家人画,再听林正碌现场讲授,似乎很简单,只要胆子大便成。漈下卖猪肉的泼辣大姐英勇地坐下来,"心痒痒的很想画,就是不晓得能不能学得来。"

林正碌开怀大笑,"你杀一头活猪都有办法,还怕它一支笔。"

大姐学玉彤他们那样,挤了颜料,瞅着楼梯下的一个杂物桶,就在画布上戳了起来,"林老师呀,就是怕笔。几十年没拿了。"

"从这一刻开始,创造奇迹,告别怕笔的时代。你就当它是一把刮毛刀。"

大姐边戳边不停说话,感觉在给自己壮胆,"那我就把它刮整齐。唉,有点难度。我的手一直在抖。"

"你用笔画,就像在化妆,感觉肯定会在画面上流露出来,它一定很动人。手抖的人,化妆时一定都有办法画得很美。"

"我们村民从来没化过妆,拿笔比拿杀猪刀还害怕。"

林正碌握住手机的手一指,大笑起来,接着说:"大家看到没,敢拿起笔来就是成功的第一步。"

然后,林正碌转到玉彤爸背后说:"你画的这个凳脚一边粗一边细、一根短一根长,但这不重要。画画的造型、色彩全是主观的,只要用心去观察、去归纳这个世界就对了。"

他又说:"你画的这个凳子是你的凳子,不是别人的。从一幅画作来说它没有错,已经是一张完整作品。你要多画多感受,三张以后我再跟你讲光学原理。"

榜样的力量是无穷的,杀猪大姐那么粗的人都敢画,这太刺激人了。你行我干吗不行,自信心很快像春笋似的一个个拱出地面。僵局就这么神不知鬼不觉地被打破,村民们开始变得"皮厚",白天种地,晚上总有人三五成群到玉彤家来,这里自然而然成了村里学画的又一个据点。

有一天,记者周末来采访,林正碌带他们进了瑞光画室,玉彤和她的同学正在画画。林正碌介绍道:"现在村里学画的人里,年纪最小的三岁,最大的八十三岁。现场这五位是同班同学,原来班里只有三个,另外这两个是从浙江、福州转学回来的。"

环顾满墙挂着的油画,记者问:"现在家里最重要的装饰品就是画,以后挂不下怎么办?"

"这个可能性很小,他们已经征服了很多人,经常是画作刚完成就被买走了。"

看到画架上一幅画,记者惊呼出声来,"这是画吗?我以为是一块布挂在这儿。好逼真啊!"

"都是林老师教的。"正在做家务的玉彤妈抬头朝记者憨笑,腼腆地回了一句。

"这也太专业了吧!好厉害,布的纹路是怎么观察出来的呀,色彩掌握得非常到位。"

"我教他们,就是要学会独立观察,归纳眼前的物体。"

玉彤妈有个特点,专门画家人衣物。2017年1月漈下举办艺术节时,在降龙村开展文创的天津泰达当代艺术博物馆馆长马惠东和在前洋村开展文创的复旦大学艺术教育中心张勇副教授,对此给予了很专业的评价:

"你看她画老公的裤子、画她女儿的裙子,这是她每天都看到、摸到的东西,因为她有情感在里面,所以表达起来就很容易,画得很松。"

"最重要的,你看她的画面确实有一种非常个人化的气息在里面,而这种气息是很多艺术家试图去寻找的。"

外部世界的一次次认可,强化了村民们的自信心。

又一个晚上,林正碌到瑞光画室时,村民坐的坐站的站、看的看画的画,厅堂里已经挤挤挨挨都是人了。

林正碌找矮凳坐下来,打开手机微信,"大家来分享成果,今天刚发出去就很多人点赞,还有人要买。"

"我们家自己卖了一张。"玉彤爸把手机拿过来给林老师看。

"太棒了!玉彤爸是第一个学会独立自主的。"

林正碌翻看他的微信,"发帖才几天哪,你都快三百浏览量了。知道这有多了不起。比方说,整个漈下村的人你都认识的话,不过五百多,现在世界上又多了三百人知道你。如果每一次你都表现得很精彩，那么每天还会不断有人知道你。几年后，你还怕好东西没人要？大家有没有发现现在我们漈下越来越被人看得起了，这是因为我们不但会种田，还会画画了。"

林正碌滔滔不绝讲完，又朝埋头画画的甘小文叫道："你三岁半儿子画的抽象色彩被人收藏了，快过来数钱。"

在场的人嘘了起来，讲平话说书一样，四岁不到的小孩都有钱赚。

把钱交给笑得合不拢嘴的甘小文后，林正碌朝大家说："别以为这不是真的。想画画赚钱的人，赶快换个智能手机，我身上也不可能天天都有现金给你们。"

林正碌已经想好，一定要教他们学会使用自媒体，自己推广画作，植入一个健康商业理念。一个古村要复兴，人力资源没有优化不行。他们自信起来、有文化创造力，还懂得用自媒体传播，这时的农民，摇身一变成了文化的创造者，非常了不起。一想到有这样的农民，他镜片后的目光就情不自禁地闪烁起来，心里充满喜悦感，觉得他们个个都是了不起的人才。

看有几个人买了小米、中兴手机，林正碌找时间给他们上了一课，教他们以自己的电话号码和名字建立微信，然后用手机拍画。画要拍正，点开相机这个图标，再点编辑，把拍下来的画多余边框剪切掉，接下来再点开微信图标，里面有一个相册，把画一张张贴上去，一次最多可以贴九张。标一下画的尺寸，写文字告诉人家这一幅画收藏要多少钱，希望得到认可，欢迎收藏。也可以说一下学画经历，或者发自己画画现场照片。如果有人要收藏，还可以加对方微信一对一私聊。

有人手忙脚乱，一下子做不来，林正碌便手把手一步步教，玉彤爸和玉彤也在边上帮助他们摆弄。

"不管怎么样，点一下发出去，你已经开始自己卖画了。大家注意听了，有一点很重要，一定要标明价钱。如果写多少钱你们会觉得脸红、不好意思的话，那就大错特错了。这一次放弃，永远不可能有下次。就好比卖猪肉一样，卖几天以后全村都知道找你买了。"

旧时，屏南属于福州十邑，讲的是闽东语系，林正碌带着莆仙腔的普通话，有些词村民猜都猜不出意思来。几个月下来，听习惯了这种异乡口音，现在村民已经觉得有滋有味了。

接下来，林正碌又教他们微信绑定银行卡，没有的一定要去申请一张。可以用微信，也可以通过支付宝来收款转账。卖画的钱总归要取出来补贴生活。

这时，他又想起了什么，补充道："还有一点，千万记住，卖画前一定要清楚告诉对方，快递费由买方出。40×40的尺寸，扣材料费后一百八十块钱，再加上快递费就很低了。要是人家让你寄到美国去，那你不是还得倒贴。"

厅堂里，村民哄堂大笑。能卖钱就欢喜了，谁还敢做番仔梦。

林正碌露出少见的一脸严肃，"这完全有可能。不是梦！"

在村口峙国亭边的公益画室，王亚飞对村里和外面来学画有智能手机的人，也在教学过程中不断植入这种思路。她知道一些人不是做不了，是嫌麻烦不愿意去学。不能让他们养成依赖习惯，就像她当初一样。做公众号时，她会叫大家过来一起来看着怎么做。

"你看我就是这么做的，你们也要这么做。现在认识人不多没关系，有很多人来学画，现场就可以大胆加。不是经常有学画的人住你家嘛，在你家吃喝，加一下很容易。只要有一个人看到，只要有一个人欣赏你，你就会被带入这个圈子，以后他会把所有对画感兴趣的人都介绍给你，你的圈子就慢慢建立起来。自己不起步永远没有未来。你发了，我一定会帮你转发。如果我这边买家要了，会直接推给你，你们自己私底下联系。我们不介入买卖是最好的。"

再过两天，王亚飞要离开漈下，搬到双溪镇去筹备安泰艺术教学点的前期事务。以后跟他们面对面交流的机会少了，便把自己在海安的亲身体会告诉大家，还有意把话说得重一点。

屏南坊间有谣传，那是疯癫人做的事啊！政府只会听他骗。什么免费让人学画，一堆一堆的，全部锁在仓库里，还骗人家说把画卖掉了。居然也有好事者到快递点去查核，看到底有没有画寄出去。

林正碌他们的做法，让这些流言蜚语不攻自破。

千百年来，农民只有自然经济，只懂得简单的买卖关系。而今，通过艺术教学培训，不知不觉变成一个可以通过微信平台发布自己画作的人，全世界一种关联性的商业营销构建起来了。他们通过卖画尝到甜头，润物细无声，

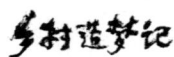

一个现代营销系统悄然安装到他们身上。接下来，村民也会自己到村里的快递点邮寄，抄上对方地址、手机号，留下自己的地址、电话。他们学会用微信卖画，启动了移动支付，有人还跟农村"淘宝"绑定，潜移默化中全学会了。

这里出现一个问题，村民私下卖画，会不会不交材料费呢？

林正碌对此一点不怀疑，他在推行公益教学时，经常由此及彼生发开来，讲述做人的道理、做事的原则，对人充满信任，对社会充满热爱，希望在每一个人内心根植一个公共利益的信念与情怀。他从不预设个个都可能是坏人，反对传统文化里的恶，什么"防人之心不可无"，无端认定对方有罪，从精神上认为我绝对不能相信你。当你二十块钱材料都不想交的时候，以后做事一定会碰上麻烦。很多人第一次去国外，看到免费就拼命想去贪便宜。比如地铁，上去了，买卡没买卡都让你坐。有人就逃票，但问题是大学毕业时发现信用出状况了。村民在微信圈里卖画，已经把一切放在阳光下，大家都很自在。有人忘记了，你也不能说这个人心眼坏。一个人爱上艺术，只要投入进去，胸怀都变大了，不会因为一点小事去计较得失。

在这样的公益教学推动下，漈下学画的村民转型很快，弱者变强者，人的精神面貌明显得到升华。

村民也在不知不觉中传递林正碌嘴上总挂着的公共情怀。外来游客到任何村民家，说我想学画，他二话不说就会教你。他不会去想，我教你有什么好处，只是告诉客人，要带走的话，得交材料费。在林正碌公益艺术教学时，他们已经享受到了成就感。当他懂得赞美别人优点时，发现自己也是个伯乐，心里的精神愉悦便会油然而生。同时，被他教的人也见证了自己的成功，从中感悟到更多。当他哪一天遇到困难需要支持时，可能有人心有余而力不足，但肯定还有别的什么人会来无私支持。

人一旦个性独立，他一定会去欣赏另一个独立个体，有了这样的人文情怀，他所有努力都希望这个世界会更好，并以此为荣。这就是多年前林正碌离开商界，企望借助艺术构建的一种人文生态。

后来，林正碌应邀赴央视录制访谈节目时，对全国观众解释了这种现象：漈下村已经有了森林的雏形，今天蒸发，明天下雨，这片树林越来越茂盛，生机勃勃。树林下水沟里的水，不断被游客舀去喝，水没有因此干涸，因为游客喝了又浇了树，最后还有人把自己也种成一棵树。林子大了，水蒸腾了，又通过大气降雨回到了树林的水沟里来。拥有一千棵树的树林获得的雨水，一定多于只有一棵树的沙漠。

二 斜杠农妇

几个月前，黄余清把小女儿送到崎国亭旁的公益画室学画，女儿学画的第一张是写生仙人掌，她看了觉得蛮好，有发展前景。再看女儿画起画来比做作业还认真，自然每天都把女儿送过去。潦下村民以种植果树、蔬菜为生，当花菜和茄子收得差不多了，她也到附近的玉彤家试着学画。

起头她也不买账，认为哪有闲工夫去学，学画画会有饭吃吗？农民总要务农才会赚到一点钱。她是受玉彤那帮小学生刺激，小孩子画的画都会卖钱，她是冲"免费"这俩字才冒险去一试的。

第一批学画的村民大多在甘玉彤家，每天晚上，那里会聚集十来个人或看或画。她画的第一张，是厅堂木板墙壁上面挂着的一顶草帽。刚开始时，抖抖索索的，手里画笔都拿不稳。

至今，她的食杂店墙上还挂着那张"处女画"。尽管这幅《草帽》现在看起来很糟糕，煮菜的看了像冬瓜，孩子说是棒棒糖。她依然展示，十分珍惜这人生拿起画笔的第一张。有人问起，她会毫无保留介绍，流露出满脸欢喜。

第二张，她画了墙角的簸箕。簸箕竹篾前一下后一下编织，把柄的竹篾也是左右交叉绞在一起，虽有规律，但类似的细节看得人眼花缭乱，无法一挥而就。画了两个晚上，竹篾全糊在一起，难分难解，看不出究竟是个什么东西。第三天晚上画不下去了，这已经不是大胆、勇敢画什么的问题，便现场请教林老师。

林正碌已经注意上她了，才画第二幅，那么复杂的物件也敢下手。也许还发现她画得有点感觉有点悟性，便过去坐在画架旁边，破天荒提前给她讲光学原理——明暗交接处在亮的一侧微弱偏亮。她按林老师的指导，琢磨消化，仔细观察，再一下下落笔修正。神奇的事出现了，簸箕上的竹篾各就各位，画面一点点立体起来，开始呈现出空间感。

林正碌把这张颇具农家气息的画推送到微信，很快有人收藏。花了三个

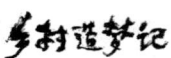

晚上，拿到一百八十块钱。这一笔收入，比种菜、做小生意赚到的一千八百块还要让她心花怒放。

那一个月时间里，黄余清白天不务农时，照顾食杂店生意，每天晚上都去学，慢慢悟出点道道，画技提高迅速。看到去玉彤家学画的村民越来越多，厅堂里常常挤了一堆人，自己开食杂店也比较忙，就找美久领了一个画架、三块画框，在调色板上挤了颜料，回自己家里画。食杂店没客人时白天也能画，两头兼顾。她算是漈下村第一个从农家画室走出来的村民。

她的食杂店开在自家临街客厅，大门口上方是"全国万村千乡市场工程屏南县供销合作总社漈下村农家店"牌子。2017年年初漈下艺术节时，大门旁又挂出"余清艺术空间"的木牌。店面就二十多平方米的样子，左边三分之二摆货架，经营各种农家杂货；右边过道，靠墙是一个简易理发台，她有理发手艺，剪一个头五块钱。在这前面画架一支，便是她日常画画的空间了。农忙时关门扛锄头上山种地，回来有空就画；有人来剪头发，她就起来剪一下；有人来买包香烟，她就起来拿一下，然后再坐下来继续画。这就是她的生活常态，好比吃饭喝茶一样。漈下出名后，她的食杂店在媒体、微信上曝光频频，成了人气爆棚的网红店。

晚上孩子们放学，老公出车回来，饭后大门一关，把过道的理发台、货物挪到另一侧，一家四口支起画架，各画各的，偶尔交流一下。全心全意投入到自己的情景里，什么烦恼都抛到了脑后。

因为学画，很多村民改变了原有的生活方式，闲暇时光都花在画油画上面，农闲时大家也变得忙碌起来，经常围在一起切磋画技，麻将也不打了，赌博的事少了很多，村里社会治安环境变好了。原先，为了给食杂店聚人气，也为了打发无聊时光，黄余清经常撑开麻将桌小赌一把。学画以后，她的手再也没摸过麻将。现在，麻将桌上摆满了画框、调色板和松节油等一干画材。

只要有媒体进村采访，林正碌总会带他们到这个特殊的店铺来逛一逛。看黄余清在理发台上摆物件写生，便用赞赏语气介绍起来："可以这么说，这里是全世界最特殊的一个多功能店铺。墙壁上挂满原创作品，高不可攀的艺术跟农家生活融为一体。每张画都像一个公主，现在非常亲和、谦卑地走进了寻常百姓家。这就好比刚开始一个人孤独行走在沙滩上，最后发现每一粒沙都在唱歌，她不孤独了。"

在黄余清看来，林老师的教画方法与众不同，他不教技法、不做示范，也不让你临摹，用称赞来激发人的自信。平时你没问他，他也不干扰你，你按照自己的想法来画。这样下来，每个人画法都不一样。

有一次，她画了放在理发台上的一双鞋，起头用了五六个晚上，画得差不多了，但林老师教的"微弱偏亮"硬是表现不出来。这天，看林老师从家门口走过，连忙叫住，让他点拨一下。

林正碌看画时，黄余清转到后面厨房，她在瓷碗里敲了一颗鸡蛋，放几粒冰糖，一根筷子插到蛋黄中间，再提起烧开的茶水，顺着筷子往下冲到八分满。只见碗里的蛋黄胀开来，周围是一丝丝蛋清，透亮的白拥抱着橘黄，很像一幅色彩饱满的油画。

端到林老师面前，黄余清说："这是我们屏南'泡蛋茶'礼节，表示对远方来客的尊敬和热情。"

"谢谢！"林正碌啜了一口，笑眯眯赞道，"好喝。"

"问题在这里，上次讲的光学原理，你已经知道了。但光线照在不同质地的物体上会起变化。竹篾属于硬物，比较明显，布鞋面是软的，变化相对柔和。你认真看这边，微弱偏亮是随着布面起伏的不同，上面的色彩也跟着在大小深浅变化。你看，这边很细很深，到了那边，又变得亮了一点宽了一点。"

黄余清惊喜地连连叫出声来，"看到了。看到了。"

"双溪艺术中心过两天要开放了，车在村口等，我赶时间。这张画不会有问题，你再体会一下，肯定又是一张大作。"

黄余清画油画有悟性，造型能力也好，通过林老师的教学，自己也会用心摸索，感觉画油画并不是什么特别难的事，没几个月就能画出有模有样的画作。

学画前，村民都是用老人机。原来的手机用得好好的，农村人买智能手机没用也是浪费。看到林老师手里抓着的手机那么神奇，黄余清就把卖画的钱攒起来。两个月后，她用赚到的八百多块钱买了一部"红米"，通过林老师链接和推送，她建立起朋友圈。还学会了用文字来推介自己——

种田　理发　开食杂店　画画——黄余清。

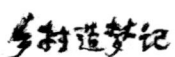

半辈子生活在农村没见过大世面的我，能认识你们很高兴。2016年双溪画展，我的《葡萄》和《樱桃》已被收藏，平时爱参加各项活动，爱跳广场舞，喜欢画画，参加腰鼓队这是夜生活。白天挺忙的：家里有个小店，还理发，农忙时下地干活，农村生活丰富多彩……

然后再贴上自己的九张画作。

通过自己手机卖成了画，她心里特自豪，都会和别人分享，材料费马上用微信转账给林老师，再写上一行字：我今天卖画两幅，现在交材料费啦。后面加上一个笑脸的图案。

现在，她的微信朋友圈已经有五百多好友，各行各业都有，上海、北京，还有台湾的。他们都喜欢她的画，有人还专门找到她的食杂店来。

她喜欢画农家田间地头的葡萄、桃子、李子和花朵，她画的物什果汁欲滴，鲜活娇嫩，让人忍不住想摘下闻一闻，再咬上一口，想象着果汁喷溅出来的样子。

那一段时间，她的画作卖得很火，经常被抢着收藏，有的粉丝想要什么内容还提前预订。那一串串葡萄，那硕果满枝的桃李，那灿烂的桃花梨花，她自己也爱不释手，不卖无法贴补家用，卖掉又有点舍不得。老公生日前的那几天，她灵机一动，想画一幅留给家人，就在厨房里画了一整面墙的墙画——花鸟图，落款日期标上老公的生辰日子。这样的想法一发不可收，她在楼道旁又留下一幅。墙画是两人多高的下山虎，前后花了一个多月，尽兴起来，晚上可以画两三个小时。很开心很投入，只要静下心来，没事了就去画。画到上半部分还搭了脚手架。老虎那惟妙惟肖的模样，威风凛凛的，像个门神。小孩子猛然间一看，差点不敢上楼了。不明就里，小偷都有可能望而却步。

外来艺术家进屋参观这两幅壁画，全都啧啧称奇，很难想象这是一个学画不久的农妇所为。这样的事已经成为古村生活的日常，让人感觉像电影里演的一样。

林正碌毫不吝啬满腹赞美之词，语气激情昂扬起来，"欧洲文艺复兴时，我想米开朗琪罗也是这样搭脚手架、爬上教堂天顶的。尽情画吧，让整个村充满艺术梦想。"

这些年来，黄余清已经卖画两万多块钱。她把自己的新作都挂在食杂店墙上，游客、村民经过也会来欣赏。哎哟，你能画这么好看的画。这个不注意看，像真的一样呢。这样的话，听得她笑容满面，心里甜滋滋的，这个满足感比赚钱更受用。如今，她一改初衷，能画出一幅自己也满意的画很难得，她珍惜这些画，不想把它们全部卖掉，后来就很少再发到朋友圈去了。如今，黄余清一张画作已经可以卖到一千块钱，但她依然舍不得。

她的这种转型升级，连林正碌也肃然起敬。他用欣赏的口气对到访的人说："别人画画就想换点钱，她是直接装饰生活。"

初中都没毕业的黄余清是漈下文创产业培养出来的第一棵苗子，算得上是一位地道的斜杠农妇。2017年，黄余清兼任了新修好的漈下公益艺术教育中心助教，日常负责管理画材和进行一些简单辅导。2018年1月开始，每周一到周三下午，村小学生分批到公益艺术教育中心上美术课，黄余清又有了新身份——漈下小学美术老师，同时她还参加了导游培训班，成为漈下村第一位能说会道的导游，村里一个月补贴三百块钱。她身兼数职，忙时小卖部就关门歇业。在这样的忙碌里，她感受到从未有过的踏实和欢喜。旅游旺季时，游客天天不断，花去很大一部分时间，一旦有空闲她就想画画，像过去打麻将一样，她有了瘾头。

林正碌朝思暮想在乡村创造一种全新的人文生态环境，用艺术教学来改变常人眼里最没文化的农民，把他们变成有想象力、创造力的人。他经常以黄余清为例，对来参观、考察漈下文创产业的客人介绍："艺术属于人类基础文明，跟你的学历、财富没有丝毫关系。艺术点燃心智，终极目的不是把所有人变成艺术家。通过艺术感知世界，人一下子就自信起来、伟大起来，紧跟着人性光辉也绽放出来。人优化了，他对人生就会有一个重新的审视和设计，这时他的文化属性也随之改变。"

他这种追求和梦想结出了鲜活果实，黄余清当属其中一例。

担任漈下公益艺术教育中心助教时，村里画画的老人家和残疾人没有智能手机，黄余清主动帮助发到朋友圈，一旦卖掉，比卖出自己的还要高兴，然后再让开货车的老公带到县城寄出去。

在黄余清眼里，林正碌是个很了不起的人。她曾经对着来采访的电视台镜头说："林老师改造了村里很多人。我们学会用互联网经营，画画能增加收

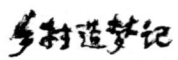

入,也是一个很好的出路。我们村民的思想都很古老,是他把我们头脑打开了。以前,外面游客来,我们不理不睬,现在都会主动打招呼。我们对林老师不但没有偏见,还很尊重。村民有几个不好的,每个村都会有。很希望林老师能再来我们漈下。"

在学油画之前,黄余清跟村里大多数村民一样,想着或迟或早都要离开家乡。当时村小才办到三年级,不管愿意不愿意,只要手头还有点钱,家长们最后都会把孩子带去城里念书和生活。2015年秋季开始,漈下小学逐年恢复了高年级,成为乡村完小。而且,开展文创产业后的乡村,也有了黄余清施展身手的天地,她选择了留在家乡。

"很多人都觉得这个村值得我们留下,现在画起来特别好,古老建筑也值得我们骄傲。人留在村里,乡村才有希望。"说这话时,黄余清双眼闪动着对未来美好的遐想。

有这样想法的人日渐多起来,古村复兴让村民已然看到了天边亮起来的一缕新生活的诱人霞彩。

四年后,身在龙潭村的林正碌一说起漈下,双眼便像充饱电似的熠熠生辉,"那些村民很争气,你想不到一个个都无比精彩。今天的漈下仍然了不起,你会发现每个转型的村民都可圈可点。漈下跟龙潭唯一的区别是,没有进一步国际化,让外来人参与进去。但是村民转型非常成功,哪怕今天去漈下,也还是很有姿态。"

三　村妇画画学英语

2016年年底,一家新闻媒体到"甘小文艺术驿站"现场采访。记者进门走到天井,马上被一侧半开放廊屋惊呆了,整面墙嵌满密匝匝的油画作品,画面全是乡村随处可见的器物和场景,蓑衣斗笠锄头等农具、鸡鸭狗这些家禽家畜什么的,散发着浓郁的乡土气息。

房主人甘小文刚从田间回来,锄头搁在墙角,卷起的脚管一高一低,正在洗手脚上的泥巴。

"你好!这些都是你画的?"

他快快擦了手过来，指着墙上说："我们全家都画画。这是我的，那边两张我老婆画的。这张已经被收藏了，我四岁儿子画的，正准备快递出去。其他都是住我家客人画的，还有学画邻居的也挂在这边。"

"哇，四岁就画这么好！"女记者大为惊讶，凑近审看，"这里还有签名，甘志伟。"

说话间，女主人陈祥李抱着小孩，从后厅笑眯眯地走出来，她对记者hello了一声。一个四五岁的孩童跟着蹿出来，那是个什么都好奇的角色，一会儿凑近前看看女记者手上的麦克风，一会儿又踮起脚尖瞅瞅另一个记者扛在肩头的摄像机，在几个人身前身后泥鳅似的钻来钻去。

"小朋友，你叫甘志伟吧？画被人收藏的那一位。"

陈祥李带着欣赏口吻接过话头："他很捣蛋，三岁多的时候，我有一张画本来都画差不多OK了，他看我不在，拿个笔刷刷刷乱来一气。那张画我重新画过三遍。"

女记者对甘志伟竖起大拇指，"我看过你的画，非常棒。"

"很多外地游客住你们家吗？"

"今年来得特别多，有人说我见过你，到过你们家，我说sorry，我已经忘了。客人不管认识不认识，进来都会跟他打个招呼，哈喽。客人走的时候，我就说thank you。"

女记者好生诧异，从外表看去，陈祥李就是一副村妇模样，讲起话来，嘴里不时还会蹦出几个英语单词。询问后才知道，他们家里住进一位叫高蓉蓉的上海支教老师，在潦下小学教英语。

一起吃饭时，高老师说过，听林老师讲，这里小学以后都要教英语，要让这个村走向国际化。她教那些来家里找甘志伟玩的小朋友们时，还鼓动他们，你们大人也可以来学呀。他们就说，哎呀，我们这种没文化的人，脑子不好使，你说一遍就忘了。高老师笑笑，没关系啊，很简单的。比如我见到小朋友会打个招呼，哈喽，再比如说谢谢你，thank you，小朋友也会用英语来回答我。

一个大城市来的老师教他们讲英语，非常洋气，他们就有了体验一把的好奇。闲余时间，高老师和小朋友玩游戏，随口教日常用语，他们也会在旁边跟着念几个英语单词。高老师常常说，你们不用刻意去记，只要说多了就能记住。孩子们先学会,也会来纠正大人,一家人感觉这样很好玩、很有意思,慢慢地也记住一些单词和意思。他们一家都很喜欢这种日常生活,还把高老师拖进家里微信群,只要想起什么就会请教她,跟她学上几句。

陈祥李解释说:"有很多老外来我们这里,都是说英语,我想简单打个招呼会有礼貌。必须要学一点。"

女记者来了兴趣,忽然对陈祥李冒出一句:"What's your name?(你叫什么名字?)"

陈祥李把趴在身上的小孩换了一个肩头:"My name is Chen xiangli.(我叫陈祥李)。"

"Nice to meet you.(很高兴见到你)。"

陈祥李不假思索回道:"Nice to meet you, too.(我也很高兴见到你)。"

女记者:"哇,你超级棒耶!"

"你再给我们多说两句。This is my house.(这是我的房子)。"

"Sorry,这个还没学到。"陈祥李大大方方回应。

女记者心血来潮,对着话筒说:"这就是当下的农民啊!"

然后转身面朝陈祥李,"来,我也教几句,你对你老公说:'I love you.'"

陈祥李鹦鹉学舌跟着念出来。

甘小文看女记者一脸坏笑,快快闪进里屋换衣服去了……

送走他们后,陈祥李把画架对着后院老厝的一角,一手抱小孩,眼睛看了一下,另一只手就开始蘸颜料,在画布上画了起来。

回想一年前的陈祥李,简直判若两人。

甘小文是村里第一批到玉彤家学画的农民,那里人气一天比一天旺,敢坐下来画的人越来越多,要是哪天去晚了,还经常摆不开画架,想画也没门。几次以后,他在心里盘算开了,自家老厝是前后两座,比他们宽大多了,何不趁着政府有补贴政策,也把老厝清理、修补一下,做成家庭画室?

他找林老师说这事的时候,林正碌正忙于筹办双溪安泰艺术城艺术节,他让甘小文先把堆满杂物的廊屋整理出来,打扫干净。等双溪忙完了,林正碌现场指导,找人将廊屋青砖墙刷上白灰,地面找平,翻了廊屋顶的瓦片,换掉几根霉烂椽子,然后布线拉灯,画材再搬进来,第二家农民画室就开张了。

廊屋旁边靠着天井，通透亮堂，一家伙可以容纳二十多人。想在这里住下来的游客越来越多，甘小文一不做二不休，进一步修缮老厝，把两座楼的二层打通，将家里闲置房间改造成民宿，每间房四十元一天租给画友、游客和支教老师。外来人不仅有地方学画，还有地方吃住，家变成了一个货真价实的"艺术驿站"。

陈祥李是一个童养媳，自幼家境贫寒，没上过一天学，一直为自己大字不识一个无颜见人。她性格内向，不愿意与人交往。一年前，她还是大门不出、二门不迈的家庭主妇，一头埋在育儿洗衣煮饭这些家务活里。有一段时间，每天晚上学画回家的老公兴奋不已，枕边风不断吹。这样的学画会上瘾，你有时间也学一下，很有意思啦。让她奇怪的是，不到四岁的儿子，平常顽皮好动，看他只要拿起画笔，屁股好像生了根，能专心坐上半个来小时。家里画室开起来后，左邻右舍都到这里学画，林老师每天会下来看一看讲一讲，一次又一次鼓动她也拿起画笔。

陈祥李有点心动了，趁白天家人不在，关紧大门，鼓足勇气，模仿别人的样子偷偷画。家里除了睡着的小孩，周围寂静无声，她看到自己的手在抖，她听到自己的心在跳。

晚上林老师来，问这张谁画的，她连忙躲进屋里，不敢吱声。后来，林老师把画卖掉了，她还得了一百八十块钱。打那以后，林老师经常以她为样板来开导别的村民。她心里想，这样画也算好，那说明我可以继续画下去。自己也不是最差的那一个。

从那以后，她真像老公说的，迷上了画画，一天不拿笔，心里就觉得还有一件什么事忘了去做。她越画心里越有数，胆子大起来，手头也变得松弛自如。她的画被林老师表扬次数愈来愈多，没多久，画卖到六百八百，甚至一千五。

村民惊奇万分，她的画也能挣大钱！又看她确实画得好，纷纷来跟她取经，跟她一起学画。

她单一无趣的生活从此发生了变化，每天总是快手快脚做完家务活，找出空余时间坐下来画。家里所有地方、所有物件，她都背得出来，感觉每个地方都好看、都值得去画，她就想把它们一个个全部画一遍过去。民宿做起

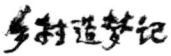

来以后，里里外外地张罗让她忙碌不停，但她开心呐，天天脸上笑眯眯的。如今，邻居们看她落落大方的样子，还敢跟番仔客讲外国话，大家都不记得过去那个陈祥李是谁了。

一次，央视记者来采访，她面对镜头说开了，"以前人家问，怎么不出去打工？我就摇摇头，我这样的人打工没人要。"

陈祥李说着，泪花不禁在眼眶里打转。以往的不堪和今天的欢喜，酸甜苦辣，一起涌上了心头。

"从来都没有想过自己能画画啊，第一次画的画，我名字都不会写，是我老公帮我写出来，在纸上自己学了好久，才一笔一画慢慢描上去的。

"林老师他鼓励了我。要是他没来我们漈下，可能我永远也不敢说出来。我怕出门啊，就自己一个人永远这样。现在，我什么都不怕了。我的手通过努力也会赚到钱补贴家用，很自豪。就是有这个感觉。"

现在，她每一天都笑意满面，生活充满了奇妙味道。出于感激，陈祥李还用心画了一幅油画：林老师身穿长大衣、挂着围巾站在一排古厝前，开心地笑着。

漈下的大人、小孩画林老师时，总是春寒料峭的背景，是不是这样就离百花盛开不远了呢？

第二年，龙潭村启动文创产业，林正碌双溪、龙潭、漈下三地连环转，到漈下来的时间越来越少。在漈下公益艺术教育中心，有村民告诉记者：林老师改变了我们的生活。我们村民都在想，林老师你是不是不爱我们了，不关心我们了，林老师你也不来我们漈下了。这一辈子，我可能记不住县长乡长，但我一定忘不了林老师。

2017年年初，现任龙潭村党支部书记的陈孝镇，以龙潭乡贤身份到漈下来找林正碌讨教古村复兴的事情。尽管当时林正碌很忙，没能聊上几句，但他在村里随意走随意看，还逛到了陈祥李家，看到的是满墙挂的画。女主人正在写生一台缝纫机，看那有板有眼的模样，再看画面细腻逼真，那一刻让他非常震撼。一年时间，一个普普通通的村妇，边干家务边学画，就能训练到这等水平！陈祥李好客，还领他上了二楼，打开收拾好的房间让他进去看。说现在还有两个空房间，到村里的画友都喜欢住她家。

当场，陈孝镇内心就像涨潮时的海面，云起云飞，波涌潮起。我龙潭村什么时候也能这样？漈下村的所见所闻，让他心潮逐浪，更坚定了心头的信念，就是隔着千山万水，也要回村竞选村支书，像这里一样，让自己的村民也过上好日子。

陈祥李的蜕变，说明一个道理，当下，新经济的时代列车呼啸而来，它可以让别人甚至自己都不敢相信，原本没有作为的人，内心被激发起来后的所作所为能得到社会有效认可。艺术属于精英阶层，在常人眼里，它向来高不可攀，和农民更是隔着一条难以逾越的天堑。公益艺术教育让农民做梦都不敢想，自己的人生居然还可以如此精彩。一个农民，画油画都敢信手拈来，像煮饭洗衣服一样，那还有什么事情做不成。

我们通常的路径是，让农民摆脱贫困、走上富裕道路，接下来还要学习专业知识，提高文化素质，以对接新时代。林正碌在漈下的文创实践，就是给农民换上智能基座，直接现代化，两步并作一步走。大字不识的农民在学画过程中，把眼睛观察到的鲜活世界，用色彩和笔触归纳为二维图形和符号，在画布上进行激情表达，他们懂得怎么审美了，进而激发出内心世界的人文情怀，蜕变为新经济时代文化的创造者。人们不禁要问：说一个人有文化，他一定要识文断字吗？倘若一个人懂得了审美、拥有了人文情怀，算不算是有文化的人呢？这样的转型，彻底颠覆了世人对文化的定义，以及对农民的传统认知。

甘小文对着央视镜头，向全国观众说出了漈下农民的心声："通过林老师的影响，现在全村人都觉得，没想到我们古村有这么大的挖掘潜力。以前大家都在破坏古村，老厝拿来干什么，拆了。现在舍不得，老厝就是我们的文化，都会尽自己的能力来维护，把它修缮起来，变废为宝。"

刚起步的那一年多时间里，关于屏南文创促进传统村落保护和产业转型、助推精准扶贫的做法，县里各方面还众说纷纭。纵观历史，创新事物从来都没有那么容易一下子便获得认可。当第一只电灯亮起来时，油灯是如何地不屑一顾；当第一辆汽车发动起来时，马车又是怎样地不以为意。

试行一年后，神奇的文创产业成果斐然，大家都像在一个春光明媚的清晨，看到了海平线上冉冉升起的那一轮旭日。原先的传统村落保护与发展工作领导小组已经不足以支撑全县发展文创产业的局面，在一次县常委会上，

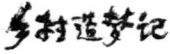

周芬芳建议成立一个专项机构，由县长亲自挂帅掌舵，加强协调能力，把传统村落文创产业作为一项重点工作来抓。她的建议被县委、县政府采纳。

2016年5月，屏南县适时成立了传统村落文化创意产业工作领导小组，吴县长担任组长，周芬芳任第一副组长，张峥嵘和陆坚都成了领导小组成员，任办公室正副主任之职。自此，屏南县有了传统村落"文创办"这个名正言顺的机构，文化创意产业浮出水面，成为屏南县的重点工作。

三个月后，屏南县委、县政府《关于推进传统村落文化创意产业发展的实施意见》出台，提出"以古村落文化创意转型为载体，以高水平文化创意培训为依托，以常态化文化创意艺术活动为助力，助推创意人才和产业集聚，打造一批在国内有较大影响的文化创意活动品牌和产品品牌，形成业态较全、结构优化、管理规范的文化创意产业发展体系，逐步将屏南建设成为福建省文化创意产业特色示范区"的发展目标。同时，还就发展屏南县文化创意产业提出了"总体思路""产业布局""主要任务"以及"政策措施及主要保障"等具体、可操作性的意见。每年安排一千万元专项预算资金用于引导、扶持和孵化文创产业。

时间到了2016年11月，漈下古村已经修缮、重盖出来十余处农家画室。村民和游客像水流一样，渗进村落的各个角隅。每一个地方都能坐下来免费学画，每一个地方都有志愿者、支教老师在那里进行教学指导。

当时流传一个笑话，有人好心提醒乡村志愿者和支教老师，你们年纪轻轻，不去城市赚钱发展事业，在这里浪费青春。有意思的是，被提醒的大学生正巧来自广东，他婉拒了对方好意，笑笑说：领导啊，你放心好了，我们广东人身体里都有赚钱基因。领导你就不用为我们操心啦。

第四章

一　古村修复交响曲

到了2016年下半年,漈下村几乎每家每户都有人学画。村民们一心一意画油画,精神多出一份寄托,生活里的烦恼少了很多,一个个春风拂面。那些司空见惯的老厝、破旧器具,那些播撒汗水的果园、田地,那些换取生活用品的丰收果实……无一不被搬上画布,村民们换了一种身份、换了一个角度来审视自己的生活环境,祖祖辈辈居住的家园越看越出彩。

在媒体、互联网传扬下,古村特有的绿水青山、凉爽怡人的气候和鲜见的艺术氛围,触动了世界各地人的神经,除了络绎不绝的游客,一些学校、教育培训机构的夏令营、亲子营也闻讯而来。历久弥新的漈下古村,在为外部社会提供学习艺术创意的同时,也散发出一个传统村落的文化骄傲。进入这里的外来人,在与村民一起学画时,逐渐感受到漈下古村的魅力,以及传统文化的高贵所在。

在这个过程中,很多游客流连忘返,迷恋上了古村生活。置身传统乡村肌理,土墙黑瓦,阡陌田园和春播秋收,他们怦然心动,索性就在村民家住上几个月,和他们一起体验油画创作、一起享受农家生活,感受古村传统文化的晨昏寒暑。

有深圳游客说:"这里艺术氛围好,大人啊孩子啊,家家户户都在画,真的很让人惊艳。第一次见到这种场景。"

另一位来自北京的常住游客也乐呵呵地说:"我很喜欢你们这里、油画呀、建筑呀、风土民情呀,然后饮食呀、空气呀、人文情怀呀,我都很喜欢。"

因为外来者多为常住客,在漈下古村,听不到那种家家户户摆摊的吆喝声,看不到处处卖纪念品、土特产的场面。每天,房客与村民一起下地摘菜、一起生火做饭、一起学画写生,陶醉于乡村生活的慢节奏里。

一些喜欢乡村生活的大学生也留了下来,成为漈下小学的支教老师。

2016年的一天,几位美国纽约艺术家获悉中国农村漈下公益画室的情况,专程来到村里交流,拥有英语八级资质的上海姑娘高蓉蓉是同声翻译。在大上海,90后的她所拥有的工作和生活状态被很多朋友羡慕。一次偶然的出行,竟然改变了她原有的生活轨迹。离开前,林正碌问她能不能留下来当英语老师。

漈下小学不一味追求分数、寓教于乐的教学方式,已经让高蓉蓉产生了浓厚兴趣。换一个生活环境,尝试一年也未尝不可。

在漈下支教一段时间后,她谈起自己的感触:"到了乡村,才意识到一个过去从来没有考虑过的问题。以前在上海,有什么事情啊,都是自己一人扛着。钢筋水泥的冰冷围城,大家各忙各的。都这样,很正常。在这里,生病了,房东嘘寒问暖,给你泡蛋茶,还炖当地的食补药膳,那感觉好暖哪!毫无血缘关系的人,也可以如亲人那样生活在一起。"

在村里,无论教学还是生活,高蓉蓉都很是舒心惬意,小朋友也超级可爱,他们不会像城市里的孩子,和陌生人说话保持高度警惕。只要她一出现,小朋友就会围上来,问东问西,特别体现孩子天性。在这里她找到了自己想要的生活,还萌生了一种依赖感,乐而忘归,支教老师当了一年又一年。三年后,她辞掉支教老师工作,干脆在四坪文创村认租了一座自己心仪的老厝长住下来。每天早上起来,在桌前画几张漫画,设计教学课程,通过线上视频教人画漫画。想歇一下了,推开窗眺望外面风景,高大的柿子树、明镜似的水潭,还有田畴远山、劳作的村民。这样的时候,初升旭日的阳光再照进来,身心便洋溢在一种幸福感里。来屏南的这些年,她觉得自己收获了很多,全然不后悔当初的选择,一次次庆幸自己有缘来到了这么一个好地方。

与城市不同的是,漈下小学开展的是小班素质教学。这样的学习环境让一些城市家长羡慕不已,有人索性带着孩子转学到漈下小学就读。

从浙江来的一位母亲颇感欣慰地说:"城里上学压力好大,孩子书包都背不动。在这边他打篮球,满村交朋友四处跑,然后画画,整天在大自然里。我觉得他特别开心,两个月长高了四厘米。"

每个人从里到外的变化,不知不觉中牵连着整个古村。前些年,村民们纷纷在龙潦甘溪对岸新村盖起钢筋水泥房,祖厝被嫌弃,成了堆放杂物的仓库,或用来养鸡养鸭圈猪,一座座年久失修,濒临损毁。他们发现外来人都喜欢老厝,它虽然破败却还有价值。头脑灵光的村民便利用政府的补贴政策,整理翻修老厝,提供给游客长住或者短租。

看到家乡蝶变重生,游客盈门,充满生气和机会,一些常年在外打工的村民们开始返乡了。六十一岁的甘景社,从厦门赶回来修缮祖厝,这次回来就不打算再出去打工了,准备做民宿挣钱。六十二岁的甘春潮,十七岁学大木作手艺,后来因为没钱赚,便去外地锯木板,撂下老手艺二十多年。村里亲戚修老厝找他,回到村里,他的大木作手艺又有了用武之地。

选择回乡发展的村民日渐增多。阿甘十一岁离开家乡去县城读书,在上海做了二十多年木材生意。经商那些年,甲乙双方心机都很重,请人吃饭,就是想着怎么要到账,或者把自己的东西推销给别人。大城市打拼的艰辛,让阿甘压力重重,偶然回家一趟,发现村里发生了天翻地覆的变化,今非昔比。与妻子商量后,便终结了上海的一切业务,回村开起第一家民宿,还把大城市的时髦一同带回村里,建起一间咖啡馆。除了来来往往的外地游客,村民偶尔也会进来聊天叙旧,享受一杯洋饮料。

潦下小学复办高年级后,教学场所捉襟见肘,村委主动将"语录房"的办公地点腾出来,提供给村小当教学场所。重新规划前,林正碌去看了现场。

他太熟悉这里了,一年前第一次进村,他就动过将它改造成公益画室的念头。进门走过幽暗通道,中央天井处豁然开朗,院落前后是房屋,二层两侧架设廊道,组成一个"回"字形结构。底部大房间近百平方米,两层楼室内面积合起来约有三百平方米。这种传统的四合院建筑,看似简单,但作为公共空间,通透宽大,采光极好,里面包含着建造者的设计考量。若不是有年代的保护建筑,这里就是再理想不过的公益画室场所。

他对空间有与生俱来的敏感,旋即有了主意,一楼做村小音乐、舞蹈教

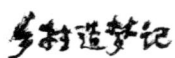

室最妥当，再发动社会赞助两台钢琴什么的，让古村响起现代的音乐声。与之对应的二楼做图书馆，大门顶楼上宽敞的大厅，开辟成阅读空间。孩子们来看书，无须像常规图书馆那样，坐在一张桌前脸对脸。这样的阅读空间比较随性，可以营造出一种大自然气息。

尽管此前他也指导村里木匠修缮、重建过农家画室，但那些都属于"小儿科"。"语录房"也算有点年代的建筑，做公益画室都不肯，足见当地人对它非常在意。看来，还得请专业人士来设计一下。

刚到漈下时，林正碌的初心是一门心思做人才培训，造足影响，做大流量，自己的顾及面不必那么多。除了好友程美信，在上海时，与复旦大学副教授张勇也有过合作，后来，他的女朋友还全程拍摄《人人都是艺术家》纪录片，跟到了双溪安泰艺术城。林正碌知道他们都对古村落情有独钟，修复传统民居也自有一套，便鼓动他们到屏南一起干一番大事业。林正碌希望与程美信和张勇这样的艺术家合作，让他们来配合做修复古村工作。后来，他俩在屏南县域内考察，走了很多传统村落，各有志趣和想法。两个团队分别选择了厦地村和前洋村开展文创修复古村的项目。

现在，修复老房子的事情"兵临城下"，林正碌必须直面。他的朋友圈藏龙卧虎，要设计、修复"语录房"的帖子一经发出，立马有人接招响应。

中国美院设计学院一位教授，莆田同乡，也算是朋友，看林正碌在乡村做公益修老厝，便向他推荐了毕业实习的几个本科生，免费帮助他设计"语录房"，条件是吃住行问题解决一下。当时，林正碌在县城天外天宾馆开了三个房间，还包了一辆专车，每天往返接送。六位学生忙乎了一星期，把整座楼房结构测绘下来，在电脑上建模，生成电子模型。然后跟他说，屋顶这一根横梁要换掉、榫卯结构保留等等，跟装修公司那个套路一样。总体设计图纸打出来，从没专门做过房屋设计的林正碌当场暗想，仅仅就是这样呀？那有什么难，我自己也会做。林正碌对他们阅读空间的设计图纸比较满意，里面有个性化创意。大屋顶下，再摆上几个小小的尖屋顶移动书屋，一两个孩子坐在里头看书，别有一番乡野气氛。另外，把凳子设计成钝角的三角形、半圆形也不乏童趣。

让村里木匠师傅把房子逐一修缮好，木地板重铺一遍，书架、书桌再做出来，马上可以投入使用。社会各界爱心人士捐赠的两台钢琴、两台电子琴寄来了，还募集到四万多元的图书馆筹建资金。

数月后的一天，这座老房子里飘出的钢琴声，把一群来古村参观的美国人吸引了进来。漈下小学一年级小学生甘孙焰，用没学多久的手法，快意弹奏《我们都是小星星》，还不时笑开那一张换牙的嘴，对围观老外大大方方做出各种超萌表情，令老外们乐开了怀。中国乡村的奇人奇事，连美国人都惊叹连连。这位农家小孩富于天赋的即兴表演，感染了住在双溪镇享受田园生活的著名作家徐星，甚至还动了出资送他去一流音乐学校深造之念。

四年后，周芬芳回忆起修复古村的事情，新奇感犹在眼前——

开始是激活古村，来学画的人多了，古村如预想的兴旺起来。没想到林老师还会去修老厝，吸引更多热爱古村的人来长住。记得当时在漈下雨廊上，林老师挥舞手臂，激情澎湃地对我讲，溪两岸上乱七八糟的地方，全都要改造成公益画室和公共空间，河岸边那些猪栏鸡舍、边角里的粪寮全部拆掉。好比田忌赛马，用最好的来取代最不堪的。你等着看吧，马上化腐朽为神奇，打造一个让人耳目一新的漈下。古城门花桥附近的一座老厝边上，有个又小又暗的简易棚子，堆满了杂物，乱糟糟的，很容易引发火灾。当时我还感到很奇怪，这样的地方怎么会修得起来。后来，通过政府补贴政策，林老师重新设计建好了，变成第十三家农民画室"凌水阁"。那个地方濒临龙漈甘溪，视野开阔，风景很好，外来人都喜欢在那里观景画画。

关于修复老厝，林正碌摸到了门道，越修越不伤脑筋，犹如村民学会了油画一样，满满一腔自信和底气。在漈下古村游客必经的各处节点上，他陆续修整了二十处老厝。林正碌又一次证明了自己，就像他在一个没有任何可能性的农民身上激发出文化创意情怀一样，他同样也有办法让一个破败不堪的古村华丽转身，把它改造成适合人居的天堂。

二　泥腿子里藏高人

传统村落文创产业成为重点工作后，周芬芳和文创办一帮人与林正碌聚一起聊工作成为常态。接下来做什么？怎么做？他们还经常现场办公，漈下文创发展方略，很多时候是在边走边看的过程中碰撞出来的。中午一起吃饭时，林正碌总是五分钟扒完起身走人，大家都习以为常。一日三餐对他而言就是一种奢侈，他最希望有太空食品，牙膏那般挤进嘴，营养够了便住手。省出来的时间干什么？一人在古村里兜来转去。看老厝时双眼通电，一门心思想着怎么做这家村民工作，再怎么把破旧老厝修复起来。一次次的勾勒描摹，整个古村布局在他大脑里了若指掌，情状可掬。

根据古村业态发展，他们决定修建一座美术馆——聚艺楼，在2017年新年伊始，对外举办艺术节，检阅一年多来漈下古村"人人都是艺术家"的成果，展示文创产业的发展前景。

纵观整个古村格局，首选通常是先修复廊桥通往西城门里面那一片。五百多年前建村时，原本有一座城垣，如今四处城门已经坍毁灭迹了三处。这里是甘家第一代人的肇基之地，分布有大量无人居住的破败古厝。如果修复起来，游客们在里面绕上一圈，再从南边出来，便可以形成一个环线。

带张峥嵘去看聚艺楼选址时，林正碌郑重其事跟他解释，"为什么不往古城门里面做？别看漈下人穷得叮当响，但平时好赌。我第一次进村，他们就在花桥上赌钱，一堆人，里面的坐庄，外面的押注。有男有女，一个个脖子伸得长长的，手里捏着皱巴巴的五块两块。现在外面天天来客，很多人把兴趣转移到了学画上面。一些还想赌的人也收敛了，挪到城门里面一家店铺。要是外来人从那里经过，印象肯定不好。还有一个要命的问题，这必然冲击到那些想赌钱的村民。如果没地方做自己想做的事，他们会感觉固有生活方式被你改变了，就可能寻机无事生非，把气撒到文创头上。我们必须回避那块是非之地。村民转型不分先后，要给他们时间。以后怎样，那是以后考虑的问题。"

张峥嵘赞成的同时，心里暗自感慨，在漈下待了这一年多，林老师已经相当了解本地农民了。他不只是埋头教人画油画、修老厝，心里考虑得还挺周全，选择了这样一种更接地气的稳妥策略。

林正碌选中的地方，从"语录房"往溪头方向上行约两百米，巷口一拐迎面便是。说破烂老厝那是溢美，实际上这里只耸立着四堵残缺不堪的土墙，占地大约有一百平方米。多年前的一场火灾，在土墙上留下烟熏火燎的痕迹。后来，这里成为村民圈猪之地。靠近前去，但见满地斑驳陆离污物，一股骚臭气味扑鼻而来。

他们退到门外，林正碌握着手机的手比画着，"旁边靠着的这座小宅屋，可以在里面的土墙挖个门洞，两座打通，变成聚艺楼附楼，增加布展空间。"

"前头路边那个旱厕要拆掉，把它设计成一个休息亭，也可以是一个茶舍之类的。"

张峥嵘举头往前看去，巷道边有些老厝已经坍圮，残墙青苔覆叠，攀援而上的爬藤植物薜荔在墙头隆起蓬勃绿叶。两侧土墙夹持着小巷，石径古韵悠长，有一截没一截地蜿蜒上去。此地他从未涉足过，还真是不知道有这样一番天地。可以说是一处理想之选。

"从这里纵向做上去，七弯八绕的，有一片东倒西歪的破宅子，空置废墟不少，可以把这里打造成村里的文创片区。这条石板路一直延伸到村东边风水林，一圈走下来，让人全方位感受漈下古村。"说这话时，林正碌双眼发亮，话音里带着些许兴奋。

此前，林正碌只涉及修复老厝，依原来样貌贴贴补补，偶尔灵光一现，改变一下空间结构，现在要建造一座传统榫卯结构的大厝，他面对的是一百平方米空间，除了四壁，空空如也。一根根木头架起来，一块块木板铺上去，平地而起，所有细节得逐一考虑周全。重新起厝的程序是多一点，但他心里一点不怵。

修复"语录房"，让林正碌见识了当下的专业设计水平。那些日子，他左思右想，检讨了自己认识上的一块误区。

刚来漈下时，峙国亭边的公益画室拉线牵灯，村支书叫村里治保队长帮助他找电工，当时那个电工还顺带把厅堂里的破隔板也给修复了，看架势还是个木匠。但他要价太高，做事毛糙。后来再修农民画室时，林正碌又让治保队长帮助物色一个村里的木匠，他扛着锄头说，我就会呀。林正碌满腹狐疑，你们怎么个个都会做！

后来，村里有人看画室开起来人气旺，也自己动手修缮老厝。林正碌到现场一看，还真就是那几个灰头土脸的农民，在那里又刨又锯干得欢，他们确实会做。林正碌如梦初醒：古往今来建造这个百年古村的，一定是这里面的主人，不然这个村怎么出来的？当年，不可能跑到外面去请什么建房师傅来。建造传统民居的能工巧匠就藏在这个村里。眼下他缺的不是什么空间设计，而是一斧头劈下去、一锤子凿下去的大木作师傅。

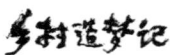

修建聚艺楼属于公建项目，起头政府计划招投标，要求林正碌出方案和图纸。他欲擒故纵，解释说我在上海时帮人写策划案，五六个人配合我，一个月完成，图纸画了厚厚一本，开价一百万。现在呢，这个钱我也不想挣。你们有这一百万呢，我已经把它建好了。既然时间紧迫，就让我来整吧，一定让你们看到最小的投入最大的回报。

到了年底，聚艺楼用地已经清理出来，杉树原木进场，三十几年没盖过这种土木结构老厝的漈下农民一个个又重新操起了木匠工具。

这时候出现了一件事，央视新闻频道摄制组要来漈下拍摄"新春走基层"大型系列报道《村庄里的中国之漈下古村：画笔下的新生》。年初，央视女编导到双溪安泰艺术城拍过一条新闻，还十分好奇地当场画了一幅画，她对发生在屏南大地上的文创印象深刻。央视新闻中心策划春节期间大型系列节目，旨在通过典型村庄进行时态的故事，反映时代变迁，折射国家发展，在众多线索中，她报送的选题脱颖而出，让漈下古村有幸成为举国八地之一。

此前，漈下村和双溪安泰艺术城发生的事情，已经引起央视关注，继新闻频道《新闻周刊》栏目《人物回顾》播出《林正碌：画出内心的世界》后，文教频道《讲述》栏目也播出专题报道《乡村里的画家》。

为了让节目内容更加丰富，也为了让全国观众见证漈下文创的神奇速度，林正碌心里有过盘算，现在重建的是艺术展厅，没什么加层，结构相对简单。他在县领导面前立下"军令状"，十五天内把漈下这座标志性建筑物立于蓝天之下。

在施工现场，林正碌吃惊匪浅。怎么可能？大木作师傅尽是一些头发斑白、满脸褶子的花甲老头？因为端着饭碗讨不来吃的，接不到施展身手的生意，无法生存下去，他们纷纷转行，几乎没人带徒弟。

难道这种代表世界建筑特色的中华民居营造技艺，将在他们这一拨人手中断代？从此进入历史"非遗"博物馆，供后人瞻仰和缅怀……

他不敢再往下想，只能直面眼前令人揪心的现实。他对围上来的几个大师傅说，全部用传统工艺来建造，穿斗式建筑，榫卯结构，不得用寸钉片铁和水泥。沿着土墙往上建两层楼，二楼屋檐必须低于土墙高度。屋檐向中间天井倾斜十五度，楼板下每隔三米一道横梁……

还没容林正碌把话讲完，木匠们七嘴八舌说开了：林老师，这个怎么做，我们都知道。你就告诉我们天井要留多宽多长？你说的不就像"语录房"那种样子吗？还有，门朝向哪里，楼梯定在什么地方？林老师你告诉我们，就放心一边抽烟去，我们保证给你建得好好的。

这个时候，林正碌有点明白了，建造细节无须你操心，这些十四五岁开始做学徒的老匠人心知肚明，你只要告诉他要什么样的结构，什么样的外观，布局清楚大的空间框架，特殊功能分区，接下来该怎么做，他不用你教。他原本感觉建造传统民居方方面面会有很多细节要去花脑筋，这么启动一下，发现事情超简单，一切有章可循，曾经困扰他的问题迎刃而解。

建造传统民居，最牛的原来就是这些深藏不露的泥腿子。

新年第一天，大木作师傅在十六开复印纸上随手画的图纸出来了，左前、左中、左后、右前、右中、右后，一共六扇，近二十人分成六组，各领一页纸开料去了。那些个大师傅，平时看他就是个老农，唯唯诺诺，邋邋遢遢，当他们面对一堆原木时，转身之间，全都自信满满，变成一员员横刀跃马的虎将，令人有士别三日的感慨。

那个元旦，天气寒冷砭骨，昼夜赶工的现场却是一派腾腾热气，声势如虹。立扇穿梁那三日，二十多位木匠师傅吆喝着号子，把一扇扇房架用长长的毛竹撑靠上土墙，然后众人肩扛手提，蚂蚁搬家似的挪匀位置，横梁再与房架公母相穿。有师傅爬上去，骑在房架上，大木槌左捶几下右敲几下，一座榫卯建筑的骨架便耸立了起来。村民们已经久违了起厝时的场面，大人小孩都赶来看热闹，还在一旁不时击掌加油，现场喝彩声阵阵。

在热火朝天的工地上，和面对学油画农民一样，林正碌穿插其间拍视频，忙里不忘竖起大拇指，反复说道："你们都是伟大的工匠。"

他的赞不绝口，鼓起了那些大木作师傅久藏于心的豪气，有人嬉皮笑脸开口了，"那我们帮你做这个也是设计？"

林正碌的话脱口而出："对！你们这个也算设计。"

林正碌要让他们得到实实在在的尊重，便将大木作师傅手绘的六扇木结构简图拼嵌木框内上墙，还让他们标出主要设计师、参与施工的巧匠们的名字。2017年1月16日上午，"屏南漈下古村艺术节"在聚艺楼开幕。这一天，那些上榜的本村农民统统换上西装前来参加，一个个容光焕发，把它当成人

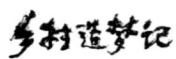

生一件值得荣耀的大事。

当然，他们一时半会儿还无法理解其间一些奥妙。林正碌在内门楣上方的二楼，反传统加了一条约一米宽的联通廊道。站在那里，穿过天井瓦缘的木水槽，可以看到后排蓝天做底的古厝风火墙，墙顶黑色覆瓦勾勒出坑洼的土黄色墙体，错落有致，犹如好摄者的取景框，传统建筑在这里显出了它的精美绝伦。其实，这种凭窗彼此造景的美学，也是华夏传统建筑的审美精粹之一。

林正碌不是一味遵循传统，他有意强化了这一块，使得聚艺楼于寻常中显出了独有的功能和意趣。走进聚艺楼里，欣赏到的不仅仅是农民们和外来学画者的画作，还能看到民间巧手的榫卯建筑作品和传统民居外观。

如今，聚艺楼大门口的墙壁还挂着一块木牌，上面刻有林正碌撰写的介绍，从中不难读出他当年的心迹——

聚艺楼原是农家院落，至今已有四百年历史，2016年冬重新修缮，现为漈下古村的艺术展馆，故名"聚艺楼"。

聚艺楼的不凡在于：一方面是展示漈下村民卓越的传统建筑技艺和非凡的建筑美学，石基土墙，梁柱斗拱、青砖黛瓦，鳞次栉比的漈下人家，在榫卯环扣、土木相依的旋律中，交响的不仅仅是漈下古村的自豪，也是中华民族的骄傲，更是全人类建筑的华章；另一方面是展示漈下古村及世界各地男女老少个性独立、才情洋溢的艺术作品，它证明、也告诉了每一个人，再平凡的人生都可以成就生命的高贵与精彩的作为。

如果卢浮宫是王室贵族与大师精英们倾力造就的杰作，在芸芸众生中拔高了人类文明的高度，那么，今天的漈下古村则预示着芸芸众生的每一位，在共同实现人类文明的再次升华，而这一刻的到来饱含着人类历史漫长的努力。

在此，谨让我们由衷地向人类史上每一位先哲、先贤、大师们致以崇高的敬意，也向漈下古村有史至今的默默无闻的每一位能工巧匠，及其今天参与到艺术创作、艺术生活之中的追求生命高贵、实现人生作为的每一位男女老少致以崇高的敬意！

两年多后，林正碌在龙潭村谈及聚艺楼，往事又让他亢奋起来，"漈下给我最大的建筑收益，第一，我发现那些五六十岁的农民原来都是人才，能建造传统民居。漈下修建传统民居的过程，让我拥有了这一整套工程人马；第二，我知道了传统民居的建造成本、施工技术和里面的一些道道。"

　　很快，林正碌的思想又向前推进一步，修建传统民居的目的，不仅仅在保护这些古厝，还在于传承这种弥足珍贵的传统大木作技艺。虽然这种榫卯工艺在乡村司空见惯，但它具备非常高的人文价值。近三十年来，因为钢筋水泥建筑在乡村如鱼得水，这种传承千年的世界建筑绝活基本销声匿迹了。

　　有人曾经问："林老师，你有木工团队吗？"

　　林正碌底气十足，"每个村子都有。只要县乡村三级思路一致，肯让我把空置的农耕容器改造成适合现代人居住的诗意空间，这些修缮工程就像钓鱼前打窝一样，会吸引来一串串鱼群。如果把屏南乡村里五六十岁的木匠师傅统统召唤出来，有了这些能工巧匠，我就有底气复兴一百个古村。"

　　从建造聚艺楼开始，林正碌对修复、建造传统民居愈加成竹在胸，俨然一匹黑马，他毫无预警地闯入"乡建"领域，并在一年后，以他设计修复、建造的百余座传统民居、公共空间建筑，让那些功成名就的专家们也惊叹不已，成了他们之间一次次欷歔感慨的话题。

三　这是一种姿态

　　如今，从聚艺楼旁边那条巷道上行，石径依着两旁烽火墙一直延伸到山边。巷道旁一条小水沟不依不饶跟着，石块犬牙交错砌就的磅岸苔藓斑驳，缝隙钻出左一丛右一撮野草野花。从山上飞泻下来的山泉水，叮叮咚咚昼夜唱个不停。每遇宽敞平坦之地，夯土墙兀然耸起，高低错落，纵横交叠。正面高大的土墙镶嵌着上覆黑瓦的精巧门楣，两扇杉木板门扉或开或掩，古意扑面而来。山腰石径渐陡，路边围有栏杆，石柱为墩，再嵌入原木，简单却与古村肌理浑然天成。空地上还有古色古香的翘檐木亭，可供游人小坐歇息，古村景色尽收眼底。这条幽深的巷道，成了很多游客的打卡地，他们或倚靠土墙，或屈膝坐于石径上拍照留影，乐此不疲。

当初，建造聚艺楼时，林正碌同时开始了这条石径巷道的修复工程。山腰处有一座无人居住的老厝，因年久失修，厝檐朽脱，落了一地碎烂瓦砾。天井处杂草疯长，厝内霉气扑鼻，蜘蛛网封道，地上绿苔成片。林正碌登上二楼，瓦顶残破处天光四射。一只野猫在厢房门边闪一下，倏忽不见了踪影。这里立地条件上佳，从歪仄窗户极目四野，苍翠山脊线下，大半个村落鳞次栉比。此情此景，让他心情为之一爽，他的内心开始摩拳擦掌，动了修复之念。

林正碌收回目光，筛进老厝的一束阳光落在墙角的蜘蛛网上，黯郁背景下，上面凝结着点点滴滴露水，十字光闪烁，星星似的亮晶晶。再顺着光束仰头往厝顶扫去一眼，破瓦现出一个大圆洞，阳光挤进厝里，颇有点明月升空的样子。他脑海里跟着浮起一个名字，叫"揽月居"吧。

这座老厝的一位主人叫甘永天，林正碌熟悉这人，最近他常到画室学画，人已年近古稀，是个残疾人。中风后左手不能动弹，腿脚不便，走路一拐一瘸，是乡政府建档立卡的精准扶贫户。因为无法徒步远道，在乡政府和县里一些部门资助下，他买了一辆农用三轮车，农忙时代步到三公里外的菜地劳作。老两口种一些四季豆、玉米，一年辛苦劳作下来，收入几千块钱。据村民说，年轻时他力大过人，连老虎都捉得住，算是村里的经济能人。他经常外出搞副业，走南闯北赚了不少钱，还在新村另起了一栋新厝。几年前生了一场大病，红火日子一下子就拮据起来。

看他拿笔笨拙画画的样子，林正碌还为他担心过。甘永天很倔强，头天拿画笔的手腕颤颤巍巍使不上力，坚持不懈画下来，慢慢地也有了点模样。他笔下经常出现家禽家畜、农作物这些自己生活里常见的东西，还卖过几张画。林正碌与他有过闲聊，知道他非常盼望农闲日子，用干粗活的手拿起画笔。不管画画赚钱不赚钱，就想心情会好，身体也会跟着好起来。看得出，画油画给他带来无法言喻的快活，成了他孤寂心灵的寄托。

从他那一副全神投入的样子，林正碌能感觉到，他在用画笔疏导内心的愁苦和压抑，在自己梦想的田园里除草松土浇水，他心里的菜地四季花开不败，果实累累。

说干就干，林正碌动作神速，征得甘永天三兄弟同意，马上着手修缮老厝，政府补贴款不够，他又向社会筹集资金四五万块钱。老厝修缮起来后，林正碌还"自产自销"，租下整座揽月居，作为支教老师的住宿之所。如此一来，甘永天三兄弟一年的收入里面平添了七千块钱。

帮助残疾人低保户转型，进而获得经济收入，可以说是林正碌蹚开文创产业、复兴古村一路前行时，顺手撸起的一把路边草。他内心一向充满悲悯的人文情怀，他找不到理由视而不见，他必须停下匆匆步伐，让那些终日蜷缩在阴暗潮湿角落里的弱者沐浴到灿烂阳光。横直都是做，一样是生命，为何不先去帮助那些最急切需要的人哩。

就这件事，有人曾经问过他，林正碌不假思索回道："这是一种姿态！像漈下这样的地方想国际化，没有旗帜鲜明的人文姿态，你还做个鬼呀！"

2020年1月，林正碌在抖音推送了一条四十多秒的短视频，他饱蘸情绪的低沉嗓音，舒缓中渗透出沧桑的忧伤感，同步画面是漈下村民陈秀琼蜷缩在公益艺术教育中心一角埋头作画。他带着莆仙腔的话语，粉丝们要认真去辨识，却比字正腔圆的主播更为煽情。后来，这条抖音收获了五十七点八万流量，四点六万颗爱心。三千二百四十条评论区的问答，事后谁想逐条翻看，半天时间可能还不够用——

> 在我面前的这位农妇，叫陈秀琼。她是一个侏儒症患者，从小备受冷落，很少跟人交流，后来开始画画。这冬日的阳光和色彩是她生活中最重要的陪伴。
> 那你有没有朋友？
> 没有啊！
> 没人跟你聊天吗？
> 没有没有，一个人都没有。
> 这就是她画的作品。她每天都这样默默无闻地画着画着，然后挂起来挂起来。独自花开，独自谢落。认真地在感受这难得的人生的每一分每一秒。

陈秀琼何许人？能在两天内打动五十七万多颗人心，一跃成为公众人物。

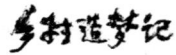

2017年元旦，陈秀琼跟林正碌学画时已经五十六岁了。她天生残疾，身高不到一米四，丈夫也是残疾人，膝下无子女，靠政府低保度日。她是一个目不识丁的文盲，能用漈下普通话和人简单对话。数十年来，村里没人愿意跟她聊天，她差不多丧失了语言能力。她极其自卑，在村里从来不敢大声讲话，自己觉得好像一只遭人嫌弃的流浪狗，遇事总是远远观望。你一转头便躲，一打招呼就逃，倏忽间不知藏匿到什么地方去了。她第一次接触到画笔和颜料时，还不知道艺术到底是个什么东西，也不可能想成为什么大师名家。就像一粒种子，她久违了千百年，有一天落到一块有营养的土壤里，蛰伏于心底的激情被全部唤醒，无限精彩地舒展绽放。

林正碌自有他的全盘考量，峙国亭旁边的第一家画室，后头毕竟住着一家人，人来人往终归不方便，一早一晚还得开关大门。学画者一旦投入，晚上画到十一二点是常事。2016年的漈下村，人来人往，热闹异常，原住户找各种理由，在大门入口处占地摆摊，柜台里放满食物、饮料什么的。林正碌马上觉得这样影响不好，他是清高之人，心里不痛快，嘴上也不多说。既然你喜欢这个老厝，还给你好了。这事引发了他修复陈秀琼老厝做公益画室的动议。

林正碌与张峥嵘他们商讨时，提出另修公共画室方案。陈秀琼是低保户，残疾人，属于弱势群体中的弱势群体，政府精准扶贫对象，她的老厝虽然破败不堪，但占地面积大，一家拢共三口人。修好后，做成漈下公益艺术教育中心还是比较理想的。

那是一座有着四百多年历史的破厝，到处漏雨透风，墙角的石基隆起年复一年覆盖上去的苔藓，表层的青绿继续向上爬延。木柱、墙板都霉烂了，坑洼不平的泥土地上泊满霉迹，厝内残板和梁柱在岁月侵蚀下一派黑黢，其间杂物零乱，蜘蛛网密布。腐烂的楼板露出几处破洞，穿过洞口可以看到楼下大门漏进来的阳光。一阵风过，厝内不知哪里的门或窗便发出吱吱呀呀的叫声。整座老厝犹如风中残烛，随时都可能熄灭，堕入黑暗深渊。政府加码补助的六万元远远不够，林正碌又在朋友圈发了一个帖子，广泛求助爱心人士，旋即得到响应，有的人捐十块钱，有的人五十，有的人一百，还有一万的。两个晚上下来，已经募集到八万多元善款。

林正碌对陈秀琼说："我帮你把老宅修一下，楼上楼下厅堂拿来当学画的教室。好不好？"

陈秀琼怯弱的声音让人感觉从一口枯井底传上来，"林老师，你人真好！"

紧张施工两个多月后，漈下公益艺术教育中心挂牌，开门迎客，外来人和村民有了一处比较宽敞明亮的画室。村民愿意画画的，也可以到这里的工作台领一个画架、三块画布，再挤上各种颜料，拿回家里去画。

陈秀琼好像找到了灵魂归宿，她终日龟缩在后厅墙角，不停歇地挥动手里的画笔。她把五十多年来郁积在心底的所有感受和情绪，用油彩不断地堆砌到画布上。她的画风强烈而又沉郁，喷射出原始生命的张力。

她算得上高产，后厅三面墙密密匝匝挂着她的画，墙角还有过去画的，摞成了堆，清一色抽象色彩。一种当代抽象表现主义画风，被她表达得非常纯粹和率真。那些恍然宇宙混沌一团的画面，烟云氤氲，俨然天地一派玄黄、生命初始景象，神秘的图腾感飘荡其间。她喜欢用三十乘三十的画布作画，倘若一幅幅有机拼合起来，便成了满墙气势恢弘的大画。她的作品不仅参加了双溪美术馆举行的"非常人非常展"，还入选过第二届"融合·国际残疾人艺术展"。

有越来越多画友主动跟她说话，陈秀琼渐渐走出了孤寂的人生阴影。一位北方来的女画家到村里，她欣赏陈秀琼的画，也同情她的人生，希望她把心里话痛快讲出来，便有意找她谈天说笑，让寂寞了五十多年的陈秀琼第一次享受到与人聊天的快乐，就说我们喝一次酒吧。女画家在她家隔壁的"自在花时"咖啡屋，请她喝村民自酿的糯米酒。

陈秀琼从来没喝过酒，只是看别人一喝就和平常不一样了，很有意思。那天，她喝一口讲一句："你对我这么好，我就开心了。但你要走了，我都气死掉。"那一天，她拿酒杯的姿势和喝酒的样子非常痛快豪迈，一来二去喝了三两，她开始大舌头了。第二天，在她家修缮老厝的一个亲戚，见到她现身便夸张地叫起来："哎呀，秀琼啊，昨天你走路回来的样子好搞笑。"

陈秀琼歪头想了好一阵子，才自言自语道："昨天是那个路不平。"

陈秀琼的行为举止慢慢起了变化，碰上外地人进画室，她不怯不躲了，也会主动迎上去，看有什么需要帮忙。

林正碌对陈秀琼的帮扶一直没有松手，离开漈下的两年多时间里，他始终在朋友圈推荐陈秀琼的画作，疫情前又帮助她卖出几千块钱。卖画款转账给黄余清，再由她转交。

让林正碌没料想到的是，朋友圈里"吆喝"五分钟，引来一片喝彩和惊叹。最后把画打理好，一幅幅寄出去，花去他快一周时间。因为陈秀琼的画都是抽象表现主义，没有具体明确物体，清一色都是宇宙星云，只有色相的不同、色块形状的区分。这些画感染了林正碌，他张张娴熟于心，无法再请别人代劳。况且，拍下来的照片都在他手机里。漈下公益艺术教育中心满墙挂的和摞起来的画作，大几百张，每一幅也只有他林正碌能按图索骥、在最短时间里准确剔选出来。然后一幅幅与买家看中的对上号，抄好地址再叫人快递出去。这样的事，对于一天到晚忙个马不停蹄的林正碌来说，也算得上是一项浩大工程了。

此前，有知情者帮林正碌出主意："林老师，你干吗呀！发个红包不就得了。"

那样做，显然不符合林正碌的为人做派和处世三观。同样数字，里面所涵盖的意义有天壤之别。他一向强调人文情怀，注定是要让这一幅幅画得到世界各地人诚心认可，让一位残疾人的文创精彩照亮他人的生活。

四　坐看云起时

2016年年底，林正碌盘点了近两年来推行人人都是艺术家、复兴古村的事情，他对中国广袤乡村的前景充满信心，一是证明了艺术教育可以在农村施展手脚；二是掌握了营造传统民居队伍和修建经验；三是他的一整套理念，在乡村土壤里日渐细腻和丰富起来。那么，2017年就可以撸起袖子大干快上了。

互联网上曾经流传过一段视频，郎咸平受邀广州讲课，有些企业家提出疑难问题请之解惑，郎教授顾左右而言他。现场的林正碌要过话筒说，我不是要提问，我是帮你回答刚才你没有正面回答的问题。

这就是林正碌，他不惧权威，不给人颜面，一门心思就是不想别人被误导，要用自己所学所思所悟为他人指点迷津。当然，也有人私下议论他渴望话语权、热衷刷存在感。这就是林正碌与生俱来的性格，真真切切，不同的人可以添加不同注脚。

　　林正碌从来不惧怕别人议论，他有一颗强大的心脏，这有点类似腊梅品性，霜覆雪压反倒更艳更傲。2016年8月，在一次接受大学生提问时，他已经把自己的这种心态晒在了阳光下——

　　　　谈不上困难，我来这里本身就充满自信。我相信，艺术的力量最容易唤起一个人的创造力和情怀。你今天可以这么看，在这么偏远的地方，被人认为是没有经济、没有文化可能的地方，似乎所有人都觉得这是一个现代人不应该向往的地方，甚至无数人都觉得这些没念过书、足不出户、生活在最底层的农民，是很难有可能性的时候，今天，这里的很多残疾人、小孩、老人，在短时间内变成一个有文化贡献的人。如此都可以蜕变、呈现精彩，其他的就谈不上什么困难了。

　　　　至于质疑不质疑，如果我在意，已经被淹没。我来乡村的兴趣点是，这些学画的人，一个个都英雄般地转身，不管是谁，放下锄头，或者当乞丐的人，转身成为一个有人文贡献的人，他们的转型对我就是最好的支持。也就是说，每一个人的突破，一切质疑在这面前都会烟消云散。我从来不去听质疑声，我在做对农村、对农民有益的事情。

　　可是，在他鼻根底下，一些准备转型的人出状况了。

　　某一天，一座修缮好的老厝，几兄弟外蓦地又冒出一个亲戚来，拿"铁将军"把大门加锁了，说这里也有她一份。她家在偏远山村，孙子读书要搬下来住。刚下来包村的乡副书记张小华知道情况，连忙去做工作。她哭哭啼啼的：我没有地方住啊，不然你租个地方给我，不然你一个月给我孙子一些钱。乱七八糟条件一大堆。

　　奇奇怪怪的事情接踵而至。外来驻村学画的画友刚住进修缮好的老厝，结果几个兄弟里面，有一个早年招婿离开漈下的，突然用一只尿桶占住一间房，说这一间是他小时候住过的，要把丈母娘搬回来。租住者连忙退避三舍，这样还怎么租呀？！

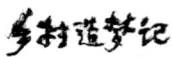

　　……

漈下是一个大村，几乎都姓甘。有史以来，里面各种瓜葛错综复杂，从这里走出去的各级别干部甚众，这些人对自己家乡的发展均有不同思路，支撑起村里的不同宗派人群。漈下是中国民间武术文化之乡，民间通常叫"拳头窝"，这里甘姓第九代诞生了武进士、两度出任台湾挂印总兵的清代名将甘国宝便是此说的一种附注。学武之人师出不同门，总是像争强好胜的鹧鸪鸟一样，各立一个山头，谁也不想服谁。历史堆积下来的积怨，远不是一个时代能化解的。每届选村两委，往往村支书一派，村主任另一派。做任何事，受益一方拥护，另一方就会竭力抨击，两条腿永远塞不到一条裤子里去。那一年，正好碰上村里换届，村干部情绪波动，遇事互相打太极。而对文创这件事，乡里一向就不太积极，县里的支持力度被乡村两级一点点消耗掉了。

在这种情况下，一些村民把原有的淳朴放在了一旁，小农意识粉墨登场，把个人利益看得比天大。空置老厝以前可以给你，现在人气旺了，感觉捏在手里的都是钱，一门心思想很快有人会出资修建，然后谈更有利的条件。没派上用场时，宁愿继续烂在风雨里，谁若想修复，好像被别人合算去了很多。

2017年年初的那些日子，林正碌策划选中做公益空间的老厝，村两委一座也协调不下来。林正碌焦急呀，他看到了前景，心犹未甘。村民已经转型得有模有样了，再用几个月就可以把整个村升级掉，今后这第一棵文创之树便能在屏南大地上经风雨沐霜雪自我成长。当村两委基本管不上时，他只能凭一己之力去推动。有些老厝主人跟他学画，关系还挺不错，便自己找他们谈。他讨厌繁文缛节，一纸公文，一层层批复，那样进度慢得像老牛拉破车。契约就像古代人嘴巴里说的那样，双方约定，只要其中有个利益转换，他的理念就可以落地开花了。

林正碌叫来实施工程的村民老甘，感觉他能说会道，做事有魄力，手下也有一帮使唤得动的人，偏偏他与村主任隶属不同派系，彼此无法融洽。新选出的村主任是一位年轻人，无论从文化素养，还是从参与文创工作的热情度都比较高涨，动作慢是慢了一点，但在张小华"盯人"战术下，也协调了不少相关事宜。

然而，世事不可重来，林正碌必须罹此磨难，经历吃一堑长一智的跌打滚爬。

漈下艺术节前，林正碌心急火燎动作起来，欲着手修复聚艺楼往后山上去那条石板路。他对张小华不容置疑地说:"资金拨款要打报告走程序,时间来不及了。这件事我跟县领导汇报过,他们认可。没事,先开工再申请吧。"

林正碌委托老甘负责工程,帮助组织人手,按他的设计修路。缺资金了,他就先垫付。等石板路修好时,遇乡镇领导调整变动,最终协商下来的结果,乡里出资八万元。还有一半没着落。那一段,老甘天天跟在林正碌屁股后面讨要工钱,他经不住反复纠缠,一声不吱就自己支付了。

三年后,张小华提及这件事,还在无奈摇头,"碰上这么大一个事,林老师也是'算了算了'。他怕麻烦,也不太爱去计较,自己弄了一笔钱付掉。林老师就这种清高性格。有次跟他聊天,林老师说,还有人讲我没给他钱。他翻出微信记录给我看,转账确实被对方收了。林老师这人很能忍,他不爱去讲那些不愉快的事情。"

林正碌是全县传统村落文创产业项目总策划,他一天到晚嘴里挂着的就是农民、古村,张小华乐得跟在这样的人背后,为他提供服务。林老师一旦提出什么问题,她立马找村干部协调沟通。那段时间,看林正碌单枪匹马一个人操心,使出浑身解数,帮大家做事难度还那么大。无奈自己只是副职,没有能力调动所有力量来支持他,更多的时候都是在一旁跺脚干着急,"唉,林老师,这要怎么办呀?还要拖到什么时候呢?"

每遇这种时候,林正碌脸上总是云淡风轻,嗨嗨笑两声,反倒安慰起她来,"小华没事,你别急,没关系。相信我,一定会把漈下打造成全中国最美的乡村。"

林正碌天天在村里走动,闲言碎语岂能不飘进耳里。凭察言观色,他也明白一些村民心里的小算盘。他们经常聚在一起喝酒,都是本家人,有些他全力帮助过的村民也凑在其中说事。林老师就是个大老板,出手阔绰,在这里发包工程,不管是公家的还是他自己的钱,想办法赚到手就对了。

林正碌暗自好笑,直到进入屏南开展传统村落文创复兴古村一年后,县里才统一了认识,出台政策为外来艺术家保驾护航,与他签订"屏南县村落文化创意产业策划及服务协议"。倘若不是社会各界爱心人士一次次无偿支持,政府给的专家津贴全部花进去,还不是水入沙漠,看不到任何痕迹。

有些村民装模作样学画两天,要求自己家也做成农民画室,林正碌看过现场说可以,但必须按要求修,补助五千块钱,可是钱一到手,不修了。有的也像那么回事地动两下，然后停下来。有的定两万，他得陇望蜀，给你往边上再修进去，最后说钱不够，一分也不想自己掏。这样的公共空间没账单给政府，说不清楚，都没法报。村两委与村民互相打太极，解决不了都找林正碌，以至于做什么事都向林正碌要钱，所有焦点聚在他一人身上。

林正碌真的不屑费口舌去理论这些，他也不可能在县领导面前斤斤计较这类鸡毛蒜皮的碎事。放开一想，你如果认真修我也无所谓，反正钱都花在了古村修复上面。

他知道村民开始打他算盘，有的是真心，有的想讹人。依林正碌三观，在真心与讹人面前，一开始他不能有罪认定，都得给机会。无形中，这助长了农民狭隘自私的本性，有人借他的宽容来藏污纳垢。

形成如此生态非常恐怖！这又让林正碌想起曾经离弃的商场，鬣狗秃鹰们都确认他是一只猎豹，能捕获到羚羊，纠缠着他就能食腐。

刚到乡村时，林正碌雄心勃勃，心里有复兴一百个趋于空心化古村的梦想。漈下遇到瓶颈时，他也曾狠狠心放手。那一段时间，屏南县东部距离漈下四十多公里的降龙村也进入文创前准备。应乡村两级组织邀请，他开始把自己的文创理念植入降龙村。在屏南这块呈T字形的三角地域各四十公里范围内，林正碌的步伐匆忙围绕这三地频繁转场，风尘仆仆来去。白天在漈下修复古厝，或到降龙看点布局，晚上再回双溪安泰艺术城为世界各地来的学画者讲课授业。降龙村体量小，他准备一气呵成先做掉。几个月后，天津泰达当代艺术博物馆馆长马惠东也看中了降龙村，林正碌二话没有，拱手让出。在他意识里，古村复兴从来不分你我，有这样情怀的有识之士多多益善，唯其如此，屏南乡村文创产业的星火燎原之势才能形成。

因为漈下和双溪距离县城相对都比较近，林正碌与周芬芳讨论过，做一个偏远村落会更体现传统村落文创产业的魅力。县域南部熙岭乡的郑书记表现出极大热情，屡次邀请林正碌去辖地内的龙潭村开展文创。林正碌也抽时间入村考察过两趟，心里谋划着尽快把漈下工作收尾。

聚艺楼往上的山边有一座古厝，里面住着两位八十多岁的老人。老人看村下面轰轰烈烈修复老厝，便放出风来，公家对他不重视，都没有关注到他家古厝。林正碌专门去查看后就想，这条路纵向上来，这座古厝也算是一个不错的点，修好可以让宣传部门在里面布置一些业态。另外，这个家庭比较单纯，就两个高龄老人，想过去不会有什么纠纷。老人住在里面也没关系，有人气还可以保护古宅。

林老师便告诉老人，马上动手修他这栋，因为古厝面积大，原有一户最高补助三万块钱，现在申报成两户，加一倍维修款。老人听罢，喜上眉梢。

林正碌按自己的理念开始修复，等到在土墙上开窗采光，老人突然间就不干了，大喊大叫起来，这个跟老鼠洞一样，什么乱七八糟的。我一个文物单位，你把我乱修，弄成这样，你已经犯罪了。你现在就把它恢复回去，我不要修了。

然后又说："我自己修，你前面说的钱要给我。"

闷头一阵乱棍舞下来，林正碌一时有点蒙。面对耄耋老人，也不好多争辩，反而显得有点语无伦次，"哎呀，老人家。讲不来，讲不来。跟你们真的是讲不来。"

他难得一回怒气上脸，冲张小华说："他这叫玩碰瓷！"

老人拿不到钱，便经常到村委胡搅蛮缠，大骂林正碌搞破坏，把公家给他的钱贪污了。接着又给周芬芳挂电话，要赔偿要补助。还整天打林正碌电话要钱，搞得他躲也躲不掉，不胜其烦。

林正碌被这件事闹得透不过气来，心情难以平复，第一次有了心力交瘁的感觉。那段时间，他气血上头，紧绷着一张脸，面色铁青，头壳上的创口还会鼓凸出来。

任老人这样胡搅蛮缠下去终究不是个事，张小华请来还不知详情的周芬芳主席，叫上村干部一起上他家，耐心做思想工作。老人偏偏一副犟脾气，就是不跟你讲常理。一股脑儿自说自话：我老婆有高血压，现在受不了了。给姓林的做成这样，快气死掉了。大家又把老人请到村部，好言相劝。你有什么问题可以跟村干部反映，至于你那个古厝，我们也请教了相关单位，现在跟你老人家也讲不清楚，叫你儿子或者女儿到文旅局找领导。老厝我们花钱帮你修了一半，后期还有什么问题，村里会帮你协调好。

大家一道好说歹说，老人自觉也没占到什么理，这事才慢慢地偃旗息鼓。

农民成功转型和老厝修复，漈下村已经改造到1.0版了，再升级到2.0，仿佛海平线上那一点点冒出来的桅杆，肉眼都能望得见了，这让林正碌依依不舍地迷恋，他在寻找机会，他在拖延时间，他还想趁热打铁。在这样的牵肠挂肚中，他的脑海里时不时会过电影那样映现出村民一连串粲然的笑脸。但是，他耗尽全力也无济于事，再往前跨出半步都希望渺茫。时光不饶人，不能在这里空耗时间，他还要与超短的人生竞赛，珍惜每一天，去兑现终极梦想。

终于到了这么一天，张小华一直担忧的事临头了。坐在村头聚宝桥的靠椅上，脸色疲惫的林正碌吸了一口香烟，下意识推了推眼镜，平淡地说："我要去龙潭了。"

"你去了龙潭，林老师，那漈下还做吗？"

张小华急起来，她没有勇气直视面前这张脸，双眼从廊桥挡雨板之间望出去。村口水碓房前的水车旁亮着一抹桃花的粉红，两旁各有一株身高几十米的柳杉收拢墨绿色的体形，长颈鹿似的迎着湛蓝天穹顶上去，俨然一副古村守护者伟岸冷峻的形象。白云蓝天泊在安详静谧的水面，色彩似乎比原本的更加艳丽。蓦地，一群红鲤游过，背鳍把水面映着的绚丽画面揉皱了。

林正碌呵呵笑着宽慰她，"没有啊。我去了那边，这边照样做。没事的，小华你放心。你看呢，现在漈下已经有这么好的一个基础，老宅也修得差不多了。该有的都有了，美术馆有了，画室也有了，学会的人都能带出徒弟了。漈下有很好的基础，没关系的。"

自己贴钱做公家的事，还要被人说这讲那的，哪里去找这样的人呢？张小华心里百感交集，在那般无助、绝望的情况下，他还这么心平气和跟我讲这些。从来也没听林老师说过一句：我不管了！

通过心智过滤，既往的那些不愉快被林正碌消化掉，漈下只留下村民美好，只留下乡村阅历。明天对他而言，依然一如既往，风采依旧。后来，他在抖音里透露过自己曾经的心路——

当一个人非常刻意地定格在自己设定的某种完美里面，这是一种精神洁癖，本不存在的伤害都会当成一种伤害。而人性里面，最重要的是去欣赏。王维有一首诗：行到水穷处，坐看云起时。王维是唐代非常伟大的诗人，字里行间充满着出世的豁达，就像你要去追求完美，结果你走到尽头了，没路可走了，岂不是很崩溃吗？那就坐看云起时。抬头一看，哇——云也蒸腾了。

中部

梦续桥头堡

第一章

一　阳光照不到的地方

屏南位于鹫峰山脉中段，属于水头路尾的高山地带，是福建平均海拔最高的县份，森林覆盖率近百分之七十，境内岭谷崎岖，历来交通不便，这阻挡了粗放工业污染的攻城略地。县域内山清水秀，自然生态非常原生态。双溪古镇地处县城北部，一千多年前，当地陆氏先祖与中原南下移民一道，"筚路蓝缕，以启山林"，共同拓殖这块两条溪环围合流的小盆地。在悠悠的时光岁月里，这块土地上糅合了闽越土著与中原汉民族文化，为后来诞生的古镇沉积了深厚文化底蕴和淳朴民情民风。清雍正十二年（1734年），屏南从古田析出建县，县治双溪因位处翠屏山之南，雍正皇帝赐县名屏南。当地民谚"先有陆氏，后有双溪；先有双溪，后有屏南"，说的便是这些历史。曾为县治所在地，城门、旧县衙、义学、书院、文庙、城隍庙、廊桥、石塔等公共建筑一应俱全。新中国成立次年，因为地域狭小、匪患猖獗，县城择址南迁，使得古镇没有受到现代文明太大冲击和人为改造，古镇格局以及府第宅厝、普通民居等历史遗迹保存较全。

如今，中国历史文化名镇、国家级生态乡镇、全国重点镇、中国传统村落，双溪古镇多牌加身。

2015年8月，屏南县传统村落保护与发展工作领导小组骨干张峥嵘、陆坚与双溪镇一帮人带着县传统村落文创产业项目总策划林正碌再一次进入双溪，他们在全镇四处转悠选址,这一回把边边角角看得认真仔细。众人都知道林正碌骨子里惦念着古村复兴,必定偏好传统建筑,满心以为他会选择保存相对完好的文庙、朱子庙、宗祠这一类大型老建筑,修缮作为公益艺术画室。

　　全镇查看了一圈,拿得出手的老建筑统统过了一回眼。返回镇办公室坐下喝茶时,林正碌调出手机拍下的视频重新审看了一遍,让众人大跌眼镜的是,他握着手机的手一挥,以不容置疑的口吻说道:"确定安泰楼。"

　　安泰楼是一栋现代建筑,古镇当时唯一的商业楼盘,原本针对旅游开发,主体建筑竣工时,自然景观旅游热度开始降温,市场大势清淡,楼盘销售不理想,便停住了,没有往下布局宾馆酒店。整栋大楼内装修空置。

　　林正碌的思路随机应变,他原本想借助古村落来推动文创产业,第一步改造农民,使其文化转型;第二步修缮老宅和建造公共空间,营造适宜人居的山水人文环境;第三步筛选、引进一批热爱乡村的外来艺术家入驻,城乡融合,从而达到复兴古村的终极目的。他也意识到现实对自己原有思路的修正,何不顺势而为?

　　看大家投来大感不解的目光,林正碌不慌不忙阐明意图:"从大路边的门楼一路进来,两侧古街古宅,气质已经摆在那里。走到里面,却横着一栋滞销的新楼盘。你都卖不动,外来人看你双溪还有什么前景?谁还愿意再来这里?把安泰楼做起来,就是对外宣示主人的一种姿态。"

　　大家不得不为他的睿目卓识叹服。林正碌绝对不是一个书呆子,他的脑筋灵活机动,出招周全长远,他不会一味排斥新建筑,也不至于呆板到非要寻找自己心目中的诗意古厝环境。如此眼界看问题,已离开了惯常的思维轨道。

　　双溪古镇是亲水旅游风景地白水洋和鸳鸯溪的必经之地,一年四季除了天气炎热的夏季三个月里人满为患,其他时间便显出了冷清,冬天更是空荡荡的了无人气。

　　林正碌托一下眼镜,抓起手机在空中舞了一下,笑意满脸地对镇书记和镇长说:"我要让双溪成为屏南文创产业的发动机,以这个支点,全方位撬动古镇业态。请两位父母官准备好,很快全国各地的爱好者就会涌进来。学画只是呈现在表面的一种现象,这里的餐馆、民宿、土特产马上将会爆棚。"

　　听了林正碌这一番话,镇书记和镇长都眉开眼笑。有了漈下村"神话",

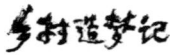

明事理的人都不会以为林老师在夸夸其谈画饼。他敢给你万丈豪情，天边一定会晕出几片朝霞，然后，海平线上便能看到点点的桅杆顶了。

这之后，县传统村落保护与发展工作领导小组一帮人与林正碌多次碰撞交流，讨论双溪公益艺术画室的定位事宜。大家一致认为，起码在名称上应该与漈下有所区别，漈下打"人人都是艺术家"牌子，双溪得重新亮出一个新品牌，增加文创产业的宽广度与厚实度。

在乡村时间待长了，天天和农民打交道，林正碌思考了很多与复兴古村做法相关的"三农"问题。个人仅是沧海一粟，囿限于力量单薄，凡事都得找准抓手。为什么提出复兴古村？因为古村落与现代工业社会最格格不入，当今的农民已经不是愚公，天天挖山不止，他们被时代潮流裹挟，纷纷另择良枝，投入城市的工业化文明。在中国广袤乡村里，古村落往往是人口流失最为严重的空心村，而那里面偏偏又保存着传统乡村肌理、华夏祖先的文化基因。文创产业对于脱贫攻坚的先进性在于：让落后变先进，让弱者变强者，选择最衰败的古村和最弱势的群体推进文创项目义不容辞。从社会道义来讲，文创阳光也应该责无旁贷最先照耀在那些极贫极弱的人群身上，不单是提供资金发展，铺一条新路，必须授之以渔，使他们开启心灵之光，提升自信力，直接转型为文化的保护者和创造者。

古往今来，人类社会都是用公共资源去维护残疾人尊严，他们是各级政府无条件的福利支持对象。在贫困人口中，他们不仅丧失了正常人的躯体，还有这样那样的心智问题。倘若能让这一类人获得谋生手段，自食其力，进而创造精神财富，那不正吻合国家倡导的精准扶贫！

林正碌脑海里浮现出海安文化产业园的那些残疾人，还有漈下甘永天、陈秀琼的身影。经验告诉他，艺术教育对残疾人行之有效。就这么敲定下来，为这个特殊群体安上艺术翅膀，让他们率先滑翔起来。

提出打残疾人品牌，林正碌对自己的观点条分缕析：

"第一，人人都是艺术家属于正常社会行为，标示出残疾人则是确立对特殊群体的态度。同为大学，干吗要有老年大学？因为老年人淡出了社会主流。残疾人是什么？属于正常社会之外，政府兜底的特殊群体。通常看法是，你能吃饱穿暖就行了，还搞什么艺术？我们要超越这种认知。残疾人处在社会最底层，他们对自我心存一种固有的否定，觉得自己什么都不可能。你不旗帜鲜明挂出残疾人牌子,他们不认为自己有资格,不敢来,甚至认为这跟我没一毛钱关系。只有看到针对性福利,残疾人才可能动念头来试一试,感觉回自己家一样理直气壮。这里面隐含社会心理学,有强调和暗示作用。必须让残疾人看到希望,确信自己有条件来这个地方学习。

"第二,社会公益艺术教学的宗旨,提倡人人平等。你再有钱再有地位再有成就,到这里来学画,原有的一切归零。必须融入这个环境,人不分高低贵贱。

"第三,针对残疾人教学会更见成效。他们基本无其他路可走,能全身心投入,不会学了七天或者体验一下便离开。就像我去年在上海M50艺术区,人走马灯一样换着来,形不成集聚效应。

"第四,针对弱势群体也是一种人文关怀,媒体正在到处找这样的新闻亮点,引爆轰动效应明摆在那里。而且呢,我们姿态还要更高,亮出国际残疾人品牌。我想好了,就叫'双溪古镇国际残疾人艺术教育中心'。"

马上有人提出:"专门面对残疾人,不理解的人会不会以为双溪变成了残疾人的集散地?"

"不矛盾,这好比开场锣鼓。面向残疾人只是一个姿态,本质还是人人都是艺术家。确立了这一点,我们的公益艺术教学照常面向全社会推广。当年我在江苏海安也是这样,很快引起全国各界甚至世界关注,然后吸引各阶层、各年龄段的人参与进来。我们经营的是品牌。"

县政协主席、领导小组组长周芬芳听着他们左一嘴右一句地来去,当下心里翻腾开了。习近平总书记说过:摆脱贫困首要意义并不是物质上的脱贫,而是在于摆脱意识和思路的贫困。扶贫既要扶智,又要扶志。一个是智慧的智,一个是志气的志。不光是输血,要建立造血机制,脱贫后的生活还要芝麻开花节节高,让农民的日子越过越红火。这样的话用来针对残疾人非常合适,如果能通过文创让这个特殊群体受益,摆脱贫困,同时成为人们的励志榜样,那就是精准滴灌,靶向给药。这事如果做得成,肯定是一件功德无量的大好事。

想到这里,她的头脑里亮了起来,开口表态:"我看就按林老师说的这样定下来。峥嵘,你们和县残联联系一下,这项工作还要获得他们的协助和支持。马上拿出具体方案来。"

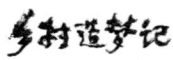

林正碌意犹未尽，接着讲下去："只要把双溪这个点激活，老宅修复都不用我们再去考虑什么经费，自然有热爱它的人出资维护。双溪就是一个桥头堡，把外来人引流到周边乡村，这才是发展文创复兴古村的核心所在。"

林正碌的策划思路总是一环接一环，一波藏一波。现在新任务来了，大家各自忙开。听他细说，那是后话。

就这样，双溪成了屏南县精准扶贫的重点项目，镇政府投入力度非常大，他们与开发商协商好一个补偿方案，马上着手把工地似的安泰楼三楼清理出来。两个月紧锣密鼓筹备后，墙壁也没来得及刷白，地上还是水泥毛坯，张峥嵘他们电灯一拉，把宣传部之前开展活动用过一次的红地毯搬进去铺开来。10月22日这天，两千平方米的"双溪古镇国际残疾人艺术教育中心"对外开放。

屏南县残疾人联合会非常支持这个创新项目，他们从县域内先后挑选了近三十名残疾人，开办"人人都是艺术家"公益艺术培训班，提供伙食补贴，住民宿，为期一个月。

按林正碌的经验，残疾人肢体、智力都存在问题，即便智力没受损，长期另类生活，内心都比较敏感和脆弱。他的教学原则是无病对待，不管身体、心理曾经出现过什么问题，统统把它正常化。只有营造出这种氛围，他们才可能忘掉自卑，放松身心。如果你把他们当成一个特殊群体，反而自己给自己贴标签。同时，这里还要接纳本地和外地来的学画者。偌大个画室，没有为残疾人单独开出一个空间人为分隔，就是遵循这个原则。

教学时，只不过更委婉一些，基本不讲什么大道理。对毫无绘画经验的残疾人，没有任何"紧箍咒"。培训非常简单，就两个要求：一要对着实物画，任意喜欢的物件、风景都行；画什么，怎么画，由自己选择。二要投入专注，不管别人，自己画自己的。

残疾人都无条件相信老师，各自寻找落笔对象。有的面对窗外风景，有的着眼跟前物品，还有的不假思索就大笔刷将起来。一个个都不像正常人那样，思前想后，犹豫再三。唉，我这样不行，那样也不行。他们一个个全身心投入，在这方面，与文凭高低、社会地位没丝毫关系。

挑毛病缺点是当下教育最不可取的坏习惯，试图纠正一个人身上所有缺点，穷尽一辈子都难以做到。唯独确认优点和长处，人立马自信了，跟着产生崇高感。当优点茁壮成长起来,缺点自然而然被挤压到一边。那优点肯定什么?肯定人格独立、勇敢认真、讲契约。学画过程,就是让一个人找到自信,懂得如何去拥抱这个世界、热爱这个社会。林正碌用他独特的心理教学方法,鼓励所有人大胆创作,把心中的情感表达出来。

  只要画出来就上路了,接下来的教学便有的放矢。林正碌和助教王亚飞在一旁巡视,一旦发现闪光点,毫不犹豫加以肯定,激发他:哎呀,太好了。画得非常认真。一两句话引导,让他们往这一路继续画下去。偶尔点拨,这个注意一下,那个加强一点,就像教童蒙孩子那样。如此下来,每张画的技法都不一样,每个人都成为个案。

  很多人会觉得自己不行,没这个能力。选择画什么时,这个容易那个难,一再为自己找理由讨价还价。其实,这可能是出于趋利避害本能,说穿了,就是缺乏担当精神,一心想跟在别人后面亦步亦趋。这个时候,重要的是让他独立自主去身体力行,一画出来,马上肯定他的行为。如果艺术不能成全生命价值的自我认可,那么艺术一无是处。绘画就是个自证系统,好比某种水果,你吃了知道好吃,就不会再去明知故问:我刚才吃过的那个水果好吃吗?你画完,别人还没来得及喝彩,你已经觉得自己很厉害了。

  残疾人有一个优点,当他在心里相信自己与正常人一样时,第一天便会倾情投入,不会像正常人那样心猿意马。别人画得好,是不是也去学一下。恰恰这种外在考量屏蔽了个性冲动,成功率就低了。你只要对残疾人说,把自己做好,你就会更好。他们的态度马上变得纯粹,他不考虑别人怎么看,也不会想去走捷径,好比抓到一根救命稻草,根本不在乎哪根更粗哪根更细。他抱着改变一生的想法来,比正常人更投入更积极。铺在他眼前的只有这条路,脑子里就是一张干净白纸。只要方法对头,教起来比正常人还省事省心。

  很快,三棵苗子破土而出。

  沈明辉第一张风景画是窗外远山,每涂一下,他便回头看林老师一眼,紧张兮兮的。林正碌用真诚眼神肯定他:"一下笔就这么了不起,非常好。"

  平生第一次被人夸,还这也好那也好的,他慢慢松弛了下来。林正碌用心理疗愈过程的"暖身"方法,让他觉得这样画不存在任何问题。第二张,他画教室里的一块砖。这时的沈明辉已经开始显得随性,原来压抑在潜意识里的感觉,仿佛一朵干花,在清水润泽下,缓缓舒展。他不满意背景,便按

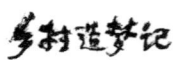

自己意愿一次次涂抹更改，意外浮现出斑驳色点。

身后的林正碌说："很独特，朝这个方向表现试试。"

受到鼓励，沈明辉抓住这瞬间的感觉，尝试着用密集的点状来构成物体或背景。一周后，他喜欢上了这种立体点彩风格的绘画方法，表现主义画风初露雏形。

杨发旺状态比较纯粹，他根本不听你的，什么叫实物都听不懂，已经不假思索拿起画笔，随性挥洒，纵情于个人情绪的主观色彩里。你越讲我行，我越肆无忌惮刷下去，一副超表现主义的架势在画布上燃烧起来。

作为女性的薛美兰，缄默不言，沉浸于自己的一方天地，安谧得像一滴水，林老师便不时在其身后引导："哦，越画越认真了。这是充满激情的表达。"

薛美兰画得很慢也很稳定，稍微点拨一下便见长进。她热衷具象的物体写生，属于每一笔都认认真真的写实派。

这三人中，除了杨发旺的抽象、薛美兰的写实画法，沈明辉居他们两者之间，正巧形成三种不同画风。

杨发旺的画面上没有具体物象，各种色块扭曲纠缠在一起，很大气。画了三天居然不告而别，继续投入他的流浪乞讨生涯。林正碌仔细审视他留下的画作，感觉这人画得非常棒，连忙让县残联把他找回来。几天后，他的画发到微信朋友圈里马上卖掉。看到来钱了，杨发旺立刻心安神定，随心所欲继续画。匪夷所思的是，他在那一个月里画的油画，当月差不多全部销完了。

陆陆续续被送来的残疾人，也不是全部都能坐下来心无旁骛，特别是那些年长的，在社会底层混油了，不是想学画，一门心思享受管吃管住。吃喝几天再拿点补助，拍拍屁股走人。他们已经习惯了这样的生活，你煮好饭菜，我就上桌吃一把。对生活从来不觉得还有什么希望，也不想有所改变，无法再走下去。这些人的想法一开始就不纯粹，不可能全身心投入，画出来的画自然也没有办法卖出去。本来要培训一个月，有些人来了几天觉得没意思了，便悄悄离开。

毕竟有人留了下来，还明显出了成果，县残联评估这种独特的绘画艺术教育，发现培训成效显著，隔了一个月，又加办了一期。

残疾人拿起画笔，安心坐下来学画，并靠出售自己的画作获得经济收入，改变人生，减轻了政府输血式的帮扶压力。这不仅是对一个人身心的拯救，也是对当地社会的一种贡献。

沈明辉、杨发旺、薛美兰、杨夏妹、林苑松等，这些残疾人的励志故事，成为每一位进入安泰艺术城学画者津津乐道的话题。

二 侏儒小伙沈明辉

2019年3月，央视一个演播厅，沈明辉手提两幅油画出场。

主持人仔细端详了画作，然后发问："不到四年时间，你就画得这么棒？"

在亮堂堂的灯光下，沈明辉神情淡定，亮着双眸顺口答来："其实，一开始我就画成这样。"

满场笑声和掌声响起。这话豪情万丈，与他一米一六的身高落差也太大了。

1990年，沈明辉出生在屏南县城边的一个乡镇，父亲是聋哑人，母亲患有侏儒症，一家人属于典型的低保户。因为身体缘故，只要和同学发生点小摩擦，他便会遭到羞辱、谩骂。有人说他长成这个样子，是上辈子造的孽，就不应该活着。那时，他的内心抑郁极了，眼前的世界一片漆黑，真不知道活下去还有什么意义。母亲去世那年，他有过随她而去的念头。进高中才读了一个星期，受不了学校不公平待遇，一气之下弃学了。小县城没有福利厂，其他工厂又不愿意接受他去打工。父亲在县城街头为行人擦鞋修鞋，走投无路之下，他只好选择和相依为命的父亲一起摆摊卖气球。为了招揽生意，他经常穿上小丑服、戴上小丑面具，以滑稽动作博来路人一笑。

2015年10月，灰蒙蒙的生活里折射进了一束阳光。屏南县残联推荐他到双溪残疾人艺术教育中心学画。那段时间，他每天早上七八点起来，从县城坐班车到双溪镇，下午4点多回家。培训结束时，一张画刚画了一半，心里痒痒的，继续到双溪画下去。心里盘算着，把残联给的补贴花完就不再来了。12月又接到县残联通知，让他再去培训一个月。他喜欢画画的感觉，这样的生活还是有点意思，心情也渐渐开朗起来。让他想不到的是，林老师真把他的画卖掉了，他得到一百八十块钱。其后，画着卖着，陆续有钱来，每一次

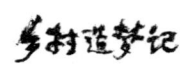

的惊讶里都掺和着兴奋，自己的画还有人看得上？心里的成就感仿佛蓬勃野草冒出来。就这样子坚持着，越画越停不下手。画油画让他找回自信心，从此告别了看不到希望的日子，生活开始有了喜悦感。

很快，奇迹发生了，沈明辉进入了一种懵懵懂懂的艺术状态，压抑已久的内心骤然间闪出炫光，他开始独立创作，娴熟运用自成一家的"点状画"浮雕绘画技法，画面上的茅草屋、金色稻田、女性人物基本上都是用厚实的、瑰丽强烈的原色点构成。仿佛就是一串由多种金属质地构成的风铃，彼此撞击出清脆音响，生命的活力按捺不住地蹦跳出来。这些色彩晶亮干净的画作，让很多人惊叹，受到收藏家追捧。尤其是《生命树》系列，为他赢得数不清的喝彩。知名艺术家高炁看了他的画作，留下这样的话："用浮雕笔触完成的画作，具有原始主义风格的意味。"

后来，沈明辉这样诠释《生命树》系列作品：第一张《生命之树》主体并不是女性，最早画了一棵树，树上站着一个女孩。当时，脑海里突然出现一幅画面。有天在双溪镇边走路，看见山脊上的那些树，好像一个个人站立在那里。一种突然间跃出脑海的想法抓住了他：树的生命力很强，母亲繁衍后代，为什么不能把树的坚韧和母性的慈爱合二为一？如此一想，树枝便从母亲举起的双手和飘扬的发梢上生长出来，迎风飘扬。背景都是双溪周边的大地、田野和山峦。林老师一直教我们要表达心里对生活的情感和愿望，取名《生命之树》，就是想通过树和母亲强大的生命力，来反衬现代社会的某些缺失。

沈明辉曾经对采访他的记者说："以前的生活索然寡味，来这边以后，林老师通过油画教学，让我在艺术里真正找到了人人平等的感觉。生活有了动力，会不断去追求，把每一张画表达好。现在的人就是一心想赚钱，很多东西都缺失了，比如说爱呀，还有心里向往的美好。我就想通过画面来表达这些。"

学画三个月后，双溪安泰艺术城又开门迎客了，沈明辉在艺术城一楼拥有了个人工作室，卖一幅画基本在一千到三千元之间，每月有五六千元的稳定收入。这在过去要卖多少气球呀？现在，他只要专心画画，就能靠双手养活自己。开了窍后的沈明辉，感觉绘画其实并没有想象中那么难。他把自己的体会告诉画友，"只要你愿意一直去画，画出自己的世界，生活就会很精彩。

你想要怎么去创造，怎么让它变得更加美好，那是你自己的选择。"

2016年上半年，林正碌帮助沈明辉销售了很多油画，他愈来愈受到外界瞩目，又是记者采访又有名家认可，他鼓荡起来的自信滑入自负、骄傲的泥淖，并且像吹气球似的一天天膨胀起来。原来从早晨画到子夜，这时慢慢停顿了下来，有时候一天都不想画了。他觉得自己可以画出别人画不出来的东西，已经画得非常好了，甚至闪过这样的念头：其实凡·高也就是这样。

那段时间，看到三楼公益艺术教室有个画友模仿了他的一张画，酷似，心里当即受到冲击，情绪一下子便上来了，非常不爽。这种情绪和他的自负乱麻似的纠结成一团，整颗心塞满了混乱与迷惘。像当初在学校一样，也是一气之下，他不辞而别。回到家还是左思右想想不通，他不想再来了。

发生在沈明辉身上的情况，林正碌心知肚明。解铃还须系铃人，先让他自己去调整、梳理。当年10月，他觉得冷处理差不多了，正好有艺术界朋友抵临漈下村访问，便借机邀请沈明辉去村里画画。开始他还举棋不定，但林老师都开口了，不去实在搪塞不过去。从漈下回来时，他犹豫了一下，还是去了一趟双溪的工作室，想试试看能不能待得住。一踏进工作室，在那油彩弥漫的芳香里，他的灵魂又热烈地悸动起来，那种美好感觉失而复得，旋即找回丢失的自我。

画画并不像自己想象的那样简单，可以一步登天，它永远不会停止，只有去追求去创造，才能不断提升。重新拿起画笔的感觉真好，他珍惜这样的机会。在一种几近亢奋的精神状态里，生命里堆积的磨难和压抑的情感，携带着各种奇思妙想，井喷一样冲出来。之前，色彩在他眼里就是一匹桀骜不驯的野马，现在驾驭它游刃有余了，只要表达出内心情感，怎么画都顺手顺眼。两个多月里，他一口气画了几十幅，而且多为一平方米以上的大画。春节前，在屏南棠口鼎顺艺术文化中心举办个展的那批画，几乎都是他在这种心境下创作完成的。因为艺术文化中心要求个展不能内容单一，必须有一个多元表达，他又开启了《少女的手》系列。

看过他作品的人都会受到心灵震撼，看到他作画的人都会为他心疼。如果你路过他的工作室，一定会看到一个小小身躯凑近在高阔的画布前，那感觉就是大海上面晃荡着一只小舢板。作画时，他要手脚并用，一次次吃力、艰难地爬上爬下。有时脚下垫几块砖，有时站在凳子或桌子上。面对大画幅

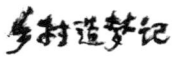

时，那就是高空作业了。两张桌子上架两张凳子，中间还得搭一块板。他的胳膊和手都短，左右挪不开，他要再爬下来，把桌子、凳子和木板一个个挪过去。为了一气呵成，有时干脆磨刀不误砍柴工，画前先搭好脚手架。

心疼他的人问起来，沈明辉总是双眼放光，乐呵呵道："还行吧，林老师就是希望我们不断去挑战困难。虽说不方便，但当你想表达时，兴致一起来，就顾不得那么多了。"

打那以后，绘画艺术不但成就了他的梦想，也成为他一生追求的事业。艺术给沈明辉带来的转变已远不止身份，而且关乎自信和尊严。他希望能成为一个很好的画家，在乎有更多人欣赏他的画作，把自己的光彩放射出来。他惜售，各类题材留下一部分，希望参加更多画展。2017年以来，他的愿望开始呈现迷人曙光，作品入选第二届"融合·国际残疾人艺术展"，在鼎顺文化艺术中心举办"一个自由的诉说，一个心灵的独白——沈明辉油画展"，代表作品《生命树》亮相第七届法国里昂界外艺术双年展。

沈明辉有一张成人脸庞，一双明亮的大眼睛，笑起来特别阳光，如果不是永远长不大的身躯，说他是个帅小伙也不为过。在双溪艺术城里，他就是一个开心果，很有人缘和气场。与过去那些不堪回首的日子比，他活出了人生的高贵，不乏穿着摩登的美女和专家、学者、领导买了他的画，还蹲下身来，攀着他的肩与之合影留念。

双溪艺术城是一处特殊场所，大凡进入这里学画的人，不管你是残疾人还是正常人、农民还是城市人、文盲还是学富五车的博士，之前的一切归零。残疾人先学，可能还成为博士求教的老师。沈明辉交结了全国各地的很多画友。2017年5月，他平生第一次出远门，二十余天游历了三省七市，一路都是画友们热情接待，甚至在网络上看过他经历介绍的陌生人也请他吃饭、喝茶聊天。

现在，心里那棵自卑之树已经枯萎，沈明辉彻底转变了原有想法，世界非常公平。在一张簇新画布上，所有人都一样，没有什么层次之分，每个人都可以把自己做到最棒最独特。他开始不去在意别人怎么说怎么看，他喜欢现在这样的生活。

尽管命运捉弄了他，但他那双短腿却像夸父那样，始终追逐着太阳。他健全的大脑里面，装满了学画后领悟的人生真谛与慈善感恩情怀。

他是个乐观豁达的热心人，经常主动帮画友忙，有时是帮人取画框，有时是为别人当模特儿。画友杨发旺是个文盲，即使自己的画卖得没他火，沈明辉依然主动帮他在自媒体上推销。下面是他写的"美篇"——《被阿旺缠住的沈明辉》：

　　他叫杨发旺，大家都叫他阿旺。我和阿旺是在2015年10月，县残联组织我们来双溪学画时认识的。

　　阿旺是一个很坚强的人。在来双溪之前，阿旺过着乞讨和流浪的生活。

　　来到双溪后，阿旺便开始了他的油画之路。艺术的种子就这样在他心里生根发芽并茁壮成长……从此，阿旺便告别了乞讨生活，靠着林正碌老师帮他卖画为生。

　　以下是阿旺的作品。欢迎收藏。

后来，沈明辉在微信公众号上又写了一件事——

　　一个偶然机会，有个公益组织帮我们把画推荐给酒店，我便将一些残疾人画友的画推荐给他们。他们选中了阿旺的画。我立马联系阿旺，把好消息告诉他，同时还对阿旺说，不管人家要不要，你都别缠着我（因为每次只要有人帮他卖画，他就会缠住人家）。阿旺爽快地说：不会不会，你只要能帮我发出去就好。

　　嗨！我万万没想到，还是被阿旺缠住了。我不得不佩服阿旺，我简直不敢相信他是一个智力有障碍的人。他比我想象的还有智慧呢！

　　我被他征服了。在阿旺身上有很多值得我学习的地方，只要有帮助他卖画的机会，他从来不会放弃。我想如果我们都有阿旺这样的精神，还有什么不成功呢！

　　每一次见到阿旺，他总是嘻嘻哈哈充满着笑容。他的画充满着明亮的光芒，闪闪发光……

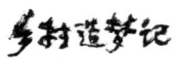

很难想象，一个初中毕业的残疾人，曾经在生活底层挣扎的人，经过公益艺术教学培训，胸怀居然变得如此敞亮且不乏可爱的小幽默，似乎他那小小的身体里住着一个巨人。这印证了林正碌常挂在嘴上的那句话：文化创意就是要让最弱的蜕变成最强的，成为文化创造者。

卖画有收入后，沈明辉便谢绝了政府低保。在"青春正能量，公益新榜样"公益拍卖会上，《生命之树》拍出一万一，他全部捐给公益教育。有一段时间，他开始做公众号，要把残疾画友的励志故事一个个放到这个平台上。后来，因为身体缘故，暂时放了下来。他对画友透露过自己的心思：林老师这种教学方式非常好，我要把它学会，然后再去教那些有需要的、像我这样的残疾人，让他们也从画画中找回自我、找到自信。

他的励志故事被社会认可。2017年5月31日，他获得"宁德市向上向善好青年"的荣誉。

林正碌对他的所作所为赞赏有加，"沈明辉非常棒，很自我很独立，有自己的艺术语言，这是非常不错的一种创作状态。他已经成功了，艺术让弱小的他成为巨人。"

在接受《三月风》杂志社记者采访时，林正碌回答了有些学画残疾人没有坚持画下去的提问："艺术对个体生命的认定更重要。他学会了，不一定是要靠画谋生，不能把人文当作直接交易。他拥有了绘画技能以后，一定能引发其他价值的呈现。这是一个自证过程，通过自证强大起来，他就不会自我放弃，他做别的事也会很精彩。这种自证让他相信，自己可以无中生有地去创造生活奇迹。至于将来是什么角色，其实并不重要。"

有一天，沈明辉在工作室画到忘情时，不知不觉哼起了歌，正巧被路过的林正碌听到，当即鼓励他大胆唱出来，还可以按自己的想法编成歌。受到鼓励，他便创作了一首，整个旋律都是自己想出来的。过去，哪怕戴上小丑面具表演，都会让他的小腿不由自主地颤抖。如今，他勇敢地去尝试，创作一首自己的歌，并放声唱给大家听。2019年，他站上了龙潭重声音乐节的大舞台，心中那首久酿的歌儿，飞出了心扉：

让我们一起唱起来吧，让我们一起跳起来吧，让我们一起举起手来吧，让我们一起欢呼起来吧……

看他双脚踏着节拍、短手挥舞、昂首闭目的沉醉模样，颇有点小摇滚的感觉。

沈明辉发现身上这种魔法般变化时，他的心灵世界被涤荡了一遍，自信仿佛用钢铁加固了一般，任何外在力量都不能撼动和摧毁。只要敢于去表达，一切障碍都成了脚下群山。他对媒体骄傲地说："我肯定能成为一名网红，我敢做各种尝试，连身体障碍都敢去挑战，更何况当网红！"

2019年10月，沈明辉在四坪村认租了一座修复好的老厝，成为屏南传统村落文创产业的一块砖一片瓦，成为真正意义上的文化创客。老厝不大的空间布局，他按自己想法来设计，一楼打造成自助茶室和画室，二楼经营民宿，顶层阁楼做卧室。他还准备把父亲接过来，一起享受天伦之乐。在这个空气里飘荡着文艺因子的文创村里，他要全身心地释放自己。

修复一百多平方米老厝要花费十几万。林正碌点赞他的想法，承诺尽全力帮助他推广画作来筹集资金。此外，他的空间经营民宿，也会有一份固定收入。

做出这样的决定，并非一时冲动。2019年6月，沈明辉双腿疼到站不起来，后来，专门去北京积水潭医院做了一次全面检查，结果是腿关节、髋骨关节，还有尾椎骨都存在坏死现象，先天后天都有。医生告诉他，合金关节也就支撑个十几二十年，现在先用药物治疗，缓解症状。你还年轻，动手术换关节，放到最后来考虑。

他有了紧迫感，未到而立之年，便开始筹划一生，对今后生活未雨绸缪。投资认租一座自己喜欢的老厝，在那住上十五年，相当于自己家了。万一哪天真走不动了，上下爬楼梯也能靠自己来生活。

三　脑瘫狂人杨发旺

在人生之初，杨发旺因缺氧导致脑神经受损，左手臂失去功能，左脚颠跛，走起路来摇摇荡荡，身体和大脑均显残疾。脸上肌肉不由自主吊起，总是眯缝起两眼看人，讲话嘴里像衔着个茄子，含混不清。后来的日子里，爷

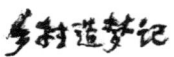

爷奶奶父亲相继去世，母亲抛下他远嫁他乡，杨发旺遂成孤儿。他没上过一天学，大字不识一个，因为智力低于常人，干不了农活，打工更没人要，常年混迹于社会最底层，到处流浪，靠乞讨和偷窃为生，还因此被公安局拘留了五个月。一旦哪天生活没了着落，他会涎着脸摸上门，向各级政府部门求助。

毫无前景可言的人生，到了他生命三十岁这一年，一道闪着光的金色门扉朝他洞开了。在双溪古镇国际残疾人艺术教育中心，没有人对他提要求，这不行那也不准的。他不假思索，抓住稍纵即逝的感觉，拿起大笔蘸上油彩，我行我素刷将起来。

一旦画起画来，杨发旺仿佛换了一个人，变得很有做派。在高大画布面前，他上身稍仰，残疾左臂自然垂落，伸直的右手捏住画笔后端，双眼眯着，但见手里的笔左右游动，那痛快洒脱、淋漓尽致的感觉，俨然战场上一位孤独求败的独臂将军跨在嘶嘶长鸣的坐骑上，挥舞手中长剑，气盖河山。

让他眉开眼笑的是，第一张画就卖出了钱，林老师在旁边还不时为他助威呐喊，"就这样画下去。精彩得不得了！"

他的画笔愈发无所顾忌起来，如入无人之境。电光石火间，沉入自己的梦境、幻觉世界里，尾随一群鱼在水草间穿梭，跟着一片云在蓝天飘游，颜色还来不及调匀已经豪情万丈扑向画布，一任生命精彩恣意流溢，激情迸射。一气呵成之后，画布上出现了一些似山非山、似水非水、似天非天的图像，色调飞扬跋扈，空气里浸透了阳光，全然响亮的率性、诚实气息。这些带有超表现主义艺术风格的画作，超乎法外又合乎自然，那些视油画为精英者舞台的专家，每当面对它们时，一个个吃惊匪浅，直呼不可能，最后又心服口服。鲜见寡闻的事实，同时引发了他们对精英艺术的反思。

用行家的话来讲，杨发旺属于典型的"原生艺术家"，他的画作思维抽象，用色大胆鲜明，艺术语言纯粹得不能再纯粹，到了至真至纯的境地。过人的艺术天赋被诱发出来，生命里的野性被有节制地驯服，在画布上四下迸溅。

手执画笔，通过艺术刺激出来的灵魂找到了躯壳，他完成了自我救赎，从此告别流浪、乞讨的日子，癞蛤蟆吃到天鹅肉，赢得了生命尊严。他一门心思沉入作画状态，纵情放逐内心的梦想。不停歇画下来，不知不觉间，画作还有了变化。原来是发光的树、明亮的山……粗犷张扬过后，开始皈依宁静,渐渐地,笔触变得流畅洒脱,油彩四溢漫流,它们相互渗透,氤氲幻化。在明艳的色彩中,还不乏沉稳厚重与丰富和谐,笔触狂野豪劲里也不缺细腻,顺应自然的款式被编织成生命的七彩图案,一幅幅画作沸腾着原始自然的激越和活力,迥异于常人,具有不可复制性,富于当代风格。

由林正碌策展,他在双溪艺术城举办了"色与空"个人画展,作品《树》参加第六届闽台残障人士书画作品展,获美术类二等奖。画作还被北京798画廊等艺术机构、中国摄影金像奖得主孙衡毅收藏,购买过他画作的微信好友已经超过千人。

杨发旺也是安泰艺术城第一批拥有个人画室的残疾人,在颠沛流离和孤苦无依的生活里,他找到了艺术这个亲人。他现在靠绘画每月能获得六七千元收入。销售情况好的时候,一个月卖到一两万块钱也不是什么传奇。他是安泰艺术城里画作被收藏最多的人。

为了帮他在朋友圈宣传推广、售卖画作,每次向自媒体推送前,王亚飞都要为他的画和人拍照。回忆第一次让他站在画作前拍照的情形,王亚飞笑着说:"一脸恐惧感,身体往一边歪斜,战战兢兢、缩头缩脑的,一看就是经常被人打被人骂的那种模样儿。"

靠卖画他实现了经济自主,还专门把自己创作的油画送给镇里领导,牛气十足地说:"我以后都不来要钱了。"

他的人生轨迹被改写,有了买一套房子与娶老婆结婚的念头,忘情地画,拼命地卖。2019年,杨发旺在屏南县城订下一套八十平方米的房子。通过卖画,他完成了首付。

他逢人便说:"没有这个林老师,我就完蛋了。"

哪天身上没钱用了,也找林老师借,一会儿五百块,一会儿三百块。刚开始,他的画都是林老师在帮助销售,他采取这一招,有点"逼宫"之意,催促林老师快快把他的画卖出去,或者提前拿到卖画的钱。

林正碌对他知根知底,经常开他玩笑:"阿旺,你还有多少钱没拿?"

"我不知道。"

"那你找我借钱干吗?你怎么知道我又卖画了?"

每当林正碌讲起这件事,总是要生发出一通感慨,"他是跟我借。他不说我是残疾人,你得支持。向政府部门要钱,他会理直气壮。找我是一种交换。

噢,我要买手机了。我画了这么多,你先帮我卖一下吧。哦,我要买房子。其实他也没有房子的概念,但至少他要去付出劳动。而我们的教育失败在哪里?孩子说,老爸你不是讲考上大学以后要怎样,我现在考上了,房子也买不起,结婚也没钱,你得给我。"

后来,杨发旺买了智能手机,林正碌还手把手教他如何使用微信,怎么发图片。不会写字,可以用语音介绍自己。慢慢地,他能够在手机微信上分享自己的画作,配图文字是随机点出来的古怪字眼,让人看了一头雾水,但乱码文中时常会跳出"感谢老师"这样的字眼。

他满门心思就是赚钱,有自己独到的经济算盘。看到初来乍到的学画者,他会热情领到三楼画室,主动加微信好友。有一个画友曾经历过这样的事情,等再次路过他的工作室门口时,杨发旺便招呼他进去看一看。

画室空旷,杂乱无章堆着一地的画,但画作还是别开生面。他开口了,"帮我卖画吧。过年到现在才卖了一千块钱,昨天让林老师帮卖画,林老师给我两百块。林老师很忙,没空帮我卖。"

说完,还从裤袋里掏出两张折在一起的钞票,立刻又塞了回去,咧歪嘴憨憨地笑着说:"谢谢!谢谢!"

看他那样,也许真碰到什么困难。那人买了两幅,希望多少能帮上一点忙。

有一次,林正碌把卖画的钱给他。杨发旺喜笑颜开,连连躬身道:"谢谢老师。感恩!感恩!"

什么时候又学一句,除了谢谢,还学会"感恩"这个词?林正碌敏感地反诘过去,"这几天你又跟谁在一起了?"

林正碌心里反感这两个字眼。我做自己该做的事,不是只为了你一个人,我要让艺术心理教学理论直接在现场验证,唤醒每一个人心里藏着的那个艺术家,无非是这个过程的阳光覆盖到某些人而已。

其实,钱在杨发旺心里基本无概念,只是有了没了,随意进进出出,看了叫人心急。有一天,林正碌带客人去他的工作室,看他手里摆弄一台新手机,问他:"又买手机了?"

"这是我的新手机。"

"花钱跟流水一样。"

"就四千。"

"四千！四千好像不是钱一样。"

杨发旺从口袋里又摸出一台，"这里还有……"

"两台。要那么多干吗？"

"两个号都有人买画。一个没电了，另一个还可以用。"

看他手头来钱了，有人盯上了他，曾经被骗去买六合彩，输了好几万。画友劝导他，这时候，杨发旺肠子都悔青了，戳着自己脑壳连连说："头脑会跑，头脑会跑。"

脑瘫的杨发旺只有沉醉在绘画里才显得特别忘我、特别纯粹。离开画笔画布，又不免露出社会底层混迹出来的小狡黠。公众眼里，从来没有藏得住的秘密。有人发现，他在给自己营造"人设"。

安泰艺术城对残疾人有一个特别照顾，他们一天可以领二十张画布，大小不设限。自己卖了画，其实别人也不知道。就数杨发旺交材料费最积极，每一次都会主动找到王亚飞，"老师，你看这张我卖掉了。我把材料费给你。"

他在安泰艺术城里营造的形象，就是一个傻傻的、乖乖的、善良的人、不会坑蒙拐骗的，借了钱会还。因为这里的人会帮他卖画，会给他各种照顾。他知道骗了大家，后果很惨。他要营造一个良好的公众形象。

一旦到了外面社会，他又变身另一种"人设"。一个偶然机会，王亚飞去买菜，菜店女老板说："你们那里的阿旺好可怜哪，连青菜都吃不起。"

王亚飞颇为诧异，反问道："怎么可能？他一月挣好几千哪，比你收入还高呢。"

女老板疑惑不解，"不会吧？他在我这边买菜，三块钱都付不起，欠好几个月了。"

杨发旺觉得这些人对他没好处，能赖多少是多少，能赖多久就多久。还有，快递店的人帮他寄画，他欠了五六百块钱，两年都没还给人家。最后，那人实在没办法，找到王亚飞反映情况。

王亚飞转身就对他晓之以理："杨发旺，你怎么可以欠人家钱不还？你有没有想过，他狠起来，哪天把你寄的画给扣了，你要怎么办？"

杨发旺听明白其间利害，第二天便悄悄把钱还掉了。

他一直改不了赌博恶习，为了提防被老师和志愿者发现，他打电话叫的士送他去县城里赌。口气大得很,马上过来,我给你六百块钱。去县城的车费,本来就六十,他搞得像土豪一样,包车,还主动给人加急费。看他有时卖画一个月进账一万多,嗅到荤味的狐朋狗友围上来哄他,奉承话说尽。突然间被人尊重了,好有面子,立马显阔,当众把身上的钱拿出来一张张清点,接下去自然是输个分文不剩。二加三都搞不清楚结果的人,游戏规则也不太明白,跟着人瞎和,坐在桌前还能打一个晚上麻将。他享受的就是那种被人抬举的快感。

还有一回,杨发旺在画室附近的老人馆(内设棋牌室),不巧被王亚飞撞见,他立刻把头转一边,假装没看见。结果出来时,该死的又遇上,他赶忙解释起来:"老师,我不是去赌博,我是去关爱老人。"

看他赌博一次次被人做局骗钱,林正碌实在心疼,画出一张好画被人看中收藏不容易。他反省了一遍自己的教学过程,不会有错,我们一直强调画画要纯粹、独立,不为他人左右,严格要求他们在创作时,必须是发自内心地感动才去画。但是,在外部环境影响下,没有办法保证一个人突然成功后,会不会膨胀出一些世俗的不好想法。

他又嗅到了腥腐气息。一望无际的草原上,有只猎豹奋勇追击羚羊,一群群鬣狗围上来,一群群秃鹫盘旋在天上……

如此屡说屡犯,他必须为此出面。有一天,从漈下村回来时间尚早,林正碌专门去杨发旺工作室。讲着讲着,杨发旺脑瓜里哪根线猝然间短路,失窍了,当场跟林正碌杠上。他提高嗓门大喊大叫起来:"不在你这里混了。我不画了!"

林正碌是谁呀,心理学高手。这肯定是谁在背后撺掇的伎俩,他才不吃这一套。他安之若素,好像压根儿就没听到杨发旺发飙,专注盯着自己的手机屏幕翻看。寂静几秒后,杨发旺心虚,再次发声,"我说没赌就没赌!我去城关按摩店了。"

说这话的前提是,艺术城里有人看到杨发旺去县城的按摩店、洗浴中心,议论纷纷。林正碌在微信群里为他辩解过:残疾人也有找女人的权利。

看到林老师依然气定神闲,他黔驴技穷,亮出最后一手,"我不画了!我要走!反正都不画了,我明天拿到县政府去卖。"

说着,便像那么回事地把地上的画一幅幅摞在一起。

这时，林正碌压低嗓音开了口，"钥匙给我。一共多少张数好，材料费留下。"

林正碌眼角瞟见他的手停顿了一下，话又重复了一遍："听到没？钥匙给我。"

杨发旺不经诈，头脑不跑时，多少还残留有一点正常人品。他开始怕了，整张脸像被强光直射着，肌肉往上拉，挤得两只眼睛就剩下两条缝，露出满脸牙。那表情怪兮兮的，笑非笑哭非哭，顷刻间眼泪扑簌簌往下掉。他不住地弯腰点头，"我错了我错了，我错了！"

等一切都谈通，恢复到了常态，杨发旺蓦地萌生出一个创意。他说："我要在墙壁上画一张画。今年要好好画，我不再赌博。"

林正碌直视他的眼睛，"你讲话不算数。"

杨发旺挺起胸，信誓旦旦，"我保证！"

"那我写一个，你帮我给抄上去。"

这样一来，透过画室玻璃，那幅路人便能看到的壁画和鬼画符的文字，遂成艺术城一景。

林正碌知道他的脑子里经常跳台，会不失时机给他吃小灶，敲打他。向客人介绍其画作特点时，往往笑着带上一句："杨发旺偶尔也客串当一回小偷。"

这样做，不是小心翼翼的可怜，而是与他平起平坐。把他暴露在阳光下，这是对他的悲悯之心，是对他最大的关爱与呵护。

也有人认为，林正碌离不开杨发旺，他走了，林老师就没成果了。他们不知道的是，安泰艺术城的天地不是靠杨发旺一个人撑起来的。缺了他，还有无数个精彩的人会顶上来。他是个孤儿，除此无处可去。绝对不能把他推到社会上，再去过自暴自弃的人生。林正碌一次次找机会留下了他。

林正碌毫不掩饰自己的忡忡忧心，他对前来采访的《三月风》记者说："对杨发旺，我有一个很危险的判断。他一直混迹社会底层，那些品性不良的人都会跟他沾上关系。而他人又单纯，任何人被当作'伟大者'奉承时，都会有一种阿Q式的发昏。看到他赚到钱了，会不会有人找他去吸毒？其实，维护他们创作的生态土壤更重要。如果有可能，我不排除将他的行为暴露在微信圈的阳光下，这是最好的制止邪恶的方法。"

要命的还有一点，杨发旺头脑会跑路呀！你林正碌再神通，也不可能突破现代医学极限。让一个弱者成为有文化贡献的人，要费洪荒之力，相反，打回原形，一瞬搞定。

一直以来，林正碌不只是埋头植树，他还在倾力营造一种优质的人文生态。凭借绵薄的一己之力，他也只能竭尽所能，做多少算多少了。

四　脑溢血患者薛美兰

2006年，在双溪镇初中毕业后，薛美兰到福州、厦门等地打工。后来，与一个非她不娶的同乡结婚，岂料这成了她坎坷人生的开端。受家中接连发生的一些事情刺激，她突发脑溢血。经过两次开颅手术，医生终于把她从死神手里拯救回来。术后失忆、运动、视力、表达神经受损，几乎丧失了生活自理能力。她过去活泼可爱，转眼变成一个口眼歪斜、行动不便的残疾人。很快，新婚丈夫一纸离婚协议书，使她大病初愈的身与心又一次经历了双重打击。薛妈妈唯恐女儿绝望，再生不测，便将女儿接回家来。

薛妈妈是一位小学老师，她一边教书，一边照顾女儿。每天，薛妈妈要为她做康复按摩，常常累到手都抬不起来。晚上，薛妈妈还得开始家庭教学，指着满墙贴着的拼音、数字和汉字，像教幼儿一样让女儿重新认字识数。每到寒暑假，薛妈妈总是带着心灰意冷的女儿四处求医问药，做过各种康复治疗，花光了积蓄。几年反复下来，没见到什么好的效果。现代医学只是拯救了肉体，却再也无法让她的人生回到从前。

在双溪安泰艺术城，薛美兰个人工作室的墙上，挂满了她的画作，创作对象多为一些旧时的老物件，竹篮、鱼篓、围兜、老式化妆盒、针线筐等，这些写实风格的画作笔触细腻，物象逼真，恬静温馨中流溢着时光感，乡村传统的质朴和亲切跃然眼前。让人难以置信的是，那是一只残疾左手、一笔一画精心描绘出来的世界。还有一些风景画中的人物，女主人公一律长发披肩，留给人一个背影。也许，这就是她失忆以后，在大脑空白里捡拾回来的某些碎屑残片。感觉得到，她想把自己的脸藏匿起来，她不愿面对观众，再去直面人世间的是是非非，一心陶醉于前方地平线上那漫天霞彩。背影成了她记忆中最美好的影像。

刚到艺术城学画时,记者经常到工作室采访,原本就少言寡语的薛美兰,越急越无法表达出内心想法,神情异常紧张和焦灼,往往是第一时间给薛妈妈打求救电话:"老妈,你快点过来呀。快点!"

薛妈妈了解女儿全部心思,是见证薛美兰学画四年多来的贴身旁观者,且听薛妈妈娓娓道来——

美兰是第一批来学画的,当时镇政府有人给我打电话,说安泰楼明天开始有老师免费教画画,可以把你女儿送过去学。这是个意外的好消息,我马上就想带她过去试一试。平时美兰喜欢画画,生病那九年里,她害怕出门,总是一个人躲在房间里,用已经不灵活的左手捏着铅笔慢慢画,看我的小学课本上有什么就画什么,消磨时间。看她画得很投入,我就买来A4纸,然后把她的画全部装订起来。第二天,好像是2015年10月二十几号,我这边搀扶着她,她那边自己摸着路旁墙壁,一步步挪到安泰楼。以前她也是一个非常优秀的孩子,自己觉得变成这种样子,就不敢出门了。我们家离这里只有两百米,花了很长时间才走到。

刚开始,她左右不是,画不来。油画笔跟铅笔不同,笔头是软的,轻重力量很难控制得恰到好处。她捏紧笔头,小拇指顶在画布上贴近画,还要调颜色,动作幅度比较大。画第一张时,她都不懂从哪里下笔。林老师就在旁边鼓励她:你大胆画,想怎么画就怎么画。然后在旁边摆了一个矿泉水瓶让她写生。我站在后面看,她抓不稳画笔,画出一条直线都很困难。林老师对我说,你先回去,你在这里陪反而会影响到她,等下吃饭时间,过来领回家就可以了。听林老师这么说,我就放下心来回家了。刚开始时,来的人不多,林老师针对每个人讲授比较多。第二次画一个坛子,我看了也挺好的。林老师都是表扬、鼓励,从没说你要这样画那样画。

美兰进步比较快。对她来说单手画很难受,她就把腿踩在画架横杆上,手臂肘撑在腿上。接连画了三天,手臂肿起来也一声不吭。回家筷子都拿不稳,吃不了饭,我们才发现。一家人看这么辛苦,都叫她别画了。我向林老师请假,说她身体有点不舒服。没想到,我去学校上课时,她一个人硬是慢慢摸了过来。就这样,她凭自己超常的意志力,克服了很多困难,咬牙坚持了下来。现在回想起来,真的是太值了。

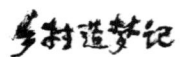

我这女儿打小就要强，一连十几天画下来，没有一句抱怨的话。当时，但凡她说个不字，我肯定把她领回家，不画了。

自从开始学画，她各方面都有了变化，我们看着她慢慢走出过去的阴影，走出人生低谷，性格也一天天开朗起来，偶尔还能听到她的笑声。以前她都是一个人躲在房间里面，唉声叹气的，很消沉。看她那样，我心里像压着一座山，非常难受。她对自己的生活一点信心都没有，我们一家人都偷偷提防着她，生怕她做出什么不理智的事来。学画一年后，她整个人的气色和精神面貌跟过去比，完全是天差地别。

在三楼公共画室画了两个多月，因为画得不错，林老师在一楼给她提供了一间个人工作室。半年以后，碰到学校忙，我不能准时来接，她会扶着墙壁自己回家。下雨天怕路滑，我是无论如何都不让她一个人走的。后来，她不要我接送了，走路也不要扶墙了，不再是一步一步挪。她开始乐观积极面对生活，每天还坚持在艺术城步行大概一千米，她的语言能力也逐渐恢复，能表达完整的句子，敢跟人讲话了。她有这些变化，我一直提起来的心总算是放松了下来。我们一家人都很开心，看到了生活的希望。

去年年底有一天，接到她电话告急，一放学我就赶紧往画室跑，赶到门口我愣住了，看她自自然然说话的神态，一点也不像怕记者的样子，就留在外边，从玻璃里看她跟来采访的记者说话，有时她还会用手比画一下。

这里先打断一下薛妈妈的讲述。那是《中华民居》杂志社的专访，后来出版的期刊上，在《以画笔为杖的艺术女神》那篇文章里，我们看到这样一段薛美兰讲出的话："一开始学画时，我很茫然，不知从哪里下笔，很不自信。后来，在林老师和王老师的鼓励和指导下，我的画慢慢有了进步。这两年，我用画画表达心里面想说的话。画画让我开心快乐，让我重新站了起来。"

薛妈妈继续往下讲——

她过去见人不爱说话，特别是陌生人。看她一口气能说这么多，还这么好，没亲眼见到都不敢相信。我心里好激动。

她喜欢读书，经常画各种各样的书。她跟我说过：老妈，书就是生活，生活就像一本书。我要把书这个系列画好，再去画别的。

后来有一阵子，她喜欢上做孩子时经常看到的老旧器物。她在家里到处翻，找出来擦洗干净，衬一块我们农村人用的花布，放在椅子上、桌子上，再把这些东西一样样摆好，以这种做题材画了一批，很多人喜欢。现在，除了留下几张自己喜爱的，这些画基本卖完了。

在电视台的现场拍卖会上，她的作品《女儿红》，拍出了四千三百块钱，我在台下看，眼泪都控制不住，这一切，好像做梦一样。我女儿还能够做得这么好？画还能卖这么多的钱？她的人生体现出价值来了。当时，她把这些钱捐给漈下小学筹办五年级和六年级，我非常赞同。别人为我们做了那么多，我们也要出把力。2017年的时候，在安泰美术馆办画展，美兰也是其中一个，十一个人里面，有好几个身体有这样那样毛病的残疾人，看着他们不分彼此在一起，有说有笑，我比他们还要开心。

这里还得暂时离开薛妈妈的叙说，我们一起来听一听当时的画展开幕式上，面对来自各地的嘉宾和画友，林正碌是如何地激情澎湃——

安泰美术馆"非常人非常展"即将开幕，我是本次展览策展人。我们很荣幸邀请到本次参展的艺术家，就是前面这十一位。此时此刻他们站在这里，下一次就是你们。安泰美术馆可以说是人类史发展到今天为止，第一次出现的一个美术馆，它不是给全世界大名鼎鼎的大师来策展，而是为一批看起来似乎跟艺术不可能有关联的人在办展览。而且是每一个人，也就是说，我们正好迎来了一个任何人都有机会施展艺术才华与人文关怀的时代。看到了吗？从小孩到老人，代表着这个时代的伟大，我们今天在场的每一位，其实都一样，只是安泰艺术城一个缩影，我们是这个时代翻开新一页最骄傲的一群人。从我们开始，这个世界将因此改变。

薛妈妈接着说——

美兰她能赚钱养活自己了，我和她一样有成就感，这也减轻了家里负担。她的画2016年卖了一万多，2017年卖了两万。那两年，林老师在这边的时间比较多，一直帮助她推，周芬芳主席也在帮助宣传。2018、2019这两年卖得少了，因为她自己没做微信朋友圈，都是人家上门看中意才卖出去。这辈子，她还能这样画画，我是做梦都不敢想。自从有了想做的事，她心里有了理想，更热爱生活、更阳光了。我没有别的什么企求，不管她能不能赚钱，她的身体和精神状态能有现在这个样子,就是老天对我的恩赐,上辈子烧的高香。

只要一拿起画笔,她就会全副身心投入进去。早期在三楼画的时候,来叫她回家吃饭,都要等她把手上的画画到一个段落。我就在旁边等,每次碰到林老师,他都会说你也来学。我说画不来呀。后来,叫的次数多了,我都不好意思再推辞,晚上空余时间也会过来学画。我的画林老师也帮助卖出五六张,钱都捐给了漈下小学。当时,林老师四处张罗,复办漈下小学高年级,那里只是一个教学点,高年级要到很远的地方去读。我也想尽自己的微薄之力,做公益来回报社会。现在,我学会写美篇发朋友圈,也有游客来这边买,我卖画的钱集中起来都交给林老师。大家知道,林老师他自己也一直在捐钱,为漈下付出了非常多。外地来的画友有人是不缺钱的,也有爱心,知道这种情况后,他们都会表示心意,一百两百的,积少成多。

美兰以前非常消沉,甚至有不想活的念头。学画以后,开始觉得自己还是一个有用的人,还能够画出别人喜欢的画。她整天钻在画画里头,越画越好,受到很多人夸奖,这给她很大信心。我明显感觉到,这个世界在她眼里变得不再像过去那么可怕和毫无希望,她找到了自己今后的人生目标。

说到这里,薛妈妈双眼漾起泪花。她停了一下,继续讲下去,"我们算是过来人,康复治疗花再多的钱,也不能达到这个效果。谁会想到啊,连顶尖医生都摇头办不到的事情,被这个画画做成了。现在一分钱不花,每天开开心心的,还能做到这个份儿上。"

薛妈妈有点控制不住情绪,哽咽起来,话语断断续续。"这是超医学的神话,林老师非常……伟大,是他让我女儿重新站……起来,生活有了希望,我就觉得他是我……的大恩人,我不知道该用什么来……来表达我对他的感激之情。真的非常感谢!"

后来,有人把薛妈妈经常对人讲的这番话传给了林正碌,他却是另一番态度。考虑了一会儿,他这样说:"在我做人的原则里面呢,我不希望一个人提感恩。就像我生你出来,你一辈子都得尽孝。说穿了,感恩是一种交易型回报。我只希望所有人都能秉承这种精神,当哪一天你遇上困难的时候,就有陌生人义无反顾来支持你。之所以这样,是因为你把尊重带给了别人,你自己也被尊重。"

他下意识地顶了一下眼镜框,继续发挥下去,"一切基于契约,你是一个警察，今天歹徒出现了，你不能叫我林老师去解决。你已经对这个社会做出了承诺，你的人格底线就是契约摆在那里。现在，我们在职业里面分高低，凭什么你老师就是人类灵魂工程师，这很不妥当。"

五 袖珍女孩杨夏妹

2017年5月的一天，晚上7点半，在双溪安泰艺术城三楼大画室，林正碌开始了他每晚一次的现场艺术教学。巡走讲授中，他径直走向一个画架，看罢，对围上来的画友们说："这张很了不起。以后全世界都要跟他学习了。这是谁画的？"

画架后头转出一位小巧玲珑的女孩，低着头，用孩童才有的嗓音，细声羞怯回答："这个我还要改。还没画完。"

"但已经很有味道了。画出内心想表达的，特别美。"

对一个擅长用心理教学方法的老师来说，他的眼光明察秋毫。只要画作表达出个性情感，一定会在画布上流露出画者的心灵隐秘。

林老师扭头对旁边的画友们说："我们这里的弱势群体，方方面面都表现得很强大，因为他们听取了你的建议，比如我们说不能看照片画，一定要进入自己的状态。薛美兰、沈明辉、杨发旺他们，拿起画笔就创作。最弱势的最厉害，咚的一下就出来了。那些没画两天就拍一张照片回来模仿，好了，停止了。因为他尝到那种走捷径的甜头，其实呢，他走进了一个泥潭。这张真好！非常自我的风格。"

他扭头问袖珍女孩："你这是第几张？画了多久？"

边上一个坐在画架前画画的姑娘赶紧接过话头，"她是我带过来的。我看到林老师在这边教人画画，那天联系了王老师。她是我亲妹妹。"

"这个我知道。但我不知道你是她姐姐。"早几天，林老师已经关注到她俩了。

"你赚到了，你妹妹可以当画家了。"林老师说着又俯下身，握着手机的手竖起食指比画着画架上的画面，"这个少女躺在野花盛开的草地上，长发飘上了蓝天，很灵动。但粉脸上的眼和眉毛用色重了硬了，还可以更协调。"

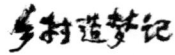

"真好!"林老师情不自禁又夸了一句。

"来,你站在画旁边,给你拍一张。"

站在画架前,袖珍女孩白净的面颊腾起两抹红晕,她羞涩地笑着,两只手的手指头绞在了一起。

拍完,林老师话锋一转,"我讲个故事,有人一觉醒来,发现自己身高跟她一样……"林老师过去蹲在她边上,昂起头说:"我估计每个人都会恐惧得一塌糊涂,觉得都不能活了,绝对不会笑成她现在这个样子。你说她有多伟大!充满童话般的精彩、对生活的热情。我想说,你注定是一个了不起的艺术家。来,我们大家为她鼓掌。"

两年后,袖珍女孩杨夏妹在自己的工作室里,回忆起当时的情形,已经没有羞涩、拘谨,她撩开额前的披肩长发,说:"当着那么多人的面,林老师讲你画得多好多好,夸得我都不自然了,有点小紧张。但是很高兴呀,才画了一个多月,就有老师认可你。后来,那幅画取名叫《睡美人的春天》。"

微信圈里曾经流传过一位画友的帖子,看起来也格外拨人心弦。

这是一个上帝特别眷顾的女孩子

上帝可能觉得这女孩特别可爱,在她六岁那年,故意不让她继续长大,然后上帝太忙了,忘了她应该恢复长大,一直到现在。

人们都在追求不老童颜,夏妹她不担心,因为她始终是童颜,小手小脚,稚嫩的童声,真心看不出她的实际年龄。

认识她在双溪安泰艺术城,姐姐带她来画画,在一个小房间里,一画就是一天,不爱跟人聊天,总给人害羞和不自信的感觉。

我们都以为她们是母女俩,混熟了,才知道是姐妹俩。姐姐白天去上班,晚上都来陪妹妹画画。

刚开始,她画的都是桌子、椅子什么的。有一天,趴在窗台上,画对面的瓦房,一块砖一片瓦,每个细节都画,虽然歪歪扭扭,给人的感觉很不简单。敢于挑战就是一颗不屈的心,令人刮目相看。

人生道路都是自己走出来的,父母扶持,亲人关注,朋友帮助,都无法代替你独立去战胜困难。

通过画油画来表达自己的情感世界，她重塑了自己的内心，提升对自身的认同度。心灵之窗打开了，画风便亮丽了起来。杨夏妹拥有了个人画室，认认真真地画，大大方方地推销自己的作品，开开心心地交友，渐渐地，没人在乎她的身高和容颜，大家都平平常常交往。看她画室里的每一张油画，都能感受到她对生活的热爱，让人由衷地感叹和赞美。

　　每次去双溪，经过她的画室，都要进去聊几句，看看她的新作品，你会发现她的新成长。

　　如果你去双溪镇，不妨去看看她，或许对生活的抱怨会少很多。当然，喜欢的话，收藏一两幅她的画作，作为对她的鼓励吧！

　　在双溪安泰艺术城，杨夏妹很快学会使用微信，她的微信名叫叶子。老师们要求他们多加好友，懂得用自媒体来宣传推广自己。她也学会在朋友圈推送自己的画作——

　　每次想写什么，但又不知道写什么，那就唠唠嗑吧！现在已经是2019年了，发觉自己在双溪安泰艺术城待了很久了。怎么说呢？带着好奇，第一次接触油画，刚开始画的时候，我完全不知道要怎么下笔，常常手忙脚乱的。虽然过程比较慌乱，画得也不怎么好，但画的时间久了，看到自己还是有进步空间的。嘻嘻……

　　其实最大的感受是不管画得好与不好，它让你体会到真正静心的过程。

　　同时，在这里要谢谢老师和画友们的鼓励，让我有了信心。

　　来到这里是我没想到的，算是我人生中一份意外的惊喜吧！这里让我有了些变化，心也变得佛系了。

　　温暖，舒服，是我目前能想到的词，感谢遇见的所有人和事。

　　"这个世界，不管你的条件有多差，都会有人喜欢你；而不管你的条件有多好，也总会有人不爱你。所以你要相信，总会有人爱你。"这是我最喜欢的一句话。相信美好，因为这个世界很酷。

　　最后，我想说喜欢画画的朋友们，真的可以来双溪安泰艺术城试

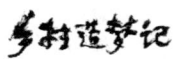

试,这是一个值得来的地方。也许你会有不一样的体验噢,因为这里有我们很好的林老师、友爱的画友们。

希望大家喜欢我的画。欢迎收藏!谢谢!

有意向者请加我微信:M1558867×××。

文中间隔贴有她的画作,标明题目、尺寸和价格。

单凭上面的三个角度,这个叫杨夏妹的袖珍女孩已经活灵活现,笑着朝我们迎面走来。下面再来为她补充一点背景资讯。

杨夏妹于1996年出生,屏南县代溪镇天峰村人,早产时就手掌那么大小。当年,家里人觉得没救了,打算放弃,是妈妈强烈要求把她留下来。因为家里不富裕,就在乡村诊所简单治疗,失去了最佳时机。后来,无论她怎么长,身高就定格在一点一米,像小人国的公主,身形娇小,嗓音清嫩,看上去似乎是十二三岁的少女。杨夏妹平时爱穿着打扮,喜欢化淡妆。周芬芳主席发现她打过耳洞,还专门买了一副耳钉送给她。在安泰艺术城里,她活泼开朗,大方可爱,获赠"拇指姑娘""袖珍天使""折翼天使"等一系列爱称。

在父母和姐姐的呵护下,2016年,杨夏妹顺利从屏南县的屏城职业中专幼教专业毕业,因为身高原因无法正常就业,她感到迷茫和自卑。有一天,姐姐从网络上看到双溪安泰艺术城免费教油画,问她想不想去。开始杨夏妹依恋家庭,不想走动,姐姐说服她来试一试,感觉不好我们马上回家。

2017年3月,杨夏妹到了安泰艺术城。学画她不排斥,这一试还不想走了。刚来时,她俩住双溪民宿,后来,王亚飞老师知道有一间个人工作室晚上没使用,便协调好,让她们住楼上。姐姐在县城工作,除了节假日全陪,晚上也会过来,姐妹俩一起画了两个多月。姐姐考上教师资格后,看夏妹已经适应了安泰的生活环境才放心离开。杨夏妹一辈子都感激姐姐,是姐姐的坚持,才有她今天的新生活。在她心里,姐姐是她人生的第二个老师。

学画一个星期后,她的第一幅画被王老师发到朋友圈卖掉了。拿到钱,她那个心情呀,超开心,一百八十元,那可是她出世以来用自己的手赚到的第一笔钱。从此,她爱上了画油画,再也没有放下过画笔。她惊奇地发现,当画笔在画布上来回勾画、涂抹时,她那一颗小心脏也会随之癫狂和绽放。社会环境在她内心滋生的自卑感,被她满心的快乐淹没不见了。

不到一年时间，夏妹有了政府免费提供的艺术空间。油画创作给她带来了一定的经济收入，她无须再为生活忧愁，不但养活了自己，还实现了人生新梦想。只要一拿起画笔，她可以什么都不想，终日沉醉在画布上，废寝忘食，用画笔描绘自己对明天的憧憬，倾诉自己对人生的情感。曾经有过的迷茫已经离她远去，蛰伏在心底的种子碰上了一场美妙春雨，她找到真正喜欢的新生活，转身变成了一个有自信、有梦想、有追求的快乐天使。记者来采访时，她透露过自己的心声，"学画以来，我收获了更多的快乐和自信。"

杨夏妹的油画，色彩明亮、线条流畅，画面洋溢着童真、浪漫的少女之梦。她最喜欢着笔洋溢青春笑容的少女，那显然就是她自己的化身，她向往这种美好人生。

她的艺术空间墙壁上，迄今还挂着这样一幅画：芳草萋萋的大地，仿佛绿意盎然的调色板，藤黄、苹果绿、石绿、橄榄绿、花青……芳草地上挑起丛丛簇簇洁白花朵，一位穿着无袖背心、曳地长裙的少女，修长手臂伸向古色古香的钢琴键盒。初夏的风扬起了她的长发，少女已然如醉如痴，歪着脸庞面朝观众，垂下弯弯睫毛，抿起薄薄红唇。草地尽头，白浪一波一波涌向了天边，那里，天际线已经弯成了弧形，大海和蓝天几乎依偎一体。

站在这幅孤芳独赏并兴致十足地自我舒展的画面前，恍惚传进耳道的钢琴声轻轻地飞扬起来，那一定是一首关于初夏的歌、关于一段青春的歌、关于久囚心扉逃逸出来的歌。

杨夏妹解释这幅画的来历，有天她看到一张图片里的钢琴，爱不释手，就画了这幅《钢琴下的浪漫》，那是她梦寐以求的生活场景。

杨夏妹到安泰艺术城画的第一幅画是她自己的背影，潜意识里就想找个地方藏起来，躲开人世间的一切烦恼。让人无法想象的是，如今，杨夏妹整天一副乐观神情，阳光灿烂的笑容附身了，她经常笑眯眯地开导画友："起码现在还活着，还能吃能睡，还有人关心，有惊喜在。不管未来发生什么，我们都要笑着面对。"

她的生活变化迥然，过去不习惯与陌生人交谈，现在却结交了很多热爱艺术的画友，经常与他们一起参加各种有益身心的活动，相约出游爬山、唱歌跳舞。屏南几个文创村，但凡有新村民空间开业，总忘不了邀请她和安泰艺术城里的残疾人前去捧场。

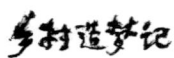

在众人面前,她常常会演唱自己喜欢的《隐形的翅膀》:"每一次,都在徘徊孤单中坚强;每一次,就算很受伤,也不闪泪光。我知道……我一直有双隐形的翅膀,带我飞。隐形的翅膀,给我希望,我终于看到,所有梦想都开花……"

别人叫她折翼天使,她却渴望心里长出一双隐形的大翅膀。这首歌的歌词和旋律里,洋溢着她对未来美好人生的憧憬。

最近,她学会了使用抖音。手机架在一旁,画画时开始直播,画累了就回头观察一下屏幕,然后,她会回答粉丝们的提问,与大家聊聊天。小小的人还会说:"你认真去画,多卖一点,父母就少分心了。"

如今,家里人看到她这样的活法,欣慰也放心。在艺术城她有事情可做,还有一个画友圈子。她爸经常跟朋友显摆,我孩子还有记者采访哩。他把杨夏妹的画拍下来逢人展示,好看吧?这是我小女儿画的。

在艺术城,如今的她如鱼得水,一个月花一千块钱生活费,自己买菜煮饭、画画卖画。每隔一段时间,家里人会带东西来探望她,共享天伦之乐。

如今她想着手画一些大作品,准备办一个自己的展览。

六 听说障碍者林苑松

2017年4月14日下午,双溪美术馆举行"非常人非常展",十一位"非常"画友展出了他们的百余幅"非常"油画作品。开幕式上,林正碌逐个介绍,走到小伙子林苑松身边时,他转身对大家说:"叫他发言是为难他,你看他戴着的这个结构复杂的助听器,我现在讲什么他都听不到。可能我要凑近他的耳朵非常大声地讲。"

林正碌笑着问他:"有没有听到我说的?"

"有啊!"始料未及,林苑松回了一句,冲他腼腆地笑着。

满场欢愉的笑声响起。

"那你说两句。"林正碌当即把"小蜜蜂"无线话筒伸向他嘴边。

林苑松的嘴唇马上启动,细语喃喃,仿佛外星人的发音里,能勉强分辨出几个词组:好,特别好,非常好……也许是出于紧张,也许是心情激动,他的脸没有直面眼前的来宾。眼珠一直在左右转动，神情飘忽，没有一个固定的聚焦点，似乎在审视自己内心。

听他说了一阵，靠在他跟前的林正碌也没听明白他说了些什么，为了不冷场，他不失时机开口，"其实，很多语言，可以听不到，却也会打动人的。"

现场寂静，有的人在认真辨识他的声音，有的人用一副爱怜的眼神盯着他看，没有人显出不耐烦，大家都在凝神静气分辨他想要说的话。只见林苑松的嘴唇不停翕动，断断续续发出梦呓般的呢喃，都是些支离破碎的语音，听不出一句完整句子。突然间，他的嘴里又跳出"文创、古村风景、蔬菜、景物"几个词，双眼开始泪光荡漾，接下来又有了一句"我们一起玩"。

一直举着无线话筒的林正碌也被感染了，他忍不住插话，"我们都没有听清楚他在说什么。这就像我们经常没听到什么，以为这个世界就没有了思想。而这个伟大的智能时代，任何自言自语的灵魂，将被更多的自言自语的人感受到。"

林苑松呢喃自语了近五分钟，现场始终一片安静。这个场景成为开幕式上最拨动人心弦的一幕。

满场掌声后，林正碌面向大家讲道："他说了很多，很认真在说，但是我们都没听到。其实呢，哪怕这个世界真的没有了声音，也有无数生命在呐喊。我们可以感受到，每个生命，哪怕无声的时候都充满渴望。谢谢林苑松！"

文创屏南公众号的这条"秒拍"，在线上感动了世界各地的围观者，推送视频的二十四小时内，点击量高达五万多次。

今年二十七岁的林苑松，在出生几个月后，因生病用药不慎，导致双耳失聪，从此便被命运抛入了无声世界。他的发声也不正常，八岁时，才能对着口型说出隐约分辨得清楚的"爸爸、妈妈"几个词。父母四处求医，为他配了适合他听力的助听器，这使他多少能听见来自这个世界的一些微弱音响，也学会了说一些简单词汇。看他偏爱绘画艺术，高中毕业后，父母送他到画廊当学徒，因为与人交流障碍，他始终无法融入画廊的学画环境。

2016年4月，父母愁苦无招时，听说屏南县双溪镇有一个残疾人艺术教育中心，便带着他从连江县赶来报名学画。

林苑松颇为适应林正碌以心理学为主导的艺术教学方法，埋藏于心底的艺术才情被激发出来，他的画有了长足进步。那些无法用语言表达的真情实

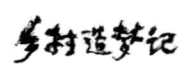

感,犹如地壳深处翻滚的岩浆,找到一个宣泄的火山口。他置身于艺术这个悄然无声的疆域里,在调色板上,挤出对新生活的希望油彩,再调和出生命的灿烂,然后,通过画布,用画笔倾诉对这个斑斓世界的情愫。

很快,他有了自己独立的艺术工作室。在众人眼里,他就像忙碌勤快的蜜蜂,终日沉浸于油画这个艺术世界里。每天一早便端坐到画架前,认真投入地挥笔作画,晚上经常画到夜阑人静,成为双溪安泰艺术城最用功、最努力的画家。四年下来,画画和卖画构成了他生活的全部。这种专一的生活方式,即便在艺术城里也是不多见的。

坐久了画累了,他会张嘴费力迸出一些拖长的音节,唱那些自己记忆里的歌曲。他经常到古镇周边散步,东瞧瞧西望望,寻觅中意的乡村风景。每逢看到画友的田园风光画作,立即双眼发亮,用手机拍下来,并以孩童那样咿呀学语的方式,费力地向人打探咨询,直到获悉风景所在的具体位置。

林苑松是个讨人喜欢的阳光小伙子,一旦有人走进工作室,他便会放下手里的画笔,扭头朝来人腼腆地笑笑。在艺术城里,林苑松交了很多朋友,各地来的画友们经常在一起,还会专门为他开生日party。在安泰艺术城的环境里,艺术不分高低,朋友没有贵贱,友善与快乐充实着每一个人的生活。

艺术就是这么奇妙,不论你能不能开口表达,不论你曾经是乞丐还是博士,都一视同仁,都可以通过画笔来尽情表达各自的内心感受。

与那些绘画零基础画友不同的是,林苑松对人对物的造型抓得比较准确,画起画来也举重若轻,姿势很有范。通常,他挺直身板,与画布保持适当距离,左手松弛地搭在大腿上,右手执着画笔后端,运笔娴熟自如。落在画布上的笔触和线条,有板有眼,充满美感。他手中的画笔,在空寂的乡间田塍与古村巷道踽踽独行,但他并不孤独。在这样的情形下,一幅幅乡村写实风景画便灿然呈现于画布。

他的古村题材作品,祥和安谧,朴拙厚实,古色古香,画面静寂得好似挑在草尖上的一滴露珠,弥散着村落悠远的气息和岁月的沧桑感。这种未经现代文明染指的自然之美,飘逸着淡淡的忧伤,令人心驰神往,看过便有了亲临一睹的念想。

天道酬勤,林苑松的古村风景画广受艺术市场青睐。世界地质公园网络执行局主席尼古拉斯·邹若斯教授到白水洋考察,顺道走访双溪安泰艺术城时，收藏了他的古村油画作品。林苑松的画作还入选过第二届"融合·国际残疾人艺术展"，这个展览的内容是十个国家和地区的一百名残疾人的一百幅作品。

有些地方为了搭花架子造声势，曾经把林苑松当人才"挖"去，想利用他来打品牌、增加知名度。客观来讲，这也是双溪安泰艺术城的一种文化输出。但很快，他又自己回来了。天底下，不可能到处都有艺术城这样的人文环境，无须刻意就能做到人人平等，而且，"人人都是艺术家"的文化创意产业是一套系统、缜密的工程，走捷径不可能一下子获得成功。

2019年7月，龙潭文创村举办"重声音乐节"，林苑松这辈子第一次勇敢地登上舞台，在几位乐手配合下，他张开嘴，一字一顿、声音很大地从喉咙里拖曳而出。他竭力模仿正常人发声，献上一首久藏于心的歌儿。这非比寻常的一幕，让台下很多人感动得热泪盈眶。没人用通常的衡量标准去挑剔他，音色是否甜美，音准是否精确，表演是否流畅……艺术不能缺少情愫，发自内心、饱蘸情感的声音，才是能拨动人心弦的天籁之音。

不事张扬，林苑松就这样腼腆地笑着，把自己站成一座明亮的灯塔，不仅照亮了自己的前行之路，也明亮了一方大地，为那些遭遇人生不幸与磨难的人树立起标杆，激励他们热爱生命，有梦想地活在这个世界上。

2018年8月12日，美国华仁协会和北京鸣琴观梅文化传媒有限公司在北京举办首届中美"仁智汇"国际慈善艺术节，双溪安泰艺术城的沈明辉、杨发旺、杨夏妹、薛美兰、林苑松、薛美冬六位残疾人画家捐赠了八幅画作。这次活动的主要策划人之一、美国华仁协会中国运营总监林世钰专程到安泰艺术城挑选画作时，目睹这些残疾人画家都乐于捐赠自己的作品来帮助中国艾滋遗孤，她动情地对记者们说："他们本身都是残障人士，却愿意捐赠自己的画作，帮助那些无助的孩子，太令人感动了。"

目睹这些真实演绎在眼皮底下的"神话"，没有人不对林正碌佩服得五体投地。他却不以为然地解释道："哪里是我厉害。是他们厉害了，你们才觉得我厉害。"

凡·高说过："真正的画家是受心灵（即所谓热烈的感情）指导的。他们的心灵、他们的头脑，并不是画笔的奴隶，而是画笔听从心灵和头脑的指挥。"

中国历史文化名镇双溪

画展开幕式

台湾女孩学画

安泰艺术城

残疾人油画作品拍卖会

安泰艺术教育中心　　公益艺术教学

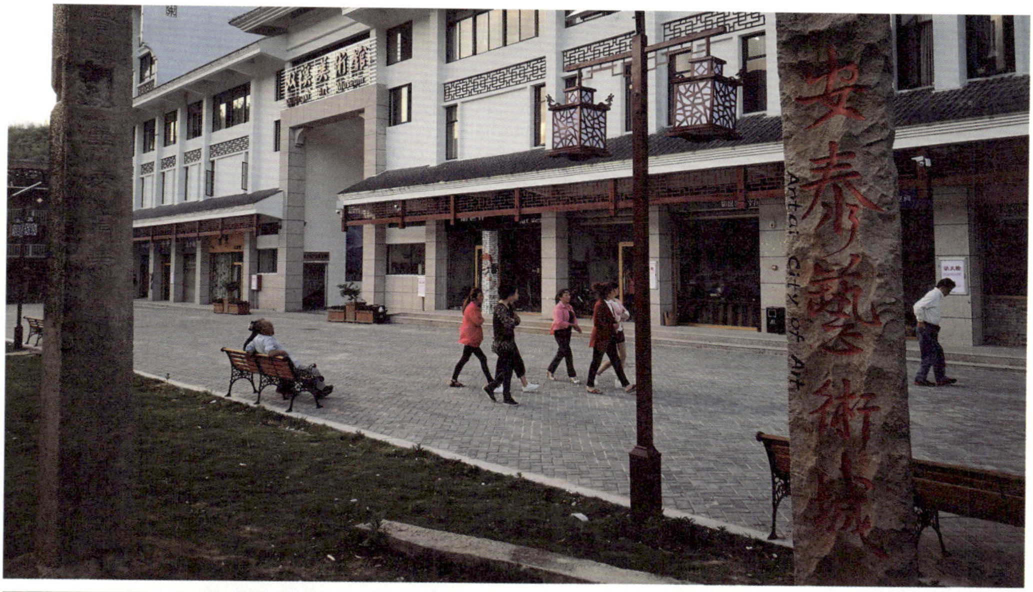
双溪美术馆
安泰藝術城
Artai City of Art

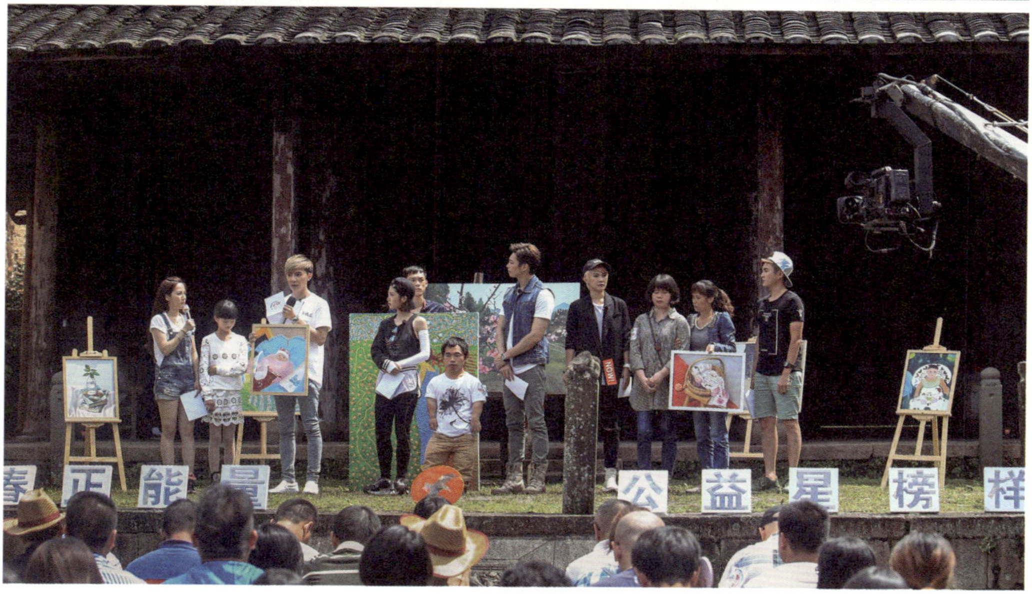
春 正 能 量
公 益 星 榜 样

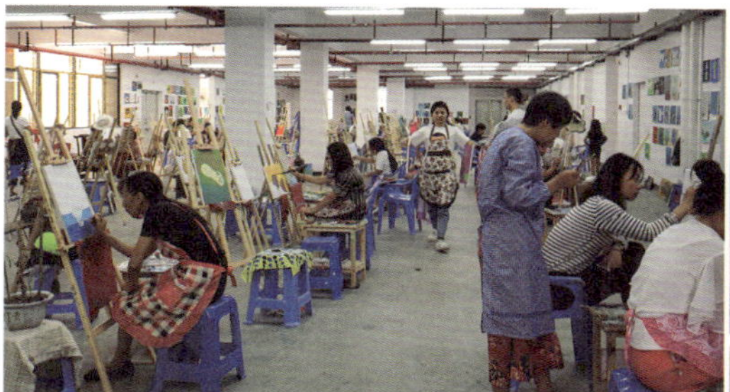

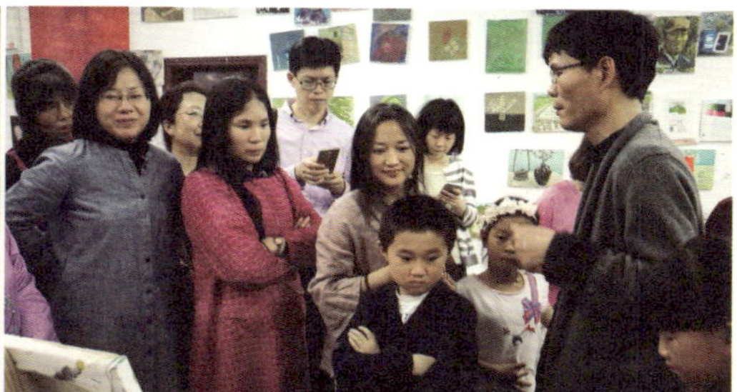

中国美院学生参观安泰美术馆

《生命树》在法国展出

油画作品（图1、2、3、4）

19世纪末叶，法国后印象主义艺术流派的塞尚、高更和凡·高，从根本上打破了艺术的传统性，他们成为世界艺术巨擘的经典事例告诉后人，艺术不能缺少炽烈感情。特别是凡·高，他毫不掩饰自己在技巧方面的弱点，用作品的天真、质朴和诚实感动了天下人。林正碌的七天公益艺术教学之所以不是神话，就是因为那些成功的艺术素人，无一例外地用刚学会的简单技术把内心情感淋漓尽致地表达了出来。凡·高如果生在今天这个伟大时代，何至于生前只售出一幅作品、等到逝后才名满天下。当今天下畅通无阻的信息让一切便捷抵达和实现，过去千难万险的事情，转眼间都可以成为可能。

　　对于残疾人，林正碌一向抱以悲悯情怀，在与别人闲聊时，他说过："我们今天看他们画得很出彩时，第一视角已经确立他们是成功的。成功这两个字最可怕的就是屏蔽了之前的所有不堪，轻描淡写，让人感觉不到心灵有多大震撼。但是，如果在一个绝对的、完全的、千百年的固有认知里面，他属于悲惨的、落魄的、不可能的，那有多么绝望。当一个人认定某些东西是绝望的，他的思维就会产生捍卫那种绝望的彻底性，他会给你描述到几百年、几千年寸草不生，更坚定了那种灾难。这是思维的一种特点。在这个情况下，突然间他偏偏不是这样的，造成了人们对固有价值的否定与重构。那些给人感觉没有任何可能和作为的人，在我们这里，无一例外地在七天到半个月时间内，不仅自食其力，还能成为一个有人文贡献的人。"

第二章

一 涓涓细流汇成湖

从山间湍湍而下的小溪流，每遇平坦之地，总会收住匆匆碎步汇聚成一汪碧潭，积蓄能量，准备再一次奔流。犹如前面所言，教会残疾人画油画和使用自媒体推销自己的作品，从而获得经济收入，成为自食其力的人，这类精准扶贫的事情，是林正碌前行路上顺手撸起的一把路边草，他的终极目标是通过文创产业复兴古村，让空心村里的农民摆脱贫困、过上有尊严的幸福日子。

他一遍遍反省漈下成为半成品的前因后果，从而调整了自己的推进步骤，把摆在后面的一个程序提前了。通过公益艺术教学，他不仅要改变农民的文化属性，还要引进热爱乡村的城里人，激发他们被自己漠视的可能性，在新经济时代里，张开另一种生活的梦想之翅。

2015年12月底，第一批学画的残疾人和其他学画者成果显现，不少人希望留下来驻创，传统村落保护与发展工作领导小组着手筹备双溪艺术节。安泰楼一楼加紧清理、装修，近十间个人工作室可供入驻，文化产业管理办公室也挂牌了。2016年1月16日这一天，双溪艺术节开幕。主体建筑面积一点五万平方米的安泰楼被命名为双溪安泰艺术城，三楼画室门口多了一块牌子：安泰艺术城公益艺术教育中心，一个更为宽阔的舞台被搭建起来。后来，屏南县域内的龙潭村、四坪村陆续开展文创产业，纷纷建成各自的公益艺术教

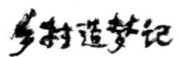

育中心，安泰艺术城便作为全县的公益艺术教育总部。

屏南双溪安泰艺术城七天公益艺术教学，通过各种媒体、自媒体一波波扩散，再通过来自五湖四海的画友口碑相传，以大山皱褶里的屏南为中心，涟漪一般从山里向外部世界一圈圈荡漾开去。中国偏居东南一隅的一个山沟沟，居然发生这等神奇之事，很快吸引了世界各地好奇者的眼球。

时间到了2016年3月，互联网上发生了一件闹得沸沸扬扬的事，一篇名为《农妇200元一幅作品PK名家500万元大作》的帖子，把农妇与名画家各自所画的桃花作品进行了比对：一个学画才一年多，一个毕业于名校、进修于德国；一个只有小学二年级文化的农妇，一个被胡润艺术榜评为"最贵在世艺术家"；一个桃花作品卖出两百元，一个桃花作品拍卖价格为五百万元。由此引发艺术界的一场轩然大波，随着事件不断发酵，媒体人、业界精英、教育界人士纷纷出来站台发声。深究之下，一个名叫林正碌的人浮出水面。紧接着，七天公益艺术教学、人人都是艺术家、双溪安泰艺术城、古村复兴这些闻所未闻的新鲜事，也纷至沓来进入了世人眼帘。

凭着这个引爆点，被刷屏的帖子，很快有了上亿流量，双溪安泰艺术城的声名闪电一般爆棚。全国乃至海外的知情者便动了抵临这个路远地僻的古镇走一走、看一看、学一学的念头，一时间，四面八方的人犹如晚归的鸟群，嘚啾喧哗，成片栖落于一棵华盖蔽天、独木成林的榕树上。

安泰艺术城人流量陡现井喷式的爆发，人们说走就走来到了双溪，说停就停置身于安泰楼。涌向这里的斑斓人群里，有成年人、老人和孩子，年龄最大的九十四岁，最小的两岁；有母亲带着儿子，也有祖孙三代一起来；有文盲农民、企业白领金领、学者专家教授；有残障人士、自闭症患者……他们唯一的共同点是绘画零基础。

陆续有二十多个国家和地区的知情者奔赴双溪学画。从网络上了解到信息，德国海德堡大学汉学系主任毕罗然每年都如期而来，英国的钢琴教师布莱恩先生学画后，一家人还认租了龙潭村的一座老厝。有位福州人想学画，身在英国的女儿从互联网上搜到七天公益艺术教学的信息，给母亲打越洋电话："屏南就有这样的地方，一切免费，你快去学呀。"还有很多人在微信朋友圈发现了这么一个"点石成金"的地方，毫不犹豫也来了。中国东西方交流协会的人学完画，想深入合作，作为"一带一路"亮点，要把林正碌老师请到西班牙去,做中西方文化交流使者。无奈林正碌只能留在华夏大地,他手里的种子必须在中国乡村的土壤生根发芽。

进入双溪的学画者,一个个流连忘返,乐不思蜀。原本名不见经传的双溪安泰艺术城,成为真正意义上的文化创意体验中心和文化创意输出地。

福建偏居东南一隅,其东北部大山褶皱里的屏南县,很多人从来没听说过。世界各地的人前来,将要如何抵达?为此,双溪文化产业管理办公室建起微信群,发布即时更新的《福建屏南免费学画攻略》,汇集了众多资讯:福州机场、福州汽车北站、宁德动车站、古田北高铁站前往屏南县的各条途径和乘车方式,屏南再到双溪镇每天班车发车时刻表,以及推荐的当地包车拼车、民宿的电话、微信号和食宿价格。为了杜绝宰客现象,他们征求了多方意见,还专门为包车制定了一个相对合理的价格标准。

四年多来,发生在双溪安泰艺术城的"奇葩"之事,拨响了很多人的心弦,继而激发出"雁过留声"的雅兴,纷纷把自己的所见所闻所感拍成图像视频、写成文字上传,分享给那些熟悉与不熟悉的人。互联网上,迄今留存着品类繁多的文章、图片、视频,都是一个个亲历者刻骨铭心的记忆和感受:关于林正碌老师,关于艺术教学方法,关于各地画友,关于双溪古镇……这里萃取其中一些画友的故事,看后大家自然会释怀。凭什么隐藏于大山丛中的双溪古镇,它本不属于热门风景打卡地,却有那么多人不辞旅途辛苦,趋之若鹜,七天或更长的一段时间后,最后将之定格为自己心目中魂牵梦萦的所在,把在这里度过的每一天都藏在心里头加以珍惜与呵护。

二 学画者故事集萃

故事一:今年四五月,我参加了一期线上画画班,知道了林老师和他的传奇故事。几个画友申请加他为好友,居然通过了,大家兴奋得不行。有一天晚上,通过微信听到了林老师的课。其实,他讲的并不是什么画法画技,而是一种类似于人生哲学的绘画情怀。这让我更加好奇:是不是真的像他说的一样,零基础的人,通过七天都能学会画出一手像模像样的油画。更神奇的是,许多完全不可能与艺术沾上边的人,比如农民、智障者,这些几乎没

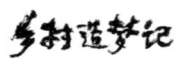

有什么文化基础的人,都在林老师的引导启发下,学会了一门高冷的西洋画。这激发了藏在我心底曾经的绘画梦想。

于是,鼓起勇气,怀着忐忑的心,我出发了。出发前,家人都担心得不行,天底下哪有这么好的事,网络上看到的地方和人,是不是传销呀?不要被骗了,千万小心啊!听到这些,就有了打退堂鼓的念头。但我知道,如果这一次不出发,便永远没有了勇气。一定要亲临现场一睹为快,大不了当成一次旅行好了。

到了福州长乐机场,我与群里的志愿者联系,他告诉我坐机场大巴到宁德,然后有人接我。接我的小黄师傅是我认识的第一个双溪人,他直接将我送到住处,还微信告诉我许多注意事项,并说有什么困难随时联系他。我还未真正参与到双溪的生活,已经感受到了双溪人的友善。

原来打算住的地方,因为周末客满,志愿者又将我送到江南公寓。没想到住下就舍不得走了。老板帮我把行李提到三楼,老板娘陪同我去认识画室和画室里的人,还告诉我,晚上可以去画室接我回来。好温馨呀!

在画室,尾随林老师听他点评别人的画,第一天就有醍醐灌顶的感觉。他通俗易懂的话,却是这一辈子从来没听说过的,让我茅塞顿开。他说:如果人生要去坚持的时候,其实是一件痛苦的事,我不提倡坚持,我提倡去热爱。当你热爱的时候自然会专注,你专注的时候在别人看来是坚持,而你自己则快乐地沉浸其中。

这句话成为我学画七天的座右铭。

故事二:一个人初到双溪,林老师无话,懵懂中拿了材料自己去画。我的双溪之行,第一天林老师给我吃了颗甜枣,第二天却朝我大发雷霆。

画画之初,脑子一片空白。傻坐,晕菜。一咬牙,开画。画了我的焖烧杯。

晚上林老师走过来,只扫了一眼,边转身边说:很好,你不要走,多待些天,你会有进步的。扔我一个人傻愣愣地站在那里。那时完全不了解林老师,觉得他就随口说说,好像在开玩笑。后来知道,他对每个初学者都是源源不断地鼓励,总能发现学员身上的潜质和长处。

第二天,正愁不知道画什么,出去瞎转悠。双溪古镇四周都是绿色山林与田地，心情大好，但依然拿不准画什么。回来在楼下遇到林老师，他鼓励我画风景。他怎么知道我喜欢风景？心里又想，哪有一上手就画风景的？林老师却说：画了就会了。我还在犹豫，他继续说：不就是一幅画？画坏了就重来呗。

于是，鼓起勇气，下午面对窗外大山看了半小时，然后拿起画笔，反正也不会，管它呢！这期间林老师路过，我便请他指点，他只说了一句：涂满再说。那时我不知道他从不在学员画画中途进行指导。晚上，当我第三次请他评点时，他突然劈头盖脸发雷霆。我蒙了，不知为何。原来他是觉得我频繁找他看画，不专心投入。在他看来，这是人格不独立的表现。当他看了我的画作，转而大为赞赏：特别棒，你画得非常好。他让我继续将空白处全部涂满。在惶惑与懵懂之中，我开始有了点信心。

第三张依然画风景。先前画风景眼中无物，一会儿便画无可画，现在满眼细腻起来，看到了更多可画的细节，纠结也便多了起来。苦于在色彩、造型、明暗等方面表现力不够，一改再改仍不称心，心生倦意，草草收场。这些逃不过林老师的眼睛，他完全看穿了我的心思。他批评的是我的态度。

这次评画后，我对林老师肃然起敬，也开始进一步理解他的教学理念。渐渐沉下心来，从中领悟到的东西也越来越多。

后来，林老师越来越忙，来了太多学画的人，也来了很多采访的记者。我搬到楼下画室，以一个老顽童的身份与双溪一群小伙伴玩得很嗨，很多时间没用在画画上。林老师经常从我们画室门前走过，那段时间他正筹备双溪首届画展。当我在画那顶我特别喜欢的花帽时，林老师不知什么时候站到了身后，说了句：对，就这样画下去。后来，林老师将这幅画留下来参展。

如果说刚到双溪时我对绘画茫然无知，那么离开双溪时，我的心中充满了希望与自信。我知道，以后无论走到哪儿，我都不会孤单，因为有一个亲密朋友跟我在一起，那就是我的画笔。

故事三：微信报名，在画室前台签字，交押金一百元（学满七天后，离开时需把清理好的调色板及画笔移交前台管理人员，退回押金），领了画笔和画板，志愿者帮找好座位，带我们到颜料区讲解怎样挤颜料，又让我认真看完墙上的《学画准则》，就可以开始啦。没有人在意你重彩还是轻描。

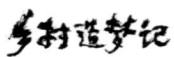

早晨的双溪，空气异常清新，蓝天白云远山，一切都让人心旷神怡。想到接下来几天都能在这样的环境里学画，无比感恩！

林老师制定的《学画准则》，第一条就是对着有感觉的实物进行写生，不得临摹照片和他人作品。让一个从没拿过画笔的人第一次作画就对着实物写生，感觉好难啊，完全不知道从哪下手，心里特别纠结，一想到落笔我就恐惧。有点像在监牢里坐久的人，一下子自由时的那种无所适从。适应以后，有谁不爱这种自由？孩子天性自由，所以画室里最能打动人的往往是他们的画。就像这条准则的后半句，"这是树立独立精神与提升归纳能力及人文情怀的根本"。

来双溪跟林老师学的绝不仅是画画，他是要通过画画唤醒人与生俱来的独立自主精神，提升归纳能力，培养人文情怀。当一个人带着这样的态度去画，一定能创作出好作品。同样，一幅好作品一定能体现出这样的精神！在林老师这里，除了讲解"交接处总是相对于某个面而微弱偏亮"这一光学原理，不教授任何技法，一切靠自己去独立探索归纳，形成自己的理解和表达。

画人生第一幅油画，好多东西都没概念，挤了颜料就往上涂，画得很厚。通过王老师指点才知道，可以蘸松节油把颜料调稀。

经过两幅画热身，我花了几乎两天画自己的水壶，王老师说我找到点感觉了。当我在朋友圈"展出"这张画时，赢得不少赞叹。

林老师让我无比敬佩的地方，还有他对小朋友的爱护和鼓励。他经常会让小朋友拿着作品，用手机为他们拍照，一个肯定的小动作胜过千言万语的夸奖。

"微弱偏亮"很强大，对这个原理的理解和运用也是林老师唯一会示范的，来学画的朋友一定要把这个理解了才走。

林老师正在主持龙潭村的复兴工程，曾经破败的古村，正一步步走向国际化。龙潭小学刚刚恢复高年级，还需要志愿者老师。老师到那里可以天天免费学画，等学生毕了业，老师也成大师了。

要感谢的人太多，除了各位老师，还有画友，大家都很友善，相互鼓励，让人暖心，让我常常想念。

故事四：此行最大的动力，当然是冲着林老师去的，这也是每一个去双溪学画者的目的。学画哪里不行？无论本地或网上都是轻而易举的事，不需要舟车劳顿跑那么远。可是，天南海北，甚至国外的人都跑到双溪甚至长住，凭什么？

第一天进画室办好登记手续，小助教美久帮我安排好位置。正鼓起勇气画下第一笔，突然听见一个熟悉的声音，我赶紧跑出小房间：林老师，我今天刚来，你能进来帮我看看吗？我告诉他，准备画早上拍的一朵小花。林老师温和地说：不要照图片画，去写生实物。他看了一眼我放在边上的手提包：你就画包吧。

画完，心里得意极了，我真的可以。有了点自信，找小王老师看。她说不错。把空白的地方全部涂满，我不管你用什么方法。

林老师绝对是画室里的灵魂人物，他一般晚上7点半以后到画室讲课。三楼画室空间很大，四面通透，没有过多修饰，抬眼望去，都是画架，上面还有未完成的作品，到处摆放着椅子和调色盘，墙上可见斑斓的手印和画作。光是大厅就能容纳几百号人，大厅三面还分布有几个小画室，转一圈点评下来，一般需要一两个小时。就像主任医生查房一样，林老师走到哪里，大家一路便跟到哪里听，还有人录像、录音。

听他点评别人，也会知道自己的毛病。别以为林老师什么时候都和善可亲。我见他发过几次脾气。一次是因为家长带着孩子，在画手机上的一张图片。林老师一再强调，第一，一定要自己画，要有自己的思想；第二，一定要画实物。另外一次，一位母亲将孩子的画放在画架上时，那个十四岁的男孩远远躲开。林老师说：嗯，真不错。那位母亲则问道：哪里好？我看不出啊！林老师足足看了她一分钟，语气低沉：当着这么多人，你不鼓励孩子还损孩子。虽然他是个大孩子了，一样需要鼓励。难道我们每一个人不都是这样起步的吗？一进画室就想像模像样，那是一种不劳而获。一味否定孩子，孩子敢画吗？还敢画出自己的想法？

第二天，小王老师说，现在需要慢下来，不用一天画很多幅。可我感觉这就像学开车，想慢也慢不下来。小王老师说：你画纸吧。

我知道，画纸是林老师发明的一种特殊教学方法。不是一开始就会让你画纸的，要画了几张以后。林老师早上来时，看我画的纸，给我讲解了一遍，仿佛听明白了，但要真正表现所见所理解并不容易。下午，小王老师又讲解一遍，并画了一遍给大家看。

我慢慢明白了阴影，明白了确立关系。光是一块砖头，我画了三次，一次比一次更像砖头。自己都笑，再画下去，我要爱上这块砖头了。那些天里，专注一件事情，整个身心都充满一种兴奋和快乐。一块画布可以画上两天，颜料也越用越少；一支笔也可以"打天下"，之前恨不得有十几支笔蘸不同颜料。

第五天晚上，我又请林老师看画，并告诉他，已订好回程票。林老师要求把空间存在的因果关联表现出来，砖头在桌子上、桌子在地板上……眼前存在的任何物体都不是孤立的，它是一个系统。要学会归纳这个完整的系统，越遵循这个系统，里面的信息量就越大。把眼里看到的不断在画面呈现，这样会锻炼你的勇气，也会锻炼你的平面归纳能力，最后征服整个世界。林老师又一次逼我，你不是要回家嘛，你不画，我怎么教你？

鼓起勇气再次下笔，没学过透视，光是踢脚线找了半天，终于感觉找对了。

晚上林老师笑着说道：你还是画出来了，对吧？不过，偷懒了，窗没画。我叫你去观察，不是像镜子一样把真实场景照搬过来，而是通过鲜活世界启发更多的感受。

短短七天，我敢画油画了，我能看见那个光在哪儿、那个阴影在哪儿。

故事五：大约两年前，我听说了这么一个地方，在福建屏南双溪镇，有一个叫林正碌的家伙办了一个公益艺术教育中心，那里很神奇。怎么神奇？有三点：

1. 进画室就是进入共产主义社会，一切免费：场地、画材、教学；

2. 所有人都接纳：从一岁萌娃到九十岁老翁，健康的、偏瘫的、自闭症的、在职的、退休的，农妇、白领、流浪汉……总之，只要你想画画，只要你敢拿起画笔，这里都欢迎；

3. 一切皆有可能：这里不自我设限人生。

油画创作走下学院派神坛，不再阳春白雪，主旨是"人人都是艺术家"，村镇里很多农民都是忙时扛起锄头下地，闲时拿起画笔创作。技巧、画法、秘籍、捷径，统统没有。

每天晚上7点半，林老师的教学课，就是一场教育理念的集体探讨、碰撞、辩论和检验。林老师在点评大家画作时，讲得更多的是教育理念。

到双溪学画的人，不会有任何人来教你什么技法、构图。领了画笔和画板，看到想画的东西就去画。之前没拿过画笔的人，不知道该怎么下笔，甚至不知道该怎么调出想要的颜色。面对空白的画布，唯一的"救命稻草"是《学画准则》。

放眼画室，我面对的危机是不知道画什么。其实每个第一天来的学画者都面临同样问题。"选择自己有感觉的实物进行写生"，我观察了一下画室，无从下手。画水杯，其实不是真有感觉，因为常用的东西不陌生，这是人下意识的自我保护。

第一幅画，我得到了"体验"。从挤颜料的力度、方法，到颜料用量、调色，再到画笔与画布接触，最后是颜色、构图、呈现，甚至颜料沾到手上的触感。

一句话概括：哦，原来画油画是这样的！

我想画一朵花，遇到另一个危机，仔细观察，一朵花真是太复杂了。那么多花瓣，每片花瓣颜色都不一样，再加上光影变化。

"不以画得像不像为标准，造型是主观的，色彩是主观的，情绪也是主观的。"那天是我生日，就想，画一幅画送给自己做生日礼物吧。我喜欢什么样的花、什么样的颜色，甚至背景的深浅是怎样的？不知不觉，我加入了"主观"情绪。

第二幅画，我得到了"自我"。从自己的角度观察花朵，呈现颜色，还有生日特殊意义的融入。

一句话概括：嗯，这是我的花！

画室窗外一个场景吸引了我，阳台上晾晒着一排衣服。在我看来，那就是热气腾腾的生活。"艺术的价值在于能够饱满生命体验，促进个性独立与人格完善，升华人文情怀与创造力"，在画的过程中，我也感受到这一点。从选定场景，到画法、色彩表达，其实都融入了我的人生观、价值观和审美，最终呈现的似乎也体现出我想表达的。

第三幅画，我得到了"勇气"和"情怀"。我勇敢去画见到的一切，没有省略，没有敷衍，加入我的生活态度，反映我的人文情怀。

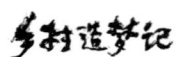

一句话概括：嘿，你好，我眼中的生活！

七天时间，由于林老师的鼓励、积极引导和《学画准则》这样的方法，我完全明白了他为什么能教会成千上万没摸过画笔的人画油画。

故事六：从双溪学画归来一直想写林老师，但他太过精彩，反而不敢写。我开始怀疑林老师是否与宇宙意识管道接通，否则，他为何能直捣生命本质，语出惊人？跟着他可遍地拾萃，如大梦初醒。一位北京朋友说"他是个比较高级的人"，我则说"他令人很过瘾"。

2016年，林老师火了，我在双溪的日子里，看到各路媒体络绎不绝地前来采访，人们惊奇地发现有个叫林正碌的人，竟然可以教会所有人画油画。这个暑假里，来双溪学画的人挤满了安泰艺术大楼，其中的绝大多数人从未拿过画笔，甚至有些人从未见过油画。所有这些人一上来提笔便画。无比神奇的是：来到这里，每个人都会画了，很多人还出手不凡，连自己都诧异、惊愕。

第一次听到林老师名字，是在一个公益绘画微课里，那时听这个满口南方腔的老师和大家说，人人都是艺术家。心想，所有人都是我也不可能是。但这个男人的名字和他的公益艺术教学理念就像颗种子，在我心里某个角落生根，直到最近开始发芽抽枝。

这一年，我的心愿清单里有了个愿望，能有一幅自己的油画作品，不要惊为天人所作，只要看得出是油画就好。一次全然交托，说走就走。

关于对这个世界的认知，关于天赋和创造力，关于艺术，关于最纯粹的灵魂本质的洞见，在短短一天半里，我的思维被无限开启，让我看到生命原来有如此多的面相。

看了那些短时间内呈现出来的作品，你会开始怀疑人生，之前只是在生存，到这里才是生活。

透过他们的作品，你会感到每个人灵魂深处最纯粹的光，那种纯粹是你愿付出一切去守护去捍卫的人性之光和生命最本原的悸动。

占地面积两千平方米的画室长这个样子，我仿佛走进一个色彩世界。找了几个伙伴聊天，完全被震撼和折服。看到了那么多鲜活的生命，在遇见这个男人的那一刻改变了。

无数个阿旺和明辉的生命因为遇见这个男人被改写。他用实例告诉这个世界，真的人人都是艺术家。在这里，我看到偏瘫女孩也在用画笔展示内在的美好世界，退伍老兵画出了内心的童真，孩童在这里也找到了乐趣。

所有的都是因为这个帅到炸裂的男人。

晚上听他点评画作，每一句都直指核心又触碰心灵。他说：世界这么精彩展现在你面前，竟然没有你喜欢和反对的东西？生命这么短暂，请把它奉献给真正有意义的事。他说，脱离当下，一切毫无意义，去发现这个世界的鲜活。他还说，生活没有重点，展现这一刻，每一秒都同等重要。

这里的学员，你很难把他们与"梦想""理想"等这些宏大的词汇联系在一起，你只是看到他们的交托，每个人在作画时那种纯粹的内在本质，去看见它去表达它，无关乎技法，无关乎专业……

他不是在教我们画画，完全是在解构宇宙和人生。他强调独立思考，他说任何东西脱离鲜活世界都毫无意义。

故事七：如果能有一段时间、一个机会，让你不顾一切去做一件生命不断在呼唤的事，会是什么？我的答案就是画画。

我是土生土长的台北人。2018年3月，我离开干了八年的工作，不管未来要转换哪种工作，在这之前，我想先放任自己尽情地去画画，找回童年时自由自在的乐趣。想单纯地去做心中所爱的事，才起了这样一个念头。朋友传递了双溪安泰艺术城零基础学油画的消息给我。虽然有点心动，但福建却是我未曾踩上的土地，更别说从地图上看起来包围在山中的双溪镇，它到底是个什么样的地方？

我慎重思考了好几天，带着想冒险又不安的心情，最后鼓足勇气，放弃在台北就近学习的便利，一个人漂洋过海、翻山越岭来到了人生地不熟的双溪镇。

第一次我计划在双溪待十五天，后来把机票改期，又待了一个多月。留下来的主要原因是"信任感"。这里的村民对人很友善，不管是所住的民宿，还是外地来学画的画友，大家相处得融洽愉快，在这里很有归属感。不画的时候，画友们会组织一起去附近村子走走逛逛，采采风，再加上屏南夏天凉爽的气候，让我在这里流连忘返。

结果一来就是三次，这一待，竟也画了八个月，一整年在这里的时间比

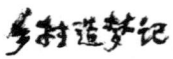

在家里都多。

待在这样清静的地方，更有助于专注画画。我在简朴生活中体验到不同的幸福，然后返台，投入下一个人生阶段的时间即将到来。若我的故事或一笔一画触动了您，欢迎成为收藏我作品的有缘人！也欢迎绘画喜好者一同交流。

启蒙——"画自己有感觉的事物，拥抱眼前的世界。"这是林老师给大家的第一堂课。初来乍到双溪画室，以为会先从技巧下手，首重的却是心法。在平凡中看到不平凡，当一个有感觉的人，艺术与生活不分离，才是作品感动人的关键。因为不懂油画技法，在林老师与王老师的悉心指导下，我开始画一张张的作品。

在我走访的屏南古村中，龙潭村带给我的震撼最大。回台北后，每次画古村落，就会对那里的房子有更加深刻的回忆。龙潭此起彼落的层次特别多，用传统工艺修房子的做法，我觉得很有代表性。

我计划在台湾营造一个类似的空间，融合咖啡、糕点、油画等，让更多的人体验到这种生活方式，同时把在屏南学到的心得带回台湾。这不是我最后一次来屏南，一有闲暇还会再过来画画，看看这里认识的朋友。屏南值得一来再来，因为它是个特别没压力的地方。

故事八：2016年12月，第一次到双溪免费学习油画，待了十一天，回家后，我被屏南的山水和艺术氛围牵引着。第二年，再次踏上屏南之路，还在这里过年。从零基础开始，已经待了整整一年时间。这是一个来了就不想走的地方。现在，我每天坚持创作，少则四五个小时，多的时候十二个小时。到目前为止，创作了两百多幅。还有许许多多和我一样或不一样的人，待在双溪或在来双溪的路上，和大家一起享受着艺术生活。

我对林老师充满人文情怀的教育理念有着深刻理解。在自由挥洒学习油画的道路上，我活出了人生夕阳美的无限风采。感恩林老师面向大众、坚持不懈的公益教学。在双溪这块热土上，让世界各地喜爱油画的朋友汇聚一堂。

有朋友说，那里的生活怎么可能和城市相比？千里迢迢那么远，跑到深山里做什么？也有朋友说山里冬季潮湿阴冷，身体会出问题……可我不这样认为。人不是活给别人看的，舒不舒服，自不自在，只有你自己的心知道。

生活也不是看人家做什么才去做什么，每个人情况不同，所选择的生活方式也就不同。盲目跟风、人云亦云的生活并非我所爱。

我并不认为退休了就应该趁着腿脚好，和时间赛跑一般到处跑。每个人的身体状况、家庭情况、经济条件都不一样，并非一定要跟风赶时髦，国内国外去旅行，这样也许还会伤身，使自己不能安心去做自己想做的事情。只有根据自己的志趣和情况来选择想去的地方、想过的生活，才能活出退休后生活的最佳状态。

因为我喜欢这里健康安逸的自然和人文环境，又能与自己喜爱的油画艺术相伴，可以随心所欲享受生活和艺术带来的快乐。我感觉找到了一种诗意生活。这里的一山一水、一草一木、一人一事都是我快乐的源泉。所以，我才和许多喜爱这里的画友一样，由一个过客尝试短居，再转为长期居住。万水千山只选屏南而居！

故事九：国庆节后，北京昌平的小院冷得已经没法待，生活了二十多年的那座城市也不再吸引我回归。因为妹妹的推荐，飞到了梦中的这个地方——双溪古镇。从机场坐大巴再转出租车，山路十八弯，傍晚到达这里。

关于来这里画画的故事就从深秋那个周二开始了，开公众号的灵感也来自这里的一切。我想记录生命精彩绽放的每一刻，表达我内心所感受到的真实世界。这里的一切无一不触动我的心弦，这里就是冥冥之中一直想寻找的那片天地，我有了前所未有的幸福感，每一刻都值得珍惜。双溪古镇，这个神秘的存在，风景如画，民风淳朴。

林老师，一个魔鬼一样的灵魂在这里免费教人画画，他秉承每个人都是艺术家的理念，创建了安泰艺术城这个公益课堂，用新颖的教学方式让每个人都感受到生命的高级。他看画谈人生、谈生命、谈教育，引导每个人独立思考，观察探索，勇敢创新，通过画画感受生命精彩，重新回归生命本原。

他是伟大的艺术家，开创了漈下古村、双溪古镇、龙潭古村公益艺术教育课堂，同时使颓败的古村落在凤凰涅槃中重生。

以前的生活都在车水马龙的世俗间，灯红酒绿，忙碌了身体，空虚了内心，过得索然无味，麻木不仁，对未来也失去了信念，想要找点生活的乐趣和意义都难，一度处在崩溃边缘。来这儿的初衷就是散心，没想到得到了内

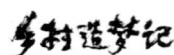

心安宁。在这里的每天都过得很充实，而不是获得金钱物质带来短暂满足后的再次焦虑，这里让我重获新生。早上就着温暖的阳光醒来，带着喜悦走进画室，忘了时间流淌；夕阳西下，漫步在乡间农田，看炊烟袅袅。有时内心安静祥和，有时心潮澎湃。每一刻都在感受生活的意义，就像孩提时，内心纯洁、好奇、专注，想去发现这里一切美的存在。

这里让我快乐，生命被赋予了新的意义，往后余生无论我身在何处，生命都将充满幸福感。我的出世仿佛就在这一刻。

故事十：对于喜欢油画的我来说，双溪一直是个向往的地方。2月的一天，终于飞到福州，踏上旅程。出发前就预订了双溪的怡家公寓，前一天，公寓房东王姐的女儿发来微信说，要带点厚衣服，要带伞具，山区很冷。如此温馨提醒，让我们没有一丝顾虑地出发了。

福州下飞机坐上大巴，去福州汽车北站，五十分钟车程很顺利。房东女儿一路也在关注我们，还发了福州到屏南的汽车时刻表。去屏南的路上，都是层层叠叠的青山，像书一样一页页打开。山路弯弯，路上穿过了好多隧道。下午5点半到屏南时，开始下雨，五十元打车直奔怡家公寓，到时已是晚上7点。房东王姐准备好了稀饭和四个当地菜，看我们车马劳顿，第一餐请我们在家里吃。好热心的一家人啊！

这里人很淳朴，从抵达的前一天到现在，从房东王姐一家到街上小吃店的老板、行人，几乎遇到的每个人都是那么热情亲切，仿佛回到家乡。我们走在街上，和当地人交谈，感觉十分舒服。这是与其他旅游区不同的感觉。

这里空气很纯净。周围都是大山，山上弥漫着雾气，不是雾霾。吃的水也没什么味道。相比大城市，更喜欢这里的环境。房子新旧都有，双溪老街大多是保留下来的古老宅子。早上的街道静寂安详，推开窗，楼下街道中间趴着狗，小卖部门前坐着老人，看见这些，心一下就静了下来。

这里的生活很纯粹，吃的用的都是自己做的。房东王姐酿糯米酒，我们也跟她学习回去做。永兴包子铺的豆浆是自己磨的，豆子很纯。追求绿色原生态食品的老公甚是喜欢，一餐都要两碗，一直在称赞豆子好，感觉回去喝不到这么香纯的豆浆了。永兴包子铺很出名，来的游客好像必去那里，我们也是慕名而往。女老板很热情，墙上挂的都是画友送给她的作品。

初到双溪，每天从早上9点到晚上10点都在画室画画，没有更多时间去周围转转，等学到一定程度，一定要去大山里走走，看看瀑布。

故事十一：确切地说，从请完假的那一刻起，便开始兴奋。一个人想到几天后的行程，很多次，都会傻傻地笑，反应过来才赶紧打住。

2016年的五一节，坐在去上海的车上，正无聊地翻着朋友圈时，无意中看到"好报"公众号写作群报名帖，看完，没有片刻犹豫，完成交易。我一直认为，在一些小事上太过理性就是浪费时间，不值得。我再一次庆幸自己的感性。

那段日子，正是脱离团队、一个人囚困在家的日子。我以为活到中年，经历过繁华，见识过烟云，世界只有那么大，以后日子淡淡过，这就是生活。

可是，那个遇见，又在我的生活里注入了新鲜血液和激情。外面世界，精彩或者困苦，故事一直都在演绎。

从写作群又知道了"好报"绘画群，知道了怪才林老师，知道了双溪……

晚上10点抵达双溪。淅淅沥沥的雨，夜景灯火璀璨，外加美美客栈女主人甜美的笑容、亲切的服务，一下子让一路上昏昏欲睡的心清醒了过来，也由此加深了对双溪的第一印象。

短短的双溪八天之行，有着太多感动和感恩。

永新包子铺的早餐，谈不上丰富，但够大够吃。更深的记忆，还在于那里仿佛就是邂逅之地，每天用餐时，总会遇上各地画友，因为头顶双溪这一片天，便自然而然感到亲切，像熟人一样主动交流。无奈用餐时间太短，最后都互加微信，道别。

每天吃饭的老街口小吃，味美价廉，老板娘淡淡的笑容恰到好处，每次到饭点时，双腿便不自觉来到了这里，像回家一样。老板娘知道我喜欢辣，还从冰箱里拿出了老家四川寄来的泡菜，免费给我们享用。雨伞也随便借，亲如家人。

来双溪，看到最多的还是画家。之前，看过很多报道，但来了之后，那些文字转化成真人真事在眼前鲜活演绎时，才更为感动。

常人能写能画不足为奇，让我最为佩服的是，林老师教会了一群残疾人拿起画笔，画出了自己的人生，并能靠卖画养活自己。

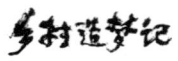

到达双溪第二天，一早醒来，心立马就飞到了画室。心里一直慢慢地念着，只有可怜的几天时间，来这里的每一分钟都不能浪费。

故事十二：从福建双溪回来已一个多月了，有很多的美好记忆，而留给我最深的印象就是自由和快乐。

很钦佩的一点，是林老师帮很多喜欢画画的朋友圆了画画、创作和画展梦，还有自由艺术生活梦……

第一天，选了我的水杯，拿起画笔开始画。第一次画透明物体，没人教你构图、色彩等基本绘画知识，就是自己直接落笔，随意发挥。见到传说中的林老师，他对我说了三句话：来了一个月啊，那你到时会画得很棒。色彩很丰富很好看。你成功了。我立时像被打了鸡血。

第二天，我觉得这就是最好的课堂。对初学者来说，给予自由和鼓励肯定是最好的上课，这也是我花了十四个小时来这里的原因……挂满笑容的王老师不时过来鼓励赞美和提些建议，旁边的画友也会给出一些心得体验：调不出色吗？不断调，会调出来的。等颜色干了再上，感觉会不一样。

当时上网看了林老师画白纸的教学视频，对画白纸特别感兴趣，于是第二幅就急不可待画了。林老师每次都很耐心，对新来的画友用白纸演示他的秘诀：交接处微弱偏亮。他说：色彩、形状等是主观的，而微弱偏亮的光学原理是客观的。

后期觉得有点对不起林老师的微弱偏亮秘诀，呵呵，心都在玩乐上了，因为发觉自己在画画中，套上了想画得更好的执着，结果让自己没有享受其中，没能很潇洒表达，那就去玩吧。

在双溪认识了很多来自各地的朋友，我们一起游玩、交心、做饭，一起唱歌、跳舞，一起品茶、读诗，他们个个身怀才艺，无私分享，真的很美好……

篝火晚会后，英姐说想感受我的火之舞，因此，做灵性舞蹈的我开始带一群喜欢舞动的画友们跳舞，很快乐也很感动。每天早上在阳光下起舞，做自由、自信的自己，然后画画。感谢林老师，感谢双溪，感谢每一位有缘的朋友，这一趟真的是快乐的人生之旅。

……

三　人文情怀无所不在

只要无特殊任务、没有外出，林正碌每天晚上必定出现在安泰艺术教育中心。用他的话来说："我推行的是一个公共教育，那就意味着跟整个社会签约。人家从世界各地千里迢迢而来，要等你讲课，你不能说我不在。画友随到随学，我就得随学随教。"

安泰艺术城流传一个故事：有位画友次日将离开，她去找林老师点评画作并合影留念。孤单单一个人回来时告诉同伴，林老师说他太累了，休息一会儿再过来。同伴都感叹：林老师那么晚了还在朋友圈点赞，能不累吗？大家均有同感，平常林老师很忙，见不到他人影时，都会不由自主去关注群里的消息和林老师的朋友圈。

没过十分钟，林老师如期而至，精神抖擞地来了。这是他一贯身体力行的人文情怀和契约精神。

合完影，画友想听林老师对自己今后的建议。他说："回去继续画你喜欢画的东西，画好了发帖子过来给我看。"

2016年，双溪安泰艺术城一楼美术馆开放后，这里不定期举办"七天奇迹展"，世界各地的人，不论年龄、性别和职业，只要你在"人人都是艺术家"公益艺术教育中心经历了七天，充满人文情怀学画，画出来的作品与众不同、有情感有梦想够精彩，都能被挂上美术馆白墙，登上大雅之堂。在这里，时令季节被重新赋予内涵，只要枝头上有了果实，任何时候都可以是笑逐颜开的丰收时节。

在第一场"七天奇迹展"开幕式上，策展人林正碌向全世界阐明了"奇迹"的人文意义——

全世界没有一个博物馆、美术馆、课堂里面陈列的作品，比安泰艺术城公益艺术教育中心墙壁上的作品来得了不起。因为这里的每个人，基本上都是一辈子被认为不会画的、不敢画的，来这里仅仅是第一张，顶多也是七天之内，已经表现出他独一无二的精彩。请问，这个世界还有哪个地方，为这样的生命做展示？没有！其他地方滔滔不绝说的是，我这里是精英，不是你普通人能做出来的，而恰恰这里告

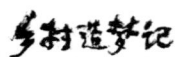

诉你，任何人都可以无比了不起，这就是安泰艺术城的伟大。我们墙壁上的所有作品，如果从个人艺术历程来说，卢浮宫里面没有一个人能比，这证明了人性的伟大，而不是拼命地冠以天之骄子以后才能有所成就。

安泰艺术城步入正轨后，成果不俗，数十位学画者的画作，应邀参加北京798艺术区、广州美术馆、武汉双年展、法国里昂界外双年展等画展。艺术城的影响面逐日扩展，每年吸引来自国内外学画的艺术爱好者约有一万人次，他们少则待七天，多则长住一年，每个人留在双溪镇的时间平均一个月，还有人干脆像候鸟一样把家迁徙到了这里。

双溪镇距离世界地质公园白水洋和国家5A级旅游景区鸳鸯溪约五公里，是一处典型的旅游集散地。随着文创产业兴起和白水洋、鸳鸯溪景区知名度不断提高，慕名前来旅游、参观考察、学画体验，以及收藏、旅居的人越来越多，改变了景区不能留客和一年分淡旺季的无解难题，从而推动了全域化旅游产业和商贸服务业的兴盛与繁荣。文创品牌带动了乡村旅游，据不完全统计，仅2018年，它对全县旅游贡献率便在百分之二十五以上。

由于县乡两级政府进一步加大了文创产业资金投入和支持力度，双溪镇在公益艺术教育中心基础上，逐渐形成一个集艺术空间、艺术教育、学术交流、艺术体验、艺术展览、艺术市场、文化旅游于一体的文化创意产业艺术城。四十二间艺术工作室及画廊成功运营，数不清的画作通过互联网和现场销售，产生了良好的社会效益和经济效益。

双溪安泰艺术城和它的公益艺术教学成果惊动了艺术界，先后有一百多位国内外艺术家前来考察、指导。

持续推广的公益艺术教育，以及它所营造出来的氛围，升华了全镇人的审美趣味和人文情怀，从政府到每一个个体都开始积极维护古镇老厝、生活环境、自然生态，古镇环境进一步优化。文创业态的注入，变废为宝，原来弃用、闲置的老厝，统统华丽蜕变，成了文创和高尚生活载体，走出了一条农村供给侧结构性改革的创新路子。

在双溪古镇闲逛，迂曲纵横的街衢古巷里，百年前留存下来的传统民居比比皆是，非常原生态，这有别于那些商业过度开发的旅游古镇。在这里，可以独自一人徜徉漫步，静心品味古镇的韵味。

镇政府用心保护古镇肌理，沿街立面改造和谐统一，修缮后的老厝不见被砖块水泥替代的痕迹，夜景灯效也没有花花绿绿，全是款式统一的LED暖光灯，使古镇既充满生气，又渲染出夜晚的安详气氛。主街干净整洁，虽然各色招牌灯光明亮，却不闻高分贝音响和商贩的卖力吆喝。商家彼此间也不抢生意，都是一副随缘的自然状态，给人安恬舒适的感觉。

源源不断的客流为偏僻乡村发展带来新机遇，当地农民自发转型，经济形态悄然发生变化，针对外来学画者的服务业应运而生。镇上出现了一个自发组织的车辆调度中心，司机们忙忙碌碌接送南来北往的客人；住宿业、餐饮业和土特产商铺、旅游用品店生意兴隆。

双溪这地方历来民风淳朴，加上艺术的耳濡目染和学画者的身体力行，又培养起双溪人的人文情怀，提升了每一个人的价值观，纯粹利益已经不再是当地人首当其冲的追求。

就像画友有数十个画画群一样，双溪的生意人也有朋友圈，他们抱团做良心生意，彼此关照。在这里，旅游集散地被游客普遍诟病的惯例成了例外，没有一次宰客、强买强卖的"天价"事件发生。

当地人对待画友和游客友善、真情。外地人来学画，预先通过微信或电话联系好，民宿房东根据客人需要，安排车辆去机场、高铁站迎接。改造修起的民宿楼层都不高，没有电梯，等在门口的主人会帮助把行李提到房间，再泡一碗当地特色饮食蛋茶待客，表示对客人的热情和尊敬。住进民宿后的第一餐，房东免费提供。通常民宿都有一个共享厨房，你也可以选择自己煮。住的时间长，油盐酱醋等调味品共享；时间短，一个人每天交十块钱，一切用房东的。搭伙也可以，去街上吃也行。碰上雨天，到了约好的时间点，房东会撑雨伞到画室门口接人。冬天晚上寒冷，知道客人10点半回来，主人10点便打开空调预热房间。遇上节日，房东会煮上一桌，在家里给客人加餐。有人端午节那个晚上从画室回来，已经安歇的房东把事前蒸热的粽子，用塑料袋扎好保暖，挂在房门把手上。客人回来一看，温暖得双眼起泪花。

他们大方待客，客人入住，自己炒制的茶随便喝。客人一泡，味道不错，你这个还不贵。离开时买了茶叶，还捎上他们自己种烤的笋干、食用菌等土特产。在这种安逸舒适的氛围里，住的时间一长，还住出了感情，好像变成亲戚一样。离开告别时，拥抱来拥抱去的，依依难舍。好口碑到处传扬，赢得了许多回头客。即便人没来，还会让房东帮助买喜欢的土特产邮寄过去。

街边小店和街上的大排档，价格合理，消费没压力。看你只有两个人，店家会自行给你做小盘菜，征得同意后，还主动把中午吃不完的菜放冰箱里，下一餐来了再为你热上。

有一位厦门女子，回家时买了很多土特产，大包小包的。吃完早餐，问店老板汽车站怎么走。店老板二话不说，到门口叫停一个骑摩托车路过的年轻人：依弟，你过来过来，帮我把这个客人送到汽车站一下。这人回去写了一个美篇发上网络，说现在哪里还有这种免费的事情？如果有，你心里头会不会毛毛的，敢坐吗？

双溪民宿二十余家，互相之间就是旺季也不乱抬价，因为对来学画的人而言，没有什么淡旺季。本来夏天一间房可以收一百多块钱，但只要艺术城开出证明，一个房间最贵也是六十块。实际上民宿主人还是稳稳当当赚钱，因为画友来了最少也会住上七天。利益均沾，共享双赢。

当地人建了一个民宿群，群里彼此关照生意，你介绍给我我推荐给你，时间一长，大家都受到影响，无形中形成一种良性商业生态。譬如，甲家有四个房间，乙家是六个，甲今天已经开房两间，来了一批人要四间。甲没有接两个进来，而是全部推荐给乙家，让一起来的人住在一个地方，方便同时行动。

说到底，双溪人眼光长远，早先，他们也品尝过因小失大的滋味，从而自发形成行业自律。这里的生意现状都摊晒在阳光之下，像原始森林里的泉水一样清澈见底。那些开店老板，你今天待客有问题，明天立马生意寡淡。古镇的信息非常公开和透明，因为一个个画友的微信圈里，视频已经传得沸沸扬扬，警醒不断，点赞不停。嘿，你不要去那家住，淋浴头坏了没修。啊，这家小店价格实惠，炒的菜很好吃。各家的软硬件和服务状况，仿佛明火似的，想藏藏不住，要包包不了。

如此人文环境，淳朴自然，体验舒适，让所有外来人身心愉悦，可以几个月乐而忘归地住下去，有的人甚至住上一年半载，把他乡当成了故乡。

一位画友有感而发，为此在微信里写了一篇文章——

双溪古镇有着浓厚的人文环境，不断外来的"新移民"，给这里带来了勃勃生机。这区别于一般的游客环境，是一种生活态度、文化构建的双重融入。这不是个景区，更像一个汇集、包容、接纳各种生命姿态的"青苹果乐园"。

我老家也有一个古镇，常年也有很多美院学生、画家去写生，甚至还出现了一个画家村。去过几次，更多像个游客，村民有村民的生活，顶多卖卖纪念品和提供画材。画画的人也有自己的生活圈子，山门紧闭，大门口高挂"私人宅邸，非请莫入"。

比这里自然环境好的地方，中国还有很多，但有着这样的人文环境，成为寻求自我内心、探索精神家园的，放眼全中国，恐怕找不到第二个这样的地方吧。

……

20世纪一位伟人说过："只要有了人，什么人间奇迹都可以造出来。"这样的话，用来说双溪镇独特的乡村文创旅游现象非常贴切。

这一波波的人流大潮，也裹挟起残疾人和贫困户一同畅游，使他们从中受益。安泰艺术城运营以来，累计培训了近六百位贫困农民和残疾人，通过自媒体和电商等线上渠道销售画作一万多幅，总价值近千万元。大约有三分之一的画友，每个月通过卖画增收五百到五千元。一些人因此转型为画家、创客，每年家庭平均增收四万元，为当地精准扶贫工作助力增色，添砖加瓦。譬如，在外县工作的马善继辞掉公职，回到双溪一边照顾病残的妻子，一边还开办了五证齐全的一家民宿——屏峰公寓；贫困户张达珠申请政府补助，把老房屋修缮成客栈；贫困户陆桦、吴泽屏则利用生产扶贫资金，经营起风味小吃店。他们的年收入都增加了上万元。

2017年9月，福建省委党校、福建行政学院闻风而动，与屏南县政府签约共建文创扶贫现场教学基地，安泰艺术城就是其中的一个教学点。现在，这里已经承接了多批次团体参观、考察，为广大干部开展文创扶贫教学培训，推广屏南乡村的精准扶贫经验。次年6月，中共中央党校出版社还出版了由福建省委党校撰写的《文创扶贫助推乡村振兴的屏南路径》现场教学系列教材。

林正碌说起双溪安泰艺术城，颇感欣慰。凭着一座安泰楼，当地相关民

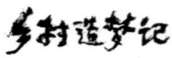

宿、餐饮配套服务，短短四年多时间里，发展到了四十余家，个个生意兴旺。这是他的初衷，就好比在这里办起了一个亿元企业，钱不经过自己手而已。企业从来不是成全老板本身的财富，它的责任就是社会的责任。林正碌感觉自己只是把这个企业责任直接公益化了，让它形成社会敬重的公共利益系统。企业无疑是一个社会的心脏，它培养的人才、研发的成果，最终都得变成利民惠众的社会资源，政府则是确保这个心脏健康运行的保护者与管理者。

第三章

一　台前台后那些事

在上海M50艺术空间公益教学那一年，前来学画的多为都市白领。到了南方山区屏南县，王亚飞看到了完全不一样的景象。刚开始，在漈下教学的对象和青岛家乡一样，清一色农民，还加上了乡村孩童。双溪的教学对象刚开始大多是残疾人，然后是世界各地的学画者。在林正碌公益艺术教学团队里，除了王亚飞能胜任助教工作，就再没有其他老师了。大的格局就是林正碌负责漈下文创村，王亚飞负责双溪公益艺术教育中心。

双溪公益艺术教学顺利开展起来以后，林正碌走马灯似的忙于漈下、龙潭、四坪、芳院、墘头、寿山等古村的文创复兴，白天整个县域来回奔波，晚上7点半回到安泰教学中心授课。

在海安时，林正碌用自己摸索出来的方法已经让王亚飞开窍了，使她搬开了固有的思维屏障，从一个最初的质疑者变成获益者、志同道合者，绘画水准有了长足进步。到了上海M50艺术空间，她又真刀真枪地经历过一场场拼刺刀的白刃战，至关重要的是，回家乡还独当一面操练过一回，并且战绩不俗。林正碌对她一百个放心：别小看这个女孩，她一个人可以撑起一座城市。

即便林正碌不在现场，教学的方法和理念，王亚飞也是与之一脉相承。哪怕你再不行，我都能通过心理学的相关知识，找到你身上的闪光点。读大

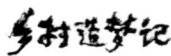

学期间，老师经常说，怎么这样画？你们看看，画的那是什么东西！没有缺点也要找出缺点来，以示警醒。绘画到底是为了什么？为什么要去选择那条特别枯燥乏味、特别纠结痛苦的路子？当她掌握了林正碌自创的绘画方法，感觉这么简单，这么好用，就想把它传递给更多需要的人。

不得要领和方法，为绘画零基础的人授课超难，通常吃力不讨好。面对的还是不同学历、不同心理素质、不同身体条件的人，牵涉到的不是技术，而是心理学问题。这种教育非同寻常，第一课就要为他们搬掉心理障碍，确立自信心。然后让他们感知、归纳眼前的世界，建立起自己的一套逻辑系统。在此基础上，再去展开想象，而这种想象符合逻辑，它才能被建构出来。我们整个社会，在漫长的时间里，已经有很多权威把个性行为的价值约定俗成了，觉得你这也不行那也不行，生命因此不绽放、不精彩，显得黯然无光。其实，人天生具备读图能力与制图能力，艺术教学所有的鼓励和暗示，都是为了让学画者大胆戳下画笔，在画布上把个人情感诱导出来。通过这个过程，每个人便进入了自己的认知归纳系统，所有的摸索、推敲，都是由他归纳世界后的经验建立。这个才是最为宝贵的。

如果没有比这种方法更行之有效的途径，林正碌是不接受的。这就是为什么这几年来，团队里面只有王亚飞一个老师的原因。他们也有意从学画者中培养助教，但一直无法解决的问题是，那些人自己画成什么样，教出来的学生就画成什么样，不能让每个学画者有自己的特色与技法。

每年，双溪安泰艺术城来学画的人里面，不乏潜在的抑郁症患者，这里成为一个集体疗愈点。公益绘画是一种高性能的关怀产品，这是创意时代的特点。来学画的人里面，回去后一直画笔不辍的，占不到一成。来这里的人，有一部分是家庭出了一些状况，比如沟通不畅，交流障碍，有或轻或重的抑郁毛病。如果是整个家庭过来学画，最终可以改善家庭生态。小孩三到八岁都有，这些家庭一般都坚持在画。王亚飞给他们的建议是，不一定要求每天画，周末全家到户外走走玩玩，顺便画上两张，变成一种生活常态，让家庭生活更饱满、更幸福。这样的情况，达到了五成以上。

公益艺术教育想告诉人们，教育非常重要，怎么样才是好的教育方法。在大环境无法改变时，至少可以改变小环境，影响每个个体，让孩子们的成长更健康。成人受成功学影响，观念已经定型，但孩子身上的纯真需要保护和鼓励，激发他们用自己的眼睛去看世界，去爱、去发现、去探索、去创造，发出自己独特的声音。只有这一代成长起来，整个社会才会更有希望。

林正碌在抖音上对粉丝说过："你不要把责任都推给社会、推到学校去，孩子可能有这样那样问题，但一个人一生中最重要的老师是父母。同样学校毕业出来的孩子，出现不一样的情况，家庭生活有着推卸不掉的责任。"

双溪安泰艺术城人气爆棚后，世界各地的人纷至沓来，像滚雪球一样愈来愈庞大，王亚飞的教学强度几乎又抵近当年上海M50的状态。每天连轴转，很累很辛苦，躺到床上就是半休克状态，读秒之间便能沉睡过去。

王亚飞解释说："我们做老师的都知道，最简单的方法是别人问怎么画，我就告诉你这里撇一下，那里加一笔，这样最省事。我们的心理教学不是在讲台上讲对与错，如果今天我不告诉你这么做，我要花更多时间讲解清楚其中的道理。为什么我不能这样教你？我这样教你后果会怎样？不这样教你后果又会是怎样？"

刚开始，他们培养了几个本地画得比较出彩的画友当助教，负责管理、值班等项工作。安泰艺术城出名后，几个有经验的人全部被外省艺术培训机构挖走。人才流动很正常，挖走了，安泰的天也塌不下来。何况到了异地，他们弘扬的还是安泰艺术城的教学理念。

这事发生后，卖画、订购画材等事宜缺了业务熟练人手。王亚飞问林老师怎么办，一直空着也不是个事儿。

林正碌就有了请一个会计的想法。

后来，这件事无果。王亚飞眼睁睁看着这个摊子，时间拖得越长，可能问题积得越多越大。她对林老师说："这样恐怕真的不行，我先接手做吧。"

最后，王亚飞的活越揽越多，走开一下都不行。龙潭村的挂村书记邀请她到村里走一走看一看，直到一年过后才实现愿望。但她觉得这些不重要，在事业起步时，什么事情都要多操心。作为老师，她每天要在偌大的画室里边走边看边教，一天光在这里面转，手机上的步数就是两万多。看朋友圈里的熟人行走健身，随随便便就是这个数字，便与他们打哈哈，我怎么是快要累死掉的感觉。夏天最忙的时候，始终立地的双脚都快要肿胀起来了。一天下来，双脚放在热水桶里一泡，都酥麻了，很快还红成一片。

王亚飞是个停不下来的女孩，稍有点空闲，又开始在抖音平台做"林正

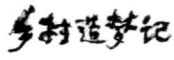

碌艺术课堂"视频，她希望认真做出成果，让别人看到样板和效益，接力棒就可以传下去。打那以后，画室的志愿者都学会了视频制作的拍录、剪辑、推送等程序。这之后，她才有时间做个人公众号，这个品牌货真价实是属于她自己的财富。

外人认为，互联网是他们营销的一种手段。其实，教会画友运用自媒体，是为了他们的长远发展，这样可以一边画一边写公众号宣传自己，建立朋友圈。有不少来安泰艺术城学画的人，最后专职做起了自媒体，以写公众号为生。学画带来的自信，确立了人生一个新起点，它可以延伸到其他领域。

任何人来艺术城，他们都给予更开放的思维，不会让画友只做一个点。兴趣点越多，成功的可能性越大。你在做其他点时，这一点就在放松，然后彼此关联支撑，增加灵感。

如今，公益艺术教育中心有四名志愿者，为学画者登记、签字，帮忙领画布，再给一些操作上的指导。他们两人轮一个星期，上半天班，政府安排住宿，分担水电，月工资两千元。志愿者也会轮换，一旦有兴趣做别的什么，画室就会酌情给他转换一个支点。

有人质疑王亚飞是否依赖于林老师的平台和资源，她笑笑说："专注于画画时，如果我有太多杂念，那我肯定画不好。可是当我把这份专注积累到一定时间，就会发现，前方的路上，各种平台和资源都在向我聚集。"

如今，王亚飞的油画作品已经有了身价，比起那些为了生计早早转行的同学，她深感自己的幸运。很多人问："能赚的钱为什么不去赚？"

她的想法是："以前的梦想是买车买房嫁人，现在不重要了，几张画就能换来一台车，怎么还会在乎钱呢？我已经有了这个技艺，走到哪里都不愁生活。有的人以赚钱多为乐趣，有的人以获得价值感为乐趣。我现在发现，你越是做公益，对社会贡献越大，你的成就、价值也自然跟着高涨。"

别看王亚飞对画友们不停说话，整天一副笑脸相迎，其实，私底下她不爱出门，不太喜欢社交。房间门一关上，就不愿意多讲话了。她可以一整天把自己锁在屋子里，除了画油画、剪视频，她的兴趣点很多，做动漫、设计服装。她身上有一种职业女性的特点，转身便可以进入工作状态。

到双溪后，镇里给她发工资，解决住宿吃饭问题。双溪艺术城名声大噪后，外面机构纷纷来这里挖人，连她家乡的县都派人请她回去。屏南县为了稳定人才队伍，也跟她签订一定年薪的有偿服务合同。

作为屏南县的主要领导之一，大家看到周芬芳的时候，更多是在电视新闻里、会议主席台上、办公室的大桌前。但在外地来的画友中，她就是一位热心的大姐、亲切的阿姨、慈祥的奶奶，双溪艺术城二十多个画友微信群都有她的头像，还经常冒泡，露出水面点赞发声。她事无巨细，凡事亲力亲为，画友们遇到大事小事，都爱与她叙说，找她咨询、帮忙。

有一年中秋节，陕西汉中一对夫妻带着三个孩子过来学画。第二天晚上，一个孩子突然发高烧，在群里求救。周芬芳出面安排，教他们怎么坐车到医院治疗。到了第四天，母亲又在群里直接问："周主席，昨天我和孩子们去附近乡村游玩，不知三岁小女儿被什么虫子咬了，头上怪怪的样子。"周芬芳让她拍一张照片发过来，发现伤口周边好像还有虫卵。以她的乡间经验判断，是感染了寄生在牛身上的蜱虫。她让艺术城管理员为其叫出租车到县医院，这一头，又打电话给皮肤科主任。主任正在去邻县的路上，连忙掉头赶回来，周芬芳专门到医院对接。主任在创口消毒、局部麻醉后，把叮咬在孩子头皮上的蜱虫夹了出来。

还有一位武汉来的母亲，带着智障孩子到双溪学画。孩子是歌坛新秀莫愁的追星族，他画的画都是莫愁形象。大家知道后，纷纷帮忙转发帖子，通过一手一手接力，还真传到了莫愁那儿，并回复可以见面交谈。

有一天，正好县里组织三十几个退伍老兵学画，文创屏南公众号的摄制组要到双溪拍新闻，周芬芳也随同去看望、慰问。中午和几位老兵在餐馆吃饭，艺术城文创管理员打来电话，说武汉来的那个孩子倒在地上，口吐白沫，有点像癫痫发作。他们几个放下筷子，连忙赶到三楼画室。双溪卫生院已经到场做了急救处理，正在等待县医院的120救护车。孩子的母亲已经吓软了双腿，手足无措。几位老兵一起帮助把担架抬到楼下救护车里。住院三四天的检查、治疗中，文创办的几个人像家人一样轮着去医院看护、陪伴。

后来病情得到控制回武汉，周芬芳与他们母子俩在福州机场分别时，她对孩子妈讲，根据屏南县医院结论，是脑内长了良性胶质瘤，必须尽快到大医院进行治疗。

现在，周芬芳还经常在微信里给这个孩子点赞加油。

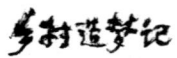

为了鼓励农民和残疾人带头学画，为文创添柴加火，周芬芳经常会自掏腰包送他们围巾、皮包和小饰物作为激励。中秋节留在画室的人很多，她自己掏钱，买了一千五百块钱的月饼分给大家。大年三十前，她还会把一板羊腿、猪腿让人送到留在屏南乡村过年的新村民和艺术家那里，让那些离家的人聚在一起吃一顿团圆饭，感受家庭的热闹和温暖。每一年春节，她不在双溪就在漈下，和驻留的画友们一起吃年夜饭守岁，初一又到文创村里与新老村民一起欢庆新年。

既然你搭了一个平台，不设限地把各种人集中在一起，发生任何鞭长莫及的意外，你多少都担负有一点责任。残疾人刚学画十几天时，长桥镇一个残疾人感冒去世。当时有签到制度，一查，他已经回家一周，再回画室时突然说头晕，抬到医院就断气了。

所谓的风险随时存在。到屏南来策划文创产业，起头是林正碌，再引出独立艺术批评家程美信，两人都是非体制内的角色，县机关各部门流长蜚短不断，大家唯恐出现意识形态问题。

尽管周芳芬以自己的近距离接触和丰富的人生阅历，已经做到心中有底，但为了给县领导一个明确交代，也让各种闲言碎语打退堂鼓，她还是通过个人关系联系了上级国安部门，私底下找朋友了解这方面情况和知识。朋友教她几点：一有没有接受境外资金；二有没有非法结社组织；三有没有窃取政府文件……

周芬芳继续刨根问底："如果我引进人才做县里的古村保护，是不是可以这样认为，万一这个人有问题，在屏南被我们发现，我们是不是不但没事，还可以立功？然后，我们之前发给他的一些工作补贴，应该没问题吧？"

朋友笑起来，"哇，芬芳呀！你这人实在是精神可嘉。你何苦去做这么麻烦的事情？"

周芬芳认真起来，"这是我们县古村落难得的机会，再不去搏一下就没有了。"

看她一脸真诚的样子，朋友给她吃了定心丸，"没关系的！"

告别时送到门口，朋友还在念叨着："你也真是太有勇气了。"

二 "名记"的乡村生活

2014年,70后的京城"名记"吴阿仑从"无冕之王"的火热中抽身而出,创办自媒体"好报",运营激发自身潜能的兴趣社群,有写作、画画等主题,提出"做自己的生活大师"理念,参与者甚众。

2016年3月,朋友的微信公众号出现一篇关于林正碌公益艺术教学的文章,吴阿仑看后十分好奇。在朋友牵线搭桥下,他邀请林老师在自己的"零基础画画营"做了几次线上分享课,深为其传达的理念所折服。林老师不仅在教人画画,还反复告诉人们如何热爱生命。他的许多理念正是吴阿仑所思所想,但林老师站得更高、看得更远,更有系统性。吴阿仑便动了认识这位高人和观摩一下他教学现场的念头,千里迢迢奔赴福建大山褶皱里那个闻所未闻的双溪古镇。

当年5月,吴阿仑远赴双溪学画,并跟随林老师到漈下村采访,他把记录所见所闻的文章,陆续发布到"好报"公众号上,为林老师正在进行的公益艺术教学、古村复兴事业摇旗呐喊。因为"零基础画画营"都是铁粉,加上之前的线上分享课,许多心动的网友循着这条路径,纷纷前往双溪安泰艺术城,去兑现自己怀揣的艺术梦想。

那段时间,"好报""报大人"这样的词汇,经常出现在安泰艺术城画友们的闲聊海侃中。而吴阿仑创办自媒体两三年以来所面见的粉丝,还不如在双溪古镇的那些天里来得多。那之后,"报大人"的雅号便代替了他本名。

在艺术城,两个三观一致、志趣相投的男人颇有相见恨晚之态,在一次次唇枪舌剑中,有了很多思想上的交锋与碰撞。经常在晚上12点左右,林正碌忙完一天工作,便给他打电话:"报大人,你在哪里?来画室喝茶吧。"

报大人在他的文章里这样写道——

在公益艺术教室里,有残疾人、街头乞丐、大字不识的农村妇女,有年收入上千万的富豪、名声大噪的记者、学识深厚的大学老师,也有两三岁的小孩子、四五十岁的中年人、八九十岁的老人。不同背景的人可以在一个空间里互相尊重,其乐融融,一切都缘于林老师强大的人格魅力。这种魅力吸引着我们,帮助他能影响和接触到的人化解心灵上的毒素。

停留二十天后,报大人事务在身,回了北京。他认为林老师这样有意思、思维高度体系化的人,走遍中国也很难再遇到。还有哪个教绘画的人,具有这种段位呢?今后可以跟他取点真经。离开时,他把心思告诉林老师:"我还会回来。我还想跟你有一段合作呢。"此后,林正碌甚是挂念,打过几次电话,询问他何时再来。

一年后的5月,报大人再次返回双溪。那段时间,他的家庭生活出现了一些状况,想找个地方长待一段时间,梳理梳理心里纷乱的头绪。首先,想看看与林老师能在哪些方面进行合作;其次,他也想另起炉灶,尝试一下过另一种生活方式的可能性。双溪自然成为他的首选之地。

再次来到双溪,报大人发现自己写过的几篇文章,获得很好的社会效果,受到大家追捧和赞誉,便计划开设一个专栏,继续写那些在双溪遇到、听到的人和事。他婉拒了林老师在艺术城安排工作室的好意,写作嘛,就是要安静、自由,他自己在双溪镇附近的乾源村租了一套民房。

没多久,他又改了主意。艺术城正在发生那么多了不起的事情,置身其间,目睹耳闻,随时可以接触到形形色色的人物,会获得更大的信息量。单是看沈明辉、杨发旺那些身体残疾、内心丰富的艺术家们,天天在门口走来走去就很有感觉。何况,还有来自全国各地甚至其他国家的画友长驻于此。这相当于住进了一个传奇故事库里,再不是一个局外人有距离的审视目光。

报大人"出尔反尔",又向林正碌申请要回了工作室。

我给你一个苹果,只是你手上多了一个苹果;我给你一份爱,则你与我的心中都能感觉到爱。报大人信奉这种公益性分享的美妙,在近身采访、"隔岸观火"写作的同时,他也想通过学画融入画友圈子。

有一天在潦下村,他巧遇一位五十多岁的女画友,四十多公里的路程,她居然骑一辆自行车来回,一趟往返大约要花掉三个小时。看报大人百般不解的眼神,她解释说,这样做是为了节省车票钱。她没有手机拍照片,沿途发现中意风景,可以停下来,勾画到纸上,回到画室,再根据草图和记忆画出来。

闲聊了一会儿天,报大人知道她来自浙江台州,叫王柳云,在台州一家宾馆当服务员。有一天休息时，她从宾馆电视上，看到央视报道林老师教一位八十多岁老婆婆学画。老人家从没摸过画笔，一周后便完成了一幅油画作品，被网友盛赞为中国的摩西奶奶。王柳云多想改变人生命运，要是能靠高雅艺术赚钱养活自己，比在宾馆当服务员、天天被老板呵斥要强太多了！那才是她梦寐以求的、有尊严的体面生活。于是，辞职来到双溪。她讲起了自己的经历——

刚画了几幅画，老公电话就追过来：赶快回来！村里人都在笑话你。再不回来，你会穷死的！她心犹未甘，最后，还是服从了老公，回家了。大概过了一个礼拜，王老师打电话到家里，说她留在画室里的三幅画卖掉了，被人收藏了。她愣了半天，不敢相信这是真的。这件事起死回生，给她重新安上了梦想的翅膀，她硬着头皮找亲戚借了一点钱，重回双溪安泰艺术城。

从潦下回来后，因为跟报大人熟了，在艺术城，隔着老远，王柳云经常大嗓门喊，报老师，点评一下我的画吧。报大人对她印象深刻，这人特别能吃苦，比常人付出更多的辛苦才能达到别人看起来很简单的事情。她的画不乏细腻和真诚，朴素中透出一点凄凉美感，让人莫名感动。

凭着一股执着和刻苦劲头，三个月里，她画出了五十幅古村风景和乡间风俗画。她笔下的古村风景，连专业画家看了都颇为诧异。她的画口碑不错，可是销售渠道不通畅。后来，她虽然买了智能手机，却连微信也不会使用。由于手头窘迫，性格内向而且自卑，赞扬声多了以后，性格里面的古怪成分开始不断放大，讨厌人家叫她村妇，觉得自己很了不起，又不善于跟人交流沟通，轻易便产生矛盾，她本人也很受伤。她的画，只是在林老师帮助下卖出过几幅，更多的都留在自己手中。画了一段时间后，画卖不动了，又悄无声息回老家打工去了。

报大人觉得，一个辛苦活了大半辈子的女人，一双干了大半辈子粗活的手，忽然有一天，对艺术心生向往，拿起了画笔，但迫于生计又不得不放弃，终止了这个美好的事情。太可惜了！王柳云这么热爱艺术却又不得不放弃，原因是她必须回去赚钱糊口。报大人心里也想不通，这么好的画，怎么就卖不出去呢？她的故事能打动我，也一定能打动其他人。报大人有了利用自己的公众号平台写文章来宣传推广的念头，让被她故事打动的人一起来支持，帮助她实现人生梦想。报大人马上将想法付诸行动，得到王柳云家庭地址后，驱车四百多公里，专门去了一趟她的老家。

开门见山，报大人问："如果你的画一下子全卖掉了，突然变成了一笔钱，你还会回双溪画画吗？"

"我会。"王柳云毫不犹豫。

"那好。你的画，我全部买下。我把钱一次性付给你。然后我再慢慢卖。就这么定啦。我到台州是来送钱，并搬走我买下的那些画。"

人生忽现曙光，王柳云心里又燃起了希望。她说："你先回双溪，我把手头事处理完。过几天，一定双溪再见！"

事情如报大人所期望那样，王柳云的画在自媒体上卖得挺火，一下就出手了二十多幅。

有一段时间，林正碌在画室找不见王柳云踪影，打电话问报大人。艺术城美术馆准备举办一个优秀学员"双个展"，王柳云是其中之一。

报大人也没有她的联系方式，但之前在基督教堂碰到过她，心想顺便去看一看她的近况。他到基督教堂旅馆的围墙外喊了两声她的名字。恐怕人在里面也听不到，他只是想碰碰运气，何况，她可能根本就不住在这里。

岂料，有人应了声，王柳云开门出来了。她一直闷在房间里埋头画画。

画展办完后，林正碌给她派了一份公益艺术教育中心清洁工的杂活，虽说工资不高，多少也可以补贴一点生活开销。

当记者多年，报大人善于察言观色，思维敏捷尖锐，经常提出一些富有挑战性的问题，林正碌棋逢对手，聊起来很是过瘾，基本上每天晚上都要喊他到画室喝茶，彼此为颅内高潮推波助澜，每每夜阑人静方散。

他们也谈到了王柳云，报大人说："想起王柳云，我会感到一丝心酸，她的画能打动人心，但就是卖不好。我有一个感觉，她是现代社会里社交严重缺失的人，有点像当代凡·高。"

林正碌接过报大人递过来的一支香烟点上，接嘴道："但她有一个致命毛病，别看她表面上自卑，其实呢，骨子里极端自负，这两个东西又麻花一样扭在一起，麻烦在这里。她看过一些书，经常给我念古诗，觉得自己可以当大学教授，是一个很有文化的人。她自负到什么程度？当面讲得清楚的事情，非要用古文给你写信。我毫不隐讳说，假如你古文造诣胜过大学教授，那你骨子里讨厌自己的农村身份，这样的文化品格使你小看自己。我真诚地跟她讲时，她就装、装……哎呀，我怎么都听不懂。"

……

在与报大人一次次的海侃里，林正碌开始琢磨一个问题，京城"名记"可以在这山沟沟里自由自在走动，还能沉得下来，写自己喜欢的文章，同时，线上"写作营"照样经营得如火如荼。这再一次证明，在新经济条件下，人力资源可以大解放，而对被工业抛弃的废墟、愚公也要背井离乡的中国乡村来说，又是一次新的地理大开发。

眼前袅袅升腾的淡蓝色薄烟里，林正碌幻想着，在随后勾画的蓝图里，这样的角色，从各地来学画的人里面淘出来越多越好。他们是古村复兴不能缺席的助燃剂。

三 乡村种子工程

诸多事情复叠在一起时，有的人怕乱麻缠身，一根捋清楚再去捋另一根；有的人偏偏不怵这种纷繁杂沓，这根捋捋再那根捋捋。林正碌智商过人，他擅长同时开画几幅风格不同的油画，一会儿撇撇这边，一会儿又刷刷那边，转场迅速，还有条不紊，看似纷乱却胜券在握。在漈下复兴古村时，他插入了双溪和降龙文创；在双溪开展公益艺术教学、文创扶贫时，他插入了龙潭和四坪文创；等到在龙潭振兴乡村时，他又插入了芳院、寿山和墘头文创。一旦客观条件成熟，他随即跟进，全盘布点。

一个人的时候，他像解奥数题一样，一遍遍推演结果。按自身精力，只能一年做一个村。他在算，自己今年四十六岁了，体能会下降，兴趣度也会减低，再加上那些无谓的消耗和意外，满打满算，这一辈子能好好复兴十个古村就不错了。但是，当这个社会没有达成共识时，没有近忧也有远虑，这十个村也不一定保险。

林正碌在抖音里，从哲学角度，经常与粉丝们谈生说死——

生命极端鲜活，昙花一现。在昙花一现前后，人生都是虚无与黑暗。如此虚无、黑暗，正所谓无常。而人性的伟大就在于悲剧的人世间，像昙花一样去绽放，而不是去恐惧，你恐惧也没用。所以，生命的伟大，正所谓向死而生，笑看无常是最好的。

到这个年龄，他必须笑看无常。一生里还有很多使命要去践行，这成为他四处奔波的一种动力。从到屏南的那一天开始，他就没有了正常节假日，每年春节期间回老家莆田和家人团聚八天。人生苦短，只争朝夕。为了自己心中的信念，他必须快马加鞭，在屏南大地上多描画出几幅古村复兴的蓝图。

在林正碌的策划蓝图上，双溪安泰艺术城无疑是一个桥头堡的存在，在整个运作系统里面，它属于至关重要的一个控制节点。漈下村村妇陈祥李前后判若两人的成功转型，已经树立了一个样板。安泰艺术城可以优化农民的文化属性，使那些自卑、谈不上情怀、对外社交开放度不高的人群，通过艺术教育激励，提升认识和转型思想，精神上自信起来，从而改变乡村生态。随后引进新村民，喜欢乡村生活的城里人可以认租修缮好的老厝，再进一步优化乡村的人文环境，最后新老村民彼此融合。

林正碌重新定义微观新经济，它的核心点是：借助自媒体，打破传统经济时代的物理障碍。过去优质资源主要聚集在大都市，为城里人拥有。进入自媒体时代，个体生命无须再受职业和地域囿限，即便偏僻落后、资源匮乏的山村也有机会让世界瞩目。每一个独立的生命个体都有可能成就自己，从而实现经济价值。微观经济就是人力资源大开发，解放农民情怀和创造力。接下来，闲置老厝和土地资源产生价值，被有效开发。

人人都是艺术家的终极目的是让每个个体相信，自己可以在文化创意、人文情怀上更有作为。城市人来了以后，发现果真如此，切身感受到生活充满新的可能性。把村民改变成艺术家，实际上还有更深远的目的。我们对应的是一个全新的自媒体时代，交通、物流、资金结算高度便捷，人终于可以在诗意之所充分展开梦想和创业，乡村的生态必将发挥出毫不逊色于城市的作为。

这一套组合拳，就是乡村种子工程构想。截至新冠肺炎疫情前，种子工程已经累计选送贫困农民三百多人参加"人人都是艺术家"公益艺术教学培训，并通过自媒体售画增收。

种子选手身负几种功能。第一，改变观念，变不可能为可能，譬如一个刨土扒食的农民会画油画，进而创造文化价值；第二，在与外部世界沟通、交流中换脑筋，使农民理解了城里人和他们的生活方式，敞开胸怀接纳艺术家们的到来；第三，至少能让那些农民把耳濡目染的好习惯带回乡村，树立文化自信。

在漈下村开展文创工作时，林正碌以为把先进理念植入就成功了，后来涉及老厝修缮这一块，与村民产生诸多认识方面的问题，致使他壮志未酬。林正碌检讨了这种思路：漈下村实施文创产业项目后，版本之所以高不起来，缺的就是这个中间环节。

第一批进入安泰艺术城学画的十几位种子工程选手来自降龙村，在整个村还没有进行文创之前，全村能叫出来的农民先拉到艺术城进行短期脱产培训。文艺是最容易聚人流、聚人气的一种手段，让农民学油画，并非要他们个个当艺术家。在艺术城，与世界各地来的人天天厮混在一起，不管你面对的人曾经多么高端，大家平起平坐，彼此关系是画友，交流起来有共同语言。这显然不再是一个农民与城里人的简单关系。学完画，外来人自然而然跟随村民一起回到乡村写生、游玩。我是东家，你是画友，软着陆无缝对接。那种感觉真的很奇妙，朋友圈就此扩大，待人接物也不怵了。过去，村里冒出一两个游客，村民总是像看新奇动物一样，眼神怪怪的。

2016年年底，应屏南县南部熙岭乡邀请，林正碌进入龙潭村考察过两趟，县文创办确定了下一步工作计划，打造龙潭古村已经摆上了县文创办的议事日程。

2017年年初漈下艺术节开幕时，熙岭乡郑书记便对记者们公布了这个消息，"今年，我们也要在龙潭村试点文创，那里有很好的自然和文化资源，准备请专家来专门指导。"到场的龙潭村主任也表态，"3月份文创就要在我们那里搞，我来取经，回去才做得来。"

林正碌已经把手里的兵器磨得锋利，漈下村，降龙村，一次次做到半途，使不上劲也不痛快。为什么呢？反省结果，他继而提出乡村发展文化创意产业"三要素"环环相扣的重要性，这就是理念、容器和制度。

这么说吧，他个人拥有外界无法制约的理念，但理念执行必须找到容器，当理念没有落脚容器时，它是灰色的。理念要在容器上去实现的话，得有制度支持，过去叫契约。换言之，就是政府制度的出台与服务。为什么很多地

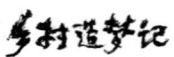

方做不下去？因为这个契约没形成，你要做文创产业，制度首先不接受。理念一旦被接受，制度就会支持理念在容器上落地开花，构建起一系列保障体系。

屏南乡村遍地皆是容器，把乡村的建筑、人文、生活方式直接转型成新经济创意产业容器，既然是工业废墟，愚公也想不要，那成本肯定低。作为一个不求经济回报的人，林正碌只要理念能落地便心花怒放了。屏南的伟大在于，至少每一次在他的理念落地时，县委、县政府都会在制度上全面支持，在传统村落建设中给予充分的话语权和策划权，使得文创产业项目能够在全域开花。

接下来，还要县乡村三级一体联动，任何一级组织不作为，都会困难重重，甚至让你半途而废。

时令已经进入龙潭村瓜熟蒂落的季节。每次碰上林正碌，熙岭乡郑书记都是态度诚恳地邀请，林正碌也摩拳擦掌，说收尾完手上的事就到位。本来林正碌答应村两委春节后就来，却一直不见动静。龙潭村的文书陈子瓣心急火燎，与省里刚派下来不久的驻村第一书记吴明峰专程两趟到漈下村请他。

林正碌引而不发，是欲擒故纵，还是吊人胃口？

其实，那时漈下文创工作已经出现瓶颈。漈下是林正碌文创复兴古村的发轫之地，他投注了满腔情怀，舍不得就此放手，他在坚持，希望画个圆满的句号。他提出做龙潭，当时也是想给漈下人敲个警钟，你若再不积极主动，那我换个地方做给你看。遗憾的是，漈下没有挽留他——这件事，在一次县里召开文创推进乡村振兴的现场会上，该乡主政者被后来升任为县委书记的吴县长毫不留情指名批评，这就给偏远的贫困村龙潭拱手送来一个朝思暮想的机缘。

林正碌对专程来催促他的吴明峰说："我有意向去龙潭做，但你们要配合我。在我没到之前，先把村里的种子选手送到双溪去学画。"

种子工程也是对乡镇主官和村两委的最后考验，你这个村是不是真心确定要做？有没有紧迫性？哪个村想做，无条件派人来学画。你也别说不可能，漈下已经可能了。

县文创办深知下里巴人与阳春白雪的艺术向来风马牛不相及，大家在认知上存在不可逾越的天堑。培训种子选手学画属于新事物，不能叫他们自己贴钱。按当年双溪镇消费水平测算一下，食宿大概两千元就够了。文创办出台政策，每个参加培训的村民，补贴两千元吃住费用。岂料，熙岭乡的态度更是令人无可挑剔，补上一条：食宿由乡政府全包，两千元当作村民的误工补贴。

即便条件如此诱人，村主任动员了一个多礼拜，还是无人主动报名。村民都觉得学画太花哨，哪来这么好的事，也怕误工费是天上掉馅饼，最后不能兑现。工误了不说，还可能去丢人现眼。

3月23日，到了临出发这天早上，连哄带蒙，总算召集了十五个在家里没事干的人，开了三辆车，把第一批学画村民带到双溪艺术城。

农民第一次遭遇油画，会收获一种怎样的绘画体验呢？有好奇记者便到现场采访。因为三楼画室正在赶装修，他们都搬到一楼小房间，屋里阴冷。太阳出来，大家纷纷挪到门口晒太阳，面对四周景物写生。

"你画的第一幅画是什么？"

"对面那个笔架山，还有外面那个城门。"

"感觉自己画得怎样？"

"哎呀！想画又不知道从哪里下手。喜欢是喜欢，老头子，手会抖。"

旁边的年轻女孩接口道："刚开始画有点怕怕的，左也不是右也不成。现在感觉还挺好玩的。"

"刚来的时候挺紧张，今天还好。"

在一楼小房间里，记者采访了龙潭村妇女主任陈小兰，"为什么来双溪学画？"

"我们来学，是为了以后要搬到我们村里去做。自己也想带个头，打先锋，回去带动村民开始画画，再把画友引进我们村。希望我们龙潭村，能恢复到以前的繁荣。"

消息传回龙潭村，那些畏手畏脚的村民开始觉得学画并不是什么洪水猛兽。到艺术城学画的村民，有人把自己的画拍下来，发到村里微信圈，向大家炫耀。这张被人收藏了，就是卖钱了。在家的村民跟着一条条议论：你这画还有人买呀？好有本事！画画还能卖钱？一个个从开始的怪异变成了惊奇。

他们看七老八十的人都画得来，还能卖出去，一个个开始动心了。

村民陈孝高画了快一个月，中间请假回去管理山上的桃树。很多村民闻讯到家里来坐，都好奇心十足，围着问这问那。

"画画到底是什么感觉啊？"

陈孝高如实回答："画画挺好，也挺有乐趣的。大家全部集中在一起，吃住不要你操心，吴书记都帮助办好了。"

他打开手机，把自己凭印象画出来的画给大家看，画面是村里的回村桥和临水宫。村民观念里的画通常是传统水墨，油画细腻逼真，照片拍出来，缩小后变得更清晰、更鲜亮。

他们凑近看西洋景似的，一个个大为惊诧，"这都是你画的？这不是手机拍的吗？"

当场就有村民受到感染，"好啊！那我也想去了。"

有人马上到村委报名，这样又接连去了两批村民。

因为龙潭村卫生清理和违章拆除还没有结束，学画村民又搬到一楼，接触的外人少。本来文创办的文件规定，原定学画一个月，现在视情况又加码了三十天。龙潭村前前后后学画村民去了三批，三十多人。当时整个村就一百多号人，生病走不动的扣除掉，占比大，这给龙潭村日后开展的文创奠定了非常扎实的基础。

闲余时间，村民也会到镇上逛逛街，找当地人聊天，多少见识了一下世面，知道了古镇民宿、餐饮和土特产的销售情况，为他们日后回村经营新业态铺了一层底色。

后来，有人开起林正碌的玩笑：你这是地道的文创洗脑"集中营"。

四　星空大戏拉开序幕

自2015年1月19日那天林正碌首次到屏南算起，他所讲的那些天马行空的话语，以及一组组量化数字，到了2017年5月，在林正碌眼花缭乱的拼图过半时，百思不得其解的旁观者蓦地七窍联通，都恍然大悟。大家终于看清楚了其间的来龙去脉，林正碌绝不仅仅只是一位神奇的教油画老师。这应了一句俗语：出水才看两脚泥。

先知先觉者早已预感到他思维体系里庞大的恐龙骨架，先行望洋兴叹。著名作家、独立纪录片制作人徐星，前洋村文创张勇团队的杨笑编导，他们跟踪拍摄、记录林正碌七天公益艺术教学的构想，在此前都明智地打住了。

这几年来，林正碌逢山开道，遇水搭桥，他在寻找一条理念落在容器里的路径。一路走来，他的理念与时俱进，县域政治、农民心理、人际关系日渐丰富、细腻起来，他不断汲取营养，修正、完善自己的思路。

龙潭驻村第一书记吴明峰不是全程跟踪者，他属于"空降部队"，也许暂时还不明了林正碌运筹帷幄的全盘，但在这一个节拍点上，踩得极为精准，提前为林正碌的心理预期推波助澜。

他这次带队来的任务就是提供保姆式服务，稳定村民情绪，确定培训制度，安排生活食宿。当天上午，他带头画了两个来小时，便在公益艺术教育中心四处走动，主动招呼交流，认识、熟悉各地来的画友，觑机宣传驻点村龙潭。下午，他动用自己的车，拉了几位新结识的画友前往龙潭，来回一百二十公里山路，单程一个多小时，连拉三天。如此好事在画友中传开了，想去龙潭玩找吴书记，车费免了，中午包吃一顿，亲自向导、讲解，还用"单反"帮你拍照留影。

驻村不久的吴明峰，由此熟悉了村里的环境格局。刚开始带画友沿西溪两岸走，看看古厝、走走回村桥、逛逛临水宫，还去溪头喝甘甜的山泉水，在村里转上半小时便捉襟见肘，缺节目了。后来轻车熟路，从溪头绕一圈下来再到溪尾，深入小巷寻幽访古，再去参观村里白水洋酒厂兵马俑一般壮观的酒库，两个小时还下不来。黛瓦黄墙，石径廊桥，青山绿水，古意民居，淳朴村民，一次次让那些城里人赞叹不已，一个个怦然心动的样子。

关于接下来将发生的一切，林正碌的路径是这样的——

我们置身这个伟大的时代，要解决的是让每一个人都更有热爱和梦想、更有创造力和人文情怀，而艺术是最好的介入。文化创意产业的特点就是尽可能把人的高贵的人文情怀、创造力和个性彰显出来，成为社会价值。所以，在复兴古村时，首先要解决这些问题。一个理工生通过画画，人生新的可能性被打开了，有了这种可能，他再去做任何事都充满了可能。

双溪艺术城这个平台，吸引了五湖四海的城市人，他们敢来，骨子里就是乐于接受新事物的角色。这些人一般是高学历、中产阶层，学完画以后，人生有新的收获和惊喜。这是一个在任何地理环境里都可以有作为的时代，龙潭只是提供了更大的选择可能。这些人又特别热爱那些古老的中华文明，不经意间，发现了这样一处人间乐土。他们心里喜爱的那些个宝贝，恰恰在龙潭村被保存了下来。我们再把闲置老宅修缮成适合现代人居住的空间，他们自然格外喜欢，城里人因此进驻，继而打造出一种比传统更高级的生活、创业方式。

人们原先所有的人生逻辑除了进城还是进城，我们的传统教育从来都是说，你好好念书吧，长大才有机会跳出农村。这些弄潮儿，个个都是厌倦了工业时代朝九晚五刻板生活的逆城市化者。因为自媒体的高度便捷，又催生出了新经济。通过不断传递引爆，把偏远的无人知晓的山沟沟激活起来。这是我们这个时代的现象。

明白这个道理，把龙潭打造成中华民族传统文化的弘扬地和寻根地、优质生活的策源地与输出地，从而构建出全新的生活方式引领未来，就不是痴人说梦的乌托邦。

四方涓涓细流潴水成湖，双溪安泰艺术城蓄饱蓄满了，就面临导流。在修缮古村时，有意识将画友引导到龙潭写生、游玩，其中必定有人一见倾心，动起在乡村常住之念。紧随其后，一批批城市精英带着修缮老宅的资金跟进，在城乡交融中，村民再次转型。因此，我们便有了一个雄厚的文化创意人才宝库，可以以充沛的人力资源去实现古村复兴，进一步打造龙潭片区与屏南的其他乡村，整个事态就这样一波接一波被推动起来。

但得强调一点，这里不是城市后花园和康健养老基地，不是产业链下游，它是为年轻人创业打造的低成本容器。城市里的好位置，基本被60后70后占据，现在有些人积累了财富，看好乡村大环境，又想进来跟年轻人挤未来。一个国家，如果年轻人创业机会不多、条件不好，不但年轻人没前途，我们整个社会都没有未来。任何情况下，要让年轻人去激情创业，降低创业成本，给他们更多试错机会。有了试错，便有了新的起步跟辉煌……

基于这样的认知，双溪艺术城这个桥头堡摇身一变，成了招商平台。仿佛跳动不休的主动脉，新鲜血液被源源不断输送到肢体的各个部位。

龙潭村全面修缮、建设公共建筑时，林正碌白天在工地上规划设计指导，晚上回双溪教学，一天一个往返地奔忙。看他来去行色匆匆，有人问他在忙什么,林正碌便声情并茂描绘一番,大家受到他莆仙口音里的内容感染,越来越多的人想跟随他去龙潭一睹真颜。

对报大人这样的新经济高手,林正碌肯定是要给他吃小灶的。

有一天,林正碌有点神秘地说:"走,明天带你去看一个古村。到那里创业吧。"

去龙潭的路上,很多时候,车不停地在山高林密的山腰盘绕,进村那一段山路崎岖坑洼,仅容一辆车通过。车身左颠右簸,感觉要跌入一个脱离人间烟火的秘境。报大人心里嘀咕:这样的地方还能创业?

村里俨然一处摊开的大工地,满地木头刨花,左一堆右一堆的沙石和砖块。老厝残破不堪,苔痕藓迹斑驳,与报大人的老家湖北黄冈农村比,衰败萎靡景象有过之而无不及。修缮的费用倒是可以接受,但在这样的地方住一礼拜都成问题,十五年怎么能待得下来?后来,报大人在文章里把当时的情形表达得传神入目:

> 老林是一位非常羞涩的人,我看得出他非常希望我也能认租一栋老房子,修缮后作为自己的工作室,留在龙潭。他带着我在村中四处转悠,看各种老房子。然而,看了许多栋房子,也没有真正令我心动的。但他从没有强力推销什么,只是蜻蜓点水地说上几句:"我也看上一栋老房子,非常安静,想修好自己住。如果你要,就让给你。"
>
> 老林的脑洞之处就体现在,站在一片废墟上,他能够展望美好的将来。我的想象力有限,他的指指点点、比比画画,没能激起我对老房子新生活的向往之情。
>
> 我没有答应领房子,也没有说绝不考虑……

黄璟是林正碌在上海M50艺术空间时已经认识的老朋友,她始终在追踪林正碌的事业进展。因为公司生意与合作伙伴产生龃龉,看到商场勾心斗角、人性贪婪、不择手段的一面。林正碌一席规劝的话,直击她的内心:没有一个好的人文环境,不可能有商业高贵的成功。你已经明白业内的这种生态环境,弱肉强食、无奸不商都被合法化了。既然设定的游戏规则不好玩,那你干吗不去想一想,我们自己也可以去创造另外一种优质的规则!

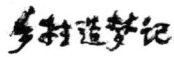

2017年5月，她带朋友们到双溪学画。在双溪逗留的两周里，她看明白了林正碌对她说过的规则，那就是通过艺术教育这个工具介入社会，唤醒每个生命体的创造力，然后把空心村变成一个比城市更优质、更令人羡慕的人文社区。发生在眼前的事，强烈冲击她的内心，她推翻以往认知，接受了这套艺术教育系统。那些天里，跟随林正碌的车，她看了龙潭、四坪、芳院几个古村，对未来新生活展开了美好憧憬。当年，黄璟辞职并注销了艺术公司，认租一座龙潭老厝修缮，确定加入龙潭这个人文社区。

何素珍来自北京，是一位接近退休年龄的高级工程师。她到双溪学画时，龙潭村的一位种子选手就是画友，说我们村正在建画室，风景挺好看，以后可以到我们那里写生。林正碌带他们进村时，何素珍只是想在南方乡村游玩一下。当听说花二十几万修复一座老厝，可以住上十五年，何素珍动了心思。这地方夏天清凉，有田园风光，还可以画画。已经忙碌了一辈子，现在她渴望过平静安宁的田园生活。当时也没考虑会成年累月待在这儿，寻思每年就是盛夏两个月住龙潭避暑也心甘情愿，她毫不犹豫交了一万块钱订金。后来，她的先生还专程从北京过来眼见为实。北雁南飞，一家人把事情敲定了下来。

出于对林老师的全然信任，老厝修缮伊始，何素珍提出做民宿，两个厨房要现代化的，自己、客人各用一个。二三层全部设计成房间，都是单床，也可以有一两间套房。房间要敞亮，有卫生间。然后从推荐房子到设计修缮，全权委托给林老师。女儿已经大学毕业，这里的生存环境悠然，很适合一个女孩家创业。

在江西吉安，曾伟为古村落振兴做过策划，中国东南部几省，他考察过百来个村落，对此始终热情不减。一位朋友知道林正碌在闽东复兴古村，推荐他过来看看。他和美术教育培训学校的同仁，带一帮学生到双溪学画。第二天，他就随林正碌去了龙潭村，直觉告诉他，这里正是他"踏破铁鞋"寻找的新生活乡愁地。龙潭村体现出中国人择水而居、立地山川的传统理念，残破归残破，传统风貌尚在，古村肌理尽显。留守村民很善意、很自然，老人迎面走来，会笑着点个头，也有简单的问候寒暄，让人没有隔膜之感。他看明白了林正碌对古村未来的勾画、渲染，这与通常的美丽乡村做法迥然有别，特别是林正碌的人文社区构想，让他怦然心动。曾伟不完全是为了一种乡村生活而来，他希望自己的价值在这个地方有所体现。他爱人演丹刚从体制内学校辞职，有教师资格证和教学经验，夫唱妇随，与曾伟一起到双溪学画。龙潭村复办小学高年级正需要老师，应林正碌之邀，确定到龙潭支教。

一个一米八的高个子姑娘，忽然想体验一种另类感觉，便剃了个光头。这种做派，让人想当然以为张小燕是个假小子，一副风风火火的性格，但事实却不尽然。她很单纯，光知道很多画友都想来，龙潭以后会发展成什么样，她一概没去深思熟虑。5月份进村，看了蛮喜欢，也想找比较完好的一座老厝，简单修一下，安个家，把泉州家人接过来。一时没有合适的，还拜托画友陈孝高帮她继续物色。

她带病休的妹妹来双溪学画，画了一个月，林正碌说可以毕业了，她就自己做手工摆地摊。她原先在泉州水利勘测设计院上班，工作一年后辞职。她在三亚、大理都做过摆摊旅行，赚生活花销，攒路费，各种生活她都新奇，都想体验一下，但心里却会很紧张，随时担心"城管"出现。

到了8月底，认租老厝还没下文，计划要回泉州老家了。偶然在双溪街上碰到林老师，她的光头形象把林老师给逗笑了，顺口问她什么学校毕业，有没有兴趣去龙潭村当支教老师？当老师的生活她也想体验一下呀。张小燕不假思索，当即应承了下来。

……

喜欢上龙潭村的生活环境到这里当新村民的，还有香港建筑设计师杰克和他的女朋友以及英国钢琴教师布莱恩·巴顿一家等。

林正碌在双溪艺术城淘出来的第一批龙潭新村民，每个人都有自己的故事。这些人，在费尽心思跳出龙潭、搬到县城的原村民嘴里就是一个个疯子。龙潭文化创意产业混沌初开时，这些"疯子"都是依稀可辨的星宿。一两年后，尘埃落定，大气澄明，他们便成了耀眼的启明星、北斗星什么的，为一拨拨的后来者指引了前行方向。

林正碌在抖音里对粉丝说过——

你觉得远方很美，你就开始挪动你的脚，每挪动一步都是往目标靠近，哪怕终其一生都无法达到目标。你不断迈进的脚步，还是构成了你人生无比伟大的精彩。总之，你得勇敢地向未来迈去，做什么都应该这样。向梦想的方向出发，哪怕在行进途中，像夸父追日一样渴死了，你的精神都将不朽。

入住龙潭的新村民个个精彩，无一例外地都是斜杠人物，林正碌携手他们，用饱蘸新经济的油彩，将如何在一个省级贫困村底色上画出网红村的新气象呢？

下部

梦圆扬帆港

第一章

一 星球文明遗址

　　从海拔一千米的县道秀熙岭往南，山势陡然跌宕下落，汽车沿着一条狭窄坑洼的土路，一门心思俯冲而下。林正碌坐在副驾位置，但见前方山谷间云海流溢幻化，路旁的森林竹林、茶园果园和梯田菜地，旋即被云海浮托起来的青黛山色接管。逶迤起伏的山脊线，舒缓悠然，仿佛群山大度雍容、深沉内敛的心电图，流露出闲适且富足的心态。群山层次分明，一波复一波荡漾远去。苍茫天际线上，一溜灰云组成一列，像极了翩翩起舞的蝴蝶。

　　眼前景致壮美连天。那一刻，林正碌感觉置身一帧山水长卷中，一股改天换地的激越豪情从心底喷薄而出，天地与江山就这样占满了整个胸怀。

　　汽车不断盘桓跌落，钻入云海下部，恍惚脱离了当下社会，转而飘进一处隐秘的桃花源。林正碌神思飞扬：将要直面的龙潭村会是怎样的一个所在？

　　2016年10月，县政协主席周芬芳在县城东部新区指挥部忙于重点项目，她挂点的熙岭乡党委书记郑常文找她，说能否请林老师去他们那里考察一下，也帮助打造一个文创古村落。周芬芳拜托文创办张峥嵘和陆坚两位主任具体对接。

　　重峦叠嶂里的龙潭村，立地海拔七百多米，西部与古田县接壤。一条名叫西溪的小溪流，从西面原始森林发源，向东逐级欢跳下山，穿村而过。西溪两岸的传统民居在黑瓦勾勒下，一扇扇黄土墙波浪似的向山麓叠叠抬升。

风火墙有人字形、跌落马头式和状若虾蚣的，翘檐精巧，曲线多姿，均为清一色两层传统民居建筑。它们与周遭的地形地貌、生态山水浑然天成，于天地间述说着华夏民族崇尚的"天人合一"建筑理念。

　　1997年，新开公路破村穿过，连接南边的墘头村。村民放弃山坡地上生活不便的破旧祖厝，犹如铁屑遇上磁石，纷纷聚拢在公路两侧新建三四层的钢筋水泥砖墙房。如此一来，便在龙潭村制造出一个意味深长的十字交叉：一条依着山溪被抛弃在农耕时代；另一条与公路勾肩搭背，迈进了标示工业的现代社会。过去，农民种田是性命攸关的第一要务，穷极一生面朝黄土背朝天。他们选择瘦地、山坡地盖栖身之所挡风雨，平坦、肥腴之地则视为种稻产粮的传家宝贝。这种颠覆让人深省，在这样的历史进程中，人类究竟是进步了抑或倒退了？

　　传统民居是农耕文明留下的最大一笔遗产，林正碌毋庸置疑地选择了老厝成窝的溪头而行，那里浑黄土墙和鳞片般的黑瓦参差毗连。石板路刚往溪头方向走出三十多步，前面溪中赫然出现几堵坍毁程度不一的裸墙。黄土墙体苔藓斑驳，孔洞豁然，黑色雨渍斑驳拖下。那岁月的层层包浆，颇有一种古长城遗址的况味，猝然间直面，让人心隅爬出一缕难以言说的苍凉感。

　　有人说，这地方叫曲埕，是过去制作酒曲的作坊。历史上，龙潭村水好米好曲好，酿造的红曲黄酒远近闻名。

　　"太好了！这几堵土墙非常壮观。它就是一个古村的精神所在。"林正碌情绪高昂，嘴里抑扬顿挫起来："明月几时有？把酒问青天……"

　　一旁的陆坚看林正碌一脸陶醉模样，笑着打趣："看来林老师找到下手的地方了。"

　　由于落差缘故，山溪湍急，潺潺流水坐滑梯似的，从深褐色的溪石间溜窜下来。溪流跌水道道，一团团白浪飞溅，似练如雪。周遭空气纤尘无染，清新里沁出一丝甘甜，把五脏六腑的城市气息涤荡一净。有只身灰腹红的北红尾鸲立在溪石上，不停翘动尾羽，盯着他们一行人走近，掠出五六米，又在前头的溪石上等候张望，摆动的小脑袋也许在想：这群陌生人想干什么？

　　村主任介绍，路边这座叫八扇厝，后面还有一座连在一起，算是村里的大厝。

　　残墙当空兀立，形销骨立，墙面像沉积岩一样呈水平蚀化，坑洼道道。

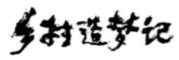

屋檐椽子朽烂披垂，满地覆瓦碎块。在灰白天幕下，仰首看上去，颇似沧桑老人门牙参差残缺的豁嘴。门楣已经腐朽，烂到木心的两根挑梁俨然森森白骨。天井处一棵暴长的杂树不甘寂寞地伸出墙外，树冠当空炸开，华盖蔽天。一旁轰然坍毁的老厝梁架歪仄斜倚，没在蓬蒿丛中。夯土墙崩塌下来的碎块堆，爬藤、野草铁锈似的延伸上去，不经意间瞥去一眼，酷似史前庞然怪兽的巨大骨架。

"你看，太漂亮了。这样的地方，激起人的无限贪婪。"

看林正碌那个癫狂样，村主任难以理喻，不就是一堆破烂老厝，待在村里天天见，从来没觉得有什么好。

"林老师，路滑。"郑书记看林正碌沉迷拍手机视频，边提醒边拉了他一把。

村主任说，这两边长茅草的地方，以前全是老厝，旧村复垦拆掉十几座。溪两边现在还有三四十座没人住，都快烂掉，要倒塌了。

"哇——都是房子啊！开门见山，推窗临水，你们也太牛了。要喝水，水桶就这么直接一抛，提起就好。再也不能做傻事了，在这样的地方搞旧村复垦，几百年文化积淀一家伙推掉，然后再说建设一个美丽家园。太伪命题了！"

到了村尽头的溪头大厝，林正碌喃喃自语："这样的百年老宅居然荒废掉，第一代人费尽心思建起这样一座诗意豪宅，就这样人去楼空，被后人扔在这里不要了。"

他从土墙上挖开的门洞钻了进去。

草藤从二楼窗口瀑布般泻下，下面叠有年复一年的枯枝败叶。压瓦砖上隆起一团团青苔，绿茸茸的，颇似趴伏不动的一只只小动物。在阴风飕飕里，林正碌忘情审视眼前的千疮百孔，双眼有如一支大排笔，蘸上不同油彩，一笔笔修补上去。

郑书记尾随进去，喊道："林老师，这里面不干净，很脏很滑啊！没清理过，都是蜘蛛网。"

"没关系。哎哟，太漂亮了！你看，他随便小窗一开，就看到窗外风景，任何一个角落都美不胜收。简直就是人间天堂。"

走出来时，天上浓云聚集，一副山雨欲来风满楼的前奏，别样的气氛笼罩着萧瑟的古村。除了他们一行,周遭阒无人迹。

郑书记带着遗憾口吻说:"龙潭本来可以申请国家级传统村落,专家来看了,说村里的现代建筑插花太多。"

"不稀罕那个。我们稀罕的是,把这个古村复兴起来。哪怕联合国教科文组织说这是多么骄傲的地方,不去珍惜也是废纸一张。乡村旅游,就是灌水泥路建不锈钢护栏,这种设施做起来反倒麻烦。这样的村落,是不可多得的好地方。太好了。"

"如果搞乡村旅游,结合文创啊扶贫啊,林老师,会不会做得起来?这里离城关比较远,乡里开车进来还有十公里。"

"只要你有文化姿态,沙漠人家都肯来。"

他们绕溪埂回头,到了陈氏宗祠溪边的石板桥。村主任问:"林老师,为了安全,这座桥有没有必要加护栏?"

"你先不去动,要考虑好。如果活态的东西没有,你就是黄金镀在这里都没用。"

一路上,林正碌边拍视频边自说自话:"太漂亮了。这个村有希望。"

眼前曾经崩塌掉的磅岸,全部依原样修复,保存了古村肌理。这些都是古村的精华部分。要是溪岸砌成整齐的防洪堤工程,再有那些镀锌管、不锈钢栏杆,整个村落的灵气就一扫而光。

"哇,看了这个村,已经被它迷住。现在要把这里的生态保护好。"林正碌转身对一同来的天津泰达当代艺术博物馆馆长马惠东说:"老马啊,干脆你把这个村复兴掉,也不枉此身了。"

仿佛一颗曾经辉煌无比的星球,因为突如其来的一场战争,抑或遭遇一次自然灾害,最后淹没在萋萋蒿草里。西溪两岸的情状,烙在林正碌心头的就是这种感觉。第一次进漈下村和第一次进龙潭村,对他的内心是两种不同刺激。龙潭溪头给他的触动,举目残垣断壁,草木疯长,灾难性的,是被外星人遗弃了几百年的所在。一个曾经的文明猝然走失,他从颓败的气势里窥到原本的繁盛。有了漈下经历,再到龙潭来,他发誓要复原这里曾经的辉煌,把它再呈现于今人眼前。

一天两百公里地四处寻觅,在始料未及的情形下淘到一个宝贝,苦于分

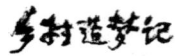

身乏术，龙潭气象始终萦绕于心，挥之不去。想了，便如同穿越沙漠之人，想象里喝一口水解渴，逮住机会就向人显摆、展示。

才过一个月，林正碌又带了几个朋友进龙潭。这回没领导陪同，林正碌显得自由自在，在村口等当向导的村文书的当口，他注意到桥头溪边有一个简易搭盖的棚屋卖猪肉，四五个人在里面抽烟聊天。

林正碌拍着视频凑近，"一天能卖几头啊？"

屠夫回道："两个人合伙杀一头猪，今天卖一下，剩下来明天还要卖。"

"也就是说，一天只卖几十斤。"

"人口全部跑到屏南、福州去了，家里没剩几个人。"

一个约摸八十几岁的老者，站起上前拨弄肉案上的一小条猪肝，看那表情很想中午拿回去煮了吃，反复几次，还是恋恋不舍地退回坐下。

"人口都去外面了，去烤香菇的，去做生意的，去城里打工的。青年都去了，老的不会走的留在家里。"

"你们这一代人就这样把家扔掉不要了。把这个村送给我，行不行？"

屠夫两只手臂做捧起状，满脸堆笑："行啊！我送给你。"

"我整天杀猪给你们吃，但是这个村要送给我。没问题吧。"

"没问题。再过二十年，我这样的人老掉，这个村就没了。"

"那我过来陪你们。好不好？我说真的。"

屠夫笑着敷衍，"好啊，好啊。"

"我教你们画画，反正无聊嘛，一边画画一边杀猪。"

此刻，公路上一辆农用车缓缓开过来，喇叭里激越歌声伴随高音响起：高价回收旧家电，彩电冰箱空调电脑热水器，摩托车电瓶车抽水机……

眼前情形与这种背景音效彼此交叠，在林正碌脑海里上演了一场悲怆大片。绝不能当匆匆过客，留下来，把这个古村修复还原出来。

文书陈子瓣属于乡村自学成才的旧式文人，热衷传统文化。他出生于打造金银首饰世家，从小走村串户，一肚子乡间往事。他看过林正碌第一次来龙潭的秒拍，这个人怪呀，什么都漂亮，什么都太好了。他千方百计去打探这个怪人情况，听说他在漈下教农民画画，还保护古村老厝。

今天，村主任外出，给他打电话说，你最喜欢的人来了，你去陪一下。他巴不得，心里老想见他。

领着林正碌几个人走到溪头,他讲了旧村复垦的故事:

"这一带有几座年代久远的老厝,实在破烂,随时要倒塌,拆了排除安全隐患,也算做好事。但有一座当中楼,是典型的明代建筑。有三扇门,房梁上很多雕花,每落厝二楼都有美人靠。大约是四五年前,旧村复垦出台新政策,那届村主任是道友,他的祖厝就在当中楼上面。我们经常在他家设堂做法事,祈求风调雨顺、四季平安。我提醒他,当中楼无论如何不能拆,这是我们的文化。有天外出回来,别人跟我讲,当中楼被拆掉了。我一听,紧张死掉,跑到对面山坡一看,瓦片全部卸下来,还有两个人在厝顶上。我用手机拍一张,然后给村主任打电话,叫你不要拆,你偏要拆掉啊!他就跟我吵,我自己的祖厝还要拆掉呢。后来,拆他家祖厝时,土墙放倒下来当场压死一个人、压断一个人的腿,赔了几十万。还有一个跑得快的,后来外出打工时也被汽车撞死掉。

"村里人就传开了,老祖宗动肝火了,为了那点钱,现在报应临头了。发生这件事后,复垦工程才停止,谁都不敢再动一锄头。要是没这件事,上游老早变菜地了,哪里还能剩下这些老厝。龙潭和文创有缘分。这件事我耿耿于怀,我跟芬芳主席她讲,龙潭宝贝被人消灭了,还把照片给她看。她挂点熙岭乡,当年乡政府开人大会,我是列席代表。她当我面对乡书记、乡长说,你们两个,龙潭老厝不要再拆了。她说话有用,我差点哭起来。

"村里最好的位置在溪头,它是我们先祖的肇基地,陈氏就是从这里开枝散叶出去的。以古代堪舆讲,这里适合人居,空气好,避台风,阳光也充足。"

林正碌听着,对眼前这个年近五十的先生心生敬意,不愧出身首饰世家,有鉴宝眼力。

最后,他们去了龙潭小学,听唯一留守的体育老师介绍情况。学校原来有两百多个学生,现在幼儿园、一年级、四年级三个班,加起来八个。他全科都教,在一个课堂上课,幼儿园孩子也会认得几个字。

林正碌不容置疑道:"你们坚持住,不要被中心校区撤并掉。我马上安排,帮你们找有文凭的老师来,用最好的教学复兴起来。这么好的地方,只有学校在,这个村才有希望。"

一席话,把陈子瓣听得心花怒放。保护老厝,复办学校,打造国际龙潭,所有事情都是他想要的，太合他心意了，巴不得眨眼间都做出来。人和人肯定有缘分，这一圈走下来，陈子瓣以他从小走村串户、阅人无数的眼睛，认定林老师了。他觉得林老师有这个能力，绝对能改变龙潭现状。一想起这些，他就激动得觉也不想睡了。

几天后，林正碌的秒拍视频出现在网络上。《若问故乡何踪迹，寻死但在龙潭里》，很快获得十六万次播放量——

  天下好水出龙潭，天下好酒也出龙潭。

  龙潭村，建村五百多年，福建大山里的一颗明珠。龙潭村，美不胜收，凭这穿村而过的西溪水，就足够让人在这里想死一万回。这是龙潭水，从前方高山原始森林而来。溪水中间的土墙看到了吧？就像战列舰的船头，左右分流着两条小瀑布，它们汇聚在船头又奔向远方。岸边还有被果实压弯的树枝，柿子红了。我一直面对着的这堵破败土墙后面，是古代制造酒曲的作坊。战列舰是一个酒曲房。古人多么有诗意，他就选在两条瀑布交汇的地方。世界上任何古文明的残墙断壁都跟它一样悲壮。

  哇，你看这溪岸，不知哪只鸟，衔来一粒种子，石头缝里长出这么大一丛月季。深秋了，玫瑰色的花朵依然怒放。

  尽管这里已经破损了百分之八十，但它还是牛得不得了。寻找了一辈子，当你来到福建深山，终于看到祖先千百年来的骄傲。全世界都要来朝圣，朝圣的不仅仅是这方山水，它更内在的价值，是一个文明古国的骄傲。古村里大部分老宅已经坍塌销毁，里面古老的器物早已流逝，但这条溪水还在长流。在这些遗留的痕迹里面，精彩还在。我们足以看到，这个村曾经的高贵与繁荣，唐诗宋词里面所有能写的，在这个村全有了。

  这是一个伟大的村落，每次看到这样的地方，就真正感受到做中国人的一丝自豪和骄傲。

很多人没想到林正碌会看中贫困村龙潭，地偏不说，还山路崎岖，从县城去一趟就是一个多小时，感觉跟去宁德市一样，而通往宁德的二级路，舒适度远比这条路好。况且,村里多为普通的传统民居,不像漈头、北墘等传统村落那样,有雕梁画栋的豪宅大厝。

  陆坚问过林正碌,"是不是中意龙潭的文化底蕴?那两块牌子,四平戏,国家非物质文化遗产;红曲黄酒酿造技艺,省级非物质文化遗产。"

  林正碌收敛笑意,正经道:"那些都不重要。是那里的山那里的水,是村落留下来的气质,跟文化底蕴一毛关系没有。废弃掉的老宅和新建各半,溪上游基本无人居住,生态价值一流,可以成片修复。如果是历史文化名村,人家还舍不得,未必肯让你动手动脚。只有主人都失去了信心,你才会得到最大信任和自由发挥的空间,这样的地方阻力最小。村中有一条清溪就足够了。"

  他对周芬芳描绘的格局更大,"漈下、双溪离县城都比较近,偏远贫困、空心化的古村去做一个。如果那种地方都能用文创激活,就能证明新经济的文化创意力量,让人心服口服。"

  最关键的还是乡里领导三番五次诚恳邀请,县乡村三级高度联动统一。在他心目中,自己就好比一条溪流,哪里有这样的洼地,他千回百转也要拐到那里去。在这样的地方,从政府层面来说,他的理念完全合法化,可以放开手脚大干一场。很多地方来考察,他们谈论的话题就是一个,我那地方,政府财政比你屏南强。他们不明白,哪怕面对一个顶级科学家,你都不能让他落脚,资金再多也是闲置。

二 万事起头难

  2017年4月底,周芬芳生病住院。躺在病床上,她的两只眼睛盯着输液管上部那个滴壶,药水一次次聚拢变大,慢悠悠凝结成圆点,然后一滴一滴再坠落下来。她心头那个急呀!恨不能一口喝掉它。时间变得度日如年,心头就像热锅上爬满的一团蚂蚁,火烧火燎地窜来窜去。龙潭村卫生清理和违章拆除已经持续了一个多月,现在究竟做到什么程度?

  五一节这天,感觉身体情况好了许多,一早她便向主治医师请假,今天不挂瓶,回家休息一天。私底下,她已经约好分管文教的副县长和熙岭乡郑

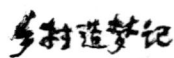

书记一起进龙潭村,实地了解文创项目进展情况。

从第一次进龙潭到现在,头尾已经七个月了,村落规划蓝图,林正碌早已了然于心。大原则是:对十字交叉一极的水泥砖墙房,街上看得见的立面全部包裹成夯土墙模样,再加装传统民居门楣;另一极,沿溪无人居住的百年老厝遵循原来肌理,用传统的夯土墙和大木榫卯工艺来修复。不是简单的修旧如旧,一味复古,内部全部改造成现代美学与居住理念有机融合的人性化空间。

储物间、香菇烤房和粪寮,那些有碍观瞻的乱搭盖拆除得差不多了,巷道里空阔宽敞起来,再打扫一下卫生,眼前马上清爽宜人。

林正碌带着周芬芳他们沿西溪走了一圈,指指点点,比比画画,逐一介绍了自己的规划和设计思路,龙潭未来的样貌在大家眼前逐渐清晰起来。周芬芳情绪振奋,她要求乡村两级干部齐心协力,把古村修复按时间节点一项项落实到位,确保文创工作全面顺利展开。

第二天,周芬芳年迈的母亲看到电视里播出的新闻,问她:"你昨天没在医院挂瓶?又去龙潭了?"

"那是住院以前的事。"她不想让老人家担心,一句话搪塞过去。

林正碌晚上在双溪公益艺术教育中心教学,白天到龙潭开展乡建工作。

5月中旬,古村打破了千年不变的沉寂。修复工程第一步开建溪尾雨廊,从下游往溪头方向推进。

在漈下时,林正碌对雨廊有过专门思考,它属于一种公共空间。任何地方,公共关怀应该摆在第一层面。外人来了,太阳大了怎么办?下雨了哪里避?一旦考虑到别人感受,一个古村的姿态便在外人面前脱颖而出。

起步伊始便搁浅。农民往往只看到眼前利益,门口盖雨廊,厝里没了光线。你做的是公家事,靠上我家墙面,又没补钱。雨廊经过家门口就是不愿意。

为什么先在溪尾盖雨廊?这里靠近桥头公路,方便外人进出,而且大厝多,公益艺术教育中心也要选在这一带。这里住的人多,比较杂乱,难民窟一样。必须把最吸引人眼球的摆放于此,用最精彩的来覆盖最杂乱无章的。

按林正碌比喻,这就像一个青春无敌美少女,原来鼻子就不是最好看,正好不小心给撞了一下,鼻梁骨裂了,那直接就美容鼻子,做完比原先还要精致完美。

村支书陈官票一户户去沟通,好不容易做通工作,可以动工了。第二天早上,有村民又冒出新想法。陈官票心里想,第一步我都做不成,后面就没步了。他心生主意,把村两委的人叫到现场见证。他对那位村民说:"实在对不起,你把房契拿出来,我用卷尺量一下,是你的全部还给你。要是你瓦缘挑出来过了界,我帮你锯掉。这样子的话,你会下不了台的。"

那人还是他朋友。陈官票说得很真诚:"你帮过我,我记在心里。两件事一码归一码。现在我们村有机会开展文创,你不配合的话,全村毁在你一个人手里。林老师说过,以后风景最好的就数这条雨廊,家家户户门口都可以开店铺。下雨天不用雨伞,太阳大了晒不到。碰上家里办酒席,酒桌还能摆到雨廊上。"

障碍就这样硬生生被挪开。

第一次进龙潭时,林正碌说:"这个村庄有风景,有人来。"

一旁的郑常文反诘道:"下游乱搭盖多,除了破烂老厝,还有这些民国初期建的青砖瓦房,风景空荡荡的,怎么好看得起来?"

"如果我在这里拉一条雨廊,人走到里面,空间压低下来,视野马上不一样。做雨廊的原则是把对面不好看的建筑屏蔽掉,当然还有其他考量,遇到下雨,二十秒内能找到避雨的地方。这是公共利益加美学。"

后来,郑常文到村里督促项目进度时,真如林老师所言,做起来整个观感果然今非昔比。他对林老师的妙笔生花由衷佩服,没学过建筑设计,却有一种无师自通的敏锐。感觉他营造空间就跟画画一样,怎么漂亮怎么来。小桥流水,亭台楼阁,把艺术与建筑完美融合到了一起。

因为有新村民认租老厝,催着要入住,林正碌又开始考虑老厝修缮事宜。

再一次扎入一个村落,他已经脱胎换骨了一回。漈下修缮老厝的是是非非,让他刻骨铭心一辈子。一座百年老厝,积累了三四代产权人,如果自己再去主持一切,随便跳出一个人来找茬,都会功亏一篑,陷入一场永远扯不清的官司。做成一件事,必须天时地利人和,这里需要一个系统合作,理念、容器、制度缺一不可,在政府层面把文创复兴古村的规矩制度化。他要集中精力做自己擅长的事,也不能再给机会出漈下那样一小撮见利忘义的村民,形成一种不好的文化生态。

村两委开会讨论认租模式时，龙潭村十六个村民生产小组组长全部被召集起来，乡里也派人参加。这些天来，漈下修葺好的老厝大门那把多出来的大锁、那只散发着氨味的尿桶，一次次特写般推近到林正碌眼前，必须杜绝重蹈漈下覆辙。会上，林正碌提出了一套清晰思路——

"首先，制度要切清楚，没有规矩不成方圆。第一步，以村委会名义把空置老宅收储下来，这样最安全，隔开了甲乙双方，中间是政府出来站台，发生纠纷可以到政府那里找公平。租金大家商议，一平方米看定几块钱比较合适？老宅修缮原则是谁认租谁出资。协议签订十五年比较妥当，认租者会当自己家去投入跟经营。这个时间一代人不到，老宅主人还能看得到。这里面有个心理预期，如果他看不到就会担心。不管修缮花了多少钱，十五年后原样还给房主，就像房地产土地使用七十年一样，如果还想住下去可以优先续租。第二步，村委跟新村民签订合同，修缮费每平方米八百到一千块，多还少补。同理类推，宅基地重建的，修缮费大约得翻一倍，认租年限也翻倍。最后按投工投料情况结算。第三步，有人认租了，我接手规划设计、指导修缮。最后一步，由村里统购材料，组织工匠代建。"

等林正碌说完，驻村第一书记吴明峰提出一个问题："如果村里换届怎么办？村委和新村民签的合同，我看无论换届与不换届，村两委不管选了谁，这个合同都得认。这样，能不能请乡政府做个担保，签三方合同，乡里也备案？"

在屏南传统村落文创产业的大棋盘上，这是非常奇妙的一步。一朝落子，满盘皆活。它确保了龙潭乡村振兴成为中国艺术家乡建案例中，少数几个迄今依然生机勃勃的硕果之一。

农民保守，缺乏冒险精神，没见什么利益，他干吗让别人来修自己老厝住？

接下来，村两委又召开全体村民动员大会，说明村里文创怎么做，以取得理解和支持。

吴明峰开宗明义说了几点：

"第一，我们村偏僻，说难听点就是鸟不拉屎的地方，这里到大马路还要八公里，山路崎岖，出去一趟都不容易。有山有水的地方也不止龙潭一家，我们要尊重外来人。第二，林老师来了是做善事，他准备把村完小恢复起来，再引进有文化的城里人来。我们是空心村，就剩下老弱病残一百多号人，连一家理发店都没有，三四个小卖店，一天卖不了一百块钱。人来了就要消费，以后大家生意都好做，懂得珍惜才能共赢。第三，我们都有新房子住，老房子要塌了，人家花钱修好，住十五年再还给我们，这很合算。关键还不看这个，我们种的蔬菜和水果，烤的香菇、笋干都可以卖给他们，坐在家门口赚实实在在的钱，多好。第四，村民权利要保护好，我们不会让大家吃亏。总而言之一句话，这是龙潭村千载难逢的机会，过了这个村就找不到这个店了。不管怎么说，只要房子不倒，最终都是钱。"

陈子瓣紧跟着发言："把龙潭做起来，你认为我没什么收入？其实无形中有，还很大。而且我儿子，甚至儿子的儿子他都能受益。我先带个头，我的老厝该怎么拆就怎么拆，该怎么做就怎么做。我没有二话。"

陈子瓣是村里文书，协议、合同由他来起草。他咨询林正碌具体条款，林正碌发给他一个厦地村的租房协议样本，一平方米一年租金两块五。陈子瓣把它整到三块钱，初步协议草拟了出来。

有村民觉得租金太少，陈子瓣便去做思想工作，"我在协议上帮你写清楚，十五年后老厝里面所有固定物，一块板不能动，都是你的。要是别人不出钱帮你修，你不就养几只鸡吗？说不定早就塌掉了。算算看，你有没有合算到！"

也有少数村民头脑比较开窍，一座祖厝二十多个亲戚，分到每个人十平方米撑死了，大家各自都有新厝住，祖厝破烂了也没人想去修。他们传出话来，捐掉都可以，十五年到了还我就好。

吴明峰说："不行！没收租金，这个房子不代表是你的。钱是象征性的，无论多少都要收。这是你应得的。"

刚开工，事情又来了，按公建法，县里规定要招投标，你得先出图纸。漈下用财政资金修得不多，都以历史文化名村、历史名人保护名义打了擦边球。龙潭可是全方位铺开干。

这回，林正碌不像在漈下那样拐弯抹角，手机往桌上一搁，"我没时间画设计图。"

如果采用常规思路按部就班，龙潭文创项目难以进行下去。他认为不是招投标不合理，在工业系统里它对应的是有标准的，行之有效，至少更公平，

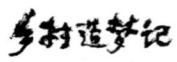

但问题在于龙潭的创意空间是非标做法,怎么竞标?设计随时在变,出图纸更是荒唐。这里面牵扯到传统建筑的榫卯工艺,建筑学院教授也不一定看得懂这样的图纸。

按公建法做不下去,吴明峰和村两委一些人反复讨论过这个问题,最后把新村民认租这块剥离出来。他们按进度交钱,资金直接到村里,个人与村委签代租代建合同,村委做账报备,不涉及财政资金这一块。

公建部分还得循规蹈矩,当时已经找到一家公司,拟好合同,准备去开标。这时,县里批复下来可以先试先行,同时往市里、省里报送。后来,上面特批了熙岭乡的"工料法"。这就为龙潭村热火朝天动起来的文创开好了局。

毕竟属于新事物,无前车可鉴,磕磕碰碰一路往前走,边干边解决随时出现的问题和矛盾。老厝都是祖父辈或是太祖辈传下来的,产权人很多。村委就那么"几条枪",缺人手一户户去实地丈量。

陈子瓣建议,老厝产权人自己先协议好,怎么分,画好图签上名字,附在合同后面,再派代表来村委签字。这样一分解,村委工作量小了很多。总面积量一下,因为当时门牌号不全,便按户名写上某某人厝,然后所有装修进料都按某某人厝填写。

改水、改线与雨廊同步进行,地下管网一步到位。雨廊建设过半,着手做公益艺术教育中心。正好雨廊边有一户宅基地比较大,家里经济困难,只建了后面一块自己住,前面有近五百平方米的空地,种了几畦菜。刚开始,老奶奶就是菜地也不让建。

陈官票给她在福州打工的儿子挂电话,讲明情况。他非常支持,这是好事啊,你们放心去盖,我会说服老人。

这家人常年在外,就一个八十多岁的老人留守,林正碌盘算着把后面一起修起来,每间都有洗手间,租下四间给画室助教当住处。老奶奶说:"不行,以后不租了怎么办?我一个人拿那么多厕所干什么?"

预想不到的问题,像水底气泡接二连三冒上来。农村人分厝,常常是一楼对应二楼,一溜上去。有一户修缮差不多了,其中一个分到的房间,刚好全部被改造成了卫生间。

气急败坏，他直接给陈官票打电话："明天那个厝子给我停掉不要做了。就我一个人全部是卫生间，以后还给我，有鬼用！"

陈官票脑筋转得飞快，立马找他聊，"十五年以后，老厝也是租人，统一管理。你们八户人家，房子三百多平，你占地五十平。如果一年可以租到一万块钱，按六分之一租金给你就好了。其实，你卫生间最划算了。为什么？如果那时要分，你有主动权，把卫生间全部锁掉，谁还要租。"

这一通接地气的话说得他喜笑颜开。

还有一座老厝占地不到三十平方米，同一个屋檐下，谁会想到一层还有五六平方米一个小角落另有产权人。也许当年急用钱，切一角卖了。那人提出他有份，签协议那户人家也认。这样，协议收回来重做，多签一份。修缮过半，五六平方米的那人又不干了，在街上大喊大叫："明天开始，我这个地方谁都不要动！"

"为什么？"

他极不情愿地说："我那里全部做成了楼梯。我就剩楼梯了。"

"就这问题呀，"陈官票笑出声来，"我帮你想了一下，十五年以后，你没问题啊。你楼梯不让过，二楼全是你的了。"

也用前面的那番话给他分析了一通。那人连声好好好，头脑立刻转过弯来。

还有些人签了协议又反悔。祖厝有人认租了，料入户工启动，他说不做了。陈官票好言好语说服不通，最后亮出杀手锏，"单方面撕毁合同，那就由不得你了。实在不行，你回来一趟，我们把这个协议拿到司法所去问一下。"

事后，陈官票也一脸无奈，再一味和风细雨，事情就做不下去。

陈官票负责文创管理这块工作，每天早上6点起床，工人6点半上工。晚上要忙到9点10点，把次日的人工全部安排妥帖。陈子瓣与陈官票配合，除了经手签合同，他还负责记工时。村民做工，每天都要到他那里签字，一个月结算下来再制成报表。

每天，陈官票就是林正碌的影子。林正碌随时都在设计接下来要进行的修缮，他要把木工土工叫来。林正碌现看现讲，这里伸出去，这里开个窗。复杂之处，当场画一两张草图给师傅。一旁的陈官票，拿个笔记本逐条记下来，哪个工地安排几个师傅，都做什么工。

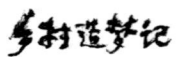

最多时，村里有三十几个施工点同时开花。林正碌每天穿梭于各个工地巡察，指导施工，督查安全问题、有没有偷懒怠工、是否按要求做。陈官票戴个斗笠跟在他身边，很多问题他要预先考虑周全。

走进那些准备修缮的老厝，陈官票总是提心吊胆，天井野草葳蕤，杂树、竹丛冲天。厝檐椽子散架，瓦片危如累卵，随时可能滑脱下来。阴森森的破厝里梁柱乌黑，霉气弥漫。楼梯又暗又陡，长期漏雨泊满青苔，滑溜溜的。霉烂楼板可能踩塌，还有危耸欲倾的土墙。林正碌一进到老厝，总是忘情陶醉，抬高头左看右瞅，还经常拍视频，不太留意脚下。每次进老厝，陈官票都是左右环顾，高度警觉，不断发出提醒。

桥头上游、西溪一侧破败老厝几乎无人居住，巷道里拆掉粪寮、猪栏后留下很多小空地。林正碌计划把这一片最难看的老厝全部修复。后来被命名为静轩文化艺术空间的7号楼，是陈官票老厝。与陈子瓣一样，他看好文创，也为了带头，第一批收储。

林正碌显然书生气尚未脱尽，郑重其事对陈官票解释，"你的先缓一下，太早做，怕村民心里不平衡。凭什么你支书的先做。"

按他的想法，修缮老厝被认租就是福利。但农民从来眼前利益为重，不见兔子不撒鹰。村民固有思维里，都是当官的近水楼台，你先做肯定有好处，反而跟风，会省掉很多麻烦。

林正碌一向认为榫卯结构的传统民居富于人性，其原材料都是自然属性的土和木，可以复归自然，并且建筑成本比钢筋水泥低，使用寿命长。但它属于农耕容器，空间不适合现代人生活。他的修复理念是，外观最大限度地保存在地属性记忆，内部空间改造按现代人的生活要求来设计。居住舒适度是第一性，把空间价值最大化，还能看到传统民居的榫卯结构特色。洗手间属于人类现代文明重要一环，不能强调了传统，把现代文明排斥掉。大量使用玻璃窗，引入阳光和清风，开窗便见绿水青山，成为能承载现代人生活方式的诗意空间。

建溪边雨廊、凉亭，修复水碓，公共空间的曲埕、酒博馆、公益艺术教育中心，传统建筑涅槃重生，一一呈现在人们眼前，还有规划中的凤凰台广场、龙吟台广场、美术馆、音乐舞蹈厅、幸福苑、四平戏博物馆、廊桥……古朴的传统民居和多姿多彩的公共空间，让一个能承载国际化艺术活动的新龙潭雏形呼之欲出。

开工一个多月,上任不到一年的王县长到龙潭村现场调研,他惊叹龙潭文创的速度和成效,还兴致勃勃地走进正在修缮的空间,和各地来的认租者聊天交谈。在林正碌的现场描述里,他看到了龙潭的锦绣前景。随后,王县长带着财政局、发改委几个部门的领导去熙岭乡开专题办公会。王县长会上说,激活传统村落,业态形成至关重要。林正碌等专家带来的业态是创新性的,要珍惜。他还要求相关部门全力配合,县财政要加大力度,扶持龙潭村公共基础设施建设,多渠道多力量开展文创兴村工作。接下来,周芬芳汇报了龙潭文创项目开展情况,建议县长拨给五百万启动资金。事后,王县长笑着反问,你刚才为什么不讲八百万,那就有可能给你五百万。现在先拿三百万。后来,根据龙潭文创项目进展,在县长办公会上,王县长又实实在在地拨过好几笔专款。

龙潭文创起步那段时间,周芬芳带着文创办几个人经常和林正碌坐在一起磋商,雨廊、酒博馆、曲埕等公建项目讨论到步调一致后,再向县里汇报,重大事宜均有纪要。他们的策划方案必须转化成政府规划,各相关部门再进行配套。立项后获得支撑,相应资金才能落实到位。

三 一人唱众人帮

龙潭四平戏是明末盛行于江南诸省的传统戏曲高腔剧种,表演风格粗犷古朴,渊源于南戏声腔之一的弋阳腔,古称四平腔,属于中国古老传统剧种之一。随着时光流变,四平腔与其他剧种融合后日渐式微。大山褶皱里的龙潭,四平戏就是活命戏、祖宗戏。自明朝天启三年传入龙潭,最兴盛时期,村里有开祥云、老祥云、新祥云、赛祥云四个戏班。按照传统的乡规班俗,当地陈姓唱戏技艺不传外姓,以"父传子,子传孙,传媳不传女"代代薪火相袭,谱系可考,存留最为完整,现在已传至十三代。龙潭四平戏被戏曲界誉为"艺苑奇葩""中国四平腔活化石",2006年5月,入选国家第一批非物质文化遗产名录。

陈子瓣见多识广,在村里是比较有文化见地的先生,他这样归纳四平戏

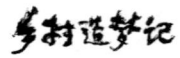

对龙潭村的影响——

　　龙潭山高水寒，地少土贫，而且多为山垄田，老祖宗传下来的四平戏成为村民养家糊口的一条生路。过去，村里家家户户基本都有人参加戏班。外人议论说，龙潭鸡姆的叫声都有四平戏的调调。民间还流传有一些俗语和民谣，"生子不学戏，不如不出世""看戏龙潭班，下酒老鼠干，零食地瓜干，配粥萝卜干"。我祖上是龙潭四平戏班社最有名的锤子班，戏神就供在我家。每年秋收稻谷入仓，到了农历八月二十三这天，是戏神诞辰日，戏班都要敲锣打鼓到我家把戏神请到戏院祈福，仪式做完，演一场"出门戏"给群众看，第二天挑起戏担就走四方去了，一直到第二年春耕时节回来。按祖上传下来的习俗，还要演一场"回场戏"报答全村。戏班生活虽然清苦，但解决了温饱问题。古人说过：地瘦栽松柏，家贫子读书。就是说穷山恶水的地方，人会读书就会出大官。龙潭人读书不厉害，精力都花在排演剧本上，练好才能出去讨生活，哪里有时间读书？唱戏的人，从来就没什么社会地位，在别人家门口讨饭吃，姿态放得很低。我奶奶从小教育我，老祖宗在外面演戏，受别人照顾，我们要和气生财，小事不要和人计较。如果人家挑衅你，要让他三分，退一步天宽地阔。对客人要热情尊敬，以礼待人，不去苛求人家，心里要懂得感恩。四平戏有一个主要特点，就是前台干唱后台帮腔，一唱众和，比如说戏文七个字，前台唱四个字，后台帮三个。你一人很高另一人很低，岂不乱了套。做成一件事要你帮我我帮你，彼此包容才能演好一台戏。

　　……

　　几百年来，一人唱众人帮这种戏剧文化塑造了龙潭人的脾性。

　　开展文创的乡村是否有文化底蕴，尽管不是林正碌的第一选项，但客观上，龙潭文创从起步到新老村民一步步的城乡融合，顺风顺水，低调、宽容的原村民起到了压舱石作用。凡事天时地利人和，总是先机占尽。

　　2018年，西溪下游开了个酒吧，晚上声音大得让周围的人无法入眠，新村民直接在微信群里议论开了，还经常找新上任村支书陈孝镇投诉：这是扰民，你要出面管一管。他没太当回事，觉得酒吧出现，清寂乡村热闹一点，没什么不好。几个月后的一天晚上，有村民家门口路灯坏了，他扛个梯子去换灯泡。那地方离酒吧还挺远，这才发现声音非常大。他不由得心生感慨，原村民这个包容度，真是超级高，此前没有一个人在他面前就此事提过半句。

还有个新村民好酒，喝多了便到他喜欢的人窗下说酒话。有天，陈孝镇到住对面的村民家聊事情，原村民跟他讲，书记呀，昨晚那个老师喝醉酒了。过了一段时间，他碰到陈孝镇再次讲，昨晚那个老师又喝醉酒了。原村民轻描淡写，只加个"又"字。后来，别的村民给他详细描述，他才知道那个老师在夜深人静时大喊大叫，吵得住在附近的人都要崩溃掉。这样的村民太难得了，如果他们一件件事计较起来，很多外来人在龙潭都无法待下去。

龙潭有个习惯，种菜都是自产自销，没把它当商品。剩下也没用，现在连猪都没喂。村里人有东西喜欢与人分享，新村民早晨开门，门墩上面经常会搁着一把青菜或几个瓜，谁放的不知道，也没有人去说明一下。这些人认为我该给你，也不需要你谢。新村民要体验农事种菜，老村民无偿把地给你种，还手把手教你怎么种。

因为人口流失，观众市场不再，四平戏已濒临消亡边缘。逢上村里的传统节日，都是请闽剧团来热闹。陈子瓣忧心忡忡，村里两个国家级传承人都已年逾古稀，哪一天他们去世，四平戏转瞬变闽剧。他没上过台，从小听多了，也能唱出一部分，故事内容都知道，真假分辨得出来。老一辈没有一个听不懂的，那几本戏在他们心里滚瓜烂熟，你稍微一个动作跟以前不一样，他就叫起来，哎，你这个不对。

国家级传承人陈大并对采访他的记者说："以前师傅怕你学，现在是怕你不学。你愿意学，爱学多少，全部教你。这样一代又一代不会断掉。灯没有油你就灭掉了，鱼没有水呀，你怎么办呢？"

村民陈楠从小热爱四平戏，跟村里剧团老团长学唢呐，也是陈大并的徒弟。老团长写了书面委托，把十本手抄剧本交代给他。他初中毕业后，长期在外地闽剧团做后台。作为最年轻的传承人，他舍不得看着四平戏失传。2013年，他回到龙潭，闽剧还兼着做，开始整理老团长传给他的历史档案和四平戏唱腔。他复印了一套手抄剧本，里面有很多代用字和别字，就请陈子瓣帮助纠正，打成电子文档。

2016年5月，他邀请国家级、省级传承人，发起成立了四平戏传承协会，文化馆给了点补贴，队伍拉起来，进小学教学生。两个月后，参加省儿童戏曲比赛拿到第二名。

村里开展文创后，2017年10月，县委宣传部筹备在龙潭举办首届戏曲民俗文化节，陈楠写了一份计划给宣传部，传承协会获得了一笔资金，后来又找周芬芳主席争取了一点，添置设备。当时，陈楠信心很大，连夜研究剧本。古代的戏都很长，四个小时才演得下来，观众坐不住。他伤脑筋一句句抠，一点点改，切到两个小时内。

传承协会提前三个月进龙潭排戏。老祠堂的剧院里又响起了熟悉的乡音，伴随着锣鼓铿锵，高亢激昂、粗犷诙谐的唱腔，带着历史沧桑，吸引了很多村民来围观欣赏。

为了孩子读书，传承协会演员有一半住在县城。陈楠租了一辆车，十三个人塞得满满当当的。每天傍晚5点跑龙潭，排练完，晚上10点又回城关，路途中大家还兴致勃勃地对戏。有天晚上暴雨倾盆，打雷停电，他们点几根蜡烛还兴致勃勃地排了一晚上，大家劲头十足。

8月份，福建东南电视台拍摄白水洋风光片时顺路到龙潭村，要拍一个四平戏的专题片《客从何处来》。那一段时间，村里热闹极了。西溪上游，在一排墨绿色柳杉背景下，身着戏服的村民走来走去，让人有了穿越时空的感觉。

第二年，又到新一届戏曲民俗文化节时，以明代古厝修复起来的四平戏博物馆揭牌，这座建筑里面承载着龙潭村的文化精神，安放了龙潭陈氏对四平戏的历史记忆。博物馆正厅悬挂着各式各样古老戏服，摆放着舞台道具，侧房墙上镜框里镶嵌的历史资料都是陈楠这些年整理出来的。

休息了两个月，借着文化节东风，村里补贴了一点车费、伙食费，传承协会又回到村里办班教村民。陈楠希望更多人来学，四平戏就有希望了。他动员那些爱跳广场舞的村民：“反正你们都是跳，学戏也是一种身体运动。”

陈子瓣原来住在戏院边上，他老婆经常对人讲："听见你们在那里敲锣打鼓，每一次心里都痒痒的，特想来学。那一亮相多帅。"

因为家族遗训，她公公和陈子瓣不让她学戏。这回，陈子瓣开窍了，抛开祖训鼓励她："你快去学吧，再不去就没有上台机会了。"

他老婆好高兴，"我是想了多少年，现在终于如愿了。"

有村民议论，陈子瓣真是误了他老婆，那身材上台，是个很好的角儿。

陈楠忽生一念，新村民平常自主文化活动活跃，不如把他们也带进来感受一下，能唱一两句，气氛会更好。他去随喜书店让新村民曾伟在群里发布一下消息,希望感兴趣的人也来参加。

刚进村时,一些新村民已经被惊艳到了,那些平时卷起沾着泥巴的裤管、扛着锄头的农民,粉墨后便登场,一个转身,都成了舞台上的戏曲人物,这让他们非常新奇。平常聚在一起时,原村民也会教他们哼上一两句戏文。

发动的结果,新老村民有近三十人来学。

陈秀雨是另一位国家级传承人,她选了《赠宝带》里的一折《思乡》来教,先让大家看台词,再给他们讲解一遍,这一段是什么意思,然后又是干什么。那是一个秀才进京赶考的故事,到了京都回望家乡方向,满怀离愁别绪。内容非常合适新村民初到龙潭的心理感受。秀雨老师教唱腔,另一个老师陈锦密教形体。她来个动作,你唱一句,学到了能唱一两句了,后台给他打起来配一下。新村民还上过舞台,简单唱过一小段。

新村民梅宏以前学过京剧,有功底,动作、眼神都非常到位。胡文亮则学得痴情投入,走在路上也会情不自禁哼出一两句来,别人还以为他喝多了。

四平戏由外地传入,唱白是江西土官话,龙潭人也不一定全听得懂。所谓土,就是加入了一些龙潭方言。这造成学习难度,新村民兴趣日渐低落。后来,开始排练香港导演招振强的舞台剧《假面》,就没时间顾这头了。

传承协会连续参加了三届龙潭戏曲文化节,有了资金扶持,人才队伍也拉起来了,把《天子图》《琥珀岭》《白兔记》三本比较经典的戏都排了出来。

音乐硕士毕业的新村民谢朋举,在四平戏三个月的培训时去过几次,眼看新村民越来越少,便在心里琢磨传承方式的问题。他这样说——

四平戏是龙潭村最大的文化遗产,国家级的,特别需要去传承。龙潭这些老艺人其实就是师傅,没有形成一个专门的教学方法,都是口传身授。而且,语言与普通话又不一样,单靠这种传播有难度。拿京剧来说,那是国粹,我们举全国之力传承,每年春晚都不能不露脸。那么大的一个舞台,到现在又有几个年轻人喜欢?

我觉得戏曲这个门类,要靠戏曲本身去推广很难,它就是古代生活形态里的东西,文化隔了好几百年。那你怎么去传承呢?我的强项是音乐创作,希望每一个作品都有意义,有受众才能传唱开来,流传下去。如果写一个儿歌,朗朗上口,让这里小学的孩子都会唱,至少在他们那一代人的脑子里有印象，这也是一种潜移默化的传承方式。

我写《要听四平戏就去龙潭里》，旋律是《白兔记》里的唱段，这个旋律最接近歌曲，也是最好听、最容易传唱的。以这个旋律为底色，我把它稍微改变一下，编成儿歌。这样的话，通过唱曲听歌，大家知道四平戏的来历。从大方向来讲，它就得到了传承。如果单独去教小孩这个戏，他可能感觉枯燥乏味。

歌词意思很简单：你要听四平戏呢，很多人以为在四坪村，实际在龙潭里。你干吗去？我到四坪去赶集，赶完集我顺便去看四平戏。那个小孩儿告诉他，四坪啊没有四平戏，看四平戏要去龙潭里。它俩之间距离就四公里。

这样把一个事情说清楚了，又有四平戏的旋律，小孩自然而然便知道了四平戏唱段。我觉得从少儿角度，从歌曲通俗化角度，这样传承，不受外部条件制约，比你硬去学一门戏，会传播得更久远……

四平戏是龙潭人的精神依托，潜移默化地影响到村民的为人处世、待人接物，它给龙潭文创振兴乡村带来的深刻影响远非子遗戏曲文化本身。

四　最后一抹斜阳

2017年9月，屏南县获得"中国传统村落文化创意产业示范县"的荣誉，在屏南授牌仪式后，中国民族建筑研究会的专家们接受文创屏南公众号记者采访时，说了下面这些话——

中国博物馆学会理事长张柏：现在整个中国传统村落，老宅保护是两种模式，一种作为地产开发，整个村腾出来给一个企业去干，和乡村没关系了，这个已经死掉，没魂了，是商业的东西。第二种，死保硬保，花一笔资金，坏了就修，楼在人空。没有第三条路可走。古村落保护最怕大拆大建，龙潭按照古村落保护的基本原则甚至世界遗产的保护标准在做，用传统工艺、材料，是可逆的，不行可以恢复。这里还注重保护与利用相结合，出租给投资人维修，房主得到租金，创造性地做到了活化保护。这么多年来，"保"和"用"这个最尖锐的矛盾在这里解决了。

中国民族建筑研究会副秘书长杨东生：目前全国传统村落样态一个是空

心化，另一个是政府建设好，通过旅游等方式将村子发展起来。屏南古村修复模式，不是简单修复，不是过几年就结束，而是有一种内在驱动力，是有灵魂的，有可持续发展的能量。龙潭村模式，把古屋出租，在产权不受影响情况下，活化保护。屏南这种模式值得推广借鉴。

中国民居建筑大师、厦门大学教授戴志坚：现在传统村落面临的最大问题就是没有人，修得再好、做得再漂亮，缺了人也没用。唯独屏南，告诉我们村落保护还有这么一种可持续发展的路子。古村文创是个新生事物、阳光产业，其他省也在摸索古村保护经验，现在成功案例不多。大家在找不到路径时，你已经有一条成功之路，这非常重要。

在一次座谈会上，中科院院士、同济大学教授常青也发表了自己的看法：费孝通先生曾经提出"出主意、想办法、做实事、做好事"的工作方针，龙潭传统村落的魂没丢，我在这里看到了先生的精神。总结起来有"三个民"：一是开启了民智，提升农民素质，激发他们的无限潜能，创造了经济和社会价值；二是挖掘了民粹，把民粹中最精华的老房子，改造成符合现代人居住的空间；三是改进了民生，搞文创产业，激活了经济。那就是为国家的乡村振兴战略找到一条好路子。

……

专家、学者们的一致认可，正是林正碌古村复兴理念里朝思暮想要去逐一兑现的内容。在传统村落改造的乡建领域，林正碌通过漈下实践，已经大致掌握了成本和技术，俨然汉代骠骑大将军一样，带领数百精兵小胜过一场。这让他在接下来的战术、战略上，做到了知彼知己。龙潭是一个大战场，几乎只剩下框架的老厝修缮和宅基地重建，远不是漈下小试牛刀可以比拟，他必须重新整理思路。

乡村在每个中国人记忆深处向来充满温馨。唐诗宋词里，绿树村边合，青山郭外斜。远上寒山石径斜，白云生处有人家。望中酒旆闪闪，一簇烟村，数行霜树……这种天人合一的村落格局，体现了华夏民族源远流长的中华道统。

建筑是民族精神的第一呈现，也是人们文化和生活方式的容器，可感可知。当下乡村，新建的都是钢筋混凝土砖墙楼房，乡村历史肌理被严重侵蚀。中国每天有八十至一百个原始村落消失，我们离自己民族的精神原乡愈行愈远。

国际知名建筑师约翰·波特曼说过：建筑的实质是空间，空间的本质是为人服务。

逆城市化的人想来了，如何留得住？如何住得舒适？如何把乡村传统文化价值弘扬出来？如何改造废弃老厝，满足他们对美好生活的渴望？这些成为首先要破解的难题。林正碌一直在摸索，他始终认定：文化创意一定是最经济最人性化的方式。在他的思路里，龙潭就是一个被愚公抛弃、工业也不要的废墟。正因为没人要，他的传统建筑修复理念才找到机会落脚。龙潭村的先祖选择了这一方山水，注重自然与人和谐，合理利用并有节制地改造自然，从而创造出与山水自然融为一体的建筑形态。他朝思暮想要做的，就是保持进而增加这种丰富性，形成传统性与现代性兼具的复合型居住容器。

榫卯结构的传统建筑充满个性化，寿命比钢筋水泥建筑时间长，改造、修缮成本比新建现代建筑低。在内部空间改造中，以现代理念和方法，把空间价值最大化，超越工业标配，满足现代人日常生活、工作需要，增添更为人文关怀的精神价值，并根据不同人、不同用途个性优化，让人们面对它时，立马感觉城市里套房的单一无趣与冰冷。

2018年初，以乡贤身份回村的陈孝镇进入几座修缮好的老厝，看后非常震撼。这些老厝的破坏程度和内部布局，他一清二楚。龙潭民居多为土墙青瓦木结构的双层三开间宅院，当地叫上下厅厝。上天井和下天井以当中的太师壁分隔，上天井两边的廊庑或作为通道、放置农具，或搭盖厢房。下天井两侧当厨房和膳厅。太师壁前置几案，摆神主牌和祖宗牌位，前厅作为接待客人、家族议事和婚丧喜庆设宴的场所，两侧是厢房，中间的位置采光不好，通常一楼做储物间，二楼安排做粮仓。经过重新布局调整，中间的厢房被改成两个卫生间。二楼在残破土墙一角，伸出一个木结构阳台，或土墙上穿个洞开窗采光，或厝顶立个老虎窗。置身阴暗老厝里，马上有了亮点，让人心情愉悦。外观不见什么改变，内部功能的设计改造化腐朽为神奇，人见人爱。如此精彩的演绎，让每座老厝都成为一件作品。它凭什么不能吸引城里人？

还有，小时候印象里的猪圈变成了茶室，人们居然可以在那里坐着喝茶聊天。这些颠覆性变化，使他对林正碌孤傲、难以接触的印象转变为一种崇拜。哪怕你有小缺点，我照样爱屋及乌。一种作为龙潭人的自豪感，仿佛八月涨潮的海浪扑上心头，愈加铁定了他回村竞选村支书的决心。

龙潭发生的变化，犹如省住建厅副厅长蒋金明所言："龙潭村外貌和气质是古典的，精神内核却是现代的。"

传统上，农村对起厝的大木作师傅都心存敬畏，一旦起新厝，东家总是好酒好菜烟茶伺候，唯恐怠慢了师傅，在梁上什么暗处给你做个蛊，几代人不得安身。面对那些内心荣光残存的大师傅，林正碌自有他的一套应对之策。

施工要求戴安全帽，他强调了一遍又一遍，师傅们的习惯总是难以纠正。有一天，看他们爬到屋顶上又是如此，他脑筋一转，当场把陈官票叫过来，郑重其事对他说："昨晚做了个不好的梦，某某人摔下来了。吓得我一身冷汗，醒了过来。"

这有点像谁被诅咒了一样，农民最吃不消这个。陈官票一听心里也发毛，万一真去了一个，责任重大。他转身叫停，和爬下来的师傅们嘀咕了几句，一个个马上把安全帽都戴好了。

龙潭老厝改造起始，林正碌先请漈下村的大木作师傅来修缮，是因为这批人经过磨合，配合起来得心应手。但时间久了，又造成修老厝非他们莫属的毛病。之后，林正碌把全县木匠队伍挖掘出来，三队五队同时开工，让各队进入职业状态，形成良性竞争。

与陌生师傅第一次打交道，林正碌必须死盯着。往往你说这边要怎么做、那边要怎么改，第二天又变成他们自己习惯的那种。通常彼此的思路要磨合上两周。

老厝里面，楼梯是一个枢纽，位置没定好全乱套。重新调整位置，尺寸最关键。楼梯一米二拉上去，空间被吃掉，仅剩一个过道，只能堆放杂物。对有些立地窄小的老厝，林正碌会将楼梯缩到极限的六十五厘米，如此通往房主卧室，不占地还显得私密。

林正碌要把楼梯改个位置，师傅说好。第二天却又跟他说："林老师啊，这个跟楼板接不上，应该放那一头。"

设计时林正碌已经算过，心里有底，便告诉他，"你把底下两根先放好，一步步再做上去。没问题。"

师傅没有受过几何训练，也没有数学概念，按他那个套路永远搭不上去。

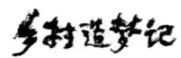

他只会依从师傅那里学来的经验,这个要多长,那个得多宽。变一个尺寸,他就心里没谱。在非标设计里,他那种算法全蒙掉,榫卯都不知道怎么开。听林正碌的,还居然成了。

有前后两座老厝被一人认租,地基不一样高。要保证空间效率最大化,共享一个楼梯,成为浑然一体的空间,林正碌颇费了一番脑筋,最终决定在两座老宅中间架一个连接通道。师傅半天听不明白,两个楼层不一样高,怎么连接起来?

林正碌说:"你按我说的大胆做。错了不用你承担责任。"

结果,从前座二楼进入后座,营造出一种曲径通幽、别有洞天的玄妙。

磨合半个月后,师傅们一个个全服他,从而确立了他的权威。

老厝里面通常用杉木板隔开外围土墙,柱与柱中间拉一杆,目的是扣板。师傅拉杆按定式,离地总是一点二米。林正碌自有他的考量,要让坐着的小孩都可以看到窗外风景。他画下一条红线,没有特殊交代,以后全是九十厘米。

传统建筑营造技艺是数百年的历史结晶。这在漈下聚艺楼立扇起厝时,林正碌已经开过眼界。爬在梁上的师傅榫卯对接时,这边敲两下,换那边再敲两下。这种营造技艺自有它的力学原理,组装系统也有它的先后次序。关键是师傅不懂美学视觉原理,看你身材不错,只是给你打扮打扮,涂涂口红什么的。他没办法通过人性化设计使老厝气质升华。

师傅们慢慢接受了林正碌的修缮理念,林正碌也改变了沟通方式。那些跟过他的师傅被拿捏得很准。在具体操作过程中,他把设计理念和布局对那些头脑灵光的师傅说清楚,也听取他们的建议。他会用商量口吻跟师傅探讨,你觉得这个位置,窗户放在这里好,还是在那边?楼梯还有什么上法?双方取长补短。就跟教人学画一样,越是尊重,师傅们发挥得越超乎寻常,经常做得比他预想的还要好。

他一下子不会给过多的量。正常来说,盖一栋房子,设计图纸要先画出来。如果钢筋水泥别墅图纸要一百页,牵扯到非标的榫卯工艺,一座传统建筑没有一大摞下不来。村里最多时三十多处开工,且不说没时间画,有图纸给师傅看,他们一下子也看不懂。考虑到双方思维方式不同,多了师傅也记不住,关键或复杂部位,他都是现场画一张草图。林正碌有那个特殊的脑瓜子,所有设计方案都藏在里面,甚至可以在脑海里现场建模,过电影一般呈现空间的各种可能性。工匠不知下一步意图,他紧凑跟上,像挤牙膏似的,每一天现场交代。

林正碌教人画油画,树立独立品格,第一条就是认真。做事你不认真,他无法容忍。在一个工地,他昨天跟砌砖师傅讲,这个墙砌在这一边,另一边要做厨房。第二天砌的方向错了,门也开反了。他当场把那个师傅骂得狗血淋头:"做泥水是最简单的活,这活都可以错。返工!你这是浪费别人的钱,浪费别人时间和生命。是对别人的极不尊重,也是对你自己的不尊重。"

他难得冲动发飙,就是要杜绝这种现象重复出现。

还有一次,楼板间要贴隔音棉,正反面是常识问题,贴好了隔音又不掉灰,偏偏放反了。林正碌毫不留情喊起来,"全部都给我重弄,你自己加班。"

对这些师傅,林正碌因人而异,恩威并重。修建一座老厝时,二楼上面加盖了一层,他在双溪处理事务,还没来得及交代怎么做。师傅等不到他,自行设计了个楼梯,中间上去走到半途再兵分两路。等林正碌到现场,师傅问:"林老师,我这样弄,你觉得可以吗?"

林正碌看了感觉不错,当即竖起大拇指,"很好!你设计得非常棒。你已经是大师了。"

有的师傅跃跃欲试,也想露一手。林正碌看后却是另一种说法:"床头架子还没叫你做,你怎么就做上去。全是四方网格,一点美感没有。而且没对称,左边是冷冰冰的水泥墙,右边是木头的,一边暖一边冷,怎么会有协调感。我一再跟你讲,告诉你怎么做就怎么做,擅自主张,你还没有那个水平。"

老师傅周禄暖从事大木作五十二年,手艺在附近几个县小有名气,修建木结构老厝那是很久以前的事。他带的徒弟因为早早改了行,手艺也不精。再次拿起木匠工具的周禄暖,对记者非常感慨地说:"现在,屏南木匠差不多都到龙潭来了。真的不容易,都是六十好几的人。龙潭每一座房子都不一样,我差不多七十岁了,还要学习。活漂亮要靠头脑。这门手艺没这个文创,以后真的会失传。"

每当谈起传统建筑,林正碌脑海里就会浮现出漈下修建聚艺楼时,大木作师傅一头苍苍白发和饱经风霜的皱脸,现在他已经见惯不惊了。这让他又

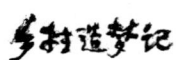

萌生出新的感喟——

龙潭如今在做的，是传统工艺加现代美学。在中国建筑设计里面，我是没有被学院派条条框框限制的人。他们不明白解构、重构意味什么，只知道甲方乙方那些商业条款。没有那种精神，肯定不是我对手。等他们从这种思路里解脱出来，已经没有传统工匠了。只能像那些考古专家，去研究古代怎么做青铜器。研究了一辈子才得出结论：哦，秦国的青铜器原来是这么做出来的。

如果我们不能在十年内，把这种诗意栖居营造技艺有效恢复起来——这并不是说，土木建筑是唯一能够营造诗意的手段，那么我们整个民族的文化是飘浮的。飘浮几代以后，全是冰冷的现代套房，感觉唐诗宋词都是别人的，这个民族就会产生一种致命的冷漠化，甚至对自己曾经的文化基因无感。我们把最能代表民族性的东西给抛弃了。都说心灵归处是故乡，归处在哪？那是一种可怕的灾难。

如果现在有源源不断的工匠出来，五年以后一定有比我更牛的人出现。现有这些工匠，平均年龄六十岁，而且还仅限于经济落后的地方，他们还愿意出工干活。如果在我莆田老家，人家早不想干了。这三十年已经把他娇生惯养了。工匠每年都要离世一些，这里经常有隔了一两年就再不见人影的。产业链没了，技艺失传了，后继无人。如果整个屏南还有一万座要盖的话，一座一百万，加起来一百个亿，那样的土壤，才有可能培养出不会断代的传统大木作工匠队伍。

目前，我营造的这种唐诗宋词里面自然性的诗意家园，都是独一无二的建筑艺术品，它们有可能是绝后的。十年内，如果没有转回来，中国民居建筑最辉煌的一次回光返照会落在我手里，每一座都可能成为后人眼里的文化遗产。

五　不能流汗再流泪

从2015年3月林正碌团队进驻漈下开始算起，屏南先后引进独立艺术批评家程美信团队、复旦大学张勇团队、天津泰达当代艺术博物馆马惠东团队、中国美院陈子劲团队、南京先锋书店钱小华团队和本土的宁德市千乘桥文化创意团队。文创专家队伍入驻屏南开展文创工作，创建了漈下、双溪、厦地、前洋、降龙、龙潭、四坪、棠口、前汾溪、墘头、寿山等一批传统村落文创产业基地。程美信团队修复、保护厦地古村；复旦大学、中国美院与屏南县开展校地合作，在前洋村、前汾溪村设立教学基地；天津泰达当代艺术博物馆创办棠口鼎顺文化艺术中心；千乘桥公司创办棠口、前汾溪研学实践基地；南京先锋书店落户厦地村，它营造的水田书店成为全国最美书店。

2017年下半年，屏南县总结出"三引三创四加"的传统村落文化创意产业模式。三引即引进高人，专家团队驻村主持实施文化创意项目，保障基本经济待遇，给足才华施展空间；引回亲人：复办乡村小学、提升医疗设施、优化人居环境、落实创业奖补等，吸引外出村民回乡创业；引来新人，以公益艺术教学为平台，引导城市人到农村认租、修缮房屋长期居住，打造新型乡村人文社区。三创即创新老屋流转机制，以村级组织为中介推行"老屋认租十五年或三十年"流转模式，避免出现哄抬租金、权益纠纷等无序现象，解决了闲置民居保与用的难题；创新老屋修缮机制，建立"新村民出资、驻创专家设计、村委会代建"运作模式，既便利认租艺术家，又实现了传统营造技艺传承和老屋保护；创新项目管理机制，试行乡村建设项目"工料法"计算工程成本，由村级组织购料、聘请工匠施工及全程监督，提高效率，节约成本，增加农民收入，传承传统工艺。四加即党委政府+艺术家+村民+古村+互联网。这些做法有力推动了全县"文创+精准扶贫+古村保护与复兴"，促进了一、二、三产融合发展，成为屏南经济新增长点和对外宣传的一张名片。

8月，发展文创带来的巨大变化，坚定了屏南县委、县政府的决心，每年拿出一千多万元的财政配套资金，寻找有识之士合作，提出做文创产业要项目化运作，把它放在一个更大的战略上来推动。原来的领导小组升格为屏南县传统村落文化创意产业项目指挥部，总指挥长由一年前升任为县委书记的吴书记和新到任的王县长挂帅，周芬芳任第一副总指挥长，县委宣传部部长、分管副县长任副总指挥长。陆坚主动退居二线，辞掉县审计局局长职务，专职从事传统村落文创产业工作，也担任了副总指挥长。

如此一来，陆坚有了时间和精力，他要使出浑身解数，去排除一个让他

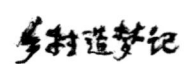

忐忑不安、随时可能引爆的暗雷。

前些年,在建筑规范里,技术性不是很强的小规模项目,像水土保持工程、水库抢修维修、整治机耕道等等,涉及资金五十万以下,农民投工投劳,设计完可以直接进入施工。后来,政府规范投资行为,把它取消掉了。

林老师设计的传统建筑,无法走规范的招投标程序。且不论周期冗长、投资增加,也不说一座老厝要付多少设计费,招投标第一关就要提供设计图纸。如此非标设计没有先例,数不清的榫卯都要标出尺寸。看老厝顶一片瓦破损漏水,实际上可能坏掉六片。还有檩条,下面看上去完好无损,上面有些已经开始腐烂,设计三条还是五条?一切都得根据翻扒开来的具体情况才能统计出来,问题是还找不到合适的设计者。单承重一项,你就计算不出来。廊桥申报"世遗"时,屏南县曾经找福州大学建筑学院帮助,最终也没算出结果。木拱斜撑角度稍有一点变化,受力马上发生改变。

依此,龙潭村永远开不了工,永远都停留在规划设计阶段。

乡村里最接地气、可操作的方法就是投劳投料,熙岭乡总结、提炼出来的工料法,触及法律法规。此前,漈下用的也是这种方法,采购多少料、用了多少工,料款和工钱两者相加就是总费用,只是没有进一步完善。倘若这一块机制没有建立起来,民间投资也进不来。

因为龙潭工料法,身为县审计局局长的陆坚压力山大。龙潭古村的乡村振兴却非走这条路不可,这个瓶颈不突破,弄不好当事领导会出事。陆坚经常跟县里一些领导,包括纪委反映,你们不能让这些基层干部,流汗又流泪甚至流血,让敢于工作创新的干部无端出问题。宁德市审计局局长支持文创,他在福鼎市任副市长期间,面对古民居保护问题,已经遭遇到这个难题。2017年年底,陆坚把市审计局局长和相关人员一起请到龙潭现场办公,首先对这种做法认可,属于创新思维。再审查一下龙潭做法哪些方面不够完善,可能造成管理漏洞。审计局很多干部是跨专业的,对行业政策,熟悉度比任何部门都来得到位。他们知道在大的政策框架下,能做什么、怎么做,龙潭还有没有拓展空间。县局投资审计中心也参与进去,在上级部门帮助下,草拟了一个屏南县关于古村修复项目的方案,从管理机制上配合,形成经济制度创新。

按陆坚的想法,以熙岭乡政府名义,把龙潭作为一个案例标本,从全县角度来出台这个文件。发展文创产业已成为全县重点工作，这对其他村落同样具有指导意义。

熙岭乡结合具体的财会管理，草拟了《熙岭乡文化创意产业项目建设实施细则》《熙岭乡文化创意产业项目财务核算实施细则》《熙岭乡人民政府关于规范村级自建工程材料采购票据使用的通知》。文件出来上报县委，吴书记原则认可，可以先试行。县里要明确这种做法，必须住建局、财政局等几个部门认可，会开了好几场，最终没有协调下来。熙岭乡的魄力非常大，书记、乡长敢于担责，冒着风险继续工作创新。

2018年，省住建厅在屏南召开传统村落保护和活化利用座谈会期间，王副厅长带着四十多位专家抵临龙潭调研，一听汇报便明白，如果用这个标准找外国专家设计"鸟巢""水立方"，肯定没戏。长期分管建筑工程这一块，他对此感同身受，个人当场认可，并通过他的渠道转推至审计署广州特派办，被列为"典型经验做法"后报送审计署。同时，这份文件也上报省"深改办"。功夫不负有心人，2018年9月，熙岭乡建项目"工料法"的经验被总结吸收到省委、省政府《关于坚持农业农村优先发展做好"三农"工作的实施意见》中，并入选住建部乡村营建优秀实例。后来，国家三部委联合发通知出文件，农村小型项目不必再经过第三方。

一系列文件出台，熙岭乡干部首先得到政策保护。陆坚长舒了一口气，一颗提着的心安稳了。此前，他时常纠结自责，如果因为文创，万一熙岭乡干部有什么事，至少他也是一个教唆犯。

工料法，是被现实倒逼出来的，是屏南一帮敢于担当的人，面对现实创新出来的工作机制，这很有点先同居后扯结婚证的样子。在公认此路不通的地方，他们冒着风险，凭着超前胆识，披荆斩棘，硬生生开拓出一条新路子，让后来者欢呼雀跃，少走了很多弯路。

接下来，在项目建设中，从管理机构、岗位职责、建设程序、建设管理、财务管理与监督、安全生产诸多方面进行系统规范。最关键要把握好两个环节，一个是材料采购关，另一个是用工关。任何一个法律文件出台，如果监督不到位，都可能再出纰漏。

林正碌负责设计、指导，用哪些工、做成什么标准，则由村里组织实施。工料法有规矩，三个人负责采购，过一段时间必须轮换掉一个。村里也会贴

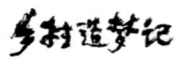

出公示，今天买建筑材料的数量和单价，合起来多少钱款，等等。

陆坚曾经担任过乡镇党委书记，他熟悉农村、农业和农民，很多环节，如果政府力量不到位就会脱节，再去讲什么乡村振兴都是一句空话。

乡村振兴的核心问题，首先完小要恢复。生源少是一个问题，教师资源沉不下去又是一个问题，教育部门只能撤点并校。林正碌通过社会募集资金、招聘支教老师，马上又出现了一个新矛盾，从体制规定来讲，没有教师资格证书上不了岗。

陆坚跟教育主管部门包括分管领导开门见山提出——

其他闲话都不讲，像龙潭小学，作为国家义务教育，我们第一个要不要恢复；第二个在恢复过程中，用什么办法来恢复，有哪些持证教师能安排进去；第三个，我们要回答一个问题，今天恢复的这所完小是林老师的学校，还是共产党的学校。这个要搞清楚，如果是林老师的学校，那就归他管了，我们就不扯其他。但事实我们必须管，现在体制内教师又解决不了，那好，也通过林老师这种方式来招聘。我们现在要解决的问题是有和没有的问题。只有在有的基础上，才能进一步去推动规范教学和建设。从没有到有，再通过若干年变成好和优，这是一个渐进过程。我们要思考这个问题，而不要整天去炒作这个学校是谁的。

政府能够补助也好，不补助也好，通过林老师个人影响力先解决完小复办问题，这是一件利国惠民的好事情。政府需要理清楚一个认识问题，我们用的是林老师的智慧，相关服务必须通过各级组织来支撑、来实现，往往这个时候，我们有些干部，又认为这都是你林老师的事。

我们开展的文创，不是某个局部产业，必须提高到乡村振兴的层面，它是我们的国家战略。一个村落的整体发展是系统性工程，需要得到方方面面的支撑。

一位分管文教的副县长也谈及这个问题——

让乡村完全来套城市模式，肯定行不通呀。农村有它独特之处，比如教育，像龙潭这样，师资配备按照城市小学十九点五个学生配一个公派老师，现在龙潭就二十多一点的学生，只能配一个老师。那就形成恶性循环，一个老师怎么会教得了六个年级和所有科目？这样一来，家里有上学孩子的农民更是千方百计往城市跑，加速了农村空心化。

我们说要改革，你做试点也好，标准应该有变化。这个师生比，城市做得到，乡镇行不通。每一个科目都要教和考，跨学科老师不多，同时教两个以上科目，教学质量也好不到哪里去。一个中学有十二个科目，学生数就算多到一百九十人，只能配十个老师。这很可怕啊！包括管理层只能配十个老师，连科目都接不过来。这样的中学还有质量吗？这里说的是乡镇所在地，还没涉及行政村。

　　我们希望这种探索，最后引起相关部门重视。现在说龙潭小学有问题，但必须正视这也是你的问题。我们又不想教育部门太为难，上级来检查你犯错。既然文创指挥部是临时机构，都是兼职在开展工作。我们在做创新和探索，有什么责任指挥部来承担。

　　所以，不能就文创讲文创，这里牵扯面太广。如果文创做好了，一级级往上推就有希望。中国的行政力量比较强大，觉得有这个必要时，可以在某个地方撇开"控编"，先探索先试行。

　　也许是一次次呼吁产生了效果，政府自身也具备发现问题的能力，一切都向好的方面发展。2018年开始，县常委会通过，支教老师由县财政每人补贴两千元，通过乡镇拨到村里，另一半继续由林正碌通过社会募集来支持。到了2020年初，全面接管支教老师工资的问题已经提上了县政府的议事日程。

　　关于乡村振兴，这位副县长还提到一些很现实的问题。

　　村干部里只有村支书和村主任基本工资加绩效补贴一千九百元——现在很多村都是村支书和村主任一肩挑，其他十几位村干部领的津贴是一个月两百元。人力资源注入缺失，更不用说乡村资金投入。试想，一个城市基础设施和人才资源投入多少？这么多年来，农村现状真的是让人欲哭无泪呀。

　　按中央要求，农村机构要健全，功能发挥要充分，但实际达不到这种程度。以龙潭为例，因为入住了百来位全国各地来的新村民，倒逼龙潭村社区物业式服务提速。孝镇书记基本是光杆司令一个，每天二十四小时在岗。现在的村干部待遇，很难把有能力的人吸引回来，他的付出和得到不匹配。俗话说：上面千条线，下面一根针。孝镇书记经常大会小会往乡镇、县城跑，一千九百块钱津贴还不够养一辆车。如果没有一定情怀，或者私底下打个人小算盘，谁能持之以恒？

　　必须在制度上进行改变，现在支持乡村的资金不少，但各部门限制很死。

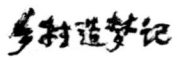

落到下面,一定要按照部门规范来,这又不符合国家的乡村振兴战略。

要么美丽乡村模式,要么乡村旅游模式,要么文化遗产保护模式,然后就是"三农"这一块,上级相关部门都会拨款,配套的是设施农业、现代农业、规模农业,建小公园、游客中心、停车场,搞指示牌、导览系统、安全防护措施、道路等级提升等。部门观念没转过来,本来可以大统筹,不能让人只买了筷子没有碗。部门考虑政绩,有一套系统考评方式,就把其他领域弱化了。龙潭打造适合人居的优质生态环境,偏偏三不靠。

农村广播搞大喇叭,在我们这里的乡村也不实用,但广电部门肯定要做。不做它就没业绩。每个村做农家书屋,书都是上面配好的,不接地气。龙潭村就有两个,都是种植、养殖等方面的书籍。村民从来不看,谁养得好就向谁学。这样的事情,好比家里搞装修,非要摆一排书柜,氛围营造在那里就书香门第了。

农村的核心问题还是土地政策,现在一直在强调原住民返乡,现实回不去。原有祖厝的建筑结构已经不适合居住,容纳量也不够。祖厝都是三四代人共有的,挤着好几户人家,坏了你修我不修,最后还是烂掉倒掉。只有被新村民统一认租,才能活用起来。

2017年10月18日上午,周芬芳在县政协五楼会议室集中收看党的十九大开幕式,习近平总书记的报告讲到实施乡村振兴战略,她第一个反应过来,哇,我们的古村复兴就是在做这个事情。事后,她对林正碌说:"林老师,你天天讲古村复兴古村复兴,今天国家乡村振兴战略出来了,它是更大的一个范畴。"

党的十九大召开后,大家都很兴奋。文创办讨论过,也和林正碌通过气,张峥嵘筹备开个座谈会,学习贯彻十九大精神,领会乡村振兴的重要意义,给自己鼓劲加油,分享喜悦。一个山区县努力做了近三年的事,竟然与国家战略不谋而合。这就像高考试题被一位毕业班老师围到了,多有成就感,那位老师必定名声大噪,成为一代名师。然而,文创办这一帮人从艰难起步开始,都不是沽名钓誉之人,对此也没有那么耿耿于怀。后来,一扎入龙潭火热的现实里忙碌起来,大家都没顾上去做这件事。

第二章

一 农民甘苦挂心间

作为全县最不起眼的一摊水,被推拥上屏南文创潮头,还飞溅起迷人浪花,三年后,熙岭乡党委书记郑常文谈起往事,双眼跳动着热切的光,话语里流露着兴奋——

我们属于屏南大山里的山区乡,村落破败和空心化是家常便饭,谁都没招。知道县里开展文创产业的事情后,我找原来的老领导陆坚聊天,他也是文创办兼职的副主任。我就问,熙岭乡能做什么?

他告诉我,林老师所做的事情,你认为跟你的想法会不会一致?如果一致,那我们撮合。首先你要积极,前期铺垫不好,像漈下和降龙,后面会遇到很多困难。只要林老师认可,我帮你去做县主官的工作。但有一点说在前,万一出现严重阻碍,你必须发挥党委权威,该怎么办就怎么办,说实在话,你这个地方一不是农业大乡,二没有工业园区,相当边缘化。开展文创,从任何角度讲,利都大于弊。说白了,你现在都没条件找书记汇报工作。龙潭有那么好的生态、文化资源,如果做起来,可以预见,书记到你那里调研的机会比任何乡镇都多,乡里的工作会得到很大支持。

龙潭村,我自己一年都难得去几趟。改革开放时,村里有一千四百人,到2016年只剩一百多,门庭冷落,老弱病残,狗也仅剩几只。第一次到龙潭,林老师非常激动,边看边拍,不停说村子漂亮,嘴里都是最最最、太太太这

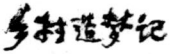

些极尽赞美之词。西溪两边残垣断壁，老厝破烂不堪，在他眼里都是宝贝。

刚开始，文创概念我也模糊，只知道他在漈下教农民画油画，修复古村。那我也死马当活马医，试一试，再不济也有漈下的样子。

第一次到龙潭那天傍晚，是这三年来林老师唯一一次在乡里吃的一餐饭。他这个人，对生活要求很简朴，穿的不是什么名牌，随便背个挎包，不求钱财，不图名利，却对破败古村那么痴迷热爱，让人匪夷所思。

按他的思路，可以把龙潭打造成一个什么文化硅谷。我就觉得这人有点不寻常，又是我老领导欣赏的人，当时就想，花几十万整治村容村貌，大不了做个美丽乡村，那也是一种时兴工作。

熙岭乡比较偏僻落后，也没有什么物产资源，列不进县里文创工作的盘子。2016年底，我下决心了，在一次县委常委扩大会上，提出熙岭也要做。吴书记说，目前财政有困难，你那里偏僻，交通不便，暂时排不上。我是有备而来，就说，吴书记，我只要你允许我先做。前期资金，乡里自己筹集。等干出样子了，吴书记你再来支持我。

我找林老师，他答应把漈下收尾完就过来。每次在县里遇到，我都会和他聊上几句，催问一下。一切按他要求准备好，专等东风。

到了3月17日那天晚上，芬芳主席在屏南东区指挥部，把龙潭村两委干部、村民代表、乡贤三十几个人叫过去开会，我和张乡长在场，林老师避嫌没来。芬芳主席先说，我很想请林老师去龙潭村，你们如果有干劲，那我和林老师商量，他也很忙。

我告诉大家，这是难得的机遇，要努力争取林老师来，我们先把卫生整治好，家门口和巷道的乱搭盖全部拆掉。大家一个个表态，没阻力。最后，芬芳主席说，那好，村里准备一下，安排种子选手去双溪学画。事情就这么敲定下来。

张乡长2016年底到位，也想做事，冲劲十足。他说，既然做，速度一定要快。3月底，筹了五十万，先把村容村貌整了一遍，光是猪栏就拆掉四十八个，垃圾搬掉大概有两百吨。我们盯在龙潭，对村支书说，人工费你一天必须给我花掉三万块钱。清理了一个多月，林老师进场了，原来死寂的村落马上变成热火朝天的大工地。才做三个月，化腐朽为神奇，沿街立面改造，管网下地，建雨廊，修缮新村民认租的老厝……整个村都动起来了，几百年变化都不如那几个月，村落气质也逐渐显现出来。到了10月份，第一批新村民入住。城里人都肯花钱来修缮废弃老厝，今后龙潭村不兴旺才怪。

林老师和我们乡村两级组织边干边商量。新村民来了，人生地不熟，不可能叫他自己去买材料修老厝，认租合同签完预交订金，由乡政府垫资、村里组织代建。

林老师是带着理念来的人，他的思维，我也是慢慢理解接受。县领导说过，你们也没有更好的思路，现在唯一办法，就是尊重、信任林老师，按他的想法去实施。他在漈下已经有过成功经验。

新村民认租的老厝他们出钱修缮，公建部分政府出资，我们提供服务，保驾护航。先把老厝从村民手上流转过来，村里统一处理，避免产生不必要矛盾。

历史上龙潭村大户人家少，这个村民风平和、包容性强，这点很多历史悠久的古村比不上。村民非常尊敬林老师，认为他帮助乡村发展，让村民过上好日子，没有他哪来今天！很信服他很感恩他，也会以比较低的姿态来包容新村民。

有记者采访村里开小店的夫妇，你们出去多少年了？丈夫说，我们出去二十二年了。老婆马上插嘴，出去再久我们都要回来，这是我们的家。原来唯唯诺诺的村民现在变得自信心十足。林老师带来流量和大量粉丝，这有起死回生的作用。更多人关注龙潭了，影响力呈辐射性、爆炸性扩展。

很快，领导来了，专家来了。

做的过程也有困惑和焦虑，出现各种各样问题，听到各种各样闲话，特别是公建部分。林老师有经验，他提出方案，我们就按农村人起厝的办法，工钱、料钱两部分，包工包料来做。

按当时上面规定的公建法，要经过设计、预算、财审、招投标、监理、决算等，时间长投资多。比如建公共画室，如果按流程来，设计起码一两个月，招标还得有一个月，后面还有竣工验收、结算什么的。这样做，投资要多三分之一，第三方费用起码加百分之三十。等画室建好，至少一年以后，黄花菜都凉了。林老师设计，一分钱不收。这种方法省钱又高效，把本地工匠队伍培养起来，村民还有工钱赚，什么地方不好！

倒是熟人朋友忧心忡忡，好心提醒，这样做以后纪委要找你。农村正常

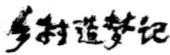

审计，乡级巡查，村级巡查，每一次大家都默认。他们真心提醒我，你们呀，只要个人在里面没什么瓜葛就不会有大事。

吴书记来调研时，我汇报了这件事。县委思路统一，政策方面由县里协调解决，但你个人绝不能在里面有利益勾兑。这给我吃了一颗安心丸。

刚开始龙潭闷头做事，我和张乡长两个都比较低调，平常没得罪谁，村民对我们也认可，风言风语不多。如果在一个宗派复杂的村，单修缮老厝这一项，很可能就会无端被捅一下。

张乡长头脑好用，他学会计专业，用财会语言把农民的土办法提炼成"工料法"。2017年底，我们总结出来的这套方法，被上级部门采纳，还因此出台了新政策。

漈下我参观过，做得不错呀！感觉林老师像做事的样子。他是一个多面手，我干吗还要花费心思，再去请专家来设计？既然他是传统村落文创总策划，在这方面就有策划权。请人家帮你开车，方向盘你不能老抓在自己手里。

先试再汇报，想创新工作总得担点风险。当时我和张乡长商量，我们大方向把握好，千万不能把自己人带进来，做什么材料供应商和工程队。我与张乡长约定好，风险我们来担。万一有异议，决策是集体研究通过的，又没犯经济错误，最多违反规定，乡镇领导不让当了吧！

我和张乡长每隔一周，晚上都要去找林老师。讨论下周做什么，怎么做，部署下一阶段的工作安排。

那时，我到乡里三年了，工作套路比较熟悉，如果按部就班，相对轻闲。干吗老是求稳呢，成天价跟着喊口号，做事时畏手缩脚的，前怕狼后怕虎。为官一任就要造福一方，做工作还是要有创新和担当精神。

做的过程中有了很多接触，发现林老师大局观、讲政治水平不一般，我当党委书记的人，有时层次还追不上他。这样的人不可能乱来，他讲起原则来，比共产党员还共产党员。

他讲话很有艺术，与县委书记探讨问题，切入点非常精准。他绝对不会讲怎么修缮老厝这些细节，讲的是古村要怎么复兴，他要打造怎样的一个文化硅谷，两年省内闻名，三到五年成为全国知名文创村，十年后世界闻名——现在基本实现了。他先讲远景规划，然后呢？我是怎么做的，领导也刚刚看过，人才来了，老外引来了，民间资金也跟进来了，将给乡村带来怎样的变化。好,最后说,书记呀,乡里财政比较困难,公共投入县里还要多支持。

林老师说话因人而异,有时口气大一点,那是他的语言风格,再说,这给我信心哪!他是以漈下检验、修正过的理念来做事,下棋看五步,我都跟不上。

他个性强,有什么想法一定要先和他沟通。他是县里认定的总策划,文创所有事情,凡是村落规划设计方面都要信任他。谁来认租老厝,林老师说了算。我们不是不作为,是真心尊重他放权给他。有个房地产老总想认租溪头大厝,林老师不置可否,他就给我打电话。碍于面子,我和林老师说,他有钱,修一下会做得更好。林老师当场拒绝,不行!那房子一年给他住几天,关起门来岁月静好,还修它干吗!我要的是能振兴文创产业的人,资产社会价值最大化。县里有些领导因此对我有意见,你书记说了不算啊!穷乡僻壤的,人家抱着钱来,你还看不上。我左右为难,只好找了个托词,村里还没整理好,要不过段时间再说。

高中毕业的人有这水平,我也是叹为观止。

我问过他,林老师你什么都懂什么都会,我看你天天都在工地,晚上又和我们一起喝茶聊天,讲微观新经济、地理大开发、人才大解放,哪来时间读书充电?

他这人智商比较高,县里给他专家津贴几十万,有人眼红,说他是骗子,什么人人都是艺术家?我就好笑,他想骗你什么东西了!

群众眼睛是雪亮的,在龙潭人心目中,林老师就是当代济公。关键是你能不能给农民生活带来变化。外人不理解,双溪安泰艺术城政府投入几十万,颜料、画板又是多少万,这些小账算起来撑死了一百万。要挤奶还能不给牛吃草?这样的高端人才,政府把他留下来,太划算了。他把农村当成自己家,打着灯笼没地方找哩。我们熙岭从来没有人说他是骗子,有些人没去了解一下,农民心里是什么感受。

有人都没来实地看一眼就开口说话了,熙岭也没什么了不起,不就是县里拿钱堆出来的。那是站着说话不腰疼。没有林老师,没有引进新村民,给你一个亿,你来试试看。没有好的理念,你再多钱也做不到这份儿上。有个地方的领导来龙潭考察取经,听我说这里公建部分才投入两千三百万,而且

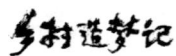

很大一部分还是国家和省里相关部门主动支持的。他满腹感慨，对我讲得很直白，我们那里投入两个亿，新建了明清古街，还有名人馆、展示厅什么的，美轮美奂，应有尽有，大张旗鼓造势招商也没人要来，了无人气。你这里的业态比我们那好太多了。

修老厝设计费动辄几万十几万，我们一分钱没花。有一次厦大戴志坚教授说，重建47树美术馆这样的建筑，设计费至少要十几万。他还开玩笑，林老师，你这样做，很多人没饭吃了。

最后还是资金窘迫，毕竟屏南财力比较薄弱，拨的经费不够零花。省住建厅把龙潭作为传统村落保护和活化典型，以传统村落提升工程项目拨专款六百万。上级相关部门都看好龙潭文创活化模式，想方设法来支持，给我们一些项目资金，特色乡镇、特色村等等。

上报这些项目，都要有一个规划，哪里是农用地，哪里是可建设用地，每个村面孔一样，花三五万块钱做的东西，从来都是这样，最后用不上锁抽屉里。

林老师认为，龙潭最大承载量三千人，在政策允许的宅基地范围内，修建一百栋房子顶天了。我建议他到四公里外的四坪村看一下，看第一眼他就喜欢上了。2017年10月，四坪村又开始动起来。

这才三年不到，整个龙潭天翻地覆。村落外貌，特别是西溪两边的传统建筑格局，村落气质上来了。还不仅仅是修建得漂亮，一个个村民脸上乐呵呵的，精神面貌也焕然一新。农村我见多了，只有做到这个样子，才可能发自内心说"望得见山、看得见水、留得住乡愁"。

现在容器做起来了，水放进来了，鱼也养了一群，但还不够。我们最终目的不是艺术，产业要提升，老百姓口袋里有钱最关键。大部分村民还站在一旁观望，小部分受益。农村实用人才、年轻人引回来不多。龙潭这样的山垄田，一亩种粮收入一千三、一千五到顶了，农民外出打工一个月就能赚三千块，再做传统农业看不到前途。做农业+的文章才有希望，现在龙潭成为网红村，农业+有戏。

中央对乡村振兴的几点要求，这里都开始做起来了。外面的人慕名而来，兴旺了旅游、民宿、餐饮、商店等服务产业。龙潭外围农田有两千多亩，大部分抛荒。今年村经合社牵头，把农田流转过来，村民入股，利用新经济，做大观光农业，特别是农事体验农业，发展绿色文创的生态经济。

这个事和林老师一起商量过，他现在思路越来越开阔。不单是培养农民画家，乡村振兴最终目的还是要走共同富裕道路。央视中秋连线直播时，我提议雨廊上挂灯笼，林老师认为俗气，不同意。我说直播要热闹要色彩，完了再拆掉。后来看老百姓喜欢，气氛也喜庆，后来也不拆了。他的思想也在与时俱进。

龙潭一开始就不是按旅游套路来做，石板桥没防护栏，石板路没灌水泥防滑，村子小也没有什么吞吐量。林老师的动议是发展新经济，营造新老村民发展文创产业的空间。今年疫情对新村民没什么影响，全村开始搞抖音直播，才三四个月，粉丝合起来增加了五六十万。现在是粉丝经济时代，你展示自己的生活方式，只要有个性，玩出了流量和知名度，便可以生钱。就在前不久，一家抖音团队到四坪村考察，一口气想签下十座老厝做直播平台。如果入驻，它可以唤醒周边的资源，带动乡村土特产销售。

新经济时代，在农村建厂房、盖大棚不是唯一选择。很多做互联网的，就一台电脑，他一年收入几十万，同样可以打品牌，可以带货，可以获得打赏。

习近平总书记说过，绿水青山就是金山银山。龙潭自然生态环境天造地设，这里是高山避暑胜地，原始森林流下来的泉水直饮都没问题。"脏乱差"整治好了，传统民居再修建起来，新村民个个都是艺术人才，营造出优质人文环境，这里就变成了人居乐土。疫情期间，全国各地很多年轻人想来龙潭安家创业。

这个村本身民风比较好，可以夜不闭户，现在整个村巷道路灯都装了起来，在原有层次上有了很大提升。自古乡村有乡村的习惯，大家入乡随俗，不会只按某一部分人的生活习惯来，互相包容，彼此融合。经营卡拉OK、酒吧业务的，客人进门就告诉规矩，晚上9点半打烊闭麦。原村民跳广场舞，也会在7点半前结束。

村里有各种微信群，一旦发现什么不好苗头，村委提出来大家参与讨论，共同治理，什么噪声管控、烧烤占位、禁狗禁鸭，一切有章可循，通过德治就解决了很多矛盾和问题。这样的地方还有人要上访吗？！

农民也要有眼界、有格局才能搭上文创快车，发现商机的那一部分村民先赚到了钱，大大小小的老板，没有一个脸上不是乐呵呵的。看到曙光的人

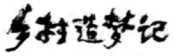

最先迎接太阳。有一户贫困家庭，通过危房改造补助款修好了老厝，有人一年六万块钱要租，他还不肯，自己经营民宿更赚钱。现在，大家争先恐后装修自家房子，在废弃宅基地建房开店。

有人告诉我，一个开餐馆的村民喝高了，泄露天机，我一年赚六十万，轻轻松松。农民钱赚多了怕人眼红，都是缩小收入数字。我当然知道，龙潭一年生意赚到五六十万的大有人在。整治环境、修复老厝，一年几百万花在村里，农民就是做小工，也可以赚到一笔钱。雨廊边摆个无人摊位，刷微信、支付宝卖当季吃不完的农产品，一个月居然能有上千收入。原来村里贫困人口十七户四十七人，2018年底全部脱贫，贫困村帽子也摘掉了。今年，村经合社牵头发展集体产业，出发点就是要让所有村民共同致富。

熙岭乡领导班子心系"三农"，想的是百姓生活，敢于担当，富有创新精神，这保证了屏南文创在漈下村1.0版的基础上升级到龙潭村的2.0版，惹来世界瞩目。2019年8月，熙岭乡党委被福建省委、省政府表彰为"人民满意的公务员集体"，可谓实至名归。

二 "吃螃蟹"的山里人

80后的陈忠熹出生在龙潭飞扬厂自然村，从小学中学到大学再到异地工作，心里一直留存着家乡由繁盛堕入衰败的影像底片。她全然继承了父辈酷爱乡村的基因，始终像一粒情感饱满的莲实，苦苦翘首祈盼一场春雨。

2010年初，熹熹父母最后一个从野树、蓬蒿疯长的飞扬厂自然村搬迁出来，用和城关套房几乎同等价钱，买下了主村龙潭街边的一座砖墙房。2015年秋天，她怀了二宝，辞职回到家乡待产。她迷恋乡村田园牧歌式的慢生活：晨光里，村民在溪边淘米洗菜；夕阳下，老厝黑瓦上炊烟袅袅。

一天上午，她牵着大宝在空寂的溪边散步。老厝褐黄色山墙前，老柿子树干泊着粉绿地衣，枝丫高举，恣意舒长。阳光在满树红柿子上抚慰了一层油光，风抖动几片零星残叶，似乎要招徕路人注意。湛蓝天幕下的白云悠悠游动、消散，空气中弥漫着甜丝丝的气息。溪水凄清，琮琤鸣溅，如鸣珮环，从耳道传入心田，她有了舒心的惬意。乡村古朴又寂寥萧瑟，让人心隅不由得爬出美人迟暮的惆怅。不远处曲埕遗址前，出现两个头戴草帽的人，支起画架写生，让暖阳下打着瞌睡的乡村多少有点儿活性。

傍晚时分，看那两人还在，熹熹便带大宝过去看他们画，闲聊起来，知道是一中的美术老师，他们一整天就着茶水只啃了一块面包。熹熹邀请他们到家里，给他们炒了米粉解饥。

第二年五一节，依旧寂寞的村里来了一群摄影发烧友，熹熹以主人的身份热情地充当向导。他们拍乡村风景，也拍她和孩子，古村里任何角落都让他们喜欢。到了吃饭时间，她没办法做这么多人的饭菜。村里只有两三家小卖部，有钱也没地方花。熹熹替自己的家乡难为情，指点他们去前面两公里的墘头村，那里有家炒面店能吃到热食。

2017年5月间，她在外地看到村里微信群开展文创项目视频，她和先生非常中意的那座老厝正在翻修，有人还把溪边水碓房的基础重新挖出来。邻居也打电话给她父母，说村里变了，来了很多人，开始修老厝了。这触动了熹熹的思乡之心，她迫不及待想回去。这是她多少年来梦寐以求的事，自己一定要置身其间。

家乡有了盼头，她渴望更多人来龙潭，不能再让客人没地方吃热饭热菜。在为家乡尽一份力的念头里，她也发现了商机，便说服一起回来的父母，在自家的一楼，开起村里第一家餐饮店——农家餐馆。刚开始，地板还是泥土的，吃饭桌子摆开来，先做扁肉拌面包子、炒面炒粉，然后再煮当地特色药膳饮食寒草粉干，餐桌一天天丰富起来。

村里留守的老人背地里议论纷纷，熹熹这孩子读大学读傻了，没脑子。

起步阶段确实尴尬，经常是准备好的饭菜没人来吃，刚处理掉又有客人进店。她劝说在外地打工的小弟弟回乡，帮助父母一起把餐馆做起来。弟弟同学知道后劝道，农村有什么好回去的。那种地方，肯定养不活自己，会被人嘲笑的。随着文创的开展，游客明显多了起来，餐馆生意也日渐红火。趁游客少的季节，农家餐馆还进行了修缮。看到生意不错，第二年后，外地返乡的村民陆续开张了龙潭土菜馆、逸香阁等餐饮店。

真的没想过会引进这么多新村民，他们带来人气，也带来了艺术气息。文创为衰败家乡插上了起飞的翅膀，熹熹梦想里的很多情景一个个变成了

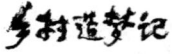

现实。

到处在修缮和建设，返乡村民都参与到里面去了，靠卖力气做小工一天也有一百五十块钱收入，不比去城里打工少赚。回来的人照顾到了家庭，闲余时间还能忙田间地头的农活。看到乡亲脸上的笑容多起来，熹熹觉得光彩又自豪。

全国各地来的新村民个个怀揣才艺，跟他们一起谈天说地很舒服，也很滋养人。乡村生活变得丰富多彩。过去电视里看到的一些场景，现在都在眼前活灵活现起来，再也不像从前，一天到晚不知道该干什么。她和先生拜访过所有新村民的空间，一起喝咖啡喝下午茶，听他们弹吉他唱歌，谈文学艺术谈个人经历。与其他原村民不一样，熹熹受过高等教育，和新村民在一起的时间比原村民还多。平时在城里都不能一下子遇到这么多见识丰富的人，美妙气氛比做梦还诱人，这是祖辈积下来的福分。

她身心愉悦地参与到村里的活动中，培训唱四平戏她去，招导的电影培训班她也去，还在舞台剧《假面》里扮演过一个角色。

有一次，她和江西团队的年轻人聊到龙潭闽派红曲黄酒，大伙儿你一句我一句，说可以去屏南各村走访有代表性的酒作坊，做一些比较，农家酒是怎样酿的？米呀水呀曲呀又各是多少？把酒文化拍照记录下来。对熹熹来说，家乡黄酒就像身体里面流淌的血液，是祖辈一代代遗传下来的。这种带有感情色彩的事情，对她太有诱惑力了。那天晚上，一伙年轻人你来我往大脑风暴，很是兴奋，一直聊到三更半夜。

后来，他们合股注册了一个实业，取名半酉酒业有限公司，有半醉半醒看酒文化的意思。然后租了一座老厝，请来酿酒师傅，几个人投资酿就了一批农家酒。

熹熹幼儿教育专业毕业，在幼儿园工作，她深知父母陪伴孩子的童年时光非常珍贵，以自己经历得出体会，孩子长大去外面的机会很多，童年一定要在乡村度过。看着两个女儿在龙潭的自然生态里无忧无虑地成长，仿佛自己在孩子身上又从头活了一回。同样是瓦片为碗、青草当菜，现在却是另一番情形。她们说：妈妈，我要和同学去办茶会，你要不要一起呀？因为经常到新村民家喝下午茶，她们办家家的叫法都变了。全新的乡村生活，在她们小小的心灵打上了烙印。

看孩子玩得尽兴投入,她想起以前也从这些地方走过,曾经在这些地方逗留。当年一放学,都是匆忙赶回三里外的飞扬厂。看同学们在玩,也会凑近去过瘾一下,然后神不守舍地离开,赶回家帮父母干农活。

她很想拍一个视频,把孩子无忧无虑的生活与自己的童年梦幻重叠。放学回家的田间小径上,两个孩子饰演自己当年的角色,她们挎着书包,蹦蹦跳跳走过,夕阳余晖勾勒出小小身影。自己是唯一旁观者,像电影里一样,她的背影也出现在画面里,默默地目送着孩子们。最后,镜头推远,孩子变成两个小点。青山脚下的蓬蒿丛中、葱茏绿影后面,衔山夕阳把夯土残墙一朵朵尽数引燃,橙红点点,眼前宛然海市蜃楼。那日思夜想的飞扬厂啊!

看着孩子一天天长大,她有了紧迫感,因为乡村教育还不够完善,过渡完幼儿园,最终还得去先生工作的城市读小学。龙潭的未来将怎样,真的需要所有人参与进来,一起去出力流汗动脑筋,她怕以后没时间再去做自己想做的事。

2019年一整年,她都心急火燎的,坚持得很辛苦,希望餐馆早日走上正轨,她不能整天绑在这里。后来把姐姐叫回来帮忙,她终于可以脱身了。

听说村经合社准备流转农田,把龙潭到飞扬厂之间的溪尾自然村周边的田地打造成农事体验基地。填充她童真生活的飞扬厂,已经土墙危耸、梁架裸露斜倚,几乎被两人高的蓬蒿吞没,无法涉足,她做梦都想重现出来。她要在靠近故园的溪尾村,种植青草药,借用屏南全国民间药膳示范县、中国本草养生文化之乡的名气,发展药膳特色饮食。她注册了亲子药坊农业发展公司,地点落在溪尾,她渴望去经营乡村食材、亲子游这些内容。她的抖音内容也有意侧重这方面,她在努力积攒粉丝。

原村民里,就像她出演音乐剧角色一样,认租老厝也属第一人。早先曾有意认租龙潭党校旁边那一座,林老师听说准备做民宿,问她有没有宅基地,他希望把更多空间提供给新村民发展新业态。有一天,听说溪尾被人认租的老厝又退了,没多想,便把那座只剩四堵土墙、几根柱子的老厝签下来。自己攒了十几万,再去农信社贴息贷十五万。先生是国家公务员,向往这种生活,但肯定不能辞职回来一起发展。资金无忧,他愿意把几十万的转业费助妻子实现人生梦想。

如今的熹熹彷徨为难,左边是两个孩子,右边是自己想去兑现的事业,

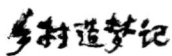

心里又开始做梦了：哪一天，龙潭也能有城市的教育资源，多好呀！

在原村民里，陈忠熹第一个做餐馆是看好龙潭村未来，主动而为。第一个修缮自己老厝做民宿的陈孝高，后来被村里人传说脑筋最好用，却是被动的。

3月份去双溪学画的种子选手里，四十几岁的陈孝高算是比较年轻的。认识他的画友说，听讲龙潭风景好看，想去你们那里画画，到时住你家。带队的吴明峰私下动员，你要支持一下村里工作，回去先把民宿做起来，给大家带个头。陈孝高算了一下，起码要花十万，马上说我不行，钱不够。吴明峰不厌其烦继续引导，你家位置那么好，就在大马路边，空着也是空着。房子你又不是租来的，万一没客人也不存在亏本问题，装修好了自己也在用。你大胆做起来，我会支持你，为你推荐客人。

陈孝高品性老实也听话，被吴书记这么一直说，勉强应承下来。他提前回家，先动手收拾清理乱糟糟又空荡荡的老厝，翻了一遍漏水的瓦片。

这期间，隔壁老厝门口动工做雨廊，吴明峰和林正碌经常带画友来龙潭参观，每次拐进陈孝高院子，画友都会说，你家这么大，很漂亮，赶快收拾好，我们来画画也有地方住。

陈孝高心里没谱，缺乏信心，实在没办法把整栋房子装修起来。

到了7月，一墙之隔的公益艺术教育中心完成了八面立扇，林正碌专门到陈孝高家里里外外查看了一遍。他心里有了主意，对陈孝高说："我帮你想个办法。隔壁画室没有房间给管理老师住，你二楼这一边刚好也没修，我墙上开个门，把这一边封起来，帮你装修掉。你的负担就会少很多。"

林正碌这一招，让陈孝高吃下一颗定心丸。钱借一点，工欠一点，自留山木头砍一点，再把女儿订婚礼金拿来凑。加上添置民宿床铺、被子用品等，前后投入了十多万。

按林正碌的设计，每个房间都要做一个卫生间。来看稀奇的村民问，你做这么多卫生间，是干吗？一个个脑袋瓜失窍了。

村民全体表示怀疑。你这样子做起来有人来住？还要收钱，哪来这么好的事。雇本村人去砍木头，那人在阒无人迹的山里，好心好意地提醒陈孝高："你会不会被林老师给骗了？人家有十几万都到县城买房，没人愿意来这里。"

请来做工的墘头村木匠师傅对他的做法也疑虑重重，有事没事问："你这个也能租出去？肯定有人来住？"

既然横下心来投入，陈孝高决心已定。他有点烦这样被人问来问去，明确告诉他："你就放心给我做好，横直少不了你工钱。"

后来，那个木匠师傅到村里其他工地做事，工钱已经付完，每次碰到陈孝高还在问，你的老厝都租出去了吗？再后来，路上遇上，问法又变了，今天客人满了吗？

当时，陈孝高老婆在宁德一家酒店帮本家人做服务员。陈孝高装修老厝时，拍了一张照片发给她，院子里的野草长到齐胸高，正中铺砖的路好像一条田埂。老婆不解，打电话问，你有没有发错掉？陈孝高笑着说，就是给你看的，老厝都成这样了。老婆说，这我还不知道，老厝没人气，迟早烂掉，你爱修蛮修。听说要做民宿，还认真问他，到底会不会有客人？陈孝高一句挡回去，横直是自己的，迟早都要修！

到了年底，陈孝高老婆辞工回来帮助家里装修。2018年开业后，她一人把民宿料理得妥妥帖帖。收拾房间她有经验，洗衣机当保姆。院子大，晒起来很方便。客人一走，马上换洗被单，打扫卫生，五六间房一会儿就整理清楚，感觉还是闲闲的。因为手脚麻利，空闲时，开民宿的新村民还会打电话来，让她帮忙做钟点。

陈孝高是村里文创产业受益的第一批人，每到节假日，一铺难求。那些原先不理解、说闲话的村民，转而开始羡慕他，夸他眼光毒。别人看他生意兴隆，纷纷学样抢商机，也把自己家修起来做民宿。

现在，陈孝高回想，如果当初没去双溪学画，肯定不会带头做民宿，画友们给他打了一针强心剂。后来，这些画友很多在村里认租了老厝，等着入住的时间里都在他家过渡。他的民宿取名"画友之家"，显然是对双溪学画那段美好日子的怀念，也透出一种感恩的心理。

画友之家的大门随时敞开，客人来了，万一家中无人，按茶桌上牌子留的号码打电话。有一部分客人是在微信上提前预订好。一旦这里住满，陈孝高会介绍给新村民，专门去拍一下他们空间的照片，发给客人，满意了再把客人电话转给他们。

如今，陈孝高和另一个村民在为村里的文创项目做事，固定工资每月

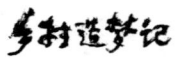

四千五百元。收签货单,进料出料,记工。满一个月,全部统计一遍,用工多少,材料多少,他们要做三份档案,给新村民一份,乡政府、村委各备案一份。代建好的老厝,新村民看中哪一座,村委打电话来问,翻一下底,花费多少马上可以答复。现在,越做越有经验了,各种材料都会有损耗,两千块砖损耗五六十块属于正常现象,若不计算分摊,全年累计下来,会有很大误差。早期没这样子做,还因此产生过一些不愉快。

夫妻俩现在都无须再背井离乡去外地找工了。在家里一样赚钱,也不误田里山上的农活。

自留山上,陈孝高还种有一片锥栗,树高叶茂,秋风吹一下,成熟的会自然落果。多的时候,一天能捡回五六十斤,一年下来收个几百斤。2019年势头最旺,卖了七八千块钱。

原来都是等人来收购,六块钱一斤,量少了还要自己去寄。画室就在旁边,下游雨廊人流熙攘。包装好放门口小桌上,扫一下二维码拿走,十块钱一斤客人还想买。一季下来,也可以慢慢卖掉四五千块钱。勤劳点,多种点青菜,门口一放就能换成钱。还有自留山的竹笋,烤成笋干卖得也挺火。

这样的红火日子,换在过去,龙潭村民做梦都不敢想。

三 乡村小子憧憬明天

2017年6月,陈忠业从专科学校毕业,以他的文凭,电脑程序专业不好就业,他退而求其次,想去做自己喜欢的平面设计。他到福州一家公司应聘淘宝客服,才干一星期,马上觉得无聊透顶,体现不出自己价值。直接跟老板谈,想去设计部。他阐明理由:在公司一星期,设计部也经常去看。我比他们牛,他们工资五千,你先给我两千。一个月后,他超过那些科班生,老板把他的工资涨到四千,还把设计部交由他管。刚到设计部,单反相机没用过,让他去拍照,他硬着头皮说没问题。去现场路上,临时在车里现学。看了拍回来的照片,设计部人傻掉。哇,你拍得比前面的都好。这给他很大自信,又跟老板谈条件,底薪加到五千。

5月的时候,他开始看到村里微信群天天谈论文创,暗忖这是个什么鬼东东?下班路上的十字街头,楼顶竖有一面霓虹灯广告牌,福州海峡文化创意园。难道也是搞这个?上网查一下,都是设计产品、平面设计图这些内容。龙潭村又穷又破,难道要做一个类似的产业园?东西设计出来,谁埋单?做这种事情干吗要在农村?

他不露声色,潜伏在群里继续观察。有一天,看到一条让他震撼的视频。一群人把村口的整座卖肉摊扛在肩膀上,像蚂蚁一样移走。那可是杀猪老板吃饭的家当,到底是什么力量让他愿意从这个地方挪开。难道村里准备搞房地产?规划新村建设?

一个短视频,在一座幽暗的老厝里,背景有几个木匠或劈或锯,有个中年男人在里面高谈阔论,他对身边围着的几个人说:这座老宅太有诗意了,修好后,准备做书屋或者咖啡馆。将来龙潭村要吸引很多艺术家来创业。

这个人到底有什么本事,能吹出这么大的牛皮!又观察了几天,发现群里面人说的也都是这些内容,老厝啊租金什么的。

还有一个短视频,是这个叫林正碌的大叔自己拍的。下游公益艺术教育中心立扇,好多人用肩膀和双手挪动整片房架。他激情飞扬地说:这是世界上最伟大的工匠,他们用最原始的榫卯工艺,盖中国最有诗意的民族建筑。

从小到大,忠业也是第一次看到起厝立扇场景。那种众人吆喝、气吞山河的架势,让他莫名感到家乡有点让人憧憬。

他开始冒泡发问。有人说,我们村在搞建设,装修老厝。有人说,给那家合算掉,他赚到了。破破烂烂的全部修好,人家只住十五年。那么大一座,他发财了。还有人说,不知道我家老厝什么时候开始修?也有犹豫不决的人,老厝到底要不要拿去租掉?

到了10月,他发现短视频里,有一堆人在修好的老厝里嗨:一位时髦女子,拿着高脚杯向大家敬酒。村里几张熟脸也嘻嘻哈哈出现在画面里。不得了,这反差也太大了。还有老人站在门框边围观,眼神专注痴迷。忠业旋即幻想起来,那种场景,如果我在里面该多有意思。

让他迫切想回家的视频是他爸拍的,祠堂边的老厝开始收拾东西,每一帧画面他都认真盯着。他紧张起来,生怕自己的东西被扔掉。马上打电话,我的东西也很重要。小时候收集的一些玩意儿,哪怕是一块石头,每件都有故事,有自己的回忆在里面。他跟老爸提要求,爷爷那间房不能拆。被劈头

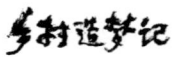

盖脸地批了一顿：那你就带了一个非常好的头了。大家都像你这样，村里的文创还怎么搞！

内心躁动不安起来，一颗心早已飞回龙潭。每次请假都告失败，手头事情永远忙不完。

揣着无数疑问，2018年春节前，他心急火燎地回村了。刚到家马上去随喜书店。在微信群里，那些修好的老厝、那些脸孔已经谙熟于心。

他对一位新村民说："你是曾老师，我今天看到活的了。"

曾伟笑道："难道已经看过死的？"

春节后的一天，忠业去随喜书店，廊屋里头已经坐了一圈人，视频影像和真人重叠过程中的第一感觉，林老师背驼驼的，这么瘦弱。曾伟喊他过去坐，林老师问是谁，曾伟介绍是陈子瓣的儿子。然后他们继续扯，怎么就讲到了人生境界。

林正碌忽然扭头问，"人生有几大境界？"

忠业马上回答："林老师说的是王国维的《人间词话》？如果是的话，那有三大境界。"

"那你在哪个境界？"

"独上西楼，望尽天涯路。"

林正碌叼起一支香烟，盯着他说道："那你还不行。应该要'蓦然回首，那人却在灯火阑珊处'。"

"那个境界是我要奋斗的目标。"

分手时，林正碌丢下一句话，"你不要走了，留在村里，跟着我学。"

忠业二话没有便同意了，立马裸辞，公司押着的两千块年终奖也不要了。

老板打电话挽留他："小陈啊，你之前说想要去搞运营，现在给你搞，工资还可以加。"

在福州赚钱多，但学到的东西和村里没法比。自己家在农村，说不定在乡村发展会比城市更具优势。此前，他跟父亲有过交谈，知道林老师这人有号召力，还有学问。心里就想，有他这样一个人，龙潭村未来可期。而且，他已经眼见为实，村里充满新活力，老厝改造保留了他儿时记忆，又有新内容。

一个月后，林正碌给陈子瓣打电话，叫忠业去随喜书店。一见面，林正碌便道:"今后这几天,跟我跑工地。我给你发工资。"

眼下是学习阶段,给不给工资无所谓。钱这东西和价值画不上等号。他跟在林正碌身边,从一些微小细节做起。他发现这里头学问很深,自己也渐增兴趣,很享受这个过程。

村委让他当团支书,答应一个月补贴一千,因为暂时没村财,先欠着。后来,县公安局要在龙潭村招聘辅警,一周兼职两天,维持交通秩序。村委把这个机会给了忠业,也是对他留在村里工作的一种补偿。

当时,钱这个事,忠业在心里还是纠结了一下。林老师的工资时有时无,要不要问一下?后来想通了,干脆不问。该有都会有,没到可能有这样那样原因。但完全没钱时,内心非常挣扎。夏天接待朋友多,他花钱又没理性规划,拿卡便刷,到最后刷不出来钱那一刻,他开始急了。心里像有两个人在打架,工资问还是不问?他开始盘算,我是继续留在这里,还是出去挣点钱再回来?

口袋里只剩下一百块钱,又向朋友借了五百,他去福州投靠姐姐。第二天找一个开水果店的朋友,想了解一下他是什么状态。看他整天守在店里,客人来电话,马上启动电摩去送,接触的人也很无聊。这绝对不是他想要的生活。

去了原先公司,逛了一下,看一群人猫在那里咔咔咔敲键盘,他也不想再过这种日子。回头去找另一个开理发店的朋友,人家手上都在忙活,有一句没一句跟他搭话,嘴里聊着的和村里完全不是一码事。

待了十五天,心里平复下来。他想,再去福州打工可能会疯掉。想通了,又回到村里。要挣钱,窝在龙潭为什么就不能挣到?

他开始联系以前做设计的同事,开口便道:"小陈如今在农村,没钱吃饭。弄点单来做,赏口饭吃。"

这样QQ上来来去去,晚上干活,白天瞎逛,一个月能挣个三四千元,感觉在乡村生活也游刃有余。

到了次年2月,林正碌忽生一念,要他去公益艺术教育中心学画,下命令年底超过应群加。玉树藏族同胞应群加跟林正碌学画五六年了,超写实画得有板有眼。忠业初生牛犊不怕虎,话脱口而出:"超过他,没问题啊!"

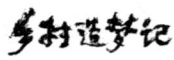

之前他曾经去艺术教育中心画过，心里就想，应群加写实已经那么强了，我画抽象超过他。当时，画了一张《夹缝》，那完全是自己迷茫心理的写照，不知道该怎样融入文创大环境。橘红色大底上拱出几道不规则黑色块，感觉是夹缝里蜕变出来的新生。接下来又画了《迷》《花花》，冷暖调子的不同用色，体现了他回村三个阶段的不同心境，他的心境与笔触、色块、图形交融到了一起。

林正碌让他学画有预谋，看忠业画的感觉不错，便让他当艺术教育中心助教，管理画室。这回工资明确，一个月两千元。回村以来，忠业第一次有了固定收入，温饱问题不愁了。忠业把设计外单一个个辞掉，全副精力花在"乡建"知识学习上头。

后来还发生了一件让他心花怒放的事。有天，一位游客手提一幅画，从家门口路过去停车场，背面大大的陈忠业三个字，恰巧被坐在厅堂喝茶的陈子瓣看到。他追出来，拍了个背影和视频发给忠业。

在公众眼里，陈子瓣和忠业父子俩代表村里两个时代的能人，都有个性。在外两人彼此欣赏，在家为某些观点，又经常相互较劲。父子俩有代沟，作为长辈，陈子瓣不时拿"鞭子"抽他。那次忠业回家，陈子瓣告诫道，多学多画，不要听太多夸奖的话，不能骄傲自满。

忠业当然知道有一种东西叫捧杀。他告诉老爸，自信我有，但我不自负，不会因为卖出几张画就了不得了。

一次，两人与一个想在龙潭投资产业的大老板聊天。他问："你有什么优点？"

忠业回道："不谈优点，就说缺点吧。"

看大老板一脸懵怔，忠业解释道："我优点太多，说不清楚。缺点我知道。"

大老板正色道："那你很狂呀！"

忠业安然若素，"这是事实啊！"

说话间，他偷瞥了一眼老爸，他在一旁笑得挺开心。

2019年，龙潭筹划办"千年一遇"美术展，这在村里是史无前例的大事。除了作为参展人和义工，忠业还是策划小组一员。

他负责原村民方面的事务。毕竟人生头一遭，很多原村民扭扭捏捏，不好意思把画拿出来。他挨家挨户上门，把画搬到美术馆，做表格登记拍照。一部分村民不知怎么取名、写简介和创作感悟，他得逐个去交谈，再整理出文字来。

村里一位年轻朋友画得不是很好，希望自己的画也能展出。忠业动了个脑筋，邀请他一块来做这个事情，这对他也是一种鼓励。后来，那人还在美术馆兼职两个月馆长，向客人介绍情况，顺便把展览的画在互联网推送出去。

"千年一遇"美术展是忠业第一次深度介入村里的文创工作，这给他很大触动：原来新村民和原村民可以配合得如此默契，没有城里人和乡下人之分，好像一家人，而且能把事情做得这么棒、这么成功。

有一天，村妇联主任陈小兰接待了一批客人，是四川省某乡镇来龙潭学习乡村振兴经验的，林老师接待其他团队分不开身，赶鸭子上架让他去。他便把在林老师身边耳濡目染的理念，加上自己的理解讲起来——

开展文创需要人文环境来支撑，把人才留住，再做产业发展。我们村从农民学画这个点切入，反差很大。农民凭什么能享受雅致的艺术？这是一个比较新颖的亮点，能吸引人。你们四川土地广袤，住得比较分散，不像我们这里聚族而居。要结合本村优势，平原有平原的好处，山地有山地的特点，不能照搬现成的经验。每个地方都有吸引人的亮点，到底是什么，就需要因地制宜去思考去探索。以什么方式把原住民的情怀调动起来，再把城里人吸引进来？肯定会有这样的一些优势等着被人发现。现在已经进入新经济时代，各种地理和人的价值被解放出来，今天最重要的是信息。一定要激活信息管道。

龙潭村全民学画的主要目的，是让村民产生自信心，激发参与感、荣誉感。村民如果没有转型，你这个老房子要租给别人，会有很多障碍。外来人看到村民一个个自信十足，会觉得未来可期。如果看到村民垂头丧气，表情木然，他们也不敢来了……

林正碌曾经教导他，要学会成全别人，做人做事气度要大。有一个叫金露的云南女孩到村里学画，想参加招导的电影培训班，缺钱。他帮助找了最便宜的住处，一个月五百块钱，她还是说经济困难。他就问林老师，有这样一个年轻人，让她当义工，能不能给她提供宿舍？林老师一口答应，让金露在艺术教育中心当助教，每个月还发两千块钱工资。

有回电视台进村拍片，忠业用五分钟现场刷了一幅挂上墙。那天外出，一位游客喜欢上他的油画。金露联系他，多少钱卖？

忠业说："六百到八百，你看着办。"

后来金露卖了六百八十元。看金露经济困难，便给她提成一百八。

招导驻村排演舞台剧《美哉龙潭》，需要新老村民一起上台出演，原村民演员基本上都是忠业物色定下的。那台音乐剧让很多人对龙潭刮目相看，村民们也很兴奋，自己邻居放下锄头，从田间地头回来怎么就上台演出了？农民们除了看热闹，有人还专门看演技。舞台下，有人说，你这也演得太假了。喂，他这个台风还不错啊，说话不会卡。很有胆量呀，他演得不好，我上比他强。还有一部分村民看得入神，站在台下脚底都生根了。从那些如饥似渴的眼神里可以看出，如果给机会，他们也想上。《美哉龙潭》演完一个月后，有原村民还给忠业打电话，还有没有表演啊？有的话一定要叫上我。

上招导的音乐剧舞台，和穿戏装、涂个花花脸演四平戏还是有很大区别。人家是电影导演，电影演员在大众眼里那可是一个农民碰都别想碰的事情。如今，这一切都被文创重新定义了。忠业深感文创力量的无所不能，农民的表现欲被彻底调动起来了。

忠业比较好强，疫情期间新村民开始玩抖音，粉丝积攒很快。感觉一个月什么事都没做，拿个手机在那里拍拍剪剪发发就能分到钱。原村民姿态放得太低了，有点能耐的也只是推销卖货，总感觉城里人就是比自己牛。忠业不服气，原村民里他第一个做抖音。他梦想有一天，一个月能在抖音赚上大几千块钱，再直接把收入公示出来。他要带个头，让原村民看到锦绣前程，和新村民一起跃上新经济潮头。他把剪抖音视频当成了生活常态，2020年3月开始，以"乡村小子"的抖音号，宣传龙潭村风景，做了两个月，粉丝加起来也有两三万，音浪能赚到两三百块钱。分析自己抖音涨粉和爆款的原因，他在寻找可持续的定位和人设。

小时候，忠业一直个头矮小，念高三时忽然蹿到一米七，因为长得太快，营养没供上，脸颊上有一块地方毛孔灰黑，永远褪不掉。疼他的姐姐让他去美容修饰一下。忠业神气道："这没必要吧！哪天成名了，它就是我的标识。"

有这样的心智和自信，对一个二十来岁的年轻人而言，在未来乡村的舞台上占一席之地，就像他爱说的那句口头禅：未来可期。

四 "伞兵"自有高地

接替吴明峰的第二任省派驻村第一书记夏兴勇，2017年年底到位不久后，因为乡村各种各样问题纠结成团，他撞上了龙潭文创发展的瓶颈期。那一段时间里，开展文创工作举步维艰，林正碌的很多想法都落不了地。

依林正碌的哲学观，人生虚无与黑暗，人性的伟大就是在虚无的悲剧中，生命极端鲜活，像昙花一样绽放。生命的伟大正所谓向死而生，笑看无常。

三年前开颅手术后，他的人生发条便拧紧了，有了倒计时的紧迫感。犹如一截蜡烛，这几年他都在拼命燃烧。他要兑现心中理想，他停不下步伐。

他有危机感。当大地上仅有一盏孤灯，如果没有得到各方呵护，它再明亮也危机四伏，任意一场疾风暴雨都可以把它掐灭。在龙潭这棵孤独的大树旁，必须不断长出更多小树苗来，衍生成森林，那样，每棵树都会活得很好，随便落下一枚种子也能冒出芽来。

此前，在没有近忧之时他已经有了远虑。以下围棋的方式，他在屏南县西部的芳院村点下一粒子。村口规划了一个大湖，建起一圈雨廊，湖心还设计了一个水上音乐表演舞台，那是另一种创意气质。先树形象，再激活村里面的民居，准备引进的群体也有特殊考量。后来乡镇人事变动，收储弃用老厝时，村民又有了新想法。这种事本来很正常，但接任者没有能力和智慧花时间去耐心做村民工作，半年不到，可能的精彩猝然而止。

现在，离龙潭两公里的墘头村也进入了开展文创的准备。这一天，林正碌给村主任打电话，让他安排明天开工事宜。他对夏书记说："龙潭没办法做下去，我准备走。"

夏书记死死跟定他，林正碌走到哪他跟到哪，从早到晚寸步不离，连吃的饭都是他做的。不停歇做解释说服工作，最终让他留了下来。

那段时间，回村竞选村支书的陈孝镇，感觉林正碌身心交瘁，走起路来脚底轻飘飘的，就和他胸前搭着的那条围巾一样。陈孝镇手心里暗自攥紧一把汗。一个人做龙潭文创期间，还要兼顾漈下、双溪，几个地方来回跑。陈孝镇看在眼里，一直提心吊胆：如果这个单薄的身体哪天突然倒下，那龙潭就完蛋了。

庆幸的是，后面夏书记、陈孝镇和林正碌三人配合默契，工作向好的方向推进，诸事顺利起来，减轻他很多负担和压力。

2018年3月，夏书记提议修建龙潭村级党校。他通过前一次挂村经验和这次在龙潭的明察暗访，发现农村党员基本没有参加学习，基层党组织涣散，更别说起战斗堡垒作用。有些党员入党动机不纯，缺乏原则性，作用就是换届选举那一张票。村里党员偶尔也开会，一坐下来，抽烟嗑瓜子，干什么的都有。他想加强基层党组织建设，营造学习氛围。如果有一个正规、庄严的场所，多少会让他们有严肃感，多少能起到提升凝聚力和先锋性作用。

林老师表示不解，龙潭还有什么红色旅游可搞？

夏书记坚持自己观点，不去针尖对麦芒。正巧县委组织部下来调研，科长跟他聊，你整个村落已经做得这么出彩，基层党建也不能拖后腿呀！

夏书记顺便把筹建村级党校的想法跟他说了，地址已经选好，老房子比较周正、大气。科长马上说这个想法好，回去立刻汇报。次日，部长专赴龙潭找夏书记谈这件事，让他大胆操作起来，县里将鼎力支持。

为什么建村级党校？这是一个阵地，没有基层组织的位置，国家的乡村振兴战略是不完整的。县里已经总结出"党委政府+艺术家+古村+村民+互联网"的传统村落文化创意产业发展模式，其中缺了党，这根链条就断了。而且，通过党校这个渠道，可以为屏南文创推波助澜，提高人气，带来流量。一年后，新修葺好的龙潭村党校，马上成为省委党校屏南基地的一个教学点。迄今为止，龙潭党校共接待了省内外学员六十多批次三千多人，党的乡村振兴战略通过这块宝地得到了宣传。

乡村振兴是党的十九大提出的国家战略，要实现这个宏大目标，首先村民必须摆脱贫困，成为受益的主体，这样才谈得上乡村走向振兴。

村民毛小云家就在画友之家旁边，位置很好。老厝前的空地被村里租用建公益艺术教育中心，后面自己住的老厝一直没修缮。这些年，毛小云夫妻俩在外地做小本生意，一连几次亏本，家庭经济拮据。两人在福州打工还债，从村里微信群看到家乡大变样，来了很多人也很热闹。2018年7月回村一看，感觉比城里还好。毛小云辞掉幼儿园保育员工作，回来后也到一门之隔的画室学画，还卖出几幅，开始有了信心。老公本来就是做装修的，自然到文创工地上班。看隔壁画友之家人来人往，毛小云做生意的念头又蠢蠢欲动，她想把家里稍微修整一下,自己也住得舒服一点。既然动手修,倒不如也来做民宿。她还专程去漈下村了解"自在花时"的经营情况,但老公不同意,欠债欠怕了。花这么多钱,弄起来又担惊受怕的。往事不堪回首,毛小云犹豫了。

秋天的一个傍晚,毛小云坐在艺术教育中心门口的雨廊条凳上和几个村民聊家常。夏书记专门来找她,坐下便说:"小云呐,你应该抓住商机做民宿。你家我看过,地段好又宽敞。画室就是免费广告,游客来龙潭都会到画室逛一圈。而且住在这里,学画也方便。你看,村里文创才进行一年,就来了这么多游客。我们还在投资建设,以后会越来越兴旺。把老房子修一下,大胆做起来,村里还缺少这样的经营场所。"

听他这么说,毛小云眯眯笑着应道,"我也想这样,就是不知道会不会有生意。"

"没生意我怎么敢叫你做。我有朋友来,也会介绍给你。"

看她心神不定的样子,夏书记继续开导,"你看呀,目前村里几家民宿,随喜、静轩、九五映画、悠然,他们房间少,加上隔壁的画友之家,合起来三十个房间不到。都算标间的话,也只能住四五十个人。节假日我们这里可是大几百号人进来。你可以到隔壁画友之家和悠然大姐那了解一下,他们一年能赚多少?做起来,你就是老村民里面第二家投资民宿的,也是对村里工作的支持。"

夏书记的开导,让毛小云又动心了,她慢慢说服了老公,中秋前开始了老厝的修整改造。

毛小云性格比较外向,心理活动在脸上藏不住。夏书记看得出来,她还是不踏实。只要有空就会去她家了解进度,为夫妻俩打气鼓劲。

他建议,每个房间一定要有卫生间,里面要有排气道。隔板要放隔音棉,加强私密性。电线不要用三无产品,安全问题不能忽视。尽可能提升档次,与画友之家区别开来,避免同质化。资金不够,可以贷点款。对农民投资,农信社有"民宿贷",利率很低的。

全部装修要花好大一笔钱,毛小云放不开手脚。后来亲戚朋友们都来支持她,工钱付一些欠一些,老公自己做装修,也省了一笔费用。毛小云胆子变大了,加快了进度。

夏书记来为他们加油时提醒，五一节期间会有很多客人没地方住，这是一个商机。一定要赶出来。

侄女在福州做酒店，有经验，帮助采购物品。堂嫂是白水洋宾馆的服务员，也过来教她如何打理房间。紧赶慢赶，龙潭云居2019年5月1日开业。五一节那几天房间全部被订满，毛小云尝到了文创产业的甜头。

2018年下半年，县文创办动议结合中秋节搞个丰收节活动，为龙潭文创工作助力造势。他们做了一个方案，夏书记送到他所在单位福建广电集团，报请集团领导支持并邀请出席活动。很快，中央电视台回复福建广电集团综合频道总监，他们准备策划一个《传奇中国节·中秋》特别直播节目，正在全国范围寻找乡村振兴开展得好、传统民俗又多的乡村，龙潭山沟沟里发生的新奇事，感染了大家，一致选定龙潭作为代表中国南方的直播连线点出镜。

夏书记带来的喜讯既突然又振奋人心，央视剧组进村安装灯光时，村里还在赶铺凤凰台广场的地砖，在雨廊上挂起一串串红灯笼。

2018年9月24日，中秋月圆这一天，龙潭历史上从来没来过这么多讲话字正腔圆的北京人，村里一片热气腾腾。农民们打起鼓来敲起锣，欢庆丰收的喜悦。黛瓦黄墙的传统民居，百米长的香火龙，古乐声里的鼓亭乐，四平戏博物馆，闽派红曲黄酒，在地的各种农产品，雨廊挤满人的流水席，画室里画油画的农民，乡村里的咖啡厅、酒吧、书屋和音乐角，这些电影里才可能出现在农村的中西合璧场景，于青山绿水的背景下，展现出当下中国乡村的一个缩影。这个节目不仅惊艳了全国观众眼球，也引来了各路媒体记者。

中秋节连线直播后，龙潭村骤然间火爆起来，一跃变成令人瞩目的网红村。

新华社记者到龙潭采访过几次，深感龙潭乡村振兴的奇妙，他们在策划2019年元旦升国旗仪式的活动时，二话没说就选上了龙潭村。

2019年元旦，在新年第一缕晨曦中，北京天安门举行了新年第一次升旗仪式，它寄托着十四亿中华儿女对祖国的祝福。与天安门广场一样冉冉升起五星红旗的，还有华夏大地上东南西北中五极，它们分别是福建屏南县熙岭乡龙潭村、海南三沙市永兴岛永兴学校、贵州大山里的"中国天眼"所在地、山东邹平市西王村、云南曲靖市会泽县大海乡大海小学。这一天，新华社刊发了新闻通稿《国旗，在朝阳中升起》。

夏书记常想，一个乡村的振兴，新村民和原村民的融合要经历三个阶段。开始新村民人生地不熟，有依附感；中期双方相互依存交融；第三阶段，敞开胸怀拥抱更多新人。他希望龙潭成为新村民进得来留得住，新老村民高度融合、有活力、有温度的新农村。

他每天都要巡村几遍，碰上村民就闲聊，实时掌握他们的思想动态。

2018年底，村里来了一个叫谢朋举的音乐人，创作出了以龙潭为背景的歌曲《晚安龙潭》。这一天，他们在村里的石板桥碰上，朋举说想拍个MV。夏兴勇说这是好事啊。便到桥边他的龙潭驿空间听他写和唱的歌曲："风中一队大雁向北飞，水中一对鱼儿向南追……你爱繁华，我爱乡间……晚安龙潭，龙潭晚安，每当我回到了你身边就感到不孤单……"

朋举情真意切的演绎，让夏书记再一次陶醉。

"这件事我们来好好策划一下。既然拍就要把影响做大，我以为做个众筹比较好，不是钱的问题，而是要让更多人参与进来。让你出镜，就跟你有关系，都会去宣传。要让价值输出最大化。"

朋举本来就有这种想法，经他这么一说，更坚定了。他发出的歌曲和众筹推文，很多人又接力转发。2019年6月1日歌曲上线，不到二十四小时，点击量突破了二十万次。那段时间，有人通过夏书记向朋举伸来橄榄枝，请他帮助也写一首村歌。

得到消息，文创办主动介入，文创屏南公众号负责人李锐带领团队助力支持，免费拍摄、制作MV，朋举众筹来的几千块钱全部用在压盘上。

《晚安龙潭》的成功，不仅是谢朋举一人的成功，也是龙潭的成功。歌曲的热传，让所有新村民都意识到，龙潭是个可以实现梦想的地方。

一个文创村要凝聚人心，必须增强集体感，提升知名度。有一天，朋举对夏书记说："龙潭这么美，一首歌不能把它全部展现出来，能不能在五一节做一场实景演出？我们自己来导来演。新村民人才济济，组织一个小时演出内容不成问题。"

夏书记觉得这个想法很好，他鼓励朋举，"既然做，就把它做漂亮。灯光、音响我来考虑。"

他心里有底，广电集团已经形成纪要，可以支持五十万采购灯光、音响设备。

2019年五一节,《印象龙潭》连演三天,新村民、原村民一起参与,加速了新老村民文化认知上的融合。

城市人与农村人彼此融合是留住人才的关键,城乡文化矛盾要尽可能化解掉,变油水关系为鱼水关系,虽然这种事做起来很难。

村里女同胞傍晚在凤凰台广场跳广场舞,新村民提意见了,高分贝、单调的音乐,干扰了我的生活;有的以为是低级趣味的东西;有的说晚饭后想静心画画,给吵一下,都要崩溃了;也有危言耸听的,声音再这么大,我自杀的念头都有了。事情反映到县里,还惊动了县领导。

夏书记想,我既要照顾好新村民的感受,也要爱护我的原村民。毕竟乡村振兴主体是原村民,在地文化也要发展起来。

他和陈孝镇一沟通,两人观点不谋而合。这一天,他让孝镇通知所有跳广场舞的女同胞,晚上6点半到村委开会。夏书记有他处理事情的方法,开会是一种策略。在农村,有一场会专门为女同胞开,参政议政,她们有自豪感。讲话前,女同胞们用本地话交头接耳,夏书记大概也能听懂一些。

当时在戏院里跳被赶走,到桥下音乐厅跳又赶走。广场舞就是在广场跳的,现在这里还不行,那我们怎么办?很多村在推行、支持广场舞,我们自己组织,没要你一分钱,而且他们没来时就已经在跳了。

她们叽叽喳喳了半个小时,夏书记开口了:"第一,不管别人怎么议论广场舞,我认为这是很好的娱乐健身活动;第二,你们带头的几个要把大家组织好排练好,有机会我带你们出去比赛,为我们龙潭争光;第三,这点很重要,龙潭这两年的发展,新村民做了很大贡献,我们本来就是一个很包容的村,现在他们提出异议,那我们能不能再包容一点,换个地方,到村委门口来跳?我和孝镇书记商量过了,大家跳广场舞,我们都支持。你们服装不统一,村里决定给每人买一套,表示我们对这件事的一种态度。"

陈孝镇接茬道:"我很肯定地告诉大家,跳广场舞我们支持。自从跳了广场舞,你们就不去打麻将了,这是正能量。你们说为了新村民,连自己人的利益都不要,不是这样。目前龙潭业态还很脆弱,经不起折腾。不管新村民来的初心是什么,但客观上成就了龙潭今天的格局,这个结果对我们大家都有好处。我们也要理解人家,来农村就是图清静,如果还是城市老样子,人家干吗来?"

这可是话中有话,女同胞们多少理解了两位当家人的苦衷,便同意搬到村委门口。一段时间后,村委楼改建施工,只好又移回凤凰台广场。这次,她们都严格遵守时间,刻意把音量调小。

问题还没有彻底解决,但事态朝好的方向发展。新村民也看到村委做出的努力,并没有把他们的意见置之不理。这是个两难问题,今后他们考虑安装分贝仪,控制声音大小。

西溪下游烧烤摊也引起了争议,住在附近的几位新村民,包括英国来的布莱恩夫人,他们约夏书记去空间喝茶,明摆着的一场"鸿门宴",硬着头皮也得去。

他们讲了噪声、油烟等不文明的现象,他必须表态。

"首先表示感谢。你们的到来,加快了村落文明的提升,也给我们带来正面引导。你们都是从大城市里来、从英国来,在现代文明社会里生活过,这里的村民有人从来没离开过这个村庄,他们不知道外面的世界。这一年多来的发展,游客来了,他们认为是商机,可以赚到点钱,文明程度还没办法达到你们的要求。我认为,文明是可以慢慢建立起来的。"

想了想,他又补充道:"你们提出什么,我立即去制止,这工作没法做。这样会造成村民敌意,今后不光我工作不好开展,你们在这里也会面对村民对抗的眼光。我相信村民,给他们一些时间。你们也给我们治理者一些时间,我们逐步引导,最终与现代文明接轨。"

现在,夏书记三年驻村第一书记的任期已到后期,看到龙潭村日新月异的变化,他从心底里感到欣慰和自豪。村里七八家小卖部,平均每家每天营业额都上了七八百元,以前一天下来百来块钱就很不错了。桥头卖豆腐脑的老太太,最旺的一天能收入五六百块钱。村民每家每户的收入都在增加,文创开展前,龙潭村人均年收入是四千三百五十元;2017年底,收入近八千元;到2018年底,提高到一万五千多元。这一年,省级扶贫开发重点县的龙潭村摘帽脱贫。及至2019年底,又上升到一万八千多元,已经超过宁德市平均水平了。龙潭人脸上一扫过去的木然和死气沉沉,挂满发自内心的笑意,就像习近平总书记给邻县寿宁下党乡村民回信中写的那样:"乡亲们有了越来越多的幸福感、获得感。"

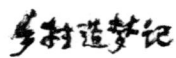

五　泥腿子公仆

1

2016年底，陈孝镇在微信朋友圈看到同乡分享的一段视频，是一个叫林正碌的人拍的。他走在龙潭西溪上游野草没径的小路上，东张西望路边的颓败老厝，一声声惊呼太美了，这是天堂级别的所在，他要开展文创、复办完小、复兴古村。在陈孝镇接触的外乡人里，他还从来没发现过比自己更挚爱这块土地的人。林正碌的万丈豪情，让陈孝镇获得了很大的心理期望值。

传统农业已经无法让乡村再回到从前，此人要通过文创产业复兴古村，这条路子迥别于人云亦云的常规操作。那个瞬间，他内心萌动起一股躁动。2017年春节前回家，他邀上驻村第一书记吴明峰专程去漈下，期盼以乡贤身份与林正碌探讨复兴龙潭村的想法，咨询项目何时落地。尽管无果，但他被发生在漈下的现实震惊了。陈孝镇的心里死灰复燃。

2017年5月，文创项目落地后，他意识到这是自己的村子百年一遇的机会，之前没有，之后也不一定会有。埋藏心底的回乡念头蠢蠢欲动。

对龙潭村，陈孝镇感情深厚。因为出身贫苦，他自幼吃百家饭长大，备受村人呵护，发誓长大要尽自己努力来回报。1995年，他当选村支书时，熙岭乡到龙潭村的路，还是20世纪70年代用锄头硬生生刨出来的简易便道。那个年代盛行要致富先修路，他做梦都想拓宽升级成沙石路。隔壁墘头村有个乡贤在省燃料公司当老总，他说你们这帮年轻人有这么大干劲，我要帮一把，承诺给二十万元。结果这笔钱泡汤了，村民集资也出了状况。本来按人头一个人收多少钱，收到一半时，工程没做好，有人借口不交。当时，整个工程已经完成近百分之九十，路基本通了，没办法再进行下去。陈孝镇做事向来自负、拼命，心想只要把事情做出来，总不至于没人埋单。他信心十足地对村民说，你们继续往下做，工程款如果还不到位，我个人来承担。就这样做做停停，最后工程投资超标了。所有这些欠款，包括前期借现金垫进去的，负债二十几万元，陈孝镇一人全背了下来。

当年，为了搞活乡村经济，他提出利用龙潭传统优势做惠泽龙黄酒品牌，和几个村干部合伙创办起屏南县龙潭糯米酒酿造厂，这就是后来名声很大的福建惠泽龙酒业有限公司前身。为了偿还修路欠下的债务，他腾出厂里部分资金，本来就运营不顺的酒厂受到影响。因为影响到股东利益，他只能选择退股折现，扣除借款和股权贬值部分，他仅仅拿回了两千多元现金。

2001年9月，怀着深深失望，他带着家人去福州谋生。当年就一门心思，用最短时间成为福州人。他从摆地摊卖玉米棒、卖西瓜做起，十年间，把一间小卖部发展成一家烟酒商贸公司，成就了一番事业，生活富裕。

在福州打拼的那些年，他对时事政策漠然，连《新闻联播》都提不起劲头来看。农村看不到任何希望，家乡在他心里变成一座坟，坟头上爬满了萋萋青草。

2018年初，龙潭文创项目出现瓶颈，处于停滞状态，请县里工作的乡贤回村做工作也没能解决问题。有人向乡里建议，陈孝镇可能有办法。在这种情况下，乡领导专门请他回村协调。家乡有困难，他义不容辞。他跟那几家制造"瓶颈"的人家诚恳沟通，分析龙潭文创做成与做不成可能会出现什么状况。很多人表示理解，也有人明确表态，你陈孝镇，如果以村支书的身份来说，我绝对支持。你现在是乡贤，我觉得你没必要凑这个热闹。讲这话的人也许发自内心，也许就是随口一说，但陈孝镇听在心里，受到极大刺激。

每次回村，他必定要去祖厝发呆一阵，在荒草丛生、青苔遍地的院落里静静梳理一下思绪。这一回，他发现自己的魂魄始终留在故土。村里外表热气腾腾，内里好像缺了点什么，还是村干部的问题。那句深深刺激他的话，让他为自己找到"好马吃回头草"的理由。龙潭已经今非昔比，他想借助文创东风，再次带领自己的村民们去实现曾经的幸福梦。

妻子知道他想法，第一个反应就是不可思议，"你神经病，还没做够啊！"

他慢慢跟妻子解释、商量，把自己的一些想法，一条条分析给她听，最终让妻子改变了态度，转而同意。

他了结掉福州正兴旺的事业，处理好善后，3、4月份回到了阔别十八年的故乡。是年6月，他参加村党支部书记竞选，如期成为龙潭村第十三届党支部书记。大家都心知肚明，他回来不是为了创业，也不是为了赚钱。

上任之初，陈孝镇先从三处"瓶颈"入手。他认为自己的特长就是善于做思想工作，最适合部队政委角色。和农民说事，不外乎个人魅力加朴素道理。首要条件是他们肯接纳你，然后才轮得上你讲，人家才有可能听进心里去。桥头凤凰台广场原先都是宅基地，当时没盖起来，猪肉摊移走后，依旧

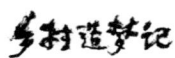

堆着乱七八糟的杂物。建广场才能改变村口形象。溪尾小广场那块地搭盖猪圈，也是脏乱差，前任村干部没有协调下来。陈孝镇找上门去，那些人说舍不得。

陈孝镇笑起来，"两年前，你不是跟我讲，谁要的话亏一点都甩出去，你现在又说这话。我们能不能把眼光放长一点，为子孙积点福气？"

这两处，通过他游说，最终都同意了。

还有八扇厝那户，两座老厝前后相连，因为家族产权纠纷，后一座始终挂在那里开不了工。陈孝镇给他们分析大局："要是这个项目夭折，会造成一种什么结果？本该倒塌的老厝，再推迟几年而已，等老厝塌掉，你再去纠缠这个产权，有意义吗？到时候送人都不要。要是文创项目没进村，我一座破烂老厝送你，你要不要？之前野树、竹子长那么高，你干吗不去砍掉？为什么十年前你不争不吵，因为老厝现在有人出钱装修了，希望来了。退一万步讲，大家都像你们这样，文创项目没了，你这个老厝还有用吗？说句难听的话，那就是拉狗屎的地方。我们能不能积点福气给子孙？"

陈孝镇把事情往远处大处一分析，他们头脑便清醒过来，都是亲人，纠结细小的事情，费神耗力。只有业态健康了做好了，整个村发展起来了，一切才有价值。最后，当事人各退一步，协商了结。

新村民为龙潭带来新业态，提供好服务是留住他们的唯一保障。依陈孝镇的性格和为人，新村民家里鸡毛蒜皮的事，他都有求必应。他经常打比方，龙潭村委的售后服务，好比买了你的东西多给一些赠品而已，额外服务不算钱。当书记以来，他既是物业主任又是物业工人，所有服务由他一人来做。时间一久，他有点顾此失彼，难以为继。后期资金缺乏、无法进展时，他漏了一些泄气话出来。有些新村民私下对他讲，如果你不干了，那我们也只好走人。

龙潭的基础设施和公共服务历史欠账多，还存在不少短板。城市生活和消费方式紧密结合，只要花钱就能买到服务，恰恰农村有钱买不到。7月8月雷雨天气多，一打雷电表便跳闸。碰到雷雨天晚上，他都是穿着雨靴撑着伞，在村里来回巡查。时不时接到电话，书记，我家断电了。他就得过去把电表下面开关的小钮按一下。没走几步，一声雷响又得回头。紧接着另一家又打来电话。有人质问，为什么我在上海、北京都没出现这种状况？这样的地方，我还敢住下去？幸好他走南闯北，阅历丰富，什么都懂一点。事后给大家普及专业知识，电表下装有漏电保护开关，雷击瞬间电流大，跳闸断电是为了阻断高电压往你家里送，否则你家的电脑、冰箱瞬间烧掉。有人反问，为什么我在上海不跳？这道理很简单，城市电网好比一片海洋，分散一下没感觉，龙潭就是一个盆，你丢块石头进去，还不炸翻了天。

后来，他带新村民认自家电表，万一跳闸，这个小钮按一下，立马解决。

还有化粪池堵塞，一时叫不到专业师傅，也得自己连夜动手。做的次数多了，他都知道症结出在哪。有时是当初进的材料不合格，气孔堵塞；有时是管道拐弯三叉没衔接好；有时是铺设落差小，水压不够。还有开头建的时候只适合小家庭，后来做民宿，一个空间住上十几号人，自然消化不了。这些遇到过的问题，后期都可以避免。现在龙潭还是探路者，在积累各方面经验。

城乡文化差异造成的融合难度，真正介入到具体工作里，远没有想象的那么简单，村两委干部和驻村的夏书记配合得比较默契，很多死结被一个个解开。

人流进来了，商机也来了。有人在艺术教育中心门口雨廊摆烧烤摊，新村民全体反对。村里一旦出现什么事情，比如，宠物便溺，在溪里洗涂料桶，随意停车，烟蒂乱扔……微信群里就会曝光出来，众人便各抒己见。这件事，微信群里也出现了几种声音。有人说，油烟污染环境，必须取缔；有人说，我就爱吃宵夜喝点小酒，那我怎么办？这件事也困扰着陈孝镇，像这种流动摊位，今后还会出现，必须从源头上规范管理。

此人原来在县城做烧烤，发现龙潭有生意，刚开始晚上摆，人多气旺，发展到白天也摆，连冰箱什么的都摆上了路面。陈孝镇找他谈，他也接受，和旁边厝主协商，把冰柜缩进家里。摆着摆着，晚上10点后又故技重演。陈孝镇直接去干预，正色道："这不单是你个人的问题，会影响整个大局。"

他反问："这也不让摆的话，那龙潭做到这种程度，我得到什么？"

一听这话，陈孝镇情绪上来了，"现在得不到的人太多了，你说我得到了什么？大家都去计较这些，到时谁都得不到。龙潭今天哪里来？过去你有机会摆摊吗？林老师已经发话了，不取缔，他走。如果你能撑得起来，那你来干。你行吗？"

那人自知理亏，把生意场所移到小学旁边的亲戚家院子里。

这事刚了，一个煎饼摊又摆出来。摆摊之人嫁到外乡，老公去世后回到龙潭。那天，被林正碌毫不留情批评了几句，她当场委屈地哭出声来，说："你们欺负我。摆一下又怎么了？我要靠这个来生活。"

陈孝镇私下找她聊："龙潭人对你怎样，你心知肚明。你老公遭遇不幸，在没任何人号召的情况下，村里微信群里捐了几万块钱，这说明什么？你现在做的已经影响到龙潭大环境。你摆我摆，到时候整条雨廊全摆上，这个村还有什么形象？公共空间就是公共的，哪个人都不能占用。要是你有经营能力，我建议你搞个店面，放到店铺里面，那样跟谁都没关系。"

后来，正巧认租三十六号厝的主人是福州人，没在时叫她帮忙照看房子。一层有吧台，她就挪到里面去了。

陈孝镇所做的一些事，看似鸡毛蒜皮，恰恰化解了日后可能影响大局的痼疾。原村民有原村民的事，新村民方面也不消停。

有位新村民到竹林里，把两户原村民家留种的竹笋挖了二十七棵，在山上被发现时，双方闹僵了。原村民情绪冲动地叫道："你这种行为叫偷窃，我要报案。一棵罚你一千块。"

新村民一点也不想让步，"那你还不如罚我一万块。你想拿一千就一千！"

陈孝镇接到村民投诉电话，找那位新村民到办公室来聊，他言轻语重道："有一点我得提醒你——如果在没发生这件事时讲，大家可能会觉得，新村民觉悟有这么低吗？我会去偷吗？这样的话我也不合适说。我们农村田地、山林早就分产到户了，田里山上的都属于私有。这一点你要清楚。"

新村民说："我不知道这个情况。"

"还有，我们农村有个习惯，你只要跟主人打声招呼，人家送给你几棵绝对没问题。"

他回道："哦，我知道了。"

晚上，原村民到办公室追问事情处理结果。陈孝镇想了想才说："这样吧，你十七棵笋，我给你三百块钱。另外一个十棵，我就给两百。"

然后跟他们轻声讲："外面人来，开始可能很多规矩不清楚，你们也不要太计较，说什么罚款啊这些。这么小的事闹出去，对龙潭来讲就是一个大笑话。"

原村民叫起来："陈书记啊，我就是想让他长个记性。这事不挑明，那以后还不无法无天了。"

陈孝镇息事宁人，他提醒自己的村民，"外来人对我们村都是有贡献的，我们让着点，眼睛不要看得太近，要从大局考虑问题。"

后来几天一直忙，晚上都在加班加点，没时间去纠结这个。扯不清楚，还会影响到新老村民关系。这件事情放大出去，就不仅仅是新老村民之间的关系问题，他还是想通过个人方式处理。既然对方这样去做，也没打算赔钱。如果一定要他赔，心里肯定不高兴。在大事小事一把抓的陈孝镇的意识里，钱能解决的问题都不是问题。

对陈孝镇来讲，每一位新村民境界怎样，原村民又是如何，他心里一清二楚。林正碌冲锋在前，一路攻城拔寨，开疆拓土，必须有人善后呀。作为村支书，他身居其间，两头都得倚靠。为了整个村和谐发展，在新村民面前，他尽可能树立原村民形象，他们的一些陋习，能淡化则淡化，找机会慢慢纠正。个别新村民做过头了，私底下沟通完，提醒他以后不能再犯。这是一种需要。

陈孝镇总是这样如履薄冰，两相权衡。自己亏一点，龙潭的未来就可能好一点。他的双手好像捧着几枚凤凰蛋，小心翼翼，唯恐打个喷嚏，摔碎在地。

其实，很多事不可能都泾渭分明这么简单，城市与乡村的文明没有绝对高下之分，它们各有长短。龙潭是个小社区，锅碗瓢盆磕来碰去，不需日久已见人心。

随着入住和返乡新老村民不断增加，方方面面的事多了起来。新村民养宠物狗，原住民也养土狗，数量日渐增多。有时陈孝镇带一拨客人边走边介绍，突然美术馆门口惊现一坨狗屎，那一刻太难堪了。到了2019年，几乎每天都会出现这种意外，连街头巷尾都存在，弄得他有点崩溃。要解决这个问题，必须先理顺与狗主人的关系，这就头大了。有些新村民单身一人，把宠物当孩子，不让孩子出门肯定难受。如果用禁令方式来处理，又有点不近人情。陈孝镇反复考虑过这些问题，但为了乡风文明，不治理肯定不行。颁布禁令圈养属于村里大事，要走一些程序。他在村民代表大会把问题提出来。

这件事得到一致认同，三十五名村民代表决议，产生了《关于规范养狗的通知》。事先通过村里广播，把相关内容宣传出去，然后又在微信群里发

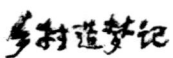

布，其后再出告示，给了个具体时间，中间留有缓冲期让大家适应、调整。城市禁狗早成常态，新村民带了好头，出门遛狗会带上专门的打扫工具，那一段时间效果非常好。随着时间流逝，新问题又冒头了。狗禁在家里，西溪里养的鸭子越来越多。枯水期鸭粪发酵，腥臭飘扬。鸭子不禁来禁狗，养狗的人心里不平衡了，有人又把狗放出来。要禁鸭，养鸭的人跟养狗的人对上。狗还在街上跑，禁我鸭子。你先把狗关起来，鸭子自然就不见了。两拨人互为因果，陷入一个怪圈。养鸭多为原村民，这里面牵涉到经济利益。强烈反对者说，我就靠养几只鸭子赚点钱，你把我财路断了，我靠什么活？

反复两次禁不下来，以后会越来越难办。有人在一旁看得干着急，私下密授一计：你怕得罪人，那我去买二十只鸭子，放到河里，你再去找派出所人全部打死。上游一做，消息马上传到下游，人家看你来这一手，谁还敢不老老实实圈起来。

这样的做法很接地气，省去了婆婆妈妈的唠叨，但那显然又不是陈孝镇为人处世的风格。他还是一条路走到底，想开诚布公做村民思想工作。他希望把村经济合作社功能发挥充分，有了村财，可以动用经济赏罚来引导提倡——文明国家对不文明社会现象也不乏惩罚条例。两方面一起发力，一定能消灭各种陋习和不文明现象。

鸭子非禁不可。陈孝镇已经窥出其间道道，他在寻找对策。龙潭人流大了，商机来了，有人动起歪脑筋，外购鸭子在河里漂上几天，摇身一变成了土鸭，一只一百块再卖出去。此风不可长，不去治理的话，将衍生旅游区屡遭游客诟病的天价宰客现象。一旦外人植入这种印象，污点永远别想洗刷清白。

2

很难想象，2020年春节前武汉"封城"那天，小小龙潭村，两户新村民家里一夜间来了十八个湖北人，还有原村民一家五口从疫区回来。屏南县110一连接到二十一个报警电话，内容全是村里出现了一群武汉人。

隔了一天的大年三十晚上，十几个电话又打到县效能办，最迟一个在凌晨3点半。电话一个个转给陈孝镇，每个他都要落实回复，反馈真实情况。

也很难想象，疫情管控期间，身为龙潭文创片区疫情防控总指挥的陈孝镇,在龙潭闃无人迹的空阔街巷上,形只影单,来回徒步穿梭,让他时不时产生脱离人间烟火的错乱感。

一户原村民全家,两家湖北籍新村民家人和亲戚,从疫区回来的人都要自行隔离。他们所有生活物资采买,全部由陈孝镇一人负责。非常时期,卖菜车进不了村,他得去十公里外的熙岭乡、黛溪镇。需要什么,每天微信发单给他。豆腐两块,油一桶,米一包,今天煤气没了……都是他一人在一件件落实。他不敢叫那些月津贴两百块钱的村委们帮助,况且,没有特殊情况,少接触为妥。

大年初二,他被乡里召去开紧急会议,墘头、三峰、四坪这几个村的村干部全部听他指挥。秀熙岭南下三峰村路口设卡,二十四小时有人值守,任何人不得进出。要寄什么东西,他帮助送出去,再把快递带回来,放村委门口各自来取。疫情期间,他最多一天往返三趟取快递。网购是新村民的生活习惯,买两包盐巴也通过网络。东西不多,却每天不间断,而且各家物流公司到货时间点不同。熙岭乡进不去,货物卸在路卡前的公路上。一接到电话,他得刻不容缓地赶去取回来。

那些自行隔离的新村民,都自以为没事,一时接受不了这样的限制,家里待得不舒服了,还自行放风,跑出来买包香烟什么的。陈孝镇接到村民举报,立刻电告:你不能再出来!需要什么,我帮你买,会送到你门口。有人忘了付钱,他也不去计较。

隔离者每天必须测体温,定时报备。陈孝镇一个个电话打过去,有时接电话者很不耐烦:我又不是罪犯,干吗这样对待?几天后习惯了,牢骚才少了下来。或许电视新闻里看到事态进展的严重性,或许陈孝镇事无巨细、毫无怨言的服务让他们赧颜。

十四天隔离期满,他一个个去电话解除"警报":明天开始,你可以出来了,所有生活物资采买自理。对方反而说,我现在不想出去了。他纳闷为什么?我怕别人传染呀!陈孝镇顿时心塞无语。说这话的人又在家里躲了半个月。对方既然有需求,他还得鞍前马后,听号令随叫随办。

大年初一开始到正月十八,他的妻子、孩子住在黛溪镇丈母娘家里,小姨子、小舅子两家人都回来过年,关在家里也出不去。那段时间,他总是风尘仆仆奔波在一线。忙乱得昏天黑地时,还要抽空去办自家私事,买好米菜油等生活必需品，放在黛溪镇路卡旁边，打电话叫家人来提走，连家门都不敢踏入。

妻子看陈孝镇自打当了村支书，不挣钱还常常倒贴，没日没夜为别人操心这操心那的，身体也赔进去了。正月一大家子人好不容易团聚在一起，却难见他人影，夫妻俩闹起不愉快。妻子给他发了一条信息：都大年三十了，我们一家才三口人，分成两地，这个年还要不要过？还怎么过？

即便如此，有人对他还有微词，陈孝镇被逼无奈将此信息转发到微信群里，解释自己已经竭尽全力，只能做到这个份上。看了这条信息，心存良知的人，无不泪奔，事情还惊动了县领导。当下社会，这样的人已经珍稀难求。

家庭矛盾事件发生后，村民回想起来，有一段时间，村委办公室门总是紧闭着，里面传出《我和我的祖国》《十五的月亮》旋律的口琴声。每遇心里郁闷烦躁，这是陈孝镇经典的减压方式。这时，大家再去审视他那张脸，对比从福州刚回来那会儿的情形，那上面不知憔悴了多少。回想陈孝镇的所作所为，这才感觉他为村里的事操碎了心。

文创指挥部也关注着这个问题，村干部付出太多，长此以往，最后身心俱疲，岂不毁掉一个基层好干部？他们商议疫情后，在待遇上出台一些措施。比如，评选优秀村干，用重金进行奖励。龙潭服务今后如何做？这牵涉到乡村治理机制创新工作的问题，县里已经在考虑新型农村社区公共服务社会化，嫁接城市小区物业管理，把社区服务内容从村两委工作里剥离出来。

熙岭乡是个善于创新工作的乡镇，针对这一块，方案已经基本成型。原来由基层承担的垃圾保洁、公路养护、河道管理、林业管护、农民技术指导等一些技术性不强的项目，各项落实到人头的经费很少，过去都是请人兼职。整个乡这些经费整合到一块，一年资金会有两百万元左右，再打包给一个社会化服务公司。物业费新村民也出一点，顺带把文创社区物业服务做起来。

自打陈孝镇选上支书，村里台面上的事，文书陈子瓣退了出来，一般事情不参与。他为人耿直，出言率真，怕对龙潭文创发展不利。有陈孝镇在，他也不用再去操什么心。现在，他最担心的是孝镇，因为没时间做自己的生意，无收入吃老本。三年能维持下来，下一任如果再当选，唯恐他会垮掉。家里闹矛盾，他在一旁只能跺脚干着急。陈子瓣为此专门找孝镇郑重谈判：你每周拿一天时间出来，这完全属于你个人，有什么事我来顶。

如今，乡村振兴全国各地都在做，都在找实际可行的切入点。2018年以来，到龙潭的参观考察团，全国有二十几个省份，甚至新疆生产建设兵团都有人来过。累计接待领导调研、专家考察、党政参观七百多批，六千多人次。

闽西有个村的村干部，一天晚上在村委办公室和陈孝镇聊农村发展。他非常茫然，村里投入的资金比龙潭多太多了，还见不到好的效果。哪天各级部门停止输血，肯定再次休克。2018年10月，陈孝镇跟随宁德市委组织部去外省某地考察，发现那里做得非常漂亮，环境整治下了苦功夫，中国没几个地方敢与之比。但它存在问题呀！村落活化没见动静，人没植入进去。所有房屋立面都是雪白刷上去，原有的乡村记忆统统被抹掉。外观非常亮丽，整齐划一，一把大锁锁起来，参观的人来了才打开大门。那种业态就是很多人嘴上说的美丽乡村旅游。龙潭始终没有刻意去宣传旅游，前来的人都是自己摸上门。陈孝镇心里太明白，这就是龙潭与别处不一样的地方。

乡村振兴重要的是造血机能和内生动力，在一种乡村肌理上进行重新创造，它不同于以往的传统村落那种肌理，也不同于完全附属于工业化进程的那种肌理，更不同于依附城市社区式的肌理，它是一种更高级的乡村形态。

疫情发生前，正巧村里土地清产核资，置换土地证，陈孝镇心里开始谋划了。在1月份召开的村民代表大会上，他放出话，年后重启村经济合作社，村里有资格的人都可以加入。他向大家承诺，一亩地一年保底补贴五百块钱，分成上不封顶。

很多地方土地流转模式不谈收益，先整合进来再说，由经合社统一操作，产生了效益再拿出来分成。那样很多人不接受，万一折腾不出什么来，个人还得为经营失策埋单。龙潭另走一条路，先通过其他途径筹到一笔钱，哪怕第一年经营亏损，保底这一块不让村民损失，由经合社来承担这种企业行为。眼下，龙潭情况还有点特殊，百分之三四十的土地已经改变性质，种上了果树，流转的话还要一笔赔偿费，村里拿不出这笔钱。也有一些人，觉得自己经营的收成不止五百。在陈孝镇的思路里，做任何事情首先要考虑村民感受，他不会动用一刀切的强制手段。

如果经营成功，以后不用多费口舌，村民自然蜂拥而入。这些年，他深刻体会到农村工作不能突破，关键是群众对村干部缺乏信任感。

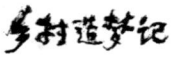

疫情期间，陈孝镇思考了很多关于乡村产业发展的思路。

村经合社准备以古村名"龙潭里"注册，做淘宝网店，把餐饮、民宿、农特产品等统统链接起来，网上点击进去，各种消费信息俱全，还可以进行比较。只要肯链接进来，适当收点服务费，让龙潭各方面的信息对称起来。再加上县里乡里的各种支持，他能从繁琐杂务里解脱出来，会有更多精力和心思放在龙潭的农业产业发展规划上。

文创让龙潭成了网红村，陈孝镇不仅看好龙潭未来，还敏锐地嗅到商机。依托村里的六千尺矿泉水厂，他用"龙潭里"注册了一个矿泉水品牌，等到龙潭发展走上正轨，自己有精力了，再寻找合作伙伴共同开发。林正碌提倡微观新经济，他举双手赞同，新村民和村里年轻人可以加入这个方阵。村里五十岁以上的人呢？他们文化程度不高，挤不上这趟时代列车，也没有商业经营能力，更多村民还得依赖土地生存。

经合社打好了基础，集体经济便有一定收入，再把村干部纳入集体经济来管理，两块牌子一套人马，用企业效益来养活他们。唯其如此，那些有能力的人才会出来出谋划策。只有乡村全面振兴了，脱贫后的村民才能走上可持续的富裕之路。文创项目做起来后，村财第一次有了为数不多的收入，村委会在管理。按规定，这些钱用不到村干部身上。

这期间，陈孝镇难得有空闲去溪尾逛了一趟。这里比较平缓，溪谷两边的阶地集中了龙潭村大部分的平整水田。眼下，去年秋收后的田野一派空旷，田埂上杂草丛生。陈孝镇尽情展开想象：春天满眼碧绿，秋天稻菽金黄；开紫花的是紫云英，亮黄的是油菜花；还有荷塘，翠叶满目，花朵娇艳，蜂飞蝶舞蛤蟆跳……

在这里，他已经从村民手里流转了四五百亩土地，开春要把乡村的田园牧歌风光还原出来，做得比农村更像农村。游客进来，本来在村里转一圈一个小时，11点回县城吃中饭。你多了一片油菜花，多了一口荷塘，游客在里面转来转去观赏、拍照。滞留就是钱，会在村里派生出各种各样生意。无形中，整个村的收入便增加了。

一个地方不是想商业化就能商业化，人来多了，水涨船高，就会有产品、服务需求，商业自然而然衍生。一个健康业态，必须有商业支撑，只是不能一味朝商业方面急功近利，过头了就会把资源提前消费掉。

龙潭属于山区农村，多为山垄田，被当地人戏称为"斗笠丘、眉毛丘，蛤蟆一跳过三丘"，农业机械化程度非常低，只能用原始耕作方式，劳动力投入大、成本高。有农民算过一笔账，一担一百斤干谷，按一百六十元收购价计算，种出一担谷子的化肥、人工投入，与村里做小工标准比，要亏四十元。龙潭人均一亩五分地，一亩大概收六担干谷，九担合起来要亏三百六十元。种得越多越亏，那倒不如抛荒不要。

龙潭文创最弱的一项就是产业振兴，林正碌倡导的微观新经济，还要有一个聚集、培育的成长过程。龙潭除了土地，没有其他文章可做。重启经合社的初衷就是想寻找另一个支撑，使产业立体化。整合起来的土地资源，摆脱传统粗放式生产，有规划、有方向地去经营，为大家创造一个平台。不好说一定能赚多少钱，先把基础工作做扎实，让村民回流，至少生存没问题。如果做好了，村民从中获益，整个业态可持续，那就是给子孙积福气了。

龙潭的事情必须靠龙潭人自己来做，尽可能把外出村民引回来投资。本村人有主人翁意识，他的盈利会朝一种保护性方向去开发，让整个业态不受影响。从村民角度来讲，企业做起来有盈利了，他们就成为获益的主体。外来资本投资，追逐利润是一定的，不排除还是一种掠夺性、破坏性的做法。

总体思路怎么做？肯定不能停留在土地产生的原始价值上，要配合龙潭业态去发展，成为文创产业的另一翼。

徜徉阡陌田畴，陈孝镇思绪翩跹。

这时，他看到四坪村方向的山坡上，有人赶着一大群羊。这人是嫁到四坪村的溪尾村人。她养了四百多只闽东山羊。一年前，在龙潭街上开了一家羊肉店，专门经营传统草汤羊肉、羊肉面、羊肚面，为羊肉销路找渠道。这种地域特色品系山羊，种质优良，繁殖能力弱，长得特别慢，肉质好味道香，一碗卖到三十块还供不应求，好的时候一天营业额近五千元。龙潭的人流带来信息流，大家都知道她的羊好，口碑相传，很多人直接到羊场半只一只地买走，后来变成无羊可杀。到了2019年5月，她不再愁销售，索性关了羊肉店，一门心思养好羊。

和养羊同一个道理，产品品质一定要与众不同，做高优精细和立体循环农业，打造高山绿色、有机农业新业态，在原始价值上寻找附加值。比如，屏南食用菌种植业比较成熟，可以做活体销售，木耳、香菇、茶树菇开始生长时一筒筒卖。城里人花多一倍的价钱买回去放阳台上，长出两朵剪下来，中午烧个香菇蛋汤什么的。眼睁睁看着长大的，吃得放心又有趣。

农民的看家本领就是种植农作物、养殖水产品和禽畜，把林正碌挂在嘴上的新经济引进来，再链接上他的流量资源，通过网红村影响力，改变传统生产管理和营销方式。譬如，在抖音里面直播一棵板栗树，从开花到结果，等哪天看着它长出来的人自己到树下买了这些板栗，那种心理感受和市场上箱子里包装得光鲜照人的肯定有天壤之别。也可以规划体验园，提供有偿服务，你城里人一家三口来体验农事，收一百块钱，你一天里爱怎么打理都可以。园内有一整套农具，也有专人提供指导、提供服务，顺带向城里人介绍农耕文化知识。几十个家庭进来，收入远超土地的原始价值。甚至可以把土地切割成几十平方米一块，一年认租八百块钱——这在城里人看来一点不贵。再发一张VIP卡，刷一下随时进出。城市人认租了，就和这块土地产生了感情，每个周末都可以带孩子来。回去时再跟我们对接，空心菜帮浇水，茄子帮采一下。再安个探头，与手机连接，在异地就能随时看到地里生长情况。若付一笔物流费，收成还可以当天送到家。

这样做，就能跳出传统农业模式，发展绿色的创意型产业，形成一、二、三产结合的农工商综合体，从土地原始价值上收获更多更高的附加值。

文创进村了，新村民来了，他们喜欢龙潭，出资修缮老厝。现在，将近五十座祖厝被新村民认租，平均一座至少要投资二十五万元，他们带来的资金有一千多万。原先村民进城淘金，突然发现自己家乡就是个金矿，纷纷回乡创业。已经剩下老弱病残一百多人的空心村，现在回流了三百多人。2019年，原村民闻风而动，宅基地上起厝、装修老厝四十余座，仅民宿一项就投入了一千多万元。而这三年来，各级政府公共设施配套投入每年顶多也就近千万元。这是龙潭了不起的起步。

空心村成了香饽饽，但不代表成功。只能说别人没做成，我们做成了而已。关键看业态可持续，如果五年以后，甚至更长的时间里，你还生龙活虎地存在，那这个业态就是健康的。城乡融合绝不是一朝一夕的事，万里长征才迈出了一小步。未来任重道远，还有很长的路要用心去走。

早春阳光下，陈孝镇的心里热乎起来，他摩拳擦掌，一双眼睛追随田野飞起的那只白鹭远去，沉醉在自己美好的梦想里。

第三章

一 安详而忙碌的港湾

首批进入龙潭认租老厝、准备住上至少十五年的新村民，多为70后。这些人中，要不个人情感出了点问题，要不家庭突发意外变故，要不发现自己的心理可能有抑郁前兆……都梦想置换一处能呵护生命的"世外桃源"来疗伤、修复和体验，寻找人生从头活起的契机。还有一些家庭的孩子厌学、自闭，被城市学校贴上了标签，无法进入正常的教育系统。通常是心焦如焚的母亲，带着孩子在满世界的寻觅中，千百里辗转找来，龙潭小学的小班素质化教学，安抚了他们的忧愁与焦虑。也有的孩子在都市生活环境里病恹恹的，没有一个生日不是在医院里度过，到龙潭好山好水好空气的自然生态里住上几个月后，用原村民的话来描述：变得老虎都能扑倒了。

而那些80后、90后们，均厌倦了城市格式化的朝九晚五，他们崇尚乡村自然里的青山绿水、天然氧吧、负氧离子这些空间生态元素，以及传统乡村肌理，有的怀揣诗和远方的梦想，有的带着自己的创业蓝图，四处找寻人生的发展机会，龙潭山水生态里的人文社区让他们一见倾心，纷纷选择在这里实现甚至突破人生梦想。

2019年1月，大四寒假时，学应用心理学的90后女生张蓉，从陕西到深圳找工作。工作基本上确定后，想起大学老师说过的福建龙潭村，那里有一个公益画室免费教人学画。她自幼酷爱绘画，便从深圳辗转到龙潭村，在龙

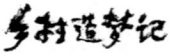

潭逛了一圈，发现全国各地入住这里的新村民干什么的都有，这让她新奇极了。她还从来没有听说过自由度、丰富性如此之高的生活形态。第二天便决定留下来，成为龙潭小学的一名支教老师。她对父母承诺，只在龙潭待一年时间。张蓉向来比较独立自主，有点担心的父母只好勉强答应。

边支教边忙论文，中途还得回校答辩，张蓉在龙潭如鱼得水。碰到节假日，村里有各种各样的文艺活动，五一节《印象龙潭》实景演出、8月重声音乐节、十一国庆朗诵合唱，她都积极参与，口技秀、唱歌是她的拿手好戏。

一年时间很快要到了，张蓉有意犹未尽的感觉。10月的一天，散步到隔壁墘头村，看见一座正在修缮的老厝，一时非常喜欢。突如其来的直觉让她产生了一种深深的归属感，不知不觉里，她已经把龙潭当成家了。

张蓉的兴趣点是绘画艺术心理治疗，她在大学心理咨询室开展过几次活动，把自己喜欢的绘画与心理学专业结合起来，用绘画这个辅助工具，找到心理问题的解决方案。在这里，可以通过线上去做一些有趣的事和探索，创造个人价值。她也希望可以为村民带来一些价值，帮他们推销农副特产。龙潭那些先行一步的新村民已经成功验证了这种可能性。

她毫不犹豫认租了这座老厝，把一层设计成独立的艺术展厅，还有咖啡吧，心理咨询场所放在二楼。当晚，张蓉与父母电话沟通，没想到出乎意料地顺利，母亲告诉她："你微信朋友圈的视频、图片和文章我们都看了，你做的事情值得。你是断了线的风筝，自己飞吧！找机会我们也会去龙潭看看。"

90后的姑娘小方，大学毕业在安徽蚌埠一家英语机构工作了一年。一次刷抖音，偶然看到龙潭静轩文化艺术空间招聘管理人员的短视频，油然兴奋起来，用了整个晚上把龙潭村能够搜索到的资讯全部浏览了一遍。这个山村里有酒吧、咖啡厅、美术馆、公益画室、音乐厅、戏院什么的，5G也开通了。那里的风景很清新，从城市里去了很多年轻人，激情昂扬地表达着自己，每个人都有令人羡慕的活法。

她不想走考研的路以后，对未来规划一下子没了方向，满腔迷茫，感觉人生一时找不到出口。她很喜欢龙潭的生活方式，想趁年轻走出去见见世面，多学习一点东西。第二天，她便辞职，决定应聘。

回想起来，印象最深的是从古田高铁站到龙潭，路上经过一重又一重的山，心弦被路边的满目青山和零星的黑瓦黄墙民居拨响了，感觉似曾相识。

她的潜意识里有过这种场景，也许是小时候看电视时嵌在大脑沟回里的某些画面。

没想到路途那么远那么偏，不期然联想到传销，万一被人卖掉了怎么办？如今，小方已经融入了乡村的工作、生活环境，还一再庆幸自己一念之下的果敢抉择。

这是一种自由的双向选择，置身乡村亲身感受、体验了几个月后，有人觉得还不够安谧无声，有人觉得缺少了城市全方位的周到服务，有人觉得不吻合自己日后事业的发展方向……一小部分人离开了，修缮好的老厝立马被后来者接盘。大浪淘沙，留下的都是那些确认过眼神的痴情者，他们有与乡村天荒地老的心理打算。

敢于逆城市化潮流、选择远避尘嚣乡村的安居者，无一例外对生活追求不懈和充满想象力，即便他们进入伊始不属于多才多艺的角色，浸染龙潭这个人文社区，很快也就转型变成了大大小小的斜杠人物，一个个长袖善舞，能征善战。

优质生态资源是龙潭的底色，原村民以为生活不方便、弃之不要的生活环境和祖厝，偏偏成了新村民的最爱。住进沿溪上下游那些终日背靠林木、面对清溪的人性化空间里，他们的身心与大自然耳鬓厮磨，亲和一体，尽情感受生命价值的惬意与升华。

这里还有一个奇葩现象，城市来的新村民男女比例二比八，这与代表活力的早期深圳毫无二致。从传统文化属性来看，男性可以快意江湖，穷则独善其身，达则兼济天下。万一不行了，退而求其次，老爸还有"一亩三分地"，回去子承父业。而女性则属于泼出去的水，那个家终究不属于她。她们的血液里流淌着与生俱来的勇敢，一辈子都在寻找自己心目中的理想家园，总是率先出现在更有机会和更有可能性之处，从而具备比男性更多的开拓意识和创新精神。

依林正碌观点，中国古代富家子弟要娶贫家女是不被宗法允许的，只有富家小姐看上穷书生的故事。富家小姐青睐穷书生，往往是在押注。换一句话来说，龙潭就是个穷书生，她视之为蓝筹股，看好这里的未来。一个地方有没有发展前景，单看男女比例就可以一斑窥全豹。女性比男性多的地方，一定是北上广深这样的一流城市。这些年来，几乎没有年轻女孩跑到龙潭来

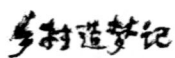

问:到这里怎么活?问得最多的恰恰是男性。

也有人认为,女性一生怀揣诗与远方的梦想,一旦发现哪里更好,她就嫁到那里去。当下社会舆论附庸、默认了这种选择。趁着青春在手,女性不乏机会,她们有时间去追逐浪漫,体验人生的丰富。万一年龄到点了,还可以找一个大她十岁二十岁的成功男士谈婚论嫁,一步到位,最后改变人生定位。相反,更多的男性不敢贸然行事,唯有中规中矩,守在公认最有发展前途的城市平台打拼,花时间从一般职员升到科长再升到处长,或者成为公司高管,或者成功创办一家企业,从而获得个人身价。相亲时,那些未来的丈母娘总是要开口发问:有房吗?有车吗?工资又是多少?在这种规定情形下,倘若小伙子手里没捏着一点真金白银,即便学富五车,他也自信不起来。哪天胆敢娶一个大他十岁的富婆,身边朋友、熟人一定要揶揄他小白脸,调侃他吃软饭。在闲言碎语的狂轰滥炸下,一时片刻雄起的胆子也会在时间里消融瓦解,久而久之,甚至连他本人都觉得郁郁寡欢,毫无自信在熟人圈再混下去。

这是一个可以纠集多学科来继续探讨下去的社会现象。

虽说林正碌内心与新老村民同呼吸共命运,言语上却不在乎是否在一个频道上,他没有先模仿农民的话语习惯再跟村民交流沟通,何况来自世界各地的新村民也各有层次。他有点像顶层强行介入,随时随地把自己认可的词汇植入龙潭别样的生活。因为大家都耳闻目睹了漈下的现实和龙潭百年一遇的变化,他嘴里那些经常出现的词汇,什么文创、创意空间、大师、伟大,什么人性的精彩、生命的尊严、生命的仪式感等等,自然成了龙潭人日常生活里的高频词。不知不觉里,龙潭的新老村民也就有了自己的语言识别标签。

"文创"这个词汇的内涵连一些城里文化人都概念模糊,新老村民面对各路记者采访,却顺顺溜溜脱口而出,它不就是古村漂亮起来、城里人络绎不绝、村民钱袋子鼓起来的代名词;"创意空间"在木匠师傅、新村民心目中,便是以传统技艺修建出来的老厝和个人的居住、工作之所;"人性的精彩"那是画油画不去模仿别人,把自己的感情和个性表达出来。

这样的词汇信手拈来,让人觉得龙潭村里的人一个个文化底蕴十足。

2018年下半年,文创指挥部的副总指挥陆坚和办公室副主任张少忠提议,龙潭文创产业做得风生水起,吸引了这么多城里人驻村创业,从公安户籍管理角度来讲，需要纳入属地管理。以往都是在北上广深等发达城市申领居住证，现在，逆城市化成为一股乡村振兴浪潮，农村给城市人发居住证，这在全国尚无先例。他们把这种创新思维与县公安局沟通，双方一拍即合。

10月23日，龙潭村首批住满半年以上的十位新村民，领到了县公安部门上门颁发的居住证，享受当地居民的一些待遇，例如医保、社保、子女接受义务教育、私家车上本地牌照等。他乡成故乡，新村民的归属感、幸福感写上了脸庞。

目睹如此新鲜事，省住建厅副厅长蒋金明掩饰不住内心激动，他豪情满怀地说："别小看龙潭村迈出的这一小步，它可是向中国城乡融合发展跨出的一大步。发放居住证是为来这里长期居住的城市人口提供服务的官方承诺。"

林正碌赞赏政府的重视，他对前来采访的记者说："我们希望新村民热爱龙潭，从事文化创意产业，同时明确要求他们一年必须在村里住九个月以上。这样才能确保龙潭形成业态，成为构建出新生活方式的乡村。"

在山水自然里消融生活与工作的区隔，龙潭仿佛就是一个引领新生活方式的港湾，成为那些闯荡大海的船舶得天独厚的天然栖息地。在这里生活、创业的同时，有人进行了维护、修葺，有人添置了新设备，升级改造，有人索性小船换了大船……每一艘船都在充实忙碌，还有人暗自等候属于自己的季风，企盼启动人生的新航程。

下面，依长住龙潭村的先后顺序，筛选出几位城市来的新村民，我们一起来体会这些逆城市化者曾经走过的心路历程。

二　随喜书店 —— 曾伟

来龙潭生活创业的新村民动因不一、各有心怀，80后的曾伟算鲜有特例，由他说服来的"江西团队"亦同。一个个夫妻双双把家迁，更让人感兴趣的是，他们要在这绿水青山的乡村实现个人的未来价值。

2019年末，曾伟把自己的诗歌油画展定名为"废墟上的诗"，他对公众这样诠释自己的心结：

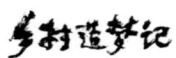

我对废墟没有很强烈的感情色彩，说它是褒义或者贬义，或者是某种刻意的情感上的一种倾斜。我觉得废墟更多是独立的一种样态美感，与田园、森林和山川一样。我个人对这一块会更热爱，所以我愿意去关注，也愿意在这个着力点上去思考。

举家跨省移民龙潭的三年里，这样的关注和思考贯穿始终。且听他在随喜书店的茶桌前慢慢道来——

2017年8月中旬到双溪，第二天就进龙潭，跟随林老师穿行于老宅改造的工地，犹如置身大战后满目疮痍的战场。我个人兴趣点是古村落，直觉告诉我，这就是我要找的地方。

热爱基于两条线，一条是内心沉淀的对乡村的向往，愿意为此付出一切。我特别羡慕古人的生活，他们歌颂田园、讴歌山水，生活充满诗意。相比较我的生活，则显得有点木讷与迟钝，有时照镜子都觉得自己眼神呆滞。龙潭给我什么呢？一片废墟，它粗犷的远古风貌扑面而来；民风淳朴，人心善意，毫无隔膜之感。晚上，在宗祠戏台上还看到古代孑遗戏剧四平戏。我爱人演丹特别惊讶，刚刚还看到村民扛着锄头，双脚泥巴，描上戏妆便登台了。不识字的农民，一唱起戏来转眼变得那么有文化。另外一个是直觉，瞬间性的，个人状态刚好在那个点上集合了。原始森林流下来的水，水边的石头旁长有丛丛簇簇的菖蒲，那是古代文人清雅品格的载体。苏轼说菖蒲有四德：忍寒苦、安淡泊、伍清泉、侣白石。这样的精灵居然点缀在一种人居环境里，让我感觉身临一幅历经时光的古画。

我不是因为有钱来享受乡村，也不是因为在城市没有工作，而是选择自己向往的一种生活和工作方式。这背后，是你依托此地重新梳理，个人定位、价值，还有经济等等。生活在怎样一个体系里，需要重新确认。像我这个年纪，人生必须规划，谈到未来，至少有一个相对近期的目标：生存和生活。

以自己热爱为主导重新构建，这是一个变化过程，置身龙潭天翻地覆的大背景下，不断调整对自我模式的确认。

在家乡吉安，除了与几位志同道合的同仁投资美术教育培训学校，我自己还开了随喜书店和随喜茶舍。原有计划是这样的，到乡村开个书店，然后通过公共宣传，或者线下，把空间打造起来。我们经常在新闻里看到，某某微博网红书店、网红隐居者，有了拥趸之后，再回到城市去做分享，回到原来的生活方式里。像欧洲后印象派的一些画家那样，在乡下创作，再回到巴黎办展，靠精英层面来确定价值。这是成功的样板，我也向往，可惜没机会。

8月下旬再来时，提前把家当搬了一车放在双溪租住的房东家。演丹前次来已经确定到龙潭小学支教，我不可能放心她一个人跑到山里去，只有跟着。有天发现情况不对，她竟然问我，我们五个女老师明天要搬进去住，你呢？我说安排时你没说有个老公？如果她跟同事住一屋，我怎么挤进去？可能要露宿乡野，那天晚上真的有点惶恐，因为已经没班车可回双溪了。

我第一个住进来，也是第一个签下认租老宅合同的人。这时才发现，村里连标准本合同都没搞好。大框架来自村委会跟房东合同，住十五年，租金三块钱一平方，你花钱修缮老宅，预估一平方米一千块钱，用工和投料，最后还有决算，合计多少就是多少。我坐在村委办公室，林老师跟乡长还在讨论条款。我现场签掉，合同还是热的。

我一点不在乎合同。林老师就像一棵大树，大树营造出来的营养素，导致我这样的小树愿意靠近。修缮费用，大家都建立在林老师的承诺上，也只有等修了十座八座，你统计后才能发现普遍规律。我有点像强行介入，是第一个给林老师信心的人。一直有人说要进来，却没人签老宅认租合同。

当时心里的变化和纠结，不是一般的深刻。

乡村晚饭5点就吃完，饭后没事干。那一阵临时寄居隔壁四坪村村主任家，拿个躺椅，在门外花坛边乘凉。四周漆黑一片，天上偶现星星。后来有点困，就进屋睡觉。上床前看了一下手机，发现才6点半。一激灵从床上弹起来，完蛋了！我真的要被这个地方同化掉。这样下去，我提前养老了。莫名的恐惧感山一样压上来。原先期待去乡村施展什么，在那一刻全部失效。

我很注意观察演丹的情绪变化。现在回想，当时自己心里一点底都没有，我也在坚持，希望这样的过渡期快快结束。

选中这座老宅属于捡漏，之前有人认租过，最后没要。当时林老师已经安排人修缮外结构了，说这一座还没人认租，地点比较中心，要打造类似咖啡屋、书屋这一类。我正好想开个随喜书店，事情就这么敲定下来。

老宅破损率大概有百分之三十。地砖还没有铺，室内基本自己设计。修老宅是自己掏钱，早介入就能早住进来。那时，我缩在门墩石上画图稿，屋

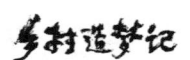

龙潭村全景

西溪岸边修复前
西溪岸边修复后
修 建 雨 廊

随喜书店
新村民领居住证

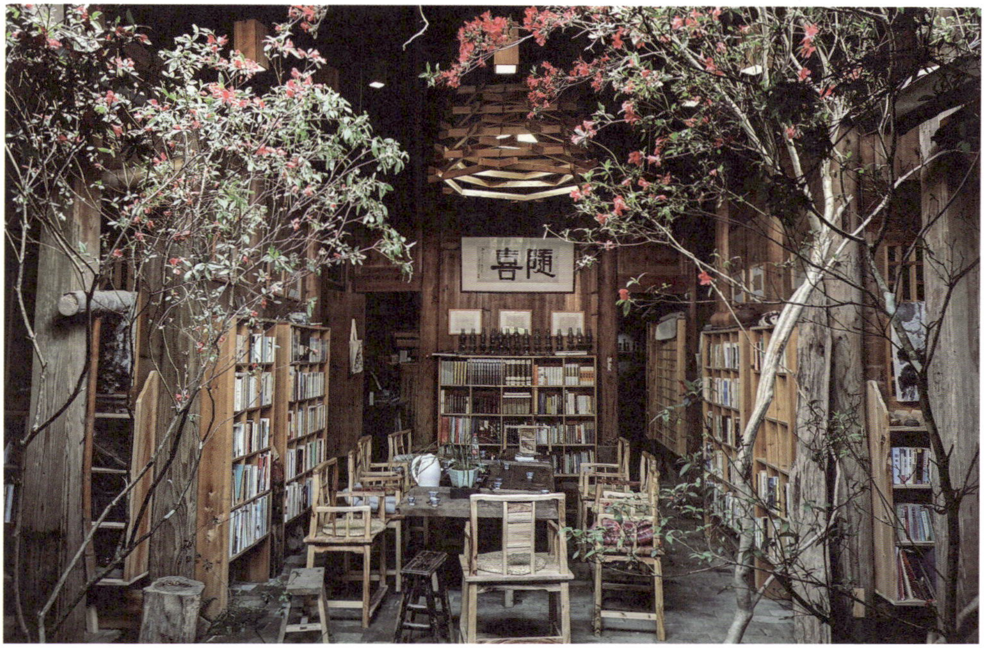
随喜

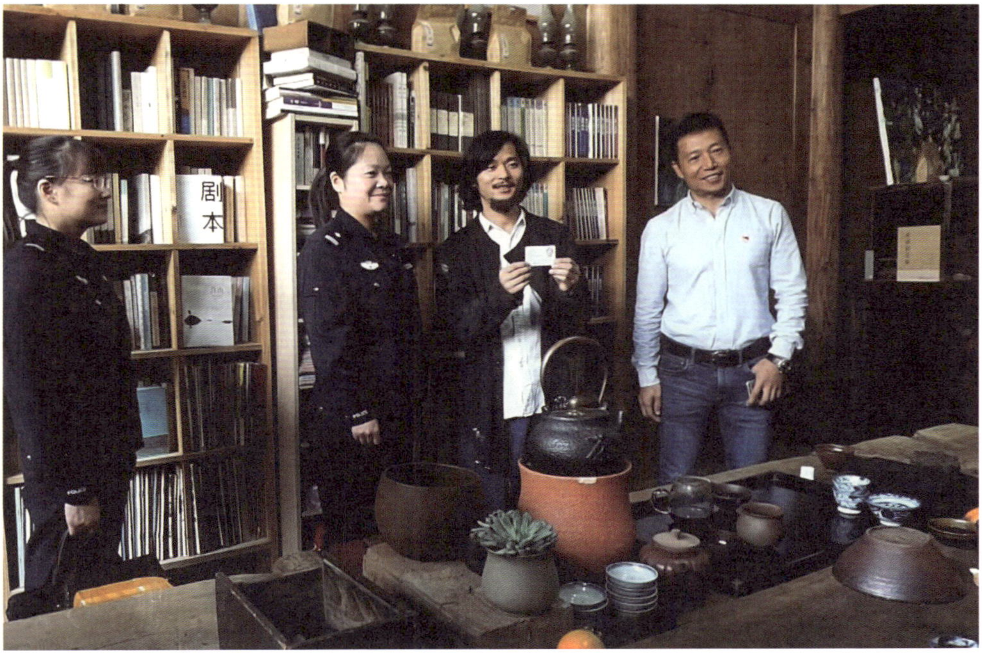
剧本

建国70周年快闪

龙吟台集市活动

央视中秋晚会

四平戏演出

四平戏博物馆

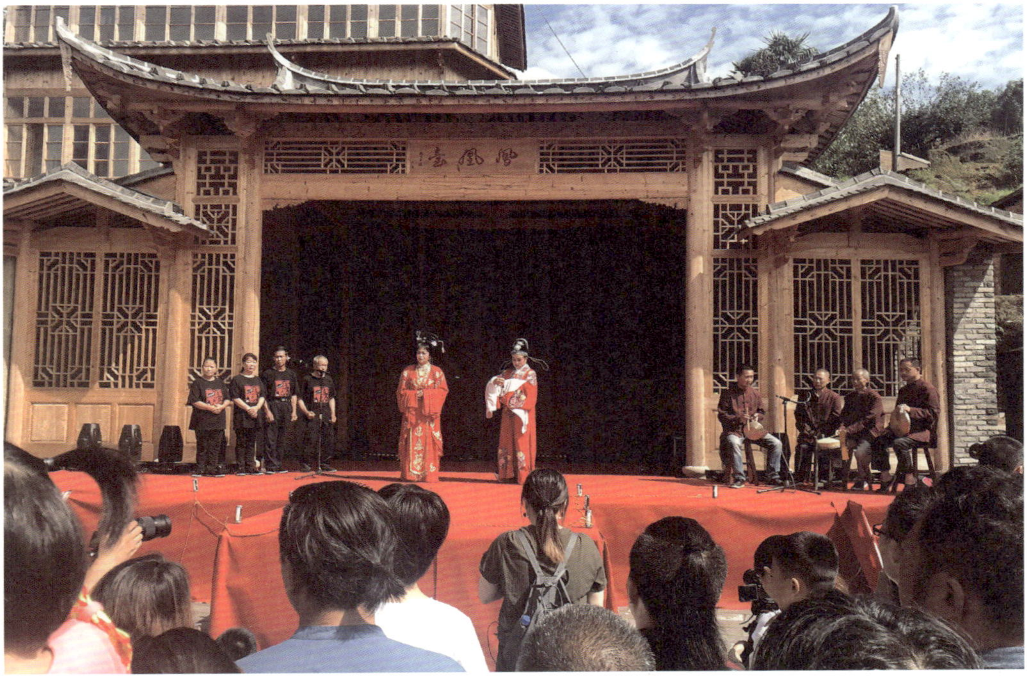

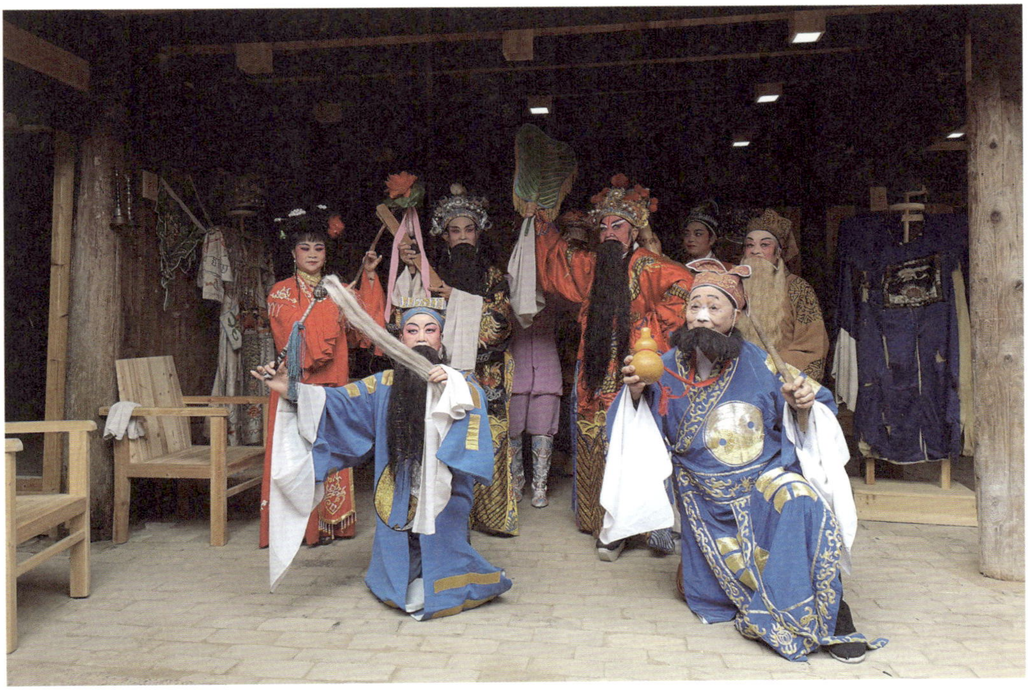

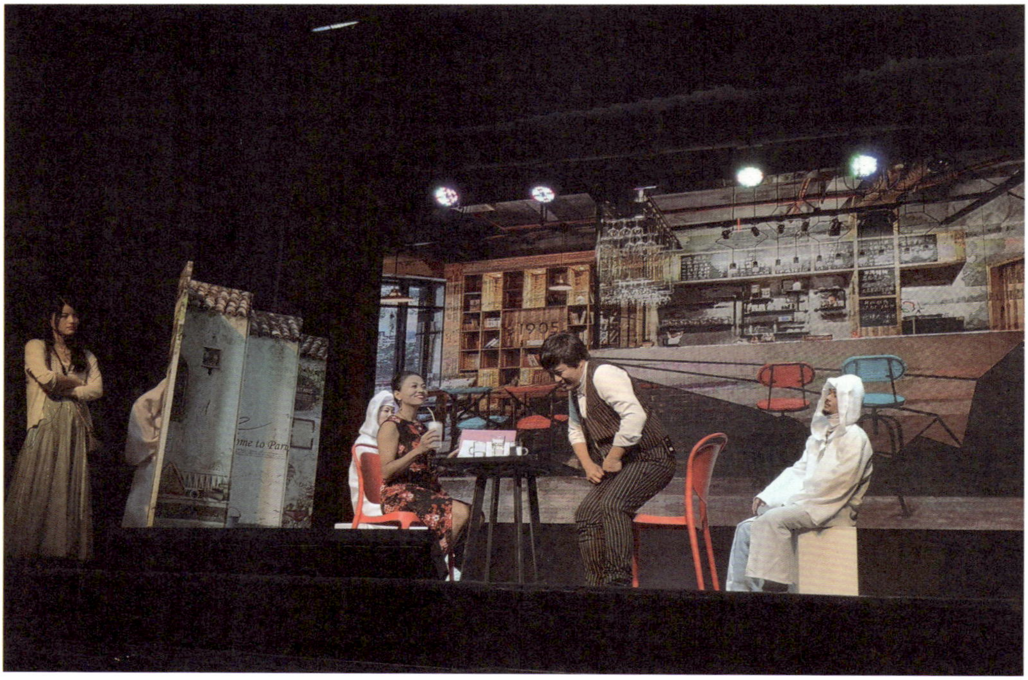

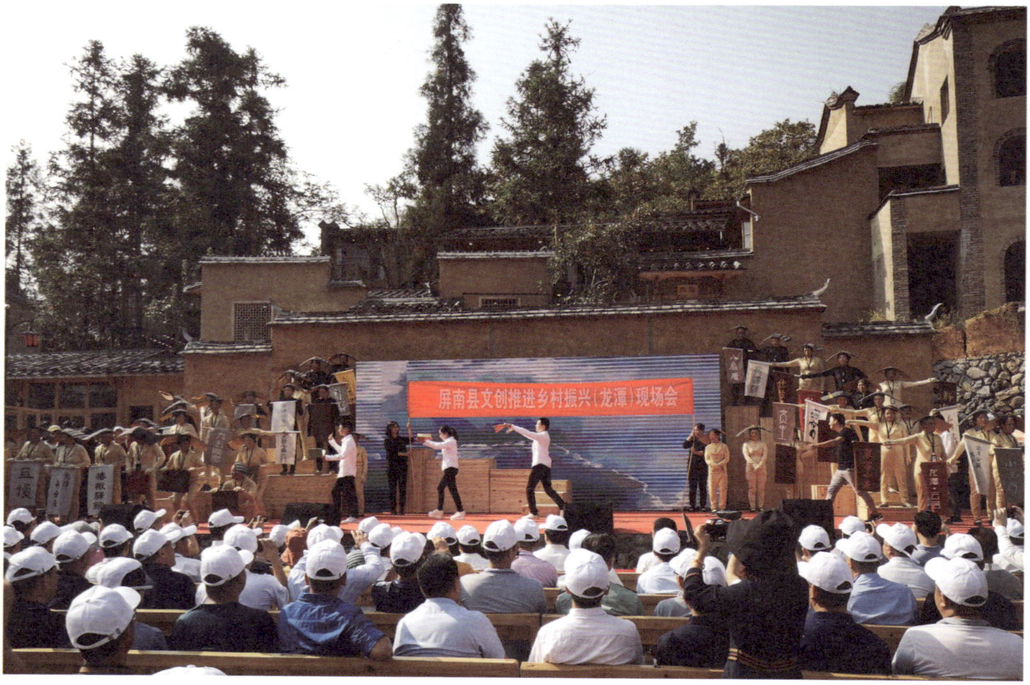
屏南县文创推进乡村振兴(龙潭)现场会

舞台剧《假面》　　　　龙潭溪头大厝
舞台剧《美哉龙潭》　　龙潭村党校　　　秋天的村落

外国人在村里（图1、2、3、4）

47树美术馆画展　　　　　　新村民学四平戏

龙潭艺术教育中心　　　　　　三角地音乐空间

| 本书照片由张峥嵘、李锐、卓育兴、张川闽、吴明峰、潘家摁等拍摄 |

内昏暗和混沌，散发出潮腐气味，从破瓦处灌进来的阳光，亮亮一道，尘埃在上面攀援。小黑虫前仆后继，我一边画一边奋力驱赶和抓挠，那种感觉至今难忘。后来，我从新到龙潭的其他人身上看到自己当初的影子，也从他们眼神中读到自己初来乍到时的无助和迷茫，这坚定了我开放空间的决心，让跟我有同样心理感受的新村民能坐下来喝杯热茶。

经过三个月改造，老宅修得差不多了，门口的水碓也转动起来。流水声清脆悦耳，恍如天籁，让我心里渐渐踏实起来。当时策划把书店先做起来，东西搬过来，没做完的装修正常跟进，还去了趟福州采购书籍。

开随喜书店完全是个人的一点小情怀，非营利，在可以承受的范围内，贴三到五万块钱，把其他方面收益转化到这上面来。对当地特产有一定了解后，通过自己的渠道和方式销售，再带动村民生产。龙潭红曲黄酒是省"非遗"产品，品质很好，我们江西团队就去收购村民家酿，三个月卖出三千多斤，也增加了自己收入。现在，龙潭黄酒已经热卖，单价提高了一两倍。

身心安定下来后，开始考虑家乡吉安教育机构进驻事宜，给一个个股东打电话，洗脑半个月。培训学校门槛太低，不能高枕无忧，必须探索一条有核心竞争力的路径，我希望团队在龙潭做一个教育基地，为平台增值找出路。反复跟股东们讲收益预期和前景，认租老宅实打实投的钱就是修房子，我看中官票书记的老宅，大概要投资五十万，分摊下来，每人出资不多。老宅可以使用十五年，相对保险。退一万步讲，经营不起色，可以转手，成本还拿得回来，这就没有后顾之忧了。就算老宅不增值，折旧百分之八十，作为商业投资来说，谁也不敢保证能兜底。

股东们投资静轩文化艺术空间，初衷是增加吉安教育机构品牌内涵，随着龙潭的发展，吉安的机构核心逐渐转移到了龙潭。

来龙潭第一天，别人就问，你到这里，怎么活呀？三年后还有人这么问，十年后不排除有人继续问。自媒体、大数据时代已经呼啸而来，观念转变为什么这么慢呢？

经营书店是个伪命题，书卖给谁？让工匠来看书？让村民来买书？我的精力花在空间维护上，当时很多空间没修好，林老师有什么事也在这里讨论，很多信息在这里交流碰撞，相当于一个开放的社交场所、信息流中心，事实上后来也孵化出一些项目。第一年，大门天井边的廊屋就是一个交流场所，领导来了坐那儿，乡里谈事办事在那儿，小学老师开会也在那儿。房东的亲戚们回村都会来看他们修缮好的祖宅，或听新村民弹琴唱歌，或像陶渊明那样"相见无杂言，但道桑麻长"，他们还给我们讲了许多古村旧事。大家都习惯到书店来，这里相当于全村一个活动中心，社交频率远高于城市。因为曝光率高，游客和一些慕名前来的人还以为这里是村委办公室。有游客进村参观，看到我爱人会说，你是女主播演丹，我在微信里看到，点了赞才会专门找到这里。

后来，村里各种空间多了，自然而然分流。

这里为什么是熙岭乡中学挂牌的校外阅读基地呢？当时演丹在小学主持阅读课，课也在随喜书店上，我也就阅读问题在这个空间进行过交流分享，因为涉及乡村阅读领域，被中宣部和农业农村部作为"乡村阅读榜样"人物受到表彰。这三年来，什么阅读、诗歌、音乐、读书、四平戏培训，各种各样的分享会，几百场，大部分由我策划发起。比如帮一位诗人做个人诗集分享，我会在微信群里提前发通告。很正规，排排坐，每个人谈感受，通过微信公众号再传出去。也有一些随机的，碰到就聊，多样性，比如头脑风暴，或一个片段性主题，无规律组织，有点偏活动中心。还有一种是，比如要解决某个具体问题，什么物流啊、快递这样的，有主题，不一定专注阅读或者文化艺术。我不是单一做阅读推广，我觉得创业话题有意思，就通知感兴趣的人一起来交流。

不管我在与不在，书店完全开放。看中书架上什么书，扫微信拿走。对游客来说，这里是无预约参观点。有人进来，孩子往沙发上一放，鞋子也没脱，拿水壶就倒水喝。他觉得这是旅游配套，你必须欢迎我。曾经碰到一个人，进来便问，小伙子，帮找一下我的充电器，刚才在这附近玩不见了。我都不知道他什么时候进来过。他以为我是政府聘请的管理员。

第二年秋天，我们去散步，发现柿子挂满树枝，橘红得很亮眼。演丹拍了照片发朋友圈，很多粉丝马上要货。20世纪90年代，屏南乡村发展庭院经济，房前屋后和山坡到处种无核柿，价格卖不上去，村民采一点晒干自己吃，剩下的都挂在树上，无人问津。我们向村民收购，开始卖柿子干。网购包装袋打包，乡里有几个快递点，不方便。跟着林老师车去双溪，后备厢塞得满满的，一堆卸在快递公司，我们夫妻俩人打包、抄地址，忙活一天，跟干苦力一样，后面累到想放弃，单都不愿意再接。那一年，光是柿子干就卖了两千斤，后来又卖桃胶。这两样当地特产从此有了身价，涨了两三倍。去年，龙潭人把周边村落的柿子干都收购过来，四万斤全部卖光。原来不值钱的东西变成了抢手货，除了游客直接带走，村民自己也懂得通过农村淘宝电商销售了。

本想把身边好看的风景分享给朋友圈，却意外获得商机。我开始反思这个问题。其实我们这些参与到一线的龙潭第一代移民，有点春江水暖鸭先知的样子，冥冥中感觉到整个社会结构在发生变化，某种程度上是新经济模式的到来。就是林老师经常说的，冷兵器时代与热兵器时代。年轻人在城市里是没有声音的，只能想一个事情：立足。而在乡村却有了发言权。思路越来越明晰了，以前是被规划的人生，到了这里后，才有机会规划自己的人生。

卖柿子干这件事，林老师说得很到位：新经济不借助任何资源，是一种全新的经济形态。你的生活方式打动了我，我就买曾伟的。他是用自己人格当品牌，用整个人生做抵押。

我们再用抖音打个比方，很多人都在问怎么变现？实际上抖音的彰显，给你的价值输出，远不是简单的变现问题。它为你的价值增值，它是全方位的，已经把你的学习渠道、社交渠道、自我价值确认渠道全都改变掉了。

到乡村发现不需要拐来拐去，我们选择另外一种方式，让曾经在城市里缺乏竞争力的人变得有竞争力。比如你发一条抖音，有三万多粉丝，从粉丝确定那一刻起，所有中间环节一跃而过。

我的粉丝圈是到龙潭后开始建的，它一次性给你价值认可。剩下的模式是什么？它赋予你更大自信，让你越来越明确，不断去优化手头上做的事情，越极致越精彩越有人喜欢，后面的一切全部解决，关于名利，关于新的社交平台本身，它都会改变。

林老师一直在给我们分享新经济的一个重要特点，就是个人价值一定要发挥充分，它决定你可能被社会认可的一切基础。你活得越精彩，别人打赏越多。林老师讲得很有意思，抖音出来，很多人失业了，又有很多人创业了；抖音出来，进一步弱化了实体门店，连淘宝都有可能受影响。我失业了，妈呀！对着摄像头痛哭一场，哭得感天动地，也发财了。他贡献给大家的是精神产品。

早春，门口溪边的梨树白花成墙，天井里的四季杜鹃也红花满枝，被花朵吸引进来的人，羡慕地对我们说，在这里生活很滋润呀，你们是有钱人。这是让人心酸的理解。真正花钱多在城市，恰恰龙潭生活成本很低，一个月一千块左右就够了。每个月偶尔卖一两幅自己的画，或者写一些公众号获得打赏，帮村民代销一些柿子干、黄酒，够活了。在城市呢，你的生活要投入、社交也要维护、自我完善要花钱，还有你个人的成长、学习培训，这些创业成本加起来是非常大的一笔开销。在龙潭，生活、创作、创业，还有社交合成了一个，成本很低，做得出彩还可能变成收益。

我接待过很多朋友，包括来参观考察的人和游客。这些人非官即富，要么领导，要么中产阶层，不然他不会从北京上海广东开车到这里来。他们给我一个很搞笑的观点，你这里太好了，生活惬意又能挣钱，还可以画画什么的。他们千里迢迢来高度肯定你的生活方式，绝对过得比我好。但他们梦想退休以后再来，他离开城市活不了，钱赚够了才敢来。因为他不懂新经济，没把自己当作价值主体，再去创造一种新生活。脑袋里还是传统价值观念，认为就是要用原有知识、专业岗位来赚钱。

和林老师选择最偏僻的乡村做文创一样，如果在上海近郊，可能还有人会说是因为资源就近等什么原因。那我就找一个最偏僻的地方，我们第一批新村民和林老师是同步的，我们也是到一个零基础的乡村去，影响力啊游客啊，每个方面都是从一张白纸开始。

后来，我们又认租了书店斜对面一座老宅开随喜咖啡屋，演丹打理的收益已经足够日常花销，现在考虑开分店招员工。因为年轻人不断进来，有新的思想碰撞、新的创意产生，我们依然会忙到很晚才休息，但心里很踏实。

越来越多的人知道了我们，有朋友千百里寻访而来，也有朋友受我们影响到龙潭定居。这些遇见和相知都是生活额外给予的礼物，让我们倍加珍惜。

……

曾伟无疑是龙潭新村民中的佼佼者之一，他经常帮助策划乡村活动，讨论商议新老村民融合问题。碰上文艺演出，他要登台表演原声音乐或饰演角色。他没有固定职业，书店无须值守，还常常找不见人影。有时在"静轩"喝茶谈江西团队的实业经营，有时没入周边乡村淘老物件，有时又在什么地方拍短视频、发抖音，顺便抓住一首诗稍纵即逝的灵感……

年纪轻轻，曾伟已经蓄了一把黑油油的胡须，一位作家转型成画家的朋友这样为他素描：一个人的人生并不是说他活多久，而在于他是怎么活的，他丰富不丰富。所以，曾伟是一个很年轻的"老人"。

他的诗意藏在心里，言语理性且富于逻辑，是领悟林正碌微观新经济最到位的一位。他跃跃欲试，明天的乡村振兴舞台上，少不了他的好戏。

三　静轩文化艺术空间 —— 胡文亮

吉安的美术教育培训学校，我是股东之一。听说了双溪林老师的公益艺术教学后，2017年暑期，我们十几个老师带学生过来边学边观摩。回去把林老师那一套搬过去做，影响很好，还获得了全国教育公益奖。当时想在吉安附近找个乡村做起来，但政府把它当工程，支持度不够，这才转过来考虑在龙潭做基地。龙潭声名鹊起，家乡领导来取经，看曾伟一个随喜书店孵化出静轩文化艺术基地，静轩又孵化出梦家山黄酒品牌，江西团队一共认领了六栋老宅，就开始骂娘：我们留不住人才，他们在这边搞得这么好。

2017年10月份，团队认租了静轩，作为我们培训机构高端人才驻留创作基地，以及小朋友游学和接受自然教育、审美培养的一个平台，我被派过来负责日常管理。带着产业思维到龙潭，我肯定不是心血来潮，一味追求诗和远方。

当时杂事不少，静轩没请阿姨，天天有人来参观，接待客人、泡茶、拆洗被子、打扫卫生、做饭，什么事都自己干。吉安游学团队过来，经常还要组织活动。

起头一两年，龙潭人没这么多，单身一人在这边，空余时间都在玩。参加过新村民组织的很多活动，演过舞台剧、微电影，还当过主角。四平戏也去学两句，会几个亮相动作。也学了一点屏南话，跟老村民打招呼，饭吃了没有啊？去干吗？他们就会笑，你最近说得不错呀。老村民和我关系不错，他们家里办婚嫁喜事都会请我。

我爱喝一点酒，喝酒喝到懂行。发现龙潭红曲黄酒真不错，还是酿造技艺非遗产品。龙潭家家酿酒，人人都会喝酒，有正式的开坛仪式。酿酒也要拜酒神，以祈福酒香醇正。这种对待酒的态度本身就是一种文化。

刚开始想做酒文化，我们几个和原村民熹熹合股注册了一个半酉酒业公司，租了一座很大的老宅，请村里师傅酿了一两百坛农家酒。红曲黄酒酿造各个工序都体验到了。龙潭水好曲好糯米也好，酿出来的酒当然好。那些酿酒师傅大多年过六旬，他们不懂得利用现代营销手段来推销好产品。自己酿的酒需要时间存放，不能现酿现卖，我就建议曾伟他们先收农家酒来销售。

当时很振奋人心啊，有一天晚上，五个股东坐在静轩的茶桌前，信息从朋友圈发出去，线上两个半小时，十万块钱直接搞掉。这给我很大信心。这么好的酒以前卖不动，村里很多人都不愿意酿了。现在卖旺起来，价格提了几倍，它值这个钱，以后绝对要再翻番。我们卖酒也是为乡村做贡献。当时，我们的酒都是各家各户收来的，品质不一样，年限也不同。我们去别的村子也考察过，进村问你家有什么老酒？六年的，只有几坛。十年以上的酒，你想都别想，早就便宜处理掉了。这种情况下就不可能有量，而且还要自己去采购酒瓶、消毒、灌装、打包，战线太长。股东们一起讨论，还是要去找一家有品质保证的来做销售，后来就专卖村里白水洋酒厂的坛装原酒。朋友圈很多人喜欢，一车车拉出去。

我很敬佩做实体的人。这个村子了不起，一个六千尺矿泉水厂，一个白水洋酒厂，两个企业开在这么偏僻的乡村里，还能提供就业，不容易。我经常找两位老总谈天说地，表达我的敬意。

开始一个人在龙潭做团队工作感觉还可以，一想到全家要过来，就有了顾虑。我要干什么？这里能做什么产业？

那时，吉安培训学校的瓶颈已经出现了。事实证明我当初的选择一点没错，就算你做到地级市前三名，七八百号学生，疫情来了，一夜间全洗掉。员工照样得发工资，一年光校区租金就是五十万，装修近五十万，工资差不多也得一百万。这样拖下去，肯定要转行。城市创业门槛高，风险也大，一旦输了就很难再有机会爬起来。现在互联网这么发达，乡村也有机会。在这样一个网红文创村里，没有自己的文创产业实在可惜。年轻人不一定非得在城市才能创业，如果我们在农村低成本做成功了，岂不是可以让年轻人看到更大的发展空间？

后来，我知道黄酒是中国的酿酒特色，属于世界三大酿造酒之一。黄酒、

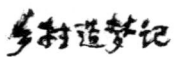

葡萄酒和啤酒。而黄酒中的红曲黄酒酿造技艺只保留在福建、台湾和浙南这一小块地方。上网一查，红曲霉还有降血脂、预防心脑血管疾病、抗氧化功效。国际市场上，红曲提取物已经在降血脂药物、化妆品、保健品等领域应用。喝低度酒、健康酒是未来趋势，这么好的东西，借助现代营销手段，还怕做不起来？！说穿了，流量在哪，财富就在哪里。

这酒可是龙潭的宝贵资源，我既然选择龙潭作为自己的安身立命之所，就应该从身边做起，把好东西推广出去。我必须在龙潭做事情，不能整天自娱自乐陶醉。龙潭必须是个创业平台，每个人在这里都能成就自己。

想清楚了，我拿青春赌明天，为梦想下注，便向团队提出做经典黄酒品牌。大家一起讨论了多次，过去卖酒只能算销售，零压力无成本，下单就拉过去。现在变厂家，是实业了。决定做酒就要大家投资，我来负责这个项目，静轩交给其他股东打理。

2018年，我们把龙潭红曲黄酒卖出去八千多斤。看到这样的业绩，酒厂陈总也主动找我谈合作。2019年1月，团队选择承包酒厂的"龙潭里"品牌经营权，三百万的酒全部吃下来，预付定金八十万。我跟陈总讲，希望合作后，把你的酒打造成爆款，越卖越好卖，越卖越有附加值。

酒博馆修好了空着，没有用起来，都长草了。我跟村支书和林老师提出承包管理，做红曲黄酒创业基地。他们很赞成，租金可以免。我说不行，除了让酒博馆有个好形象，还要为村财政增加点收入。提出一年给村里一万租金。

我给一款系列酒取名"梦家山"。为什么和梦和家联系到一起？家是城市里一户户隔离的房子，就算住同一栋楼可能也不知道邻居是谁。龙潭虽然每家每户都是独座宅子，人心却是聚在一起的。有爱就有家，有家才有梦。我不喜欢让人烂醉的烈酒，红曲黄酒满足了释放需求，喝过后还能清醒地记得回家。取名梦家山，就是对红曲黄酒进行一种赋能。一样是龙潭酒，我们增加了近十倍附加值。

很多人劝我放弃，黄酒市场不景气。我想过，白酒、葡萄酒好卖，但经营的人多，红曲黄酒市场相对空白。没有碰到好酒，我也没有这么大的胆。

红曲黄酒正在复兴，政府也在助力推广。去年5月，福建省第一届红曲黄酒商业博览会，让我信心大增。省长提出福建要打造"两个红"品牌，一个大红袍，一个红曲黄酒。在博览会上，我了解了很多同行，觉得这个市场真的有前景。也认识了不少朋友，找了几个代理商，还把带过去的几车酒全部卖掉。我们是卖得最好的。当时产品包装没这么多款式，回来马上加紧开发。

酒博馆架子上，那几个系列的红曲黄酒，瓶身四平戏手绘人物卡通图案，是我特意找小朋友画的。从酒瓶设计到外壳包装，都得层层把关。聘请村民帮助手工打包，解决了村里一部分人的就业问题。我希望把红曲黄酒品牌打出去，实现自己的创业梦想，也带动村民改变自己的家乡和生活。

去年到现在已经投入两百万，刚做好内外包装准备销售时，疫情来了。疫情期间生意难做，我就利用自媒体在线上宣传推介，先讲龙潭古村生活中的人物和故事，讲原始森林流下来的山泉水，再讲红曲黄酒制作地域和非遗技艺，最后讲到酒的品质，同样聚集了好几万粉丝。很多人看过文章和图片就来订酒，这样也卖了几十万。现在都在回笼资金。

接下来可能找网红合作带货，直接入驻，这样做没什么压力。和抖音销量分成，视销售情况谈判。如果量大，你得分少一点。有很多平台找我们入驻，福建电视台的一个小平台，一个月能销出万把块钱。现在，除了西藏没发货，全国各地都销售到了。

今后筹划做一个更大的空间，比酒博馆大十倍，里面有体验馆、酒窖，还可以让你现场看到酿酒流程。游客就是不买酒，我也在为龙潭做贡献。

我老婆演真去年把工作辞掉过来，她支持我的事业。开始做酒时，她在我们租住的老宅先把"演真小酒馆"牌子打上去，广而告之，大家都期待来我们新家，然后她带大家一起去见证小酒馆的诞生过程。她还是我们红曲黄酒广告的模特儿，一直在为我助力加油。她有点小名气，那张穿红裙子坐在石板桥上弹吉他的照片，关注龙潭的人都点过赞。

我们家是一实一虚，她抖音做得很好，定时直播，好像天天给抖音上班一样，一个月能分到七八千块钱。她铁粉特别多，画卖得也不错，都是对方有内容要求的，画我肖像，画我女朋友，付了钱再画。小幅三百六十块钱，五十乘六十的就是一千二，最高卖到八千一幅。她是学陶瓷设计的。

去年5月，我们在现在住处的后面认租了一栋危房，占地面积两百平方米，三层，总面积有五百多平米。现在修缮工程正在收尾，今年8月就能入住。空间叫檀舍，一楼做演真小酒馆，二楼经营高端民宿，三楼自己住。

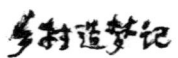

期待已久的新生活很快就将开始。

四 悠然之家 —— 何素珍

按林老师的文创理念，我来这里不符合条件。乡村创业成本低，他要把机会留给年轻人。80后那些人，他们有创造活力。后来一些老同志也心仪这儿，我带去见了面，林老师直接拒绝。他对人家说我，你别跟她比，游戏法则要公平，她女儿在这里创业才给签。退休新村民全是因为子女喜欢这里，长辈过来帮忙，自己也活得精彩起来。他还说，你别看悠然大姐是老同志，她什么都玩，画画支持龙潭教育，还写美篇，为龙潭做了很多宣传。

我是沾了女儿的光。当时女儿从英国留学回来，也到了创业年龄，我说，给你二十万，你去创业吧。龙潭这地方很适合你。

在北京周边也找过很多地方，都没达到心理预期。这座千里之外的百年老宅散发着历史气息，环境呢，青山绿水，感觉有一点世外桃源的味道。在这里确实要从心里喜欢，不喜欢待不住。我也不太喜欢溪边，水声喧哗，游人特别多，靠里边安静。龙潭刚开始做文创我就来了，选老宅看过好多家，就是一种缘分。这家老宅天井上来到厅堂要跨四五级石阶，错落有致，楼梯转一半又有个错层小空间，把不规则的空间利用到了极致。楼上七八个房间，接近三百平米。到目前为止，龙潭所有老宅我还是最喜欢这一座。上了二楼可以悠然见远山，我特别喜欢陶渊明的诗，用毛笔抄过好多遍。

来这里，就是想把它变成慢生活里边的一部分，特别悠然，不想找一点不痛快。有人扯来扯去，最后还把自己给扯走了。

我能接受新事物，喜欢四平戏，村里组织培训也去过，但听不懂，后来就断了。参加集市活动比年轻人还积极。集市起意很好，但参与的人比较少，就想烘托一下气氛。女儿烘焙手艺不错，每次做的食物都是第一个卖光。来，你看这条视频，这段是去年腊月二十七，新老村民举办的第一次新春集市。

手机里传出悠然大姐的吆喝声：看一看瞧一瞧嘞，美食、艺术品，六六大顺带回家了哦。新春佳节，总有一样你喜欢。

我一直有一个梦想，过一种非常悠然的田园生活，做一些自己想做的事。

两年前住下来，感觉就加深了，哎呀这个是我想要的。这儿越来越像我向往的那种生活环境。

我想像城里人种花一样，在土里培育一个个生命，让它们慢慢发芽长大，享受这个过程。我问房东，你有没有闲地，我去种一点。八十多岁的老人，他领我上山，地比较远。后来他帮我联系隔壁邻居，两位老人都七八十岁了，说有一小块地可以给我种。那地比较近也比较平，边上有小水沟。大叔教我种土豆，说有芽的才能种，等苗长出来要把杂草铲起倒覆盖上去做肥料。

我种了五垄土豆，也不靠这吃饭，整个过程就是一种乐趣。去挖的时候特别惊喜，一锄头好几个。吃不完，就分享给小饭店。也种豆角，以前没干过，不会弄，胡乱找几根竹竿架起来，结的小纽纽后来长得老长。同学朋友住在这，乐得和我一起去采摘，提了两筐回来，大家都觉得有意思。没下过化肥除草剂，自然生长的，吃起来特别香。但凡有收成，在地里摆开拍个照片，发到朋友圈，点赞特别多。经常有人问，地里长什么样了？今年收成如何？这给我带来喜悦和激动。要浇水啦，要除草啦，几天就想去看一下，到底长成什么样儿？开花没？心里有个挂念。大概谷雨前后种瓜点豆，5、6月份开始结。这个地方山高水寒，跟北方也差不太多，一年四季都可以种点啥。豆角呀，南瓜、土豆、芋头我都种过。

去年栽了几棵樱桃树，六棵活了俩，今年开花了。还栽了两棵蓝莓，喜欢就弄，长不长果无所谓。今年春节前回北京待了三个月，看我好久没回来，地荒在那，大叔就给我种上土豆，回来对我说，等收了你就去弄了吃。村民都特别好，经常说，这儿的葱啊蒜呀，你要从这拔就行了。平时和他们也有交往，手头有点啥稀罕物，或者网购的什么水果呀，也会给他们送去。隔壁邻居看我家来人多，自己烤的笋干放我这儿卖，我也是一分钱不多收。

地还是太小，不够我施展，希望更大一点的。今年想搞个立体循环农业——稻田养蟹，要两亩水田，现在村里还没落实下来。

这儿雨水多，气候湿润，感觉种什么都长。邻居家月季剪下来扔掉，从垃圾桶里捡回，插在土里也能长大开花。宅子里边有个露天小院儿，我每天在那能待上好几个小时，对每株花草行注目礼，一看半天。今天芽长多大，开花了，结果了，什么我都稀奇。只要在这里一站，心里就特别清静。

北京朋友好奇我在这儿都干啥？

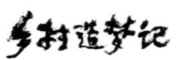

我在这儿画画还经营民宿，过起了世外桃源的生活。我写过一首《龙潭悠然》的诗，那就是我发自内心的感受。"写写画画吃吃睡睡，喝点酒喝点茶，种种收收，看看花草，看看春秋。"中秋节我上台朗诵过，当时获得的掌声特别多。它与生活贴得很近，朗朗上口。这就叫最美龙潭里悠然慢生活。

我的美篇阅读量现在有两万四，今天我还发了一篇。要珍惜这种安详的日子。我也经常会去田野走一走，特别喜欢溪边的山野，它相当于北京郊野公园。其实对植物、对大自然的喜欢每个人心里都有。

我经常画画，多了搁着也没啥用。把画装裱后，放大厅桌上，写一张条：走过路过，不要错过。悠然大姐国画作品，每幅多少钱，可刷二维码自助购买。全部收益捐助龙潭小学。如果人家正好喜欢，拿回去做个纪念，又献了爱心，总比在旅游小摊上买个什么纪念品要强。我的画还经常卖，也经常捐。我写两个字，静心，六百块钱被买走。人家也都是看你献爱心。钱发给林老师，据我了解，林老师在负责筹集小学经费。大厅柱上也贴了二维码，来家里参观的人，扫码自愿捐一块钱给学校。攒到一百块，转给林老师，表达我对文创的一种支持。有一回，还拿了一幅画村尾回村桥的油画给北京的慈善机构，拍了十二万五，他们要给乡村妇女做创业基金。

这儿山好水好，文创气氛特别浓郁。在这样的地方与友善的村民在一起，享受一种田园的生活、文艺的生活、农事的生活，非常接地气。我接触的圈子和以前完全不一样，非常广泛，来自五湖四海的朋友，各种职业各种年龄段都有。还有各种思想碰撞，我的内心并不闭塞，非常丰富，活在当下。现在，我做饭有做饭的范儿，写字有写字的范儿，画画有画画的范儿，出去玩有出去玩的范儿，可以说是身心自由、乐不思蜀，把老家都给忘了。

住在北京别墅里是封闭的，这儿全部敞开，邻里之间是连接的。山村并不是闭塞的代名词，我的认识也在不断改变，来此不是避世，也不只是修身养性，是提高生命质量，追求美好生活。龙潭悠然自得的生活方式，满足了我对田园生活的向往，希望在"新家"能够永远住下去。

我是第一批发放居住证的十个人中的一个，说是还能享受到当地什么待遇。来到龙潭居住九个月了，获得这样的身份认同，非常感动！人生经历两次办居住证，十多年前奔向北京工作时，领过北京居住证。现在从北京来到乡村，又领了龙潭居住证。生活就是这么奇妙美好。

大厅里原来就有燕窝，但我们来了之后，加固了扩大了，变成了豪宅。去年生了四个小宝宝。刚搬进来时，4月份燕子南迁飞回来。我很喜欢呐，古诗里有"飞入寻常百姓家""不傍豪门亲百姓"的诗句，燕窝给我带来好运。那感觉，这儿是有福之地，我是有福之人。我发了一个美篇：我是燕居福地，人燕共居。每年都惦记着，前几天没见影儿，我着急呀。

这么亲近，和你生活在同一个空间，这在北京没有。它们经常在大厅里盘旋，看着就像与它们一起玩耍，特别好。有时直接飞进窝里，进来出去。这个是意外惊喜和收获。

下面是悠然大姐发出的一个美篇，里面包含了她来到龙潭的缘由——

我是悠然之家女主人，因着神奇机缘，2017年7月和9月两次来到神奇的双溪，遇到了神奇的林正碌老师，从此爱上了画画，变成了神奇的画家。

来到美丽的龙潭古村，本以为是匆匆过客，却触动了自己的田园梦想和对书画艺术、静心生活方式追求的冲动，毅然决然留下来，第一个获得福建乡村的居住证，成为龙潭村新村民，开始了新村民生活。

在这里，不必行色匆匆，不必光芒四射，不必成为别人，只需做自己。

愿自己养成正确的生活方式，拥有获得幸福的能力。

从此，让生命焕然一新！

来一起共享美好时光，请加我微信/电话：13910526×××。

五　燕窝空间 —— 张小燕

2017年暑假后来龙潭当支教老师，一直教高年级主科数学。刚开始，想象里的支教是一件轻松有趣的事。村小最多的时候，两个班合起来也就十来个本村和外地来的孩子。除了正常教学以外，就是带着他们一起在村子里游戏，偶尔去爬山或者聚餐，营造一种轻松的氛围让他们学习知识。

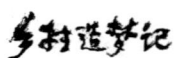

教一段下来发现，并非想象中那么简单。孩子们在磨合过程中会产生一些小矛盾，甚至发生肢体冲突这样的事。第一次碰到孩子们打架，我完全蒙圈。

一个月后，班上转学来了个新同学，他叫小可。小可不太情愿进教室。课后，我布置了三道题，他莫名其妙哭起来。问了情况才知道，他讨厌写作业，特别害怕这个。

当天下午，听说小可跟孩子们起了冲突。我一个个询问了当时在场的人，没有人说得清楚他为什么生气，就是突然拳头攥得紧紧的，说想打人，最后忍着没有动手。

作为他的两个主课老师，我和另一位同事都不知道怎么办，担心以后没有能力再去教他。专门请教了林老师，他解释说，这个孩子以前在学校肯定受过伤害。我们这边环境比较放松，他慢慢会好起来。只要不是自闭症，就不是大问题。对于自闭症的孩子，需要具备更专业的知识。

后面类似的情况又出现了两三次，孩子们都不爱跟小可玩了。大家都说，他很奇怪，动不动就生气。

在一次家访中得知，原来从一年级开始，小可每天晚上都哭着做作业。因为在班上成绩靠后，他经常被人嘲笑、讥讽。我就跟家长商量，他不一定要做作业，碰到特殊情况，他不愿意进教室也没关系。但只要条件合适，我都会把他带进集体一块学习，让他慢慢融入到同学中去。

有次课间，看同学们在操场的草地上捉蚱蜢，我叫小可一起去玩。小可回答他不敢。我说好笨啊，蚱蜢都不会捉，不过我也不会。我笑着说完，立刻看到他双眼瞪着我，脸色大变，泪水在眼眶里头打转，转身走了。

等这事冷静了一些，我与他沟通，知道是"笨"字惹的祸。以前小可考试成绩不好时，经常被老师批评，有些同学也会笑他笨。我就和他约法三章，以后都不对他说"笨"这个字。这件事给我很大触动，一句玩笑话，一个特殊字眼，对另一个人来说可能就是很深的伤害。

后来，我发现他身上也有优点，虽然不爱上课，不爱做作业，可是一旦与老师有过约定，就会特别认真对待。同学们也逐渐了解了小可的个性，知道他有时会因为一些事情生气，但他没有任何恶意。慢慢地，他们开始打成了一片，一起聊天，一起玩耍。

半年后,他有了很大进步,和老师、同学相处得越来越融洽。但他仍旧不喜欢开玩笑,大家也学着去尊重他。春节回家,家里人都觉得他变得大方多了。

看到他的变化,大家都很开心。至于他为什么会有这么大的转变,一时又说不清楚。作为老师,我们只是构成他周边环境的一部分。孩子之间的真诚碰撞,家长在学习中的自我成长,以及整个村子宽松、包容的自然、人文环境,应该都是不可或缺的诱因。

后来班上陆续来了不少新同学,有跟着家长返乡创业回来的,有不适应原有学校被贴标签转学的,也有的家长是为了寻找自己认可的教育方式和理念。

有个家长带着孩子辗转了好几个地方,尝试过不同的教学方式,才到了龙潭。看我们是两个年轻老师,家长跟我们讲了一大堆关于孩子的事,担心我们hold不住。因为有了前一年的经验,我们以为那不是太大的问题,感觉家长太操心了。以我们的经验得出结论:不管怎样,乡村环境对这样的孩子来说,只会有益处。

这个孩子来了之后,我发现根本不是那么一回事。有时,连课堂秩序都很难去维护。隔一两天就要去家访,与家长彼此交换孩子的各种情况。好在家长很配合很体谅,给了我很多帮助。而且,她也寻找多种方式充电学习,换角度、换思维重新认识、了解自家的孩子。

在乡村生活了一段时间,这些外来的家长在村里找到可以互动的人,也参与到各种活动中去,渐渐放宽了心态。休学在家、在校陪读、辗转求学这些事,令他们的人生充满折腾,安恬、悠然的乡村生活抚慰了他们的内心。

在以前生活的城市,孩子长时间没去学校,总会被熟人过问几句,在小区里散个步都有无形压力。在这里不一样,有人可以交流经验,彼此理解,抱团取暖。

招导的《美哉龙潭》选中的三个说唱串场的孩子,都是外地转学来的高年级学生,为了演好这台舞台剧,他们持续排练了两周时间。其中一个孩子能力弱一些,我暗自担心,怕他胜任不了。那天看完演出蛮感动,心想,每个孩子只要找到属于自己的角色,就能在人生舞台上闪闪发光。

这个事给我很大冲击,个性和能力迥异的孩子,通过恰当引导和充分的

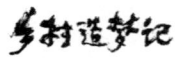

信任，竟然能够完成如此非同一般的任务。在被招导人格魅力折服的同时，我也深刻意识到，孩子们能够做到的远比我想象的多得多。

这三年间，有的孩子跟着家长定居了下来，有的待了一两个学期又去了其他地方，还有的每年会跟着家长过来寄读一两个月。

在这样的乡村当支教老师，一方面要完成常规的教学任务，一方面又要兼顾到每个孩子的不同需求，这是一个很大的难题。我参考过几种教学方式，发现书本上写的用到实际中是两码事，只能在教学过程中自己一步步摸索和积累。

对我来说，每个孩子都各有所长。撇开学习成绩、在校表现，一个个都是鲜活的个体，而我所要做的是去认识他们，学会更好地与他们相处。

5月份，我和画友来过一次龙潭，知道认租方式，也萌生了找一座比较完好的老厝、花十几万简单修缮住下来的念头。9月份到村小支教，工作、生活了一个月后，越来越喜欢龙潭了，决定在此安一个家，把家人接过来。这座老厝独立开阔，后院还有一堵花墙，当时一看就喜欢上了。修缮改造花了近一年时间，这座老厝比较大，有十个房间和大面积的共享空间，由于修缮资金超出心理预期，从乐呵呵开始到后来的强撑死扛。老厝修复好之后，光是打扫卫生就得花不少精力。除了教书，闲暇时我或做手工，或打理燕窝。现在突然发现它不是我自己的了，老厝这么大，你不得不开门迎客，不得不经营，接待各地来的画友和游学团队。

张小燕的男朋友小江福建农大毕业后，一直在闽西做乡村公益规划，疫情期间工作停下来，留在龙潭。现在轮到专业人士开口了——

我有一个梦想，自己做一个独立的小农场。孝镇书记疫情前提出要成立经合社流转土地，做绿色生态农业这一块。我们很感兴趣，像是冥冥中注定一样，水到渠成。别的新村民只是自己种一点娱乐，或者体验一下，我们是希望做成一个可持续的事情。今年从村经合社流转的土地里，我们认租了两亩水田和一亩旱地，种上了水稻，还有甜玉米、胡萝卜。

在新村民里，做农业产业这一块我们算是头一家，也是第一个在下游溪尾村认租老厝，现在暂时用于农场配套。小燕想要有私人空间，以后自己住和经营活动空间就可以分开了。

我们做农场，主要种植绿色有机的生态农产品，跟朋友、会员分享，形成一个小圈子,相当于固定给这些人提供产品,他们持续来支持我们。这件事在龙潭这种地方做起来,不会有太大问题。我们也在不断吸收营养,像林老师的新经济观点,把自媒体用起来,可以做更大拓展。如果只做一个小圈子,可能只有我们一家人或者雇用的一些人受益。引入新经济,能集中更多粉丝,增加农产品的附加值,带动溪尾村民一块发展。如果做成功了,把新村民也联合到我们这个平台,一块去推这里的农产品,可能龙潭整个村也被推出去了,甚至影响到屏南全县,一起受益的人就更多了。

几个月后,温铁军教授带团队专家走访燕窝。小江告诉温教授,两亩水田的稻种是在比较了四种稻种后,挑选其中口感最好的,完全用有机化方式种植,然后通过朋友圈销售,五斤八十八元。

同样一块地种出来的农作物,价格居然可以是普通农民种的近十倍。两位年轻人在龙潭村创造出来的附加值,让专家们异常兴奋,这就是文创产业的魅力。

张小燕在微信上写过一段话:龙潭很小,走马观花,逛上一天足矣。龙潭很大,这里有很多鲜活有趣的人经营着自己的新生活,值得你花上个把月细细体味。燕窝是我栖息的地方,一个总能给人以温暖和爱的家。

如今,她把大家安顿好了,小家也开始红火地经营起来。

六 以画谈心工作室 —— 黄璟

关闭了上海的文化艺术公司后,我应邀到离家近的广州洁然科技公司做高管。有一天,和公司刘总聊天,说起发生在双溪和龙潭的人和事,他第一反应就是,你夸张了吧?他以前在美国做科研项目,也是个走南闯北、见多识广的人物。他觉得在当下信息社会,他怎么就不知道这件事?带着满腹狐疑,2017年春天,我陪他到双溪。看到全国各地来了那么多人,还有老外,一张张笑脸全是自信,他惊奇万端。林老师用英文回答老外问话,他始终做一个观察者,在边上静静听。后来到龙潭,与新村民聊天很兴奋,就是不直接和林老师交流。有天傍晚散步,他突然跟我讲,林老师现在做的,是一场不动声色的变革。复办乡村小学,把古村落振兴了,还带动了乡村经济。这

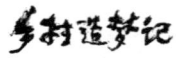

个人不得了。

刘总向来注重素质教育，林老师那一套完全颠覆了他原有的教育观念。他认为这不只是复办小学么简单一个事，里面包含了对整个教育系统一些新元素和新理念的考量，把这些传播出去，能让更多孩子受益。到了年底，他邀上产品代理方，一起来支持龙潭小学。在捐赠仪式上，洁然公司和产品代理方共同捐赠四万元，支持龙潭小学建设。

我想在公司公众号里，策划一个"以画谈心"板块——就是让人在一张纸上用潜意识涂鸦进行沟通，整个过程不用语言交流，然后通过心理学来解读。刘总十分感兴趣，但公司其他股东不认同这个方向，事情没有了下文。

那时，我已经很明确要到龙潭来生活。2018年7月，和一个心理师一起认租了一座老宅，想合作建造一个心灵驿站，但她无法常驻龙潭，最后合作无果。正好酒博馆边上一个小单元修得差不多，我看合适，马上认租。

在上海，我做的最后一个策展叫"永动机"。展示人类从远古时期以来的几大进程，原始时期、农业时期、工业时期再到智能时代。那个时候，我梳理了一遍思路，心里想，在大上海节奏里，我们好像被这个永动机的节奏带着走。再联系林老师讲过的话，智能时代，人可以从工业文明的城市里跳出来。这给我很大冲击，当时就是带着这个清晰的认知选择了龙潭，内心没有太多纠结。到了生命这个阶段，我需要这样的土壤，它里面有很多我认同的养分。

刚来时，慢慢整理空间，想放空自己一段时间，种种草养养花。后来在美术馆做策划，林老师要求我做一次展览。作为策展人，要从哪个方向来切入？通常艺术圈办展，要选拔，要有职业资格，或者得到批评家、收藏家认可。而龙潭美术馆对这片土地上的每个人都敞开大门，这个展览必须是颠覆传统的。

艺术与社区里每一个鲜活生命体相连，联想到这一点很激动，就从这个角度切入。马上写完策展文案，标题没定就请林老师审核方向，他看完，不假思索道：就叫"千年一遇"吧。

这是我平生首次在一个穷乡僻壤的百年建筑里策展。四十三位参展人提供了一百多幅画作。我原本想，关注这个展的应该是新村民，搬画到现场布展途中，原村民过来问，我也想参加，你可不可以看看我的画？我这才发现，原来他们竟然默默地画了那么多画。展览作品里他们的画体量占了大半，他们得到消息，陆续参与进来。名单一直在增，直到最后空间容不下为止。

"千年一遇"美术展，3月开始筹备，五四青年节开幕。五一节期间，村里来了好多人，龙潭神奇的魅力被传扬出去。

展室里，还播放新老村民拍得比较好的视频。印象最深的是原村民熹熹的先生小丁拍的，述说两个孩子的乡村成长，背景是龙潭村日新月异的场景。我发现几个老人在那里看，你来我往说得很开心，细看眼睛里还闪着泪光。

展出作品还有一些新旧建筑、乡村人物前后对比图片，同样一座建筑，同样一个人的表情，通过文创，变成了另一种面貌和状态。很多人看展时后悔不迭：哎呀，当初怎么没想到去做记录？

我把整个龙潭村当成一个展区，除了美术馆作为主展区，新村民空间也是一个分展区。我们处理了两百到三百张图片，从里面拼成一百四十七张，回到它原来的空间，让它从前和现在的样貌在真实空间里面呈现。走进去的人，包括认租这个空间的主人，都获得一种强烈共鸣：哇，原来之前是这样的！

其祥居、椿楸驿馆、且慢、随喜、小梅桩、八扇厝、龙潭驿、燕窝、静轩、豹舍等十个空间参与进来，每个空间门口都有一个标示牌。那一段时间里，这些空间全部对外开放。

原来我们看似简单的一个公益活动，居然可以在一个乡村发生那么多关联，像一连串的化学反应。

看到我发到公众号的文章，美国加州国立大学艺术系一位华裔教授，她专门研究中国农村发展艺术的项目，加我微信，专程来龙潭做了一次对话，把她了解到的中国艺术家在乡村以艺术推动社会的案例，跟我们做了一个框架性分享。分享的内容里，更多是艺术家把介入的乡村作为艺术创作素材，其中改变最大的是艺术家本人，而不是在地村民。那里面带有艺术家精英式的骄傲，通过艺术项目，成就的是艺术家本人。龙潭与他们截然不同。她也跟我说，从我那篇文章开始了解林老师的理念，这和她之前接触的项目很不一样，这种现象全球都没有过。以后有机会再来做一个长期的观察和分析。

策划"千年一遇"展之后，我一心想在龙潭策划音乐节，邀约了朋举一起就音乐节的文化方向与林老师讨论了数次。

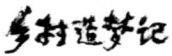

后来，林老师和我们商量，龙潭村还没有做过面对外界比较大体量的文化活动，可以先试着举办一场小型的，检验队伍。如果游客涌进来，整个村能不能反应过来，能不能承载？

关于音乐节的文化理念，我们三个人有过七八场讨论，越聊越清晰。主要是文化理念、音乐节精神方面，最后以"重声"确定下来。

在舞台上，从生命角度，用自己的声音去参与，开辟音乐的另一种可能性；这里有多重声音，我们尊重不同声音的作品，像失聪画家林苑松、音乐素人沈明辉，都带有颠覆性；还有第三层含义，原来的空心村，现在站出来告诉外界，因为文创，我们已经不再是传统意义上的那个偏僻山村，而且可以一次次重复唱下去。

对音乐节，业界有一个定义，所有歌曲和音乐都要原创。重声音乐节，在一个乡村操作太难了。按音乐节要求搭建舞台、音响调音等，我们都不具备。我联系了上海一位专门在国际大舞台做声控师和灯光师的朋友，他了解了我们的实际情况，按入门标准提供了一套设备清单，让我们按那个去准备。熙岭乡政府出资购买了乐队音响，省广电集团技术中心提供技术支持。外请的艺术家是一种公益性质，他们自带四个与自己乐器配套的返听音箱，接驳我们的外放音箱，除了演奏，还帮助现场协调，做技术指导。

7月进行了小型预热，"追梦龙潭里，敢唱就是歌"成为重声音乐节主张。大家觉得氛围特别好，几个发起者也有了信心，我们可以承担比较大型的活动。在这个基础上，8月份又策划了一场。因为有前面的经验，林老师觉得可以申请走政府流程，作为屏南文创每年的活动项目之一，成为常态。

2019年，龙潭各种自主文化活动空前活跃，精彩不断，新老村民频繁交流互动。有个回乡老村民，吹笛子和拉二胡都很不错，活动时我们经常请他上台配乐，还有独奏。有时活动经费多，上台表演的人可以领到两百块钱出场费。他说回来能上这么大一个舞台，已经很开心，觉得这个比钱更重要。

还有一个叫锥哥的原村民，日常生活里跟新村民联系很密切。早上去摘菜，只要看到我，肯定一把青菜放在门口，给钱不要，说反正自己种的吃不完，要不也烂在地里或被小鸟吃掉，给你们更开心。那天买菜，看到我摔伤腰椎，他说当地有一种青草，强筋健骨。回头拿了一把搁在窗台，让我熬汤喝。

曾经在福建其他乡村住过，看到路边野花漂亮，采回来插门口。村里人会说，你插这个干吗？不能吃又没用。

这里的村民不议论这些，你爱美，我采来送你。有一位老爷爷，他知道哪些新村民喜欢花，在田地里劳作，看到漂亮的，或者菜花，会采下扎成一把，插到路过的新村民家门口空罐里。早上起来，我一楼窗台上经常会放着一束花，那感觉好温馨。这也是我喜欢龙潭的原因之一。

这种现象在这里很普遍，现在新村民家门口都种花草，西溪两岸一路下来，四季花开不败，姹紫嫣红，乡村变得越来越有味道了。

龙潭给我的惊喜，是每个人生命中的质朴情感，这种有温度的互助式人文社区，在我生活里面铺开了一条崭新的通道。

七　豹舍书馆 —— 报大人

我在双溪待了好久，老林"让"给我的那座老房子，他爱怎么搞怎么搞。我名义上认租了，但对进展一点也不着急。

2017年年底，跟老林第四次进龙潭，村口干净了许多，溪边一条雨廊长龙一般逶迤起来，原来残破腐败、根本不想走入的老房子，变成了随喜书店，它的极简格局和讲究细节，不输城市里某个角落的任何空间。书店里聚集着不少文艺青年和有志创业者，一个闭塞得让世界遗忘的深山古村，如今确实充满了艺术气息。香港青年杰克，用老房子开了家"贪生"咖啡馆。前两次看修复中的老房子时，心里也是疑窦丛生，这么陈旧，就是脱胎换骨，又能做出怎样的效果呢？那天光顾已经开业的咖啡馆，感觉就是一处非常适合发呆、看书和聊天的空间。老林大脑里的核反应堆，真的把阴森恐怖的老房子裂变成了人间桃源。

我那座又阴暗又潮湿的老房子，在修复起来的框架里，我看到了山。如果做卧室，白天可以看到群山，晚上还能看到星星月亮，实现了原有格局并不曾具备的功能。身处其间，那感觉像怀春少年偶遇钟情女孩，还没开口说话，第一眼就决定要去追她，然后扬长避短，发掘所有优点来支持第一直觉，原有的缺点全部被拿来优化了。

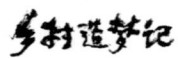

经过一番设计，房子功能转而实现了神奇升华。它不是孤立存在，而是一个充满想象的空间。我没有理由拒绝这样的地方，我要躺在床上看见大山的房子。当然，还有最好的空气、最好的水。我也想借这样一个空间，展开想象之旅，去构建属于自己的梦想。

再不下手，我可能会后悔一辈子。2018年8月，我在举棋不定了一年之后，终于落户龙潭。老房子取名"豹舍"，它来源于《易经》中的君子豹变，希望我运营的"好报"自媒体的读者朋友，像豹子成长一样徐徐发生变化，成为一个有魅力的人。而豹舍，就是报友们追求自我成长和进化的家园。

进门天井，被我改造成一个小花园。花园上方，挂着一块三米多长的原木横匾，上面有一行童书字体：阅读是一座随身携带的避难所。豹舍书馆，拥有几千册图书，一半是我的私人藏书，另一半来自朋友圈好友和好报读者的捐赠。这里对龙潭村民、小学生，以及来到龙潭村的人免费开放。我希望在阅读与写作这两个领域进一步充实自己，以龙潭为线下空间，以公众号为线上平台，实现与更多人的连接和互动。

以前，由北京去往各地，现在，从龙潭出发。高地在人的内心，当一个人闪光的时候，他自然会吸引人过来。

安定下来享受新环境的同时，我继续运营拥有三十万粉丝的"好报"写作营，梳理今后的人生思绪。

我在农村长大，奋斗了这么多年，好不容易跳出农门，为什么现在又转回到农村？村子里山好水好什么的，跟我小时所经历的并没有太大差异，我更重视人文环境。不得不佩服老林，在他感召下，短短时间里，几十位全国各地的文艺爱好者留在了龙潭，建立起新的生活方式。龙潭不是乡村旅游目的地，而是一个有国际范儿的艺术生活区。一批对生活怀有梦想、希望发挥文艺才能的人聚集在这里，完成在城市或其他地方无法完成的创作。这大概也是为什么龙潭吸引了一批70后、80后的同时，竟然也吸引了不下十位90后的原因。这些人正值青春年华，这么早就跑到乡村来"养老"？一定是他们看到了这里的另一种可能性，一种与都市相比，更符合他们需求的优越性。各种追求生活品质且有创意能力的人不断前来筑巢，我感到龙潭充满希望，它给我重新创造新生活的机会。

这是一个互联网时代，曾经的物理阻隔扼杀人的发展。如今，借助网络，只要你是金子，埋在深山里也能发光，让全世界看到。选择龙潭古村是我的福分，安居于此，焦虑没有了。乡村确实是能够让人放松身心的地方。

到龙潭后，我对电影的兴趣逐渐高起来，希望在这方面也能玩出一点名堂。豹舍又多了一块招牌：疯猴子工作室。2019年，我在龙潭拍摄了自己的独立微电影处女作《吸引力法则》。影片中的演员都是村里的新老村民，他们为我友情出镜。整部影片制作成本仅几百元。微电影完成后，不断有人问我什么时候拍第二部。有人想要欣赏我更多的电影作品，有人则想要参演。

电影里有一个角色大牛，生活中的原型是我房东，我认租的八号九号两座老房子是他的祖屋。认识他在狼藉的工地上，我看到一个憨头憨脑、一口龅牙的人，挑着渣土筐下楼时礼让我，还堆出一脸笑意。强烈感受到他的淳朴和热情。

我从别人那里听说了这个故事。他曾经花几万块钱，买了一个越南老婆，生活三四年，还生了个女儿，后来老婆带着孩子跟人跑了。我把这个故事写进剧本，还异想天开，希望邀请他来出演。这个想法很荒唐，电影里的大牛，其实就是他自己，他走到哪，别人都嘲笑他。他就是那个被侮辱被损害的没有吸引力的人。我觉得这事如果做成，那就牛大了，超越了电影本身的意义。

我怀着惴惴不安的心情提出邀请。我必须尊重他，跟他讲了这个故事，他听了没任何不高兴。可以啊，可以啊。一口答应了。他在村里是一个极其没地位的人，对别人的嘲笑总是笑呵呵的。我问他：你不生气吗？他看得很开：生气有什么用，拳头没人家大。人家都是兄弟好几个。他脸上不见一点无奈或悲伤，显得很轻松，才不把这个当回事儿。

他身上的很多善意被我们激发出来了，大家都在夸他。拍摄那几天，他都不想回家了。他爹特别严格，老在训斥他。后来我跟他爹解释了一下，说他在帮我拍电影，到时候我会付工钱。老人家也挺开心。

拍摄过程中，发现他有点像王宝强，土得掉渣，但很淳朴，内心比一般人清纯。见惯那种很精明的人，便觉得耳目一新。我甚至有一个期待，他在电影里露脸，说不定还能因此找到个媳妇。

我们曾借用"小梅桩"空间的高档卧室拍戏，我对大牛开玩笑，想不想在这个床上躺一下？他说，想呀！我们开拍时，他突然说：我回去洗个澡。我挺纳闷，大白天的，正在忙活呢，怎么蹦出这个念头？回来时，我问他，他

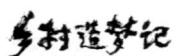

吐了一下舌头，怕脚有臭味，把别人房间弄脏了。

拍戏期间，大牛的戏份早就结束，但接下来两天，他还是到拍摄现场，主动承担一些杂事，比如给女生遮挡强烈阳光。每次拍完当天的戏，几位主创人员集中在我三楼工作室，围着电脑看当天拍的样片。他也过来，他喜欢跟我们混在一起。后来我请他做一些助理工作，他是我唯一付了报酬的参与者。

有一次，看到我在报舍整理书籍，他跑进来问，有没有字帖借一本？我想练一下钢笔字。真是想不到，一个当小工干粗活的中年农民，还有这念头。

我还想再做一个什么容器，让他尽量去发挥。大牛还有后传，只要我的微电影继续往下拍，我就要推他。前段时间，我的视频里只要有他出现，很多人就喜欢看。他自带流量，你在栽培他时，其实也在把自己的事业往上拱。

现在，他一出现在村里，四下里"大牛"一片。喊他的那些老村民，明显带着戏谑表情。他不反感，反而挺喜欢这个名字。我想，哪天演到王宝强那样，别人就要开始仰视他了。

在龙潭，大家一起玩的氛围比较浓。我发一个帖子出去，有人便会为某个角色过来，摄影师就是从深圳过来的。第一次做导演，我感觉分身乏术，有一个专业的人帮我掌机会更好。大家都是无偿的，包吃住而已。

在龙潭我可以随时随刻找到存在感，北京那么务实、忙碌的地方，怎么可能容得下这样的小梦想？我相信这样的玩耍热情、这样的尝试氛围，将有可能创造点不一样的东西出来。这既是我对龙潭未来的热切希望，也是我愿意长期待下来的原因。

没有住进这个偏僻山村，可能我永远也看不清，我是没有根的。在北京二十年，犹如浮萍漂在水面。看起来有房有车，甚至有了事业根基，但又不免经常感到内心空虚。生活的一切仿佛工业性设置，你只是沿着这种既定路线，走完自己的一生，如同流水线上的一个物件。

如果说有一个地方能够让生活充满希望，在我眼界范围内，除了龙潭，难道还有第二个？我们在城市里奋斗，无非是为了享受生活。那种有茶有书、有好空气好水好食物，并且随时能够放松、以最自然的方式与人交往，同时保有自己精神世界的生活，这里已经有了啊。

当最终格局和效果显现时，我给自己打满分。

八　龙潭驿 —— 谢朋举

我的音乐创作分两个阶段。第一阶段在来龙潭之前，给自己定了一个计划，就像人生清单，人活一辈子，一定要完成的事。做一张专辑，读研时已经开始了。这件事完成后，创作就比较少了，因为不赚钱，没法生活。来龙潭算是第二个阶段，2018年12月龙潭驿开业后，稍微安定下来，就想能做点什么事。如果只是开个民宿，意义不大，要体现人生价值，与在地文化结合才能有意义。

我把自己当时的心情，写在《晚安龙潭》这首歌里，传到网上，希望更多人能听到。视频都是龙潭的美景，歌声作为背景音乐，得到了上万播放量。这个很鼓舞我。

我想吧，三个事，把《晚安龙潭》这首歌做成文创产品，然后策划一场实景演出，完了再有个音乐节什么的。这个想法是一系列的，那就一步步来。

当时，《晚安龙潭》只是写出来，制作需要录音。我写了公众号，想做一个众筹，夏书记看到了，第一个响应支持。筹到了五千多块钱，伴奏、录音等，加一块要七八千元，自己贴一点，做了一百多份"龙潭音乐风景卡"，里面装载了为龙潭量身打造的三首歌曲，这是一款集视听于一体的文创产品，不仅有龙潭秀美风光的外表，U盘插上手机还可以播放。制作MV是文创屏南公众号免费支持的，周主席说这是宣传龙潭，不能收费。

如果不来龙潭，可能我都不会再写歌了。在杭州出的专辑，基本石沉大海，身边朋友听了，说你的歌不错，也就完了。

《晚安龙潭》版权收益不重要，作品有人喜欢听已经很开心了，哪怕掏钱让你听我都高兴。原村民看你嗨自己的家乡，他们也很高兴。

2019年五一节前，想做一个实景演出了。夏书记知道了很支持，他说你放心去做吧，需要什么你就说。这个很让我振奋，心里有底了。在网上看过一些视频，知道实景演出大概是怎么回事，完全照搬不现实。张艺谋人家是大资金投入，我们基本靠个人。实景演出的魅力在于，通常看演出必须进剧场上舞台，但这里是真山真水。自然生态环境里，晚上再用灯光渲染一下，给人的体验会很惊艳。

之前经常在家门口的石板桥上看风景，晒太阳、拉琴什么的。石板桥前几米有一处跌水，天然岩石像河坝一样，在这里形成一潭镜面般的水面。溪两边黄色土墙倒映在水面上，中间是纤尘不染的湛蓝天色，平静水面被风颤动一下，老房子仿佛在哈哈镜里似的，黑色的窗户有点像嘴，晃荡中感觉唱出歌来。换一个角度看，溪水清澈见底，溪里的小鱼翻个身，阳光里银光一晃，闪亮登台的样子。溪面色彩华丽，溪底动感十足，俨然就是一个舞台。这启发了我，就选在这里开演。我开始写剧本，依着这个环境，把节目串联起来，然后找人排练。其实最重要的是灯光。没想到夏书记动作超快，五一节前几天，把灯光音响什么的都拉进村里。那时我们还没排练完，这就不得不提速了，赶在五一节上。有夏书记这些支持，实景演出才能实现。你说到哪去租借这些灯啊音响啊，繁琐事一大堆，还要付一笔租金。

五一实景演出连做三天，都是多云天气，有时还下点毛毛雨。来看的人很多，大家都新鲜。这些人这些景，白天你也见到了，你原本以为某人他就是那个身份，晚上衣服一换出来又唱又跳的，变成了另一个人。

这样的演出，搁杭州跟谁说？人家可能觉得我痴人说梦。但在龙潭，不仅做成了，大家反映还挺好。城市就像一片大海，扔出去一块石头溅不起什么浪花，也听不到回响。

前两个做成了，后边的事水到渠成。当时就这么一个构想，能不能成，肯定不是我一个人能实现。你的情怀，你的能力，在这个平台刚好得到施展，对我来讲很重要。每个人都希望体现人生价值，但你得把自己定位好，比如说北漂的艺术人才，中央电视台的舞台高手如云，那个跟你没关系。在乡村，你有一种被需要的感觉，你的能力会得到输出。毕竟我是一个文艺工作者，希望自己的作品能有价值，被受众认可。

第一次音乐节是7月份，在凤凰台广场，做大是8月15号。策划音乐节时和林老师他们有过商量，他说先做一个小点的，大家练练手，整个协调啊组织啊，一下子上那么大排场，容易乱。事实证明，林老师是对的，对我们自己各方面能力也有个检验。这个村，自古以来都不可能有的第一场音乐节，我们把它做出来。这事很有意义。

当时我想，一年里把这几个事都做成了，基本上也就实现了我的人生梦想。这些很想做的事，靠一己之力肯定不行，要方方面面支持配合，没想到大家合作得很好。城乡融合也很默契，原村民从活动组织到上台表演的都有。

国庆七十周年的活动是夏书记提出来的。之前他就跟我说过，今年国庆策划个快闪吧。那时快闪很流行，我了解了一下，感觉快闪都是提前彩排好的，形式上比较雷同。城市能找到很多外援，舞蹈团服装队，穿得整整齐齐，步调一致。村里人手有限，很难有这种场面，那就发挥长处，利用现场地形。十一黄金周当天，先是大家手举小国旗聚在凤凰台广场，然后有三个层次调度。通常表演都在舞台上，从下往上边走边唱这很新鲜。过门音乐响起，新村民梅宏唱着《我和我的祖国》从小巷里走出来，村里的两位书记，夏书记和孝镇书记从进村路口唱着走出来，新村民白天是从大桥店铺这边唱着走过来的，我作为主持从台阶走向舞台。唱完第一段，五个人都在四个方向来的路上，中间伴奏时一起走上凤凰台。舞台上唱完一段后，我们再移到广场上的人群里，歌唱完就结束了。

　　节目开场从快闪开始，结束后就是一台综合性晚会。新老村民交融是必要的，龙潭村是一个整体，我尽量去促成原村民参与，大家在一起才有意思。对他们来讲，台上没有一个自己村的，心里肯定失落。我花时间把队伍拉起来，组织了合唱队、舞蹈团、民乐团、诗朗诵这几个队伍，都有新老村民参与。我还协调过村里四平戏演员，但他们那天有别的演出没能出场。

　　还做过一个汉服节。年底，林老师对我说，能不能策划个活动？他给了五千块钱，说有些小活动无须上报，我们自己来解决。以前有过一个想法，柿子红的时候，在古村里大家穿着汉服，会有一种《清明上河图》的感觉，如果游客也能穿上汉服参与进来，真的会像一幅古画。我们采购了一批汉服，游客来了免费穿。光来回走还不行，需要一个集中呈现。后来大家就穿着汉服朗诵古诗，没有门槛，谁都可以参与进来。

　　来龙潭真是一种缘分。2016年G20杭州峰会，我从外地旅游回家，没办通行证，很多事不方便，看朋友圈有熟人在双溪学画，我也过来。当时，程美信老师在厦地办了一个电影培训班，我去学。2018年4、5月份，第三届培训班还举办了电影节，我又去了厦地。龙潭村几位年轻人也过去看电影，我才知道世界上竟然有这样一个叫龙潭的古村，她们说从四川、浙江过来，在村里画画一年了。我非常好奇，这是个什么地方啊？光画画就能让人待上这么长时间。

　　第二天，其中一个四川来的女孩瓶子过生日，大家聚在夏书记家，就着

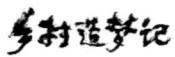

长条桌,每个人带点菜过来聚餐,吃完后一起唱歌弹琴,这个氛围有意思。当时已有想法,离开杭州换一个地方,去哪我还没想好。正好碰到龙潭在修老房子,自然而然跟之前很多想法链接到了一块。

这是我周游世界以来,发现的最神奇的一个驿站。可能看过一些文学、影视作品,脑海里依稀有印象,一些搞文艺的人,他们在山村里快乐地生活。到底咋生活的不清楚,这时脑海里亮起来,哦,原来就是这个样子。突然之间这事就清晰了。

第一眼印象,这个村子挺让人惊艳,山水环境很棒。一算维修成本,觉得还能接受,再一个很多年轻人在这里,聊得来,这点也很重要。光是这个村子好,把我一个人放在这,也很难开心。

我走过七十个国家,单身没压力,双肩包一挎就走。住到龙潭后出游慢慢减少,杭州的工作也撤了出来。那个时候心态有个转变,想成家了。对男生来说,感觉这边概率高。之前我去参加过几次相亲,发现不对,城市里把你数字化了,身高体重收入,一组数字放下就行了,人都不用看。相反的,喜欢这个村子的人,会更注重你的内在,在这里可能更容易碰到同频道的人。

妻子是杭州相亲时认识的,当时没有火花。后来知道我来了龙潭,她也喜欢,竟然志同道合。如果我不来龙潭,可能我们也没有这方面交流,她永远也不知道我是一个喜欢乡村生活的人。后来慢慢联系频繁起来。

那时她在杭州做美容,尝试了一段时间,感觉不很理想。我说,要不你就过来,一块看看能做点啥。来了以后,她想做电商,我也觉得在乡村里做淘宝,不受地域限制,农产品这边有的是。然后一直做,在淘宝上实打实有一千多个粉丝,实实在在的,都是买过和要买你东西的人。

以前,在车水马龙的城市,每个人都忙得停不下脚步,身在其中不自觉受到周围的人和环境异化,会去关心房价是不是涨了,车辆是不是又限行了,股票是不是该卖了……这些浮躁,其实很容易让人迷失。人只有静下来时,才会认真思考自己到底想要的是什么。龙潭就是一个可以让人去关注生命本原的地方。

偶尔梦中醒来还会问自己,我不敢相信自己就这么成了一个村里人,更不敢相信,我居然是这座有着三百多年历史的溪边三层传统民居的主人。

很多朋友问我:你走过那么多国家,是什么原因让你最后的驿站选定在龙潭？高山间清冽的空气，夜晚灿如碎银的星空，蜿蜒流淌、掬手可饮的溪水，萦绕在山间的一道道晨雾……这些都不是让我最终留下来的理由。龙潭，最让我心动的是这里的人。

城市里用移动支付惯了，在这里经常买了东西后发现口袋里没现金。这时店家一定会朝你挥挥手，东西拿走，有现金时再来还好了。走在路上，刚好手里提着重物，村民会主动帮你分担。你若空手，说不定还会硬塞给你几棵地里刚收回来的青菜。新村民则个个像是带着一身绝技归隐深山的侠士，采菊东篱，宠辱不惊。和这些人做邻居，绝对算得上是谈笑有鸿儒、往来无白丁。随便到哪个邻居家串个门，都会像听《百家讲坛》一样让你受益匪浅。用林老师的话说，龙潭就是一所无冕大学，让全世界年轻人都羡慕的地方。

海子想拥有一所房子，面朝大海，但那终归是诗人的想象。如今我的房子就依偎在这样一池清澈可鉴的溪水旁，在水一方。每天光是趴在窗前、站在门边看溪里悠然自得的红鲤，已经让我心满意足了。

海子，你别羡慕我，我真的有一栋老房子在水一方。

九　小梅桩 —— 梅宏

墙上挂着一幅英国画家的油画。

暮春的乡村，接近黄昏时刻，远方山冈薄雾氤氲，阴影里的丛林幽黯似剪影，从那里铺下来一块绿茸茸的草地。草丛中小径上的石块，被斜阳镀成一片片浅金色。一位少妇蹀躞而来，长裙飘逸，纱巾披肩，头戴缀花草帽。石径的栅栏边，缤纷野花漂浮于茂盛的青草之上，在风中耀眼地晃荡摇曳。

如今，她走下来了，走成了龙潭的一道风景线。知道一些龙潭情况的游客远远扫来一眼，哎哟，这个肯定是城市来的艺术家。对自己移身异地他乡长居，小梅桩空间女主人梅宏带着点吴侬软语的绵软嗓音叙说起来——

我原来是一家香港上市公司的中国区法律总监，负责处理内地事务，在上海商务区上班。多年打拼堆积的紧张焦虑，让我心生抗拒。2017年8月底，决定离职，给自己休个长假，放飞一年，然后换家公司再继续把自己置入城市轨道。如果不是因为护照莫名其妙找不到，今生今世我也不可能到一个叫

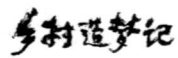

双溪的古镇。两年前，在网上看过一篇文章，讲到双溪安泰公益艺术教育中心的免费油画教学，还发现它周边有两个5A级景区和许多古村落，于是和朋友相约来双溪休闲度假。现在回想起来，能让我身心在宁静和快乐中得以放松修复的地方，并不是英伦三岛的乡村美景，也不是意大利托斯卡纳的田野，而是福建双溪古镇的山山水水、安泰艺术城和我在那里遇到的那些可爱的人。一次偶然选择的出游，改变了我的人生轨迹。

因此走进了安泰艺术城。学画这件事从来都不在我的人生计划里，七天公益艺术教学，让我成为一个敢于拿起笔画画的人。在双溪，我发现自己很容易就进入一种专注状态，心情变得异常安宁。这个发现让我惊喜，因为我尝试过瑜伽、静坐、唱歌等方式，却从来没有像画画这样简单明了又效果显著。之前我去过好几个国家，都住了挺长一段时间，现在觉得异域风情也不过如此，还不如这么静下心来学油画。特别喜欢安泰艺术城的艺术氛围，后来再次回到双溪，一拿起画笔就不想停下来，眼看着自己的绘画能力一天天提高，也感觉到自己变得越来越快乐。这样反复来去了三次，前后待了快一年时间，还卖出一万多块钱的油画作品，浑身上下满满的成就感。

在双溪学画期间，偶尔跟林老师的车去古村转悠，看到双溪学画认识的几个好玩的人，在龙潭古村认租了修缮好的老房子，心里便开始了向往。其实，老家杭州周边也不缺这样的好地方，但没机缘让我遇上。况且，龙潭也不仅是好山好水，诱惑我的是进驻那里的新村民，它形成一种很让人羡慕的人文气氛。

人在一无所有时，金钱比时间重要，大家恨不得把自己所有时间兑换成银子，没日没夜加班苦干。但到了人生某个节点，你会蓦然发现时间比金钱重要太多了。这时，转换工作和生活方式就成了自然而然的选择，不需要多大勇气。

当时对林老师明确说过，我选房两个要求，一个不习惯老房子，要找宅基地，住新盖好的；第二，要离别人稍远点，我喜欢唱歌，怕影响到别人。

这两个条件让我的选择变窄了。看过四坪村雨廊边的竹林空地，感觉不舒服。林老师还带我去了很远的芳院村，当时刚造好一个湖，还有湖心舞台，我好像也没多大感觉。

过了一段时间，林老师突然对我说，去看看，龙潭现在有地了。在随喜书店门口遇到村支书，他带我们到了溪头厝，手指对面山坡。遍地的茅草丛中，一排墨绿色杉树冲天而起，背后是青蒙蒙的大山，云蒸雾腾的，非常原生态。我一看，哎哟，这个好。再看近前，新建好的廊桥边，黑石上滑过白花花的溪水，衬托出左一丛右一簇绿油油的菖蒲。缘分就是这么奇妙，去哪看都不合适，就这块地，第一眼感觉这就是我冥冥中要找的，我的房子。

2018年5月，选好了地就一直在双溪画画。到8、9月，房子大框架已经立起来，林老师问我空间怎么隔法，你要自己有主意。9月份匆忙搬到龙潭住下，每天督促建房，直到第二年1月完工。我很喜欢这座房子，大门进来，为了留住一棵高大杉树，林老师设计时，侧房后退了几米，做了一个小院子。前面是一条小溪，背靠金顶山。感觉我也是一棵树，与大自然融到一块了。

入住时，边上招导的房子和47树美术馆都还没有建好，孤零零就我一户，我一个人跑到了乡下的乡下。当时门前只有一条长草的土路，没有路灯，打着手电也不敢下山去村里。天一黑，我一楼都不敢待，躲到三楼去。后院还进过蛇，我甚至想过准备一支猎枪，或者弄把宝剑什么的。

有一天晚饭后，找子瓣先生问个什么事，说完一看都8点了。是他送我回家，路上跟我说，你这块地，以前是我们陈家祖宅宝地，你什么都不用怕。

你看，才一年时间，现在这边修得像公园，山边有木亭、雨廊、路灯通明，一路鲜花盛开。

搬进来以后，偶尔画些画，在网络上帮一些公司处理法律上的事务。以前也是这样，公司在香港，我人在上海。电脑上解决好再点过去。在这里没压力。这种工作现在准备告一段落，要全心全意地投入生活，当个生活家。

原来工作就是工作，生活就是生活，泾渭分明。在龙潭，我的工作和生活是连体的，我的工作就是我的生活。

回想在城市忙碌时，人与人之间关系十分微妙，得处处花心思，这些都会带来无形的精神压力。在这里，大家互相尊重，彼此接纳，相处得就跟一家人似的。我最直观的感受就是，生活变得简单了，吃得简单，穿得简单，过得也简单。以前买的名牌皮包和高跟鞋，全部失去意义，每天可以素面朝天感受大自然气息。我喜欢这样的生活，龙潭确实像一所社区大学，想学点什么的话，不愁没地方。如果待在上海，这样的事情无法想象。在这里，你能找到一些人，觉得还对得上眼、聊得下去。这种氛围比较滋养人。如果这

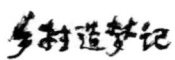

些有趣的人都走了，这地方对我可能就没那么大吸引力了。这种人文生态环境，不是建几座房子、修几条路就能营造起来的，它有人的精神气质在里面。

原本没想做民宿，只想造一个自己的住所。建完后，三层楼共有五个房间，家里人又没过来，常年空着四个房间实在浪费，勉强考虑对外开放。和别的民宿最大区别是，小梅桩主要是我生活和工作的空间，民宿只是一个辅助功能，是我对外开启的一扇窗口。我的生活不能被这些事务全给占了，做宣传拉客人，如果一时找不到钟点，还得自己动手洗床单。小梅桩客房起步价四百元，龙潭的空间生态与人文环境体现了生命综合体的优势，它值这个价，同时也帮我筛选掉很大一批客户。

我在门口小院黑板上，写了"My Home, My Life Style"（我的家，我的生活方式）。我真是这么做的。家居布局、风格、色彩和选用的物品，基本能反映主人的喜好、品位和内心世界。而这一切，我希望我的客人都能体验到。

我的小院，路边墙角、墙上都是花，看到什么奇花异草，我都找来种，月季、绣球、海棠、大丽菊、萱草、贡菊、喇叭花……很多游客在这里拍照。有人问我怎么种得这么灿烂，我有绝技：闲情逸致来了，我就冲它们弹小吉他，面对什么花就唱什么歌，养人也养花。

印象比较深的一位客人，是东北一所大学学音乐的姑娘。她在二楼客房"小青梅"住了一晚，早上下楼来，朝我鞠了一躬，笑盈盈地说："感谢你给了我这么美好的体验，我一定要做一点事来回报你。"然后拿起扫把把一楼整个清扫了一遍。还有一位来自苏州的客人，原来打算在小梅桩住一晚，结果不想走了，每天和我一起喝酒、听我唱歌，我们白天摘柿子、晚上看星星，待了整整一周。她是做服装设计的，本想也进驻龙潭，认真考虑后发现这里的业态不合适她。

我喜欢这样的客人，因为她们能体会到，为什么你把柜子摆在这个角落，为什么你挂这张画在这个房间，为什么你会选用这种颜色的床饰，然后她也会喜欢你的歌你的画、你的生活方式。一旦客人体会到了，我就会收获一种分享的快乐。

在我目前这个人生阶段，龙潭是比较适合我居住的地方。

我们没有像大多数人一样往北上广挤，反而来到这个山沟沟，说明我们有区别于主流观点的独立思考。我们在这里安排自己的时间，工作、生活和各种活动，享受自己想做什么就做什么的自由。这里的新村民都会从事绘画、音乐、舞蹈、写作、电影这类的艺术创作活动，因此也吸引了年轻的原村民参与。

　　村里各种自主文艺活动很多，几乎每一次我都参加，四平戏培训班、"千年一遇"美术展、《印象龙潭》实景演出、重声音乐节、建国七十周年快闪和晚会、舞台剧《假面》《美哉龙潭》……我在上海向音乐老师学过三年歌唱，喜欢弹尤克里里，参加了村里三墩石、三角地、妙形几个乐队组合，我们经常排练。我也在尝试做抖音，还要看书、写点文章、接待住客，忙得不亦乐乎。

　　到了龙潭还有意外惊喜，老天赐给我一位好邻居。招导认租了我隔壁的房子，他要在这里开展"人人都是电影人"公益活动。招导接受的是香港英式教会学校教育，在我遇到过的人里面，他是最有修养的一位，待人接物温文尔雅。一个人修炼到他这个程度，又那么得体，真的很少见。招导给我们排戏很有耐心，他有非常好的职业观察力，你的表演什么时候入戏出戏，他一清二楚，而且非常敬业，做事一丝不苟。我是律师出身，跟他这样的人合作，你会很放心。

　　排练《美哉龙潭》时，除了当主持和演员，服装由我采购，钱款收支也是我在管理，还要签合同，像别人一样都是做公益。我这样想，如果龙潭是条大河，那我就是汇入这条大河无数支流中的一条小溪，给它增加了一点水量而已。

　　至于我在这里待多久，我也无法预测。无论是一份工作、一个地方或者是一段情感，你选择留下来是因为那个地方、那种生活或那段关系里有你需要的营养，一旦有一天枯竭了，那就是分离时刻。分离也不是一件坏事，很多时候意味着你成长了，需要更高级的营养。离开旧的，才能去往新的。

　　当新一年龙潭重声音乐节开唱时，梅宏在舞台上弹起吉他，演唱了她此生写的第一首歌《你好，忧愁》："……春天过去夏天过去，秋天的蛙声也逐渐消失，我看着窗外的柿子树，冬天会不会也这样过去？我想拒绝它的到来，我在田野间飞快奔跑，我在黑夜中睁着双眼，却无法阻止泪水的滑落。如果忧愁是那么难以抗拒，不如让我紧紧地拥抱你，Bonjour Tristesse。"

　　在一片开阔的原野上，歌声风也似的飘过，渐行渐远。满目阳光和煦，草长莺飞，微飔拂面，生活多么美好。空阔的天地间，舒缓旋律余音袅袅，弥散出淡淡的忧伤感。它滋润了龙潭人的精神世界。

第四章

一 山沟沟赶"时髦"

2018年来临，龙潭便开始呈现出新气象，调研、考察、参观、旅游的人日渐增多，街边小店铺也生意兴旺起来。村里有个老奶奶，现做一些当地的油炸食品，有人要买，拿出手机扫码，她没有。刚巧忠业从门口路过，她连忙招手叫过来，让人扫码付给他六块钱。忠业对老奶奶说，我身上也没现金，等回家了再拿给您。

还有一个叫陈忠乐的年轻人，从广东打工回乡，在画室雨廊边帮父母摆了一张小桌子，售卖家里富余的农产品。有一天，游客想买他隔壁一个摊位的笋干，老人没手机，要现金。游客说，身上没带钱，那我不要了。老人急着把陈忠乐喊过来说，要刷就刷在他那里。

村里年轻人从来不以为摆摊会有什么前途，陈忠乐是第一个把摊位摆成了一间店铺的人。他在下游雨廊边租房专卖本地土特产，生意出人意料地一天天红火起来。

陈孝镇也提到过这类事情，很多游客想买几根萝卜带回福州，人家说微信给我扫一下，看没有就不买了。一个想买，一个卖不成，这样的事反复了几次，彼此都很尴尬。

2017年5月，龙潭村开展文创项目以后，屏南县农村信用合作联社熙岭农村信用社的苏主任，往村里走动得更为频繁了。他已经发现村里货币使用不方便的情况。经营小卖部的都是些上年纪的人，不懂得使用移动支付，所有店铺非现金不可。有人口袋里即使有现金，给了也经常找不开。农信社正在委托合作公司开发软件，准备推出几码合一的二维码，手机上的云闪付、支付宝、微信、QQ财务通等统统能扫，最后钱都是转到农信社的卡里。

年底，苏主任在桥头"天猫优品"店和村民交谈，碰到新村民来买香烟，说没带现金，手机里有钱。店主说，你拿走，先赊给你。

他就想，农信社的二维码刚出来，可以先在这家比较熟悉的店铺试行。他对店主大致讲了一下情况："我们农信社准备开展这个业务，什么码都能刷，钱会第一时间存入户头。你就不用再赊账了。"

边上几个人七嘴八舌问："怎么知道这笔钱收到了？到时候这钱会不会少掉？"

第二天，苏主任把为店主做好的二维码拿到店里，当场卖了一瓶矿泉水，演示给大家看。他打开手机扫一下二维码，标上金额，点击付款，配套的"云播报"小喇叭随即发出声音：微信到账两元。

苏主任解释说："现金明天才会转到卡里，他的手机下载了农信社的APP，打开就能看到每一笔钱进账的情况。"他拿过店主手机，点开，"你们看，我刚刚卖矿泉水的两块钱显示在这里。一分都跑不掉。"

农信社是跟乡村打交道最多的金融机构，在农民中有公信力。大家能听到明确无误的声音，也就放心了很多。

看几个人有了兴趣，苏主任继续讲解："现在出门的人钱都放在手机里，身上很少带现金。我免费给你配个码，不管谁买你的东西，打开手机扫一下就好了。这样还不用担心收到假币。你用微信、支付宝什么的，要贴一排好几个码，我们的通用，再安个云播报小喇叭提示，生意上的麻烦事都解决掉。"

播报器是农信社向商家专门订购的，底下有个二维码，与手机号绑定配对，再给移动或电信部门充好流量费。

"那钱怎么取出来？"

"你们不是都有卡吗？到熙岭农信社就可以取出来了。还有，播报器放在店里，不管手机在哪里，照样会语音播报。我们是公家银行，给你配上，资金直接到信用社卡里，第二天自动生息，取钱不收手续费。资金在我们这边

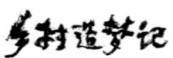

走的话，后期你有什么需要，比如说贷款，还可以给你优惠利率。如果开通了三个月，每个月达到三十笔以上业务，我就帮你升级成当天到账。因为你们扫出来的钱都是先到国家的银联，它要结算后才能拨给我们。要是你业务不正常，大家都开通实时到账，这笔利息由农信社垫付，成本会增加很多。"

"那要办什么手续？"

"很简单呀，就像昨天我拿了他的身份证、银行卡和手机号，回去在单位电脑里操作一下，生成码打出来，现在送过来马上就能用。"

刚开始，播报器有时也会出故障，不吱声。也有人不太会用，不知道怎么查流水。现在有驻村制，农信社的人每周两天下午进村，会统一为村民答疑解惑。

业务相对多的小吃店、食杂店先做，试了一段时间，效果不错。苏主任又去找村委，把这种比较方便的电子支付方式介绍了一下，获得他们支持。2018年6月，农信社的人一家一户走访，做到家喻户晓。村里一些上了年纪开店铺的人，心里还是不踏实，他们找到村委咨询后才完全放下心来。现在刚开店的那些人都主动找上门，要求小音箱给配一个。这种小微商户都没有营业执照，农信社的人只要到现场确认有经营这个项目，都可以帮助生成二维码。

2018年10月，龙潭村举办第二届戏曲民俗文化节，同时四平戏博物馆揭牌，村里一时间进来好多人。画室前雨廊边的四五家人几乎同时摆出小桌子，上面放着一袋袋当地时令农产品，标好价码。这些无人销售的二维码和云播报小喇叭，也是农信社挨家挨户帮着做的。如今，龙潭手机支付全覆盖，整个村做了六十多个二维码。

此前，陈孝镇和林老师探讨过这个事情，一致认为无人销售是一个好办法。小桌子靠边不占地，也没有烟火，不影响通行和环境。无人值守、无现金交易属于一种新经济形式，可以推广，它能增加龙潭的美誉度。但得规范它，体量不能摆得太大。

有人也想做，担心钱会不会没掉，东西被人拿走不刷钱。心里依旧忐忑，私下找陈孝镇说。孝镇建议他们可以尝试一下："你一把青菜就两块钱，万一不刷钱给你的话，当送给人家也没什么。"

结果成功了。起头是年轻一点的人,到现在都是上了年纪的家人在做。游客不带现金,东西卖不出去,客观形势倒逼村里人都学会了这种新型的销售方式。

一天,文创屏南公众号负责人李锐进村采访集市活动,看到雨廊边有游客扫二维码,然后用盘子上放着的水果刀,把一颗柿子削好皮,边走边吃。李锐非常好奇,那感觉这就是马云在山里开的无人超市,售卖人不用在场,也可以形成交易,既方便了游客,也是对人的一种信任。

看一位村民扛着锄头,将几颗刚从地里拔回来的萝卜放在门边桌上,准备进家门。李锐连忙问:"老人家,生意怎么样呀?"

"这几天客人多,收了好几百块哩。"

"你不担心别人东西拿了不扫码?"

"都是自己种的,收多了,放在家里也是烂掉,倒不如摆在这里。"

李锐忽然问道:"那你能告诉我,现在收入具体有多少呢?"

村民一脸笑意说:"就这个月统计来看,可能有几百块。"

脚板踩上门槛,他又转身补了一句,"嘿嘿,九百也是几百喔。"

李锐开心大笑。非常朴实的山里农民,他用的是一种最先进的销售方式。

如今,无人销售摊位已然成为龙潭的一道风景。特别到了秋天,板栗、柿子、柿子干上市,一袋袋包装好,生的、煮的、炒的、晒干的,整条雨廊边摆齐,还有地瓜、地瓜粉、粉条、笋干、土豆和各种菌菇,家里多余的青菜,也扎成一把。福州人来了个个喜欢,城里的菜都是大棚里赶出来的。尝过龙潭的,再吃福州超市买回家的菜,索然寡味。龙潭海拔高日照足,昼夜温差大,各种菜种植时间够长,炒了不缩水,还有浓香菜味。节假日或双休日来人多,全部被扫光光。哪怕剩下的畸形萝卜,品相虽然不佳,因为好吃,也有人要。

也不是万事大吉,有时遇上网络延迟等原因,钱没到账。晚上,陈孝镇会接到游客打过来的电话,说,书记,有件事情非常不好意思。今天在雨廊买了一包板栗,回到福州发现刷码没成功,特意找到你电话。陈孝镇说,谢谢。我们加微信,你转我代收。还有个游客买了只鸭子,也没刷成功,团队里刚好有他一个熟人,致电说今天有个朋友买鸭子的钱没刷成,又转给他。

农信社和新村民也有沟通,但城市来的人,微信、支付宝用得比较习惯。

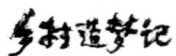

还有一个不方便就是必须在农信社开户。解释了农信社多卡合一和取现无手续费的长处，后期也陆续配了一些特色码。新村民提供空间的宣传内容，广告语、照片，他们再按要求设计成造型不一、十六开大小的二维码图片。

如今的龙潭村，手机移动扫码支付已经成为一种常态。走在路上盯着看，想捡一枚硬币就像找到金子一样困难。

县里几个部门一致看好龙潭未来，中国移动在此建成宁德市第一个乡村5G基站。税务部门主动进村宣讲税务政策。农信社为了方便一些人使用现金，在村里设立二十四小时自助银行，配套了全县行政村第二台ATM取款机。龙潭村还被评上信用村，给村里的贷款额度是一千万元。农信社的人隔三岔五都会进村，服务非常贴心、周到。现在，他们又开始试行新的贷款业务，为在龙潭村认租老厝、有实际投入的新村民发放"文创贷"，为修缮房子做民宿的原村民发放"民宿贷"。

二　为使命感而活的"傻子"

闲聊时林正碌说起，年轻时候，他也是一个有理想有目标的人。比如竭尽一生努力，创建一个像李嘉诚一样的企业帝国，要比马云更神气。想获诺贝尔奖，同时拥有游艇、飞机什么的，再娶个漂亮老婆，飞黄腾达，名利双收。然而时光荏苒，岁月不饶人，逼近知天命这把年纪，他发现日子过得超快。建功立业的梦想早已荡然无存，他现在的状态，说得好听一点是一种使命，与个人理想、名利无关。就好比一个医生，面对众多患者时，不会去想如何获得什么医学奖，立足点就是赶紧把病人救活过来。

林正碌北京的一位老朋友，把他定义成一个为个人使命感活着的傻子。他希望用自己的理念去推动这个社会。如果看到了预期效果，对他而言，就是人生一种莫大的满足和成就感。

林正碌认为，为自己的理念，他不一定非要有名利不可。自己处世的出发点严格说是利己，在成全别人时也成全自己。好比大家聚在一起谈某个项目，利益最大化地寻找合作，这是人的本性。越是寻找合作，在利己过程中就越得遵规守矩，客观造成利他。利己里面有一个实际可行的相互支持，成全个人价值的同时，本身也是对社会的贡献。荒漠中长出了一棵树，它属于那棵树自己，同样也属于整个荒漠。当你有精彩表现时，不仅仅是你人生的精彩，也是为这个世界增辉添色。他做公益艺术教育，重构人文生态，就是想传递这种精神，让向死而生的人世间充满善意与美妙，使人迷恋这个世界。

很多吃瓜群众会在抖音上盘根究底："林老师，你做公益不挣钱，也没必要学雷锋自己贴钱哪？"

林正碌言辞犀利地回答：

"这是我们教育的弊端，都是先考上一流大学，然后去赚大钱，追求成功学，让每个人都不敢为梦想去创造。置身今天这个伟大的智能时代，你只要不断迸发出创造力，就能像李白那样洒脱豪迈，千金散尽还复来。很多人不明白，我已经把一个地方成就了，还有什么可担心的？好像都是无偿付出，但最后的收获你们都无法想象，远远超出预估。钱就是一组冰冷数字，生带不来死带不走。换一句话说，渔民的水产游在江河湖海中，果农的水果挂在树枝上，我赚的钱存在云端，都不经过我的手。我现在做公益，在全国有极牛的公信力，我的身价也高得不得了，这是终极品牌效应，任何时候都可以兑现。也就是说，万一哪天林老师突然间病倒，要换肾，口袋里没一分钱，怎么办？手臂一挥，已经有很多素不相识的人赶来支持了。

"今天我再牛也是共产党领导下取得的。没有什么比一个人对你的欣赏更直接，如果你觉得自己是一棵要死的树，生命即将枯萎，在这里却再次盛开绽放，变得前所未有地充满活力，那我在一旁看着也是一种精神享受。我从来不会觉得这是一种苦行僧的付出。我只能告诉你，人活得有尊严有价值，如果这个都不叫钱的话，那我就无法回答你了。"

基于这样的人生信念，林正碌一次次拒绝了外界向他递过来的橄榄枝和金钱诱惑。

2018年夏季的一天，林正碌的一位老相识介绍给他一位朋友，现在西部有大动作，想找他咨询一些问题，务必抽点时间会晤一下。彼此加了微信，说好某天过来讨教。各地来找他的人太多了，有大老板要给几百万年薪请他入股，也有人要请他到欧洲去，他从来不在意这些。一旦日理万机起来，便统统挪到大脑的后备厢去了。

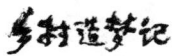

那天下午，刚好家乡一个副市长带一群领导来龙潭参观，林正碌领着他们这个空间进那个空间出，逐一介绍。中途，他发现一个长得白白净净的人，大约四十来岁，穿一件名牌T恤，很自然得体地尾随家乡这一群人，你走动他跟在边上，你坐下来他也坐在一旁。听这群人什么长的叫来叫去，他脸上从容不惊，一副见过大世面的样子。关键大家还都不知道他是谁。

林正碌口不停歇讲解时，瞟过他一眼。他听得很专注，眼神不飘忽。家乡来人偶尔问句很傻的话，他嘴角会牵出一个含义暧昧的浅笑。

意识猝然间连接起来，他知道了，一定是那位老相识介绍的朋友。这样的人见多了，林正碌也没太当回事，只是忙里看他一眼，朝他笑一个，还是全心应对眼前的场面。

就这样，那人跟了一整个下午。

晚上，林老师接到电话，"我是黄会长介绍的小李。"

"知道知道。"

"下车到现在，我已经跟你后面走了十几处地方。这个时候，总该轮到我们来聊一下了吧？"

"我刚送走客人，这会儿有空。十分钟，我们在静轩空间见面。"

这位自称小李的人，带着年轻漂亮的爱人自己开车过来。

小李开门见山地说："林老师，我也是文化人哩。"

说着打开手机递到林正碌跟前，"这是我在重庆的一个盘，请林老师过目指导。我的顶级顾问是大领导接见过的人，他帮我做的总体设计规划。前期工作已经开始，地都推平了。"

林正碌一看那图，里面河道九曲十八弯，规模宏大，气势磅礴。

小李爱人又把一个文件袋打开递过来，是一大沓报纸新闻和资料。

林正碌看明白了，他在重庆做一个康健养老楼盘。

小李跟着介绍起来，"这个盘下来一百亿，征地、补贴已经砸进去十个亿。龙潭这样的规模，好几个都被我推掉了。"

林正碌放开手上的资料，"这一平方米单是造价没有一万多下不来。投资一百亿，一期二期到N期，你二十年也不一定收得了尾。"

"林老师有眼力。周围山水景观特别棒，各种配套应有尽有。"

"你有这样的实力，现在还在做一个楼盘？这样吧，我先给你讲一个抓泥鳅的故事。一个水塘里面呢,有一百条泥鳅,刚开始,随便一手下去就是五条,第二把还是五条。大家越抓越上瘾。第三把可能捉到三条,第四把也许还有两条,到最后,水塘剩一条的时候,你捉一天都捉不上来,因为它太滑了。以前五分钟可以捉到九十九条,最后被一条套住了,很多人还傻乎乎的不知为什么。"

小李听得很认真,他爱人漂亮的脸蛋上浮起一阵窃笑。

"也就是说,房地产老板拼命借资扩张,扩到最后,一条泥鳅耗掉他毕生财富和精力。房地产业刚开始兴旺时,随便做什么都发财。现在你捉的就是那最后一条,那你不是脑子进水了?!"

小李笑得有点尴尬,他掏出细支中华,分给林正碌一支,继续做聆听状。

烟雾飘起来,林正碌的大脑开始兴奋,嘴里关不住闸门似的滔滔不绝:

"你现在不是小李了,你是李总。我给你一个忠告,一定要善待自己的资金。依托青山绿水环境,如果说康健还能提升生命价值,那么养老地产一定是个伪命题。这样吧,我们来梳理一下整个房地产的发展脉络。

"第一轮房地产碰上城市化,地产商盯住家庭,刚需嘛!那时大家手里的钱最多,每个项目只要把小区配套服务做好,使人生活舒适便捷,连农民都举家迁往城市,只要有钱就毫不犹豫地进城买房子。这一轮最有利可图,政府也支持,因为它拉动GDP。第二轮冲着学区房去,盯上人家下一代。这时,该买房的买了。为了小孩,有人也不敢轻易下手。开发商打这个牌的时候,说明客户资源少了,房地产赚钱的空间被压缩。第三轮,养老基本没戏,因为他自己老了,买刚需房、买学区房,钱都给掏光了。所谓养老,就是在青山绿水里圈块地,再抛出山好水好空气好的噱头,其实是设套。从地产商角度而言,是市场销售概率跟客户信心指数在锐减,开发商就等着烂尾楼跟跑路了,它一定是这样。"

看他们俩听得聚精会神,林正碌喝了一口茶,继续往下开脑洞:

"在我看来,推学区房都有点不人道。随着智能化到来,大学很快要空荡荡。以前必须进大学聆听教授讲课,今天信息太便捷了。那些社会学啊心理学什么的专业,它越在社会实践中学效果越好。

"如果说农耕时代到工业化要两百年,当智能时代来临,可能就五十年,也许会熬到城市房地产七十年使用寿命。好了,赶快提前拆掉,这个房子不

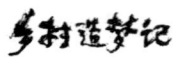

适合智能时代,它一夜之间给你洗盘了。信息时代取代后工业文明撑死了几十年,下面的改变都是指数级的。

"为什么万科开发的富人区不能改造成创意产业区?一个成本太高,一个进去无趣、冰冷。冰冷是工业特点,它格式化、标准化,创意产业却充满温情。比如央视新楼,里面柱子一溜溜排过去,好像阅兵一样,激动五分钟马上没感觉了。再进入直播间,那不就是万达商场的某一间,天下都一样。这就是智能时代,城市面临消解的原因之一。"

李总吸了一口香烟,"那你龙潭也是地产?"

"一定要从地产层面来讲,龙潭是文化地产,跟工业地产天差地别。文化地产,你在这里认真生活,它就会升值。工业地产,如果不是房价虚高,你在小区拼命表现,它唯一的可能就是不停折旧。

"现在有一个到了退休年龄的女人,除了带孙子,她都不知道干吗。她到我们这里开始画画、发抖音,把农耕时代的老宅变成民宿,有大厅、吧台,还有工作室。她以前种菜,顶多自己吃,剩下喂猪。现在呢,来了客人吃,甚至还买了带回去。画家说,我饿死了。那是工业思维。她不靠画画谋生,但现在空闲了,开始画。她画得很慢,因为没压力,反而有人看好她。今天有两个客人入住,这个也做一点。她还不断在传播,她的社交圈变了,用抖音、微信交流。老板、大学生来一看,哎呀,太好了,我住你这边。别人问,那你靠什么赚钱,她也不知道。

"凭什么龙潭能吸引人?是它的容器概念比工业的牛。龙潭新村民坐在窗口发条抖音,有人看到后就留言献花送咖啡说我要去。但马云在他那个价值一亿的别墅里面发,人家还骂神经病,装什么装。所有地产价值源于整个工业繁荣来推动,创意产业颠覆了它,我们把老宅这样的农耕容器变成创意产业容器,主要原因在这里。新农村房地产充其量是五六线城市的备胎,最后一次消费古村落,游客来了,村民只有在一边卖茶叶蛋的份儿。"

"马云那有什么!我不玩虚的。"

"先不讲马云。你要明白这个道理,总而言之,搞养老地产是最脑残的思路,没戏。第一轮你把一个家庭绑架了,第二轮你再把孩子绑架掉,第三轮你盯住老头,门都没有。一句话,前面已经被榨干了,现在他要死了,他哪里有钱?市场在哪里?养老地产必败无疑,最后只会把自己全部赔进去。"

李总非常敏感，那一刻，眼睛瞪得超大，急切说道："林老师，你一定给后辈指点迷津。"

林正碌往椅背一靠，"我不好凭空说，但办法肯定有。如果你非要做地产，也许文化地产是一条路。"

就是黄会长那种思路，一个楼盘引出整个国家文化创意产业园？李总陷入沉思。

第二天，李总还住在龙潭没走，他带着爱人去四坪、双溪逛了一圈。

晚上，他在溪尾其祥居空间喝酒，约林正碌过去。林正碌从来不喜欢喝酒，正好闲着，也乐得去喷发一下自己大脑里胀满的思想。

龙潭十年陈酿的红曲黄酒轻而易举在李总的白净脸上表现出来，仗着酒气他说："林老师，我在里面划一块给你，你自己策划一个。钱不是问题，要什么只管开口。"

看林正碌一时没反应，李总再加码，"在我们那里我怎么也算排行第二，我跟你说真的，我到哪里，从来都是市长的座上宾。你不可能有比我更有实力的人请过。下午我去四坪村看了，在旧村复垦推掉的老房子空地上造人工水系，真是奇思妙想，那条人造瀑布非常精彩。我那里的自然景观比你这里好了不知多少倍，林老师你肯定不用在这方面费脑筋。"

林正碌笑起来，点上一支香烟，"那是呀，王健林、王石、潘石屹这几个肯定没有。但我合作的老板绝对比你牛。"

"不可能！那还有谁请得起你？是马云还是马化腾？谁呀？你说吧！"

林正碌脱口而出："我跟共产党合作。"

李总哦了一声，挺立的上身靠上椅背，有点垂头丧气。

林正碌不亢不卑道："我现在做的是国家战略，乡村振兴嘛。"转而嬉笑起来，"你呢，李总，我以为你成就不了商业帝国。"

李总愣了一下，马上追问下去，"那怎样才算？"

林正碌的语气变得诙谐，"你看啊，如果你是刘备呢，你具备帝王气质，那你就当我是诸葛亮嘛，怎么像张飞跟关羽一样，从门口冲进来，分分钟要把我绑走的样子。"

他爱人听罢，笑得花枝乱颤。

林正碌扫了她一眼，笑着说下去："我们今天这个叫'隆中对'，你的口气跟张飞一样。人家刘备是三顾茅庐，你要绑架。我若是诸葛亮，你应该学刘备呀！目前你只是张飞的境界，让我慢慢告诉你怎么看天下大势。"

李总心服口服，满脸堆笑，呷了一口杯中酒，连连说："有道理。有道理。"

这时，他爱人在旁边也开始插科打诨，"他就是个神经病。那里的老房子，被他花十亿征过来又推掉。你看人家这里，哪个不是宝贝？说不定比你准备造的那个还有味道。你却要去花冤枉钱。"

这话说得林正碌也忍俊不禁。昨晚睡前，他梳理了一下康健养老地产的思路，这当口火山一样开始喷发了——

从产业角度讲，让一个老人幸福的原因，最重要的是医疗服务，这个服务很广泛，比如说，养老院服务，或者说专门建立一个系统，让年轻人来为这些老人服务。显然，乡村这方面资源比不上城市便捷。叫个钟点工就可以解决的事，再不济，打120，城市有更现代化、更人文关怀的匹配。另一个原因，从幸福指数上讲，老人越到晚年越愿意去有年轻人在的地方，如果看不到年轻人，就要提前衰老，这是心理学。同时还有一点，养老这个词否定了一个人退休后新的可能性。他不能像龙潭人人都是艺术家，年纪大跟年纪轻都可以去玩创意。你在乡村搞一个养老的地方，忽悠人来买单，而且造价还很高。那我肯定要去龙潭啊，年轻人每天弹琴唱歌跳舞的，多有趣。

养老的地方不能除了老人还是老人，像盖一个病毒隔离医院，把一些人给圈在一个地方。这样的投资一定不是朝阳的。

这种项目，除了开发商想圈地，或者盲目无知，它没有考虑资本投入的社会效益最大化，浪费资源，它一定是这样的。从某种程度上说，是社会资本没有进入良性循环状态。

现在，随着电商崛起，城市里面有很多以前的商业楼盘很快会变成空壳。养老必须在小孩、大人和社会性很健全的地方，既能参与退休后的生活，又可以有效保障日趋衰老的生命有幸福感，它必须要有社会系统支持。

实际上养老本身是医疗保障范畴，现在中国这一关都没过，就什么都不要多谈了。养老到最后就是医疗，我瘫在床上，你得无条件过来，让我过完有尊严的人生。

李总喝着酒喷着烟，其实他心里也明白，他和林正碌是两个套路，不在一条思路上。他想了想便给自己找台阶，拿起酒杯和林正碌的茶杯碰了一下，"林老师，我们说定了，哪天只要你有空，光临我那视察一下，我在天涯海角也会赶回来迎接。"

林正碌笑着打哈哈，"我去干吗？你老板这么大，旁边名人多了个去。像我这种人，飞机来去住五星酒店，最后还得给我送个什么吧，哪怕是一条围巾，那肯定几万块钱。"

"那是必须的。"

"你白花几万块钱还浪费了时间。你要做也可以，第一，来这边投资；第二，你派两个人过来免费跟我学。不就完了。"

"哦，对对对。有道理。"

李总是聪明人，林正碌看他高度谦虚的眼神就知道，李总不会再找他了。这些成功人士智商情商都很高，也有自己的信念。一个企业家就像一个斗士，特别在意他的兵器和战马，当房地产业出现什么不顺，稍微感觉有点危机或者困境，他就会去思考这些问题，找他认定的高人咨询把脉。

也许李总已经在想，我是不是那个在抓最后一只泥鳅的傻瓜？回去可能就把那个盘让别人接手了，整个投资思路转向。也可能他还陶醉在第一桶金的瘾头里，继续操盘直到撞上南墙。

三　海派导演变身"山药蛋"

龙潭新村民，几乎都在双溪安泰艺术城经过或长或短的学画，培养出自信心、激发了可能性和人文情怀再入村长住，唯独招导是六十岁以上的空降新村民。他为前沿电影公益教学而来，希望实现人人都是电影人的梦想。把关者林正碌画定了一条红线，如果在龙潭创业，必须是年轻人。当今中国，深圳这座城市最富竞争力，它的平均年龄三十三岁，还一直在无休止接纳年轻人。把龙潭定位为年轻人的创业之地，它的未来才有前景。

林正碌早已不是年轻人了，但他是为年轻人服务的。有了这样的沃土，何愁没有金色种子随风而来，发芽生根，再长出一片参天大树。

2018年年底，北京一家电影公司老总从驻村的夏书记那里听闻龙潭故事，

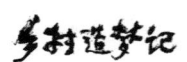

便带着一票人进龙潭考察,欲以此拍一部电影。住了几天,发现现实中的这个架构,比他想象的还要庞大,感觉每件事每个人都可以搬上银幕。

次年3月,林正碌受邀赴央视录制访谈节目,电影公司老总得讯,约好导演等他来一起交流。这导演是何方神圣?招振强,曾任职香港无线电视TVB编导、监制。TVB的无线艺员训练班是香港有名的"造星工厂"。20世纪80年代,他执导的民国爱情枪战电视连续剧《上海滩》,在亚洲各国和欧美华人世界风靡一时,确立了他在亚洲影视史上的地位。他监制及导演的电视剧,曾捧红了周润发、赵雅芝、梁朝伟、刘嘉玲、汤镇业、刘青云、张曼玉等一干国际级影星。2000年后,他转战北京从事电影事业,希望通过市场化运作,促进中国影视业发展。

招导听电影公司老总讲过龙潭故事,也知道林老师在福建一个乡村开展"人人都是艺术家"的公益活动。这种思路与自己不谋而合,他也认为每个人都具备表演才能,一直想通过独特的培训方式,让从来没有表演经验的人现身银幕。

林老师做出了他梦寐以求的事,七天艺术教学,培养人格,展开情怀,让一个绘画零基础的人第一次拿起画笔,就能画出表达个人情感的画。这看起来好像很难,但只要方法对头,就不是没有可能,电影亦如此。

自幼接受香港英式教育的招导,头发斑白,脸上架副眼镜,像一位儒雅绅士,端坐着微笑着,也不插嘴,饶有兴致地听一位"门外汉"对当下电影侃侃而论——

当智能时代来临,电影理论、电影工业跟电影经典开始坍塌,重构的是电影概念、电影形态、电影哲学。之前的电影一定是高科技的精英的,香港经常把电影比喻成梦工厂,办工厂不能一蹴而就。但今天这个时代变了,从自媒体出现开始,电影的深度广度跟可能性已经没有了障碍,任何人都可以去成就。电影为什么了不起?它是人类永恒的冲动,当英雄当小偷,甚至当一回放荡的人,唯有电影这个形态可以亦真亦幻把人性全方位呈现,文学的、艺术的、高科技的、人性的、视觉的、光声电这些东西它全方位涵盖,在文化形态里最具张力,它对应的不仅仅是精英营造,每个平凡人都被电影产业包裹,它是每个人心中的梦,恰恰这个梦,平凡人只能仰望星空。所以电影演员叫明星,可望而不可即。

　　电影曾经构建了一座伟大的城堡,如今它已经沦为一座监狱,一进去就得听号令讲规矩,这样不行那样也不可以。今天,时代变了,实现每个人既是演员又是编导、同时是制片人又是发行方并非天方夜谭,每个人都有闪烁起来的可能。

　　林正碌天生就是个"麦霸",他占有了话语权,口若悬河,电影公司老总无从插嘴,表情无奈,招导却听得津津入味。对龙潭这个地方,对林老师这个人,他生发出无限的猜想。

　　一个星期后,招导进龙潭实地体验,感受生活和寻找灵感,进而创作电影剧本。在龙潭的几天,他也去了四坪村,走进各种空间和新村民聊天。让他惊诧不已的是,这个山沟沟里集中了几十位来自五湖四海的年轻人,有作曲的、唱歌的、写诗的、画画的,还有人做过记者、律师、办过企业,一个个学历蛮高,都有文化内涵,大部分人对艺术有自己的想法。而且,他们不是来过休闲生活,也不是逃避尘世,都想换一个好环境去成就自己未来的事业或理想。

　　原村民也淳朴亲切,一些人在外面打工回到村里,把外部观念带回村,无论是生活还是平时待人接物都与想象中的农民不太一样。

　　这次来,林正碌把招导安排在新村民最高档的民宿小梅桩。傍晚吃过饭,在一楼黑红主调的大厅里,招导啜着主人梅宏泡好的英式红茶,他俩闲聊起来。

　　招导知道她过去学过唱歌、学过京剧,还会弹尤克里里,看墙上的油画,每一幅都充满个性,第一次拿起画笔就能有这种水平,她不仅是个多面手,可塑性还很强。听她说,龙潭新村民里,像她这样的人不在少数。

　　晚上,入睡前靠在床头,招导浮想联翩,一些旧事排闼而来。

　　中国电影界还是精英主义,要不当红影星演,要不电影学院学生上。在一部电影的投资成本里,演员片酬占了大部分。因为资金关系,很多时候,只能用便宜价去请不太专业的人。那些人常常不入戏,配合度很低,要很长一段时间才能慢慢进入状态。教育、培训电影人的方式一定要改变。二十几

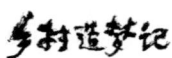

年前，以他年轻时在香港培训演员的经验，他想在内地尝试做一件事情，一直没做成。一个人势单力薄，不可能把那么大一个事做起来。其次，现有系统不接受，他游说过很多人，都说你傻啊，不可能！

偶尔碰上一两个思路开阔的企业家，说我也想改变一下。当想法沟通后，说行啊，我们来办。你估计培训班要投资多少？等他大致说完，又问能赚多少，最后还是归结到这个问题上。商业盈利当然要考虑，开办培训班，可能赚不到很多钱，但你要想到这批人被培养出来，后面用在电影拍摄上，你能赚到另一笔钱。当然，也没人敢打包票，培训完这批人，以后就一定能赚到多少钱。这样的事，没人愿意去做。

龙潭的艺术氛围很难得，创作影视作品肯定视野开阔。这里集中了这么多人才，它就是一个团队，如果大家都抱着艺术梦想，一起去创作既有艺术又有商业价值的作品，就有很大可能性。像梅宏这样的人，她有热情有艺术基础，也能接纳新事物。如此人文生态，推行起来成功率很高。

他原本想退休时，在海边建一座房子住，现在开始考虑就在龙潭了。借这块宝地也许能实现自己心中的夙愿。

这样的念头，像蛇一样，越来越紧地缠住他。到了第三天，他内心已经决定留在这里认租一座房子了。

真正是心有灵犀。第四天下午，林正碌到小梅桩带招导出来，门口前面的路边新立起的木构框架后面，一排苍翠葱茏、高挑的杉树丛中，若隐若现耸起几个木色楼阁。林正碌貌似随意问了一句："招导，要不要在龙潭也设个工作室？"

招导喜不自胜，立马用他的港式普通话回道："好啊！"

这两个字俨然一块巨石抛入平静湖面，林正碌登时心花怒放，立刻刹停脚步，手舞足蹈起来，"你看呢，47树美术馆正在建，你就在小梅桩跟47树之间这里。这块地原来有人认领了，前不久又突然不要了。看来，他掐算到招导你会来，不敢再要了。"

林正碌难得开一次玩笑，把招导一惊，"是吗？！"

再看他一脸坏笑，招导才放下心来。

"你就在这里来一座'人人都是电影人'电影工作室。47树准备设计一个国际学术交流厅，你有重要客人来，就在那里对话。"

"好啊，好啊。"招导看着路边杉树举天、满地茅草的山坡地，脸上笑得孩子似的。一切好像都为他准备妥了，一念之间尽呈眼前。

"招导以民国题材电视剧闻名海内外，我想把房子外观设计成民国式的。"林正碌的思路快如闪电，喜得招导合不拢嘴，连声道："我喜欢我喜欢。"

他们一起到静轩喝茶，这回两人海阔天空彻底聊开了。

招导把自己的"跃动龙潭——人人都是电影人"公益活动计划和盘托出。

他要在龙潭展开电影人培训，包括导演、编剧、演员三栖电影人才，甚至电影发行人、制片人都可以有，然后拍一系列影视作品。人们通常以为，做一个明星、导演、编剧必须具备这样那样的条件，一开始就有一个框架限定。从他的概念来讲，每个人上场基本不是问题，只是有没有一个懂行的专业人士引导，发挥他们的潜能和创造性。

林正碌兴奋极了，这和他的理念如出一辙。除了画油画，还开启了"人人都是电影人"时代，在龙潭也可以创作影视作品，甚至可能使龙潭成为电影在亚洲鼎盛时期的香港。这是一个灿烂、宏大的事业，龙潭又向国际化迈出一大步。

招导回京处理事务，那部给他带来缘分的电影动议，因为审批关系，迟迟不见下文。5月初，招导第二次进龙潭，正好遇上龙潭"千年一遇"美术展。哇，眼见为实，这地方太吸引他了。这回，他和很多新村民有了更为深入的交谈。让他惊奇的是，那些从没画过画的人跟林老师学，每个人都画出不一样的风格。不是说他们绘画水平有多高，关键是林老师把他们的情怀打开了。他愈发坚信，龙潭能成就他梦寐以求的大事。

人生得一知己足矣。林正碌心情大好，碰上志同道合的人，他谈兴十足。这天，他又到小梅桩，刚坐下，便纵横捭阖起来——

  传统电影由大电影公司、大导演、大牌明星和垄断性的电影院线构成，它似乎坚不可摧。当自媒体呼啸而来，这个时代要终结了。我们都知道经典的赤壁之战，现在，电影公司要达成垄断。首先，它把举国上下的院线控制住。好了，就像赤壁之战的所有小船，统统用铁链拴起来，铁板一块。曹操就是控制资本、院线的人，然后再控制剧

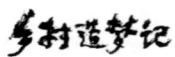

本、导演、演员,非常牛。最后股票上市了,曹操视察三军,一眼望不到边的战舰,甲板上战将无数,谋士众多,粮草齐备。也就是说,我有资本有院线,有冯小刚有范冰冰,还有吃瓜群众,那么,天下就是我的了。曹操站在甲板上情不自禁吹牛,还吹得很巧妙,吟诵《短歌行》,对酒当歌,人生几何……何以解忧?唯有杜康。哎呀,我都活到这份上了,不知人生还有什么意义。天下都是我的了,寂寞呀无聊呀,那我们就喝酒吧。酒尽杯空一抛,还是孤独呀。那只鸟啊,绕树三匝,何枝可依?最后忍不住开始炫耀:周公吐哺,天下归心。现在所有的都是我的了,股民们,大家来投资吧。但是,他不知道一把火樯橹灰飞烟灭,这火来自自媒体。只在一瞬间,他甲板上的精兵强将、充裕粮草全部失去意义。所以,别再谈什么投资几个亿,现在是人人都是电影人的时代,随时随地都可以演绎出精彩,传统电影时代开始终结了。

林正碌纵横电影大势,眉飞色舞。招导静坐在一旁,频频微笑颔首,一副谦谦君子模样。林老师真是怪才,他把历史和现实搅在一起,即兴创作。与这样的人在一起,"人人都是电影人"还怕没戏?!

2019年5月8日晚,招导电影工作室启动"人人都是电影人"电影公益训练营第一期课程,地点在小梅桩一楼大厅,对象是所有龙潭人,不设门槛,有兴趣者都能进。二十名龙潭新老村民将参加三天的编剧、导演、表演课程培训。

"跃动龙潭"是一个非常庞大的项目,"人人都是电影人"只是这个项目里大概十分之一的内容。它不是一个短期活动,在大学里要学四年,不可能一家伙把四年内容都教会。招导的教学方法与专业学校不同,学员吸收的内容会很多,而且很快能达到他想要的目标。

龙潭不乏记者出身的人,纷纷登门采访。

记者:我看到三个内容。那么,三个晚上之后,接下来的课程将会怎样开展?

招导:分几个阶段,三天课程是第一阶段,大概让学员了解怎么去写剧本。为什么先从剧本开始？我是编导演三方面都教，希望每个人三样都学会。可以这样保证，三天课程，他们能写出一个大概十来二十分钟的短剧。内容优劣，就看每个学员的接受能力，我的责任是一个个去指导他们功课。

  谁写得最好，怎么去发挥艺术和商业的融合等，是三堂课以后的事情。为什么说三栖？在我的概念里，作为一个编剧，你不光会写，有很好的创意，你还要知道，怎么把你写的角色百分之百演出来。每个编剧都希望别人明白他在写什么，编剧也希望导演能按他写的拍出来，对演员也一样。如果编剧不会表演，你一句对白写出来，只是你个人认为这样。譬如一个角色很愤怒，愤怒多种多样。他碰到什么事愤怒？他愤怒到什么程度？要把愤怒的细节写得清晰、形象，导演、演员一看，原来是这样的，就OK了。这就是一定要三栖的原因。演员二度创作，只是在表演方式上，他揣摩理解后，再添加一些精彩细节，而不是颠覆原创。所以，要让他们自己写自己演自己拍，甚至后期剪辑都是他们自己在做。

  记者：有没有经济方面的考量？

  招导：前期肯定属于公益，不管有没有经济收入，我们都要去开展这个事情。后面队伍成型了，像我早期在香港那样，考虑艺术的同时，一定要有商业运作。我希望参与其中的人都能赚到钱，否则，你一天到晚跟着我学电影，坐吃山空，以后怎么生活。

  ……

  招导动作麻利，雷厉风行，训练营初现成效。8月5日晚，新老村民自编自演、共同参与的第一部舞台剧《假面》在龙潭首演成功。

  这是一台讽刺现实生活的戏，说的是每个人每一天都活得很累、很辛苦，都戴着面具生活。往往很多人不知道他内心的真实感受，对某件事的见解、对某个人的态度。戏里既有主演，也有他的灵魂，主演面对一些事情去说去做，但一旁的灵魂又把他的心理活动揭示出来。

  小荷才露尖尖角，招导非常满意学员的处女作。之前想达到八十分就成功了，看完演出他打了满分。眼下，他把自己希望抵达的梦想一步步兑现了。

  招导又马不停蹄开始了新工作。10月份，宁德市乡村文化振兴现场会开幕式在龙吟台广场举行，同时举办"闽东之光"系列文化活动，其中"四季屏南乡村有约"，龙潭村要拿出一台节目。招导漏夜加班，边培训学员边把大家的剧本进行整理，编写舞台剧《美哉龙潭》。

那段时间，龙吟台广场经常传来招导的港式普通话，他们前后彩排预演了三次。广场上，他时而一脸严肃地跟新老村民讲解剧本，时而孩子般边唱边跳，或扮老者状蹒跚行走，身体力行指导每一个动作。

《美哉龙潭》讲述了两年来，空心村龙潭开展文创后旧貌换新颜的故事。整台剧有八十位新老村民登台，为了增加原村民体量，让他们更多参与进来，招导还别出心裁，安排了人形道具，让原村民头顶人字披屋檐形状的特制帽子，在一旁举起标示各个空间字眼的旗幡，营造舞台氛围。

10月12日上午，演出的成功度远超《假面》，获得来宾们齐声喝彩。

事后，村支书陈孝镇说起《美哉龙潭》，钦佩之情仍然溢于言表，"这场戏，招导亚洲一流水平体现出来了。没开始表演前，我还疑虑重重，一个电影导演，舞台剧他搞得出来吗？演出后，我觉得太棒了，连村里那些一辈子都不知道什么叫舞台的人，都被招导搬到舞台上去演出了。演出的成功，让我对龙潭未来更有信心了。"

四　有47棵树的美术馆

刚进龙潭时，抢修坍毁曲埕是最早开始的工程之一。林正碌涉溪钻进去实地摸了一下底，对茅草灌木丛中攀墙缠绕而上的一根百年老藤，心存敬畏，他想象着怎样把这根酷态十足的古藤呈现在现代人眼前。他对陈官票说，明天你派人把里面的芦苇杂草弄掉。村民动作麻利，三下五除二，仅几刀便把那根腕口粗的老藤给灭了。等林正碌再进去看时，如丧考妣，差一点哭出来。他气呼呼下了一道指令，从今往后，村里任何一棵树，都不允许随便砍。

溪头陈氏肇基地的小路旁和山坡地上，成片一人多高的茅草丛中，挺立起左一棵右一群杉树，巨伞一般收拢后刺向天空，胸径都有二三十厘米。2018年上半年，杉树主人看村里热火朝天修建老厝，想放倒换钱。有一天，修缮溪头大厝时，陈官票问林正碌："林老师，对面那些树能不能砍掉？"

"好好的，砍掉干吗？"

"想卖给村里工地。"

"一共有几棵树？你问一下要多少钱，我全部买下。但有一个前提，我不砍，一百年他们都不能砍。"

听到传话的几个村民围到村委办公室，一个个狐疑满脸，急问："林老师，你这是说真的。"

"当然真的。但有一个要求，必须签合同。"

天底下还有这么好的事。钱收了，树还是自己的。村民们欢天喜地，跟白捡到钱似的。

此前，林正碌始终认为这片茅草丛生的山坡归属红线之内，问了陈官票才知道，都是还没来得及复垦的宅基地。林正碌让官票带着前去踏勘了一回，这里背靠山坡，地形局促不平，林正碌就想把它利用起来设计建房。很快，梅宏他们各自挑选了自己的心仪之地。挑剩的一块，地形狭长，纵深最窄，紧挨着山脚，还有一群高大杉树。

后来，张少忠提起这件事。有一次我带客人来，林老师说那几棵树被我买下了。我就奇怪了，买树干吗？林老师秘而不宣，笑着环顾左右而言他。

那时的林正碌可能还举棋不定，也许心里盘算着，是不是利用这里的特殊地形，来打造一座面向国际的美术馆？

农村宅基地问题错综复杂，像陈氏肇基地这一片，荒废了三十年，有些当事人已经离世，都不知道哪块是谁的。大家基本上找不出地契，好在清除茅草后，地基还赫然躺在那里。陈官票吸取了此前收储老厝的经验，把与这片宅基地有关的七户人全部叫到现场，都是上了六旬的老人。甲说我到这里为止，隔壁的乙认可，就这样一块块推连过去，再画出图纸，每户有多少平方米，签署的协议后面附上一张。林老师说了，准备盖公共建筑，三十年以后，没有图纸会留下隐患。做好这些，每户当事人自己再往下细分，总共牵涉到三四十个人。

2018年下半年，这块地开始动工，做做停停，前后建了一年多时间。建筑群采用土木工艺、榫卯结构，宋代极简建筑外观。总面积一千平方米，容积率为一。这群建筑长宽各三十余米，从东院上到山坡上四层院落的石板路径，在楼阁之间转折迂回了近百米，绕来绕去的石阶路把一组组建筑群连缀起来，营造出曲径通幽的诗情画意。

华夏传统建筑一向讲究对称、工整，47树美术馆建筑群，摆脱了中规中

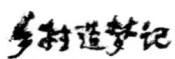

矩的格局，仿佛随性中的写意。这颇似潘天寿的山水画，构图虽奇崛，整体布局却让人顺眼舒服。传统结构的房子，连贯其间的却是现代意识。垒石为壁，树木为景，依凭山势次第叠高，整个建筑群错落有序。

东院进门拐弯，近三米宽的通道，杉树夹道迎客，两边各为落地大玻璃的展厅和工作间，十米尽头平地已耗光，石阶弯上一半，有一个茶歇室。上去出现一处缓冲平台，往前开门进去是展厅二楼，与下面的一楼同属展区空间，入口在西院。平台另一侧横了一条木栏短道，连接金鸡独立、四野开阔的学术研讨厅。一路移步换景，每一个转折都布满杉树筛落的斑驳阳光。拾级再上第三叠，这里属于相对私密的生活区，通道边上有一个图书馆，前面左右两侧均为专家院落，内有天井，设明院暗厅、书房和卧室。由于地形缘故，里面还有错层。当人们以为山穷水尽之时，推开一扇木门再探出去，复又豁然开朗，石阶通向第四叠一个叫风声楼的庭院，院内山岩做壁，点缀地衣小草；天井里，几棵柿子树沐雨临风，野趣扑面。如此设计，让人处处感受到建造者对空间的精准把控。

进入房间，应楼外鸟儿长鸣短啼的召唤，拉开落地布帘，或推开窗户，或立于露台，杉枝伸手可触。眼下黑瓦上，落着棕红色杉针，面前杉枝婀娜婆娑，摇曳风中，细碎蓝天变幻不定，仿佛偌大一个杉针拼成的万花筒。再从树干间鸟瞰，村落的黄墙黛瓦尽呈眼帘。倘若夜幕垂临，蟋蟀轻吟，蛙声四起，这大自然的天籁，把五脏六腑的尘嚣荡涤一净，让人融化在自然造化中，与山水同醉。

整个建筑群，在地形挟持中翩翩起舞，充满着对地势的妥协、对地形的契合。

屋外石阶绸带一般萦回于四个层次依山叠升的院落之外，犹如相互牵连的藤蔓植物，一片片绽开的绿叶便是一组组房屋或院落，自然而充满诗意。石阶曲折回旋，不占室内空间，整个建筑群变得通透、开放又不乏私密感。

林正碌迷恋中国历史上的阿房宫，那是他心目中的天空之城，在华夏文化里代表东方建筑的最高梦想，也是汉民族高悬在上的文化之梦，一个缥缈的春梦。唐人杜牧《阿房宫赋》中的句子，他奉为圭臬，倒背如流，"五步一楼，十步一阁；廊腰缦回，檐牙高啄；各抱地势，钩心斗角。盘盘焉，囷囷焉……"

后来，在47树美术馆专家楼的庭院里，喝着茶，林正碌回忆起那一年走过的足迹，一切都还历历在目——

建47树源于一个冲动。我喜欢自然属性，喜欢抚摸有温度的自然。每次看到一块原生态的、茅草丛生的荒芜土地，就会产生一种莫名的兴奋，像巴顿将军，一听到打仗，他便生龙活虎。我只有一个想法，通过人性化考量，把中华文化的诗意栖居精髓提炼出来。

为什么叫47树美术馆？考虑到这个空间能呈现出最大的可能性，核心就是围绕这47棵大树在转，房子、通道、石阶在大树间穿来绕去，留住这诗意化的天赐之物。你想，一旦被锯掉，要再等上三十年。我头疼的是，这些树，在建筑视觉里将产生怎样的效果？

这块地奇形怪状，依山朝北，又有几十棵大树，采光不好。一、二层无所谓，展厅本来就要布灯。第三叠以上的建筑为什么高低参差，犬牙交错？都是为了增加受阳面。再采用落地玻璃采光，问题就解决了。

之前，画过几百张草图。准备建造时，一个建筑群至少有几十个预案，睡前躺在床上，眼睛一闭，各种想象中的模型纷至沓来。

只有到了现场，凭视觉感受我才能最后定调。这个建筑的高度所营造出来的是什么风景？当我站在后面一栋，它又会呈现出什么效果？前面一栋的效果，决定了后面一栋的设计思路。

每做一组建筑时，就是围绕视觉展开。比如说，我最先做的学术研讨厅，给自己定下一个原则，设计思路就是下围棋。从围棋角度说，我要在这里做眼，全盘布局，从中间开始，先建个亭子，再一点点延展开来。就如龙潭陈氏家族瓜瓞绵延一样，慢慢长出一个建筑群。开始建房，很多人看不懂，都说像炮楼。这边落一个子，那边落一个子，我在布控，先占领战略要地，然后彼此关联起来。不行，旁边再补个子，盘结交错，做成活眼，再来绞杀。它的节奏是这么来的。现代建筑是按部就班，一切尽在图纸中。我做的必须最后收官才能看明白个中三昧。

有的地方，在我头脑里出现过上百个预案，这一点都不夸张。我围绕某个点设计，觉得成熟了，我就到现场，把木匠师傅叫过来。好，你在这里给我立四根柱子，大框架先起来，下面的我不说了，不是一比一模型时，看不出最佳效果。等四根出来，又不断在头脑中模拟，凭空间感临时起兴，最后那一刻思考成熟了，当场给木匠画一张图。

之前也画过一叠，随时推翻，画一半可能旁边就没了下文，只有到那一刻才能敲定。47树美术馆，如果把整个设计流程和图纸拿出来，我可以出一本香烟盒这么厚的书，那我还不得整理上一年。

建筑本身就是一件汇集中国传统民居营造技艺的展品，有时故意低一点，错落给你看。这里有几栋就是在秀肌肉，让那些传统技艺重焕光彩。不管你是仰视还是平视，榫卯结构都在。这是相互造景，看的不仅仅是房子，还要让人看到那种技艺。从通道进来，每座建筑用落地玻璃衔接，采光是一方面，让人看到里面的结构也是一方面。因为古代建筑都是外面土墙一包，里面木板一扣，你看不到太多精彩。一座建筑的第一视觉，你在房间里看别人的好看，你还要做到别人看你也经得起咀嚼。

47树整个建筑群里，别看它四叠，木楼梯只有一个半。楼梯在建筑里非常重要，一楼这个位置被卡没了，二楼楼梯半径内全玩完。你看那个滕王阁岳阳楼，都是楼梯，到上面只能凭栏远眺，吟诗一首下来。楼梯得围绕一举多用以及它跟上下左右的关联来考量。

还有一个问题我也得照顾到，刚进村修老宅时，有人来闹，我分到的怎么都变成了卫生间、变成了楼梯？忠业也很搞笑，修酒博馆时他还没回来，因为他跟爷爷比较亲，打电话跟他老爸哭着说，你把我的记忆毁灭了。后面，我想酒博馆空间也没必要那么大，在临溪一边独立做了一户，就是现在黄璟认租的那一套。楼上伸到酒博馆这边来，十五年以后陈子瓣收回去，起码还有两间房。

这边也是，产权牵扯到几十户人家，要考虑到大家都有得分，不然心里不平衡，他的地都盖房子了，我的只有院子。建的时候他们也会来看，这是什么？那是什么？其实他们考虑多了，这里面几十户，你怎么分？就是股份制的公用场所。既然这样，我也要让他们放心。47树的建造还得考虑相对均衡的问题，让各家各户的宅基地上都有建筑物。

2019年年底，47树美术馆落成。中国民居建筑大师、福建省首席总建筑设计师黄汉民莅临，参观后赞不绝口，"林老师，只有你能建出来，我们根本没办法。你的空间设计感比专业建筑师还要好。"

47树美术馆完美顺应起伏的山地环境,巧妙地把杉木林镶嵌其间,创造出一群层次丰富、与环境完美一体的建筑空间。黄先生仔细观察,发现里面容易忽略的转角都有内容。他眼光犀利,看到一个阳台不是直角,是有点歪的平行四边形,好奇地发问。

林正碌解释道:"那边的地不是这家的,我要从边界开始收齐。要不以后两家分不清,要保证边界不超越宅基地的界线。"

黄先生感觉难度太大了。这一点地还有这种限制,真是戴着镣铐跳舞呀!

一位古建筑专家到龙潭看过后说:"这是闻所未闻的做法。我们这种经过科班训练的人,根本无法想象这样去建造老房子。"

也有建筑设计专业的人对林正碌说:"你应该出书,去大学讲学。"

林正碌心里暗笑,花那时间,我不又修了一大片。

其实,不管林正碌路子怎么野,怎么去下围棋,他血液里流淌的还是华夏基因,他从小到大耳濡目染的文化挥不去抹不掉。到屏南的第二年,他去了厦地,下游山涧边有一座不大的老厝,完全依山就势,绕来转去,没有任何套路可言。这座山地建筑的经典之作,让他刻骨铭心。国家级专家进去看了一圈,也情不自禁扼腕击节:怎么可以这样,离经叛道!后来,林正碌在龙潭修建的静轩空间也属于这类地形上的老厝,应该说,在建47树之前,他已经暗自操练过一回。

当年,林正碌边走边拍边说的《秘境厦地》视频还留在云端——

> 厦地古村始于宋朝,那是中华民族最悲壮、最瑰丽的一朝,华夏汉人因为失去幽云十六州,北方士大夫、贵族南迁逃亡。厦地古村就是那个时代,一批国家精英在百般无奈之后,做了史诗般的迁徙。
>
> 厦地下游河边的一栋老宅完全摆脱了中国古代的程式化,它是普通民居,不见奢华,但空间格局考究精巧。
>
> 房子占地面积只有六七十平,厦地先人完全是实用主义考量,在方寸之地经营出诗一般的旋律、天人合一的建筑。当一个地方有了人性化,哪怕弹丸之地都可以经营出气势豪迈、彪炳历史时空、充满温情的宜居空间。

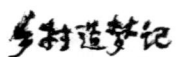

当你爬到二楼一半，不经意间转身，就会从这里看到远处的青山绿水。眼前的院落人家，鳞次栉比，非常丰富。这种景致，只有在《清明上河图》、唐诗宋词里面我们才能感受到。这是二楼一个房间，推开窗，马头墙、青瓦，充满极简节奏，青山依旧，长空依旧。我再带大家到第三层。这里做了一个小楼梯，大概只有五六十公分，这是自己留着的私密空间，在秘密与公共之间它们有机关联，恐怕全世界没有一个地方能做到如此巧妙的融洽。这里有一个小门，轻轻拉开往外看，节奏不一样了，近在眼前的土墙，凌空而起；流线型的风火墙，也在这栋楼的回廊边飞扬。厦地人迷恋空间，一扇小窗，把它轻轻掩上，与世隔绝；将它轻轻开启，天地又回到眼前。

当我们以唐诗宋词的文学境界为自豪之时，这里面的场景依然还在。这份诗意，我相信就算李白流浪到此，估计也不会再想去长安了……

林正碌开诚布公地说，自己建造得太理性，只想到理性美学，而厦地先人在那个遥远年代，完全是实用主义考量，还能在方寸之地营造出诗一般的旋律。这是我做不到的，我只能提炼一种美学呈现给大家。

五　乡村诞生微观新经济

2019年6月，龙潭村级党校完成修葺，成为福建省委党校屏南基地的一个现场教学点。屏南的乡村振兴文创经验名声遐迩，县委党校每个月要接待一两百号前来参观学习的团队，其中不乏厅处级领导干部。龙潭属于必去的教学点之一。

有一次，外省某县党校办的乡村振兴专题班到龙潭村，他们走进随喜书店，县党校吴老师开始了他娴熟的讲解："这是村里第一户入住的新村民，他叫曾伟，80后青年，江西省吉安人。他还说服了整个团队过来，在村里创业。书店只是他的公共社交平台，他在这里与人交流、洽谈，不仅孵化出团队的梦家山红曲黄酒产业，还和其他新村民共同策划了一些项目，譬如说爬行动物户外俱乐部、溪涧餐厅等。可以形象地说，这里就像龙潭的一个售楼部。"

吴老师话音刚落，一位副县长马上提出质疑，用一副官腔冲旁边的曾伟发问："你这么年轻，家里同意吗？躲到农村你怎么创业？创业怎么可能在又偏又穷的农村！你这是逃避！"

两年来，尽管随喜书店人进人出，还从来没出现过如此居高临下的口气。曾伟认真看了他一眼，回答得非常理性，"我们肯定是来创业的。同样的农村环境，我的家乡很多，这里有什么值得我们来的？交通不便，生活也不便。我要逃避什么呢？"

转而，曾伟反诘道："你认为在城市创业方便一点，还是在乡村？既然有人愿意到乡村创业，说明他所面临的困难要比城市里少很多，我们认为龙潭未来机会很大。一切从零开始，对人也是一种锻炼。你只有在没条件时，把业创起来，这才证明新经济的强大。而不是说，我在城市办个什么中介公司，先捞到第一桶金，再来乡村投资。"

看那位副县长又准备动嘴，吴老师抢先解释起来，"为什么年轻人可以选择在龙潭创业？这里创业成本很低，生活费每个月一千元就够了，不成功还可以重新再来。拿新村民瓶子来当个例子，她在这里认租一座小一点的老房子，二十万左右，而在城市，这笔钱可能只够交一年房租。"

副县长仍然有话要吐，同行者发现情势不对，连忙把他拉到一旁。事后，迫于各方面压力，这位副县长专门找曾伟道歉。

林正碌听到这件事，心里琢磨开了：副县长的观点代表了一部分党政领导干部心里的真实想法。这人只是口快心直，不假思索地把自己的观点亮了出来。偏偏这些人还都是某个区域领导乡村振兴的角色，但凡中国有一个地方出现这样的情况，现实就令人忧心。林正碌深刻检讨了曾经的狭隘，从而修正自己的偏颇。乡村振兴是共产党提出的国家战略，造福于人民，造福于社会，并能有效应对当下国际环境的严峻挑战，成为我们国家可持续发展的稳定的压舱石。而这些年来，屏南文创就在为此竭力地身体力行。不能放弃龙潭村党校这个阵地，要把我们的成功经验宣传出去，给更多的人、更多的地方提供一种参考。

在县委、县政府的重视与支持下，再遇到县委党校组织团队进龙潭参观

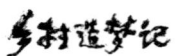

学习时，林正碌开始全身心介入，在龙潭党校为团队讲课。2020年10月，北京大学习近平新时代中国特色社会主义思想研究院一位院领导随温铁军专家团队到龙潭调研，她曾经在云南边远乡村有过扶贫经历，在与林正碌短暂交流后，一时没弄明白凭什么他在三年里就能把龙潭做到了今天这个样子。

尽管林正碌没有受过系统的高校基础教育，但他把能够采集到的各种知识与自己对新经济时代的判断、预测和当下的"三农"现实结合起来，并在五年的实际操作中不断细化、完善和修正，形成了一套自己的理念认知体系。耐心听他讲完一堂课，很多疑问自然会迎刃而解。

他出口成章，侃侃而论，虽说某些辞藻自创内涵，一些句子结构也有语病，但整个逻辑关系行云流水，清楚明白——

在宏观经济大背景下，微观新经济的着眼点是地理资源大开发、人力资源大解放和大开发。龙潭搭上了时代列车，使空心村变成宜居乐土、创业热土。龙潭乡村振兴案例，强调理念、容器、制度，屏南县设定制度和服务来支持这个方案，这个制度和服务肯定是在共产党领导下演绎的。我下面谈的是一个经济学模式的转型，说法跟流行的不会一模一样，但殊途同归。

世界上没有工业时，经济主体在农村，叫农耕时代，人们必须用百分之百的体力去获取生活物资。平原水草丰美之地，因为种田产能大，锱铢必较，甚至发动战争抢沃土。屏南这种地方叫什么？我们读《愚公移山》就知道，愚公跟他的子孙一门心思就想把大山挖掉、搬开走出去。从人类学逻辑讲，他一定是向往更美好的地方。

农耕跟工业的区别在于，前者是日出而作日落而息，没有八小时之外，也没有什么节假日跟旅游。所谓旅游，只是少数官员在赴任途中，黄鹤楼岳阳楼看一看，再写篇游记。

基于地理大发现逻辑，地理因素起到根本性作用，这就是我们经常说的地缘经济。工业时代也是这样，无线的乡村蜂拥到三线四线城市，再跳到一、二线城市。工业发达的地方方便创造物质，服务系统好，生活更优裕。就像龙潭，偏僻闭塞造成贫穷。这二十年来，农民所有努力就是进城买房子，离开这个鬼地方。在这个逻辑下，全世界乡村一片凋零。工业时代是把人的大多数时间解放出来跟机器合作，用无数双手在标准化、规模化、专业化、集约化系统里生产，形成全球化合作的经济模式，以共同标准分工出力，共享双赢。

  地理大发现是全球性的，集中再集中，形成蜘蛛网结构，中心点在经济文化中心，千山万水走去，通过陆运、航运网络，集聚到一个中枢，那里的流水线便于生产制造、物流便捷，这是工业配套。它使社会经济变成带状，沿太平洋地区经济带，长三角一个带、珠三角一个带。产品里面再分上下游，形成一条线，专业分工，有人做研发，有人开拓市场。

  这意味着工业的使命，是把不适合发展工业的农耕地理变成废墟。问题来了，改革开放四十年叫摸着石头过河，此岸去彼岸，彼岸是工业的，此岸是农耕的。工业一片光明，你摸过去就成功了。但今天，叫你从亮摸到黑，你怎么摸？

  这四十年来，我们的城镇化进程接近百分之六十，还差欧美发达国家百分之二十。我们还有两个百年目标，全面建成小康社会，建成富强、民主、文明、和谐、美丽的社会主义现代化强国。

  今天党中央提出的国家战略是乡村振兴。很多人眼前一片渺茫，他本身就是愚公后代，考上大学进入城市工作，通过招商引资建功立业，才成为一流的政府管理人才，成为一个市长、县长。上午才把一个世界500强引进来，下午又要让农民回归，他冰火两重天。我所见过的厅处级官员，有人振兴乡村还停留在工业思维上，那就麻烦了。莆田老家找我回去策划，兴化平原要引进台湾人种樱桃，说实在话，这不是最积极的产业。樱桃二十年前就可以种了，这是普通的市场化经营，能挣钱就种，不用你号召。

  当下的乡村振兴，不是农业就是工业，还有乡村游。乡村人口二十年前已经冲出去了，现在你叫他常回家看看。愚公不是李白，无法相看两不厌。

  今天，推动乡村振兴的核心依据是时代变了，由地理大发现转入信息时代的地理大开发。以前靠物理的，把这座山挖掉。今天靠信息，信息管道所到之处，没有地理优劣一说，大家机会均等，这是经济学地缘价值的改变。那么，这意味着什么？它直接把整个社会原有结构指数级改变，任何地方都值钱，拼的是个性。你有平原你牛，你有山你也牛。新经济是地理大发现往地理大开发迁徙，没有那个带了、那条线了。社会财富因为信息对称覆盖被重新定义。

  与之匹配的是人力资源大解放和大开发。工业的特点叫什么？标准化规

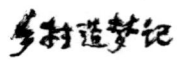

模化专业化集约化。农耕时代培养一个人一辈子，而工业时代培养人只要十年，九年义务教育，最后一年当普工。专业人才培养需要十几年，你大学毕业工作到退休，就像大机器上的螺丝，工具化了。人力资源有一个特点叫折旧，你最后被折旧掉了。信息时代没这回事，怕的是你没创意。

信息全方位覆盖预示一个新时代来临，全球猝不及防的一件事迫在眉睫。我们已经是温水里面的青蛙了，刚刚才谈世界工厂，接踵而来就是5G、人工智能跟大数据，全部围绕地理大开发、人力资源大开发展开。在这个前提下，你一张旧船票怎么登上今天的客船？一个城市人跑到龙潭来用传统方法种田，那是世界上最离谱的一件事。

整个珠三角靠种田，今天的GDP一年人均两百美元不错了。单靠双手种出来的粮食，养活五六亿人已经非常了不起。进入工业时代，我们靠的是现代技术跟高科技。如果把它再变成厂房，租金、税收可以翻倍。

今天，如果还可以通过劳动密集型发展，问题来了，我们已经处在消费主义时代。消费主义是什么？工业科技的突飞猛进，满足了人类最根本的物质需求。物理性产品是农耕到传统工业时代苦苦追求的，一件衣服穿好几年，一个塑料瓶也舍不得扔。智能时代到来，是机器人替你干活，人解放出来。今天不是人跟人竞争，不是你的位置比同事好，你就会升职拿高薪，是你的工作可能被机器人取代，你唯独能够打赢机器人的，是与众不同，在大数据里面留下价值。

我们进入了一个产能过剩、去库存、刺激消费的时代。一次性打火机最能说明问题，路边店买个打火机，老板娘瞄一眼说，自己挑。你啪哒啪哒挑，把能打着火的拿走。老板娘开口了，打不着那个帮我扔掉。因为出厂价才三毛钱。如果把打火机做到能用一年，当然好，但下游产业链全完蛋。这就进入一个怪圈，拼命刺激消费。双十一最明显，昨天买的还没寄到，今天又开始下单。不知道有什么意义，只是为了某种新型娱乐。

这与传统娱乐没关系，新型娱乐的结果是能源枯竭、环境污染。一次性消费，打火机点完只用零点一秒，也不见得更幸福。扔要用几分钟，因为垃圾分类。这些现象让我们思考，人的幸福感究竟在哪里？

一夜之间，机器人来了，大数据来了，一下算出你这人一个月要用十个打火机，就不会盲目生产，紧跟着进行产业结构调整。富士康的一百万个机器人，相当于整个福建省精壮劳动力总和，换句话说，他们都失业了。

当新经济时代来临，我们所有的想法，不能再依赖二十年前的经验。以蒸汽机为标志的工业文明，从发明到现在大概也就两百年。引擎启动，电灯一闪，马车和油灯转瞬成为历史。计算器诞生，不用算盘你照样做生意。工业文明摧毁农耕毫不留情，一道闪电过后，那个时代就翻过去了。机器人、大数据将无情摧毁传统工业体系，这个道理跟工业到来时农耕的命运一样。那时一亩水稻产量只有一百多斤，爬虫飞鸟硕鼠跟你抢。工业优化品种，使用化肥，产量翻好几番。愚公子孙抛开锄头，转身拥抱工业去了。

同样，智能时代抛弃传统工业，连一声再见都不会说。福尔摩斯牛得不得了，在人脸识别面前他就是小儿科。扫码入户、无人驾驶，保安跟老司机无业可就。

新经济分宏观跟微观。地理大开发，谁帮它做到？宏观新经济。淘宝呀华为呀、4G5G，无人超市、无人餐厅，一路走来，所到之处传统产业纷纷落马。马云、任正非每成功一步的掌声中，一定伴随实业工人下岗。一面是失业，另一面是生产力大解放，人类通过体力与大自然换取生活物资的年代告一段落。智能时代来了，东莞工厂里的工人更少了，机器人替你干活。这些人去干什么？去充分绽放个性精彩跟人文热爱，追求非物质性的精神财富。

微观新经济借助自媒体，打破传统经济时代的物理障碍，人们从物理性产品转向精神性产品创造，以前叫虚拟经济，它一经提出来，大家反对。总不能没有实体吧？实体产业当然不能丢，不能像美国那样断代，制造业还是社会脊梁，只不过由机器人来做，而且做得更出彩。

时间进入"非标"年代，工业时代培养艺术家，肯定要标准化，不然你这个螺丝拧在哪？歌要这样唱，画要那样画，这是工业模式。主流社会认定徐悲鸿是人才，作品受专业系统认可。今天，我们可以不用那个被规训掉的评价体系，人类的精神满足，靠点赞就实现了。你越有个性、越有人文关怀越值钱。人的生活方式跟精神生活尺度变成了财富，造成人类幸福、财富创造指数级改变。这就是传统产业跟创意产业的分水岭。

人开始追求精神财富，渴望一种全新的生活方式。杂草丛生，小路崎岖，愚公讨厌爬山。逆城市化的人来了，用人文、热爱和个性去定义，爬得不亦乐乎，还觉得一草一木总关情。人跳到智能平台发挥人类的精彩，就像人跳到机器平台来完成人类进步。你不用再担心物质养不活人,很多时候,缺乏财富是信息不对称造成的。

我们今天的生活,全被工业规定了。比如一个小区,你一平方米两万的套房,它所有功能,就是你下班后,在那边睡觉、维持日常生活。你在里面认真过日子,房产不会升值。但创意产业不一样,我认真活给你看,酿红曲酒,传播酒文化,通过抖音啊自媒体啊,粉丝有效增长。我的房子没升值,红曲酒全卖掉了。这是创意产业特点,全方位相互定义。为什么龙潭选年轻人,他们今天听完,明天就行动了。我们有个艺术家,跑到竹林下跟农民合作,再连接上新村民的爬行动物户外俱乐部,开了个溪涧竹林餐厅,用农民养的土鸡做炖鸡,你一看好像在做餐饮服务,实际上他用新思维,又专门设计了盛鸡汤的屏南硋器,人家吃了鸡喝了汤,感觉这硋器造型太有意思了,我要一打。这样就不断把生活的精彩叠加出来,让人产生共鸣,产品的附加值也随之而来。

创意产业不是说只做具体创意产品,同样土里长出来的菜,它的DNA跟五千年前一样,但你吃到嘴里已经不是农耕的菜,它是创意的菜了。

新经济冲击比任何时候都来得凶险,中国有四亿多中等收入群体,这些精英第一批被智能打败。智能毁掉的是工业机器,你是这台机器上的重要零部件,首先被淘汰出局。从地理大发现转向地理大开发,发现未来会更好,就不用担心被宏观经济失业。宏观经济就像一把双面刃的刀,它最大限度解放劳动力,如果这些人没有再投入到新的事业中去,使之更有效绽放,就会造成社会的不和谐。

如果我们的城市,还能像二十年前那样急剧膨胀,那还要乡村振兴干吗?跟日本东京学习就好了。最怕的是把乡村振兴当工业容器,搞乡村房地产,五六线城市都没戏,你还是它的备胎。城关新区做不了创意产业,那是为工业设计好的容器,支持不了创意,得推倒重来,而龙潭只要修复,代价小成本低。

新经济时代是就地现代化,不是作为产业链,服务传统工业。旅游啊农家乐啊,回来种点菜什么的。我说这个叫文创,他说你是旅游。旅游必须依托工业才能活得好,文创是无中生有、凭一己之力就能了不起。有人问:你不搞旅游,怎么人来得那么多?因为我像深圳,充满活力。深圳人流最旺,人家是来创业、学习和参观，它不是一潭静水。中国哪个城市比进出深圳的人流多？两手空空进去的人，后来就变成马化腾了。你去武夷山旅游，什么时候能变成这样？

工业思维的特点，你能雕刻，他做金银首饰，都有绝活，传男不传女，那是一辈子的饭碗。文创是两个人的绝活加一块儿，我有鸡蛋，你有西红柿，要不来个西红柿炒蛋，又碰到薯条来了，要不我们整合一下放在一起。在龙潭，他的工作是跟人不断碰撞。你问他现在做什么，他明天可能碰到一个又开始叠加，是这种概念，而且一、二、三产业融合，实现绿色生产方式。工业时代，八小时内工作你是为了赚钱，八小时之外你是在花钱。智能时代全打通了，你喝茶聊天散步，你只要愿意去传递你不同的人生经历跟新生活方式，有了铁粉，它都兑现为价值。

最大可能叠加优化，产生出一个新东西，是唯一性的，这是微观经济的特点。我们现在就在这么做，这就是整个龙潭的创新精神。

工业化废墟的特点是愚公出走，这个地方太差了，在当今生存指标里没价值。龙潭不是平原，也不是港口，种田不行，办工厂也不行，必须让这个地方产生比工业更大的价值。如果我们所说的文创产业是新经济时代繁荣的发动机，那就意味着它有能力激活偏远落后的地理和人群，生态、生活跟产业一体化。龙潭来了一次千年逆转，愚公把它抛弃时，有人过来说，愚公你先别走，我在这里给你修老宅，工钱也是你赚，老宅用十五年再还你。自古以来，农民都没见过这样离谱的事，新村民还没开始赚钱，敏锐的农民已经先淘到第一桶金，成为主要的获益群体。

龙潭经验已经不是原来意义的乡村，它把信息技术以及信息技术基础上所产生的新生活方式植入其间，改变了乡村原有形态。很多地方都在做乡村振兴，但他觉得农民是低端的，我得引进精英，这是工业思维。把弱者变成强者，恰恰是微观新经济里面最拿手的。七天公益艺术教学，一开始很多人打死也不相信。微观新经济不是卖标准，卖的是个性和情怀。

城市化之所以重要是因为工业化。龙潭现在把系统换成了智能基座，就地现代化，它不需要那种千万级别的人口城市集约才能成就，而是就地进行优化匹配，通过信息时代的网络，把各种资源激活，使乡村成为社会稳定的压舱石、化解危机的蓄水池。

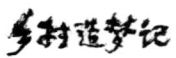

今天的乡村振兴进入资源大优化、大匹配时代，让每个人充满可能性，每个人都可以绽放出生命的精彩。决定命运的是，你是否明白未来发展的主旋律，然后再去选择适合你工作、生活的地方，不分城市和农村。谁先往新经济转型，谁就站在这个时代的潮头。

这是危言耸听吗？

以林正碌的敏锐，他总是提前半拍，盯住明天海平线上那些准备冒出头来的桅杆。早在2014年，他已经敏锐地洞见了自媒体给偏远落后乡村带来的机会，毅然决然离开大都市，一头扎入空心村，通过艺术教育，精准扶贫，让最没文化的农民变成人文的创造者，进而引入热爱乡村的逆城市化者，城乡融合，复兴古村。让人狐疑不断的一招一式，今天一步步变成现实。龙潭村的不毛之地已经长出苗木，开花并结出果实。在中国乡村振兴的案例里，对那些地理偏远、资源匮乏的传统乡村来说，前方已然呈现出一片鸥翔云飞、望得见海平线的蓝天碧水。

尾声
·乡村造梦没有休止符·

  福建藏在山地丘陵丛中,八山一水一分田,森林覆盖率全国最高,适合人居。新中国成立以来,这里没有发生过什么重大灾害和疫病,群山褶皱里的屏南更是大疫止于村野,安然无恙。

  即便没有波及全国乃至世界的疫情,我也是一屁股钉在电脑桌前,没日没夜地整理之前的采访音频、浏览屏南乡村振兴的背景资料,同时留意屏南及其辖地龙潭村的一举一动。有时兴奋失眠,有时半夜梦醒,那些发生在屏南大山褶皱里的人和事,走马灯一般在眼前转悠不休,心潮逐浪再难入眠,索性披衣起床,翻看曾经采访过的那些熟悉脸孔的微信朋友圈、公众号和抖音短视频。

  林老师一如既往,正月初五就回到双溪,自我隔离。春节期间,又撞上疫情,他肯定孤家寡人一个。往昔人头攒动的公益艺术教育中心,显得天宽地阔,仿佛可以通到世界尽头。他如何闲得住,开通抖音直播,一边自说自话,甚至飙歌,一边痛快地挥舞油画笔。站久了,画累了,便坐下来,转过手机架,俨然苏格拉底当年在户外公共场合回答人们诘问那样,面对抖音粉丝提出的离奇古怪问题,启动两片薄嘴唇,即兴答疑解惑,在唇枪舌剑中喷射智慧,让很多人茅塞顿开、获益匪浅。

  短视频里,他时而和风细雨,时而激情昂扬,时而横眉冷对。那一双手也配合着即时情绪,左挪右移柔缓配合;恨铁不成钢的当口,高举起手臂一次次挥劈砍下去。他的所学所感所悟,好似流水自如奔泻,妙语连珠不时溅

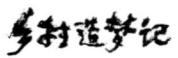

起水花。远自上古，近到当下，大至宇宙，微到人心，在成千上万人的围观里，他直抒胸臆，锻炼出数不清的忠粉和黑粉。有人以为他接通宇宙意识管道视之为神人，有人奉他为人生导师而顶礼膜拜，有人戏称他林疯子，有人咒骂他林狗……孤寂一人的场景里，林正碌照旧永动机那样自转不休。

他疯狂迷上了抖音短视频，发出作品从此前几十条飙升至一千二百多条，疫情期间涨粉四十二万，售画十二万八千元。

此前，双溪的艺术教学现场是他的第一课堂，漈下、龙潭、四坪、寿山等地热火朝天的古村复兴现场是他的第二课堂。现在，他又不知疲倦地开辟了直面世界粉丝的第三课堂。

全球疫情肆虐期间，我看到一些国际新闻，欧美富豪逃离人口稠密的大城市，往人烟稀少的乡村疯挤"避难"；东瀛人也奔向山清水秀的乡村工作和生活。坐在地球东方一张电脑桌前，我窃笑，龙潭新村民比这些发达国家的人物不知先知先觉了多少。三年前，他们仿佛洞见了今日萧瑟，像和煦春风捎去的种子，在绿水青山的乡村吐芽扎根。

及至5月，当我整理好三个月前获得的信息、梳理清楚接下来将采访的头绪再赴龙潭时，3月梨花谢了，4月桃花也谢了，我错过龙潭最美季节。但仍然望见林木堆翠的山麓上，锥栗树蘑菇伞盖一般的叶冠，圆柔丰腴，被鹅黄碎花勾勒出一圈圈边界，四下漫卷绵延。若非要寻觅鲜花的话，往草木葳蕤的山里走，刚刚苏醒过来的高山杜鹃也一定能遇上。龙潭村依旧洋溢在青山绵延、绿水长流的自然生态里，这里的人们安居乐业，岁月静好。

双溪公益艺术教育中心延迟开放，这给我机会逮住林老师。在47树美术馆的几个露天庭院和室内茶室，白天晚上乃至深夜，我们促膝长谈。文学艺术、哲学、教育心理学、历史发生学、经典经济学、宏观经济学、微观新经济……林老师甚至还经常信口冒出几句唐诗宋词来助兴。他的知识储备宏富，旁征博引，从文学艺术到天文地理，从社会新闻到乡间八卦，从近虑往远忧，从国内往国际，我有了一次次的刨根问底。

在香烟薄雾里，林老师长叹一口气："这场突如其来的世界性疫情，改变了原有社会运行轨迹。疫情期间，龙潭人足不出户，涨粉五十万以上，现在这个数字每天都在飙升。全国各地的人聚焦龙潭。据不完全统计，出现了上千个潜在需求者，也就是说，这些人想到龙潭来创业。他们代表疫情来临时，各行各业的思考，创业模式的重新洗牌。龙潭人文的创意的生态的环保的产业现象，让很多人坚信这是一种安全的低成本创业模式。只要有4G，他们一点不担心疫情卷土重来，重塑了投资跟创业信心。一谈到认租房子，我说，首先年轻创意长住。90后，我是啊，条件我全符合。我只好说，不好意思，疫情期间不谈业务。这说明一个什么现象？是一种心理期待值。好比你是一家汽车制造厂，一年满负荷生产一百辆车，突然来一个大订单，把你十年的量都消化了。那怎么办？这反而把你原有思路搞乱了。有人天天打电话找我，或用微信、抖音什么的，还有人曲线救国，拐到新村民那里，通过关系找我见面说事。"

　　这次进村采访，我先到村支书陈孝镇办公室聊了一会儿，他悄悄透露，"开春前已经通过村经合社流转了五六百亩农田，想体验农事的新村民认租了其中一些，种植水稻和其他农作物。怕跟林老师思路不合起争议，我没跟他讲。后来，他为这事专门找我商议，还嫌我流转的量不够多。"

　　在47树美术馆的风声楼，林老师喝了一口茶，提及这个话题："其实呢，孝镇不说，我也从其他渠道听到了。我们原先所计划的，在2020年起头这个时间点全部失效。东莞工厂停摆，杂草疯长。那我们吃什么？粮食危机来了怎么办？肚子问题，两天你就受不了，这是民生问题。我知道孝镇手上有地，我把乡长跟他两人找来，对他们说，美国已经战时状态了，世界局势波谲云诡，瞬息万变，马上我们想进口都没门了，我们不能在春耕窗口期丧失战机。我让孝镇把全村土地都流转过来，现在不要跟我谈市场，马上无条件准备春耕，再带动新老村民在生产方式和销售渠道上改变，用绿色、有机、生态为农产品背书，提高附加值，我们这样种出来的大米，一斤卖二十块钱有什么问题?！缺少资金，大家集资不就完了?！十几天后，县里跟省农业农村厅对接上了，他们派专家下来实地考察土壤气候情况，很快，对应的稻种也运下来了。"

　　有那么一会儿，林老师放下手机，望着窗外的朦胧树影，回过头低缓地说："下一步完成龙潭文创硅谷的梦想已经不太可能了。"

　　向来遇挫气不馁的林老师，何出此言？且听他徐徐道来——

　　农村对每个人的住宅用地有很明确规定，也就是说，除了一户一宅、公

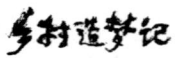

共建筑和公路外，都是红线内的农保地。现在要思考的是，信息时代不能再按工业思维。你看，龙潭这些山垄田山坡地，它都抛荒了二十年，也不可能盖工厂，但它发展创意产业可以产生价值。那么，这就需要顶层设计，任何一个新经济时代到来，首先是给土地跟人的行为松绑，重新立法来支持。

要获得支持，你必须先把学术成果拿出来。就像有了一克镭，接着造原子弹就有戏了。如果居里夫人提炼镭的克数还不够，我要十克。那好，我就可以着手去调整了。我现在处于将要把镭炼出的阶段。中国幅员辽阔，中央政府任何一个政策出台都事关全局，必须深思熟虑，所以你得有不断的验证过程，提供样本。在目前的法律框架下，必须把龙潭的唯一性、成功性说清楚，最后获得制度支持，变为一种可复制的经验，成为微观新经济发展的重要依据。

今后，龙潭、四坪、墘头几个村连成一片，这个文创片区要以乡镇建制来规划设计，聚集三到五万人，这样才能有效推动这个区域发展。我跟文创办几个人讨论过，按照这种格局，基础服务和配套设施方面，在龙潭除了一个完小还要有初中，有建制完整的卫生院。在龙潭、四坪或墘头中间，再建一个星级宾馆。现在已经有民间资金想投资了，但缺乏土地使用上的政策支持。

游客迫切需要酒店。住新老村民民宿的人，粉丝可以，他来体验你的新生活。旅游团队一大票人来，他只是过来看一看，不知道跟你聊什么，也不想住你家，酒店服务更周到。接下来还有大量原村民想回流，这是当下乡村振兴必不可少的力量，但没地方盖房子。老宅本来就不够住，还全部被新村民认租了，配套一个农民新村的规划也是当务之急。

本来这些愚公不要的地方，可以有更大作为，但被红线隔开了。一个健康少年的鞋子，你给他三岁幼儿的，脚怎么能长大？现在我也可以慢慢把一个个村做起来，但体量不够，体现不出微观新经济的强大。我不能用这一点来跟你工业比，它需要全面优化。军事专家已经把一战时的战列舰改成了隐形舰，应该立马把新的造船厂建出来。

工业要集约化生产时，跟农耕在抢地盘，工业说，你还是让给我吧，因为我用工业技术，更少的地可以换来更多粮食。你不是还有龙潭的田可以种吗？关键龙潭它不具备农耕战略储备地的条件。十八亿亩土地红线，以龙潭这类山区为例，顶多是还林还草、恢复生态，产粮只是一个概念。

要进一步扩大龙潭的文创产业规模，政策暂时不允许。我想这个呼吁跟努力，还要花一定时间来论证。

这一段，很多地方通过各种关系找来，要我也到他们那里策划文创。人家真心诚意邀请，你又分不开身，不好说没空。宁德梁市长不知从哪里得到消息，找我私下里谈，要我保持初心，集中精力把屏南文创做好做深做透，树起一面旗帜。他解除了我心里的纠结，我婉拒了那些盛情邀请。

龙潭已经郁郁葱葱，它有一百棵树，随便落下来个种子都能活。刚开始在中间一个点做，什么随喜书店、贪生咖啡厅，你把这个半径扩一圈可能做三年。与其这么做，我不如下围棋，干吗待在一个角忙？就当活眼放这边了。龙潭、四坪、墘头这几个社区做起来，引进、回流三千人，已经成为常态，棋下到最后自然收官。屏南四个角，我已经做活一个，那我得赶紧去布局另一个角。

一个偏僻乡镇一口气做了三个村，资金压力大，资源也不够，我就用下围棋的思路，跑到寿山去，把这个三角架构搭稳定，互为犄角，彼此支撑。

实实在在聊了两天，林老师又要去东部寿山乡安排工作。

此前，我听张少忠讲过寿山的故事："那是全县条件最恶劣的一个乡。有人开玩笑，你干部不好好工作，就把你调到寿山去。一个乡所在地，一个个去算，两百多人，学生占去一半。乡政府几十个干部，村里几十号人。一次，县政协去寿山调研，看见三个妇女冷清清跳广场舞，我们就笑。她们很认真解释，今天碰到礼拜天，乡政府放假，不然我们有十二个人呢。这样的地方，如今居然已经吸引了几位外省的年轻新村民入驻创业，屏南人几百年来固有的观念在寿山分崩离析。"

号称沙漠都可以开展文创产业的林老师无所谓这些，此前，乡村两级热情高涨，他提出双一寿计划，以龙潭为标杆，策划把双溪到寿山一线的古村落通过文创激活起来。寿山文创种子队在双溪、龙潭学了两个月后，通过了几轮磨合，去年下半年，启动了文创项目，村口广场等几个标志性公共空间立了起来，现在已经延伸到古村里面。这回，林正碌跑寿山，是为了那里的公益画室开门迎客做前期准备工作。

听闻年初，龙潭几位新村民被外地挖去为那里的乡村振兴站台，我寻机

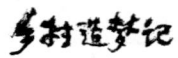

问起这件敏感之事。林老师脸上波澜不显，没有丝毫不悦之色，他心气平和地袒露了自己的心思：

"记得四年多前，我在为屏南制定文创开篇战略时提到：使它成为一个中华民族传统文化的弘扬地和寻根地、优质生活的策源地与输出地，从而构建出引领未来的新生活方式。我做公益艺术教学，出发点就是要把每个人都教成这样，龙潭新村民被人看中请去，还是这个理念，它已经算一种文化输出了。我高兴呀。我当然明白，还有一些人暂时船小，经不起风浪，他就先泊锚龙潭港，享受龙潭文创大盘。等到羽翼丰满的那一天，这里的一艘艘船还会扬帆启航，直挂云帆济沧海，去弘扬龙潭成功的文创精神。"

关于中国乡村的造梦蓝图，林正碌还没有打上休止符。这次采访回来后的6月底，文创屏南公众号发出一条信息，林老师在47树美术馆举办作品义卖展览，展出的七十六幅油画作品，全是他在疫情期间创作的。他的目标是募集两百万元，一百万元用于资助龙潭片区发展农业产业，五十万元用于资助龙潭和漈下两所小学办学，剩下五十万元补助大学生驻村创业。

林老师的乡村梦还在一如既往地编织不休。

在商品经济的物欲社会里，他情真意切把龙潭当成了自己的家园，把屏南文创振兴乡村做成了自己毕生的事业。

我从电脑桌前站起，若有所思，耳道里混响起一段话。那是去年年末，林老师在"曾伟诗歌油画展"上的开幕词——

一万年过后，很多文明变为废墟的时候，没有任何感慨的时候，就是文明最大的绝望。所以呢，无论多少废墟，总要从上面绽放出一些诗来。这诗就是一种人文姿态，因为人文的存在，这废墟就成为不死的永恒。我们身处一个废墟之上，我们很多的古村在工业进程中沦为废墟，但是，人文又非常骄傲地在废墟上绽放出人性的精彩。

龙潭就是这样。

2020年11月一稿
2021年10月最后改毕
于福州五四北山姆小镇地库

后记

2019年6月随省内一群作家赴屏南县采风，那时我正为三联书店写一本闽地饮食的文学随笔《闽味儿》，想选该县药膳饮食题材，题目都想好了：《煮就草汤当美味》。抵达那晚，老朋友张少忠来叙旧，除了聊到药膳，他还给我讲了一个奇葩事：有位上海来的艺术家，在屏南偏僻的龙潭村教农民画油画，还引来了一百多位城里人长住，村民也回流了三百多人，空心村变成网红村。他的理念是发展文创产业，凭借中国畅达的网络鼓动年轻人创造文创产品。

这引起我兴趣。我说，应该是像国外的特色小镇，有些创意大佬一边享受乡村生态，一边把设计方案传到他服务的公司，获得不菲报酬。农民为他们提供高附加值的绿色生态农产品也走上了富裕道路。

后来，我一直为这次多嘴赧颜。因此给自己画下一条红线，以后凡事多听，千万别急着发言表态。个人的知识面、经验程度远不足以涵盖日新月异的当下生活，况且，我们置身一个让人眼花缭乱的新经济时代，它给你的意外常常是颠覆性的。

当时，心里也纠结了一下，是不是换个选题，去采访这个人这个村？曾经有人邀我写企业家传记，给一笔高稿酬我还嫌这嫌那的，提不起太大热情。我这个人向来散淡，到了一定年纪更是有过之而无不及，一副清高傲骨的脾气,不容易一朝为某人某事感动,许多事即时起兴说说也就过了。

此后,这件事在脑海偶尔还跳出来,与我热衷大自然游走的经历自行链接。记得在游人如织的闽南云水谣古镇,当地朋友告诉我:外出打工的村民纷纷返乡,别小瞧这一间间小店铺,寸金寸土,经营红茶、铁皮石斛等当地土特产,一年挣十万不算事。也曾经走访武夷山自然保护区内的坳头村,村主任介绍:村里年轻人都不去城里打工了,按人头分给各家的生态茶园,单是采金骏眉芽头卖茶青,一年十万打底。

前者靠自然人文景观,土楼申报世界遗产成功,还成为多部当红电影的外景地,遂成旅游打卡点;后者依托独有的物产资源,以皇帝女儿不愁嫁的品位,获得高附加值。但在中国广袤大地上,还有多少自然人文景观与物产资源不见特色甚至匮乏的乡村,在摧枯拉朽的城市化进程中,等待它们的命运就必定是人去楼空,一步步空心化,直至消亡吗?

在网络上,无意中看到一篇发表在《光明日报》的文章,据第二次农业普查数据显示,2006年,中国有自然村330万个。又据国务院参事冯骥才先生调查,2011年,全国自然村只剩下270万个,每天以80到100个的速度消亡。这一组冷冰冰的数字,让人触目惊心!我像被抛进冰窟里再仓皇爬出来,内心受到极大刺激。

这时快到年底,《闽味儿》书稿交了,手头松了下来,屏南乡村发生的事,冷处理了半年,居然还让我心头惦记。我明白自己已经与发生在屏南大地上的人与事确认上了眼神,不再迟疑,马上联系老朋友周芬芳,她刚从县政协主席位置上退下来,我知道,屏南传统村落文创产业是她在任上亲手抓起来的。我要到一大堆资料,也关注了"文创屏南"公众号,花了整整一个月时间浏览完文字、图片和视频,突然就有了一种贴身的紧迫感,内心开始蠢蠢欲动。

自打下决心写这部书,我便一直认定它进入了国家乡村振兴战略的深宅大院,而屏南文创复兴古村这个题材,却是从侧门走回廊再绕到正厅的,它不是通常媒体热闹宣传的典型人物和事件。一个草根出身、非体制内、毫无背景的艺术家,以自己对时代的宏观预判和智慧,通过艺术教育直接把乡村系统换成智能基座，两步并作一步走，就地实现现代化，让公认最没文化的农民变成文化创意的贡献者。事后反省，我是被他这个人和他所竭力去实现的事情五内俱感，才情不自禁地踩进这座原本离自己生活非常遥远的一座大院。

2020年新年伊始，周芬芳告诉我，几位外地艺术家年前都在。我立马动身，先做粗线条采访。十多天后回来，武汉突发新冠疫情，这于我丝毫无碍，窝在家里昏天黑地整理采访录音，阅读周芬芳不时传过来的各种资讯。到了4月底，屏南疫情防控警报解除，立刻分两次赴屏南的几个文创村采访了一个多月。加上第一次，有名有姓的人单独访谈了七十多位。我不太在乎时间效率，就是想事无巨细，就是想刨底穷根，几个主要人物的故事细节，都是在多人交叉的视线里聚焦定型的。我四下里撒网，希望采撷到始料未及的细节，固执地想让现实生活来感动我，激发我的抒写能量。

接下来的时间里，加紧整理近百G容量的采访录音的同时，我开始考虑结构问题。对长篇文学作品，我一向以为，一个好的结构是它不可或缺的艺术之美。但从掌握的全盘信息来看，又苦于无从下手。五年来，屏南传统村落文创产业进程架构庞大，现身的人彼此纠缠、发生的事纷繁杂沓。从2015年3月林正碌团队进驻屏南漈下村开始，先后来了"中国独立艺术批评第一人"程美信团队、复旦大学艺术教育中心张勇团队、天津泰达当代艺术博物馆马惠东团队、中国美院艺术管理与教育学院陈子劲团队、南京先锋书店钱小华团队和本土的宁德市千乘桥文化创意团队，他们创建了漈下、双溪、厦地、前洋、降龙、龙潭、四坪、棠口、前汾溪、墘头、寿山等一批传统村落文创产业基地。而且方式多样，除了林正碌开展"七天公益艺术教学"、引入新村民城乡融合外，程美信团队修复、保护厦地古村；复旦大学、中国美院开展校地合作，在前洋村、前汾溪村分别设立教学基地；天津泰达当代艺术博物馆创办棠口鼎顺文化艺术中心；千乘桥文化创意公司创建棠口、前汾溪研学实践基地；南京先锋书店落户厦地村，它营造的水田书店成为全国最美书店。

一筹莫展之时，我突然想到做减法，其他几个村落文创振兴乡村的人和

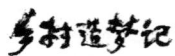

事,只能忍痛割爱,仅留下林正碌老师这一条主线。即便如此,梳理起来依旧千头万绪、纠结盘缠。龙潭现象很多人迄今还不知其前因后果,不解和质疑者大有人在,但它真真切切是从泥土里生长出来,而不是谁耗资修建一个花圃,再移植来几棵名木。必须让阅读者清楚明白这里发生的一切,我提醒自己,不能为结构而结构。结构只是外衣,应该为所写的人和事量身定制。

为了让阅读者看明白林正碌老师的理念在古村复兴进程中怎样一步步得以兑现,大的结构上,采取了顺时间轴的方向往前推进,分三个文创村镇逐一展开,从容地把每一个人、每一件事的来龙去脉讲述清楚。这个结构好比瓜藤,在横向往前逐渐生长的过程中,纵向分枝长叶开花再结出果实来,而这个结果过程,超越时间围限,从小长到成熟。其后再回归时间轴方向,继续往前讲述村民树立自信、城乡融合的故事。这样一来,阅读者便可以将林正碌老师长袖善舞的策划套路看得清楚明白,并能把这种文创振兴乡村的成功经验传扬出去,惠及更多的空心村和更多的农民。

龙潭文创村的乡村振兴一直在健康地丰富和壮大,就像在一个原本没有文化作为的人身上迸发出无限可能性,它的内生动力使之不会停滞下来。这个结构的时间轴,起于林正碌老师到屏南漈下村开展"七天公益艺术教学",此前发生的人和事全部倒叙插入;截止于疫情过后的六七月,是因为如何激活一个偏僻空心村的原理已然成型。这样的乡村已经属于有源活水,形成河流是肯定的,只是大小不一、各具形态而已。

八月理好提纲,开始进入写作状态。这时心里开始急了,恨不能转瞬成书,快快把这件让人脑洞大开之事告诉天下人。时常白天无流畅思路,躺上床要写的人物又在脑海里轮番登场、想写的故事也一幕幕上演,还不时借梦排闷闯入,让人夜不成寐。我只得顺其自然,昼夜不分地写,白天困了睡、深夜睡不着起床执笔属家常便饭。在那一百多天里,身体倍感煎熬,精神有点崩溃,最后失眠成瘾。以一个平凡人的切肤体验,从生命角度感受到那些不凡人物的非常情状,这让我联想起路遥、陈忠实等大腕用身体博取文学作品的经典故事。

那些用生命激情为一方农民谋幸福的人,那些不指望因此得到提拔、为乡村振兴义无反顾的人，那些冒仕途风险、勇于工作创新的人……写作时活灵活现地在眼前晃动，为他们所作所为感动，经常不由得鼻头一酸，双眼便泪水盈眶，一遍遍修改时依然如此，这在我相对理性的写作经历里是不曾有过的情状。心里暗忖：能一次次感动我的文字，它一定是我这辈子写出的最好作品。

通过写这部书，我思考了很多现实中难以解开的问题，对那些基层干部开展工作之难感同身受，时常纠结。

按理说，乡村振兴已经上升为国家战略，乡村教育应该是不可或缺的存在。可是很多地方，今天的城乡学校师资配比依旧同一标准，有教师资格证的师资也沉不下去。三四年前，起码在我采访的行政村还有拆点并校的现实存在，这无疑加速了乡村空心化。让人感觉教育部门的改革在乡村振兴中似乎还未落下来。

中央要求农村机构要健全，功能发挥要充分，现实很难做到。我所采访的行政村，村两委里也只有村支书和村主任的基本工资加绩效补贴是一千九百元，其他十几位村两委干部一个月津贴两百元。在这样的现实下，乡村那些能人还怎么出来带领农民走共同致富之路？

农村老宅通常聚集了三四代人口，原本就不够住。城市工业化进程加速后，很多人进城务工，甚至成为城市人口。如今乡村振兴了，一些想回流的村民没地方住，而配套农民新村又与土地红线相左。

山区空心村的山垄田、山坡地，因为与他处工业用地统筹置换，都变成十八亿亩红线内的"农保地"。这样的地，机械化程度极低、劳动力成本高，种一亩水稻要倒贴几百块钱，不少土地已经抛荒了二十多年。如何在生态植被不受破坏的前提下，发挥其更大效益？

国家乡村振兴的战略提出来后，全国各地闻风而动。由于没有现成经验可资借鉴，很多地方缺乏工作创新意识，心有余而力不足，务虚应对临时性检查……

写完这部书，一个原本散淡的人也变得忧心忡忡起来。

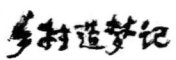

堪称良师益友的著名作家、批评家李炳银、白描、张陵、顾建平等人，在我的写作过程和作品完成时间里，或听我讲述书中的人和故事，或用很短时间阅读完书稿，都给予极大的精神鼓励，使我获得很大的期望值，催化了这部书的写作和修改进度。

一位了解我过往写作经历的作协领导，在百忙中，用一个小时听我介绍了这部书的内容，其间也许因为我停顿了几秒的嗓音哽咽被细心的他捕捉到，提出一些问题让我回答后，带着情感对我讲："你这个作品本身很棒，你是好作家，这肯定是个好作品。我们都这一把年纪了，热情不是那么容易被激发起来的。"

事后想起，总是一次次眼噙泪花，犹如有一年转神山冈仁波齐的情形。我不是一个宗教崇拜者，但我为那些流汗流泪甚至流血的基层干部所感动，我也由此获得了更大的力量。

惊叹于作家出版社的工作效率，二十七万多字，十天不到，二审三审看完，速度极快地得出一致意见，肯定这是一部好作品，并让我做局部调整、修改。这使我等待期刊发表曾经枯萎了十个月的心花，仿佛沐浴了甘霖润泽，重新又舒展鲜活了过来。

为了写好这部书，每逢发现温铁军教授的文章和视频，我都会认真拜读与观看，先生的观点和思路振聋发聩，给人启迪，让人警醒，使我的认知从对现实生活中一人一事的感动，慢慢提升到了国家战略的层面。

感谢温教授百忙中拨冗写序，感谢林正碌老师激情泼墨题写书名，感谢设计师陈小白与唐翔投入情感设计封面和版式，感谢我的好友陈方达教授无偿提供古村钢笔速写。这一路走来，要感谢的人太多，作家社的郑建华编辑废寝忘食的工作热情让我肃然起敬。大家一起把这部书的里里外外修剪、装饰得如此出彩。

最后，我还要向所有为实现中国梦默默奉献的人们致以由衷的敬意。

2021年11月

图书在版编目（CIP）数据

乡村造梦记 / 沉洲著 . -- 北京：作家出版社，2021.12
ISBN 978-7-5212-1557-1

Ⅰ . ①乡⋯ Ⅱ . ①沉⋯ Ⅲ . ①纪实文学 – 中国 – 当代 Ⅳ . ①I25

中国版本图书馆 CIP 数据核字（2021）第 207950 号

乡村造梦记

作　　者：	沉　洲
责任编辑：	郑建华
装帧设计：	百　舍　唐　翔
封面书法：	林正碌
出版发行：	作家出版社有限公司
社　　址：	北京农展馆南里10号　　邮　　编：100125
电话传真：	86-10-65067186（发行中心及邮购部）
	86-10-65004079（总编室）
E-mail:	zuojia@zuojia.net.cn
http://www.zuojiachubanshe.com	
印　　刷：	三河市紫恒印装有限公司
成品尺寸：	165×240
字　　数：	383千
印　　张：	24
印　　数：	001-20000
版　　次：	2021年12月第1版
印　　次：	2021年12月第1次印刷
ISBN	978-7-5212-1557-1
定　　价：	68.00元

作家版图书，版权所有，侵权必究。
作家版图书，印装错误可随时退换。